DESTINED
SOMMERREGEN

LAURA MEYER

Copyright © 2015 Laura Camprubi
All rights reserved.
Seite 261 & 262: Zitat aus dem 5. Kapitel aus „Alice's Abenteuer im Wunderland", von Antonie Zimmermann, Erstausgabe 1869

ISBN-10: 1515313131
ISBN-13: 978-1515313137

WIDMUNG

Dieses Buch ist für alle, die immer geglaubt haben, ich würde es nie fertig schreiben.
Außerdem ist es für alle, die während der ganzen Reise an mich und an Ellies Geschichte geglaubt haben. Ihr habt mich nicht nur motiviert und mich ermutigt – ihr habt mich getragen.

LAURA MEYER

Danke an Adriana, Julia, Kevin und Matthias – für eure unermüdliche Geduld, die Denkanstöße, Korrekturvorschläge und die aufbauenden Worte.
Nerds forever.

Prolog

Ich lehne neben meinem Schreibtisch an der Wand und sehe aus dem Fenster meiner Wohnung in Manhattan. Ich brauche keinen Blick auf den Wecker auf meinem Nachttisch zu werfen, um zu wissen, dass ich spät dran bin. Ich höre meinen Verlobten im Flur auf und ab gehen. Die italienischen Designerschuhe, die er zu seinem schwarzen Anzug trägt, verraten jeden seiner Schritte. *Tapp. Tapp. Tapp.*
Ich habe Josh nach dem Aufstehen darum gebeten, mich allein zu lassen. Auch wenn ihm mein Wunsch sichtlich widerstrebte, hat er ihn akzeptiert. *Tapp. Tapp. Tapp.*
In jedem seiner Blicke sehe ich, wie sehr es Josh verletzt, dass ich ihn seit dem Tod meiner Schwester von mir wegstoße. Er versteht nicht, dass ich nicht zulassen will, dass er mich in den Arm nimmt, dass er für mich da ist. Und ich kann ihm nicht erklären, dass ich seine Nähe nicht ertrage, dass ich nur noch Leere finde, wenn ich in mich hineinhorche. Ich begrüße das Taubheitsgefühl in mir, weil es mir dabei hilft, den Schmerz über meinen Verlust nicht zu spüren. Zu groß ist meine Angst, meiner Trauer den Raum zu geben, nach dem sie verlangt. Ließe ich meinen Gefühlen freien Lauf, würde ich die heutige Beisetzung nicht durchstehen. Ich weiß so schon nicht, wie ich die Zeremonie ertragen soll.
Gedankenverloren betrachte ich den Verlobungsring, der an meinem Finger steckt.
Josh und ich waren glücklich, unser Leben war perfekt. Nächste Woche wäre der Termin für unser Jawort gewesen, das wir uns am Ladies' Pavilion geben wollten.
Als meine Schwester vor ein paar Monaten krank und ihr Zustand zusehends schlechter wurde, wollte ich die Hochzeit bereits absagen. Sie redete es mir immer wieder aus, weil die Termine für den Ladies' Pavilion gefühlt ewig im Voraus gemacht werden müssen und die Organisation des Fests mehr als nur eine Herausforderung war. Sie versprach mir, dass sie als Trauzeugin auf meiner Hochzeit anwesend sein würde. Ich balle meine Hände zu Fäusten. Sie hat es versprochen! Doch jetzt ist sie tot, und es wird keine Hochzeit geben. Josh hat mir gleich am Tag nach Lus Tod angeboten, den Termin abzusagen, und ich habe Ja gesagt. Meine Augen brennen, und ich blinzele ein paarmal.

Die Sonne scheint, doch auch wenn der Frühling den Winter aus der Stadt vertrieben hat, ist die Außenwand noch kalt. Ich spüre die Kälte an meiner Schulter kaum.
Mein Blick schweift über meinen kleinen Sekretär, der vor dem Fenster steht. Überall darauf und auf dem Fußboden liegen zusammengeknüllte Blätter herum, die bezeugen, dass ich wirklich versucht habe, eine Trauerrede für die Beisetzung zu schreiben.
Ich setze mich an den Tisch und nehme den klobigen Füllfederhalter auf, der auf dem Stapel elfenbeinfarbenem Papier liegt. Das edle Schreibgerät hat meinem Vater gehört, meine Mutter gab es mir, nachdem er unsere Familie verlassen hatte. Ich drehe den Stift zwischen meinen Fingern hin und her. Ach, Dad! Wo bist du bloß?
Ich hatte nie das Gefühl, dass er in meinem Leben fehlte, doch heute wünschte ich, er wäre hier.
Ich lege die schwere Kappe des Füllers neben das Tintenfässchen, das mit schwarzer Tinte gefüllt ist. Doch während ich auf das leere Papier starre, finde ich keine Worte, die meiner Schwester auch nur annähernd gerecht werden könnten.
Plötzlich erinnere ich mich an eine Postkarte, die in Lus Zimmer hing, auf der ein Vers stand, den sie geliebt hat: „Zeiten ändern sich, Momente vergehen, aber unsere Erinnerungen bleiben für immer bestehen."
Die Worte fließen aus der Feder zu Papier, als wären es meine eigenen. Ich kann noch immer nicht fassen, dass ich Lu nie wieder sehen werde. Eine Woge des Verlustgefühls erfasst mich und ich registriere, dass ein Teil der Tinte verläuft. Der Füllfederhalter in meiner linken Hand zittert, als ich mir mit dem Handrücken über die Wangen streiche. Ich habe nicht einmal bemerkt, dass ich weine.
Es klopft an der Schlafzimmertür, und bevor ich reagieren kann, betritt jemand den Raum.
„Hey, Süße. Du bist ja noch nich' mal angezogen." Es ist meine beste Freundin Jo'.
Ich war so in Gedanken versunken, dass ich nicht einmal die Klingel gehört habe. Ich schüttele den Kopf, unfähig etwas zu sagen.
Jo' schließt die Tür und kommt zu mir. Hinter mir bleibt sie stehen und legt mir eine Hand auf die Schulter. Sie weiß, dass ich mehr körperliche Nähe im Moment nicht ertrage.

„Ich schaff's nich'", sage ich. Mein Hals und mein Mund sind so trocken, dass meine Stimme einem Krächzen gleicht.

„Die Trauerrede?"

Ich antworte lediglich mit einem Nicken.

„Das da liest sich doch sehr schön", redet sie mir zu und drückt meine Schulter sanft. „Komm. Zieh dich an, damit wir los können. Deine Mom wartet schon im Auto unten."

Wie in Trance verschließe ich den Füller und stehe von meinem Stuhl auf. Meine Klamotten habe ich gestern Abend bereits auf der Truhe vor dem Bett bereit gelegt. Eine schwarze Hose, eine schwarze Bluse, schlicht.
Während ich mich anziehe, sammelt Jo' die Papierkugeln auf, die ich auf dem Fußboden verteilt habe, und wirft sie in den Papiermülleimer. Auch meine Freundin trägt dem Anlass entsprechend schwarz, ihre roten Locken hat sie zu einem Pferdeschwanz zusammengenommen.
Als ich umgezogen bin, reicht sie mir meinen kläglichen Versuch einer Trauerrede. Ich nehme den Zettel an mich und verstaue ihn in meiner Hosentasche.

Die Autofahrt nach Brooklyn verbringen wir schweigend. Josh sitzt am Steuer seines Firmenwagens, er hat darauf bestanden, dass wir kein Taxi nehmen. Meine Mutter sitzt auf dem Beifahrersitz, ihren schwarzen Hut auf dem Schoß und ein Taschentuch in der Hand. Unablässig kullern ihr Tränen über die Wangen, die sie immer wieder mit dem Taschentuch abtupft. Mom kämpft schon gegen ihre Depressionen, seit ich denken kann, aber ich habe Angst, dass sie diesen Kampf nun endgültig verlieren wird. Doch nicht einmal für die Sorge um meine Mutter ist in meiner Gefühlswelt momentan Platz.
Jo' sitzt neben mir in der Mitte der Rückbank, ihr Vater Tom zu ihrer Rechten. Auch wenn alle außer Josh Löcher in die Luft starren, entgehen mir die besorgten Blicke meines Verlobten im Rückspiegel nicht.
Am Green-Wood Cemetery angekommen, wartet bereits ein großer Teil der Trauergäste auf uns. Es sind viele Freunde und Arbeitskollegen meiner Schwester gekommen. Die meisten kenne ich überhaupt nicht, aber meine Schwester war immer überall beliebt gewesen. Wider besseren Wissens suche ich in der Menge nach dem Gesicht meines Dads, aber sehe ihn nirgends. Ich bin

mir nicht einmal sicher, ob ich ihn nach all den Jahren überhaupt erkennen würde. Oder er mich.

Von meiner Familie werden nur meine Mutter und ich anwesend sein. Zur Familie meines Vaters besteht kein Kontakt, ich weiß nicht einmal, ob es da überhaupt jemanden gibt. Die einzige Schwester meiner Mutter wird nicht kommen. Sie und Mom sind zerstritten, seit ich denken kann. Nicht einmal Lus Tod bringt die beiden dazu, sich am selben Ort aufzuhalten.

Joshs ältere Brüder begrüßen uns, und ich höre, wie Josh die beiden fragt, ob seine Eltern schon da sind. Teilnahmslos stehe ich daneben und starre die Koi-Karpfen im Teich an.

„Es tut mir so leid, Ellie." Ich spüre eine Hand auf meiner Schulter. Es ist Scott, Joshs ältester Bruder. Ich habe ihn immer nur als witzigen, fast albernen Mann kennengelernt, doch heute sieht er mich an, und sein Blick ist so voller Mitleid, dass ich es nicht aushalte.

„Danke", nuschele ich. „Ich ..." Vielleicht sollte ich ihm sagen, dass ich froh bin, dass er hergekommen ist, doch es gelingt mir nicht. Stattdessen mache ich auf dem Absatz kehrt und eile durch die Gartenanlage des Friedhofs. Es ist mir egal, was die anderen denken. Ich will allein sein.

Ich laufe so lange, bis das Murmeln der Stimmen leiser wird und schließlich verstummt. Ich bin an dem Teil des Green-Wood Cemetery angekommen, der aussieht wie ein Park. Überall stehen Laubbäume, dazwischen Grabsteine, die die Gedenkstätten von Menschen markieren, die hier beerdigt wurden.

Ich höre Vogelgezwitscher, die Sonne wärmt mich durch meinen Mantel hindurch, und wäre der Anlass nicht so schrecklich, gefiele mir dieser Ort sogar. Mit einem Seufzer lasse ich mich auf eine der hölzernen Bänke sinken.

In der Ferne sehe ich eine andere Trauergesellschaft, die einer Beerdigung beiwohnt. Ich kann weder die Worte hören, die dort gesprochen werden, noch die Gesichter der Menschen erkennen, aber allein der Anblick schnürt mir die Kehle zu. Wie soll ich Lus Beisetzung bloß überstehen?

„Ist hier noch frei?" Als ich die vertraute Stimme höre, blicke ich auf. Es ist mein bester Freund Rick. Er trägt wie immer einen Anzug und einen Mantel, heute ganz in Schwarz. Die dunkle Kleidung lässt seine grünen Augen dunkler wirken als sonst, sein blondes Haar noch heller.

„Sicher."

„Magst du?" Er hält mir einen Schokoladenriegel hin.

„Nee." Ich schüttele den Kopf. „Aber danke."

Er weiß, dass ich Schokolade liebe, aber nicht einmal danach ist mir im Moment.

„Okay." Er steckt den Riegel wieder zurück in die Außentasche seines Mantels. Zwischen uns breitet sich ein Schweigen aus, das sich mit Rick nicht unangenehm anfühlt. Wir beobachten beide die Beisetzung in der Ferne, und ich weiß, dass wir eigentlich zurück müssen. Dass ich gleich auf der Trauerfeier meiner Schwester sein werde, fühlt sich immer noch irreal an. Ich habe das Gefühl, wenn ich hier sitzen bliebe, könnte ich den Zeitpunkt hinauszögern. Doch ich weiß, dass das nicht stimmt.

„Brooklyn also", sagt Rick schließlich.

„Ja."

„Ich schätze, man bleibt eben immer ein Brooklynite", sagt er und seufzt.

Ich kann das Lächeln am Klang seiner Stimme hören. Als ich ihn ansehe, bestätigen meine Augen, was meine Ohren vernehmen. Er lächelt mich an, aber seine grünen Augen verraten, wie traurig er ist.

Rick und ich haben uns bei einem Workshop für Immobilienmakler kennengelernt. Damals hatten wir gerade die Highschool beendet und keinen Plan, aber trotzdem die Hoffnung, aus unseren Leben etwas zu machen. Obwohl es mir nicht so vorkommt, ist das schon über zehn Jahre her – und genauso lange kannte Rick meine kleine Schwester. Nicht nur ich und meine Mutter trauern – auch er ist heute hier, weil er jemanden verloren hat.

„Manche Dinge ändern sich eben nie", sage ich und erwidere sein Lächeln. Meine Gesichtsmuskeln fühlen sich an, als hätten sie verlernt, wie das geht. „Woher wusstest du, wo du mich findest?"

„Bauchgefühl", antwortet Rick und deutet ein Schulterzucken an. „Ellie, du weißt, ich würde noch den ganzen Tag hier mit dir sitzen. Aber wir sollten zurück. In zehn Minuten ..."

„Ich weiß", unterbreche ich ihn, als könne ich verhindern, dass die Trauerfeier stattfindet, wenn er es nicht ausspricht. „Mir ist nur ... alles zu viel", gestehe ich. „Die vielen Leute, ich ... ich hab nich' mal eine Rede geschrieben." Ich ziehe den Zettel aus meiner

Hosentasche.

„Darf ich?" Ricks Stimme ist kaum mehr als ein Flüstern.

Ich überlasse ihm den Zettel, stehe von der Bank auf und stopfe die Hände in die Taschen meines Mantels.

„Das klingt doch sehr schön." Rick steht ebenfalls auf und faltet das Papier wieder zusammen.

„Hast du dich mit Jo' abgesprochen?"

„Nein. Aber manchmal sind sogar Jo' und ich einer Meinung", antwortet er mit einem Lächeln.

Rick untertreibt maßlos, wenn ich bedenke, wie lange er und Jo' schon eine stetige On-off-Beziehung miteinander führen. Und zumindest wenn ihr Beziehungsstatus auf On steht, sind sie ziemlich oft einer Meinung.

„Der Redner kann das bestimmt in seine Zeremonie einfließen lassen, wenn du nicht selbst was sagen willst", fährt Rick fort. „Ich kümmere mich drum, wenn du willst, okay?"

Ich nicke bloß und wische mit dem Ärmel meines Mantels hastig eine einzelne Träne weg, die mir über die Wange kullert. Rick sieht mich an, sagt aber nichts. Ich bin dankbar dafür, dass er mich nicht behandelt wie all die anderen, die mir kaum in die Augen sehen können und deren Mitleid ich kaum ertragen kann. Er ist einfach nur Rick. Er lässt den Zettel in seiner Manteltasche verschwinden, und wir gehen zurück.

Kurz bevor wir Lus Trauergesellschaft erreichen, fasst Rick sanft an meinen Ellbogen. Ich bleibe stehen, woraufhin er seine Hand zurückzieht. Wir stehen auf der Brücke, die über den Koi-Teich führt.

„Noch was …", sagt er, „ein Wort von dir, und ich sorge dafür, dass dich niemand auch nur ansieht."

Trotz allem entlockt mir sein Angebot ein Lächeln. „Danke", sage ich und räuspere mich. „Aber die werden alle ihr Beileid aussprechen wollen."

Ich werfe einen Blick hinüber zu den Gästen, die in kleinen Gruppen zusammenstehen und sich unterhalten. Noch hat niemand bemerkt, dass wir zurück sind. Bei dem Gedanken daran, von all diesen Menschen Beileidsbekundungen entgegennehmen zu müssen, wird mir flau im Magen. Ich will ihnen nicht die Hand schütteln und in ihre Gesichter blicken, in denen nichts außer Mitleid geschrieben steht. Sogar Josh sieht mich so an.

„Nicht, wenn du nicht willst." Ricks Stimme reißt mich aus meinen Gedanken.

Ich blicke in seine Augen und finde dort kein Mitleid, sondern Mitgefühl. Rick und Jo' sind selbst dann für mich da, wenn Josh es nicht sein kann. Eine Woge von Schuldgefühlen droht mich zu überrollen, weil ich dieses Gespräch mit meinem Verlobten führen sollte. Sollte er nicht der Mann sein, der mich stützt? Warum ist er mir nicht hinterhergekommen? Meine Hände umklammern das Brückengeländer so fest, dass meine Knöchel weiß hervortreten. Josh hat nichts falsch gemacht. Meine Gefühlswelt überfordert ihn, und ich kann es ihm nicht einmal verdenken. Aber ich liebe ihn so, wie er ist. Außerdem war ich es, die ihn seit dem Tod meiner Schwester von sich gestoßen hat. Er akzeptiert lediglich, dass ich Raum für mich brauche.

„Ich weiß, dass dir den Schmerz niemand abnehmen kann, Ellie", sagt Rick, als ich nicht antworte. „Aber du bist nicht allein, okay? Und solange Jo' und ich da sind, wirst du das auch nie sein."

„Ich weiß", flüstere ich, „danke."

Mein Blick schweift über die liebevoll angelegte Gartenanlage. Die japanischen Kirschbäume stehen in voller Blüte, die Pavillons, in denen Urnen beigesetzt werden können, passen trotz moderner Glas-und-Stahl-Architektur perfekt hierher.

„Es hätte ihr hier gefallen", sage ich, und meine Stimme bricht.

„Ja. Das denke ich auch."

„Ich ... du kannst dir nich' vorstellen, wie beschissen ich mich fühle."

Ich spüre Ricks Blick auf mir, starre aber auf eine Seerose im Teich. Wenn ich ihn jetzt ansehe, werde ich die Worte hinunterschlucken, die ich seit Lus Tod noch niemandem anvertraut habe. Rick kennt mich gut genug, um abzuwarten, bis ich von selbst fortfahre.

„Ich hab das noch niemandem gesagt, aber ich ...". Ich muss tief durchatmen, um meine Tränen zurückzuhalten. „Ich hätte mehr tun sollen. Vielleicht hätte es noch andere Therapien gegeben, andere Ärzte oder ... Ich weiß es nich'. Irgendwas."

„Ach, Ellie", sagt Rick und seufzt. „Ich kann dich verstehen, wirklich. Aber du weißt hoffentlich, dass das Unsinn ist."

Ich habe erwartet, dass er so etwas sagen würde. Ich presse meine Lippen zusammen, meinen Blick weiterhin an die Seerose geheftet.

„Du hast alles getan, was möglich war."

„Sie ist ... war meine kleine Schwester. Es war meine Aufgabe, auf sie aufzupassen."

„Und das hast du getan." Ricks Stimme klingt sanft. „Immer. Aber es gibt Dinge da draußen, vor denen wir niemanden beschützen können, Ellie."

„Warum fühlt es sich dann trotzdem an, als hätte ich versagt?" Meine Stimme ist kaum mehr als ein Flüstern, aber Rick muss mich trotzdem verstanden haben, denn er legt seinen Arm um meine Schultern. Die Berührung lässt meinen Körper erstarren.

„Weil wir die Menschen, die wir lieben, retten wollen. Egal was wir dafür tun müssen", antwortet er und drückt mich liebevoll.

Seine Worte hallen in meinem Kopf nach, während ich einen winzigen Frosch beobachte, der sich auf das Blatt der Seerose gesetzt hat. Er scheint die Sonnenstrahlen zu genießen, während sich das Blatt unter ihm sanft im Wasser wiegt. Mir fällt auf, dass diese Seerose die einzige im Teich ist, die bereits blüht. Ihre Blütenblätter sind schneeweiß, nur in der Mitte zeigen sie eine rosa Färbung. Bald wird die Seerose verblühen, und vielleicht werde ich der einzige Mensch sein, der ihre Schönheit wahrgenommen hat. Der Gedanke stimmt mich noch trauriger.

„Die ist früh dran", sagt Rick.
Ja, so etwas gehört zu den Dingen, die Rick weiß. Und ich bin froh, dass die Seerose wenigstens noch jemandes Aufmerksamkeit gewinnen konnte, bevor ihre Blütezeit abgelaufen ist.
Der Frosch gleitet ins Wasser und verschwindet unter den Blättern der schwimmenden Blume.
Irgendwoher nehme ich die Kraft, meinen Freund nun doch anzusehen. Der Ausdruck in seinen Augen schwankt zwischen Sorge und Trauer.

„Ich hoffe, mich kann jemand retten, denn es fühlt sich ziemlich so an, als würde ich ersticken." Die Worte kommen über meine Lippen, ohne mir eine Chance zu lassen, darüber nachzudenken. „Sorry. Ich klinge erbärmlich."

„Tust du nicht." Rick lächelt mich an, und sein Blick strahlt eine Wärme aus, die den Eisklotz in meiner Brust berührt, der einmal mein Herz war. „Ich verspreche dir, wenn du einen Retter brauchst, dann bin ich zur Stelle. Immer."

Ich sehe ihm an, wie ernst er jedes seiner Worte meint, und spüre, wie ein paar Millimeter der Eisschicht um mein Herz schmelzen.

Die Trauerfeier zieht an mir vorüber, als sei ich eine Fremde, die nur zufällig hier ist. Die Zeremonie wird in der kleinen Kapelle der Anlage abgehalten, die Urne steht auf dem Altar, ein Foto meiner Schwester mit schwarzem Trauerband direkt daneben.

Lu war zu Lebzeiten nie gläubig gewesen, ebenso wenig sind es meine Mutter oder ich. Dennoch hat Mom eine grüne Urne ausgesucht, auf der ein weißer Weltenbaum abgebildet ist.

Ich höre die Worte, die der Redner spricht, und doch erreicht kein einziges davon meinen Kopf oder mein Herz. Ich weiß nicht einmal, ob die Zeilen von meinem Zettel ihre Verwendung gefunden haben.

Als die letzten Worte gesprochen sind, nimmt der Redner die Urne und bittet die Trauergesellschaft, ihm nach draußen zu folgen. Wie ferngesteuert stehe ich auf und verlasse an der Seite meiner Mutter die Kapelle. Sie weint unaufhörlich. Ich bin dankbar dafür, dass Tom für sie da ist. Die beiden sind seit Langem befreundet, und er kann ihr sicher eine Stütze sein. Ich kann es nicht, und es bricht mir das Herz, meiner Mutter nicht helfen zu können.

Wir haben für die Urne eine Nische an der Außenseite eines Pavillons gewählt, mit Aussicht auf den wunderschönen Garten. Ich halte den Blick auf den Redner geheftet, um keinen der anderen Gäste ansehen zu müssen. Leise Musik dringt aus dem Pavillon zu uns. Doch als der Redner die Urne an ihren Platz stellt und das Schild mit der Aufschrift *Lucinda Stray* daneben positioniert, bricht die Trauer aus mir heraus.

„NEIN!", schreie ich und sacke zusammen, als habe man einer Marionette die Fäden durchtrennt. „Nein, nein, NEIN!"

Ich registriere, dass es mit einem Mal so still um mich herum geworden ist, dass man eine Stecknadel zu Boden fallen hören könnte, aber es ist mir egal.

An meiner Seite ist sofort Josh, der beruhigend auf mich einredet. Immer wieder legt er seine Hand auf meine Schulter oder meinen Arm, nur um sie sofort wieder wegzunehmen. Er ist mit der Situation sichtlich überfordert.

Jo' geht neben mir in die Hocke und legt einen Arm um meine Schultern. „Hol lieber deinen Bruder, Josh. Der ist doch Arzt, oder nicht?!"

„Okay." Mein Verlobter springt auf, während ich weiterhin unkontrolliert schluchze. Mein Herz rast, mir ist schwindlig, und ich fühle mich, als bekäme ich nicht genug Luft. Ich zittere am ganzen Körper, während Tränen über mein Gesicht strömen.

„Jo', wir sollten sie von hier wegbringen." Rick hat Joshs Platz eingenommen und kniet neben mir auf dem Boden. „Bring du mit Josh Ellies Mom nach Hause, ja? Ich kümmer mich um Ellie."

Mit diesen Worten schließt Rick mich fest in seine Arme. Mein erster Reflex ist, mich gegen die Nähe zu wehren, aber ich habe keine Kraft mehr dazu. Um uns herum ist Gemurmel entstanden, und ich höre wie durch Watte, dass Jo' zu Rick irgendetwas sagt, worauf er mit „Ist mir egal!" reagiert.

„Komm", sagt er zu mir und hilft mir aufzustehen. „Wir setzen uns auf die Bank da drüben und warten auf den Arzt, okay?"

Ich nicke, obwohl sich meine Beine wie Pudding anfühlen.

Ich weiß nicht, wie ich auf die Bank gekommen bin, oder wie lange wir schon warten.

„Ich kann das alles nich'!", sage ich und schluchze gegen Ricks Brust.

„Sch, ich weiß", flüstert Rick mir zu, während er über mein Haar streicht und mich wiegt wie ein kleines Kind. „Ich weiß."

Ich höre Joshs Stimme, die immer näher kommt. Er unterhält sich offenbar mit jemandem.

„... aber ich krieg das einfach nicht hin! Ich komm einfach nicht an sie ran! Ich weiß nicht, was ich noch tun soll!"

Ich weiß, dass die Verzweiflung in seiner Stimme etwas in mir berühren sollte, aber ich fühle mich nicht dazu in der Lage, mich von Rick zu lösen, der mich immer noch im Arm hält. Mein Schluchzen hat aufgehört, aber das Gesicht halte ich in seinem Mantel vergraben – ein kläglicher Versuch, die Welt aussperren zu wollen.

Ich zwinge mich dazu, mich aufrecht hinzusetzen, und sehe Jo', meine Mutter und Josh vor der Parkbank stehen. Neben Josh steht sein Bruder Scott, dessen mitleidiger Blick von vorhin verschwunden ist. Er betrachtet mich, als sei ich seine Patientin.

Ich weiß, dass mein Nervenzusammenbruch alles andere als beruhigend gewesen sein muss, aber ich verkrafte die besorgten Blicke nicht länger. Ausgerechnet hier und heute mache ich meinen Liebsten noch mehr Kummer, als sie ohnehin schon erleiden müssen.

„Ich ...", beginne ich und räuspere mich. „Es tut mir leid. Ich will, dass ihr jetzt fahrt, okay? Bringst du meine Mom und Jo' bitte nach Hause?" Ich sehe Josh an, der dankbar dafür zu sein scheint, eine Aufgabe von mir zugewiesen zu bekommen.

Er nickt, sieht mich aber mit einer Sorgenfalte zwischen den Brauen an. „Klar. Aber was ist mit dir? Ich lasse dich ganz bestimmt nicht hier, Ellie."

„Ich komm schon klar."

Ich will nicht mit ihm nach Hause, aber das traue ich mich nicht zu sagen. Mir kommt Scott zu Hilfe, der Josh auf den Rücken klopft.

„Ich mach das schon", sagt er und kommt zu mir rüber.

„Seht ihr", sage ich, „ich bin in guten Händen." Ich lege die Hände fest auf meine Knie, um zu verbergen, wie sehr sie zittern.

„Ich bring sie nachher nach Hause, Josh", bietet Rick an, doch niemand macht Anstalten, meinem Wunsch nachzukommen.

„Bitte!", flehe ich.

„Dann gebt uns jetzt alle mal ein bisschen Privatsphäre", verlangt Scott. Mit einem Mal klingt er nicht mehr wie Joshs Bruder, sondern nur noch wie ein Arzt, der keine Schaulustigen bei seiner Arbeit gebrauchen kann. Seine Aufforderung bringt die anderen endlich dazu, sich in Bewegung zu setzen.

„Rick", sage ich. „Kannst du ... Ich ... möchte, dass du bleibst. Bitte."

„Keine Angst, ich warte da drüben." Mit einer Kopfbewegung bedeutet Rick, dass er den Pavillon unweit der Bank meint.

Scott diagnostiziert einen Nervenzusammenbruch, ausgelöst durch ein belastendes Ereignis. Etwas in mir will angesichts seiner Diagnose auflachen, weil es so absurd ist, das Offensichtliche aus seinem Mund zu hören. Aber ich will nicht, dass er mich für noch instabiler hält als ohnehin schon, also bleibe ich stumm.

Er drückt mir ein Beruhigungsmittel in die Hand, das er aus seiner Manteltasche hervorholt.

„Hier. Du kannst eine davon nehmen, bevor du dich schlafen legst, damit du ein bisschen zur Ruhe kommst. Aber du solltest dich in einem Krankenhaus nochmal durchchecken lassen. Und dir professionelle Hilfe suchen. Ich kann dir die Nummern von ein oder zwei Therapeuten raussuchen, wenn du willst."

Ich versichere ihm, dass ich seinem Rat folgen werde, und bedanke mich.

Ich habe weder vor, in ein Krankenhaus zu fahren, noch mich bei einem Psychologen vorzustellen. Aber ich will, dass Scott endlich verschwindet und mich in Ruhe lässt.

Der Mann, der aussieht wie eine etwas ältere Version von Josh, mustert mich noch einen Moment lang über den Rand seiner Brille hinweg, aber nickt dann schließlich.

„Bleib noch einen Moment sitzen. Ich sage Rick Bescheid", sagt er und legt eine Hand auf meine Schulter, um sie sanft zu drücken, bevor er geht.

Ich stecke die Tablettendose in meine Manteltasche und beobachte die beiden Männer.

„Bringst du mich nach Hause?", frage ich Rick, der nach dem kurzen Wortwechsel mit Scott zu mir rüberkommt.

„Überallhin."

1

Es ist dunkel. In der Nähe höre ich ein Klappern, das ich nicht einordnen kann. Ich höre ein Rauschen und ein gelegentlich wiederkehrendes *Tackatack*.
Mein Kopf schmerzt, als wolle er zerbersten, und alles dreht sich, obwohl ich die Augen geschlossen halte. Mein Rücken fühlt sich an, als wäre ich 80 und nicht 30 Jahre alt, und mir ist übel. Verdammt übel. Ich versuche mich zu erinnern, wie ich zu diesem heftigen Kater gekommen bin. War die Party letzte Nacht so wild?
Tackatack.
Dem Pochen in meinem Kopf nach zu urteilen, war der letzte Tequila der berühmte Drink zu viel. Aber so fies war mein Kater schon lange nicht mehr – schon gar nicht, seit mich das fast allabendliche Versacken mit meinem Arbeitskollegen Harold abgehärtet hat.
Harold hasst seinen Namen, sein Leben und auch sonst ziemlich alles, aber ich mag ihn auf eine skurrile Art. Er kennt eine Menge schräger Vögel in der New Yorker Kunstszene, die sich für unglaublich cool und talentiert halten, in Wahrheit aber ziemlich fertige Typen sind.
Harold und ich bewohnen beide eine Welt, in der neben Traurigkeit und Wut andere Gefühle keinen Platz mehr haben. Ich habe in ihm jemanden gefunden, der mir beim Ertränken meiner Erinnerungen Gesellschaft leistet, ohne Fragen zu stellen. Doch die Flucht in Alkohol und Partys währt immer nur kurz, meine innere Leere bleibt.
Die Menschen in meinem Umfeld verstehen mein Verhalten nicht und haben sich zurückgezogen. Der Kontakt zu meinen besten Freunden Jo' und Rick ist immer sporadischer geworden, mit meiner Mutter spreche ich schon lange überhaupt nicht mehr.
Tackatack.

Oft weiß ich nicht mehr, wie ich nach Hause gekommen bin, und mehr als einmal bin ich im Hausflur aufgewacht, weil ich es nicht mehr geschafft habe, die Wohnungstür aufzuschließen. Meine Nachbarn quittieren mein Verhalten mit einem Kopfschütteln. Ich bin für alle nur noch die durchgeknallte Ellie mit der toten Schwester und der Mutter, die sich nicht um ihre Tochter kümmert.

All diese Details der vergangenen Monate ziehen vor meinem inneren Auge vorbei, doch wenn ich versuche, mich an die letzten Stunden zu erinnern, finde ich in meinem Gedächtnis nichts – abgesehen von einer riesengroßen schwarzen Wand. Vor dem Tod meiner Schwester habe ich beim Feiern nie über die Stränge geschlagen, aber seit Harolds Partys zu meinem Abendprogramm gehören, habe ich es das eine oder andere Mal ordentlich krachen lassen.
Wo war ich zuletzt gewesen? Ich ziehe die Augenbrauen zusammen, was dazu führt, dass ich jeden Herzschlag noch schmerzhafter in meinem Kopf spure als ohnehin schon. Und ich dachte, schlimmer wird es nicht mehr. *Tackatack.*
Die schwarze Wand durchdringen zu wollen, ist aussichtslos. Mehr als ein paar verschwommene Bilder gibt mein Gedächtnis nicht her. Eine Party, ein Warehouse, Stroboskoplicht. Allein beim Gedanken an den letzten Tequila wird mir noch flauer im Magen. Ich reibe meine Schläfen mit den Fingern. Rick hatte mich angerufen, aber ich hatte ihn weggedrückt. Ich erinnere mich schemenhaft an zwei grelle Lichter, die auf mich zurasen.
Je angestrengter ich versuche, die Erinnerung aus ihrer dunklen Ecke in meinem Kopf zu zerren, desto schwerer fällt es mir, nach ihr zu greifen. Ich komme mir vor wie Alice im Wunderland, die das weiße Kaninchen einfach nicht zu fassen bekommt.
Ich seufze und kapituliere, wenigstens für den Augenblick. Ich riskiere einen Blick und mustere meine Umgebung. Ich sitze auf einer schlecht gepolsterten Bank in … Wo eigentlich? Mein erster Gedanke ist, dass ich in der U-Bahn gelandet bin, aber die Sitzbänke der New Yorker U-Bahn sind nicht gepolstert. Außerdem befinde ich mich in einem geschlossenen Abteil und sitze seitlich statt mit dem Rücken zu einem Fenster. Ich sitze in einem verdammten Zug.
Vor den Fenstern des Abteils ist es stockfinster, sodass ich nichts erkennen kann. Die Nachtbeleuchtung ist die einzige Lichtquelle im Innenraum des Abteils, in das sich außer mir keine weiteren Fahrgäste verirrt haben. Allein in einem ziemlich heruntergekommenen Abteil der New Yorker Bahn. Großartig. *Tackatack.*

Ich habe keine Ahnung, wie lange ich schon durch die Gegend fahre. Ich hoffe nur, dass ich es noch rechtzeitig nach Hause

schaffe, um mich umzuziehen und zu meiner Schicht zu hetzen, denn mein Chef, Mr. Hang, hasst nichts mehr als Unpünktlichkeit. Ich werfe einen Blick auf meine Armbanduhr, nur um festzustellen, dass ich auf mein nacktes Handgelenk sehe. Verdammt! Habe ich meine Uhr verloren? Oder wurde sie mir geklaut? Bei meiner anhaltenden „Glückssträhne" würde es mich nicht wundern.
Ich habe keine Energiereserven, um mich wegen meiner Uhr verrückt zu machen. Sie hat mir nichts bedeutet, und zu Hause habe ich noch andere herumliegen. Umständlich friemele ich in der Tasche meiner Jeans nach meinem Handy. Doch auch mein Telefon ist nicht mehr da.
Langsam, aber sicher fühlt es sich so an, als würde mein Herz nur noch Adrenalin statt Blut durch meinen Körper pumpen. Hektisch taste ich die Ritzen zwischen den Sitzen ab und schaue mich auf dem Fußboden im Abteil um. Dass meine Uhr weg ist, ist eine Sache, aber wo ist mein verdammtes Telefon? Ich verlasse das Haus vielleicht ohne meine Uhr, aber ganz bestimmt nicht ohne mein Handy. Während ich suche, wirkt die Welt um mich herum wieder, als würde ich auf einem Karussell stehen. Kalter Schweiß steht mir auf der Stirn, und ich fühle mich, als müsse ich mich gleich übergeben. Hat mich jemand ausgeraubt, während ich in diesem beschissenen Zug geschlafen habe?
Panik macht sich in mir breit, denn auch meine Handtasche, in der mein Wohnungsschlüssel, meine Kreditkarten und ein wenig Geld für's Taxi waren, kann ich nirgends entdecken. Ich ignoriere den Schwindel und springe auf, um auf den Ablagen über den Sitzbänken nachzuschauen, auch wenn es unwahrscheinlich ist, dass meine Habseligkeiten dort gelandet sind. Ich bin nicht besonders groß, und wenn ich letzte Nacht nur annähernd so betrunken in die Bahn gestiegen bin, wie sich mein Kater anfühlt ... Wie hätte ich meine Sachen dort oben verstauen sollen? Während ich die Ablagemöglichkeiten abtaste, geht ein Ruck durch den Zug. Der unerwartete Hopser gibt meinem angeschlagenen Gleichgewicht den Rest. Unbeholfen mache ich einen Ausfallschritt und spüre nur noch, wie mein Kopf hart gegen die Fensterscheibe schlägt und ich auf die Sitzbank zurücktaumele. Ich sehe plötzlich wieder die beiden grellen Lichter auf mich zurasen, bevor die Welt um mich herum schwarz wird. *Tackatack.*

Als ich wieder zu mir komme, scheint mir die Sonne ins Gesicht.

Ich kneife die Augen zusammen und schirme sie mit der Hand ab. Wie lange war ich bewusstlos?
Als Nächstes realisiere ich, dass ich nicht mehr allein bin. Die Sitzbänke haben sich bis auf den letzten Platz gefüllt.
Meine Kopfschmerzen fühlen sich inzwischen nicht mehr an, als hätte mir jemand mit einem Holzhammer eine übergebraten, und ich stelle zu meiner Erleichterung fest, dass sich die Welt um mich herum nicht mehr unkontrolliert dreht, sobald ich den Kopf bewege.
Mein Gefühl sagt mir, dass hier irgendetwas nicht zusammenpasst, aber ich kann meinen Finger nicht darauf legen, was es ist. Ich werfe einen Blick auf meine Armbanduhr, doch sie ist nicht da. Ich habe das Gefühl eines Déjà-vu, als ich feststelle, dass auch mein Handy und meine Handtasche weg sind. Okay. Ruhig bleiben. Bestimmt habe ich sie beim Feiern letzte Nacht einfach verloren. Halb so wild. Ärgerlich, aber halb so wild. Tief durchatmen.
Verstohlen mustere ich die Menschen, die mit mir im Abteil sitzen. Ein dunkelhäutiger Mann mit kurzem Haar und weißen Kopfhörern auf den Ohren sitzt an der Tür auf der gegenüberliegenden Bank. Seine Haare sind kurz geschoren und sehen so aus, als würden sie zu einem wilden Afro, wenn er sie wachsen ließe. Er wippt rhythmisch mit dem Fuß. Seine schwarzen Chucks haben schon bessere Tage gesehen, zerrissene Jeans, ein weißes T-Shirt und eine schwarze Lederjacke mit Nieten komplettieren seinen Rockstar-Look. Er könnte als Bruder von Lenny Kravitz durchgehen.
Neben ihm sitzt ein blasser Mann mittleren Alters, der aussieht, wie ich mir einen klassischen Buchhalter vorstelle.
Der Buchhalter sitzt zwischen dem Lenny-Kravitz-Double und einem grimmig wirkenden Typen, der auf dem Fensterplatz mir gegenüber sitzt. Er hat Oberarme wie ein Bodybuilder, eine Glatze und ein Kreuz, das jeden olympischen Schwimmer vor Neid erblassen ließe. Er trägt dunkelblaue Jeans und ein viel zu enges, schwarzes T-Shirt, das erahnen lässt, dass nicht nur sein Bizeps hervorragend trainiert ist. In seiner Hand hält er eine geöffnete Bierflasche. Ich kenne die Marke nicht, aber es muss etwas Ausgefallenes sein, wenn es kein Dosenbier ist. Ich bemerke erst jetzt, dass er mich anstarrt. Er hat stechend blaue Augen, die die Frauen bestimmt reihenweise sehnsuchtsvoll seufzen lassen, doch ich fühle mich ganz und gar nicht wohl, wenn er mich so ansieht.

Ich rutsche auf meinem Platz hin und her. Seine Erscheinung erinnert mich an einen Türsteher der unangenehmen Sorte.

Ich entscheide mich dafür, mich möglichst unauffällig zu verhalten und beim nächsten Halt auf gut Glück auszusteigen. Dann werde ich mir ein Taxi nehmen und den Fahrer davon überzeugen, dass ich in meiner Wohnung genug Geld habe, um die Fahrt zu bezahlen. Ein hervorragender Plan.
Mr. Muskelmann nippt an seinem Bier und starrt mich weiterhin in Grund und Boden. Das ungute Gefühl in meiner Magengrube bleibt, und ich spüre, wie sich die feinen Härchen in meinem Nacken aufrichten. Ich unterdrücke den Impuls, sofort aufzustehen und das Abteil zu verlassen, und konzentriere mich stattdessen wieder auf das Inspizieren meiner Gesellschaft.
Rechts von mir sitzt ein Typ, der in meinem Alter sein dürfte. Er ist lässig gekleidet: Bluejeans, Rolling-Stones-T-Shirt und ein Paar abgetragene, schwarze Sneakers an den Füßen. Mein Blick wandert zu seinem Gesicht, und mir fällt auf, dass er ganz süß aussieht mit seinen dunkelbraunen, leicht lockigen Haaren und seinem Dreitagebart. Ohne den Bart würde er deutlich jünger aussehen, aber so wirkt sein ohnehin markantes Gesicht männlicher. Wenn ich ehrlich bin, sieht er nicht nur süß aus, sondern ist verdammt attraktiv.
Er muss spüren, dass ich ihn beobachte, denn er schaut kurz von seinem Buch auf und lächelt mich an. Ich weiß nicht warum, doch diese kleine Geste der Freundlichkeit – oder ist er einfach nur irritiert, weil er merkt, dass ich ihn anstarre? – bringt mich aus dem Konzept. Auch wenn ich mich plötzlich fühle wie ein schüchternes Schulmädchen, lächele ich zurück und komme nicht umhin, seine tiefbraunen Augen zu bemerken. Vollkommen unerwartet beginnt es in meinem Bauch zu kribbeln. Ich spüre, wie mein Gesicht ganz warm wird, und hoffe, dass es sich nur so anfühlt und mein Kopf nicht aussieht wie eine Tomate. Damit der Moment nicht noch peinlicher wird als ohnehin schon, nicke ich in Richtung seines Buches.

„Lesen ist ziemlich cool", höre ich mich sagen. Meine Stimme ist rau, und ich muss mich erst einmal räuspern.
Was zur Hölle? Lesen ist ziemlich cool? Ich glaube, meine Pubertät hat gerade angerufen und will ihren peinlichen Spruch zurück.

„Was für ein Buch liest du denn?", füge ich hinzu und komme

mir vor wie ein verknallter Teenager, aus dessen Mund nur noch Wortkotze herauskommt, sobald der Angebetete auch nur in der Nähe ist. Angebeteter? Vermutlich setzt mir der Restalkohol noch mehr zu, als ich dachte.
Statt mir zu antworten, lächelt der Unbekannte nur noch breiter und zeigt mir das Buchcover, das meine Frage beantwortet.
Per Anhalter durch die Galaxis. Auch wenn ich mit ausgerechnet diesem Werk nie etwas anfangen konnte, finde ich es ziemlich sexy, wenn Männer Bücher lesen. Bevor ich noch weitere Peinlichkeiten von mir geben kann, höre ich das ohrenbetäubende Kreischen der Bremsen.
„Was zum …?", entfährt es mir, während ich nach einer Möglichkeit suche, mich irgendwo festzuhalten.
Noch bevor ich zu Ende fluchen kann, kommt der Zug ruckartig zum Stehen, was mich fast aus meinem Sitz befördert. Irgendein Idiot muss die Notbremse gezogen haben. Die Vollbremsung hat auch die anderen Passagiere überrascht. Die *Per Anhalter durch die Galaxis*-Ausgabe von Mr. Nice Guy ist einmal quer durch das Abteil geflogen, der Lenny-Kravitz-Verschnitt schaut stirnrunzelnd in meine Richtung und hat zum ersten Mal seinen Kopfhörer abgenommen. Warum sieht er mich so vorwurfsvoll an? Ich war schließlich nicht diejenige, die die Notbremse gezogen hat!
Ich ziehe gerade in Erwägung, ihm das ungefragt mitzuteilen, als ich den Biergeruch bemerke, der meinem instabilen Magen gar nicht zusagt. Der Türsteher hatte seine Bierflasche offensichtlich nicht unter Kontrolle und mir bei der Bremsung den halben Inhalt übergekippt. Ich spüre, wie sich ein nur allzu vertrautes Gefühl in mir ausbreitet: Wut.

Ich bin wütend auf den Typen, und vor allen Dingen auf mich selbst, weil ich die Kontrolle über mein Leben verloren habe. In der ersten Zeit nach Lus Tod habe ich mich von allem abgeschottet, weil ich gedacht habe, der Schmerz über ihren Verlust würde mich ebenfalls umbringen.
Ich habe wochenlang zusammengekauert auf meinem Bett gesessen, mit niemandem gesprochen, mich nicht gewaschen, nur das Nötigste gegessen und habe die gegenüberliegende Wand angestarrt. Ich habe mich wie eine Badewanne gefühlt, der man den Stöpsel gezogen hatte und aus der unaufhaltsam das Wasser abfloss. Genau wie das Wasser ist mein Lebenswille in den Abfluss

gegluckert. Darüber hinaus hatte ich meinen Job verloren, weil ich nicht mehr hingegangen bin, hatte meine Freunde immer wieder mit meiner Ablehnung vor den Kopf gestoßen, und sogar Josh, mein Ex-Verlobter, hatte nach unzähligen Versuchen der Annäherung seine Sachen gepackt. Mein Leben ist wie ein Kartenhaus über mir zusammengebrochen und ich habe nichts dabei gefühlt. Ich weiß, dass es meine eigene Schuld ist, dass ich alles verloren habe. Doch jetzt fühle ich etwas: die Wutkugel in meinem Bauch, die so warm ist, als hätte ich zu viel Tequila auf nüchternen Magen getrunken.

Ich bin so mit mir selbst beschäftigt, dass ich beim flüchtigen Hinausschauen aus dem Fenster nur beiläufig registriere, wie anders die Landschaft dort draußen geworden ist. Ein Teil meines Verstands schlägt ob dieses Anblicks sofort Alarm und versucht mir zu vermitteln, dass ich überall bin, aber ganz bestimmt nicht mehr in New York City.
Aber der andere Teil meines Verstands ist damit beschäftigt, mein Bedürfnis zu unterdrücken, den Muskelprotz anzuschreien, obwohl es nur Bier ist, das er verschüttet hat. Während ich versuche, meine Gefühle unter Kontrolle zu bringen, und ihn anstarre, höre ich nichts außer dem Rauschen meines eigenen Blutes in meinen Ohren. Ich fühle mich, als wäre ich nicht mehr ich selbst. Es ist, als würde ich nur noch aus der Wutkugel bestehen, die darauf wartet, endlich explodieren zu dürfen.
Ich verenge meine Augen zu schmalen Schlitzen. Die Ränder meines Sichtfeldes verschwimmen, und ich habe das Gefühl, roten Nebel wabern zu sehen. Was ist bloß los mit mir? Ich blinzele ein paarmal, doch der rote Schleier lässt sich nicht vertreiben. Kalter Schweiß steht mir auf der Stirn, und ich zittere am ganzen Körper. Meine Knie fühlen sich an, als wären sie aus Gummi. Zu meiner Überraschung stelle ich fest, dass ich von meinem Sitz aufgesprungen bin. Neben der Wut, die in mir kocht, verschafft sich ein lange nicht mehr dagewesenes Gefühl Platz: Angst.

Ich habe Angst, die Kontrolle gänzlich zu verlieren. Ich kann mich nicht an die letzten Stunden von gestern Nacht erinnern. Ich kann mich nicht einmal daran erinnern, vor ein paar Sekunden von der ranzigen Sitzbank aufgestanden zu sein, und trotzdem stehe ich hier!

Der Muskelprotz macht keine Anstalten, meinem Blick auszuweichen. Ganz im Gegenteil: Er starrt genauso feindselig zurück. Ich spüre etwas Kühles in meiner Hand und staune nicht schlecht, als ich feststelle, dass meine linke Hand die Bierflasche umklammert. Sie ist in der Mitte zerbrochen, und ich halte die zersplitterte Seite in seine Richtung. Wann ist sie zerbrochen und wie? Ich weiß nicht, wie die kaputte Flasche den Besitzer gewechselt hat, ich spüre nur noch dieses Gefühl von Bedrohung, das mich zu erdrücken scheint.
Meine Aufmerksamkeit schwenkt von dem massiven Mann zum Fenster. Als ich die mit Schnee bedeckten Berge sehe, den strahlend blauen Himmel und die weiten, grünen Wiesen, auf denen ein paar Schäfchen ihrem Dasein frönen, wird mir klar, dass ich in großen Schwierigkeiten stecke.
„Wo zum Teufel sind wir hier?" Ich richte die Frage in erster Linie an mich, doch meine Worte hängen in der Luft des Abteils.
Der Muskelprotz nutzt den kurzen Moment meiner Verwirrung und springt so plötzlich von seinem Sitzplatz auf, dass ich ihn mit aufgerissenen Augen anstarre. Er schlägt mir meine improvisierte Waffe aus der Hand und verpasst mir einen Schubser vor die Brust, sodass ich unsanft vor der Sitzbank zu Boden gehe und die halbe Flasche bis ans andere Ende des Abteils rollt.
Ich bin nicht imstande zu begreifen, was hier gerade passiert, und der rote Nebel verschleiert meine Sicht zunehmend. Ich spüre, wie die Wutkugel in mir immer schwächer lodert und wie ich schon wieder das Bewusstsein verliere. Das Letzte, was ich mitbekomme, ist, wie der Muskelprotz mich an den Schultern packt, unsanft schüttelt und mir etwas ins Gesicht brüllt.
„Du bist eine riesige Enttäuschung für uns alle, Elizabeth!", höre ich ihn poltern.
Mit aller Kraft versuche ich, bei Bewusstsein zu bleiben, doch der einzige Gedanke, der mir noch durch den Kopf schießt, ist, woher dieser Grobian meinen Namen kennt. Danach verschlingt der rote Nebel mich, bis alles um mich herum zuerst rot wird und dann in Schwärze versinkt.

2

Um mich herum ist nur pechschwarze Dunkelheit. Ich versuche, den Arm auszustrecken, um nach einer eventuellen räumlichen Begrenzung in meiner Nähe zu tasten, aber meine Muskeln verweigern mir den Dienst. Was ist bloß los? Mir fällt es schwer, zu bestimmen, ob ich in einem Traum feststecke, oder ob das hier die Realität ist. Ich höre wie aus weiter Ferne Stimmen, denen ich keine Gesichter zuordnen kann. Sie unterhalten sich gedämpft und klingen besorgt. Worüber reden sie?
Ich versuche, die Worte zu verstehen, aber nichts scheint einen Sinn zu ergeben. Mein Instinkt sagt mir, dass ich zu den Stimmen gelangen muss. Nur so kann ich herausfinden, was vor sich geht.
Ich will die Augen öffnen und aufstehen, aber meine Muskeln reagieren nicht auf mein Vorhaben. Auch ein erneuter Versuch bleibt erfolglos – ich kann nicht einmal meine Zehen spüren, geschweige denn bewegen. Ich fühle mich, als sei mein Bewusstsein bereits wach, nur scheint mein Körper noch nichts davon zu wissen. Meine Atmung beschleunigt sich, als ich noch einmal versuche, die Augenlider zu öffnen, und es mir nicht gelingt. Eine Mischung aus Panik durchströmt meinen paralysierten Körper. Ist das ein Alptraum?
Ich hoffe, dass ich jede Sekunde hochschrecke und schweißgebadet in meinem Bett in meinem New Yorker Apartment aufwache. In Gedanken zähle ich bis fünf und sehne diesen Moment verzweifelt herbei – aber er kommt nicht.
Mein Puls rast, und es kostet mich meine ganze Willenskraft, mich auf meine Atmung zu fokussieren. Ich muss mich beruhigen. Panik hilft mir nicht weiter – schon gar nicht, wenn ich nicht Herr über meinen Körper bin. Ich atme langsam ein und wieder aus. Ein und wieder aus. Ich konzentriere mich einfach auf das, was ich kann. Ich kann immer noch hören und fühlen. Das ist nicht besonders beruhigend, aber der Knoten in meinem Magen löst sich dennoch, und meine Angst ebbt ab.
Ein paar Satzfetzen wie „ganz schön krass" und „bald aufwachen", dringen bis zu mir durch, aber ich bin zu erschöpft, um weiter zu lauschen. Meine Welt besteht aus weicher, warmer Dunkelheit, die mir ein Gefühl von Endlosigkeit gibt. Wenn ich mich anstrenge, kann ich weitere Stimmen hören, die mir zusäuseln, dass ich einfach loslassen und meiner bleiernen Müdigkeit nachgeben soll.

Aber ich will nicht nachgeben. Sowohl die Dunkelheit als auch die Stimmen darin kommen mir merkwürdig vertraut vor, als seien sie alte Bekannte – auch wenn ich gerade nicht weiß, woher diese Bekanntschaft kommt. Ab und zu taucht die Gestalt meiner Schwester in der Finsternis auf, so nah und so real, dass ich das Gefühl habe, ich müsse nur den Arm ausstrecken, um sie berühren zu können. Auch wenn es das ist, was ich in diesem Moment am meisten will … Ich habe keine Arme, die ich nach ihr ausstrecken kann. Ich versuche, ihren Namen zu rufen, aber auch meine Stimme versagt. Ich will ihr sagen, wie sehr ich sie vermisse, wie trostlos eine Welt ist, in der ich ihr Lachen nicht mehr hören kann. Lu sieht mich mit ihren braunen Augen an, und ich spüre, dass sie mir etwas mitteilen will. Sie legt den Zeigefinger auf ihre Lippen und schüttelt den Kopf. Ich verstehe.
Ich darf mich auf keinen Fall von den Stimmen und deren Versprechungen einlullen lassen, ganz egal wie verlockend sie klingen mögen. Ich soll abwarten und nicht nachgeben. Und sie sollen nicht erfahren, dass Lu hier war, um mich zu warnen. Das Bild meiner Schwester verblasst zunehmend, und wenige Sekunden später frage ich mich, ob sie überhaupt je da gewesen ist.
Ich nehme mir vor, den Stimmen höflich zu erklären, dass ich ihr Angebot zu schätzen weiß, es aber nicht annehmen kann. Doch wie, wenn ich stumm bin wie ein Fisch? Ich muss einen Weg finden, es ihnen mitzuteilen. Ich kann noch nicht loslassen. Ich bin nicht bereit dazu, die ganze Wut hinter mir zu lassen, die ich im Moment zwar nicht spüre, die aber seit Lus Tod tiefe Wurzeln in mir geschlagen hat. Ich bin nicht bereit für Frieden, noch nicht.
Nachdem ich beschlossen habe, so etwas wie inneren Frieden nicht zu akzeptieren, lassen mich die Stimmen in Ruhe. Es fühlt sich an, als würden sie sich in weit entfernte Ecken meines Verstands zurückziehen, um dort auf die nächste Gelegenheit zu warten, mich zu beschwatzen.

Obwohl meine Augenlider schwer sind, zwinge ich mich, sie zu öffnen. Es gelingt mir, und ich blinzele ein paarmal, damit sich meine Augen an das schummerige Licht gewöhnen. Ich liege in einem fremden, aber bequemen Bett. Als ich mit den Zehen wackele, bemerke ich, dass ich barfuß bin. Ich hebe die Bettdecke und werfe einen Blick an mir hinunter. Statt meines Partyoutfits trage ich einen Männerpyjama. Meine Wangen fühlen sich

schlagartig viel wärmer an, und ich frage mich, wie ich aus meinen Klamotten und in den Schlafanzug gekommen bin.
Der Raum ist nicht groß. Die Vorhänge sind zugezogen, und im Halbdunkel kann ich nicht mehr als ein paar Dinge erkennen. Neben meinem Bett befindet sich ein Nachttisch, auf dem eine Schale mit irgendwelchen eingepackten, kleinen Dingen steht. Aus Angst, dass sich das Karussellgefühl gleich wieder einstellen könnte, drehe ich meinen Kopf langsam zur anderen Seite und erschrecke. Neben dem Bett steht ein Ohrensessel, in dem ein Mann sitzt.
Genauer gesagt scheint er im Sessel eingeschlafen zu sein, denn ich vernehme sein leises Schnarchen. Adrenalin schießt durch meinen Körper, und für den Bruchteil einer Sekunde überschlage ich meine Chancen, die Zimmertür zu erreichen, bevor er aufwacht. Aber was dann? Ich entscheide mich gegen eine kopflose Flucht. Er sieht nicht bedrohlich aus, den Kopf seitlich an die hohe Lehne gelehnt. Aber was heißt das schon? Wenn ein Tiger schläft, sieht er auch friedlich aus.
Irgendwas an dem Typen kommt mir bekannt vor. Die Arme hat er vor seiner Brust verschränkt. Diese dunklen, lockigen Haare, der Dreitagebart, der ihm so unglaublich gut steht... Plötzlich überfluten so viele Erinnerungen mein Gehirn, dass mir die Luft wegbleibt.

Die Bahnfahrt. Der Mann, der neben dem Bett sitzt, ist der heiße Typ aus der Bahn, der das Buch gelesen hat! Warum ist er hier? Und was ist mit den anderen Fahrgästen? Dem Buchhalter und dem Bruder von Lenny Kravitz? Ich erinnere mich nun auch an den Muskelprotz, der mir gegenübersaß und mich in Grund und Boden starren wollte. Bin ich wirklich mit seiner zerbrochenen Flasche auf ihn losgegangen? Weil er sein Bier bei der Vollbremsung verschüttet hat?
Der bloße Gedanke an meine Wut treibt mir die Schamesröte ins Gesicht. Warum hatte ich mich nicht unter Kontrolle?
Glücklicherweise scheint der Typ im Sessel sogar im Sitzen einen gesunden Schlaf zu haben, sodass ich diesen Moment der Verlegenheit mit mir allein ausmachen kann. Sollte ich diesen Muskelprotztypen jemals wiedersehen, werde ich mich bei ihm entschuldigen, so viel steht fest.
Mein Blick haftet an dem schnarchenden Mann. Ich beneide ihn

nicht um die Nackenschmerzen, mit denen er nach diesem Nickerchen vermutlich aufwachen wird. Bin ich etwa bei dem Kerl zu Hause? Und wie bin ich überhaupt hierher gekommen? Hat er mich hergebracht? Welcher Tag ist heute? Ich seufze. Meine Verwirrung wird hoffentlich nicht zum Dauerzustand.

Das massive Holzbett unter mir knarzt, als ich mich aufsetze. Als hätte ich einen Kanonenschlag abgefeuert, schreckt der attraktive Typ aus dem Schlaf und schaut mich mit weit aufgerissenen Augen an. Es genügt schon, dass er mich ansieht, um ein Kribbeln in meiner Magengegend auszulösen. Ich komme mir vor wie damals mit 16 und grinse, während ich mit den Schultern zucke. Er streckt sich und massiert sich mit einer Hand den Nacken.

„Hi. Du bist ja wach." Er reibt sich mit einer Hand über das Gesicht. „Ich bin Dan."

„Hi. Ich bin Ellie." Ich fühle mich so schüchtern wie damals, als ich Josh kennenlernte. Aber im Gegensatz zu der von Josh klingt die Stimme des Fremden dunkel und weich. Mir gefällt das. „Ist das deine Wohnung?"

Es rasen so viele Fragen durch meinen Kopf, dass ich Mühe habe, nicht alle sofort zu stellen.

Dan nickt und gähnt hinter vorgehaltener Hand.

„Hast du etwa die ganze Nacht in dem Sessel da geschlafen?"

Er schaut mich zuerst verwundert an und beginnt dann zu kichern. Sein Lachen klingt so warm und herzlich, dass ich eine Gänsehaut bekomme.

„Die ganze Nacht? Machst du Witze?", fragt er, immer noch grinsend. „Du hast die letzten anderthalb Tage verpennt."

Die Information erreicht mein Gehirn, aber ich kann trotzdem nicht verstehen, was er sagt. Ich versuche, seinem Gesichtsausdruck zu entnehmen, ob er mich auf den Arm nehmen will. Erfolglos.

„Die letzten ... was?! Willst du mich verarschen?" Oh Mann. Wir unterhalten uns jetzt seit drei Sätzen, und schon benutze ich Kraftausdrücke. Ich habe die Sache mit dem guten ersten Eindruck wirklich drauf.

„Sorry", nuschele ich und zupfe an der Bettdecke, doch Dan winkt ab.

„Kein Grund, sich zu entschuldigen. Ehrlich!", sagt er und deutet ein Achselzucken an. „Ist ja auch alles ein bisschen abgefahren."

Ich bleibe stumm und nicke, während ich versuche, meine Unsicherheit zu verbergen, so gut es geht. Das Bett ächzt erneut, als ich mich vollständig aufsetze und meine Knie mit den Armen umschlinge.
„Was ist überhaupt passiert? Und wo sind wir hier? Also, außer bei dir zu Hause, mein ich. Und …"
Plötzlich fällt mir siedend heiß ein, dass Mr. Hang mich mit Sicherheit schon gefeuert hat. Wer unabgesprochen nicht zur Arbeit erscheint, braucht im Normalfall gar nicht mehr wiederzukommen. Selbst wenn man krank ist, muss man schon den Kopf unter dem Arm tragen, um vor Mr. Hang zu rechtfertigen, warum man sich nicht zur Arbeit schleppen kann.
„Ach du Scheiße!", fluche ich. „Ich muss sofort nach Hause und dann zur Arbeit, sonst gibt's richtig Stress! Oder … noch besser ist, ich fahr direkt zur Arbeit!" Ich bin schon halb aus dem Bett gesprungen, als ich merke, wie sich die Welt um mich herum rasant zu drehen beginnt. Meine Beine fühlen sich nicht so an, als würden sie zu mir gehören, und ich schwanke.
„Whoa! Ich würde eher sagen, du machst erst mal ein bisschen langsam und schaltest 'nen Gang runter." Dans Reaktionszeit ist zum Glück ausgesprochen kurz, sodass er mich stützt, bevor ich den Fußboden aus der Nähe betrachten kann. Er setzt mich auf der Bettkante ab, und ich bin wieder einmal wütend. Auf mich, auf meinen Körper, der mir nicht gehorchen will, und darüber, dass ich vermutlich meinen Job verloren habe. Schon wieder.

Bevor ich bei Mr. Hang gearbeitet habe, habe ich Luxusimmobilien gemakelt. Auch wenn das immer mein Traumjob gewesen war, hat mich mein apathisches Verhalten nach Lus Tod meinen Job gekostet. Das Maklerbüro gehört Rick, aber auch wenn ihn, Jo' und mich eine enge Freundschaft verbindet, kann ich verstehen, warum er mich feuern musste.
Dan streckt seinen Arm aus und fischt etwas aus der Schale auf dem Nachttisch. Im Halbdunkel kann ich es zunächst nicht genau erkennen, doch er hält es mir hin. Seine Nähe macht mich nervös.
„Schokolade?", fragt er in fast beiläufigem Tonfall und knistert bereits mit dem bunten Papier einer Praline.
Ich kann es nicht fassen: Ich sitze hier, ruiniere womöglich den letzten Rest meines ohnehin schon erbärmlichen Lebens, und er fragt mich, ob ich Schokolade essen will? Mein Blick muss meine

Entgeisterung verraten. Dan hebt die Schultern und lächelt mich an. Sein Lächeln sorgt dafür, dass es in meinem Bauch wieder kribbelt und ich die Wut vergesse, die eben noch dort wohnte.

„Schokolade hilft immer", erklärt er, befreit eine weitere Praline aus ihrem Papier und steckt sie sich in den Mund. Ich hebe ebenfalls die Schultern und gebe mich geschlagen.

„Na ja. Wer weiß, wann ich mir je wieder was Süßes leisten kann, wenn ich meinen Job los bin", entgegne ich und halte die Hand auf. „Danke".

Er legt eine verpackte Praline auf meine ausgestreckte Hand. Meine Finger zittern, als ich die Schokolade aus ihrem knisternden Mäntelchen befreie. Ich schließe die Augen, lasse sie auf meiner Zunge zergehen, und für einen winzigen Moment bin ich einfach nur glücklich.

„Moah. Die Schokolade ist wirklich der Hammer." Als ich die Augen öffne, sehe ich, dass Dan es sich wieder im Sessel bequem gemacht hat und grinst. Was amüsiert ihn so?

„Was?", frage ich in seine Richtung.

Er versucht, sich das Grinsen zu verkneifen, und schüttelt dabei den Kopf. „Besser?"

Ich nicke und bin selbst erstaunt darüber, dass er recht hat.

„Ich sag's ja", fährt er fort, „Schokolade hilft immer."

Dans natürlichem Charme habe ich einfach nichts entgegenzusetzen. Obwohl ich diesen Mann überhaupt nicht kenne, fühlt es sich unglaublich vertraut an, mit ihm zusammen zu sein. Weil ich mit meinen Gedanken beschäftigt bin und außerdem nicht weiß, was ich sagen soll, führt er unser Gespräch fort.

„Mach dir mal keine Sorgen wegen deines Jobs."

„Da kennst du Mr. Hang schlecht."

„Ich kenn ihn vielleicht nicht, aber mein Chef hat angeboten, ihn anzurufen und Bescheid zu sagen, dass du erst mal nicht zur Arbeit kommen kannst."

Sofort schießen mir tausend neue Fragen durch den Kopf.

„Was?!", unterbreche ich Dan. „Du hast … Wie kommt er dazu, einfach bei meinem Chef anzurufen? Und woher weißt du überhaupt, wo ich arbeite? Bist du ein Stalker oder was?"

Dans Blick wird ernst, fast traurig, und sofort bereue ich meine Wortwahl. Ich wollte ihn nicht beleidigen, immerhin hätte er mich auch einfach in der Bahn liegen lassen können, als es mir dreckig ging. Außerdem mag ich ihn.

„Tut mir leid", sage ich und seufze, „Ich bin im Moment einfach nich' ich selbst. Eigentlich schon seit 'ner ziemlich langen Zeit."
Dan nickt bloß und greift nach etwas, das auf dem Nachttisch liegt. Einen Augenblick später wirft er meine Handtasche neben mich aufs Bett.
„Die hast du in der Bahn verloren. Lag unter 'ner Sitzbank. Ich hab nur nach 'nem Ausweis oder so was gesucht und dabei deinen Schichtplan gefunden", sagt Dan und deutet auf die Tasche. „Ich dachte mir schon, dass ein Chef von 'nem Imbiss in New York bestimmt nicht gerade nachsichtig ist. Also hab ich meinen Chef gebeten, ihn anzurufen, während ich mich um dich kümmere." Er seufzt. „Sorry. Ich dachte, ich tu dir 'nen Gefallen." Nach einer kurzen Pause fügt er noch hinzu: „Ich hab den Plan wieder zurückgepackt und auch sonst nichts rausgenommen. Ich bin weder ein Stalker noch ein Dieb, weißt du."
Obwohl ich ihn nicht kenne, höre ich an seinem Tonfall, dass er verletzt ist. Verdammt, wann bin ich eigentlich zu einem solchen Ekelpaket mutiert? Seit Monaten ist Dan der erste Fremde nach Mr. Hang, der mir ohne Zögern geholfen hat, und ich danke es ihm, indem ich ihm miese Unterstellungen an den Kopf werfe. Ich kann mich zwar nicht daran erinnern, wie ich zu ihm nach Hause gekommen bin, aber mein Gefühl sagt mir, dass er keine schlechten Absichten verfolgt. Meine Wangen brennen wie Feuer, und ich schäme mich für mein Verhalten.
„Dan, hör mal. Es tut mir leid. Wirklich! Ich hab's nich' so gemeint. Es ist nur so …" Ich suche nach Worten, die mich nicht allzu schrullig erscheinen lassen. „In letzter Zeit … ist einfach alles so schwierig. Aber das ist kein Grund, dich so anzupampen."
Er antwortet nicht. Stattdessen starrt er lediglich auf den Holzfußboden. Ich greife in die Schüssel auf dem Nachttisch.
„Schokolade?", frage ich kleinlaut. „Jemand total Nettes hat mir mal gesagt, dass die immer hilft."
Er lächelt und schüttelt den Kopf. Dann schnaubt er, nimmt die kleine Köstlichkeit aber an sich.
„Friedensangebot akzeptiert", sagt er, und die Süßigkeit verschwindet in seinem Mund.
„Du musst mir mal auf die Sprünge helfen, Dan. Meine Erinnerungen an die letzten Tage sind mehr wie so ein Schweizer Käse. Was ist eigentlich passiert? An die Bahnfahrt kann ich mich nur dunkel erinnern." Ich hoffe, dass er mir Antworten liefern

kann.

Dan reibt sich den Dreitagebart, bevor er antwortet. „Ehrlich gesagt hab ich keine Ahnung. Im einen Moment fahren wir ganz normal mit der Bahn, und im nächsten Augenblick flippst du völlig aus und gehst auf den Typen los, der dir gegenüber sitzt." Er hebt die Hände, als wolle er sich ergeben. „Frag mich nicht, was dich da geritten hat. Du hast ihm die Bierflasche aus der Hand gerissen, sie zerschlagen und wolltest ihm echt ernsthaft an die Gurgel gehen." Er mustert mich mit einer hochgezogenen Augenbraue, während er erzählt. Ich presse meine Lippen zu einem schmalen Strich zusammen und ziehe es vor, erst einmal nichts dazu zu sagen.

„Ging alles total schnell ... Ich wollte dazwischengehen, da hat irgendjemand die Notbremse gezogen. Den Moment hat der Typ genutzt, um dir die Flasche aus der Hand zu schlagen und dich dann ziemlich heftig wegzustoßen." Ein Grinsen kann Dan sich dann doch nicht verkneifen. „Vermutlich hatte der Schiss, dass du ihn sonst wirklich massakrierst. Auf jeden Fall bist du dann mit dem Kopf gegen die Sitzbank geknallt und hast das Bewusstsein verloren. Also hab ich dich aufgelesen und hierher gebracht. Ich konnte dich ja schlecht in der Bahn liegen lassen."
Ich folge seiner Schilderung der Ereignisse aufmerksam, doch irgendwie habe ich das Gefühl, dass das nicht die echte Version der Ereignisse ist. Doch das behalte ich für mich.

Mein Hirn arbeitet auf Hochtouren, um meine eigenen Erinnerungsfragmente zu einem Gesamtbild zusammenzufügen. Der Muskelprotz in der Bahn. Kurz bevor ich das Bewusstsein verloren habe, hat er irgendwas zu mir gesagt. Ich kann mich nicht mehr an den genauen Wortlaut erinnern, aber ich bin mir sicher, dass er meinen Namen kannte. Aber woher? Das ergibt keinen Sinn. Vielleicht täusche ich mich auch, und er hat mich gar nicht beim Namen genannt. Laut Dans Aussage habe ich die Eskalation provoziert. Daran erinnere ich mich allerdings auch nicht mehr. Ich fühle mich bei dieser Vorstellung mehr als nur unwohl.
Ich schiebe den Gedanken beiseite und versuche weiter, die Puzzleteilchen zusammenzusetzen. Ich erinnere mich an den roten Nebel in meinem Sichtfeld und daran, dass sich meine Beine schon vor dem Schubser des Muskelprotzes angefühlt hatten, als wollten sie unter mir nachgeben. Es ist sinnlos, meine Erinnerungen sind zu lückenhaft.

„Ist der Muskelprotz mit dir ausgestiegen?"

„Puh, keine Ahnung", sagt Dan und kratzt sich am Hinterkopf. „Ich hab ehrlich gesagt nicht drauf geachtet. Ich war mit anderen Dingen beschäftigt." Er grinst ganz unverhohlen.

„Sehr witzig. Also ist der Typ aus dem Zug nich' von hier?"

„Also, ich hab ihn zumindest noch nie in der Stadt gesehen", sagt Dan und deutet ein Schulterzucken an. „Muss aber nichts heißen. Warum? Willst du dich etwa entschuldigen?" Er schmunzelt noch immer, und ich kann nicht anders, als zu bemerken, wie sexy ihn das macht.

„Vielleicht", gestehe ich. „Und wo wohnst du hier?" Ich will versuchen, erst einmal mehr zu erfahren.

„In einem Haus?"

Auch wenn er lächelt, huscht ein Schatten über sein Gesicht, den ich nicht deuten kann. So schnell, wie er gekommen ist, verschwindet er wieder, und vor mir sitzt ein nun besorgter Dan.

„Versprichst du mir, dass du nicht ausflippst?", fragt er. Er wirkt wie jemand, der weiß, dass er sich auf dünnem Eis bewegt. Ich verstehe nicht, was er meint. Wohnt er in Brooklyn, oder was? Auch wenn ich keine Ahnung habe, was nun kommt, höre ich mich mit einem zaghaften „Okay" antworten.

Dan steht auf, durchquert den Raum mit ein paar großen Schritten und zieht die Vorhänge beiseite. Sonnenlicht durchflutet das Zimmer und lässt es gleich viel größer erscheinen. Geblendet von der plötzlichen Helligkeit, kneife ich die Augen zusammen. Ich schwinge die Füße über die Bettkante und sammele mich einen Moment. Dan eilt zu mir und bietet mir seinen Arm an. Dankbar für seine Hilfe lasse ich mich von ihm stützen und ringe das Schwindelgefühl nieder. Wir gehen zum Fenster, und als ich hinausschaue, sehe ich in der Ferne Berge, deren Kuppen mit Schnee bedeckt sind. Die restliche Landschaft ist geprägt von Nadelwäldern und saftigen grünen Wiesen. Ich starre mit offenem Mund hinaus, und eine Erinnerung aus dem Zug schafft es, sich ihren Weg in mein Bewusstsein zu erkämpfen.

Kurz bevor jemand die Notbremse gezogen hat, habe ich diese Berge gesehen! Doch dann überschlugen sich die Ereignisse, und ich habe gar keinen weiteren Gedanken daran verschwendet.

„Was zum …?", nuschele ich.

„Wilkommen in Montana, Ellie."

Ich starre Dan an und habe keine Ahnung, was ich sagen soll. Meine böse Vorahnung, dass ich New York ungewollt verlassen habe, bestätigt sich, aber ich kann nicht glauben, dass ich mich am anderen Ende des Landes befinden soll. Doch die Aussicht aus dem Fenster spricht eine eindeutige Sprache.

„Und das ist echt keine Fototapete?", frage ich und lege meine Fingerspitzen auf das Glas.

Es fühlt sich kühl an unter meinen Fingerkuppen, ähnlich wie der Holzfußboden unter meinen nackten Füßen. Die breiten Dielen sind glatt und glänzen wie frisch gebohnert.

Dan steht die Irritation für einen Moment ins Gesicht geschrieben, doch dann bricht er in Gelächter aus. Auch wenn die Situation für mich alles andere als komisch ist, kann ich mir nicht helfen und muss grinsen. Er hat ein so ansteckendes Lachen, das von Herzen kommt. Und es ist verdammt anziehend, wenn er lacht.

Er öffnet das Fenster. „Da!", sagt er und streckt seinen Arm aus. „Überzeugt? Keine Fototapete. Nur echte Luft." Er schenkt mir wieder dieses Grinsen, mit dem er mein Vertrauen gewinnt.

Ich blinzele ihn an, ohne ein Wort zu verlieren. Mir dämmert, dass ich volltrunken in einen Zug nach Montana getorkelt sein muss statt in die Bahn nach Hause. Gibt es überhaupt eine direkte Verbindung von New York nach Montana? Ich weiß es nicht. Ich war noch nie zuvor in diesem Bundesstaat und hatte auch nicht vor, ihn zu bereisen.

Meine Beine fühlen sich noch ein bisschen wackelig an, aber wenigstens kommt es mir nicht mehr so vor, als sei ich auf einem Schiff auf hoher See. Meine Hände umfassen zur Sicherheit dennoch den Rand der Fensterbank, und ich recke mein Gesicht der Sonne entgegen. Ich schließe die Augen und beschließe, dass es keinen Sinn hat, in Stress oder gar Panik zu geraten.

Es ist, wie es ist, auch wenn die Umstände mehr als skurril erscheinen. Die Sonnenstrahlen fühlen sich angenehm warm auf meiner Haut an, eine sanfte Brise weht mir ein paar meiner aschblonden Haarsträhnen ins Gesicht, und die Luft ist wunderbar klar und frisch. Ich atme tief ein und spüre überdeutlich die Nähe Dans, der noch immer neben mir steht. Meine Gefühle ihm gegenüber verwirren mich.

Ich bin irgendwo in Montana, im Haus eines fremden Mannes, kann mich kaum an die letzten Tage erinnern, und das Einzige, worüber ich gerade nachdenke, sind Schmetterlinge, die in meinem

Bauch toben. Ich bin echt nicht ganz dicht. Ich sollte mich wohl eher damit beschäftigen, wie ich schnellstmöglich wieder nach Hause komme. Wenn ich mir eine einigermaßen glaubhafte Geschichte ausdenke, habe ich vielleicht eine geringe Chance, dass Mr. Hang seine Kündigung zurücknimmt. Diese absurde Vorstellung entlockt mir ein leises Kichern.

„Na, was ist so lustig?", höre ich Dan fragen.

Ich öffne die Augen und wende mich ihm zu. Er steht mit verschränkten Armen vor der Brust an die Wand gelehnt und sieht mich an.

„Ach, nichts", antworte ich und fahre mit dem Zeigefinger über die Fensterbank aus Naturstein, „ich hab nur gerade festgestellt, wie absurd das alles ist. Ich mein, nichts für ungut, ja? Aber ich kann mich an fast nichts so richtig erinnern, was in den letzten Tagen passiert ist ... Und dann wache ich hier auf. Irgendwo im Nirgendwo, mit 'nem halben Gebirge vor deinem Fenster. Jeder normale Mensch würde jetzt vermutlich total ausflippen, die Polizei rufen oder abhauen. Aber ..." Ich halte einen Moment lang inne und suche nach den passenden Worten für meinen Gefühlszustand. „Ich fühl mich gar nich' nach ausflippen. Total schräg."

„Tust du nicht?" Die Skepsis in Dans Stimme ist nicht zu überhören.

„Nee, im Gegenteil. Es ist das erste Mal seit langer Zeit, dass ich mich irgendwie ... frei fühle." Ich weiß nicht, wie ich mich erklären soll, und streiche mit dem Zeigefinger über mein Schlüsselbein, als müsse ich mich vergewissern, dass es noch da ist. Ein Lächeln stiehlt sich auf meine Lippen. „Außerdem ist es total absurd, dass ich dir das überhaupt erzähle. Normalerweise bin ich in letzter Zeit ... egal. Auf jeden Fall kennen wir uns nich', und ich bin ziemlich begabt im Malen von Worst-case-Szenarien."

„Oh", macht Dan. Ich scheine sein Interesse geweckt zu haben. „Dann erzähl mal. Wie sieht dein Worst-case-Szenario mit mir in der Hauptrolle aus?" Er sieht unglaublich lässig aus, wie er da nur unweit von mir entfernt an der Wand lehnt. Seine Oberarme wirken trainiert. Kein Vergleich zu dem Muskelprotz, aber athletisch.

„Och ... ich könnte mir ohne Probleme ausmalen, was für ein Psychopath du sein könntest und wie du mich vielleicht in den nächsten Stunden umbringen und irgendwo verscharren wirst."

Ich hoffe, dass er mir diese Bemerkung nicht gleich wieder übel nimmt. Warum ist es mir überhaupt so wichtig, dass er mich nicht missversteht? Es könnte mir genauso gut völlig egal sein.

„Keine Sorge", antwortet er und grinst. „Wenn ich dich im Garten hätte verscharren wollen, dann hätte ich das während der letzten anderthalb Tage bequem erledigen können. So ausgeknockt, wie du warst, hättest du das nicht mal mitgekriegt." Er zwinkert mir zu, und mir fallen seine attraktiven Lachfältchen um die Augen herum auf. „Aber falls es dich beruhigt: Ich hasse Gartenarbeit."

Mir gefällt seine ironische Art. Ich lächele immer noch, als ich den Kopf schüttele.

„Hab ich ein Glück."

„Also willst du gar nicht sofort zurück nach Hause? Oder hab ich das falsch rausgehört?" Dans Stimme klingt fast hoffnungsvoll, was mich ein bisschen verwundert.

Ich lege die Stirn in Falten und überlege, was ich antworten soll. Will ich zurück nach New York? Was wartet dort schon auf mich? Mal abgesehen von Mr. Hang wird mich so schnell niemand vermissen. Mit Jo' und meiner Mutter habe ich seit Wochen kaum gesprochen, Ricks Anrufe ignoriere ich, und Harold ... Nein, ich will nicht zurück, jedenfalls nicht sofort. Ich weiß zwar noch nicht wirklich, was ich stattdessen in Montana soll, aber ein paar Tage Abstand von meinem New Yorker Leben erscheinen mir plötzlich wie ein guter Plan.

„Nee", antworte ich schließlich. „Ich hab zwar gerade null Peilung, aber in New York wartet eh nichts auf mich." Ich bin überrascht, wie traurig meine Stimme dabei in meinen eigenen Ohren klingt.

„Was? Keine Familie oder Freunde? Jemand wie du hat doch sicher einen Freund, der sich bestimmt schon Sorgen macht?!"

Ich kann nicht verhindern, dass mir ein Schnauben entfährt. Ich schüttele den Kopf und schlage meine Faust auf die Fensterbank – allerdings nicht so fest, dass es schmerzt. Die Wut in mir ist zwar plötzlich zurück, doch da, wo sie vorher wie ein Großflächenbrand loderte, ist nun nur noch ein glimmender Funke übrig. Fast wie eine Erinnerung, die nach langer Zeit verblasst.

„Meine Familie ist ... Es ist kompliziert." Auf der Suche nach Worten streiche ich über die Fensterbank. „Meine besten Freunde habe ich seit gefühlten Ewigkeiten nich' mehr gesprochen, und mein Ex hat vor ein paar Monaten seine Koffer gepackt und sich aus dem Staub gemacht. Abgesehen von Mr. Hang im Imbiss vermisst mich in New York kein Schwein."

Ich bin schockiert, wie verbittert mein Resümee klingt. Aber es ist die Wahrheit. Dass Josh sogar unsere Verlobung gelöst hat, will ich Dan aber nicht gleich auf die Nase binden. Das ist kein Thema, dass ich vor einem Fremden ausbreiten mag. Genauso wenig, dass ich es mir in den letzten Monaten wegen meines Selbstmitleids mit allen versaut habe. Aber mir kommt noch ein anderer Gedanke.

„Warte mal ... Du wolltest jetzt nich' einfach nur wissen, ob ich einen Freund habe?!" Meine Empörung ist gespielt, aber Dan scheint meine Art richtig zu deuten.

„Schlimm?" Er grinst mich wieder an, und die Schmetterlinge in meinem Bauch tanzen ihren wilden Tanz.

Mir wird wieder schwindelig, nur dass diesmal nicht mein Kreislauf dafür verantwortlich ist. Dan steht nicht einmal eine Armlänge von mir entfernt, und mein Herz klopft wie wild. Ich verstehe nicht, was an ihm mich so sehr anzieht, aber jede einzelne Faser meines Körpers will ihm noch näher kommen. Und wie er mich ansieht! Spürt er es etwa auch?

Bevor ich die Gelegenheit habe, etwas Unüberlegtes zu tun, fliegt die Zimmertür auf. Der kurze Moment der Magie zwischen Dan und mir zerplatzt wie eine Seifenblase.

„Na? Ist die kleine Furie endlich aufgewacht? Xander war nicht gerade ...", quatscht der drahtige dunkelhäutige Mann los, bis er registriert, dass ich tatsächlich wach bin und ihn hören kann. Mit unverhohlenem Interesse sehe ich zu ihm hinüber. Ich erkenne den Lenny-Kravitz-Verschnitt aus der Bahn sofort wieder.

„... begeistert. Oh. Hi!", beendet er seinen Satz.

Dan lacht, stößt sich nonchalant von der Wand ab und geht rüber zu Lenny, um ihm auf die Schulter zu klopfen. Dieser sieht so aus, wie ich ihn aus der Bahn in Erinnerung habe: abgelaufene Chucks, zerrissene Jeans, weißes T-Shirt und dieselbe schwarze Lederjacke.

„Wie du siehst: Sie ist wach", teilt Dan ihm das Offensichtliche mit und wendet sich dann an mich. „Ellie, das ist Jeremy White. Auch bekannt als der größte Trampel zwischen Nord- und Südpol. Und nicht verlegen, es zu zeigen." Dan zwinkert mir zu.

„Hi Jeremy", quäle ich mit einem Lächeln hervor und hebe die Hand, um ihn aus sicherer Entfernung zu grüßen. Mir wird gerade allzu bewusst, dass ich barfuß und in dem viel zu großen

Männerpyjama am Fenster stehe und sich zwei fremde Typen im gleichen Raum befinden. Ich versuche, mir die Verlegenheit nicht anmerken zu lassen und tapse zurück zum Bett. Ich traue meinem Körper immer noch nicht ganz über den Weg, obwohl ich mich wieder recht fit fühle. Ich klettere zurück in die Federn und ziehe die Bettdecke halb nach oben, als ich bemerke, wie die beiden Männer einen Blick tauschen, den ich nicht deuten kann. Was haben die zwei?

Mich beschleicht das ungute Gefühl, dass es womöglich ein Fehler ist, zu vertrauensselig durch die Weltgeschichte zu spazieren. Wer weiß, was die beiden vorhaben? Vielleicht hecken sie irgendeinen Masterplan aus und wollen meine Organe verhökern? Oder haben es schon? Ohne darüber nachzudenken, taste ich meinen Bauch ab und bin erleichtert, dass ich keine Schmerzen habe. Ich komme mir paranoid vor.

Wenn ich Dan so ansehe, verfliegen all meine Zweifel, und es überkommt mich wieder dieses Gefühl von Vertrautheit. Obwohl ich ihm in der Bahn zum ersten Mal begegnet bin, fühlt es sich an, als würden wir uns schon ewig kennen.

„Bitte, sag bloß nicht Jeremy zu mir. Ich bin Jer", sagt Nicht-Lenny-Kravitz und reißt mich aus meinen Gedanken. „Niemand nennt mich Jeremy. Außer meiner Mom, wenn ich was ausgefressen hab."

Ich nicke. „Okay ... Jer." Ich mache eine kurze Pause. „Sagt mal, Jungs, ihr habt in der Bahn nich' zufällig mein Handy gefunden?" Beide schütteln den Kopf.

„Nah", antwortet Jer als Erster, „nur deine Schickimicki-Tasche. Wie zum Teufel kann man es sich leisten, so ein Gucci-Teil mit sich rumzuschleppen, wenn man bei 'nem fucking Imbiss arbeitet? Oder ist das Teil ein Fake? Oder geklaut?!"

„Jer!", ermahnt Dan ihn. Fast würde ich sagen, dass er verlegen klingt, aber er sieht trotzdem so aus, als interessiere ihn meine Antwort.

Ich hebe eine Augenbraue und hadere, ob ich auf diese Fragen überhaupt eine Antwort geben soll. Eigentlich geht es die beiden einen feuchten Dreck an, wo ich arbeite und wofür ich mein Geld ausgebe. Aber ich will Jer nicht an den Kopf werfen, dass er sich gefälligst um seine eigenen Angelegenheiten kümmern soll.

„Ist ein Überbleibsel aus besseren Zeiten."

Jer runzelt die Stirn, aber scheint sich mit der Antwort zufrieden zu geben.

„Ehjaa ... Was auch immer", lautet sein einziger Kommentar zu diesem Thema. „Und? Biste fit? Soll ich dir ein bisschen was von der Stadt zeigen? Oder hast du vor, noch weiter in Dans miefigem Gästezimmer zu vergammeln?" Die letzte Frage stellt er mir mit einem Augenzwinkern.

„Hey, ich geb dir gleich miefig!", protestiert Dan und boxt Jer in die Seite. Der boxt zurück, und aus dem Wortgefecht entsteht eine Rangelei, die damit endet, dass Dan Jer im Schwitzkasten hält. „Du kannst froh sein, dass du bei mir gelandet bist und nicht in Jers Apartment. Man munkelt, dass die Bude ungefähr so groß ist wie ein Schuhkarton und stinkt wie ein Pumakäfig." Er rubbelt mit den Fingerknöcheln über Jers Kopf.

„Das ist gelogen, Dan, und du weißt es! Du kannst mich loslassen!", ereifert sich Jer, und beide Männer lachen, als Dan Jer freigibt.

Meine Gedanken schweifen ab, als ich die beiden miteinander herumalbern sehe, weil es mich daran erinnert, wie Lu und ich uns spaßeshalber geneckt haben. Zum ersten Mal seit Monaten kann ich eine Erinnerung an meine kleine Schwester zulassen, die mich an etwas Schönes erinnert. Ich lächele und stelle fest, dass ich tatsächlich froh bin, bei Dan gelandet zu sein und nirgendwo anders.

Nicht dass ich Jer trotz seiner vorlauten Art nicht sympathisch fände, aber ... Was auch immer. Er erinnert mich ein bisschen an meine beste Freundin Jo'.

„Klar bin ich fit!", antworte ich und unterbreche die beiden bei ihrer Kabbelei. Meine Neugier hat endgültig die Oberhand gewonnen. „Und ich würde total gern was von der Stadt sehen. Außerdem muss ich mir wohl eine Bleibe suchen, wenn ich ein paar Tage bleiben will. Und ahm ... ich brauche dringend meine Klamotten. Im Schlafanzug gehe ich so ungern raus, wisst ihr. Die Leute gucken dann immer so komisch."

Ich lasse den Blick durch das Zimmer schweifen und entdecke meine Jeans und mein Oberteil fein säuberlich zusammengelegt auf dem Schreibtisch, der an der gegenüberliegenden Wand steht. Die Pailetten, die mein Shirt zieren, glänzen im Tageslicht.

„Sind gewaschen und gebügelt", sagt Dan, als hätte er meine Gedanken gelesen.

„Das nenne ich Gastfreundschaft. Gehört zum Service des

Hauses auch das Gästen-in-komatösem-Zustand-den-Schlafanzug-Anziehen?", necke ich ihn.
Bilde ich mir es nur ein, oder wird Dan ein wenig rot im Gesicht?
„Ich hab nichts gesehen, ich schwör's", verteidigt er sich. „Ich konnte dich ja schlecht in voller Montur ins Bett legen!"
Normalerweise wäre ich stinksauer, weil Dan für mich ein Fremder ist und er einfach über meinen Kopf hinweg entschieden hat, mich aus- beziehungsweise umzuziehen. Allerdings muss ich mir eingestehen, dass ich an seiner Stelle wohl das Gleiche getan hätte. Jemanden in seinen Partyklamotten, die nach Alkohol, Schweiß und Zigarettenrauch stinken, ins Bett zu legen, ist gewiss nicht die beste Idee. Schon gar nicht, wenn man nicht weiß, wie lange derjenige in diesem Mief seinen Rausch ausschlafen wird. Also entscheide ich mich dafür, lieber dankbar statt sauer zu sein. Immerhin hat er mir so die Demütigung erspart, in stinkenden Kleidern aufzuwachen.
Ich grinse in mich hinein, bis Jer sich in unsere kleine Neckerei einmischt. Er kichert und sieht mich an, als wüsste er mehr über mich, als er wissen kann.
„Wenn ich's nicht besser wüsste, würdet ihr zwei als altes Ehepaar durchgehen, Mann", sagt er. „Dann wirf dich mal in dein Ausgeh-Outfit, Partyqueen. Dann gehen wir in die Stadt und kaufen dir ein paar neue Klamotten, gehen was essen, worauf immer du Lust hast. Dein Wunsch ist mir Befehl!" Er deutet eine Verbeugung an und grinst. Wie schön, dass er sich auf meine Kosten amüsiert.
Ich nicke, unwillig, mich mit einem fremden Mann zu streiten, und schwinge die Beine aus dem Bett.
„Klamotten kaufen? Du denkst wie 'ne Frau, Jer", sagt Dan.
„Einer von uns muss ja denken", erwidert Jer und grinst.
„Orrr", macht Dan. „Wofür soll das denn gut sein?"
„Soll sie die ganze Zeit in denselben Lumpen rumlaufen?"
Während die beiden zanken, sammele ich meine Klamotten von dem kleinen Tisch ein. Neben meiner Tasche sind sie das einzige, was ich aus meinem New Yorker Leben mitgebracht habe. Meine Kleider duften nach Lavendel, aber dezent genug, um nicht nach Mottenkugeln zu stinken.
„Lumpen würde ich die heißen Teile nicht gerade nennen", sagt Dan und grinst.
Ich räuspere mich. „Nur was zum Wechseln sollte reichen."

„Klar. Kein Problem", sagt Dan und schiebt Jer in Richtung Tür. „Das Bad ist direkt nebenan. Lass dir ruhig Zeit. Wir warten dann unten."

Nachdem die beiden Männer das Zimmer verlassen haben und ich sie nicht mehr miteinander reden höre, öffne ich die Tür und trete auf den Flur hinaus. Hier liegt der gleiche dunkle Holzfußboden wie im Gästezimmer, der sich unter meinen nackten Füßen anfühlt, als würde er regelmäßig gebohnert. Ich folge Dans Beschreibung und gehe ins Badezimmer nebenan. Der Raum bildet einen Kontrast zum Einrichtungsstil des Zimmers, in dem ich aufgewacht bin: Der Fußboden ist mit matten schwarzen Fliesen ausgelegt, die Wände lassen den Raum durch große weiße Kacheln noch geräumiger wirken. Ich trete ein und sehe mich weiter um. Die Dusche mit Glastür sieht neu aus, und den vielen Knöpfen an der Armatur nach zu urteilen, kann man allein in der Nasszelle einen kompletten Wellnesstag verbringen. Mosaikfliesen in grünen Farbtönen unterschiedlichster Intensität zieren die Wände in der Dusche. Die Fliesen unter meinen Füßen fühlen sich warm an, und ich entdecke sofort den Grund dafür: Über dem Lichtschalter an der Wand befindet sich das Thermostat der Fußbodenheizung. Das Badezimmer könnte auch zu einer der Luxusimmobilien gehören, die ich früher meinen Kunden gezeigt habe … bevor mein Leben ein Scherbenhaufen war.
Ich seufze. Gedankenverloren lasse ich die Finger über den Rand der freistehenden Badewanne gleiten. Die Vorhänge vor dem Fenster hinter der Wanne sind zurückgezogen, und ich werfe einen Blick hinaus. Auch von hier aus kann ich die Berge sehen, deren Gipfel wirken, als seien sie mit Puderzucker bestäubt worden. Ich muss an meine Freundin Jo' denken und ihre Rationalität, mit der sie an neue Situationen herangeht. Was würde sie bloß zu meiner neuesten Eskapade sagen? Und Rick? Wenn er wüsste, wie mein Leben derzeit aussieht, würde er vor Sorge durchdrehen. Wobei seine täglichen Anrufversuche darauf schließen lassen, dass er das sowieso schon tut.
Ich kann mir immer noch nicht erklären, wie um alles in der Welt es dazu kommen konnte, dass ich in einen Zug nach Montana gestiegen bin. New York ist immerhin ziemlich weit weg. Es ist mir ein Rätsel, wie ich es fertig bringen konnte, mich derart zu verfahren. Bis vor Kurzem hätte ich so etwas für unmöglich

gehalten. Selbst sturzbetrunken habe ich den Weg nach Hause immer gefunden. Und warum bin ich niemandem bei der Fahrkartenkontrolle aufgefallen? Ich hatte ganz sicher kein verdammtes Ticket nach Montana bei mir.

Meine Gedächtnislücken nerven mich, denn so wird es schwierig, zu einem zufriedenstellenden Ergebnis zu kommen. Ich krame in meinen Kopf nach den Erinnerungen an die letzten Stunden in New York.

Da war eine Party, auf die Harold mich mitgenommen hat. Irgendein Newcomer der New Yorker Künstlerszene hat es in einem Warehouse krachen lassen. Eine ziemlich heruntergekommene Location. An seine Kunstwerke erinnere ich mich kein Stück, dafür aber an jede Menge Martinis und Tequila. Ich weiß noch, dass Harold und ich die Party diesmal nicht gemeinsam verlassen haben wie sonst. Er wollte unbedingt noch bleiben, aber ich hatte genug. Ich hatte vor allen Dingen zu viel Alkohol getrunken und die Nase voll von den Menschen auf dieser Veranstaltung. Den meisten ging es nur darum, möglichst schnell berühmt und reich zu werden. Ich kann es den jungen Künstlern nicht verdenken, schließlich lebt es sich mit Geld angenehmer als ohne. Aber mit keinem Geld der Welt kann man Gesundheit oder Glück kaufen, das habe ich schmerzvoll erfahren müssen.

Wie so oft in letzter Zeit konnte ich mich selbst nicht ausstehen. Bis zu einem gewissen Punkt habe ich gelernt, die Fassade aufrecht zu erhalten, um zwischen „normalen" Menschen nicht aufzufallen. Doch sobald man mir genug Alkohol gibt, holt mich die Melancholie ein, die ich im nüchternen Zustand verdränge. Da ist meine Kommandozentrale unerbittlich. Kurz darauf meldet sich für gewöhnlich die Wut in mir zurück. Auf mein Leben. Das Schicksal. Was auch immer. Jedenfalls kommt diese Seite von mir nirgends gut an. Mit der Zeit habe ich es mir zur Angewohnheit gemacht, jegliche Partys zu verlassen, bevor ich diesen Punkt überschreite. So läuft das Leben in New York nun einmal. Seinen Freunden und seiner Familie kann man vielleicht anvertrauen, dass man sich schlecht fühlt, aber sobald man das Haus verlässt heißt es Lächeln und Funktionieren. Willkommen im American Dream!

Während diese Erinnerungen an mir vorbeiziehen, kommt es mir vor, als gehörten sie zu einem anderen Leben. Diese Ellie scheint im Augenblick genauso weit von mir entfernt zu sein wie New

York von Montana.
Aber mich quält die Frage, was passiert ist, nachdem ich das Warehouse verlassen hatte. Ich hätte schwören können, dass ich ein Taxi genommen habe. Aber die Erinnerung muss mich trügen, denn wieso hätte ich in einem Zug aufwachen sollen, wäre ich mit dem Taxi nach Hause gefahren?
Ich spüre Resignation in mir aufsteigen und schüttele den Kopf. Meine Erinnerung wird hoffentlich bald mehr hergeben. Vor ein paar Stunden konnte ich mich noch nicht einmal mehr an die Warehouseparty erinnern, vielleicht fügt sich der Rest des Puzzles auch noch zusammen. Fest steht jedenfalls, dass ich vorerst hier gelandet bin.

Der Anblick der Berge ist für ein Stadtkind wie mich etwas Außergewöhnliches. Sie strahlen so viel Ruhe aus. Die Berge waren schon lange da, bevor sich zu ihren Füßen Menschen niedergelassen haben, und werden es auch noch lange sein, wenn hier längst niemand mehr wohnt. Verglichen mit dem Dasein der steinernen Riesen ist ein Menschenleben nicht mehr als ein Wimpernschlag. Dieser Gedanke erfüllt mich mit Demut. Zum ersten Mal seit dem Tod meiner Schwester lasse ich es zu, dass ich darüber nachdenke, wie es weitergehen soll. Wie es wirklich weitergehen soll. Dass mein jetziger Lebensstil nichts für die Ewigkeit ist, weiß ich, aber ich hatte es mir bislang nicht eingestehen wollen und können.
Mein Blick schweift über die Wiesen und Wälder … Alles wirkt so friedlich, so ruhig. Mir gefällt, was ich sehe. Ich weiß, dass mich die ganze Situation deutlich mehr beunruhigen sollte, aber irgendwie fühlt es sich so an, als gäbe es an einem so wunderschönen Ort wie diesem keinen Platz für solch hässliche Dinge wie Sorgen. Vielleicht hat mich das Schicksal mit Absicht hierher verschlagen? Ich ärgere mich bei diesem Gedanken über mich selbst. Schicksal. Das war immer Lus Totschlagargument gewesen. Ich habe irgendwann den Überblick verloren, wie oft wir uns darüber gestritten haben, ob das ganze Leben nur eine Aneinanderreihung von Zufällen ist oder nicht. Ich war immer diejenige, die daran glaubte, dass man seines eigenen Glückes Schmied ist, auch wenn Lu darauf bestand, dass alles aus einem bestimmten Grund geschähe. Von diesem Standpunkt war sie nicht abzubringen, sogar dann nicht, als sie krank wurde. Aber wie grausam ist das Schicksal

bei seiner Planung, wenn dabei eine Frau ihr Leben verliert, noch bevor es richtig begonnen hat?

Ich wende den Blick von der Natur hinter dem Fenster ab, deren Makellosigkeit ich mit einem Mal nicht mehr ertragen kann. Über dem weißen Waschbecken hängt ein Spiegel, aus dem mir eine ziemlich schäbige Version meiner Selbst entgegenblickt.

Meine langen aschblonden Haare haben ihren Glanz verloren, die Naturwelle ist vom langen Liegen plattgedrückt. Dunkle Augenringe lassen meine graublauen Augen noch farbloser wirken als sonst, und meine Haut ist leichenblass. Ich sehe aus wie jemand, der seit Tagen keine einzige Stunde geschlafen hat. Sollte um die Ecke zufällig eine Hauptrolle für den nächsten Vampirfilm gecastet werden, hätte ich mit meinem aktuellen Look sicher gute Chancen. Ich lege beide Hände an meine Wangen und betrachte mein Spiegelbild noch einen Augenblick. Die Ellie, die mich dort aus dem Spiegel ansieht, hat nichts mehr mit der Frau zu tun, die ich einmal war. Ich erkenne mich selbst kaum wieder – und das liegt nicht an dem Männerpyjama, den Dan mir angezogen hat.

Auf der Ablagefläche unter dem Spiegel steht ein Glas, in dem eine Zahnbürste steht. Direkt daneben steht ein zweites Glas mit einer weiteren Zahnbürste, die noch originalverpackt ist. An der Packung klebt ein Post-It mit der Aufschrift *Fühl dich wie zu Hause* und einem Smiley. Die Nachricht zaubert mir ein Lächeln auf die Lippen. Ich nehme die Zahnbürste aus ihrer Verpackung und borge mir etwas Zahnpasta aus der Tube, die auf der Ablage liegt. Während ich mir die Zähne schrubbe, kreisen meine Gedanken um Dan.

Was für ein schöner Zufall, dass ausgerechnet er mich in der Bahn aufgelesen hat. Ich inspiziere die Utensilien, die er in seinem Bad hat. Haarspray, Q-Tips, Gesichts- und Handcreme, eine Pappbox mit Kosmetiktüchern und ein Kamm. Direkt neben dem Glas, in dem meine Zahnbürste stand, finde ich Mascara.

Das Make-up ist zwar noch originalverschlossen, aber das verhindert nicht, dass mir das Herz sinkt. Wenn in Dans Badezimmer Schminkutensilien herumliegen, könnte das darauf hindeuten, dass er eine Freundin hat. Vielleicht hat er sie gebeten, eine Wimperntusche für mich zu besorgen. Ich schnaube leise und schüttele den Kopf. Vielleicht hat er den Mascara auch selbst gekauft. Warum mache ich mir überhaupt Gedanken darum?

Mit dem Geschmack von Pfefferminz im Mund geht es mir nach dem Zähneputzen gleich deutlich besser. Ich stelle die

Duscharmatur auf „heiß" und versuche erneut, meine Gedanken zu ordnen. Meinen Entschluss, erst einmal hier zu bleiben, stelle ich schon gar nicht mehr infrage. Gleich nachher werde ich mich um ein Hotelzimmer kümmern und mir ein paar Klamotten besorgen. Zum einen ist mein Partyoutfit nicht besonders alltagstauglich, und zum anderen hat Jer recht: Die ganze Zeit ohne Wechselgarderobe herumzulaufen, ist nicht wirklich toll. Mal ganz zu schweigen davon, dass ich mir total affig vorkäme, wenn ich hier so glitzernd durch die Gegend stakse.
Okay. Zimmersuche und Klamotten. Diese beiden Punkte auf meiner To-do-Liste sollten reichen, um den heutigen Tag auszufüllen. Beides lässt sich außerdem damit verbinden, diese Stadt genauer unter die Lupe zu nehmen. Mir fällt auf, dass ich weder Dan noch Jer gefragt habe, wie der Ort hier in den Bergen überhaupt heißt.

Der Gedanke, die Duschkabine zu verlassen, erfüllt mich mit Widerwillen, aber alle Knöpfe an der Armatur sind durchprobiert, und meine Haut ist bereits runzlig geworden. Ich wickele mich in ein Badetuch und gehe zum Spiegel. Durch den Wasserdampf habe ich dem Badezimmer ein regenwaldähnliches Klima verpasst. Mit einer Hand befreie ich einen Streifen des Spiegels vom Kondensat, was ein Quietschen verursacht.
Der sichtbare Teil meines Spiegelbildes wirkt nach der Dusche nicht mehr ganz so mitgenommen. Erst jetzt fällt mir auf, dass auf dem Schränkchen neben dem Waschbecken eine weiße Porzellanschüssel steht. Wie die Schale auf dem Nachttisch im Gästezimmer ist sie mit einzeln verpackten Pralinen gefüllt. Dan muss wirklich ein ausgesprochenes Faible für Schokolade haben.
Ich nutze die Gelegenheit, um die kleinen Köstlichkeiten zum ersten Mal in Ruhe zu betrachten. Der Inhalt der Schüssel schillert in verschiedenen Farben: blau, gelb, grün, lila, braun. Was jedoch alle gemeinsam haben, ist, dass das Papier einen Metallic-Look hat. Achselzuckend nehme ich eine in lila Papier gewickelte Praline aus der Schale. Ich befürchte, dass ich die Schokolade mit meinem Duschmarathon in einen Matschklumpen verwandelt habe. Zu meiner Überraschung fühlt sie sich genauso fest an wie die, die Dan mir vorhin angeboten hat. Diese Tatsache entlockt mir ein Stirnrunzeln.
Seamy's steht in geschwungener Schrift auf der Vorderseite.

Komisch. Ich habe von dieser Marke noch nie etwas gehört oder gesehen, obwohl New York berühmt dafür ist, allen Trends nachzujagen. Mit dem nötigen Kleingeld bekommt man ausgefallene Dinge aus der ganzen Welt – egal ob man eine Schwäche für extravagante Kleidung, für Feinkost oder ausgefallenes Fast Food hat. Ich betrachte das *Seamy's* noch einen Augenblick, bevor ich es aufreiße und die Schokolade in meinem Mund verschwinden lasse. Die Praline zergeht auf der Zunge, und der Geschmack ist einfach traumhaft. Ich nehme mir fest vor, mich mit einem großen Vorrat *Seamy's* einzudecken, bevor ich wieder nach New York zurückkehre.

3

Nachdem ich meine frisch gewaschenen Klamotten angezogen habe, gehe ich nach unten. Jer sitzt mit einer Tasse in der einen und einem Bleistift in der anderen Hand am Küchentisch. Er blickt nicht auf, während er etwas in eine Zeitschrift kritzelt. Auf dem Tisch steht eine Glasschüssel, natürlich randvoll mit den bunt verpackten Pralinen. Dan ist nirgendwo zu sehen.

Ich räuspere mich. „Ich … ahm. Hi."

Jer sieht von seiner Zeitschrift auf und lächelt mich an. Er sieht erfreut aus, mich zu sehen. „Hi, Sweetheart."
Die Lederjacke hat er über die Lehne seines Stuhls gehängt. Auf seinem rechten Oberarm lugt ein Tattoo unter dem Ärmel seines T-Shirts hervor. Ich realisiere, dass ich ihn anstarre und wende meinen Blick gen Fußboden.

„Ich … habe im Bad alles so hinterlassen, wie ich's vorgefunden habe. Nicht dass Dans Freundin sauer wird", eröffne ich das Gespräch und zupfe am Saum meines Shirts.

„Wer?" Jer lacht und lässt den Stift aus der Hand kullern. Er klingt ein wenig verwirrt, aber charmant.

„Ach. Nur wegen des Make-ups, das … Egal. Nich' so wichtig", wiegele ich ab, doch Jer gackert bloß, während er seine Tasse abstellt.

„Was ist so lustig?", frage ich und stemme eine Hand in meine Hüfte.

„Nix." Er grinst. „Es gibt keine Freundin." Das Wort Freundin setzt er in imaginäre Anführungszeichen, die er mit den Fingern in die Luft malt. Amüsiert er sich etwa gerade auf meine Kosten?

„Oh. Also, wenn das heißt, dass er … dass ihr … Also, ich habe … kein Problem damit, ich …", stammele ich.

Jer bricht in schallendes Gelächter aus. „Also, jeder wie er will, aber du glaubst doch nicht echt … dass wir … dass *ich* auf Typen stehe? Bei Dan kann ich das ja vielleicht noch verstehen." Er schüttelt den Kopf und lacht dabei immer noch. „Das muss ich ihm nachher unbedingt stecken." Er macht eine kurze Pause. „Nah. Dan war im Drugstore und hat Zeug für dich geholt. Willst du dich endlich mal setzen, oder was?"

Ich gestatte mir aufzuatmen. Dan ist also weder vergeben, noch steht er auf Männer.

„Er hat aber kein Suchtproblem mit Schokolade, oder?", frage ich, setze mich auf einen der Stühle am Küchentisch und hoffe, dass Jer meinen Scherz auch als solchen erkennt. Bei näherem Hinsehen erkenne ich, dass er kein Magazin liest, sondern ein Sudokuheft bearbeitet. Ich lächele in mich hinein und schelte mich im Stillen dafür, dass ich Vorurteilen offenbar genauso erlegen bin wie die Menschen, über die ich mich immer aufgeregt habe, weil ich sie für oberflächlich gehalten habe. Ich hätte ein Musikmagazin erwartet, aber nicht, dass ein Typ wie Jer etwas für Sudoku übrig hat.

„Ach, hier haben's alle mit Schokolade." Jer nickt in Richtung des Sudokuhefts und er scheint zu ahnen, was ich gerade gedacht habe. „Das hier hilft mir beim Entspannen. Wenn ich Zahlenreihen betrachte, dann macht es zack, und mein Kopf ist leer. Dabei kann ich am besten nachdenken, wenn ich 'nen Knoten hier oben drin hab." Er tippt sich mit einem Zeigefinger gegen die Schläfe. „Klingt vielleicht ein bisschen seltsam, ist aber die Wahrheit."

Ich nicke, und ein Lächeln stiehlt sich auf meine Lippen. Ein weiterer Punkt, in dem er mich an meine Freundin Jo' erinnert, die schwört, während ihrer Arbeit als Buchhalterin besser nachdenken zu können. Mir ist schleierhaft, wie man an etwas anderes denken kann als an die Zahlen, mit denen man gerade arbeitet, aber für die beiden scheinen andere Regeln zu gelten.

„Aber nochmal wegen der Schokolade", hakt Jer noch einmal ein, „in Slumbertown kommt man gar nicht drumrum." Er muss die Verwirrung von meinem Gesicht ablesen können, denn er setzt zu einer Ergänzung seiner Aussage an. „*Seamy's* kommen von hier, weißte. Die Fabrik ist am Stadtrand. Die halbe Stadt arbeitet in dem Puff, und weil der Fabrikfuzzi einen auf dicke Hose machen will, gibt's überall Gratisschokolade. So viel kann man von dem Zeug gar nicht in sich reinstopfen. Es ist ein Wunder, dass die Leute hier noch nicht durch die Gegend rollen bei so viel Süßkram." Er schürzt die Lippen und sieht nicht besonders begeistert aus. Er nimmt den Bleistift und rollt ihn auf dem Tisch hin und her.

Ich starre ihn mit offenem Mund an und bin sicher, dass er mich verschaukeln will. Eine Stadt, in der es Schokolade gibt, bis sie einem zu den Ohren wieder rauskommt? Ohne dass man dafür bezahlen muss? Ich kann mir nicht vorstellen, dass es in unserer kapitalistischen Welt ein Unternehmen gibt, das ohne Hintergedanken einen Teil seiner Ware verschenkt.

Auch wenn ich noch nichts von Slumbertown gesehen habe, wenn man von Dans Gästezimmer und dem Ausblick aus dem Fenster absieht, interessiert mich, wieso Jer eine Stadt, in der es Schokolade in Hülle und Fülle gibt, nicht großartig findet.

„Sag mir, wenn ich danebenliege, aber Begeisterung klingt anders", bemerke ich und hoffe, dass ich mich damit nicht auf zu dünnes Eis wage. „Eine Stadt mit All-you-can-eat-Schokolade ist doch *der* Traum schlechthin."

Jer zuckt mit den Schultern, während er den Bleistift über die Tischkante rollen lässt und ihn auffängt. „Ich bin jetzt schon 'ne ganze Weile hier, aber ...", beginnt er, schüttelt aber den Kopf, bevor er den Satz zu Ende bringt.

„Ach, egal", sagt er und legt den Bleistift ab, „es ist schon schön hier. Die Leute sind gechillt und nett. Die Natur ist natürlich Bombe, aber ich fühl mich manchmal so, als würde ich nicht hierher passen."

Vielleicht hätte ich unser erstes Gespräch nicht gleich mit etwas so Persönlichem beginnen sollen. Mit einer saloppen Bemerkung versuche ich die Situation aufzulockern. „Wieso? Stehst du nich' auf Süßes?"

„Doch."

Sein unverschämt charmantes Grinsen bringt mich aus dem Konzept. Sonst bin ich nie um einen dummen Spruch verlegen, aber jetzt wende ich meinen Blick lieber seiner Kaffeetasse zu.

„Verstehe. Wo hast du gelebt, bevor du hergekommen bist?" Okay, diese Frage ist auch nicht unpersönlicher ist als die vorherige. „Du und Dan ... Ihr seid ganz dicke miteinander, oder nich'?", bohre ich weiter, bevor er etwas sagen kann.

Ein Lächeln huscht über sein Gesicht, als er antwortet. „Ganz schön viele Fragen, meine Liebe", stellt er fest und holt eine zweite Tasse aus dem Hängeschrank über der Spüle. Er füllt sie mit Kaffee und stellt sie vor mich auf den Tisch.

„Danke." Ich warte gespannt auf seine Antworten, während ich das schwarze Gebräu mit Milch verdünne.

„Ich war in L.A., bevor ich hergekommen bin. Hab tagsüber an 'nem Hotdog-Stand gejobbt und nachts Drehbücher geschrieben. Lief eigentlich auch ganz gut, aber irgendwie war Hollywood nicht mein Ding. Verlogene und oberflächliche Leute. Alle superfreundlich und jeder tut so, als wäre er dein Buddy, aber in Wirklichkeit macht jeder nur sein eigenes Ding. Die einen mehr,

die anderen weniger. Irgendwann hatte ich die Schnauze voll davon. Auf Heuchler steh ich nicht."
Ich nicke, weil ich das vermutlich besser verstehe, als er ahnt. Auch wenn ich in den letzten Monaten auf den Partys immer mitgefeiert habe ... Ich habe mich mit den Leuten dort nie wirklich wohl gefühlt. Die New Yorker Künstler und die, die sich dafür halten, sind anscheinend nicht weniger oberflächlich als die Leute in Hollywood.

„Und jetzt schreibst du nich' mehr?"

Jer sieht mich einen Moment lang an, und mir fällt auf, dass seine Augen so dunkel sind, dass sie fast schwarz wirken. Dann schiebt er mir das Sudokuheft entgegen. Ich werfe einen Blick darauf und sehe, dass er neben das Zahlengitter lauter Notizen und kleine Szenenbilder gekritzelt hat, die mich an ein Storyboard erinnern.

„Verstehe", sage ich und nicke. „Und was verschlägt einen Autor hierher?"

„Also hab ich meine sieben Sachen gepackt und war schon so gut wie auf dem Weg nach New York. Ich wollte was anderes sehen, wollte wissen, ob ich mit einem meiner Skripte am Broadway landen kann. Irgendwie hat's mich dann aber hierher verschlagen." Er nimmt den Bleistift wieder auf, schnappt sich sein Heft und kritzelt etwas hinein. „Aber unterm Strich war mir das scheißegal. Ich hab keine Eile, weißt du. Hauptsache raus aus L.A. und weg von dem Hotdog-Stand." Die Erinnerung daran entlockt Jer ein leises Lachen. „Das musst du dir mal reinziehen, Ellie", sagt er und grinst. „Ich hab jeden Abend selbst gemieft wie son Hotdog." Er macht eine kurze Pause und spitzt die Lippen, als erwarte er einen Kuss. „Aber ein verdammt leckerer Hotdog!"

Ich grinse und nicke, weil ich an Mr. Hangs Laden denken muss.

„Glaub mir. Ich weiß ganz genau, was du meinst."

Jer hebt eine Augenbraue. Seine Augen funkeln. Amüsiert er sich schon wieder über mich? Jedenfalls habe ich sein Interesse, mir Fragen zu stellen, nun offenbar geweckt.

„Dan hat so was gesagt. Also, dass du bei 'nem Lieferdienst arbeitest. Du verarschst mich doch! Ich war derjenige, der dein Gucci-Teil im Zug gefunden hat. Und deine Klamotten ... Egal. Wenn die Imbissbuden in New York so dicke Kohle bezahlen, sollte ich vielleicht auf den Broadway scheißen und Pizzaboy werden. Die Ladys geben bestimmt gutes Trinkgeld." Er zwinkert

mir zu, und ich kann nicht anders, als seine Geste als anzüglich zu empfinden.
Ich schüttele den Kopf, ohne auf seinen Flirtversuch einzugehen. Wenn ich seine Geschichte erfahren will, muss ich wohl selbst noch ein paar Antworten investieren.
„Das lohnt sich ganz sicher nich', kannst du mir glauben. Ich hatte einen echt guten Job, bevor ich bei *Mr. Hang's* gelandet bin. Hab Immobilien gemakelt und so. Hat auf jeden Fall gereicht, um die Gucci-Tasche nich' klauen zu müssen."
„Wieso man 'nen Job, bei dem man so viel Asche macht, hinschmeißt, musste mir aber mal erklären." Jer gibt sich keine Mühe, den Argwohn in seiner Stimme zu verbergen.
Auf einmal ist er derjenige, der mich ausfragt, was mir normalerweise immer unangenehm ist. Aber mein Bauchgefühl sagt, dass ich Jer trauen kann. Trotzdem überlege ich, was ich antworten soll, und starre für einen Moment schweigend in meinen Milchkaffee.
„Ich hab nich' geschmissen", erkläre ich schließlich, „sondern wurde geschmissen. Mein Chef war mir gegenüber echt fair, und eigentlich sind wir auch seit Ewigkeiten befreundet, aber … Sagen wir mal, ich hab zum Schluss meinen Job nich' mehr gut genug gemacht. Das kann sich kein Immobilienbüro in New York leisten, schon gar nich', wenn's Objekte vermittelt, die mehr Geld kosten, als ein Normalsterblicher in seinem ganzen Leben auf seinem Kontoauszug sieht." Ich atme tief durch, aber Jer scheint die Antwort noch nicht zufriedenzustellen.
„Tja, so ist das, wenn man mit seinem Boss in die Kiste springt. Da ist Ärger meistens vorprogrammiert."
Wow. Seine direkte Art überrascht mich, und ich fühle mich provoziert.
„Ich hatte nichts mit Rick!", antworte ich und klinge dabei schnippischer, als ich will. „Wir sind nur Freunde."
Jers Blick anlässlich meiner Aussage spricht Bände, aber er hält sich zurück.
„Dann frag ich anders: Warum zur Hölle arbeitest du bei *Mr. Hang's*, wenn du so viel Kohle verdient hast? So was macht man sogar in L.A. nur, wenn man total abgebrannt ist." Sein Blick hat etwas Forschendes, als er mich über den Tisch hinweg ansieht.
„Ich will nich' drüber reden, okay?!" Ich verschränke die Arme vor meiner Brust. Ich kann Jer gut leiden, aber ich will ihm nicht

erzählen, dass ich tatsächlich ziemlich pleite bin. Es ist ja nicht so, dass ich meinen Job verloren habe, weil ich nicht arbeiten wollte, sondern weil ich nicht konnte. Und dass ich mein Vermögen und meine ganze Energie in Lus Therapien investiert habe, will ich einem Fremden nicht auf die Nase binden. Dass *Mr. Hang's* mein letzter finanzieller Strohhalm war, um meine laufenden Kosten zu decken, verschweige ich auch lieber vorerst. Nicht, dass es mir peinlich ist, aber ich fühle mich, als hätte ich versagt.

Ich habe einen Schicksalsschlag erlitten, und ich habe es nicht geschafft, damit umzugehen. Der Tod meiner Schwester ist mit nichts vergleichbar, was ich je erlebt habe. Nicht einmal damit, dass unser Vater unsere Familie im Stich gelassen hat. Dad war zwar fortgegangen, aber wenigstens nicht tot. Dass Lu ein für alle Mal ... Das ist ein ganz anderes Gefühl. Die Lücke, die sie in meinem Leben hinterlässt, ist so viel größer als die von Dad. Ich kann den Gedanken daran nicht ertragen und schüttele ihn ab, um lieber wieder in Jers Geschichte einzuhaken.

„Du hast mir aber nur eine Frage beantwortet", necke ich ihn und hoffe, dass er auf mein Versöhnungsangebot eingeht. Ich nehme einen Schluck von meinem Milchkaffee, der längst kalt geworden ist. „Wieso hast du das Gefühl, nich' hierher zu passen? Und warum bist du dann überhaupt noch hier?"
Er überlegt so lange, dass ich schon damit rechne, dass er mir ebenfalls ein patziges „Ich will nicht drüber reden" an den Kopf werfen wird. Doch dann seufzt er.
„Weißt du, das frag ich mich auch manchmal."
Er nimmt ein *Seamy's* aus der Schüssel und lässt es achtlos wieder zurückfallen.
Ich lege die Stirn in Falten, weil ich mit seiner Antwort nichts anfangen kann.
„Hier sind alle total verrückt nach dem Zeug", fährt er fort, „Fast jeder will in dieser beschissenen Fabrik arbeiten, aber für mich ist das einfach nix. Ich gehör nicht zu diesen Pseudo- Hippie-Aussteigern, die ultraglücklich bis ans Ende ihrer Tage hier in den Bergen verschimmeln wollen."
Sein abrupter Themenwechsel verwirrt mich nun endgültig. „Okay, vielleicht bin ich noch nich' ganz auf der Höhe, aber das kapier ich nich'", beichte ich und ziehe eine Augenbraue hoch. „Das eine hat mit dem anderen doch nichts zu tun. Nur weil du

keine Schokolade magst, bist du doch nich' gleich ein freakiger Außenseiter."

Jers Lächeln sieht sehr gezwungen und traurig aus. Er schüttelt den Kopf, als wolle er Gedanken verscheuchen, die ihn bedrücken. „Wie dem auch sei. Du wolltest wissen, warum ich noch hier bin. Willst du die Wahrheit hören?"

Ich nicke. „Klar."

„Um heiße Frauen wie dich auf 'ne Stadtführung einzuladen." Er grinst, und von dem kurzen Anflug von Trübsinn ist nichts mehr zu spüren. Er scheint kein Kind von Traurigkeit zu sein.

„Ist das etwa deine Standardanmache?", frage ich und muss mir das Lachen verkneifen.

„Ja." Jers Grinsen wird noch breiter. „Und? Klappt's?"

„Ahm ... Wer fällt denn auf so was rein?"

„Meistens nur Frauen, die aus der Großstadt herkommen." Er zwinkert mir zu.

„Dass das funktioniert, ist nich' dein Ernst!", sage ich und kichere.

„Klar! Ich bin ein Naturtalent."

„Na ja ... Auch Naturtalente müssen üben, hab ich mal gehört."

„Ich seh schon ... " Er zuckt mit den Schultern und sein Grinsen geht in ein Lächeln über. „Was soll's. Jedenfalls stink ich hier nicht wie 'n Hotdog, und mit Dan häng ich auch gerne ab. Ziemlich cooler Typ."

Ich nicke und kann ihn vermutlich besser verstehen, als er glaubt. Zwar kann ich noch nicht abschätzen, wie lange ich bleiben will, aber ich denke, dass ich mich in Gesellschaft der beiden Männer hier wohl fühlen werde.

Ich greife nach dem *Seamy's*, das Jer zurück in die Schale geworfen hat. Als ich die Verpackung aufreiße, steigt mir eine Pfefferminznote in die Nase, die mir den Mund wässrig macht. Die Schokolade schmeckt einfach fantastisch. Ich kann gar nicht verstehen, wie Jer kein Faible für diese kleinen Dinger haben kann. Als ich zu ihm hinüberschaue, bemerke ich, dass er mich beobachtet.

„Die Pfefferminzteile sind Dans liebste Sorte." Er nippt an seinem Kaffee und verzieht das Gesicht. „Hm. Ich mag meinen Kaffee wie meine Frauen."

„Schwarz?", frage ich mit einem Grinsen.

„Nah, heiß." Er zwinkert mir zu. „Was ist nun? Wollen wir den ganzen Tag hier sitzen und quatschen, oder soll ich dir endlich ein bisschen was von dem Kuhkaff zeigen?"

„Unbedingt!", verlange ich und springe von meinem Stuhl auf.

Ich fühle mich angesichts meiner bevorstehenden Erkundungstour so aufgeregt, als sei ich im Urlaub und würde mir das erste Mal den Ort genauer ansehen, in dem ich die nächsten Tage verbringen will. Auch wenn ich noch tausend Fragen habe, möchte ich in jedem Fall meine To-do-Liste abarbeiten.

„Na, dann komm auch!", rufe ich und bin schon auf dem Weg aus der Küche. „Soll ich schon mal ein Taxi rufen?"
Jer folgt mir in den Flur und eröffnet mir die nächste Besonderheit über meinen vorläufigen Aufenthaltsort.

„Nah. In Slumbertown gibt's keine Autos. Hier sind alle totale Umweltfreaks mit Fahrrädern und so. Wir gehen einfach zu Fuß, so weit isses auch nicht. Hat auch Vorteile, wenn alles so piefig und klein ist."
Ich halte einen Moment lang inne. In dieser Stadt besitzt angeblich niemand ein Auto? In den Großstädten kommt man mit der U-Bahn überall hin, aber ob es hier überhaupt eine gibt? Und was hat er gesagt? Fahrräder? Ich versuche, mich daran zu erinnern, wann ich das letzte Mal auf einem Rad unterwegs war.

„Du siehst aus, als würdest du gerade versuchen, die Relativitätstheorie im Kopf nachzuvollziehen", sagt Jer und grinst. „So schlimm ist's ohne Autos nun auch nicht."

„Nee, das ist es gar nich'. Ich hab nur gerade überlegt, ob ich jemanden kenne, der nach seinem 16. Geburtstag nochmal Rad gefahren ist."

„Tja, hier sind alle ein wenig ... anders", erklärt Jer mit einem Achselzucken.

„Und wie kommt man dann hierher? Und von hier weg? Und ihr müsst doch auch irgendwo einkaufen. Wie kommen die Sachen in die Läden?" Die Fragen sprudeln nur so aus mir heraus.

„Ich verrate dir, wie die ganzen Sachen hierher kommen", antwortet Jer und senkt seine Stimme zu einem Flüstern. „Willst du's wirklich wissen?"
Ich nicke, weil ich meine Neugier unbedingt befriedigen will. Er kommt näher, bis sein Mund genau neben meinem Ohr ist.

„Die Drachen, die in den Bergen leben, werfen Carepakete ab." Er macht einen Schritt zurück und sieht mich ernst an.

Mein Mund steht offen, und ich bin so überrumpelt von seiner Antwort, dass mir die Worte fehlen.

„Schade, dass du dein Gesicht nicht sehen kannst", sagt Jer und lacht.

„Sehr witzig."

„Die Sachen kommen mit dem Zug. Und vom Bahnhof werden sie dann zu den Läden gekarrt. Mit 'nem Lieferwagen."

„Und der darf hier fahren, oder was?" Ich rümpfe die Nase.

„Elektroautos kennt ihr in New York aber schon, oder? Und jetzt komm. Wenn ich alle deine Fragen beantworte, landen wir irgendwann noch beim Urknall und *den* kann ich nicht erklären." Er grinst immer noch.

Auch wenn ich mir nicht vorstellen kann, wie man im Alltag alle Erledigungen ohne motorisierten Untersatz erledigen soll, habe ich gegen einen Spaziergang an der frischen Luft nichts einzuwenden.

4

Dans Haus liegt am Ende einer Sackgasse, die an eine Wiese grenzt, an deren Ende sich ein Wald anschließt. Ich recke den Hals, um das Nachbarhaus besser zu sehen und vielleicht sogar einen der Nachbarn, entdecke aber niemanden. Auch das Haus gegenüber sieht aus, als sei niemand daheim. Die Fenster sind alle geschlossen, nur eine Katze strolcht durch den Vorgarten.
Die Häuser erinnern mich an das Landhaus von Ricks Tante in Alabama. Jedes Holzhaus hat eine überdachte Veranda, die zum Verweilen einlädt. Der Nachbar gegenüber hat zwei Schaukelstühle auf seiner stehen, während Dans Veranda mit einer Art Hollywoodschaukel bei mir punktet. Die Sitzbank aus Holz hängt an zwei Seilen von der Decke der Veranda, und ich kann nicht verhindern, dass meine Gedanken auf Wanderschaft gehen. Ich stelle mir vor, wie man mit einer Decke und ein paar Kissen in einer lauen Sommernacht bei Mondschein auf dieser Schaukel sitzt, die Grillen zirpen … Genau genommen stelle ich mir vor, wie Dan und ich dort sitzen. Jer betritt die Veranda nach mir und reißt mich aus meinen Gedanken. Ich bin froh, dass niemand außer mir mein Kopfkino sehen kann. Niemals würde ich zugeben, dass ich von einem fremden Mann fantasiere.
„Na, dann mal los", sagt Jer.

Während wir nebeneinander her schlendern, erklärt Jer mir, dass Dans Haus nur zehn Minuten vom Stadtkern entfernt liegt. Ich halte ein wenig Sicherheitsabstand zu dem drahtigen Mann und mustere die Umgebung. Alles um mich herum wirkt malerisch.
Die Straßen sind schmal, und ich bin froh, flache Schuhe anzuhaben – auch wenn sie passend zu meinem Oberteil glitzern. Wenn ich das Kopfsteinpflaster betrachte, kann ich mir nicht vorstellen, wie man auf High Heels hier entlanglaufen soll, ohne sich die Knöchel zu brechen. Die Leute, die uns begegnen, grüßen uns mit einem Lächeln. Mit jedem Schritt, den wir durch Slumbertown machen, gefällt es mir besser in der verträumten Kleinstadt.
Das Wetter tut sein Übriges, um mir das Gefühl von Urlaub zu geben: Die Sonne lacht auf uns herab, und nicht eine einzige Wolke ist zu sehen. Es angenehm warm statt zu heiß. Wenn ich mich bemühe, die schrägen Ereignisse der letzten Tage für einen

Moment auszublenden, dann fühlt es sich fast nach einem perfekten Start in den Tag an. Die Kulisse ist beeindruckend: Slumbertown liegt nur wenige Kilometer von der Gebirgskette entfernt, die sich majestätisch gen Himmel erstreckt. Zwischen den Häusern kann ich immer wieder Blicke auf den Waldrand erhaschen und vermute, dass zumindest diese Seite der Stadt von Bäumen umgeben ist.
Ansonsten sieht, abgesehen von den schmalen Straßen, alles nach einem typisch amerikanischen Vorort aus: Jedes Haus hat einen Vorgarten, eine Veranda, hier und da lehnt ein Fahrrad an einer Hauswand. Ich entdecke einige Katzen, die entweder in der Sonne liegen oder uns mit schief gelegtem Kopf mustern.

Jer belässt es dabei, mich in der Gegend herumschauen zu lassen, und gibt den Weg vor. Nach den versprochenen zehn Minuten Fußmarsch biegen wir aus einer der Gassen heraus, und plötzlich erstreckt sich vor uns ein großer Park. Der Anblick dieser Stadtmitte verschlägt mir den Atem. Ich hatte keine Erwartungen, und doch bin ich positiv überrascht.
Der Park ist umringt von kleinen Geschäften, an deren Veranden bunte Holzschilder hängen, und es wirkt fast so, als sei hier die Zeit stehen geblieben. Ich schirme meine Augen mit einer Hand gegen die Sonne ab und versuche, mehr Details zu erkennen. Den rot-weiß gestreiften Schriftzug *Candy Shop* kann ich auf einem der Schilder ausmachen und wundere mich, dass man in einer Stadt, in der es Schokolade umsonst für alle gibt, noch einen Süßigkeitenladen braucht. *Laundry* lese ich einen hellblauen Schriftzug auf einem anderen Schild, aber sehr viel mehr kann ich von hier aus nicht erkennen, weil meine Sicht von der Parkanlage verdeckt wird.
Alleen aus Orangen- und Zitronenbäumen erstrecken sich vor uns, deren wundervoller Duft zu uns herüberdringt, saftig grüne Rasenflächen, Beete mit bunten Blumen, und ich sehe sogar einen Teich, auf dem ein paar Enten schwimmen. Durch den Park führen akkurat angelegte Kieswege, an deren Rändern alle paar Meter Holzbänke stehen, die zum Verweilen einladen.
Ich habe mein ganzes Leben in New York verbracht, und auch wenn der Central Park zu einem meiner liebsten Orte der Stadt zählt, muss ich gestehen, dass ich noch nie einen so liebevoll angelegten Park inmitten einer Stadt gesehen habe. Auf einigen

Bänken sitzen Leute, die die Sonnenstrahlen genießen; auf einer Bank, die im Schatten der Obstbäume steht, entdecke ich einen älteren Herrn, der in ein Buch vertieft ist. Einige der Leute grüßen Jer, als sie an uns vorbeigehen und nicken mir höflich zu. In der Großstadt rennen die Menschen aneinander vorbei, jeder mit seinem Smartphone in der Hand oder in Gedanken versunken.

„Wie wunderschön!", flüstere ich.

Jer steht unmittelbar neben mir, die Hände in seinen Hosentaschen versenkt, und sieht in dieselbe Richtung. Als er nicht sofort antwortet, riskiere ich einen Blick zu ihm, aber seine verspiegelte Sonnenbrille macht es mir unmöglich, seinen Gesichtsausdruck zu deuten.

„Ja, das ist es tatsächlich. Ist das Zentrum von dem Kaff", sagt er schließlich, aber er klingt, als sei er mit den Gedanken ganz woanders.

Entgegen meiner sonstigen Gewohnheit frage ich nicht nach, ob alles in Ordnung ist. Ich möchte diesen Augenblick genießen, in dem ich mich einfach nur darüber freue, durch Zufall an einem so schönen Fleckchen Erde gestrandet zu sein. Ich spüre einen stechenden Schmerz in meiner Brust. Das hier ist ein Ort, der Lu gefallen hätte, und ich würde alles dafür geben, nun zusammen mit ihr hier stehen zu können. Es schmerzt mich so sehr, dass wir solche Momente nie mehr teilen werden.

Zwei Schmetterlinge, die an uns vorbeiflattern, als würden sie miteinander tanzen, erregen meine Aufmerksamkeit. Sie sind zitronengelb, und ich bin mir sicher, dass ich diese Art noch nie zuvor gesehen habe. Mit einer hochgezogenen Augenbraue beobachte ich die beiden Falter, bis ich sie aus den Augen verliere.

„Alles klar bei dir?", fragt Jer und sieht mich über den Rand seiner Sonnenbrille hinweg an.

Mein Gesichtsausdruck scheint, ganz im Gegensatz zu seinem, Bände zu sprechen. Ich versuche, mich zusammenzureißen, und nicke.

„Klar. Ich bin ... nur beeindruckt. Noch nie so eine nette Stadtmitte gesehen."

Ich überspiele die Situation mit all der Routine, die ich mir in den letzten Monaten angeeignet habe, wenn es darum geht, anderen etwas vorzumachen.

„Wo geht's hier zu einem Hotel oder so? Alternativ würde ich mich auch erst mal mit einem Laden für neue Klamotten zufriedengeben", sage ich und widme meine Gedanken wieder meiner To-do-Liste. Ich bin dankbar, dass Jer nicht weiter nachfragt und stattdessen auf die gegenüberliegende Seite des Parks deutet.

„Auf der anderen Seite gibt's 'ne kleine Boutique. Und ein paar Häuser weiter ist die beste Pension von Slumbertown. Komm mit!" Mit einer Handbewegung bedeutet er mir, dass ich ihm folgen soll, und ist auch schon auf dem Weg in Richtung des Parks.

„Die beste Pension? Bist du sicher, dass ich mir das überhaupt leisten kann?"

„Nah", antwortet er und dreht sich grinsend zu mir um. Seine Sonnenbrille hat er inzwischen wieder zurechtgerückt. „Aber es ist die Einzige in der Stadt. Vielleicht kannst du auch in Naturalien zahlen."

Noch bevor ich zu einer empörten Antwort ansetzen kann, stiefelt Jer weiter und ich hinter ihm her.

Wir nehmen den direkten Weg zur gegenüberliegenden Seite und durchqueren den Park. Der feinkörnige Kies knirscht unter unseren Schuhen, und ich bin ein zweites Mal froh, dass ich meine letzte Partynacht in Ballerinas zugebracht habe und nicht ein Paar meiner mörderischen High Heels ausführen wollte. Trotzdem fühle ich mich in meiner superengen Jeans und dem mit Pailletten besetztem Top ziemlich deplaziert in dieser beschaulichen Kleinstadt. Die Menschen, denen wir im Park über den Weg laufen, sind höflich genug, uns nicht direkt anzustarren, aber ich kann ihre Blicke spüren, die sich in meinen Rücken bohren, sobald wir an ihnen vorbeigelaufen sind.

„Vielleicht hätte ich doch in Dans Pyjama in die Stadt gehen sollen."

Jer hat meine Bemerkung trotz meines Murmelns gehört und antwortet kichernd, ohne mich direkt anzusehen. „Tja, du musst wissen, die Supermodels gehen in dieser Stadt nicht gerade ein und aus!"

„Blödmann!", entgegne ich und muss trotz meiner Unbehaglichkeit über seinen Scherz lachen.

Insgeheim frage ich mich, ob es vielleicht nicht nur an mir, sondern auch an seinem Rockstaroutfit liegt, dass die Leute uns hinterherschauen. Den grüßenden Menschen nach zu urteilen, kennt er einige Leute hier, aber seine Erscheinung fällt dennoch auf. Bis jetzt habe ich ausschließlich ungezwungene Garderoben bei den Bewohnern des Städtchen gesehen. Jeans, T-Shirt, hier und da ein Hemd.

Wir laufen eine Weile nebeneinander her, ohne ein Wort zu wechseln. In der Mitte des Parks begegnen wir kaum noch jemandem, und ich erfreue mich an der Umgebung. Ich liebe die Allee, die wir entlanggehen. Rechts von uns sehe ich zwischen den Bäumen die Ladenzeile, links von uns liegt der Ententeich, den wir fast schon hinter uns gelassen haben. Ich entdecke mit jedem Schritt eine Blumensorte, die ich noch nie gesehen habe.

Vor allen Dingen fällt mir die unglaubliche Stille auf, die hier herrscht. Während in New York überall die Geräusche der Großstadt auf einen einprasseln, ist hier außer Vogelgezwitscher, dem Quaken der Enten, und unseren Schritten auf dem Kies nichts zu hören. Überall tanzen Schmetterlinge durch die Luft – ich habe hier und jetzt das erste Mal seit Langem die Ruhe, solche Kleinigkeiten wieder wahrzunehmen.

Ich kann mich kaum mehr daran erinnern, wann ich zu Hause das letzte Mal länger als zehn Minuten still gesessen oder ein bisschen Zeit im Freien verbracht habe. Früher bin ich oft im Central Park joggen gewesen, aber selbst dafür hat mir in den letzten Monaten entweder die Zeit, die Motivation oder beides gefehlt. Als Lus Zustand noch nicht so schlecht gewesen war, sind wir oft im Central Park spazieren gegangen. Doch seit meine Schwester fort ist, habe ich mir keine ruhige Minute mehr gegönnt. Ich hatte Angst, dass ein Moment der Ruhe mir auch noch das letzte bisschen Verstand raubt – denn das Einzige, was ich ohne andauernde Impulse von außen hätte hören können, wären meine eigenen Gedanken gewesen. Ich atme tief durch und versuche, die Erinnerungen an diese letzten Monate meines Lebens abzuschütteln.

Es hat keinen Sinn, jetzt darüber zu brüten. Jetzt bin ich hier, also sollte ich verdammt nochmal irgendwie das Beste daraus machen.

„Was hat es mit Slumbertown so auf sich?", frage ich Jer, um mich abzulenken.

„Wie meinst'n das?"

Versteht er meine Frage wirklich nicht, oder tut er nur so?

„Na ja ... Wie sind die Leute so? Wer lebt hier? Ach ... Da fällt mir ein, ich brauche auch noch einen Handyshop oder so was. Mein Telefon ist bei meiner abenteuerlichen Bahnfahrt flöten gegangen."

„Handyshop!", antwortet Jer und lacht, was mich die Stirn runzeln lässt. „Hier sieht's vielleicht nach Zivilisation aus, aber so was wie Handyempfang gibt's in dem Kaff nicht."

„Im Ernst?! Und Internet?" Er will mich doch bestimmt nur foppen!

Jer schüttelt den Kopf. Das heißt dann wohl so viel wie nein. „Slumbertown ist für die Mobilfunkindustrie einer der vielen weißen Flecken auf der Landkarte."

„Großartig!"

Jer grinst und hebt die Schultern. „Freu dich! So sparst du dir die Kohle für 'n neues Handy. Und übrigens ist das Thema 'ne elegante Überleitung zu deinen anderen Fragen."

„Aha?"

„Slumbertown ist wie so 'ne Art … Stadt für Aussteiger, weißte? Die meisten Vögel, die ich hier getroffen hab, sind froh über 'n bisschen Abstand zu ihrem Leben. Einfach mal runterkommen, ein bisschen chillen und so. Manche hauen recht schnell wieder ab, Andere bleiben hier. Hier kann man alles mal lockerer sehen, verstehste?"

Ich beantworte seine rhetorische Frage lieber nicht, denn ich kann mir lebhaft vorstellen, was Jer ganz besonders locker sieht.

„Jeder, der hierher kommt, labert von Entschleunigung", erklärt er weiter und überlegt kurz, bevor er weiterspricht. „Lass es den Autor in mir so ausdrücken: Wenn man hier gelandet ist, sucht man wohl nach der Antwort auf die Frage, wie es mit dem eigenen Leben weitergehen soll. Wer man in Zukunft sein will oder vielleicht auch nicht."

Ich nicke und erinnere mich daran, dass Jer die Bewohner von Slumbertown vorhin bereits als Aussteiger-Hippies bezeichnet hat. Zugegebenermaßen ist der Begriff „Aussteiger" in meinem Wortschatz nicht unbedingt mit positiven Assoziationen verknüpft. Für mich haben solche Leute immer zu denen gehört, die ohne Plan durch die Weltgeschichte tingeln, nie wissen, wo sie morgen schlafen sollen, und einfach in den Tag hinein leben.

Aber bin ich nicht gerade genauso? Weiß ich denn überhaupt noch, wo ich hin will? Mein altes Leben erscheint mir so weit entfernt, dass eine Reise zum Mars dagegen wie ein Tagesausflug wirkt. Ich verdränge den Gedanken und löchere Jer stattdessen mit weiteren Fragen.

„Was passiert, wenn sie's rausgefunden haben? Also ... Was sie wollen? Und wie kriegt man überhaupt raus, wohin man will?"

Da ist es wieder, sein Schulterzucken, das so wirkt, als hätte er auf alles eine Antwort, die er nur nicht preisgeben möchte.

„Dann hauen sie wieder ab."

„Und wie funktioniert der Rest der Stadt?" Meine Neugier ist noch nicht befriedigt. „Ich mein, gibt's in so 'ner Aussteigerstadt auch jemanden, der dafür sorgt, dass alles läuft? Oder wie funktioniert das hier, ohne dass es Mord und Totschlag gibt?"

Jer bleibt ohne Vorwarnung stehen und schiebt die verspiegelte Sonnenbrille so weit von der Nase herunter, dass ich seine dunkelbraunen Augen sehen kann. Ich kann seinen Blick nicht wirklich deuten. Ist er von meinen vielen Fragen genervt? Was glaubt er in meinem Gesicht lesen zu können?

„Sorry", murmele ich und hebe beschwichtigend die Hände. „Ich bin wirklich eine Nervensäge, ich weiß das. Löcher in den Bauch zu fragen, ist meine geheime Superheldenkraft."

„Oh ja, das kann ich mir vorstellen", antwortet er, sieht mich noch einen Moment lang an und schüttelt dann den Kopf. „Weißt du was? Ich mag dich, Ellie. Du bist wirklich was Besonderes." Er lacht, und ich bin erleichtert, dass ich in kein Fettnäpfchen getreten bin.

Ich spüre, wie sich mein Gesicht puterrot färbt, und befürchte, dass meine Ohren jeden Augenblick verglühen könnten.

„Danke", nuschele ich. „Aber woher willst du das nach ein paar Minuten wissen?"

„Weil du die richtigen Fragen stellst."

Heute morgen bin ich noch enttäuscht darüber gewesen, dass Dan uns auf meiner Stadttour nicht begleiten wird, doch jetzt gerade bin ich sogar ein wenig erleichtert.

Was ist Jer für ein Typ? Will er mich anbaggern? Oder will er einfach nur nett sein und mir ein Kompliment machen? Was würde Dan wohl davon halten, dass sein Kumpel zu mir sagt, dass er mich für was Besonderes hält?

Ich komme mir albern vor und frage mich, woher diese Gedanken kommen. Ich kenne weder Dan noch Jer, und ich sollte aufhören, mir irgendwelche Dinge einzubilden. Bestimmt waren es heute

Morgen nur die Nachwehen der letzten Partynacht, die meinen Verstand benebelt haben und nur deswegen hat es sich so angefühlt, als sei zwischen Dan und mir mehr als Höflichkeit zwischen Fremden.

Mein Gedankenkarussell dreht sich unaufhörlich, doch ich weigere mich zu glauben, dass es vielleicht doch kein Zufall ist, dass ich gerade zu diesem Zeitpunkt meines Lebens in einer Stadt für Aussteiger gelandet bin. Das ist Blödsinn. Das ganze Leben ist eine Aneinanderreihung von Zufällen. Nur was wir daraus machen, das bleibt uns überlassen.

Am Ende des Weges angekommen, sehe ich auf der gegenüberliegenden Straßenseite ein weißes Holzhaus. An der Veranda hängt ein pinkfarbenes Schild mit der Aufschrift *Rosies Boutique*. Mein Begleiter bleibt neben mir stehen.

„Lass mich raten", stichele ich, „*Rosies Boutique* ist die beste und einzige in der Stadt?"

Jer räuspert sich und grinst. „Nur das Beste für schöne Gäste." Sein Kompliment klingt mehr nach einem Anmachspruch, als ernst gemeint. „Rosie hat echt für jeden was. Lass dich überraschen! Es ist wirklich mega da drin, auch wenn's von außen so aussieht wie alles andere hier." Als ich keine Anstalten mache, auf den Laden zuzugehen, geht er einfach vor. „Lass uns reingehen! Oder willst du hier Wurzeln schlagen?"

„Ahm ... Warte mal ...", druckse ich herum, und es ist mir fast ein bisschen peinlich, ihn schon wieder etwas zu fragen.

„Was ist denn jetzt noch?" Er wartet und verschränkt die Arme vor seiner Brust.

„Ich hab nur 'ne Kreditkarte und ein paar Dollar dabei. In New York zahlt kein Mensch mit Bargeld", antworte ich, worauf Jer erneut mit einem Lachen reagiert. Es klingt, als käme es diesmal von Herzen, und mir fällt auf, wie kratzig seine Stimme klingt, wenn er lacht.

„Mach dir darüber mal keine Sorgen, Sweetheart. Wie gesagt: Ist schon Zivilisation hier. Rosie nimmt deine Plastikkarte schon."

Ich öffne den Mund, um etwas zu erwidern, doch Jer ist schon längst auf dem Weg zur Eingangstür der Boutique und hat mich stehen lassen. Ich beeile mich, ihm hinterherzulaufen.

Jer hat nicht zu viel versprochen. Als wir die alte Eingangstür aus Holz öffnen, staune ich tatsächlich. Das von außen unscheinbare

Gebäude besticht von innen mit seinem Charme.
Ein alter und sehr gepflegter Holzfußboden unterstreicht den Zauber des Gebäudes, und von der Mitte des Raumes aus kann man durch das offene Treppenhaus das obere Stockwerk sehen. Die großen Fenster zur Hinterseite des Hauses und die kleineren Fenster zur Veranda sorgen für eine helle und freundliche Atmosphäre. Im Eingangsbereich hängt ein pompöser Kronleuchter mit Kristallen, in denen sich das Sonnenlicht in allen Farben des Regenbogens bricht. Bei diesem Anblick kann ich nicht anders, als den Raum zu bewundern. Ich lege den Kopf in den Nacken und versuche zu schätzen, wie hoch das Gebäude sein mag. Auf jeden Fall deutlich über der Norm.
In jeder anderen Umgebung würde dieser Leuchter übertrieben pompös oder gar fehl am Platz wirken, aber hier kann ich mir kein passenderes Leuchtmittel vorstellen. Mich beschleicht die Frage, wie das Haus von innen so groß sein kann, wenn es von außen gar nicht den Anschein erweckt hat, so hoch zu sein. Doch die vielen neuen Eindrücke lassen nicht zu, dass ich weiter darüber nachdenke.
Die Einrichtung ist modern, aber gemütlich. An einigen Stellen stehen Sitzecken, die zum Verweilen einladen. Die Sofas sind anthrazitfarben und vom Design her schlicht – die Kissen setzen gezielt farbige Akzente. Vermutlich sollen diese Sitzgelegenheiten den Männern das Warten auf ihre Frauen angenehmer gestalten, während sie den halben Laden leer kaufen.
Überall hängen Kleidungsstücke in allen Farben und Formen auf Kleiderständern oder liegen in Regalen. Mir fällt der dezente Lavendelgeruch im Laden auf – es ist der gleiche Duft, den auch meine Kleider angenommen hatten, nachdem Dan sie frisch gewaschen hatte.
Ich frage mich, wie man sich in diesem großen Laden zurechtfinden soll.
Als hätte jemand meine Gedanken belauscht, fliegt eine Tür unter der Treppe auf. Noch bevor ich jemanden sehen kann, höre ich eine energische, aber freundliche Frauenstimme. „Ich bin sofort da!", ruft sie. „Kleinen Augenblick!"
Eine zierliche Dame mit grauem Haar, das sie zu einem Dutt zurückgebunden hat, kommt auf uns zu. Als sie Jer sieht, strahlt sie über das ganze Gesicht.

„Jeremy, mein Junge! Sag doch, dass du es bist! Wie schön, dass du dich auch mal wieder blicken lässt!" Sie tätschelt ihm mit der flachen Hand die Brust, wie eine Großmutter es bei ihrem Enkel tun würde. „Ich hoffe, du bist nicht hier, weil du was ausgefressen hast." Sie zwinkert ihm zu. Offenbar kennen sich die beiden gut. Ich frage mich, wie oft er „was ausgefressen" hat, wenn sie ihn mit diesen Worten begrüßt.

Jer umarmt die Frau, die so viel kleiner ist als er. Es ist eine herzliche Begrüßung.

„Nah. Schön, dich zu sehen, Rosie. Und wie du siehst, hab ich jemanden mitgebracht." Sanft löst er sich aus der Umarmung. „Rosie, das ist Ellie. Ellie. Rosie. Die einzige bezaubernde Lady, die meinen vollen Namen benutzen darf. Neben meiner Mom, natürlich."

Rosie mustert mich mit ihren wasserblauen Augen. Ich erinnere mich an meine gute Erziehung, lächele sie an und strecke ihr die rechte Hand entgegen.

„Hi, ich bin Ellie."

„Rosie", sagt sie und ergreift meine Hand.

Ich glaube, einen Schatten über Rosies Gesicht huschen zu sehen, doch als ich genauer hinschauen will, sehe ich nur ihr Lächeln, das mein Herz erwärmt. Die Augen der älteren Dame strahlen. Sie holt Luft, um etwas zu sagen, und umschließt meine Hand mit ihrer anderen Hand, als würden wir uns schon ewig kennen. Doch bevor sie dazu kommt, etwas zu sagen, schneidet Jer ihr das Wort ab.

„Mach dir keine falschen Hoffnungen, Rosie. Sie ist nicht meine Freundin!", sagt er und verdreht die Augen. „Du weißt, ich mach mir da nichts draus."

Rosie lässt meine Hand los und wedelt mit einem erhobenen Zeigefinger in Jers Richtung. „Ich weiß das!", tadelt sie ihn. „Aber auch du wirst noch lernen, dass man nicht glücklich wird, wenn man jedem Rock hinterherjagt!" Sie gibt ihm einen liebevollen Klaps auf die Schulter. „Du weißt, wie es im Leben ist, Jeremy. Wer etwas haben will, muss auch etwas geben. Das gilt auch und vor allem für die Liebe."

„Und du weißt, dass der Zug für mich abgefahren ist." Jer hat sein Pokerface aufgesetzt, aber ich kann mir nicht vorstellen, dass er seine Frauengeschichten vor mir diskutieren möchte.

„Schon gut, schon gut. Was sind das überhaupt für Manieren?", tadelt Rosie weiter. „Seit wann lässt man seine Sonnenbrille auf der Nase, wenn man einen Raum betritt?"

Damit die beiden nicht vergessen, dass ich auch noch hier bin, räuspere ich mich. Tatsächlich unterbrechen sie ihr Geplänkel und richten ihre Aufmerksamkeit auf mich. Jer nimmt die Brille von der Nase und steckt sie sich an den Kragen seines T-Shirts.

„Ich bin erst angekommen und ich hab … Ahm … Also …" Soll ich der freundlichen Rosie etwa erklären, dass ich mit nur einem Satz Kleidung hier angekommen bin, weil ich unbeabsichtigt in einen völlig verkehrten Zug gestiegen bin? Sie ist zwar nur eine Fremde für mich, aber ich will nicht, dass ihr erster Eindruck von mir von Begriffen wie Party und Filmriss geprägt wird.

„Ellie hat ihr Gepäck auf der Reise hierher verloren und braucht jetzt dringend ein paar neue Klamotten. Also sind wir natürlich gleich zu dir gekommen, liebste Rosie", hilft Jer mir aus meiner Erklärungsnot.

„Ja ja, heb dir dein Süßholzgeraspel lieber für die hübschen Dinger in deinem Alter auf, mein Junge", weist Rosie Jer zurecht und wendet sich dann direkt mir zu. „Du armes Ding! Ich bin sicher, wir finden was, das dir gefällt. Bis jetzt hat noch niemand meinen Laden unglücklich verlassen. Komm! Ich habe auch schon so eine Idee."

Ehe ich mich versehe, nimmt Rosie meine Hand und zieht mich hinter sich her wie ein kleines Kind. Ich drehe mich kurz zu Jer um und forme ein lautloses „danke" mit meinen Lippen. Er grinst und zeigt mir einen erhobenen Daumen. Ich sehe noch, wie er es sich auf einem der Sofas in einer Sitzecke bequem macht und ein Sudokuheft aus der Innentasche seiner Jacke hervorzieht, bevor ich hinter Rosie zwischen lauter Regalen voller Kleidungsstücken verschwinde.

Mich erstaunt, wie flink die ältere Dame zwischen den vielen Kleidern hin und her wuselt. Während sie mir lauter Klamotten in die Arme drückt, erzählt sie mir, dass sich im zweiten Stock die Herrenbekleidung befindet. Sie redet wie ein Wasserfall, und so erfahre ich außerdem, dass sie die Boutique schon seit Ewigkeiten führt und laut eigener Aussage ein Urgestein Slumbertowns ist.

Ein paar Stunden und unzählige Outfits später ist meine Kreditkartenrechnung zwar um einen deutlich zu hohen Betrag angestiegen, aber ich habe endlich wieder so etwas wie eine Garderobe. Um den Einkauf ausklingen zu lassen, nehme ich mir eine *Seamy's*-Praline aus einer großen Glasschüssel, die neben der

Kasse steht.

Jer und ich verabschieden uns von der herzlichen Frau und wanken, beide mit mehreren knallpinken Tragetaschen bepackt, zur Eingangstür hinaus. Dank Rosies Gespür dafür, was mir gefällt, bin ich nun komplett ausgestattet: von casual chic bis sportlich über alltagstauglich bis hin zu einem etwas eleganteren Outfit, von dem ich ehrlich gesagt noch gar nicht weiß, zu welcher Gelegenheit ich es tragen soll. Aber Rosie hat ihr Verkaufstalent unter Beweis gestellt. Und das eindrucksvoll.

Einen der Alltagslooks habe ich gleich anbehalten: bequeme, aber dennoch figurbetonte Jeans, ein weißes T-Shirt mit einem schwarz-weißen Print, das einen Mops mit Sonnenbrille zeigt, und dazu ein Paar pinkfarbene Sneakers. Ich setze die eben erstandene Sonnenbrille auf und fühle mich fast wie ein neuer Mensch.

„Damit wäre der Punkt Shopping hoffentlich für die nächsten hundert Jahre abgehakt. Ich hatte ja keine Ahnung, dass du gleich 'ne ganze Modenschau laufen willst", frotzelt Jer.

„Ich hatte eigentlich gar nich' vor, so viel zu kaufen."

„Weiber! Wo willst du als nächstes hin? Zur Pension?"

Ich nicke, zeige aber auf den gegenüberliegenden Park.

„Wollen wir uns vielleicht für einen Moment auf 'ne Bank setzen, bevor wir weitertigern?"

„Wir hätten zuerst zur Pension gehen sollen!", erwidert Jer und stöhnt. „Dann könnten wir den ganzen Scheiß jetzt wenigstens irgendwo abladen."

„Stell dich nich' so an. Ein starker Mann wird ja wohl ein paar Tüten tragen können!" Ich greife seine freche Art einfach auf. Was er kann, kann ich schon lange. „Wir machen jetzt eine kurze Pause, und dann geht's weiter. Shoppen kann nämlich ganz schön anstrengend sein, weißt du. Zumindest wenn man nich' die ganze Zeit auf 'nem Sofa rumlümmelt und Sudoku macht."

„Pah!", brummt er, aber setzt sich in Richtung Park in Bewegung.

Wir suchen uns eine Bank aus, die im Schatten einiger Orangenbäume steht, mit Blick auf den Ententeich. Nachdem wir die Tüten abgestellt haben, lassen wir uns auf der Sitzgelegenheit nieder und schauen einen Moment lang aufs Wasser.

„Rosie scheint echt nett zu sein", breche ich das Schweigen, ohne den Blick von den quakenden Enten abzuwenden.

"Absolut! Sie ist eine der wenigen Personen, die ich in dem Kaff hier getroffen hab, die echt ... vielschichtig sind. Rosie hat immer ein offenes Ohr. Manchmal ist das echt gut, wenn man jemanden zum Reden braucht. Sie ist fast wie 'ne Omi." Er hält kurz inne. "Aber steck ihr bloß niemals, dass ich Omi gesagt hab."
Er kichert mit seiner kratzigen Stimme, aber ich werde den Eindruck nicht los, dass ihn irgendetwas bedrückt.
"Und wie du eben gehört hast", fährt er fort, "hat sie außerdem immer 'nen nervigen Kalenderspruch auf Lager."
"Jer ...", beginne ich, unsicher ob ich gerade eine Grenze überschreite. "Ich weiß, dass wir uns noch nich' besonders gut kennen ..."
Jer legt die Stirn in Falten und sieht mich von der Seite an. Aber er wartet ab, was ich zu sagen habe.
"Okay, eigentlich kennen wir uns überhaupt nich'. Also sag einfach, wenn ich zu neugierig bin, okay?"
"Als ob *du* neugierig wärst!", spottet er, wartet aber trotzdem, bis ich fortfahre.
"Was für Mädchen meinte Rosie vorhin?"
Jer resigniert. Er seufzt und hebt die Hände. "Du hast recht, Wir kennen uns noch nicht lange, aber irgendwas sagt mir, dass du keine Ruhe geben wirst, bevor du nicht irgendeine Antwort bekommst. Stimmt's?"
Achselzuckend schiebe ich mit den neuen pinkfarbenen Turnschuhen ein paar Kieselsteinchen hin und her. Dass er mich nach so kurzer Zeit so gut einschätzen kann, macht mich verlegen. Er lehnt sich zurück und schweigt für einen Moment.
"Pass auf." Er klingt nun nicht mehr lässig, sondern reserviert. "Ich bin frei, und die Frauen lieben mich. Ich kann tun und lassen, was ich will. War nicht immer so."
"Oh", mache ich, aber seine Zurückhaltung hält mich nicht davon ab, weiterzufragen. "Und weiter?"
Er hebt die Schultern, fast als gäbe es nicht mehr zu erzählen.
"Ihr Name war Lisa. Und ich war echt so was von verknallt. Gleich im ersten Moment, als ich sie gesehen hab, hat's bäm gemacht."
Ich muss unwillkürlich an Dan und mich denken. Ich habe dieses Bäm im ersten Moment ebenfalls gespürt.
"Ja, ich weiß, was du meinst", stimme ich zu, obwohl ich nicht weiß, ob Dan das Gleiche fühlt. "Aber was ist passiert?"

„Nix. Sie ist abgehauen." Ich kann sehen, wie angespannt Jers Kiefermuskeln sind.

„Abgehauen? Das kenn ich!" Mein Mitgefühl ist nicht gespielt. Seit Josh mich verlassen hat, weiß ich, wie es sich anfühlt, wenn jemand abhaut.

Jer wirft mir mit einer hochgezogenen Augenbraue einen Blick zu, der mich zu einer Erklärung nötigt.

„Ach. Mein Ex-Verlobter hat auch einfach seine Sachen gepackt, und weg war er." Mit einer Handbewegung untermale ich meine Aussage. „Okay, ich geb zu, dass es nich' ganz grundlos war, aber trotzdem."

Jer schüttelt den Kopf. „Nah, so war's bei uns nicht. Wir haben uns echt gut verstanden. Es gab keinen Stress oder so. Im Gegenteil, wir hatten 'ne gute Zeit. Und dann: von heute auf morgen, einfach weg! Ohne sich zu verabschieden, ohne alles."

Ich sehe, wie er die Fäuste ballt, bis seine Knöchel am Handrücken hell hervortreten. „Für mich war's halt ... Sie war's. Verstehste?"

Ich beginne zu ahnen, warum er so ist, wie er ist. Belanglose Flirts können ihn nicht verletzen, Liebe schon. Ich lege meine Hand auf seine Schulter und versuche, die richtigen Worte zu finden.

„Ich ..."

„Also ich hatte genug Pause." Er sieht mich an, und ich kann an seinem Gesicht ablesen, wie er hinter einer schützenden Mauer in Deckung geht. Diese Mauer kenne ich nur zu gut. Ich ziehe meine Hand zurück und blicke zu Boden.

Mit einem Mal fühle ich mich unwohl damit, dieses persönliche Thema überhaupt angeschnitten zu haben. Wer bin ich, dass ich im Gefühlsleben fremder Leute herumstochere? Wer mit einem Stock in einen Ameisenhaufen piekt, braucht sich nicht zu wundern, wenn er angepinkelt wird. Ich versuche, so elegant es geht, aus dieser Nummer wieder herauszukommen.

„Jer, es tut mir leid. Wirklich. Ich quatsche oft einfach irgendwelchen Scheiß, ohne darüber nachzudenken. Ich bin unmöglich."

Ich spüre seinen Blick auf mir, aber er schweigt. Ich wage es, zu ihm hinüberzusehen, doch ich schaffe es nicht mehr, hinter seine Fassade zu blicken. Ich ahne, was mein Freund Rick all die Monate gesehen haben muss, wenn er mich anschaute. Gerade als das Schweigen Jer und mich zu erdrücken droht, setzt er seine

Sonnenbrille auf.

„Sei froh, dass du so heiß bist, sonst hätte ich dir das gar nicht erzählt", witzelt er, aber es klingt halbherzig. „Sollen wir dir jetzt ein Zimmer besorgen, damit du mir nicht weiter auf den Geist gehen kannst, oder wie sieht's aus?" Er erhebt sich von unserem schattigen Plätzchen.

Sein abrupter Themenwechsel ist für mich der Wink mit dem Zaunpfahl. Ich springe auf und ergreife die Einkaufstüten, die neben mir stehen.

„Ja, klar! Schließlich muss ich heute Nacht irgendwo pennen. Ausgeschlafen nervt es sich viel besser!"

Erleichtert folge ich ihm.

Vor der Pension angekommen, springt mir sofort das hellblaue Schild mit der Aufschrift *Bed & Breakfast – Carefree Dreams*, ins Auge. Ich deute darauf.

„*Carefree Dreams*? Im Ernst jetzt?" Der Name erheitert mich.

Jer zuckt mit den Achseln. „Sind berühmt für ihre Betten. Megakomfortable Matratzen, wenn du verstehst." Er zwinkert mir zu. Seine anzügliche Art hat er also wiedergefunden. „Soll ich mit reinkommen?"

„Ahm nee, nich' nötig. Ich bin doch kein Baby. Ich frag erstmal nach, ob überhaupt ein Zimmer frei ist und was der Spaß kostet. Ich befürchte ja, dass meine Kreditkarte das nach dem Shopping nich' mehr mitmacht, wenn die megakomfortablen Matratzen den Preis in die Höhe treiben."

Jer bietet mir an, auf meine Einkäufe aufzupassen, solange ich weg bin. Ich bin froh, die Tüten nicht mit mir in die Pension schleppen zu müssen, schiebe meine Sonnenbrille in mein Haar und stapfe auf die Eingangstür des Gebäudes zu.

Die Holztür, die mit vielen Ornamenten verziert ist, schwingt mühelos nach innen auf, als meine Hand die Türklinke berührt.

Ich betrete die Lobby und bemerke sofort, dass bei der Innenausstattung der Pension nur mit edelsten und geschmackvollsten Materialien gearbeitet wurde.

Der Fußboden ist aus weißem Granit, der mit einer dunklen Marmorierung durchzogen ist. Die Rezeption besteht aus einem mit dunklem Holz vertäfelten Empfangstresen, dahinter sehe ich eine gleichfarbige Regalwand, ähnlich wie in einem Weinkeller. Jedes Fach ist mit einem Messingschild mit eingravierter Nummer versehen. Auf dem Tresen steht eine goldene Tischklingel, davor ein Schild mit der Aufschrift *Please ring*. Daneben steht eine Glasschale, in der sich *Seamy's* so hoch auftürmen, dass ich es nicht wage, eine der Pralinen wegzunehmen. Ich kann mir lebhaft vorstellen, wie der Schokoladenturm in sich zusammenbricht und ich die Pralinen auf dem Boden der Lobby verteile. Jer hatte recht, es gibt diese Süßigkeit wirklich in der ganzen Stadt.

Ich schaue mich um, aber außer mir scheint sich niemand in der Lobby aufzuhalten. Die ganze Atmosphäre hier drinnen macht einen unterkühlten Eindruck auf mich. Meine Nackenhaare richten sich auf und ich komme mir vor wie in einem schlechten Horrorfilm. Es ist still hier drinnen – zu still. Plötzlich wünsche ich mir, ich hätte Jers Angebot mich zu begleiten angenommen.

Will ich hier wirklich für die nächsten Tage bleiben? Ich lege die Stirn in Falten, mache ein paar Schritte auf den Tresen zu und betätige die Tischglocke. Meine Wahlmöglichkeiten sind beschränkt.

Das *Ping* der Glocke hallt durch den Eingangsbereich. Wenige Augenblicke später hastet ein junger Mann aus einem Nebenzimmer heran. Er legt einige Schlüssel ab, die über den Tresen scheppern.

„Herzlich willkommen im *Carefree Dreams*, Ms.! Ich hoffe, Sie hatten eine angenehme Anreise." Ihm ist anzusehen, wie bemüht er ist, überschwänglich freundlich zu klingen. Ich schätze ihn auf höchstens Anfang 20. Er hat schwarzes Haar, das ihm fast bis zum Kinn reicht. Er trägt es zurückgegelt, und ich frage mich, wie viel Pomade man wohl braucht, damit es so glänzt. Der Hotelier lächelt mich an.

„Ahm, hi", stammele ich und versuche, mich auf etwas anderes zu konzentrieren als auf diese grünen Augen, mit denen er mich ansieht, als hätte er einen Röntgenblick. Ich hoffe, das ist nicht der Fall. „Ich hätte gern ein Zimmer."

Er nickt, doch im nächsten Augenblick entgleisen ihm die Gesichtszüge. „Natürlich suchen Sie ein Zimmer.", Er stößt einen theatralischen Seufzer aus. „Wer möchte nicht im *Carefree Dreams* nächtigen? Wir sind nicht umsonst berühmt für unsere hervorragenden Matratzen, Ms.. Nirgends schläft man besser, das kann ich Ihnen garantieren." Sein Redeschwall überrascht mich, und mir fällt auf, dass seine Hände zittern. Er greift nach einem Stapel Papier und stößt ihn auf, als wolle er die Papierkanten

ausrichten. Dass der Stapel bereits perfekt ausgerichtet ist, bestärkt mich in meiner Vermutung, dass er das Zittern seiner Hände überspielen will.
Ich hebe eine Augenbraue. Mich wundert, dass er so nervös darauf reagiert, wenn Gäste ein Zimmer beziehen wollen. Jers Aussage zufolge ist diese Pension die einzige in der ganzen Stadt – wo sollten Ortsfremde also sonst nach einer Unterkunft fragen, wenn nicht hier?
Der junge Mann seufzt noch einmal und faltet die Hände über der Theke, als wolle er beten.
„Ich würde Ihnen sehr gern ein Zimmer anbieten, Ms.. Aber leider sind wir völlig ausgebucht."
„Ausgebucht?!", wiederhole ich seine Information und starre ihn an.
Verdammt! Vermutlich verdient sich der Besitzer des Hotels eine goldene Nase damit, dass er die einzige Zimmervermietung in diesem Kaff hat. Ob da wirklich gar nichts zu machen ist?
Als hätte der Hotelier meine Gedanken belauscht, plappert er weiter. „Bis auf das letzte Zimmer, Ms.. Es tut mir wirklich außerordentlich leid. Ich habe nicht einmal eine Besenkammer, die ich Ihnen anbieten könnte." Seine Lache klingt in meinen Ohren eher hysterisch als echt. „Auch wenn ich unsere Gäste selbstverständlich niemals in einer Besenkammer unterbringen würde. Nicht, dass Sie mich missverstehen."
Seine affektierte Art geht mir auf die Nerven. Wenn es hier keine Übernachtungsmöglichkeit für mich gibt, wo soll ich dann bleiben? Sofort ärgere ich mich darüber, dass ich meinen Entschluss, eine Weile in Slumbertown zu bleiben, nicht genauer durchdacht habe. Warum waren wir auch erst Klamotten kaufen und nicht zuerst in der Pension?
Nun habe ich nicht nur einen Haufen neuer Klamotten, sondern auch gar keine Ahnung, wohin damit. Wenn ich damit zurück nach New York will, wird sich spontan noch der Betrag für einen Koffer auf meine Kreditkartenabrechnung quetschen müssen.
„Ist hier gerade Hochsaison für Touristen, oder was?!"
Auch wenn ich weiß, dass der Hotelier nichts für meine Situation kann, rutscht mir diese Bemerkung heraus. Manchmal kann ich einfach nicht verhindern, dass mein Ärger sich Luft macht. Eine Stille entsteht, die so unangenehm ist, dass ich das Gefühl habe, sie mit bloßen Händen greifen zu können. Doch zum Glück findet der

junge Mann seine Fassung wieder, und der seltsame Moment verfliegt so schnell, wie er gekommen ist. Sein viel zu schrilles Lachen zerreißt die Stille in der Lobby.

„Ja, ja, genau so ist es, Ms.. Hochsaison", sagt er und nickt.

Seine Reaktion wirkt für meinen Geschmack ein wenig zu eifrig. Am liebsten würde ich ihn fragen, warum keine Menschenseele in der Lobby zu sehen ist, wenn die Pension angeblich aus allen Nähten platzt. Aber ich entscheide mich, etwas anderes auszuprobieren.

„Okay. Und da kann man wirklich gar nichts machen? Wird vielleicht in den nächsten Tagen ein Zimmer frei, das ich dann haben könnte? Sie wollen doch sicher nich', dass eine Frau ganz allein unter freiem Himmel auf einer Parkbank übernachten muss." Ich hoffe, dass es vielleicht doch noch eine Lösung gibt. Mit großen Kulleraugen sehe ich ihn an, aber mein Herz sinkt, als der junge Mann den Kopf schüttelt.

„Tut mir wirklich furchtbar leid, Ms.." Er klingt aufrichtig betroffen. „Aber alle, die eingecheckt haben, haben einen längeren Aufenthalt gebucht."

Er macht mir klar, dass der Fall damit für ihn erledigt ist, indem er damit beginnt, die Zimmerschlüssel in ihre Fächer einzusortieren.

„Okay. Danke trotzdem." Ich nehme ein blaues *Seamy's* aus der Schüssel auf dem Tresen. „Schokolade hilft immer, hab ich gehört."

Wieder lacht der Hotelier viel zu laut und so schrill, dass ich darauf wetten würde, dass jeder Hund im Umkreis jaulend davonläuft. Was ist bloß los mit diesem Mann? Vielleicht ist es doch nicht so schlimm, dass kein Zimmer mehr frei ist. Ich hatte nicht vor, mit einem Psychopathen unter einem Dach zu schlafen.

Mich beschleicht ein Anflug von schlechtem Gewissen, weil ich den dunkelhaarigen Hotelier nicht kenne, ihn aber bereits in meine imaginäre Schublade mit der Aufschrift „Psycho" gesteckt habe. Ich verabschiede mich und gehe nach draußen, wo Jer wie versprochen mit meinen Einkäufen auf mich wartet. Er lehnt entspannt an der Hauswand und nutzt den Schatten des Eingangsbereichs.

„Na? Kann ich deine Sachen jetzt in die Präsidentensuite schleppen, Sweetheart?", fragt er auf seine charmante Art.

Ich verneine mit einem Kopfschütteln. „Nee. Kein Zimmer mehr frei."

„Echt jetzt? So gar keins?" Er sieht mich über den Rand seiner Sonnenbrille hinweg an.

„Ja, echt. Der Typ meint, es sei Hochsaison, und da wär absolut nichts zu machen." Ich versuche, meine Frustration nicht zu zeigen und zucke mit den Achseln. „Egal. Der war eh ziemlich schräg drauf."

Jer sieht für einen Moment mal wieder so aus, als wäre er in seine Gedanken abgetaucht.

„Du meinst bestimmt Stan. Schwarze Haare? Grüne Augen? So'n Anzugträger?", fragt er schließlich.

Ich nicke zur Bestätigung, woraufhin Jer nur abwinkt.

„Ja. Der ist wirklich schräg. Aber im Grunde ist er ganz in Ordnung, glaub ich. Doch dass kein Zimmer frei ist, wundert mich trotzdem. Verrückter Scheiß. Und jetzt?"

„Keine Ahnung. Ich bin ehrlich gesagt nich' so der Plan-B-Typ", gestehe ich und nehme die Sonnenbrille aus meinem Haar. „Konnte ja keiner ahnen, dass es ein Problem wird, ein Zimmer zu nehmen."

„Ach, mach dir mal keinen Kopf. Wir finden schon ein Plätzchen für dich. Ansonsten kannst du auch einfach ein paar Tage bei mir pennen, wenn du willst."

Ich bin von dem Angebot völlig überrumpelt und weiß gar nicht, was ich sagen soll. Jer kennt mich seit ein paar Stunden, und trotzdem bietet er mir an, vorläufig bei ihm zu wohnen. Das ist extrem hilfsbereit von ihm – oder hat er amouröse Hintergedanken? Und hat Dan nicht darüber gewitzelt, dass die Wohnung ziemlich klein ist? Wie stellt er sich das vor? Auch wenn ich auf die Schnelle keine andere Option sehe, fühle ich mich bei der Vorstellung, bei ihm zu bleiben, unwohl. Eine Parkbank erscheint mir zum Nächtigen allerdings noch unattraktiver.

„Also, nicht dass du das jetzt in den falschen Hals kriegst, klar?", ergänzt er. „Ich würd dir selbstverständlich das Bett überlassen und ich penn auf dem Sofa. Es ist leider nicht so, wie du jetzt denkst." Seinen letzten Satz sagt er mit einem Augenzwinkern, das mich am Wahrheitsgehalt seiner Worte zweifeln lässt.

„Schauen wir einfach mal, okay? Aber danke", antworte ich und starre meine neuen pinkfarbenen Schuhe an.

„Alles klar. Ist nur ein Angebot." Jer scheint mein Ausweichmanöver zu akzeptieren und wechselt wenig elegant das Thema, indem er erklärt, was für einen Bärenhunger er hat und dass wir unbedingt etwas essen gehen sollten. Ich willige ein, obwohl ich noch gar keinen Hunger verspüre. Wir schlendern über die Straße und durch den Park, in Richtung der schmalen Seitenstraßen, die vom Stadtkern Slumbertowns wegführen.

Jer hat mich zu seinem Lieblingsitaliener geführt, der die beste mediterrane Küche zu bieten hat, die man bekommen kann. Jedenfalls behauptet Jer das und pocht darauf, dass der Koch ein waschechter Italiener sei, den es nach Montana verschlagen hat. Ich hoffe für die Qualität des Essens, dass italienische Küche für Jer ansonsten nicht bedeutet, bei Laden wie *Mr. Hang's* zu bestellen.
Als der Kellner unsere Vorspeisen an den Tisch bringt und mir der köstliche Duft in die Nase steigt, meldet mein Magen dann doch Hunger. Nach einer frisch zubereiteten und reichlich belegten Pizza kann ich mich schon kaum noch rühren, aber das Tiramisu! Göttlich. Jer hatte Recht: Es ist tatsächlich das beste italienische Essen, dass ich je hatte.
Ich habe Jer während des Essens ein paar unverfängliche Details aus meinem Leben erzählt. Ich fühle mich in seiner Gegenwart entspannt, seit ich beschlossen habe, seine anzüglichen Bemerkungen einfach nicht ernst zu nehmen.
„Puh, ich platze gleich", verkünde ich, reibe mir mit einer Hand den Bauch und lege meine zusammengefaltete Serviette auf den Tisch. „Ich glaube, mir gefällt's hier ganz gut."
Mir gefällt Slumbertown wirklich. Die hübschen und gepflegten Holzhäuser, die süßen Gassen mit ihrem unebenen Kopfsteinpflaster und der wunderschöne Park in der Stadtmitte haben es mir angetan. Auch die Kulisse der Berge ist traumhaft. Vermutlich fasziniert mich die Naturkulisse so sehr, weil ich immer ein Stadtkind war.
Es wirkt fast ein bisschen so, als wäre die Zeit in dieser Stadt stehengeblieben, und dennoch gibt es hier jeden modernen Komfort, den man sich wünschen kann. Na ja, abgesehen vom Handy- und Internetempfang, aber ich muss mir eingestehen, dass ich es ganz entspannend finde, nicht erreichbar zu sein. Außerdem habe ich in Dans Küche heute Morgen ein Telefon an der Wand gesehen. Wenn ich jemanden anrufen will, erledige ich es eben von dort aus. Ich weiß, dass ich den Trubel der Großstadt schon bald vermissen werde, aber für den Moment fühle ich mich in dieser beschaulichen Kleinstadt pudelwohl.

Die Konversation mit Jer während des Essens war zwanglos, wofür ich dankbar bin. Ich habe das dumpfe Gefühl, dass das Thema Frauen ein Fettnäpfchen war, das für heute groß genug ist. Ein wenig sorge ich mich, dass ich ihn mit meinem Verhalten vorhin gekränkt habe, aber wenn das der Fall ist, lässt er es sich nicht anmerken.

Nachdem mein Hunger mehr als gestillt ist und nur eine der beiden Aufgaben meiner To-do-Liste abgehakt ist, muss ich mich der Frage stellen, wo ich bleiben soll. Oder sollte ich besser gleich den nächsten Zug zurück nach New York nehmen? Eine verrückte Idee wäre, Rosie zu fragen, ob ich in Ihrem Lagerraum schlafen könnte. Wenn Jer ein gutes Wort bei ihr für mich einlegt, würde sie mir vielleicht aus der Patsche helfen. Aber Jer würde es mir ganz bestimmt übel nehmen, wenn ich einen Lagerraum seinem Bett vorzöge. Ganz zu schweigen davon, was Rosie von einer solchen Frage wohl halten würde. Ich bin so sehr in meine Gedanken vertieft, dass ich gar nicht bemerke, dass Jer offenbar etwas gesagt hat. Er blinzelt mich an.

Ich räuspere mich, um meine Verlegenheit zu überspielen. „Ahm, sorry ... Was?"

„Ich hab gefragt, ob wir nicht vielleicht erst mal bei Dan daheim einfallen sollen. Erstens müssen wir diese ganzen Tüten irgendwo abladen, und zweitens kann's nicht schaden, ihn mal zu fragen, ob er 'ne Idee hat. Wegen deines Unterkunftsproblems, mein ich. Er sieht vielleicht nicht so aus, aber manchmal hat er ganz gute Einfälle." Er grinst. Ganz offensichtlich amüsiert ihn meine geistige Abwesenheit.

„Was gibt's da so dämlich zu grinsen, hm?"

Er quittiert meine Frage mit dem lässigen Schulterzucken, das ich inzwischen schon kenne. „Nix. Was ich dir übrigens die ganze Zeit schon sagen wollte, ..."

Ich weiß zwar noch gar nicht, was er sagen will, aber sofort meldet sich in meiner Magengegend ein flaues Gefühl, das nicht vom vielen Essen kommt. Er ist also doch von meinem Verhalten vorhin irritiert.

„Es tut mir leid, Jer", unterbreche ich ihn, „ich hab vorhin echt bescheuert reagiert. Du bietest mir deine Hilfe an, und statt mich einfach zu bedanken ..."

Er sieht mich einen Moment lang an, doch als er seine Verwirrung überwunden hat, bricht er in schallendes Gelächter aus.

Seine Reaktion irritiert mich.

„Sorry, Ellie", prustet er, „aber du bist echt schräg. Hat dir das schon mal jemand gesagt?"

„Schon mal gehört, ja", nuschele ich.

Ich weiß, dass ich schräg bin, aber es aus dem Mund eines Fremden zu hören, verleiht dem Ganzen eine ganz neue Qualität. Ich schweige lieber, bevor ich mich erneut in eine peinliche Lage bringe.

„Als ob du mich beleidigt hättest!", fährt Jer fort und sieht mich immer noch kichernd an. „Mir war schon klar, dass du mein Angebot nicht annehmen würdest, aber ich wollt's wenigstens gemacht haben. Nicht, dass es hinterher heißt, ich sei nicht hilfsbereit." Er zwinkert mir zu, und zum ersten Mal wirkt es nicht wie eine Anmache. „Im Ernst. Ist schon klar. Wir kennen uns so gut wie gar nicht, und wenn ich 'ne Frau wäre, würd ich auch nicht bei 'nem Typen wie mir pennen. Also alles cool!"

„Ehrlich? Das Angebot ist echt nett von dir, aber ahm ..." Ich habe das Bedürfnis, mein Verhalten zu erklären.

„Vergiss es!", sagt Jer grinsend und winkt ab. „Ich bin nicht beleidigt, und du brauchst dir keine Gedanken mehr drüber zu machen, klar? Ich nehm's sportlich."

Auch wenn er Recht hat und wir uns noch nicht lange kennen, hätte ich mich trotzdem mies gefühlt, wenn ich seine Gefühle verletzt hätte.

Ich nicke und atme auf. „Okay, dann lass uns zahlen, und wir gehen zu Dan."

„Lass stecken, das Essen geht auf mich. Deine Kreditkarte hat bei Rosie schon genug geglüht." Jer winkt dem Kellner zu, um ihm zu signalisieren, dass wir die Rechnung haben möchten.

„Danke. Aber das nächste Mal zahle ich."

„Es ist mir eine Freude, Sweetheart", antwortet er und schenkt mir sein charmantestes Lächeln. Der baggernde Jer ist wieder zurück.

Der Kellner bringt die Rechnung auf einem kleinen Tablett, zusammen mit zwei *Seamy's*. Ich angele mir das gelbe, und auch wenn unser Fressgelage erst wenige Minuten zurückliegt, reiße ich die Verpackung auf und stopfe es mir gierig in den Mund. Ein herrlicher Geschmack von sahnigem Toffee explodiert förmlich in meinen Mund.

„Moah, die Dinger sind einfach der Wahnsinn."

Jer zaubert eine Kreditkarte aus seinem abgewetzten Portemonnaie hervor und legt sie in die schwarze Ledermappe, in der die Rechnung steckt. Er nimmt sein *Seamy's* vom Tablett, der Kellner nickt ihm zu, bedankt sich und kehrt kurz darauf mit der Kreditkarte zu uns zurück. Er wünscht uns einen schönen Tag und bedankt sich für unseren Besuch.

Jer wirft mir die in grünes Papier verpackte Praline über den Tisch hinweg zu. Erfreut fange ich sie auf.

„Hier. Kannst meine auch haben. Meine halbe Familie leidet an Diabetes, da fordere ich mein Schicksal lieber nicht heraus." Er steckt seinen Geldbeutel zurück in seine Hosentasche.

Am liebsten würde ich seine Aussage kommentieren und ihm erklären, dass man Diabetes nicht allein von zu viel Zuckerkonsum bekommt, aber ich verzichte auf den Klugscheißer-Exkurs. Ich lasse die grüne Praline in meiner Handtasche verschwinden und zucke mit den Schultern.

„Glaubst du an so was?", frage ich ihn stattdessen.

„Woran? Diabetes?"

Ich rolle mit den Augen. „Nein, an so was wie Schicksal."

Er hält einen Moment inne, während er versucht, die Einkaufstaschen von der Sitzbank neben sich zu zerren, und sieht mich aufmerksam an. Manchmal erinnert er mich an jemanden, der ein Déjà-vu hat.

„In gewisser Weise vielleicht. Aber wie kommst du drauf?"

„Ach, nur weil du eben gesagt hast, dass du's nich' herausfordern willst", erkläre ich, aber winke ab. „Egal."

„Und du? Du glaubst nicht dran?"

Verneinend schüttele ich den Kopf. „Da wärst du bei meiner Schwester an der richtigen Adresse gewesen. Die hat immer geglaubt, das nichts ohne Grund passiert und dass es für alles so was wie 'nen Fahrplan gibt."

„Klingt nach 'ner interessanten Frau, deine Schwester. Vielleicht kannst du mir 'n Date klarmachen."

„Ich fürchte, daraus wird nichts, Jer." Meine Stimme zittert.

„Wieso? Findest du etwa, dass ich für deine Schwester nicht gut genug bin?", fragt er, und ich weiß, dass ihm nicht bewusst ist, dass er es dieses Mal ist, der in den Fettnapf getreten ist.

„Nein. Sie ist tot." Mehr bringe ich nicht heraus, stehe auf und steuere auf den Ausgang des Restaurants zu, während sich meine Augen mit Tränen füllen.

Als ich nach draußen trete, steht die Sonne bereits sehr tief am immer noch wolkenlosen Himmel. Das unerwartete Ende unserer Unterhaltung hat mich aufgewühlt, und ich muss ein paarmal blinzeln, um die aufsteigenden Tränen zu unterdrücken.

„Sorry. Ich wollte nicht … Du weißt schon." Jer ist mir aus dem Restaurant gefolgt und voll bepackt mit den Einkaufstüten, die ich dort zurückgelassen habe. Ich nicke und nehme ihm schweigend ein paar Tüten ab. Ohne ein weiteres Wort gehen wir los.

Mir ist gar nicht aufgefallen, wie viel Zeit wir mit Essen und Quatschen verbracht haben, aber ein schlechtes Gewissen habe ich nicht. Nach einigen Minuten habe ich meine Emotionen wieder im Griff.

Dass mein Quartierproblem immer noch besteht, sehe ich inzwischen entspannter. Ein wenig wundere ich mich selbst über meine neue Gelassenheit, da ich normalerweise spätestens jetzt in Aktionismus verfallen und den Zugfahrplan checken müsste, um nach Hause zu kommen. Doch meine innere Unruhe der letzten Monate ist verschwunden, und ich sehe keinen Grund, überstürzt abzureisen. Ich spekuliere vorerst einfach darauf, dass Dan eine Idee hat, wo ich unterkommen kann, und ansonsten sehe ich einfach morgen weiter. Eine Nacht werde ich es zur Not schon in Jers Bett aushalten. Ich gehe davon aus, dass sein Angebot, auf dem Sofa zu schlafen, immer noch steht.

Wir nehmen einen anderen Weg zurück als heute Morgen in die Stadt, aber Jer kennt den Weg, sodass ich die Gelegenheit nutze, die Umgebung zu betrachten, während ich geistesabwesend neben ihm hertrotte. Einige Häuser haben bunte Fassaden und Fensterläden, was den Seitenstraßen in der Nachmittagssonne einen Hauch von karibischem Flair verleiht. Die Vorgärten sind liebevoll angelegt, und überall blühen Blumen unterschiedlichster Sorten und Farben. Auf der Veranda eines Hauses entdecke ich eine grau getigerte Katze, die sich auf einer hölzernen Hollywoodschaukel in den letzten Strahlen der warmen Nachmittagssonne räkelt. Dieser Anblick zaubert mir ein Lächeln zurück aufs Gesicht, weil diese Katze die Gelassenheit versinnbildlicht, die ich ebenfalls spüre. Eine Frau kommt aus der Haustür und setzt sich neben den Stubentiger, um ihn zu streicheln. Die Frau ist blond, trägt Jeans und T-Shirt und lächelt uns zu. Ich schätze sie auf Mitte 40. Sie winkt uns, und ich winke zurück, obwohl ich in New York niemals von fremden Menschen gegrüßt werde.

„Tut mir übrigens leid, wegen vorhin", bricht Jer das Schweigen zwischen uns.

„Hm?"

„Wegen deiner Schwester. Ich hätte die Klappe halten sollen."

„Ach." Ich winke ab. „Konntest du ja nich' riechen."

Er nickt und lässt das Thema damit auf sich beruhen. Ich erwidere ebenfalls nichts mehr, weil sich mein Bedürfnis, über Lu zu sprechen, in Grenzen hält. Jedes Mal, wenn ich jemandem von ihr erzähle, plagt mich mein schlechtes Gewissen, weil es nicht fair ist, dass ich noch hier sein darf und sie nicht. Ich weiß, dass meine Gefühle irrational sind, weil es nichts gab, das sie vor dem Tod hätte bewahren können, und trotzdem kann ich nicht ändern, dass ich mir vorkomme, als hätte ich sie nicht beschützt. Manchmal habe ich Angst, dass ich mich für den Rest meines Lebens genau so fühlen werde.

Ich hänge meinen Gedanken nach und habe den Blick für die hübsche Umgebung verloren. Jer stoppt, und ich habe gar nicht bemerkt, dass wir vor Dans Veranda angekommen sind.

Jer fummelt umständlich einen Schlüssel aus seiner Hosentasche hervor. Mein Gesichtsausdruck muss meine Verwunderung darüber verraten.

„Jetzt guck nicht so", schnaubt Jer.

„Wie guck ich denn?"

„Na, als hätte ich den gerade aus meiner Hosentasche rausgezaubert." Er wedelt mit dem Schlüssel in der Luft herum.

Er schafft es, mich damit zum Lachen zu bringen. „Tut mir leid. Ich war mit meinen Gedanken ganz woanders. Aber nur für den Fall, dass du Schlüssel aus Hosentaschen zaubern kannst … Damit kannst du auf jeden Fall bei den Frauen landen." Ich zwinkere ihm zu, während wir die Stufen hinaufgehen.

„Gut zu wissen!", antwortet er grinsend und schließt die Tür auf. Er flirtet schon wieder.

Ich schüttele den Kopf und folge ihm ins Haus. Ich mag seine neckische Art.

„Dan? Bist du da?", schallt Jers kratzige Stimme durch das Treppenhaus. Er steuert ins Wohnzimmer, wo er die Einkaufstaschen auf einem Sessel platziert. Danach verschwindet er in die Küche.

Ich stelle den Rest meiner Beute zu den übrigen Tüten und lasse mich aufs Sofa sinken. Erst jetzt merke ich, wie anstrengend der Tag war.

Mir gefällt Dans Einrichtungsstil. Obwohl sein Haus alt ist und die Möbel größtenteils im Kolonialstil gehalten sind, hat er sie mit ein paar modernen Elementen kombiniert. Der Couchtisch ist aus Aluminium und Glas, moderne Bilder hängen an der Wand. Das Wohnzimmer geht fließend ins Esszimmer über, und nur durch ein riesengroßes Aquarium sind beide Räume optisch voneinander getrennt.

Jer kommt mit zwei Flaschen Coke und einem Sudokuheft zurück ins Wohnzimmer.

„Dan ist wohl noch nicht daheim", kommentiert er das Offensichtliche.

„So wie du rumschreist, hätte er sich sonst gerührt. Meinst du, es geht in Ordnung, wenn wir hier warten?"

Er sieht mich an, und ich kann die Verständnislosigkeit in seinem Blick sehen. „Klar. Wieso denn nicht? Ich häng eh die meiste Zeit bei Dan ab. Ist quasi mein zweites Zuhause hier."

„Er hat ein Faible für Fische?", bemerke ich und nicke in Richtung des Aquariums.

„Wie man's nimmt", antwortet Jer und grinst, als gäbe es dazu eine Anekdote. „Oder findest du nicht, dass die Fische ziemlich ruhig sind?"

Ich verstehe nicht sofort, was er meint und fixiere das Aquarium.

„Fische sind immer ruhig, du Scherzkeks." Meine Augen suchen das Becken nach irgendwelchen Auffälligkeiten ab. Plötzlich weiß ich, was daran so seltsam ist. „Die bewegen sich ja gar nich'!", stelle ich fest und bin im ersten Moment ernsthaft schockiert.

Jer lacht und wendet sich seinem Sudokuheft zu. „Bevor du dir gleich wieder was zusammenspinnst, das mit Psychopathen und Serienkillern zu tun hat … Es sind nur Glasfische."

Ich blinzele und erhebe mich vom Sofa, um mir das genauer anzusehen. Als ich direkt vor der leicht gewölbten Glasscheibe stehe, sehe ich, dass alle Fische im Becken tatsächlich Arbeiten aus bunt bemaltem Glas sind. Sie haben winzige Schwimmer aus Glas, die sie im Wasser schweben lassen. Mich fasziniert, wie echt diese kleinen Glaskunstwerke auf den ersten Blick aussehen und wie filigran sie gearbeitet sind.

„Aber die Pflanzen sind wenigstens echt, oder?", frage ich,

während ich die unterschiedlichen Gräser im Wasser studiere.

„Nah", brummt Jer, ohne von seinem Zahlengitter aufzublicken. „Die sind aus Plastik. Dan wollte unbedingt ein Aquarium, hatte aber Schiss, dass ihm alles da drin eingeht."

„Clever."

„Ich sag's doch: Manchmal hat er ganz gute Ideen."

„Ich habe *immer* gute Ideen!", ertönt Dans Stimme aus dem Flur, und ich zucke zusammen. „Und mit wem redest du, Jer? Mit den Glasfischen, weil die keine Widerworte geben? Oder führst du mal wieder Selbstgespr... oh!"

Ihm bleibt der Rest des Satzes im Halse stecken, als er durch die Wohnzimmertür tritt und mich sieht. Er trägt lediglich ein weißes Badehandtuch um die Hüfte gebunden und rubbelt sich mit einem kleineren Handtuch die Haare trocken. Er muss oben im Bad gewesen sein, als wir gekommen sind, und hat uns deswegen nicht gehört. Und er hat offensichtlich nicht damit gerechnet, dass sein Freund mich mit hierher bringt.

Ich ertappe mich dabei, wie ich ihn anstarre, und komme nicht umhin, seinen durchtrainierten Oberkörper zu bemerken. Sein extrem leicht bekleideter Anblick bereitet mir spontanes Herzrasen, und ich spüre, wie mein Gesicht zu glühen beginnt. Bestimmt laufe ich so rot an, dass jede reife Tomate neben mir vor Neid erblassen würde.

„Ah, ehm, sorry", stammele ich. Seit wann bin ich so verklemmt? „Er redet eigentlich mit mir. Wir dachten, du bist noch nich' zu Hause und wollten ... auf dich warten. Bis du nach Hause kommst. Also hier. Unten. Im Wohnzimmer."

Dan wirft sich das kleinere Handtuch über die Schulter und sieht erst zu mir, dann zu Jer und wieder zu mir. Ich glaube, er kann sich nicht entscheiden, ob er amüsiert oder irritiert sein soll.

Mir hingegen ist die Situation mehr als unangenehm, sodass ich zum Fenster schaue. Warum fühle ich mich plötzlich wie ein verdammter Teenager? Ich habe schon andere Männer in meinem Leben gesehen – noch nackter –, und trotzdem ist mir das hier peinlich. Ich muss völlig bescheuert sein. Oder verknallt.

„Oooookay. Was auch immer", sagt Dan übertrieben langsam. „Kein Problem. Aber ich zieh mir eben was an, wenn's euch nichts ausmacht."

„Doch", platzt es aus mir heraus. „Also. Nein! Klar macht's uns nichts ... egal." Meine spontane Wortkotze ist mir so peinlich, dass ich mich umdrehe und in das Aquarium starre, als ob es darin etwas anderes zu sehen gäbe als vor ein paar Minuten.

Als ich sicher bin, dass Dan außer Hörweite ist, traue ich mir zu, wieder stotterfrei zu sprechen.

„Er ist bestimmt sauer", sage ich und stelle fest, wie sich mein Herz bei diesem Gedanken zusammenzieht. Was war das auch für eine dumme Idee? Einfach in das Haus eines Fremden zu spazieren und in seinem Wohnzimmer herumzulungern! Auch wenn Jer Dans Kumpel ist – ich hätte mich vielleicht nicht auf seinen Vorschlag einlassen sollen. Dan muss sich vorkommen, als würde ich seine Gastfreundschaft schamlos ausnutzen. Zuerst sammelt er mich völlig unzurechnungsfähig im Zug auf, quartiert mich in seinem Gästezimmer ein, und statt mich wie ein Gast zu benehmen, muss ich mich in seinen Augen aufführen, als wäre ich hier bereits eingezogen. Ein Kribbeln ergreift von mir Besitz, und ich kaue auf meiner Unterlippe herum.

„Was bin ich für ein Pfosten!", unterbricht Jer meine Überlegungen. Er schlägt sich mit der flachen Hand vor die Stirn. „Du stehst auf ihn!"

„Bullshit!" Ich weiß, wie wenig überzeugend das klingt.

„Ach, Sweetheart. Entspann dich! Wenn Dan sauer wär, würdest du das merken, glaub mir. Der war einfach nur überrascht. Das ist alles."

Ich hoffe, dass er Recht hat. Noch bevor sich meine Gedanken weiter im Kreis drehen können, höre ich Schritte auf der Treppe, und Dan tritt, diesmal in Jeans und T-Shirt, erneut ins Wohnzimmer.

„Ihr beiden habt also über meine großartigen Ideen gesprochen?", frotzelt er und grinst. „Ich war oben in der Wanne, ich hab gar nicht gehört, dass ihr gekommen seid."

Als ich einen verstohlenen Blick in seine Richtung riskiere, stelle ich fest, dass er wirklich nicht sauer aussieht. Entweder kann er es unglaublich gut überspielen, oder er ist tatsächlich einfach entspannt. Ich erlaube mir, meine Anspannung loszulassen.

„Eher über deine Unfähigkeit, echtes Zeug in deinem Aquarium am Leben zu halten", stichelt Jer.

„Jer ist nur neidisch, weil's nicht seine Idee war." Die beiden wirken durch ihre liebevollen Streitereien wie Brüder.

„Eine sehr coole Idee", bringe ich mich in die Unterhaltung ein. „Gibt's solche Glasfische irgendwo in der Stadt zu kaufen? Ist das neben der Schokolade noch so ein lokales Ding?" Das Aquarium hat meine Neugier geweckt. „Die sind echt schön. Ich hab so was noch nie gesehen."

Dan schüttelt den Kopf. „Nein. Die hat Xander von irgendeiner seiner Reisen mitgebracht, nachdem ich ihm von der Idee mit dem Aquarium erzählt hatte."

„Wer ist dieser Xander eigentlich?" Der Name ist nun schon mehrfach gefallen.

„Sein Boss", beantwortet Jer meine Frage und verdreht die Augen. „Der Typ, dem die Schokoladenfabrik gehört. Ihm gehört quasi die ganze Stadt."

„Ich dachte, Slumbertown sei eine ganz normale Stadt." Ich bin verwirrt. Kann einem einzelnen Mann wirklich eine ganze Stadt gehören?

„Ach. Jer übertreibt", mischt Dan sich ein und zuckt mit den Schultern. „Irgendjemand muss in so einer kleinen Stadt ja alles am Laufen halten, und das ist in Slumbertown halt Xander. Er betreibt die Schokoladenfabrik und hat Geld wie Heu. Wenn irgendwas anliegt, finanziert er's. Und er kümmert sich um die Anliegen der Einwohner."

„Pah, um mich hat der Kerl sich noch nie gekümmert", motzt Jer.

Mich beschleicht ein schlechtes Gewissen, weil ich mit diesem Thema offenbar einen wunden Punkt getroffen habe. Warum ist Jer so schlecht auf diesen Xander zu sprechen?

„Aber auch nur, weil du's nicht willst", wirft Dan ein und resigniert schließlich. Er winkt ab. „Was auch immer. Jetzt ist, glaub ich, nicht der richtige Zeitpunkt, um das auszudiskutieren." Er registriert den mit Einkaufstüten überladenen Sessel und adressiert seine nächste Frage an mich. „Und du hast Rosies Laden einfach am ersten Tag komplett leergekauft?"

Ich spüre, wie meine Wangen erneut brennen.

„Bullshit", nuschele ich. „Das sind nur ein paar Klamotten."

„Na klar, nur ein paar!" Dans Stimme trieft vor Ironie. „Also willst du noch 'ne Weile bleiben?"

„Ja, nein, also, ich meine: ja." Im Stillen verfluche ich mich dafür, dass ich schon wieder anfange, herumzustammeln. Ich hole tief Luft und nehme mir vor, mich zusammenzureißen. Was ist schon dabei, zu sagen, dass ich kein Hotelzimmer bekommen habe? Es ist schließlich nicht meine Schuld, dass alles ausgebucht ist.

Dan mustert mich und hebt eine Augenbraue. „Ja?"

„Es gibt keine Zimmer mehr in der Pension", gestehe ich, „also werde ich heute Nacht entweder bei Jer schlafen oder doch wieder zurück nach New York fahren. Ich bin nich' so ein Fan vom Outdoor-Schlafen, weißt du."

Dan lehnt immer noch lässig am Türrahmen, und ich finde, dass er dabei unverschämt gut aussieht.

Er sieht zu seinem Freund und prustet los. „Bei dir? Das ist nicht dein Ernst, Jer! Deine Bude ist erstens winzig und zweitens ... winzig."

Jer hebt die Schultern. „War nur ein Angebot, Mann. Ich dachte, mein Bett ist immer noch besser als 'ne Parkbank. Oder das von Stan."

Als Jer sein Bett erwähnt, zucken Dans Mundwinkel, und ich bilde mir ein, dass ihm dieser Kommentar nicht gefällt.

„Also, bevor ich bei diesem gruseligen Kerl übernachten müsste ... Da würde sogar ich Outdoor noch bevorzugen", werfe ich ein.

„Warum bleibst du nicht einfach hier?", fragt Dan, als sei der Vorschlag der nächstliegende.

„Was?!", krächze ich. „Bei dir? Hier?"

„Klar. Wieso denn nicht?", erwidert er. „Das Gästezimmer steht sowieso leer. Und dass ich kein psychopathischer Massenmörder bin, haben wir heute Morgen auch schon geklärt. Aber wenn du nicht willst ..." Betont desinteressiert hebt er die Schultern.

„Doch! Klar will ich! Das wäre großartig, bis ich was ... gefunden hab", antworte ich, bevor er sein Angebot zurückziehen kann.

Dan nickt und nimmt meine Antwort zur Kenntnis. „Aber seit wann ist das *Carefree Dreams* denn ausgebucht? Ich hab da noch nie mehr als drei Leute gesehen", fragt er in Jers Richtung.

„Vielleicht ist Stan auch einfach nur endgültig durchgeknallt", murrt der.

„Also, wenn ich heute Nacht erst mal bleiben könnte ...", greife ich das Thema Übernachtung noch einmal auf. Ich bin immer noch überrascht von Dans Angebot, aber froh, dass er es von sich aus gemacht hat. Ich bin davon ausgegangen, dass es für ihn nur eine Übergangslösung war, mich in seinem Gästezimmer wohnen zu lassen, bis ich wieder auf den Beinen bin. Aber die Aussicht auf das große, weiche Gästebett ist mir deutlich lieber als die, Jer auf sein eigenes Sofa auszuquartieren.

„Überhaupt kein Problem. Du kannst von mir aus so lange bleiben, wie du willst. Fühl dich wie daheim" Dan lächelt mich an, und die Schmetterlinge in meinem Bauch melden sich zum Dienst.

„Mir hast du nie angeboten, bei dir einzuziehen. Ich bin tief getroffen", kommentiert Jer die Offerte seines Freundes und gibt sich größte Mühe, beleidigt zu klingen. Um seiner Aussage Nachdruck zu verleihen, schiebt er sogar die Unterlippe nach vorn.

„Tja, Jer. Dir fehlen einfach zwei gute Argumente!", kontert Dan trocken. Jer und ich sehen uns mit offenen Mundern an und rufen synchron „Hey!", um zu protestieren, aber Dan ist bereits lachend in die Küche verschwunden.

Bei jedem anderen Typen hätte mich ein solch chauvinistischer Kommentar aufgeregt, aber wenn ich Dan lachen höre, habe ich das Gefühl, dass ich mich hier zum ersten Mal seit Langem in guter Gesellschaft befinde.

5

Ich fühle mich bei Dan zu Hause pudelwohl. Es kommt mir überhaupt nicht mehr so vor, als habe er mich erst vor Kurzem bei sich einquartiert, sondern als würden wir schon seit Ewigkeiten in unserer Wohngemeinschaft leben.
Ich habe die Herrschaft über die Küche an mich gerissen, da Dan höchstens dazu in der Lage ist, Mac and Cheese zuzubereiten. Mehr Kompetenz als in Sachen Kochkunst beweist er beim Aufgeben von Pizzabestellungen. Allerdings haben wir uns darauf geeinigt, dass Bestellungen beim Italiener nicht in die Kategorie Kochen fallen. Da ich also meistens koche, kümmert sich Dan um die Wäsche, was ich ihm hoch anrechne.
Ich erinnere mich noch gut an die Zeit, in der Jo' ein Zimmer in einer Wohngemeinschaft hatte und sich immer selbst um ihre Wäsche gekümmert hat. Sie fand es peinlich, wenn einer ihrer Mitbewohner ihre Unterwäsche zu Gesicht bekommen hätte.
Mir ist das egal. Ich hasse Wäschewaschen und alles, was damit zu tun hat.
Die ersten Tage bemühe ich mich noch bei Stan um ein Zimmer, doch als er Tag für Tag beteuert, dass er mir keines anbieten könne, ist es schließlich Dans Vorschlag, diese Mission abzuschreiben. Seitdem steht nicht mehr zur Diskussion, ob ich mir eine andere Bleibe suche.
Das Leben in Slumbertown kommt mir tausendmal entspannter vor als mein hektischer Alltag in New York. Dan arbeitet, wie die meisten Einwohner, in Xanders Schokoladenfabrik, wohingegen Jer schon das Wort „Job" verabscheut wie der Teufel das Weihwasser. Wenn er nicht gerade in der Stadt unterwegs ist, um mit allen möglichen Leuten ein Schwätzchen zu halten, zieht er sich an ruhige Fleckchen zurück, um an seinen Drehbüchern zu schreiben, über deren Inhalt er nie etwas preisgibt. Ich bin mir manchmal nicht sicher, ob er wirklich arbeitet oder einfach nur Sudokurätsel löst.
Manchmal begleite ich ihn in die Stadt und lerne Land und Leute kennen, oder ich hänge bei Dans Nachbarn herum. Die meisten arbeiten in Schichten in der Schokoladenfabrik, sodass eigentlich immer irgendwo jemand zu Hause ist.
Die Millers von gegenüber sind ein reizendes Ehepaar Ende 40, die aus den Südstaaten kommen. Die beiden leben schon länger als

Dan in Slumbertown, und hin und wieder stellt uns Mrs. Miller einen Kuchen vor die Haustür. Einfach so.
Ein Haus weiter wohnt Mrs. McClary.
Mrs. McClary könnte meine Großmutter sein und lebt allein, seit ihr Mann Edward verstorben ist. Auch wenn die alte Dame noch topfit ist, gehe ich ihr ein wenig im Haushalt zur Hand. Ich kann nicht den ganzen Tag nur herumsitzen, und solange ich noch nicht weiß, was ich mit mir und meiner Zeit anfangen will, mache ich mich gern ein wenig nützlich. Ich mag es, anderen Menschen zu helfen. Meistens leistet mir Mrs. McClary Gesellschaft, während ich putze oder mich um ihren Garten kümmere, und versorgt mich dabei mit dem neuesten Klatsch und Tratsch der Stadt. Sie weiß immer darüber Bescheid, wer mit wem ein Verhältnis angefangen hat, wer neu in der Stadt ist oder wessen Katze mal wieder ausgebüxt ist.

Abends sitzen Dan, Jer und ich oft bei einer Flasche Wein zusammen in Dans Küche, essen Pizza oder von mir gekochtes Essen und lassen unseren Tag Revue passieren. Meistens unterhalten wir uns über die Dinge, die in der kleinen Stadt vor sich gehen. Dan hat immer Storys aus der Schokoladenfabrik auf Lager, und Jer schnappt hier und dort etwas auf, wenn er unterwegs ist. Dank Mrs. McClary kann sogar ich zur Rubrik „Klatsch und Tratsch" immer etwas beisteuern. Manchmal glaube ich, dass die ganze Stadt nur aus Tratschtanten besteht – uns eingeschlossen.
Aber so viel wir über die anderen Bewohner der Kleinstadt sprechen, so wenig weiß ich über Dan. Ich bin entschlossen, etwas daran zu ändern, denn ich kann nicht leugnen, dass mein Interesse an ihm ungebrochen ist. Auch wenn wir seit einiger Zeit unter einem Dach wohnen, haben wir nur wenig über unser Leben vor Slumbertown gesprochen. Es ist, als hätten wir ein stilles Abkommen getroffen: Er fragt mich nichts über meine Vergangenheit, und im Gegenzug stelle ich ebenfalls keine Fragen zu seiner.
Ich bin bislang mit dieser nie laut ausgesprochenen Vereinbarung einverstanden gewesen, weil ich nicht das Bedürfnis habe, über meine Erlebnisse der letzten Monate zu sprechen. Wenn ich von Dan erwarte, dass er etwas über sich preisgibt, würde ich ihm im Austausch auch etwas von mir erzählen müssen. Mir ist von

Anfang an aufgefallen, dass Dan zwar sehr herzlich mir gegenüber ist, aber verschlossen reagiert, sobald es um ihn selbst geht. Ich vermute, dass Jer zwar sehr viel mehr weiß, aber ich möchte ihn nicht über seinen Freund ausfragen. Nicht, wenn ich von Dan selbst etwas erfahren kann.

Während ich den Tisch decke, versuche ich, mir eine Strategie zurechtzulegen, wie ich meine Fragen an Dan richten kann, ohne zu neugierig zu wirken. Ich schüttele den Kopf. Vermutlich ist es dafür sowieso schon zu spät. Seit ich hier angekommen bin, bombardiere ich Jer und Dan immerzu mit Fragen. Ich stoße ein Seufzen aus und entscheide mich dafür, das Gespräch einfach auf mich zukommen zu lassen. Improvisation bei Verkaufsgesprächen gehörte schon immer zu meinen Stärken, und ich rede mir ein, dass mein heutiges Vorhaben im Prinzip nichts anderes ist. Ich werde das Gespräch einfach dahinplätschern lassen, um dann im richtigen Moment die richtigen Fragen zu stellen.

Es klingelt an der Haustür, und ich wundere mich, warum Jer seinen Schlüssel nicht benutzt. Ich sprinte durch den Flur, und als ich die Türe öffne, sehe ich den Grund: Er ist mit drei Pizzakartons beladen, auf denen er drei Aluschalen balanciert. Es sieht ein bisschen aus, als übe er für den Zirkus. Ich würde jede Wette eingehen, dass er Tiramisu als Nachtisch mitgebracht hat.

„Hier kommt das Abendessen!", trällert er und huscht an mir vorbei in den Flur, wo er seine Schuhe von den Füßen schnippt. Unordentlich landen seine Treter auf meinen. „Ich hoffe, du hast nicht gekocht, Ellie. Heute ist Freitag. Du weißt, was das heißt! Es ist Pizzafreitag!"

Seit er mitbekommen hat, dass ich heimlich in Dan verliebt bin, hat er keinerlei Flirtversuche mehr unternommen. Ich frage mich insgeheim, ob Jer Dan damit einen Gefallen tun will, doch der hat mir gegenüber nie angedeutet, dass er mehr für mich empfindet als Freundschaft.

„Natürlich hab ich nich' gekocht. Ich bin vieles, aber bestimmt nich' vergesslich. Als würde ich den Pizzafreitag verbummeln!" Ich stemme gekonnt theatralisch die Hände in die Hüften und versuche, meinen entrüstetsten Blick aufzusetzen.

„Würde ich nie wagen!" Seine Stimme trieft vor Ironie, und ich kann mir das Lachen nicht länger verkneifen.

„Aber den Tisch hab ich schon gedeckt."

Wir gehen gemeinsam zum Essbereich, wo Jer das Essen auf dem

Tisch ablädt.

„Großartig! Ich hab nämlich 'nen Mordshunger. Wo steckt Dan?", krakeelt er, um sicherzustellen, dass sein Freund ihn hört.

„Ich bin ja schon da, Mann", schaltet sich Dan ein, der gerade frisch umgezogen den Raum betritt. „Ich war mich nur schnell fein machen für dich, Jer. Damit ich eine angenehme Dinnergesellschaft für dich bin und nicht nach Arbeit rieche."

„Alter, du bist vielleicht ein Idiot. Setz dich endlich, ich bin am Verhungern!" Wenn Jer hungrig ist, ist mit ihm wirklich nicht zu spaßen.

Dan setzt sich lachend an den Tisch und inspiziert den Inhalt seines Pizzakartons. „Dann muss ich mich ja gleich doppelt bei dir bedanken. Einmal dafür, dass du in deiner lebensbedrohlichen Situation noch dran gedacht hast, dass ich keine Zwiebeln auf meiner Thunfischpizza mag. Und weil du nicht alles auf dem Weg hierher aufgefressen hast." Er neckt seinen Freund, doch der ist damit beschäftigt, seine Pizza mit Salami geradezu zu inhalieren. Mir hat Jer eine Pizza mit Artischocken, Pilzen und Schinken mitgebracht.

Als ich den Deckel meines Kartons anhebe, zieht Dan die Augenbrauen nach oben. „Ich versteh immer noch nicht, wieso man *das* auf seiner Pizza haben will." Mit spitzen Fingern zupft er ein Stück Artischocke von meiner Pizza und lässt es auf den Deckel seines Kartons plumpsen.

„Wieso?", frage ich. „Artischocken sind super."

„Aber doch nicht auf der Pizza!" Er verzieht sein Gesicht, als sprächen wir von Lebertran und nicht von Gemüse. „Soll ich dir Ketchup holen, damit das essbar wird?"

„Deinen Ketchup kannst du auf deine komische Thunfischpizza schmieren!", antworte ich. „Oder in deine Haare." Wir sehen uns für einen Augenblick an, und mein Herzschlag setzt kurz aus, als sich unsere Blicke treffen. Dann prusten wir beide los, und ich greife nach dem ersten Stück meiner Pizza.

„Aber!", sagt Dan zwischen zwei Happen. „Immerhin sind wir uns darüber einig, welche Donuts die besten sind!" Er sieht mich an und grinst.

„Die weißen mit bunten Streuseln!", sagen wir synchron.

„Ihr habt doch beide keine Ahnung. Die mit der dunklen Schokolade sind die besten! Jeder weiß das", sagt Jer.

Ich höre Jers Einwand, aber ich habe nur Augen für Dan, der

mich noch immer ansieht. Für einen kurzen Augenblick ist es, als sei die Welt um uns herum nicht mehr existent.

Ich räuspere mich und wende meine Aufmerksamkeit wieder meinem Pizzakarton zu.

„Ich dachte, du magst keine Artischocken?", sage ich und grinse mit vollem Mund. Ein Stück meiner Pizza fehlt.

„Mag ich auch nicht. Wieso …", erwidert Dan und sieht zuerst auf seinen Pizzakarton und dann zu mir. „Was zum …? Wo ist denn mein Stück Pizza hin? Und wann hast du das gemopst?"

„Aber ich mag doch gar keinen … Jer!"

Wir sehen beide zu Jer, der breit grinsend vor seinem fast leeren Pizzakarton sitzt. Seine Backen sehen so vollgestopft aus wie die eines Hamsters.

„Waff?", sagt er. „Kalt ffmeckt daff doch niff."

Wir plaudern, wie so oft, über belanglose Dinge, bis ich mir ein Herz fasse. „Sag mal, Dan … Was hast du eigentlich vorher gemacht? Also … bevor du hergekommen bist, mein ich."
Super unauffällig. Meinen Plan, nicht mit der Tür ins Haus zu fallen, habe ich gerade erfolgreich ruiniert.

Doch Dan reagiert gelassener, als ich erwartet hatte. „Dass ich auch in New York gelebt hab, weißt du ja schon."
Ich nicke und warte darauf, dass er fortfährt. Ich bin gespannt darauf, mehr über ihn zu erfahren.

„Ich hab eigentlich ziemlich genau das Gleiche gemacht wie hier auch. Computerkram. Ich war bei einer großen Firma und hab mich da um die Rechner gekümmert und so was. Das war schon 'ne sehr viel größere Nummer als das, was ich hier für Xander mache. Aber dafür war's halt auch deutlich stressiger. Und du? Was hast du gemacht? Vor *Mr. Hang's*?"
Ich habe erwartet, dass er mir für jede Frage eine Gegenfrage stellen würde, weil ich es an seiner Stelle genauso machen würde. Ich überlege kurz und beschließe, weitgehend bei der Wahrheit zu bleiben.

„Ich hab in New York Immobilien gemakelt. Gleich nach der High School hab ich die Lizenz gemacht und mich dann recht schnell in einem Maklerbüro hochgearbeitet. Zum Schluss hab ich dann bei denen die Luxusimmobiliensparte betreut. Bis mich mein bester Freund für sein Büro abgeworben hat. Das haben wir dann zusammen groß gemacht."

Ich verschweige die Tatsache, dass ich so früh angefangen habe zu arbeiten, weil unsere Familie jeden Cent bitter nötig hatte, nachdem mein Dad uns verlassen hatte. Ich war damals froh, dass ich meine Überzeugungskraft und mein Talent fürs Quatschen schnell und effektiv in Geld ummünzen konnte. Es war der einzige Weg, um meine Mutter zu entlasten, die uns all die Jahre mit mies bezahlten Jobs über Wasser gehalten hatte.

Lu hat die Haushaltskasse mit Zeitungaustragen aufgebessert, bevor sie morgens zur Schule musste. Während meiner eigenen Schulzeit habe ich das Gleiche getan, doch es war kaum genug. Kein Kind sollte vor der Schule Zeitungen austragen müssen, weil es weiß, dass die finanzielle Not zu Hause so erdrückend ist, aber ich habe mich mehr um meine kleine Schwester gesorgt als um mich. Meine Mutter und ich hatten unzählige Male versucht, Lu davon zu überzeugen, dass sie das nicht tun muss, aber sie hatte es sich in den Kopf gesetzt, uns zu unterstützen. Wenn sie einmal einen Entschluss gefasst hatte, war sie nicht mehr davon abzubringen.

Dan schaut mich nachdenklich an, bohrt aber nicht weiter nach. Mir ist klar, dass sich ihm in diesem Moment die Frage aufdrängen muss, wieso ich bei *Mr. Hang's* angeheuert habe, wenn ich Luxusimmobilien gemakelt habe. Aber offenbar hält er weiterhin an unserem unausgesprochenen Deal fest. Wieso nur? Hofft er, dass ich diese Grenze ebenfalls nicht überschreite, solange er es nicht tut?

„Aber *Mr. Hang's* ist kein Immobilienbüro, sondern ein Lieferservice", bemerkt Jer.

Klingt er etwa bissig? Oder bilde ich mir das ein?

„Das stimmt", gebe ich zu. Am liebsten würde ich das Gespräch nun doch nicht weiter vertiefen. Ich hätte wissen müssen, dass Jer die unangenehmen Fragen stellen würde, wenn Dan es nicht tut.

„Willst du dann nicht vielleicht mal damit rausrücken, was wirklich Phase ist?", fordert Jer mich auf. „Immerhin kennen wir uns jetzt schon länger als drei Tage. Wie landet man bei 'nem Lieferservice, wenn man für die reichen Pinkel arbeitet? Du bist abgebrannt, oder?"

„Jer, sei kein Arsch!", sagt Dan.

Mir ist mit einem Mal sehr unbehaglich zumute, und ich schiebe ein Stück vom übrig gebliebenen Rand meiner Pizza im Karton hin und her.

„Schon okay, Dan. Lass gut sein", lenke ich ein. Ich überlege, wie viel Wahrheit ich vor den beiden Männern preisgeben will. „Erstens arbeitet man als Makler nicht für die reichen Pinkel, sondern für das Maklerbüro. Die reichen Pinkel sind nur die, denen man die Objekte verkauft."

„Ehjaa, was auch immer", antwortet Jer. „Klugscheißer." Seine Stimme klingt inzwischen zwar versöhnlicher, aber er ist immer noch nicht zufrieden.

„Blödmann!" Ich verdrehe die Augen. „Auf jeden Fall hab ich, bevor ich hier bei euch gelandet bin, ein paar Monate bei *Mr. Hang's* gearbeitet. Mein Maklerjob war futsch, und irgendwie musste ich meine Rechnungen ja bezahlen."

„Das müssen wir alle, Ellie. Das ist kein Argument", widerspricht Jer meiner Argumentation. „Wenn man Luxusbuden verkauft, verdient man dicke Provisionen, oder nicht? Was ist also los? Hast du nix mehr? Ist das der Grund, warum du nach Slumbertown gekommen bist? Weil du jemanden brauchst, der dich aushält?"

Seine Unterstellungen machen mich sprachlos. Bis eben dachte ich, wir seien in den vergangenen Wochen Freunde geworden. Woher seine plötzliche Aggression kommt, ist mir schleierhaft. Ist er vielleicht beleidigt, weil er nicht bei mir landen konnte? Sein Motiv erschließt sich mir nicht, aber mir ist klar, dass die Situation in den nächsten Minuten eskalieren wird, wenn ich ihm jetzt nicht den Wind aus den Segeln nehme. Aber wie soll ich das anstellen, ohne einen Seelenstriptease hinlegen zu müssen? Meine Gedanken rasen. Ich war so beschäftigt damit, Mrs. McClary zur Hand zu gehen und die Stadt kennenzulernen, dass mir der Gedanke noch gar nicht gekommen ist, dass es so wirken könnte, als ob ich mich hier einnisten wollte. Aber die Erkenntnis, dass ich an Jers Stelle wohl genau das Gleiche denken würde, trifft mich wie ein Schlag. Die beiden Männer streiten weiter, ohne dass ich eine Chance habe, zu Wort zu kommen.

„Was ist denn auf einmal los mit dir, Mann? Niemand lässt sich hier aushalten!", poltert Dan.

„Und das weißt du so genau, ja? Sie hat sich ja noch nicht mal um 'nen Job bemüht! Was weißt du überhaupt von ihr, Dan? Redet ihr überhaupt miteinander? Ich mein, über richtige Dinge?!" Jer reckt sein Kinn nach vorn.

Ich sehe, dass Dan eine Hand zur Faust geballt hat.

Er sieht seinen Freund mit funkelnden Augen an. „Findest du das nicht ziemlich unfair gerade?! Hast du denn 'nen Job, Jer? Fürs Drehbücherschreiben wurdest du vielleicht in L.A. bezahlt! Hier gibt's dafür keinen müden Dollar."
Ich muss mich wieder in das Gespräch einklinken, wenn ich verhindern will, dass die beiden sich endgültig die Köpfe einschlagen. Die Pizza liegt mir wie ein Stein im Magen, und mein Kopf fühlt sich so leicht an wie nach einigen Tequila-Shots.
Ich mag die beiden Männer, mit denen ich schon so viele Stunden zusammengesessen habe, und ich möchte sie nicht gegeneinander aufbringen, nur weil ich zu feige bin, über meine Vergangenheit zu sprechen. Ich sehe ein, dass mein ursprünglicher Plan, möglichst nichts von mir preiszugeben, eine Schnapsidee war.

„Hört auf zu streiten!", versuche ich die beiden Streithähne zu trennen, aber in ihrem hitzigen Wortgefecht bemerken sie meinen Einwand gar nicht.

„Hey!", brülle ich und werfe meinen angeknabberten Pizzarand in Jers Richtung. „Jetzt hört endlich mal auf, euch so anzukacken!" Dieses Mal haben sie keine Chance, mich zu überhören. Wäre die Situation nicht so angespannt, sähe es tatsächlich lustig aus, wie beide plötzlich beim Streiten innehalten.

„Ich kann's euch auch einfach erzählen", biete ich schweren Herzens an. „Aber bitte … hört auf zu streiten."

Dan blickt mich mit seinen braunen Augen an und schüttelt den Kopf. Seine Betroffenheit steht ihm ins Gesicht geschrieben. „Du musst das nicht, Ellie. Nur weil Jer ein unsensibler Arsch ist, musst du jetzt nicht dein Innenleben vor uns ausbreiten. Manchmal gibt's halt Dinge, über die man nicht reden will."

„Ja, damit kennst *du* dich aus, Alter!", stichelt Jer erneut und lehnt sich nach vorn, als wolle er Dan etwas zuraunen. Für diesen Kommentar erntet Jer einen vernichtenden Blick von seinem Freund. Ich habe keine Ahnung, wovon die beiden sprechen, aber es spielt auch gerade keine Rolle.

Ich hebe meine Hände in der Hoffnung zu beschwichtigen. „Schon okay. Mir war einfach nich' klar, dass es für euch so aussehen könnte, als würde ich mich hier auf eure Kosten breit machen wollen."

Ich sehe, wie Dan Luft holt, um etwas zu sagen, doch ich komme ihm zuvor. „So ist es nich'. Ich … ahm … Wo fange ich an?" Da ich jetzt ohnehin keine Zeit mehr habe, mir Ausflüchte oder

Halbwahrheiten auszudenken, werfe ich all meine Vorsätze über Bord und entschließe mich, die Wahrheit zu sagen. So laufe ich wenigstens nicht Gefahr, mich in Widersprüche zu verwickeln und die Situation noch weiter zu verschärfen. Ich möchte, dass die beiden mir glauben und mir vertrauen. Das erreiche ich mit Sicherheit nicht, wenn ich ihnen irgendwelche halbwahren Geschichten auftische. Und bei meinem nicht vorhandenen Talent fürs Lügen würde es sowieso nicht lange dauern, bis sie es bemerken.

Ich atme tief durch und bereite mich auf ein Wiedersehen mit den Erinnerungen vor, die ich so sorgsam in eine der hintersten Ecken meines Bewusstseins gesperrt hatte.

„Also ... ich ... ich weiß nich' mehr so genau, wie ich nach Slumbertown gekommen bin, ehrlich gesagt. Ich erinnere mich, dass ich mit einem ... Bekannten auf einer Party war. In 'nem abgewrackten Warehouse in New York ... Wir haben was getrunken, keine Ahnung. Normal nehme ich immer ein Taxi nach Hause. Aber an dem Abend muss ich wohl die Bahn genommen haben ... Ich hab keinen Schimmer, ehrlich. Das Nächste, woran ich mich erinnere, ist, dass ich in diesem Nachtzug aufgewacht bin. Ich wusste zuerst gar nich', wo ich bin. Ich hatte noch ziemlich einen im Tee. Tja ... Sonst bin ich immer mit Harry nach Hause gegangen, aber an dem Abend war irgendwie alles anders."

„Harry?" Diese knappe Zwischenfrage stellt Dan, der mich mit zusammengezogenen Brauen beobachtet, seit ich begonnen habe, meine Geschichte zu erzählen. Sein Tonfall klingt nicht erfreut. Oder wünsche ich mir das bloß?

Ich nicke. „Harry ist ... besser gesagt war, ein Arbeitskollege aus dem Lieferservice. Ziemlich abgefuckter Typ. Aber harmlos. Wir haben uns irgendwie angefreundet und sind viel auf Partys unterwegs gewesen ... Na ja, eigentlich dauernd." Ich seufze und schüttle den Kopf. „Wenn wir nich' arbeiten waren, waren wir feiern. Harrys Bruder ist so ein verkappter Künstler, und dadurch kennt Harry so ziemlich jeden aus der New Yorker Künstlerszene. Vor allem bei den Newcomern und den Möchtegerns. Da war's ein Kinderspiel, für jeden Abend 'ne andere Location zu finden, wo was los war."

Jer schweigt und malträtiert seinen Pizzakarton, indem er ihn in kleine Pappfetzen zerlegt. Doch auch wenn er krampfhaft versucht, Desinteresse zu signalisieren, bin ich mir sicher, dass er jedem

Wort meiner Erzählung folgt. Ich kann verstehen, dass er beleidigt ist, nachdem Dan ihn meinetwegen so zusammengefaltet hat. Der wiederum wendet seinen Blick keine Sekunde lang von mir ab.

„Ich hab dich eigentlich nicht so eingeschätzt, dass du jemand bist, der jeden Abend auf Partys rumhängt und sich die Lichter ausschießt", bemerkt Dan. Er gibt sich keine Mühe, die Enttäuschung in seiner Stimme zu verbergen.
Ich schürze die Lippen und tippe mit dem rechten Zeigefinger auf dem Tisch herum.

Während ich noch nach den richtigen Worten suche, schaltet sich Jer wieder in die Unterhaltung ein. „Das würde jedenfalls erklären, wo ihre ganze Kohle hin ist. Aber Alk und Drogen? Ernsthaft, Ellie? Dann hätt ich mich auch krass in dir getäuscht. Das hätte ich nicht gedacht."

Ich schüttele vehement den Kopf. „Ich hab mein Geld nich' für Alkohol und Drogen rausgehauen! Ich war viel feiern, ja! Aber Drogen hab ich nie angefasst. Und mein Lebensstil war auch nich' immer so wie in den Monaten, bevor ich hergekommen bin." Ich mache eine kurze Pause. „Dass ich Immobilien gemakelt hab, ist die Wahrheit. Und dass ich den Job verloren habe auch. Mr. Hang war der Einzige, der mir eine Chance gegeben hat. Ich denke, durch Harrys Gesellschaft hat sich mein Leben nich' gerade … vorteilhaft entwickelt. Aber ich war … keine Ahnung."

Ich presse meine Lippen zu einem blutleeren Strich zusammen und starre auf den Pizzakarton, der vor mir auf dem Tisch liegt. Es tut weh, diese Erinnerungen hervorzukramen. Beide Männer schweigen beharrlich.

„Ich hab mich irgendwie so verloren gefühlt. Ich dachte, ich könnte meine Probleme vergessen, wenn ich genug Ablenkung hab. Dass das Bullshit ist, ist mir nun auch klar." Ich seufze, weil mich diese Erkenntnis tatsächlich erst hier in Slumbertown erreicht hat. Harry hat mich nur noch weiter runtergezogen, auch wenn ich das zu der Zeit nicht wahrhaben wollte. Es war nich' seine Schuld, aber gut getan hat er mir nicht. Und um mal mit dem Gerücht aufzuräumen, dass ich pleite bin: So ganz stimmt das nich'. Die Partys haben damit so oder so nichts zu tun. Ich hab noch ein Apartment in einer nich' üblen Ecke von Manhattan." Ich atme tief durch. „Aber meine ganzen Ersparnisse sind weg, das ist wahr. Ich hab alles in … ahm … teure Therapien und Klinikaufenthalte gesteckt. Kein günstiger Spaß, sogar mit Krankenversicherung, das kann ich euch sagen."

„Entzugskliniken oder was?", grunzt Jer und verschränkt die Arme vor seiner Brust.

„Oder ... bist du krank?", fragt Dan. Sorge schwingt in seiner Stimme mit.

Wieder schüttele ich den Kopf, diesmal mit weniger Nachdruck. „Nein. Aber meine Schwester war's lange Zeit."
Jers betretener Gesichtsausdruck lässt mich vermuten, dass er sich an unser Gespräch beim Italiener an meinem ersten Tag erinnert. Vielleicht mildert das seine Bissigkeit ein wenig. Ich hoffe es jedenfalls.

„Die Behandlungen waren irre teuer, und wie's mit Versicherungen so ist ... Sie hatte zwar eine, aber die wollten die Kosten nich' übernehmen. Also bin ich in die Bresche gesprungen und hab meine Rücklagen aufn Kopf gehauen. Ich hätte auch noch meine Wohnung verkauft, aber dazu kam's nich' mehr." Ich muss an dieser Stelle eine Pause machen, weil meine Stimme zittert.

„Ist sie ... wieder gesund?" Dan sieht aus, als ahne er die Antwort auf seine Frage bereits.

Ich versuche, den Kloß in meinem Hals hinunterzuschlucken, was mir nicht gelingt. „Nein", antworte ich leise und muss mich zusammenreißen, um nicht in Tränen auszubrechen. „Sie ist trotzdem gestorben. War alles umsonst." Da ist sie wieder, diese Wut in mir, die mir demonstriert, wie hilflos ich bin. Ich balle die Hände zu Fäusten.

„Scheiße. Das tut mir leid", sagt Dan und ich kann an seinem Gesichtsausdruck ablesen, dass er es ehrlich meint. Ich habe in der jungen Vergangenheit unzählige Beileidsbekundungen gehört, und irgendwann konnte ich es den Leuten ansehen, ob ihr Mitgefühl aufrichtig war oder ob sie einfach nur höflich sein wollten.

„Ja", antworte ich mit Tränen in den Augen. „Mir auch."
Jer, der inzwischen vor einem Häufchen Pappfetzen sitzt, der einmal sein Pizzakarton war, räuspert sich. Seine anfängliche Wut scheint verraucht zu sein.

„Ich bin ein riesengroßer Arsch. Tut mir leid, Ellie. Ich ... war ein bisschen voreilig. Keine Ahnung, was mich geritten hat." Er sieht mich an und wirkt ernsthaft geknickt.

„Vergiss es!", winke ich ab. „Ich nehm's sportlich."
Ich zwinge mich zu einem schiefen Lächeln. Es ist die Wahrheit. Ich bin nicht sauer auf Jer. Wäre ich an seiner Stelle, hätte ich

womöglich ähnlich reagiert.

„Du solltest nicht immer so voreilige Schlüsse ziehen, Jer." Dan klingt mittlerweile nicht mehr verärgert, sondern eher wie ein großer Bruder, der den Jüngeren belehrt. „Wir haben alle unser Päckchen zu tragen. Solltest du nicht vergessen."

Jer nickt und murmelt ein kaum zu vernehmendes „Ich weiß". So niedergeschlagen habe ich ihn noch nie gesehen. Dan wendet sich nach seiner Schelte wieder mir zu.

„Deine Schwester ... wie hieß sie?", fragt er. Sein Tonfall verrät, dass er weiß, dass es ein Drahtseil ist, auf dem er balanciert.

„Lu."

Warum kann er es nicht dabei belassen? Ich weiß nicht, ob ich weiter über sie sprechen will und ob ich es schaffe, nicht in Tränen auszubrechen.

„Und wie ... also ...", bohrt er weiter, obwohl er vorhin noch den Standpunkt vertreten hat, dass es okay ist, wenn es Dinge gibt, über die man nicht sprechen möchte. Ich ahne, worauf er hinaus will. Zu viele Menschen haben mir diese Frage bereits gestellt.

„Ich ... weiß es nich' ganz genau. Die Ärzte konnten nich' rausfinden, was los war. Lu wollte mir zuerst ausreden, dass ich meine Ersparnisse für ihre Behandlungen ausgebe, aber ich hab mich nich' davon abhalten lassen. Ich mein, sie ist ... war meine kleine Schwester! Ich hätte mir nie verziehen, wenn ich nich' alles versucht hätte." Ich wische mir die Tränen, die mir inzwischen über die Wangen kullern, mit dem Handrücken weg. Dann hole ich tief Luft und gebe mir alle Mühe, mich zusammenzureißen. Eine bedrückende Stille hängt in der Luft; alle vermeiden den direkten Blickkontakt zueinander.

„Tja", sage ich schließlich, „das ist die Geschichte, die erklärt, wo mein Geld hin ist. Und ich würd's wieder so machen. Aber das ändert nichts daran, dass sie es trotzdem nich' geschafft hat."

Dan und Jer schweigen weiterhin. Was soll man zu so einem Thema auch sagen? Das einzige Geräusch im Raum ist das Surren der Pumpe des Aquariums.

„Das hat mir erst mal den Boden unter den Füßen weggerissen." Ich habe meine Fassung wiedergefunden. „Ich hab wochenlang in meiner Wohnung gesessen und Löcher in die Luft gestarrt. Ich war zu nichts mehr zu gebrauchen ... Ich konnte nich' richtig schlafen, essen, ich war einfach ... leer. Oder depressiv. Oder beides. Keine Ahnung. Ich war verlobt, aber sogar mein Jetzt-Ex-Freund hat irgendwann aufgegeben. Er hat seine Sachen gepackt und ist gegangen. Mein Chef und bester Freund Rick hat mich gefeuert, weil ich nich' mehr zur Arbeit kam … Was nich' heißt, dass ihm egal war, was mit mir ist. Im Gegenteil. Er hat immer wieder versucht, mich anzurufen … hat bei mir geklingelt. Aber ich hab abgeblockt. Meine beste Freundin Jo' stand dafür Dank meines Zweitschlüssels regelmäßig bei mir in der Bude. Mein Gott, hat sie mich damit genervt, dass es weitergehen muss." Bei dem Gedanken an meine rothaarige Freundin muss ich lächeln.

„Klingt nach guten Freunden", bemerkt Dan, ohne aufzusehen.

„Ja, das sind sie wirklich", antworte ich und nicke, auch wenn mich niemand ansieht. Mein schlechtes Gewissen meldet sich, weil ich mich nicht daran erinnern kann, wann ich meinen Freunden das nach dem Tod meiner Schwester gesagt habe. „Jo' hat mir sogar mal eine Schüssel Wasser ins Gesicht gekippt, damit ich aufhöre, sie anzuschweigen. Sie ist eher … unkonventionell, aber es hat funktioniert. Wenn sie was will, dann beißt sie sich einfach fest. Wie so ein kleiner Terrier. Aber in dem Fall … Ich konnte nich'. Ich wollte nich' weitermachen."

Meine Worte hängen für einen Augenblick in der Luft, die beiden Männer scheinen abzuwarten, ob ich noch mehr erzählen möchte.

„Jo' war so unglaublich sauer, als Josh gegangen ist." Das Lächeln verschwindet von meinem Gesicht, als ich an diese Phase zurückdenke. „Er war … er hat wirklich alles versucht, aber ich wollte mir nich' helfen lassen, versteht ihr? Es war nich' seine Schuld."

Diese Wahrheit auszusprechen, versetzt mir einen Stich ins Herz. Nach dem Tod meiner Schwester habe ich mich in meiner Trauer vergraben und niemanden an mich herangelassen. Der einzige Moment, in dem ich keine Kraft mehr hatte, mich vor allem zu verschließen, war während meines Nervenzusammenbruchs auf Lus Trauerfeier. Und da war es Rick gewesen, der mich aufgefangen hat – nicht Josh. Meine Gewissensbisse sind auch heute noch unerträglich, wenn ich daran denke. Wie sehr muss es Josh verletzt haben, dass es nicht seine starken Arme waren, in die ich mich flüchtete!

„Egal", sage ich, um meine Erinnerung zu vertreiben. „Das ist Vergangenheit."

Dan sieht mich zum ersten Mal direkt an, seit ich angefangen habe zu erzählen. Sein Blick ist unglaublich traurig, und seine Augen wirken glasig.

„Und was ist mit deinen Eltern?", flüstert er. „Waren die nicht wenigstens für dich da?"

„Meine Eltern!", schnaube ich. „Mein Dad hat uns sitzen lassen, als meine Schwester und ich noch klein waren. Wir haben nie wieder was von ihm gehört. Ich hab keine Ahnung, wo er lebt und ob überhaupt ... was auch immer. Und meine Mutter ... war einfach überfordert. Schon immer." Ich zucke die Achseln, um meiner Ratlosigkeit Ausdruck zu verleihen. „Alleinerziehend in New York, mit zwei kleinen Mädchen, das war schon nich' einfach für sie. Sie hat immer mehrere Jobs gehabt, um uns über Wasser zu halten." Ich schüttele den Kopf. „Nee, meine Mutter war nie eine emotionale Stütze. Weder früher noch nach ... der Sache mit meiner Schwester. So traurig das ist."

Beide Männer hängen inzwischen mit einer Mischung aus Mitgefühl und Neugier an meinen Lippen.

„Also, versteht mich nich' falsch!" Ich fühle mich genötigt, meine Aussage zu rechtfertigen. „Meine Mutter ist kein schlechter Mensch, ganz im Gegenteil, ich liebe sie sehr. Aber ..." Ich breche den Satz ab. Es deprimiert mich, über diese Dinge zu sprechen. „Meine Mutter war nich' mal in der Lage, mit ihren eigenen Gefühlen klarzukommen. Nur weil Jo' nich' locker gelassen hat, bin ich irgendwann bei *Mr. Hang's* gelandet. Ich war froh, dass ich überhaupt 'nen Job gefunden hatte, und dass die Arbeit nich' besonders anspruchsvoll war, fand ich sogar ganz gut. Ich wollte einfach nur was tun, mich ablenken. Hat ja auch ganz gut funktioniert. Die meiste Zeit jedenfalls. Und als Harry eingestellt wurde ..." Ein Lachen bricht aus mir heraus, das hysterisch klingt. „Total absurd eigentlich, aber er hat mich nie nach meiner Geschichte gefragt und ich nich' nach seiner. Ich war froh, nich' immer wieder drüber reden zu müssen, wie's mir geht. Wie dem auch sei – Harry hat immer die Partys klargemacht."

„Und deine Freundin? Jo'?", fragt Dan, „War die nie dabei? Und dieser Rick? Warum hat der dich nicht wieder eingestellt, wenn ihr so gut befreundet seid?"

Ich schüttele den Kopf, was Dans nächsten Kommentar nach sich zieht. „Ich dachte, deine Freunde hatten ein Auge auf dich."

„Hatten sie auch", verteidige ich meine Freunde. Wie kommt er dazu, ihre Fürsorge in Frage zu stellen? „Am Anfang war Jo' ein paarmal dabei, wenn wir weggegangen sind, aber sie hatte schnell

keinen Bock mehr auf diese Szene. Diese Möchtegern-Künstler glauben alle, sie wären's, und warten drauf, dass der Erfolg über Nacht an ihre Tür klopft. Und bis es soweit ist, schütten sie sich halt einen Drink nach dem anderen in die weiche Birne. Jo' hat mehr als einmal auf mich eingequatscht, dass Harry kein guter Umgang ist und dass einen solche Typen nur in Schwierigkeiten bringen. Aber ich wollte nich' auf sie hören. Ich hatte einfach keinen Bock, mit meinen früheren Bekannten rumzuhängen, die mich alle nur verstohlen anstarren und vor lauter Mitleid gar nich' wissen, was sie sagen sollen. Und Rick … Ich weiß nich'. Ich …"
Ich muss an die Beerdigung meiner Schwester denken. An Rick, der ohne zu zögern das getan hat, was am besten für mich war. Wir waren uns an diesem Tag so nah, und trotzdem habe ich meinen Freund danach nie wieder hinter meine emotionale Mauer gelassen.

„Er ist immer für mich da. Und ich meine wirklich immer. Aber ich konnte ihn mir nich' helfen lassen. Ich hab mich geschämt."
Dan nickt, fast als würde er verstehen, wovon ich spreche. Auch das habe ich zuhauf erlebt, obwohl die Leute wohl nie verstehen werden, wie sich so was anfühlt. Aber das behalte ich lieber für mich.

„Na ja. Und den Rest der Geschichte kennt ihr. Nach einer besonders wilden Party bin ich im Fernzug gelandet, und statt in meiner Wohnung bin ich dann hier aufgewacht. Und das war wahrscheinlich mein Glück … Harry hing in letzter Zeit auf den Partys immer mehr mit Leuten rum, die ganz scharf auf die neusten Designerdrogen waren …" Ich schüttele den Kopf. „Davon hab ich mich ferngehalten, weil das nich' mein Ding ist. Aber wer weiß, wie weit es gekommen wäre, wenn … Egal." Ich nehme einen Schluck aus meinem Wasserglas. „Jer hat Recht. Ich muss mir 'nen Job suchen, wenn ich hier bleiben will. Das heißt … wenn ihr mich überhaupt noch weiter hier haben wollt."

„Ach, laber doch keinen Scheiß!" Dans Faust landet auf dem Esstisch. Die Betroffenheit in seinen Augen ist verschwunden. Selbst wenn er wütend wird, sieht er verdammt heiß aus. „Klar wollen wir, dass du bleibst!" Er lächelt mich an, was ich als Versöhnungsangebot deute. „Wer soll denn für uns kochen, wenn du abhaust? Jer lass ich bestimmt nicht mehr an meinen Herd, seitdem er mal fast die ganze Bude in Brand gesteckt hat, nur weil er Rührei machen wollte."

Jer nickt, bevor er von seinem Platz aufsteht, um in die Küche zu gehen. Er kommt mit einer Schüssel *Seamy's* zurück, die er in der Mitte des Esstischs abstellt.

„Ist ja wohl gar keine Frage, dass du bleibst!", verkündet er, als sei nicht er es gewesen, der mich noch vor ein paar Minuten des Schnorrens bezichtigt hätte. „Und das mit den Rühreiern ist glatt gelogen! Aber nach so 'ner krassen Story kann sogar ich Schokolade vertragen. Ihr auch?"

Unzählige Pralinen und zwei Flaschen Wein später begleite ich Jer zur Haustür. Er verabschiedet sich allerdings nicht, ohne sich gefühlte weitere zwanzig Mal für seine Unterstellungen zu entschuldigen. Ich versichere ihm mindestens genauso oft, dass ich es ihm nicht übel nehme, und schiebe ihn hinaus in die laue Sommernacht. Kichernd schließe ich die Tür hinter ihm und bin erleichtert darüber, dass wir uns wieder vertragen haben.
Als ich mich umdrehe, um zurück ins Wohnzimmer zu gehen, bin ich überrascht, dass Dan nur zwei Schritte von mir entfernt steht. In den Flur dringt nur das silbrige Licht des Vollmonds.
Meine Gedanken waten durch mein Hirn wie durch Honig, und meine Beine fühlen sich nicht so zuverlässig an, wie sie sollten. Ich hätte weniger Wein trinken sollen. Oder liegt das vielleicht gar nicht am Alkohol?
Ich lehne mich vorsichtshalber mit dem Rücken an die Haustür und kann nicht verhindern, dass sich ein Lächeln auf meine Lippen stiehlt. Wieder einmal fällt mir auf, wie anziehend Dan auf mich wirkt. Ich habe diesen Gedanken immer wieder beiseitegeschoben und mir gesagt, dass da von seiner Seite aus nichts ist, aber gerade fällt es mir schwer, meine Gefühle vor mir selbst zu leugnen.
Er steht einfach nur da, in Jeans und einem T-Shirt, das den durchtrainierten Körper darunter erahnen lässt. Diese dunklen Augen und leicht verstrubbelten Haare, der Dreitagebart und wie er mich ansieht! Zum ersten Mal habe ich das Gefühl, dass er mich mit anderen Augen sieht. Aber bestimmt ist es nur der Wein, der mich das denken lässt.
Ich registriere, dass ich ihn schon die ganze Zeit anstarre, ohne etwas zu sagen. Wenn ich jetzt keinen Ton rausbekomme, wird mir dieser Moment zwischen uns als extrem peinlich in Erinnerung bleiben. Ich versuche, meine Gedanken einzufangen, und hole tief Luft, um etwas Belangloses zu sagen. Doch noch bevor irgendein Wort meine Lippen verlassen kann, hat Dan die kurze Distanz

zwischen uns überwunden. Ich schaffe es nicht, in Echtzeit zu realisieren, was gerade passiert, bis ich Dans Lippen auf meinen und Tausende Schmetterlinge in meinem Bauch spüre. Meine Überraschung ist schnell überwunden und ich genieße jede Sekunde dieser unverhofften Nähe zwischen uns. Eine Hand hat er zärtlich an meine Wange gelegt, mit der anderen stützt er sich neben meinem Kopf gegen die Tür.
Ich bin froh, dass mir die Tür hinter mir Halt bietet – nicht nur wegen des Weines. Dans Kuss schmeckt nach Schokolade und Pfefferminz. Die Nähe zwischen uns fühlt sich aufregend und neu an und zugleich so vertraut, als hätten wir uns schon Hunderte Male geküsst. Meine Haut kribbelt wie elektrisiert.
Als Dan sich plötzlich von mir löst, ringen wir beide nach Atem. Mein Gesicht glüht, als hätte ich Fieber. Für eine gefühlte Ewigkeit sehen wir uns einfach nur an. Keiner sagt ein Wort. Ich kann im Schein des Mondes erkennen, dass Dans Gesichtsausdruck so verwirrt ist, wie ich mich fühle. Der Moment geht vorbei, er räuspert sich und macht einen Schritt zurück. Was passiert hier zwischen uns?

„Oh ... Ich ... Ich wollte nicht ...", stottert er. „Ich meine ... Also, ich wollte schon ... Oh Mann. Ich ... sollte noch die Küche aufräumen. Gute Nacht, Ellie." Mit diesen Worten eilt er aus dem Flur und lässt mich mit meinen verwirrenden Gefühlen allein zurück.

„Gute Nacht", flüstere ich ihm hinterher, auch wenn er mich nicht hören kann. Ich verharre noch einen Moment an der Tür und frage mich, ob ich mir das vielleicht nur eingebildet habe.
Hat er mich gerade wirklich geküsst? Ich berühre mit den Fingerspitzen meine Lippen, auf denen ich immer noch einen Hauch von Pfefferminz schmecken kann. Hoffentlich ist das kein Traum, aus dem ich gleich aufwache.
Bis vor wenigen Minuten war ich mir noch sicher, dass meine Gefühle eine Einbahnstraße seien. Dass Dan mehr als Freundschaft empfinden könnte, davon habe ich nicht einmal zu träumen gewagt. Außer Jer weiß niemand etwas von den Schmetterlingen, die in meinem Bauch tanzen, wenn ich Dan ansehe. Hat er seinem Freund von meinen Gefühlen erzählt? Vielleicht ist es auch offensichtlich. Womöglich steht es mir in Neonfarbe auf die Stirn geschrieben, und während ich mir einbilde, ich würde meine Gefühle geschickt verbergen, weiß in Wirklichkeit

jeder, was los ist. Vielleicht hegt Dan auch gar keine romantischen Gefühle für mich, und der Kuss war ... einfach nur etwas, das nichts zu bedeuten hat. Ich schüttele den Kopf und bemerke, dass mein Gesicht vom breiten Grinsen bereits wehtut. Auf leisen Sohlen eile ich die Treppe hinauf und ziehe mich in mein Schlafzimmer zurück. Während ich ins Bett gehe, beschließe ich, mir den Kuss nicht von meinen Zweifeln vermiesen zu lassen. Zumindest nicht heute Nacht.

6

Am nächsten Morgen werde ich von Sonnenstrahlen geweckt, die mein Gesicht kitzeln. Ich lege einen Arm über die Augen und verfluche mich dafür, dass ich gestern Nacht vergessen habe, die Vorhänge zuzuziehen. Ich strecke mich, um richtig wach zu werden. Auch wenn ich meinen gestrigen Vorsatz heute in die Tat umsetzen und mich um einen Job kümmern will, nehme ich den Arm vom Gesicht und bleibe noch ein paar Minuten liegen, die Zimmerdecke anstarrend. In meinem Kopf spielt sich der gestrige Abend noch einmal ab.

Im Grunde bin ich erleichtert, dass die beiden Männer meine Geschichte nun kennen. Auch wenn ich es mir selbst nur ungern eingestehe: Es hat gut getan, sich die Ereignisse der vergangenen Monate von der Seele zu reden. Außerdem bin dankbar dafür, dass die beiden mich nicht mit Mitleid überhäuft haben.

Und dann war da noch der Kuss. Dieser Kuss, den ich nicht einzuordnen vermag, der aber atemberaubend schön war. Allein die Erinnerung an diesen Moment bringt das Kribbeln von letzter Nacht zurück in meinen Körper. Auch wenn die Annäherung von Dan ausging, war er es gewesen, der sich aus der Situation plötzlich zurückgezogen hat. Was hat das alles zu bedeuten?

Während ich beim Grübeln Löcher in die Luft starre, wird mir bewusst, dass das normalerweise einer der Momente wäre, in dem ich zum Telefon greifen und meine Schwester anrufen würde. Diese Erkenntnis schmerzt mich so sehr, als würde mir jemand ein Messer zwischen die Rippen stoßen. Ich würde ihr alles haarklein berichten, und sie hätte die Denkanstöße für mich, die mir helfen würden, die Dinge von einer anderen Seite zu betrachten. Sie hat mich nie belehrt oder getadelt, sie hat mir immer nur die richtigen Fragen gestellt, die mich auf die Lösung zu meinen Problemen brachten. An einem Morgen wie diesem hätte sie mich vermutlich gefragt, was ich will. Es ist, als würde ich ihre Stimme in meinem Kopf hören. „Erst mal ist doch wichtig, was du willst, Liz. Willst du ihn wieder küssen oder nicht? Wenn ja, dann finde raus, ob ihm der Kuss was bedeutet hat."

Die Antwort darauf muss ich nicht suchen. Ich möchte auf jeden Fall, dass Dan mich wieder küsst. Ich wundere mich darüber, woher diese starken Gefühle kommen, obwohl außer dem Kuss nichts weiter zwischen uns passiert ist. Unser erstes Gespräch kommt mir in den Sinn, bei dem wir uns auch schon nahe gekommen sind, bevor Jer hereingeplatzt ist. Auch wenn ich mich damals schon zu Dan hingezogen gefühlt habe, hatte ich eher den Eindruck, dass danach von seiner Seite aus keine eindeutigen Signale mehr ausgingen.

Aber der Kuss letzte Nacht, der ist passiert. Ich hatte schon beinahe vergessen, dass positive Emotionen genauso einnehmend sein können wie ihre negativen Artgenossen.

Da es keine Nummer gibt, unter der ich Lu je wieder erreichen kann, ringe ich mich dazu durch, aufzustehen und den Tag zu beginnen. Ich seufze und schwinge die Beine aus dem Bett.

Ich liebe das Gefühl des Holzfußbodens unter meinen Füßen, der immer kühl ist.

Generell ist mir Dans Zuhause in den letzten Wochen sehr ans Herz gewachsen. Der Altbau mit den weißen Wänden und den dunklen Böden hat seinen ganz eigenen Charme, der durch den Einrichtungsstil seines Besitzers noch unterstrichen wird. Ich ziehe eine Jeans und eine kurzärmelige Bluse aus dem Schrank und tapse ins Badezimmer, um mich für den Tag fertig zu machen.

Als ich frisch geduscht und angezogen nach unten komme, sehe ich sofort, dass Dans Schuhe nicht neben meinen pinkfarbenen Sneakers im Flur stehen.

„Dan?" Meine Stimme hallt durchs Treppenhaus, ohne dass ich eine Antwort erhalte. Sofort versuchen sich negative Gedanken ihren Weg von meinen Kopf geradewegs in mein Herz zu bahnen. Bestimmt hat er in aller Herrgottsfrühe das Haus verlassen, nur um mir heute Morgen nicht über den Weg zu laufen. Vermutlich ist ihm der Kuss peinlich, weil er angetrunken war und heute in nüchternem Zustand festgestellt hat, dass er einen Fehler gemacht hat.

Aber hatte er wirklich so viel getrunken? Wir haben zu dritt zwei Flaschen Wein getrunken, aber wir waren keineswegs sternhagelvoll. Vielleicht will er auch einfach nicht über gestern Nacht reden. Das würde zu seiner verschlossenen Art passen.

In der Küche finde ich einen handgeschriebenen Zettel neben der Kaffeemaschine, dessen Aufschrift meine Sorge beschwichtigt.
„Hab Kaffee für dich in der Kanne übrig gelassen. Donuts sind in der Tüte. Bin heute mit Jer am See. Hab einen schönen Tag. Dan"
Ich atme auf und drücke den Zettel wie ein verliebter Teenager an

meine Brust, während mir ein halbes Gebirge vom Herzen fällt. Was für eine schöne Handschrift er hat! Nicht so ordentlich wie meine, aber ich mag die Art, wie er die Buchstaben aneinanderreiht: schwungvoll, aber dennoch aufgeräumt. Ich muss mir eingestehen, dass ich hoffnungslos verknallt bin. Jetzt himmele ich schon seine Handschrift an!

Dans Nachricht klingt nicht danach, als sei er von letzter Nacht peinlich berührt. Ich habe zwar keine Ahnung, von welchem See die Rede ist, aber anscheinend gibt es in Slumbertown noch mehr Gewässer als den Teich in der Stadtmitte. Ich kann mich auch nicht daran erinnern, dass die Millers oder Mrs. McClary etwas von einem Badesee erzählt hätten.

„Hab einen schönen Tag", flüstere ich noch einmal vor mich hin und grinse dabei wie ein Honigkuchenpferd. Auch wenn es für jeden anderen Menschen nur wie eine belanglose Notiz aussieht, freue ich mich so sehr darüber, als hätte ich im Lotto gewonnen.

Ich trinke eine Tasse Kaffee, während ich den Küchentisch aufräume. Ich stelle Dans benutzte Kaffeetasse in die Spülmaschine und stapele Jers Sudokuhefte. Komischerweise liegen seine Rätselhefte immer in Dans Küche herum, aber den scheint das nicht zu stören.

Ich habe seit gestern Abend noch keine Gelegenheit gehabt, mir Gedanken zu machen, nach was für einem Job ich überhaupt Ausschau halten will. Im Zweifelsfall kann ich sicher in der Schokoladenfabrik anfangen, aber der Gedanke daran erfüllt mich mit Unbehagen. Ich kann nicht einmal genau sagen warum, denn ich liebe Schokolade. Ein Job in einer Schokoladenfabrik müsste der Himmel auf Erden sein, dennoch sträubt sich in mir alles dagegen, dort zu arbeiten. Ich kann mir nicht erklären, woher dieses Bauchgefühl kommt, aber ich bleibe dabei, meinem Gefühl zu folgen. Nur wo könnte ich stattdessen anfangen?

Mit einem großen Schluck trinke ich den Rest meines lauwarmen Gebräus aus. Mein Herz macht einen kleinen Freudensprung, als ich sehe, dass Dan Donuts mit weißer Glasur und bunten Zuckerstreuseln besorgt hat.

Ich halte es für eine gute Idee, zuerst bei Rosie vorbeizuschauen. Mrs. McClary weiß zwar immer über alle Romanzen der Stadt Bescheid, aber als ich sie einmal etwas über die Schokoladenfabrik gefragt habe, hat sie deutlich gemacht, dass sie die geschäftlichen Dinge Slumbertowns nicht interessieren. Sie sei in einem Alter, in

dem sie sich nur noch mit den schönen Dingen des Lebens befasst, hat sie gesagt.
Da Rosie laut Jer mindestens genauso gut darüber informiert zu sein scheint, was in dem kleinen Städtchen vor sich geht, kann sie mir vielleicht sagen, wer mir einen Job geben könnte. Mit diesem vorläufigen Plan schlüpfe ich in meine pinkfarbenen Turnschuhe und verlasse das Haus in Richtung Stadtmitte. Die Donuts verschlinge ich auf dem Weg.

Gut gelaunt trete ich wenig später durch Rosies Ladentür. Ich sehe mich um, kann die ältere Dame aber nirgends entdecken. Seltsam. Normalerweise ist sie immer gleich zur Stelle, wenn jemand ihren Laden betritt.
Gerade als ich nach ihr rufen will, höre ich Stimmen aus dem hinteren Teil der Boutique. Sie sind zu weit weg, um die Worte zu verstehen, aber ich erkenne Rosie, und ihr Tonfall klingt nicht besonders entspannt.
Ich folge den Stimmen und entdecke Rosie durch die offenen Regale, die als Raumteiler dienen. Die Fächer sind nur halb gefüllt, sodass ich auch ihren Gesprächspartner sehen kann. Es ist ein Mann, den ich nicht kenne, was aber nichts heißen muss. Ich treffe noch immer oft auf Leute, die ich noch nie zuvor gesehen habe – und das, obwohl der Ort so klein ist.
Warum reden die beiden hier hinten zwischen zwei Regalen der Damenabteilung? Er steht mit dem Rücken zu mir, und ich kann sehen, dass er die Arme vor seiner Brust verschränkt hat. Er sieht nicht so aus, als wolle er etwas kaufen. Ich drohe der Versuchung zu erliegen, die beiden zu belauschen, doch dazu kommt es nicht. Sie beenden ihre Unterhaltung, und Rosies Gesprächspartner dreht sich zu mir um. Verdammt, haben sie mich gehört? Jetzt muss es für die beiden so aussehen, als hätte ich von Anfang an vorgehabt, ihnen nachzuspionieren. Schnell trete ich hinter dem Raumteiler hervor und räuspere mich.

„Ich wollte nich' stören. Ich kann auch später noch mal wiederkommen", sage ich und deute über meine Schulter hinter mich. Der blonde Mann hebt die Hände und schüttelt den Kopf.

„Nein, nein. Wir waren sowieso gerade fertig. Schön, Sie endlich persönlich kennenzulernen, Ms. Stray" Seine Stimme ist tief und melodisch, aber etwas an seiner Erscheinung verunsichert mich. Unsere Blicke treffen sich, und ich habe das Gefühl, dass er mich

erkennt. In meiner Magengegend kribbelt es, für den Bruchteil einer Sekunde kommt er mir auch bekannt vor. Doch der Moment vergeht, und ich weiß nicht, ob ich mir das bloß eingebildet habe. Mit großen Schritten kommt er auf mich zu und reicht mir seine Hand. Woher kennt er meinen Namen?
Mir fällt der silberne Siegelring auf, den er am Ringfinger der rechten Hand trägt. Sein überaus fester Händedruck überrascht mich. Trotz meiner jahrelangen Tätigkeit als Maklerin muss ich mich zusammenreißen, um meine Hand nicht sofort wieder zurückzuziehen. Er lächelt mich an, während mich seine eisblauen Augen mustern, als suche er nach etwas.
„Ahm, vielen Dank, Mr. …", stammele ich und versuche meine Hand aus seinem eisernen Griff zu lösen. Doch er lässt nicht los, und zwischen seinen Augenbrauen erscheint eine kleine Falte, wie ich sie nur habe, wenn ich mich konzentrieren muss. Aber worauf konzentriert er sich jetzt?
„Mein Name ist Alexander Seamwalker. Aber bitte – nenn mich Xander", stellt er sich vor. Ich kann den Singsang seiner Stimme nicht in Einklang mit meinem Bauchgefühl bringen. Das diffuse Gefühl eines Déjà-vu nagt an meinen Eingeweiden, aber immer wenn ich denke, der Ursache dafür nahe zu sein, entgleitet mir der Gedanke.
„Oh. Du bist … Dans Chef. Hi!"
Ich zwinge mich zu dem freundlichsten Lächeln, das ich mir abringen kann, doch meine Gedanken rasen. Dieser Mann ist also Dans Chef und der große Gönner von Slumbertown.
In Jers Erzählungen kam Xander nie besonders gut weg, aber so, wie er jetzt vor mir steht, hatte ich ihn mir nicht vorgestellt.
Müsste ich sein Alter schätzen, würde ich sagen, dass er kaum älter ist als ich. Gut genug sieht er aus, das muss man ihm lassen. Er ist deutlich größer als ich, und seine sportliche Statur ist bemerkenswert. Er hat keine Maße wie ein Bodybuilder, aber wie jemand, der seinen Körper in Form hält. Ich habe in meinem Leben viele Makler in schlechten Anzügen gesehen, aber seiner gehört definitiv in die Kategorie Maßanfertigung. Sein dunkelblondes Haar ist sonnengebleicht, und er trägt es gerade lang genug, um es wuschelig zu stylen. Würde er nicht in einem dunkelgrauen Anzug stecken, hielte ich ihn eher für einen lässigen Surferboy als für einen erfolgreichen Geschäftsmann. Mit Sicherheit wirkt er auf viele Frauen wie ein Magnet. Ich fühle mich

momentan allerdings nicht angezogen, sondern unwohl, während Xander mich mit seinem Blick durchbohrt.

Trotz seines attraktiven Erscheinungsbilds hat er etwas an sich, das mir Unbehagen bereitet. Er strahlt eine emotionale Distanz aus, die ich fast körperlich spüren kann und die dafür sorgt, dass sich meine Nackenhärchen aufstellen.

Meine Hand fühlt sich an, als klemme sie in einem Schraubstock, doch ich wage es nicht, sie aus seinem Griff zu befreien. Xanders Stimme reißt mich aus meinen Gedanken.

„Der bin ich. Dan hat schon viel von dir erzählt."

Daher kennt er also meinen Namen.

„Du wirkst so überrascht", fährt er fort. „Hattest du etwas anderes erwartet? Einen alten Mann mit schütterem Haar und einem langen Bart vielleicht?" Er lacht und klingt dabei eigentlich sympathisch. Warum wirkt er auf mich wie eine subtile Bedrohung? Und warum lässt er meine Hand nicht endlich los?

„Ahm ... Ja. So was in der Art. Schätze ich", antworte ich.

Mein Bauchgefühl sagt mir, dass er anders ist als die anderen Menschen, die ich bislang in Slumbertown kennengelernt habe. Dieser Gedanke ist beunruhigend und aufregend zugleich.

„Interessant. Wirklich interessant", murmelt Xander, fast als würde er mit sich selbst sprechen. Ich glaube, in seinen Augen etwas aufblitzen zu sehen. Freude? Neugier? Erleichterung? Was es auch ist, es lässt ihn für einen Augenblick wie jemanden wirken, den ich vielleicht sogar mögen könnte.

Er sieht mich an, als würde er etwas Bestimmtes von mir erwarten. Ich fühle mich allerdings nicht imstande, auch nur einen klaren Gedanken zu fassen.

Xander schüttelt den Kopf, setzt das Lächeln wieder auf, das mich an meine früheren Geschäftskunden erinnert, und tritt einen Schritt zurück. Dabei gibt er endlich meine Hand frei.

Mir fällt das Atmen sofort leichter, als er nicht mehr unmittelbar vor mir steht, und obwohl sich alles in wenigen Augenblicken abgespielt hat, kommt es mir vor, als sei es eine Ewigkeit gewesen.

„Wie dem auch sei", sagt er. Die Gefühlsregungen, die ich eben noch von seinem Gesicht abzulesen glaubte, sind verschwunden. „Es war mir eine Freude, dich persönlich getroffen zu haben, Ellie. Ich bin mir sicher, wir sehen uns schon bald wieder."

Mit diesen Worten verlässt er den Laden, ohne sich von Rosie zu verabschieden.

„Wow", flüstere ich und starre ihm hinterher, bis ich die Tür ins Schloss fallen höre. Ich weiß nicht, was ich von dieser skurrilen Begegnung halten soll.

„Er ist ein wenig ... speziell. Aber mach dir keine Sorgen, Liebes. Allzu oft ist er sowieso nicht in der Stadt." Rosie kommt mit einem Seufzer auf mich zu. Sie macht auf mich den Eindruck, als hätte sie ihre Worte mit Sorgfalt gewählt.

„Jer kann ihn nich' leiden. Und ich glaube, ich weiß auch wieso", murre ich. Mein Bauchgefühl besteht immer noch darauf, dass an Xander etwas seltsam ist.

Rosie sieht mich an, seufzt erneut und streicht sich eine graue Haarsträhne aus dem Gesicht, die sich aus ihrem Dutt gelöst hat.

„Jeremy und Alexander kommen nicht besonders gut miteinander aus. Das ist wahr."

„Warum sorgt Xander dann nich' dafür, dass er die Stadt verlässt? Das könnte er doch bestimmt, wenn er ihm auf den Keks geht?" Jetzt, da ich mit Rosie allein bin, nehme ich kein Blatt vor den Mund.

Die ältere Dame lächelt mich an und sieht dabei aus wie eine Großmutter, die ihrem Enkelkind am liebsten einen Vortrag darüber halten würde, wie wenig es vom Leben versteht.

„Mein liebes Kind, diese Stadt ist voller Menschen, und niemand unterliegt Alexanders Kommando. Er mag durch die Schokoladenfabrik und seine ... Tätigkeiten den größten Einfluss in Slumbertown haben, aber er kann niemanden zwingen, die Stadt zu verlassen. Es ist nicht allein an ihm zu entscheiden, wer hierher kommt und wer wann wieder geht." Sie macht eine kurze Pause, doch dann schüttelt sie den Kopf und nimmt meine Hände in ihre. „Aber du bist doch nicht hergekommen, um mit mir über Jeremy oder Alexander zu sprechen. Sag, was kann ich für dich tun, Liebes?"

Die Begegnung mit Xander hat mich aus dem Konzept gebracht, aber Rosies Frage erinnert mich daran, warum ich hergekommen bin. Mein Tatendrang von heute Morgen meldet sich zurück.

„Rosie, ich brauche unbedingt Arbeit, und ich hatte gehofft, dass du mir weiterhelfen kannst."

„Du suchst Arbeit?" Rosie hebt eine Augenbraue und mustert mich.

Ich nicke und kann mit meinem Enthusiasmus nicht länger hinterm Berg halten. „Ja! Ich würd gern noch eine Weile hier bleiben ... Aber ich will Dan nich' auf der Tasche liegen, weißt du. Also habe ich gedacht, dass ich mal bei dir vorbeischaue und dich frage, ob du eine Idee hast. Vielleicht kennst du ja jemanden, bei dem ich aushelfen kann oder so."

Rosie sieht nachdenklich aus, bevor sie antwortet. „Ich wüsste da tatsächlich jemanden."

„Oh, echt?" Meine Wangen glühen vor Aufregung. „Das ist ja großartig! Wen denn?"

„Mich."

„Was?! *du* suchst jemanden? Dein Ernst jetzt?" Ich kann mein Glück kaum fassen.

„Ja, mein voller Ernst", bestätigt die ältere Dame und nickt. „Es ist nichts Besonderes – ich brauche nur jemanden, der mir im Laden zur Hand geht. Waren einräumen, ein bisschen im Lager sortieren, mal feucht durchwischen." Rosie winkt ab, als wolle sie sagen, dass das alles keine große Sache sei. „Ich bin nicht mehr die Jüngste, Liebes. Und Julie ist kürzlich abgereist."

Ich erinnere mich an Julie. Das junge Mädchen war oft in Rosies Boutique und hat Regale eingeräumt, aber ich habe nie mehr als ein paar Worte mit ihr gewechselt. Sie war immer höflich, aber erinnerte mich mehr an ein scheues Reh als an eine Aushilfe. Ich will die Gunst der Stunde nutzen.

„Ich bin dabei!", sage ich, unfähig meine Begeisterung zu verbergen. „Das heißt ... wenn du mir den Job überhaupt geben willst."

Ich hake meine Daumen in die Gürtelschlaufen meiner Jeans und warte auf Rosies Antwort, während die nur zufrieden in sich hineinlächelt.

Was für ein Zufall! Der Job in diesem Laden wäre perfekt – nicht nur weil ich die ältere Dame mag, sondern weil alles zusammenpasst. Ich habe ein Faible für Klamotten, und mein Verkaufstalent hat mir im Berufsleben schon immer gute Dienste geleistet. Außerdem bin ich es von meiner Maklertätigkeit gewohnt, mir schnell viele Informationen anzueignen.

„Ich kann mir niemanden vorstellen, der besser in meinen Laden passen würde, Liebes."

Ich höre Rosies Antwort und kann kaum fassen, dass meine Pechsträhne offenbar ihr Ende gefunden hat.

„Wirklich?" Ich quietsche voller Verzückung. „Rosie! Das ist *so* großartig!"

„Sag das nicht zu laut."

„Wann soll ich anfangen?", frage ich und wippe von einem Fuß auf den anderen.

Als Rosie schmunzelt, fallen mir die vielen Lachfältchen auf, die ihre Augen dabei umspielen. Ich mag Rosie. „Morgen. Und nun sieh zu, dass du endlich los kommst!"

„Los? Aber wohin?"

Rosie winkt ab und zwinkert mir verschwörerisch zu. „Sag bloß, du willst nicht auch gern zum See! Jeremy war heute Morgen hier und hat mir erzählt, dass er und Dan den Tag dort verbringen wollen. Und wie mir zu Ohren gekommen ist, gibt es … einigen Gesprächsbedarf."

Prompt steigt mir die Verlegenheitsröte ins Gesicht, und ich frage mich, wie viel Rosie tatsächlich weiß. Dass Dan mit Jer über unseren Kuss gesprochen hat, ist damit jedenfalls klar.

Daran, dass in Slumbertown jede noch so kleine Neuigkeit sofort die Runde macht, muss ich mich erst noch gewöhnen.

„Ach was", sage ich und blicke zu Boden. „Das können wir auch alles heute Abend noch klären. Du hast doch bestimmt was für mich zu tun und ich will …"

„Papperlapapp!", schneidet Rosie mir das Wort ab. „Die Arbeit ist morgen auch noch da, keine Sorge. Betrachte es als einen letzten freien Tag, den du genießen solltest."

Bei dem Gedanken daran, Dan gleich zu sehen, breitet sich ein Grinsen auf meinem Gesicht aus, bis mir etwas auffällt.

„Aber ich weiß gar nich', wo der See überhaupt ist", räume ich ein, aber die ältere Dame winkt erneut nur ab.

„Zum See zu finden, ist ganz einfach. Du verlässt die Stadt auf der Straße, die an der Schokoladenfabrik vorbeiführt, und gehst immer weiter geradeaus. Ein paar Hundert Meter weiter führt eine Abzweigung in den Wald. Die nimmst du und folgst einfach dem Weg. Von dort sind es keine fünf Minuten mehr zu Fuß. Ich bin mir sicher, dir wird es dort gefallen. Und jetzt raus mit dir! Bevor ich es mir doch noch anders überlege!" Freundlich, aber energisch scheucht sie mich aus ihrem Laden.

„Danke, Rosie!", rufe ich ihr zu und höre, wie sie die Tür hinter mir schließt. Ich setze meine Sonnenbrille auf, die ich auf den Kopf geschoben hatte. Ich freue mich, meinen unverhofft freien Tag am See verbringen zu können, und wenn ich daran denke, dass Dan dort sein wird, kribbelt es in mir.

Auf dem Weg zur Schokoladenfabrik treffe ich Mrs. Miller, die auf dem Heimweg von ihrer Schicht ist. Wir unterhalten uns über das herrliche Wetter, und sie beneidet mich um meinen kleinen Ausflug. Ohne darüber nachzudenken, frage ich sie einfach, ob sie Lust hat mitzukommen, aber Dans Nachbarin lehnt dankend ab. Die Schicht ihres Mannes fängt in ein paar Stunden an, und sie wollen noch gemeinsam essen, bevor sie sich schlafen legt. Auch wenn ich Mrs. Miller mag, ist es mir insgeheim lieber, allein zum See zu gehen.

Obwohl ich in der letzten Zeit viele Teile der Stadt erkundet habe, bin ich der Schokoladenfabrik bislang fern geblieben. In diese Ecke der Stadt hat es mich nicht gezogen.
Die zwei roten Backsteingebäude sehen aus wie die alten Warehouses, die ich aus einigen New Yorker Stadtvierteln kenne, mit dem Unterschied, dass hier die Fensterscheiben alle intakt sind und die Anlage eingezäunt ist. Ich sehe ein lang gezogenes, ebenerdiges und ein dreistöckiges Gebäude.
Über dem schmiedeeisernen Eingangstor prangt ein großer *Seamy's*-Schriftzug.
Ich beschleunige meine Schritte und laufe am Zaun des Grundstücks entlang, aber nicht ohne immer wieder einen flüchtigen Blick über die Schulter auf die Gebäude zu werfen. Ich erwarte fast, dass hinter einem der Fenster Xanders Gestalt auftaucht, weil er mich beobachtet.
Dieser Gedanke lässt meine Handflächen feucht werden, auch wenn ich mir ganz schön albern vorkomme. Als ob der Schokoladenmogul ausgerechnet an mir ein gesteigertes Interesse hätte! Es ist also unnötig, sich wie eine paranoide Schrulle aufzuführen.
Auch wenn ich keine Menschenseele auf dem Fabrikgelände entdecke, bin ich heilfroh, als ich den Ortsausgang hinter mir lasse.
Genau wie Rosie es mir erklärt hat, erreiche ich die Abzweigung, die in den Wald führt. Hinter der Biegung verschwindet Slumbertown aus meiner Sicht und damit auch meine Gedanken an die Fabrik.
Mir fällt auf, wie unberührt die Natur hier ist. Ich atme den Geruch ein, den die Nadelbäume um mich herum verströmen. Der Duft von Harz und Tannennadeln weckt lange verdrängte Erinnerungen aus meiner Kindheit in mir. Wir hatten nie besonders viel Geld,

aber einen Weihnachtsbaum zu kaufen, das hat sich meine Mutter nie nehmen lassen. Ein Plastikbaum kam ihr nie ins Haus. Es sind schöne Erinnerungen, trotzdem schiebe ich sie mit einem Kopfschütteln beiseite.

Außerhalb der Stadt scheint die Luft noch klarer zu sein. Jeder Atemzug wird versüßt durch den Duft von Blumen. Immer wenn ich in New York an Blumenhändlern vorbeigekommen bin, habe ich kurz innegehalten und den süßen Geruch förmlich aufgesogen. Die Blumen haben inmitten der Großstadt stets wie etwas ganz Besonderes auf mich gewirkt. So bunt, so lebendig und doch so vergänglich.

Hier hingegen findet man sie in jedem Vorgarten, wenn man durch die Stadt spaziert und den Blick schweifen lässt.

Die unzähligen Tannennadeln auf dem Waldweg verschlucken das Geräusch meiner Schritte fast vollständig.

Ich gelange an eine Lichtung und entdecke zwei gelbe Schmetterlinge. Es ist die gleiche Art, die ich bereits im Park in der Stadt gesehen habe. Sie flattern von Sonnenstrahl zu Sonnenstrahl, der durch das Dach des Nadelwaldes dringt.

Nach nur wenigen weiteren Schritten lichtet sich der Wald immer mehr. In unmittelbarer Nähe kann ich azurblaues Wasser ausmachen, das durch die weniger dicht stehenden Bäume zu sehen ist. Zielstrebig setze ich meinen Weg fort und werde belohnt: Der Wald endet abrupt, und vor mir erstreckt sich ein Panorama aus imposanten Bergen und einem See mit ringsum bewaldeten Ufern. Die Sonnenstrahlen lassen die Oberfläche des Wassers glitzern, als hätte jemand Diamanten darauf verstreut. Der Anblick raubt mir den Atem. Von meinem Standort aus blicke ich auf den See hinunter, ein paar Meter vor mir fällt eine Böschung steil ab.

„Wow", flüstere ich zu mir selbst und stelle zu meiner Überraschung fest, dass der See deutlich größer ist, als ich erwartet hatte. Das gegenüberliegende Ufer kann ich zwar sehen, aber ich möchte mir gar nicht ausmalen, wie lange ein Gewaltmarsch bis dorthin dauern würde. Ich bin nicht davon ausgegangen, ein verdammtes Naturreservat vorzufinden. Wie soll ich die Jungs hier bloß finden?

„Ziemlich beeindruckend, wenn man das erste Mal hier ist, was?", ertönt eine kratzige Stimme hinter mir.

Wie von der Tarantel gestochen fahre ich herum und starre in Jers

Gesicht. Ich habe ihn nicht kommen gehört. Er trägt seine verspiegelte Sonnenbrille, aber ich kann sehen, wie sehr er sich bemühen muss, um ein Grinsen zu unterdrücken.

„Mann! Musst du mich so zu Tode erschrecken?"
Er quittiert mein Maulen nur mit einem Schulterzucken.

„Ja. Alles nur, damit ich dich wiederbeleben kann." Er spitzt seine Lippen, um einen Kuss anzudeuten, bevor er in Gelächter ausbricht. „Komm. Wir sitzen unten am Steg."
Er deutet nach rechts, und ich entdecke eine hölzerne Treppe, die die Böschung hinunterführt und zwischen den Bäumen weiter unten endet. Jer trottet los, noch bevor ich die Gelegenheit habe, etwas zu sagen.

„Idiot", murmele ich. „Was machst du überhaupt hier oben, wenn ihr eigentlich da unten seid?", frage ich, als ich ihn eingeholt habe.
Jer lacht immer noch und schüttelt den Kopf, während wir nebeneinander die Treppe hinabsteigen. Sie ist so steil, dass ich nach dem verwitterten Balken greife, der als Geländer dient. Jers Lache, die wie ein Reibeisen klingt, bringt mich zum Lächeln. Die Holzstufen unter meinen Füßen sehen alt, aber solide aus und knarzen Gott sei Dank nur leise unter unserem Gewicht.

„Hat dir schon mal jemand gesagt, dass du mit deiner ewigen Fragerei echt nerven kannst?" Ich kann das Grinsen auf seinem Gesicht aus dem Augenwinkel sehen.

„Dauernd. Also?"

„Ich musste mal austreten, Mann. Willst du noch mehr Details?"

„Iih. Nein", schnaube ich, und wir müssen beide lachen.
Als wir den Abstieg geschafft haben, sehe ich, dass die Treppe nicht zwischen den Bäumen endet, sondern in einen Steg mündet, der ein gutes Stück ins Wasser hineinragt. Die Holzfläche ist breit genug, dass sich bequem mehrere Personen hier aufhalten können. Sogar eine kleine Holzhütte steht rechts von uns.

„Das ist ja mal ein fetter Steg!", bemerke ich und nicke in Richtung der Hütte. „Fahren die Leute hier Boot, oder wofür ist der gut?"
Jer hebt die Schultern. „Boot? Nicht dass ich wüsste. Wir stellen immer unser Zeug in den Schuppen, sonst ist da nix drin." Er grinst und zwinkert mir zu. „Vom Steg kann man aber super ins Wasser springen, wenn man mal 'ne Abkühlung braucht."

Dan liegt mit dem Rücken zu uns in einem aufklappbaren Liegestuhl. Neben ihm steht eine Kühlbox. Ein zweiter Liegestuhl steht leer auf der anderen Seite der Kühlbox. Sogar an einen Sonnenschirm haben sie gedacht. Eine seichte Brise umspielt mein Haar und bringt den Stoffrand des Sonnenschirms zum Flattern. Als Dan Schritte hinter sich hört, blökt er los, ohne sich umzusehen.

„Ich dachte schon, du kommst gar nicht mehr wieder, Mann! Ich werde in diesem Leben eh nicht mehr raffen, warum du jedes Mal zum Pinkeln den ganzen Weg nach oben latschst. Hätte ich so 'ne Hamsterblase wie du … Mir wär das zu anstrengend!"
Jer neben mir grinst und reibt sich über sein kurz geschorenes Haar. Ich habe ihn selten so verlegen gesehen.
Ich hingegen kann mein Lachen nicht länger unterdrücken. Dan dreht sich mit erschrockenem Gesichtsausdruck um und schiebt seine Sonnenbrille auf den Kopf.

„Oh! Ellie! Hi! Eh …" In Sachen Verlegenheit nehmen sich die beiden Männer gerade nichts. „Ich wusste gar nicht, dass du da bist, also …"
Mein Herz stolpert kurz, als sich unsere Blicke treffen. Dans Verlegenheit ist eine ganz neue Seite an ihm, die ich entdecke. Und sie gefällt mir.

„Kein Ding." Gut gelaunt grinse ich ihm zu und winke ab.
Jer schüttelt nur den Kopf und macht es sich in seinem Liegestuhl wieder bequem. Ich stelle mich mittig hinter seinen Stuhl, stütze die Unterarme auf dem hölzernen Rahmen ab und lasse den Blick über die Kulisse schweifen.

„Das hier ist echt einfach nur … Wow", sage ich. „Atemberaubend."
Dan lehnt sich in seinem Liegestuhl wieder zurück und wirkt deutlich entspannter als noch vor ein paar Sekunden.

„Als Jer den Steg hier entdeckt hat, war alles ein bisschen runtergekommen. Irgendwie kommt nie jemand hier raus", erklärt er und steckt die Sonnenbrille an den Kragen seines T-Shirts. „Aber wir haben's ein bisschen nett gemacht, und seitdem sind wir oft hier, wenn wir einfach mal in Ruhe quatschen oder aus der Stadt raus wollen."
Wenn sie in Ruhe quatschen wollen? Die Erkenntnis, die diese Aussage mit sich bringt, trifft mich unvorbereitet. Die beiden sind hierher geflüchtet, weil sie ungestört sein wollten! Was für ein

Trampel ich doch bin!

„Oh, ich wollte euch auch gar nich' stören. Rosie hat mich nur hierher geschickt. Damit ich meinen letzten Tag in Freiheit genießen kann, quasi." Ich versuche meine Verunsicherung zu überspielen.

„Quatsch, du störst überhaupt nicht", sagt Dan und lacht, „wir sind Männer, Ellie. Wir haben schon längst alles besprochen."

„Warte mal 'ne Sekunde", fällt Jer ihm ins Wort, um sich dann mir zuzuwenden, „letzter Tag in Freiheit? Bist du in die Bäckerei eingestiegen und hast das Donutrezept geklaut? Und seit wann hat das Kaff hier überhaupt 'nen Knast?"

Ich schnaube und grinse. „Das Rezept wär's auf jeden Fall wert. Aber nein, hab ich nich'. Rosie hat mich eingestellt!"

„Du hast also 'nen Job? Du verarschst uns!", ruft Jer aus.

Ich schüttele den Kopf. Ein stolzes Lächeln stiehlt sich auf meine Lippen. „Nee! Morgen geht's los. Ich übernehme Julies Job. Ich freu mich echt schon total!" Ich mache eine kurze Pause. „Oh! Und ich habe Xander vorhin getroffen." Ich weiß nicht, warum ich das erwähne, aber die Worte sprudeln einfach so aus mir heraus.

„Und? Wie findest du ihn so?", fragt Jer.

„Seltsam."

Jer schürzt die Lippen. „Das ist mehr als verständlich", pflichtet er mir bei. „Ich hab Xander heute Morgen auch in der Stadt rumschleichen sehen. Nichts für ungut, aber bevor ich mit dem Zeit verbringen müsste, würd ich eher abreisen."

Dan wirft seinem Freund einen Blick zu, und ich weiß trotz der verspiegelten Sonnenbrille, dass er missbilligend ausfällt.

„Was du immer mit Xander hast!", meckert er.

„Zum Glück hab ich nix mit ihm." Jer grinst anzüglich, aber ich weiß, dass er nie müde wird, sich über seine Antipathie gegenüber Xander auszulassen.

„Das gehört auch zu den Dingen, die ich wohl in diesem Leben nicht mehr schnallen muss, Jer. Xander ist echt in Ordnung. Ich hatte schon deutlich ätzendere Chefs", sagt Dan. Mit den nächsten Worten wendet er seine Aufmerksamkeit mir zu. „Aber Gratuliere, Ellie! Ich glaube, die Arbeit bei Rosie wird dir gefallen. Ich mein, jeder liebt Rosie. Sogar mein garstiger Freund Jer."

„Alter, ich bin nicht garstig!", empört sich Jer. „Xander und ich, wir sind einfach … nicht auf einer Wellenlänge, das ist alles."

Ich kann ihn nach meiner morgendlichen Begegnung mit dem

Schokoladenmogul gut verstehen und habe das Bedürfnis, ihn und seine Meinung zu verteidigen.

„Also, ich fand Xander bei Rosie im Laden irgendwie ... weiß nich'. Er ist ... gruselig." Trotz des bilderbuchhaften Sommertags fröstelt es mich bei dem Gedanken an den blonden Mann. Gerade als ich berichten will, dass ich den Eindruck hatte, dass Xander und Rosie Streit hatten, unterbricht Jer mich.

„Siehste!", triumphiert er. „Außerdem findet Julie auch, dass ..."

Dan winkt ab und schnaubt. „Komm. Wir hatten das. Wenn's dich glücklich macht ... Mir soll's egal sein." Damit ist das Thema für ihn beendet. „Und Rosie lässt dich heute einfach laufen? Wer macht denn sowas?" Er lächelt mich an.

„Ahm ... Sie meinte, die Arbeit läuft nich' weg, und ich soll den Tag lieber mit euch verbringen. Und dass wir ... sowieso noch was zu besprechen hätten." Ich spüre, wie sich meine Wangen röten, und das ist nicht der Wärme des Sommertags geschuldet. Ich weiß nicht, warum ich das überhaupt gesagt habe, da ich mir vorgenommen hatte, Dan in einer ruhigen Minute auf letzte Nacht anzusprechen. Und vor allen Dingen unter vier Augen.

„Ja, also wegen letzter Nacht ...", beginnt Dan, wird aber unvermittelt von seinem Freund unterbrochen, der von seinem Liegestuhl aufspringt.

„Whoa!", macht er und nimmt mit erhobenen Händen eine abwehrende Körperhaltung ein. „Chill mal, Alter. Ich will auch nicht immer alles hören, klar? Ich glaub, ich lass euch beide lieber mal allein." Er bedeutet mir mit einer Handbewegung, dass ich mich seines Liegestuhls annehmen soll und wendet sich noch einmal Dan zu.

„Erzähl's ihr!", raunt er ihm zu und klopft seinem Freund auf die Schulter. „Und zwar alles, Mann."

Mit diesen Worten schlurft Jer von dannen, nicht ohne mir zum Abschied noch einmal zuzuwinken. Ich winke verhalten zurück. Er schafft es immer wieder, mich zu verwirren. Ich schaue dem drahtigen Mann hinterher, während er den Steg verlässt.

„Was sollst du mir erzählen?" Meine Neugier hat Jer in jedem Fall geweckt. Ich schiebe meine Sonnenbrille ins Haar und mache es mir in dem frei gewordenen Liegestuhl bequem.

Ich fühle mich fast wie in einem Werbespot für Traumurlaube. Der wolkenlose Himmel bei strahlendem Sonnenschein, der See, eine

sanfte Brise, die mir ein paar Haarsträhnen ins Gesicht weht und Dan ... Der nimmt einen Schluck aus seiner Coladose und stützt sie dann auf seinem Knie ab. Wie immer wirkt seine Haltung lässig und sexy. Ich frage mich, ob er überhaupt weiß, wie er auf mich wirkt. Wortlos blickt er aufs Wasser hinaus, und langsam beschleicht mich ein mulmiges Gefühl. Will er mir überhaupt etwas Positives sagen?
Vielleicht hat mich mein Optimismus auch auf eine völlig falsche Fährte geführt, und er überlegt in Wirklichkeit, wie er mir beibringen soll, dass er keine romantischen Gefühle für mich hat. Diesen Ausgang der Geschichte hatte ich seit gestern Nacht erfolgreich verdrängt. Er sieht zu mir herüber und macht einen ernsten und nachdenklichen Eindruck auf mich. Ich sehe den verschlossenen Dan, der mir schon so oft gegenübergesessen hat, seit ich in Slumbertown bin.

„Auch 'ne Coke?", fragt er und ich nicke nur, weil ich Angst habe, dass meine Stimme mir den Dienst versagt. Er nimmt den Deckel von der Kühlbox und reicht mir eine Dose. Als ich danach greife, berühren sich unsere Finger scheinbar zufällig und für einen Moment scheint die Welt stillzustehen. Sofort spüre ich diese Vertrautheit, als hätten sich unsere Hände schon Tausende Male gefunden. Doch da ist noch etwas anderes. Dieses Gefühl, das meinen Herzschlag für eine Sekunde aussetzen lässt. Dieses Gefühl, das nur Dan in mir auslöst.

Auch wenn ich mich vom ersten Moment an zu diesem Mann hingezogen gefühlt habe, ist es seit unserem Kuss, als müssten jeden Augenblick Funken sprühen, wenn ich ihm so nahe bin – vor allem wenn er mich mit seinen dunklen Augen so ansieht wie jetzt. Er zieht seine Hand zurück. Ich wende den Blick Richtung Wasser und nuschele ein „Danke".

„Also ... wegen letzter Nacht," beginnt er, und ich kann ihm deutlich ansehen, wie sehr er nach den richtigen Worten sucht.

„Schon okay", unterbreche ich ihn, weil ich Angst habe, die Abfuhr aus seinem Mund zu hören. „Wir hatten vielleicht beide ein Glas Wein zu viel ... Da kann so was schon mal passieren."
Meine Finger zittern, als ich die Coladose öffne und einen großen Schluck nehme. Aus dem Augenwinkel sehe ich, wie Dans Gesichtsausdruck von Überraschung in Irritation übergeht. Er hat die Augenbrauen zusammengezogen und ich frage mich, ob es klug war, ihm so in die Parade zu fahren.

„Ich geb ja zu, dass wir vielleicht einen sitzen hatten … Aber war das wirklich alles, Ellie? Und was jetzt? Sollen wir einfach so tun, als sei da gestern nichts zwischen uns passiert? Und zur Tagesordnung übergehen? Einfach so?" Er klingt ernsthaft frustriert, was mich verwirrt.
Am liebsten würde ich ihn anschreien und ihm sagen, dass das genau das Gegenteil von dem ist, was ich will. Ich will, dass er weiß, dass ich seit unserem Kuss an nichts anderes mehr denken kann und dass ich nicht will, dass es eine einmalige Sache war. Dass ich kaum zu hoffen wage, dass er das Gleiche fühlt.
Doch ich traue mich nicht, etwas davon zu äußern. Stattdessen starre ich nur aufs Wasser.
Dan schüttelt den Kopf und seufzt. Er stellt seine Coladose auf den Holzplanken ab. „Okay, hör zu. Eigentlich wollte ich gar nichts sagen. Aber dann habe ich mit Jer geredet und der hat mir 'nen ganz schönen Einlauf verpasst." Er liegt inzwischen nicht mehr entspannt in seinen Liegestuhl gefläzt, sondern hat sich aufgesetzt und beide Ellbogen auf den Knien abgestützt. „Und jetzt sitzt du hier und sagst nicht mal was. Oder zumindest nicht das, worauf ich gehofft hatte … Was auch immer."
„*Ich* sage nichts?!" Ich balle meine freie Hand zu einer Faust. Ich will ihm sagen, dass ich mich bis über beide Ohren in ihn verliebt habe. Dass ich befürchte, seinetwegen Herzrhythmusstörungen zu bekommen. Dass ein einziger Blick von ihm ausreicht, um meine Knie weich werden zu lassen. Aber nichts von alledem bringe ich über die Lippen.
„Was soll ich denn da jetzt sagen?", sage ich stattdessen und ärgere mich über mich selbst.
„Dass du's auch fühlst?", entgegnet Dan. Er hat seine Stimme zu einem Flüstern gesenkt und klingt so verunsichert, wie ich mich fühle.
Hat er das wirklich gesagt? Ich lausche dem Rauschen in meinen Ohren, das von meinem Blut verursacht wird. Mein Kopf fühlt sich an, als sei er mit Zuckerwatte gefüllt.
Plötzlich fühlt sich mein Oberschenkel nass an. Ein Blick nach unten verrät mir, dass ich meine Coladose so fest umklammert habe, dass das dünne Blech dem Druck nicht standhalten konnte. Die Dose in meiner Hand ist ein zerknautschtes Etwas und ein großer Teil ihres Inhalts auf meiner Jeans. Großartig. Mich zum Idioten machen kann ich!

„Ich ... Scheiße!", fluche ich und meine damit meinen Colazwischenfall. Ich wische mit meiner freien Hand über den Fleck auf meiner Hose, auch wenn es längst zu spät ist, um da noch etwas zu retten. Ich kann kaum glauben, was Dan gerade gesagt hat. Mein Verstand ist wie benebelt.

„Also ... ist da was?", frage ich, unfähig einen geistreicheren Satz herauszubringen.

Dan nickt und holt tief Luft, bevor er antwortet. „Was denkst du denn? Dass ich ein Eisklotz bin? Aber es ist ... kompliziert."

„Sorry", murmele ich. Mehr bekomme ich nicht heraus. Meine erste Reaktion mag voreilig gewesen sein, aber trotzdem fühle ich mich bestätigt. In meiner Beziehungslaufbahn hat es sich bislang selten als ein gutes Zeichen herausgestellt, wenn ein Mann sagte, dass es „kompliziert" sei.

„Ich muss nicht lügen, wenn ich sage, dass ich Gefühle für dich habe, Ellie", fährt Dan fort, aber er wendet den Blick von mir ab. „Schon von Anfang war da was, das mich ... angezogen hat. Und gestern ... da ist's mit mir einfach durchgegangen. Ich habe mir schon so lange vorgestellt ..." Er schüttelt den Kopf und reibt sich mit einer Hand den Nacken. „Egal."

Ich höre und begreife, was er sagt, bin aber von dem Unterton in seiner Stimme irritiert. Warum klingt er so verzweifelt? Er rauft sich mit den Händen die Haare.

„Aber dann versteh ich nich' ... wo jetzt das Problem ist" Es ist nur ein Flüstern, das ich bewerkstelligen kann.

„Ich. Ich bin das Problem", sagt Dan und seufzt. Ich wage einen kurzen Blick zu ihm und sehe, wie unglücklich er dreinschaut. „Mein schlechtes Gewissen." Er macht eine Handbewegung, die seine Resignation unterstreicht. „Ich weiß, das klingt jetzt so, als würde das alles keinen Sinn machen, aber es ist ..."

„Kompliziert, ja", vervollständige ich seinen Satz.

„Ja. Irgendwie schon. Aber eigentlich auch nicht."

„Hm. Ist es ... gibt es ... eine andere Frau?" Nur mit großer Mühe bringe ich diese Frage hervor. Der Gedanke, dass Dan doch eine Freundin haben könnte, drängt sich mir natürlich nicht zum ersten Mal auf. Aber er hat weder von jemandem gesprochen, noch habe ich ihn in Slumbertown je mit einer anderen Frau gesehen – also bin ich davon ausgegangen, dass es niemanden gibt. Womöglich lag ich damit falsch.

„So was in der Art."

Ich presse die Lippen zusammen und versuche, mir nichts anmerken zu lassen. Die Enttäuschung liegt mir so schwer im Magen, als hätte ich Wackersteine gefrühstückt anstelle der beiden Donuts.
Ich bin so eine naive Kuh! In mir wächst das Bedürfnis, im Erdboden zu versinken oder einfach aufzustehen und zu gehen. Doch meine Muskeln verweigern ihren Dienst. Ich sitze wie einbetoniert im Liegestuhl und weiß nicht, was ich sagen soll.
„Ich weiß nicht, wie ich es erklären soll", fährt Dan fort, und ich hoffe, dass er mir nicht etwas von seiner großartigen Freundin erzählen will, die er auf keinen Fall betrügen möchte. „Wir sind nicht mehr ... Ich ..." Er räuspert sich und wirkt fast schüchtern. „Ich hab das eben ernst gemeint, Ellie. Ich spüre, dass da was zwischen uns ist, aber ich habe auch noch Gefühle für diese andere Frau. Und ich ... weiß nicht, ob ich schon bereit bin, die hinter mir zu lassen." Als ich weiterhin schweige, wächst Dans Verzweiflung. „Aber wir sind nicht zusammen, falls du das denkst! Und dazu wird es auch nie wieder kommen. Das ... steht fest."
Er klingt ehrlich. Aber seine letzten Worte verraten vor allem seine Traurigkeit. Ich spüre einen dicken Kloß im Hals, den ich gern mit Cola hinunterspülen würde, aber ich befürchte, dass ich nichts hinunterbekomme. Stattdessen stelle ich die Dose neben meinen Stuhl auf die Holzplanken.
„Wie kannst du dir da so sicher sein? Wenn du sie noch liebst, warum bist du dann hier, irgendwo im Nirgendwo? Warum willst du nich' um diese Liebe kämpfen?"
„Weil's keinen Sinn hat", flüstert er, und seine Stimme zittert.
„Warum nich'?", bohre ich weiter nach und mache keinen Hehl aus meinem Argwohn.
„Weil sie schon lange tot ist."
Bei diesem Satz bricht Dans Stimme endgültig.

Seine Aussage erwischt mich eiskalt. Ein „Oh" ist alles, was ich sagen kann. Ich blicke zu Dan hinüber und sehe ihn, wie ich ihn noch nie gesehen habe. Verletzlich. Er hat sich geöffnet, und plötzlich verstehe ich, warum er diese Hülle aus Verschlossenheit um sich herum trägt. Er wischt sich eine Träne aus dem Gesicht. Der Ausdruck in seinen Augen zeigt, wie viel Schmerz ihm dieser Verlust noch immer bereitet. Wie sich das anfühlt, weiß ich, weil ich das Gleiche erlebt habe, wenn auch in einer anderen

Konstellation.
Auch wenn verschlossene Menschen oftmals Schlimmes erlebt haben, habe ich nie auch nur geahnt, dass eine solche Geschichte dahinterstecken könnte. Ich weiß, wie viel Kraft es kostet, sich von seinen Gefühlen nicht übermannen zu lassen, und ich fühle mich schlecht, weil ich ihn in die Situation gebracht habe, die Geschichte wieder aufzuwärmen. Wäre ich doch bei Rosie im Laden geblieben, statt hierher zu kommen! Dann würden wir dieses aufwühlende Gespräch gar nicht führen.

„Dan … Es tut mir leid. Ich hätte nich' so zickig reagieren sollen", sage ich, nicht nur um mein schlechtes Gewissen zu beruhigen, aber Dan schüttelt den Kopf.

„Dir muss nichts leidtun. Ich hab dich geküsst, nicht andersrum."

Er hat meine Entschuldigung zwar anders interpretiert, als ich sie gemeint habe, aber ich verzichte darauf, die Sache richtigzustellen.

„Aber ich würd's gern wieder tun. Auch ohne Wein." Er macht eine kurze Pause. „Wenn du willst."

Ich spüre, wie mir erneut die Verlegenheitsröte ins Gesicht steigt.

„Ja." Ich bin nicht sicher, ob er mich überhaupt gehört hat, so leise ist meine Antwort ausgefallen.

„Weißt du, was Rosie mir erst vor Kurzem gesagt hat?", fragt er, als hätte er mich tatsächlich nicht gehört. „Sie hat gesagt, dass Weitermachen nicht bedeutet, dass man vergisst, was passiert ist. Sondern dass es heißt, dass man es akzeptiert und weiterlebt."

Ich denke einen Moment über diese Aussage nach, die nur aus Rosies Mund nicht wie ein Kalenderspruch klingen kann. Ich frage mich, wie viel sie von Dans Geschichte weiß.

„Vielleicht hat sie recht", räume ich ein. „Aber Loslassen ist nich' immer so einfach, wie's klingt. Gehört auch nich' gerade zu meinen Stärken." Der Dan, der eben noch nicht wusste, wohin mit seinen Händen, sitzt nun ganz still in seinem Liegestuhl und wendet seinen Blick wieder dem See zu.

„Dir fehlt deine Schwester sehr, oder", sagt er, und es ist keine Frage.

„Ja. Ich hab keine Worte dafür, wie sehr." Ohne die Coladose bin ich nun diejenige, die nicht weiß, was sie mit ihren Händen machen soll. Ich wische die Handinnenflächen an meiner Jeans ab.

„Manchmal nehm ich ohne Nachzudenken mein Handy und rufe sie an, bis die Ansage kommt, dass es die Nummer nich' gibt. Und ich erwische mich oft dabei, dass ich mich mies fühle, wenn ich einen ganz guten Tag habe. Weil ich Angst habe, dass ich sie vergessen könnte, wenn ich einfach weitermache. Es ist so unfair, dass sie nich' mehr da ist."

Ich habe mich noch nie getraut, diese Gedanken auszusprechen, doch jetzt, wo ich es getan habe, fühlt es sich befreiend an.

„Genauso fühle ich mich wegen Nora. Ich komme mir wie ein mieser Verräter vor, wenn ich dich ansehe und ... Du weißt schon."

Ich nicke. „Ich versteh das. Mach dir keinen Kopf. Wir bekommen das alles schon irgendwie ... sortiert. Solange du mich nich' rauswirfst, wollte ich eh noch eine Weile bleiben. Und ich habe ab morgen sogar einen Job. Lass uns einfach ganz in Ruhe schauen, was passiert, okay?"

Dan sieht mich das erste Mal während unseres Zwiegesprächs direkt an und lächelt dabei. Sofort spüre ich wieder die Schmetterlinge in meinem Bauch, obwohl die Dinge zwischen uns womöglich alles andere als unkompliziert sind.

„Danke", flüstert er mir zu und nimmt meine Hand. Die Erleichterung steht ihm ins Gesicht geschrieben. Mir ist bewusst, dass er gerade gesagt hat, dass alles nicht so einfach für ihn ist ... Trotzdem fühle ich mich nach wie vor zu ihm hingezogen und kann nicht anders, als mich ihm zuzuwenden und seine Hand in meine Hände zu schließen. Mich berührt es tief in meinem Innersten, dass er sich mir anvertraut hat.

„Nich' dafür", antworte ich und wage nur ein Flüstern, weil sich dieser Moment zwischen uns so fragil anfühlt wie eine Seifenblase, die jede Sekunde zerplatzen könnte.

Wir sitzen inzwischen beide nicht mehr gemütlich in unseren Stühlen, sondern sind uns so nahe gekommen, dass ich ihn ohne Weiteres küssen könnte.

Er ist wie ein Magnet, der mich anzieht, und ich kann nichts dagegen tun. Die Gedanken purzeln in meinem Kopf nur noch durcheinander. Ihn jetzt zu küssen widerspräche meinen Worten, dass wir es langsam angehen lassen können – oder nicht? Trotzdem fällt es mir schwer, an etwas anderes zu denken als daran, wie gut sich der Kuss letzte Nacht angefühlt hat. Ich würde ein Königreich für seine Gedanken geben, doch seine Augen verraten im Gegensatz zu eben nichts mehr von dem, was in ihm vorgeht.

Ich appelliere an das letzte bisschen Verstand in mir und will mich abwenden, um die Situation nicht unangenehm werden zu lassen. Doch bevor ich mich weiter von ihm zurückziehen kann, zieht er mich zu sich und legt seine Hand an meine Wange. Seine Berührung ist nicht grob, aber entschlossen.

„Scheiß drauf!", raunt er. Seine Stimme klingt heiser. „Ich kann an nichts anderes denken als an das." Mit diesen Worten schließt er die letzte Distanz zwischen uns, und seine Lippen finden meine. Zurückhaltend zunächst, aber als er spürt, dass ich seinen Kuss erwidere, wird er mutiger.

Wie gestern scheint die Welt um uns herum alle Regeln der Physik zu brechen und die Zeit einen Augenblick für uns anzuhalten. In diesen Sekunden gibt es nur Dan und mich und ein gewaltiges Feuerwerk der Gefühle in mir.

Als wir uns voneinander lösen, weicht er ein Stück zurück und sieht mich an, als sähe er mich zum ersten Mal. Ist er verlegen? Bereut er es schon, mich geküsst zu haben?

Wenn er mich so anblickt, dann habe ich das Gefühl, dass mein Verstand auf dem Weg zum Sprachzentrum falsch abgebogen ist. Ich bringe es nicht einmal fertig, ihm zu sagen, dass dieser Moment alles ist, was ich will und dass sich jeder Abstand zwischen uns anfühlt, als sei er zu viel.

„Sorry", murmelt er, „ich weiß ... Das ergibt jetzt alles irgendwie keinen Sinn nach dem, was ich eben gesagt habe. Aber ich ... Du verwirrst mich. Und ich mag das irgendwie." Ein Lächeln umspielt seine Lippen.

„Lass es uns einfach langsam angehen", schlage ich vor, während mir das Herz bis zum Hals schlägt.

Dan nickt, und ich bin mit dieser Vereinbarung ebenfalls mehr als zufrieden. Immerhin gibt es in seinem Leben keine andere Frau – jedenfalls nicht direkt. Und er hat gestanden, Gefühle für mich zu haben, was mehr ist, als ich zu hoffen gewagt hatte. Der Rest wird sich von allein finden müssen.

„Komm", sagt er, erhebt sich von seinem Liegestuhl und zieht mich aus meinem hoch. „Lass uns nach Hause gehen, bevor wir nass werden."

Ich sehe in der Ferne dunkle Wolken, die sich am Himmel zusammenziehen, und vermute, dass sich das Sommergewitter schon bald über uns austoben wird. Aus dem Augenwinkel nehme ich eine Bewegung wahr, die meine Aufmerksamkeit erregt. Zwei blau schillernde Schmetterlinge flattern über den Steg, immer wieder umeinander herum. Ich hatte gar nicht gewusst, dass solche ausgefallenen Arten auch außerhalb der Tropen existieren.

„Die sind ja schön", murmele ich.

Ich beobachte, wie die beiden Falter unter unserem Schirm hindurchfliegen und merke, dass Dan mich ansieht statt der Schmetterlinge.

„So wie du", raunt er, bevor er mein Gesicht in seine Hände nimmt, mich zärtlich küsst und mein Herz zum Stolpern bringt.

Wir packen zusammen, den Sonnenschirm und die Liegestühle verstauen wir in der kleinen Laube am Steg.

„Man kann die ja gar nich' abschließen", sage ich und deute auf die Tür.

„Stimmt. Aber wer will schon ein paar Liegestühle klauen?", sagt Dan mit einem Grinsen im Gesicht. Er klemmt sich die Kühlbox unter den Arm. „Mein Rad liegt oben im Gebüsch."

Nach wenigen Schritten findet seine freie Hand wie selbstverständlich die meine, und so machen wir uns auf den Weg nach oben.

Als ich am nächsten Morgen in die Küche komme, hat Dan schon eine Tasse und ein Gedeck für mich bereitgestellt. Auf dem Tisch stehen ein Teller mit Donuts, eine Packung Cornflakes und ein paar belegte Bagels. Außerdem entdecke ich gebratenen Bacon, Rührei und Toast. Dan macht sich gerade an der Kaffeemaschine zu schaffen.

„Wow! Hab ich was verpasst?"

Dan dreht sich um und sieht mich mit dem breiten Grinsen an, das mein Herz augenblicklich höher schlagen lässt.

„Och ... Ich dachte, ein leckeres Frühstück ist ein guter Start in den ersten Arbeitstag", sagt er und stellt die Kaffeekanne auf den Tisch.

„Das ist ... danke!", stammele ich, während sich ein Grinsen auf mein Gesicht stiehlt. Er hat Frühstück für mich gemacht! Meine Wangen glühen, als ich mich hinsetze, und ich könnte schwören, dass meine Augen sich in kleine Herzchen verwandelt haben. Wir haben uns darauf geeinigt, es langsam angehen zu lassen, und ich will Dan nicht bedrängen. Auch wenn sich das hier für meinen Geschmack alles andere als langsam anfühlt.

„Und? Aufgeregt?", fragt Dan. Er gießt mir Kaffee ein und nimmt sich einen der Bagels. Ich begnüge mich mit einem Donut, weil ich sicher bin, dass ich in seiner Gegenwart keinen Bissen hinunterbekomme.

„Ein bisschen." Allerdings nicht wegen des Jobs. „Aber es geht", flunkere ich. Ich zerteile meinen Donut in lauter Stückchen, esse aber nur ein oder zwei davon. Stattdessen ertränke ich meinen Kaffee in Milch und nippe daran. Mein Blick wandert immer wieder zur Küchenuhr, die über dem Kühlschrank hängt. Ich will an meinem ersten Tag auf gar keinen Fall zu spät kommen. Dans Blick hingegen fällt auf meinen Teller mit dem Donutmassaker, aber er sagt nichts.

„Wenn du deinen Mädchenkaffee ausgetrunken hast, können wir ja los. Ich muss eh zur Fabrik, und wenn du willst, begleite ich dich ein Stück."

„Klar." Die Schmetterlinge in meinem Bauch flattern durcheinander, und ich frage mich, wie Dans Definition von „langsam angehen lassen" lauten soll. Aber ich freue mich zu sehr über sein Angebot, als dass ich mir darüber Gedanken machen will.

„Aber du fährst doch immer mit dem Rad zur Arbeit."

„Ja", antwortet Dan und grinst wieder. „Komm mit. Du kriegst doch eh nichts runter." Er steht auf, stellt die Milch zurück in den Kühlschrank und bedeutet mir, ihm zu folgen. „Lass einfach stehen. Wie ich Jer kenne, schlägt der eh bald hier auf. Der wird die Reste schon vernichten."

Ich folge Dan in den Flur und wische meine feuchten Hände an meiner Jeans trocken. Auch wenn ich mir sicher bin, dass ich Julies Aufgaben in Rosies Laden bewältigen kann, ist es eine neue Situation, die so langsam doch eine gewisse positive Anspannung in mir erzeugt.

„Ich hab noch was vergessen", sagt Dan. „Geh ruhig schon mal raus, ich bin gleich da."

Mit einem Schulterzucken öffne ich die Haustür und trete hinaus auf die Veranda. Die Sonne scheint, ich höre Vogelgezwitscher und erwische die Nachbarskatze dabei, wie sie durch die Blumenbeete in Dans Vorgarten tapst. Sie hebt den Kopf, sieht mich kurz an und setzt sich provokativ mitten in die Blumen.

„Das sind nich' meine Blumen, die du da plattsitzt, Murphy", rufe ich ihr zu. Ich setze mich auf die unterste Stufe, um auf Dan zu warten. Mein Blick wandert nach rechts, und ich sehe ein türkisfarbenes Fahrrad an der Veranda lehnen. Daneben lehnt Dans Drahtesel. Ich erhebe mich und starre die beiden Räder an.

„Was zum …"

„Wenn du willst, gehört's dir", höre ich Dans Stimme hinter mir. Er steht an den Türrahmen der Haustür gelehnt und grinst.

„Dan! Danke! Das ist echt … großartig! Das ist viel besser, als überall hinzulatschen." Ich würde ihm am liebsten um den Hals fallen, stattdessen stehe ich wie angewurzelt auf der Treppe. „Aber … Du machst mir Frühstück, schenkst mir ein Fahrrad … Ich … Wollten wir nich' …"

Dan zieht die Tür hinter sich zu und kommt auf mich zu, bis er nur noch eine Stufe über mir steht. Er nimmt meine Hände in seine und sieht mich an. Ein Lächeln umspielt seine Lippen.

„Ich weiß, was ich gesagt habe. Aber das heißt nicht, dass ich nicht weiß, was ich will."

Mit diesen Worten beugt er sich zu mir herunter und küsst mich. Die Schmetterlinge in meinem Bauch verwandeln sich in einen knisternden Energieball, der meinen ganzen Körper zum Kribbeln bringt. Er küsst mich hier draußen im Vorgarten, wo uns jeder sehen kann!

„Okay?", fragt er, als wir uns voneinander lösen.

„Okay", antworte ich mit einem Lächeln.

„Na dann los. Oder willst du an deinem ersten Tag gleich zu spät kommen?" Er tänzelt an mir vorbei, ich folge ihm mit einem grenzdebilen Lächeln.

7

Ein paar Tage und unzählige Küsse später stehe ich von Kisten umringt im kleinen Lagerraum von Rosies Laden und sortiere neu gelieferte Ware in die Regale ein. Als ich die Boutique heute Morgen betreten habe, hatten die Kisten bereits im Laden gestanden.
Ich ärgere mich darüber, dass ich den Lieferanten verpasst habe. Jers Erklärung, dass die Waren mit dem Zug angeliefert werden und dann mit einem Elektrolieferwagen in die Stadt kommen, haben meine Neugier geweckt. Ich hätte nur zu gern gewusst, wer in eine solch abgeschiedene Gegend liefert.
Ein Klopfen an den Türrahmen reißt mich aus meinen Gedanken, und ich bin erfreut, Jer zu sehen. Er scheint gute Laune zu haben.
„Hey, Ellie!"
„Hi, Jer. Was führt dich denn her? Brauchst du neue Klamotten? Oder Rosies Rat?", frage ich und zwinkere ihm zu.
Er lacht und schüttelt den Kopf. „Nah. Ich war nur zufällig in der Gegend." Wie er das sagt, macht mir klar, dass sein Besuch alles andere als Zufall ist. „Das Wetter ist so schön, da hat's mich nach draußen gezogen. Bisschen rumspazieren. Und da dachte ich, ich sage Rosie und dir mal eben hi."
„Okay", sage ich und hebe eine Hand, um ihm kurz zuzuwinken. Ein Grinsen kann ich mir nicht verkneifen. „Hi!"
„Hi!", sagt er und winkt zurück. Er grinst, heftet seinen Blick aber auf seine ausgelatschten Chucks. „Und? Wie fährt sich dein neues Fahrrad so?"
„Super! Auch wenn's hier nich' so weite Wege sind, spart's eine Menge Zeit."
„Das war der Plan. Dan und ich sind uns einig, dass du ohne Rad für immer zu spät zur Arbeit kommst, weil du zu Fuß so schrecklich trödelst."
„Als ob!"
Ich fahre damit fort, die Waren zu verräumen, bis mir die Stille zwischen uns auffällt. Ich blicke auf und höre auf, die Klamotten in die Lagerregale zu sortieren. Ich hebe eine Augenbraue und räuspere mich.
Jer räuspert sich ebenfalls und sieht sich im Lagerraum um, obwohl es nichts zu sehen gibt, das er nicht schon kennt. „Und? Wie gefällt dir die Arbeit so?"

„Du bist doch nich' hergekommen, um mich das zu fragen", antworte ich und stemme meine Hände in meine Hüften. „Außerdem hatten wir das Thema doch beim Essen gestern Abend gerade erst. Also, hau schon raus. Warum bist du wirklich hier, Jer?"

Er grinst und versucht, sich halbwegs bequem an den Türrahmen zu lehnen. „Okay, du hast mich erwischt. Eigentlich bin ich nur neugierig."

„Aha.", erwidere ich und verstaue einen Stapel Pullover in einem der Regalfächer. „Verrätst du mir auch weshalb?"

„Na ja ... Ich wollte nur wissen, wie lange du und Dan noch so tun wollt, als wärt ihr keine ekelhaften Turteltauben. Ihr solltet an eurem Tarnkappenmodus noch feilen, weißte." Er macht eine kurze Pause und grinst. „Wobei's dafür eh schon zu spät ist. Die alte McClary hat euch auf der Veranda gesehen. Beim Rumknutschen."

Ich spüre, wie sich meine Wangen röten. Dan wollte seinem Freund selbst sagen, was zwischen uns ist. Offensichtlich hat sich das nun erledigt, weil er es bereits weiß.

„Wir ... wollen es langsam angehen lassen", erkläre ich, ohne mich von den Regalen vor mir abzuwenden.

„Orrr, komm schon, Ellie. Im Ernst?" Als ich nicht sofort antworte, beantwortet er sich seine Frage selbst. „Oh Mann, das ist wirklich euer Ernst."

„Klar", verteidige ich unsere Entscheidung, drehe mich zu ihm um und verschränke die Arme vor meiner Brust. „Ich weiß nich', was daran falsch sein soll!"

Jer fuchtelt mit den Händen in der Luft herum, als wolle er ein Orchester dirigieren. Er sieht mich an, als wolle ich ihm weismachen, die Erde sei eine Scheibe.

„Ihr seid doch keine Teenager mehr! Ich mein, du liebst ihn und er liebt dich. Meine Fresse, ihr wohnt sogar zusammen! Warum müsst ihr denn alles komplizierter machen, als es ist? Steht doch einfach dazu, Mann!"

Ich verstehe seine Reaktion nicht. Warum ist er so aufgebracht? Ich mustere ihn mit einer hochgezogenen Augenbraue.

„Wir ... wollten eben keine große Sache draus machen", sage ich und stopfe ein paar T-Shirts in eine der Kisten zurück. In meinem Bauch spüre ich die Wutkugel, die plötzlich zum Leben erwacht ist. Auch wenn es mich nervt, dass er unsere Art von Beziehung

kritisiert, kann ich mir nicht erklären, warum mich das so wütend macht.
Jer blinzelt mich an wie ein Uhu – und tut so, als hätte er mich nicht gehört.

„When I saw you, I fell in love and you smiled, because you knew", sagt er, und seine sonst so raue Stimme klingt ganz sanft.

„Ahm ... Was?!"

„Arrigo Boito" Jer schüttelt den Kopf und seufzt. „Hat Opern geschrieben und ... was auch immer. Was ich damit sagen will, ist, dass ein Blinder mit Krückstock sieht, dass ihr zusammengehört. Ihr habt euch gesehen, und ihr habt euch auf der Stelle verknallt. Ich war im Zug dabei, ich hab euch gesehen. Was glaubst du, wie oft einem so was im Leben passiert, Ellie? Wollt ihr wirklich eure Zeit verplempern mit ‚Wir lassen's langsam angehen, bla bla'?!"

„Aber wir haben uns nich' ...", beginne ich mit meinem Protest, aber Jer schneidet mir das Wort ab.

„Ach, hör doch auf mit dem Scheiß! Nichts für ungut, aber seit du hier angekommen bist, kaut Dan mir jeden Tag wegen dir beide Ohren ab. Und wie oft, glaubst du, quartiert er wildfremde Frauen von der Bahn direkt in seinem Gästezimmer ein? Und die Blicke, die ihr euch von Anfang an zugeworfen habt! Jeder Schmachtfetzen ist lächerlicher Dreck dagegen. Glaub mir, ich weiß, wovon ich rede, wenn's um Schmachtfetzen geht. Hab selbst genug davon geschrieben."

Ich streiche über ein Herrenhemd, das ich gerade aus einem Karton genommen habe, um meine Verlegenheit zu überspielen. Die Wut in meinem Bauch ebbt allmählich ab. Jer ist ein Freund. Und ich habe keinen Grund, sauer auf ihn zu sein. Ich atme tief durch.

„So offensichtlich, ja?"

„Ein blinkendes Neonschild über euren Köpfen wäre dezenter", bestätigt er und bemüht sich, den Sarkasmus in seiner Aussage so deutlich wie möglich zu machen.

Seine Übertreibung bringt mich zum Lächeln. „Aber Jer ..."

„Mh?", macht er und sieht mich an.

„Wieso kommst du damit zu mir und gehst nich' zu Dan?" Die Frage erscheint mir naheliegend. Immerhin kennen sich die beiden Männer schon viel länger.

Meine Frage bringt das Grinsen in Jers Gesicht zurück. „Da war ich eben schon. Wollte nur wissen, wie du reagierst."

„Orrr, du …!" Ich werfe mit einem Paar zusammengerollter Socken nach ihm.

Jer fängt sie auf und lacht, doch er wird gleich darauf wieder ernst. „Was sagst du denn dazu? Zum Langsam-angehen-Lassen und so?"

„Er hat noch Gefühle für Nora. Deswegen ist das schon okay." Jer verdreht die Augen und tritt mit einem Fuß einen imaginären Stein beiseite.

„Ja, ich weiß." Er klingt frustriert. „Und es ist auch total in Ordnung, dass er sie nicht aus seinem Gedächtnis streichen will, aber … Nora ist schon lange weg. Und das kann er nicht ändern, egal ob er nach vorn sieht oder nicht. Dan muss die Vergangenheit endlich loslassen, Mann."

An mir nagt die Frage, warum das alles für Jer so wichtig zu sein scheint. „Jer … Warum beschäftigt dich das so sehr, was zwischen Dan und mir ist?"

Für einen kurzen Moment beäugt er mich, ohne etwas zu sagen, und ich rechne fast damit, keine Antwort zu bekommen.

„Weil Dan es verdient hat, glücklich zu sein." Er holt tief Luft, bevor er seine Aussage beendet. „Ich will, dass er kapiert, dass man sein Glück festhalten muss, wenn es einem über den Weg läuft."

Ich weiß keine Antwort darauf, außer dass ich bereit bin, Dan die Zeit zu geben, die er braucht. Doch bevor ich das äußern kann, taucht Rosie neben Jer im Türrahmen auf.

„Ihr jungen Leute … ihr seid immer so ungeduldig", tadelt sie uns.

„Ich weiß nicht, wie oft du zu mir schon gesagt hast, dass man nicht lauschen soll!", mault Jer, aber Rosie winkt seinen Einwand einfach fort.

„Lasst dem Jungen die Zeit, die er braucht. Das Leben sollte immer ein Gleichgewicht zwischen Loslassen und Festhalten sein. Und es ist nicht so einfach zu entscheiden, was wir loslassen und was wir festhalten wollen." Während sie spricht, schließt sie ihre Hand zu einer Faust und öffnet sie wieder, als wolle sie einen Schmetterling fliegen lassen. „Sicher ist aber, dass wir den Mut manchmal erst in uns finden müssen, die Dinge loszulassen, die wir nicht ändern können." Sie macht eine Pause und schenkt zuerst mir ein Lächeln und dann Jer, dem sie liebevoll eine Hand auf den Arm legt. „Das wird Daniel auch noch herausfinden, vertrau einer alten Frau. Aber er braucht Zeit."

„Es ergibt aber doch gar keinen Sinn zu zögern, wenn man jemanden gefunden hat, den man nicht wieder gehen lassen will!" Jer beharrt auf seiner Meinung und schüttelt den Kopf. Er schlägt die Faust gegen den Türrahmen. „Alle denken immer, wir haben so viel Zeit. Aber was, wenn unser Zeitkonto begrenzt ist? Gerade Dan sollte das wissen. Seine Zeit mit Nora war von jetzt auf gleich vorbei." Er schnippt mit den Fingern. „Einfach so. Findest du nicht, man sollte jede Sekunde nutzen, wenn man sich seiner Gefühle sicher ist, Rosie?" Er funkelt die ältere Dame herausfordernd an, die ihre Hand von seinem Arm zurückzieht.

Rosie wiegt den Kopf hin und her und wägt ihre Antwort offensichtlich genau ab. „Natürlich sollte man keine Zeit verschwenden, wenn man sich sicher ist. Aber es gibt einen Unterschied zwischen Zeitverschwendung und dem Prozess des Loslassens. Das Herz lässt sich nicht hetzen, Jeremy. Es hat sein eigenes Tempo, wenn es um Gefühle geht. Wisst ihr, es sind auch und gerade die schlimmen Erlebnisse, die uns zu den Menschen machen, die wir sind. Solche Erfahrungen bringen nicht nur Schlechtes in unser Leben. Im Gegenteil: Manchmal bringen sie uns auf den Weg zu anderen Ereignissen, die vielleicht das Beste sind, was uns je passiert ist. Man erkennt oft erst im Nachhinein, wozu etwas gut war."

Sie schweigt für einen Moment und ihre Finger gleiten über ein silbernes Medaillon mit filigranen Verzierungen, das sie an einer Kette um den Hals trägt.

Offenbar hat sie für ihren Geschmack genug Lebensweisheit mit uns geteilt, denn als sie fortfährt, klingt ihre Stimme neckend. „Die Sorge um deinen Freund ehrt dich zwar, mein Junge, aber wenn du Ellie nicht beim Einräumen der Ware helfen willst, solltest du jetzt gehen."

Jer verdreht die Augen. „Ehjaa, ich bin schon weg. Wichtige Termine und so."

„Nimm bloß nich' mein Rad!", rufe ich ihm hinterher, doch er ist bereits auf dem Weg nach draußen.

Als ich mich abends an den Küchentisch setze und den Kopf in die Hände stütze, bemerkt Dan sofort, wie geschlaucht ich bin.

„Na? Harten Tag gehabt? Du siehst müde aus."

Ich nicke und knabbere lustlos an einem Stück Pizza, das er mir hingestellt hat. Immerhin hat Jer mein Fahrrad vor dem Laden stehen lassen, sodass ich nicht nach Hause laufen musste.

„Rosie hat tonnenweise neue Ware geliefert bekommen, und ich hab alles im Lager einsortiert … Ich bin total erledigt. Sag mal, wie bekommt sie die Klamotten eigentlich? Ich mein, wer stellt ihr das ganze Zeug in den Laden?" Ich unterdrücke ein Gähnen. „Als ich heute Morgen da hinkam, standen die Kisten schon drinnen."

Dan hebt die Schultern. „Keine Ahnung. Warum?"

„Ach, nur so. Ich war neugierig auf den Lieferanten und so."

„Und sonst? Alles klar bei dir? Du siehst aus, als hättest du irgendwas, das du loswerden willst" Dan entgeht aber auch nichts.
Ich rutsche auf meinem Stuhl hin und her. Manchmal wünsche ich mir, ich könnte meine Emotionen besser vor ihm verbergen. Aber er hat Recht: Mir geht die Unterhaltung zwischen Jer und mir von heute Vormittag nicht mehr aus dem Kopf. Ich habe den ganzen Tag darüber nachgedacht, ob ich Dan davon erzählen soll, aber bin zu keinem Entschluss gekommen. Ich will die beiden Freunde nicht gegeneinander ausspielen, indem ich ausplaudere, was sie mir erzählen.

„Nee, alles okay. Ich glaub, ich spring noch schnell unter die Dusche und dann ins Bett. War echt ein langer Tag." Ich schenke ihm ein hoffentlich überzeugendes Lächeln und stehe vom Stuhl auf.

Unter der Dusche lasse ich die heißen Wassertropfen auf mich niederprasseln und beschließe, doch noch mit Dan zu reden. Wenn ich meine Gedanken mit ins Bett nehme, werde ich womöglich vor lauter Grübelei keinen Schlaf finden, und er hat ohnehin schon die Vermutung, dass etwas los ist. Aber er weiß, wie sinnlos es ist, mich zu einem Gespräch zu drängen. Das rechne ich ihm hoch an. Nachdem ich meinen Schlafanzug angezogen habe, schleiche ich barfuß über den Flur und klopfe an Dans Zimmertür. Ich höre von drinnen ein gedämpftes „Ja?", woraufhin ich die Tür einen Spalt öffne, um hineinzulinsen.
Dan liegt auf dem Bett, nur mit einem weißen T-Shirt und einer Boxershorts bekleidet, und hält ein Buch in der Hand. Ich kann am Cover erkennen, dass es *Alice im Wunderland* ist. Er hat ein Faible für Literaturklassiker, was ich ziemlich sexy finde – ganz zu schweigen davon, dass dies mein Lieblingsbuch seit Kindertagen ist.

„Komm rein", sagt er und winkt mich heran. Leise schließe ich die Zimmertür hinter mir. Er sieht mich mit hochgezogenen Augenbrauen an und winkt mich erneut zu sich heran.

„Was ist los?", fragt er und legt das Buch beiseite. Ich zögere, doch dann setze ich mich auf die Bettkante und überlege, wie ich anfangen soll.

„Findest du, dass wir Zeit verplempern?"

Das war nicht gerade der Einstieg, den ich in dieses Gespräch finden wollte, aber ich fürchte, ich muss es einfach meistern, wie es sich ergibt.

„Wie meinst du das?" Dan steht die Verwirrung ins Gesicht geschrieben, bis sich seine Miene aufhellt, als ginge ihm ein ganzer Kronleuchter auf. „Oh Mann, lass mich raten. Jer hat dir einen Besuch abgestattet." Er kennt seinen Freund gut.

„Ja, heute Vormittag. Er kam bei Rosie im Laden vorbei."

„Ich hätt's mir denken können", sagt Dan und schüttelt den Kopf. „Mich hat er heute Morgen vor der Fabrik abgepasst, als ich dort ankam. Normalerweise macht er einen riesengroßen Bogen um das Fabrikgelände. Aber er meint's nicht böse, Ellie. Er ist ein feiner Kerl." Dan schenkt mir sein gewinnendes Lächeln, sodass mir ganz warm wird.

„Ich weiß. Ich bin auch nich' sauer, ich frage mich nur, ob er recht hat" Ich zupfe an Dans Bettdecke und vermeide es, ihn direkt anzusehen. „Verschwenden wir Zeit? Versteh mich nich' falsch, es ist total okay für mich, so wie's gerade ist. Ich weiß, dass du dich erst mal sortieren musst. Es ist nur ... Ich muss dauernd an eine Sache denken, die er gesagt hat. Dass wir nie sicher sein können, wie viel Zeit uns bleibt."

„Du denkst an deine Schwester."

Ich nicke und fühle mit einem Mal eine Woge von Traurigkeit in mir aufsteigen. „Auch. Ich dachte immer, Lu würde auf jeden Fall einen tollen Mann heiraten, Kinder kriegen und all das. Aber ihre Zeit war abgelaufen, bevor sie überhaupt richtig angefangen hat." Dass ich auch an Nora denken muss, verschweige ich lieber.

Dan seufzt und reibt sich den Bart. „Ich weiß, was du meinst. Total. Und vielleicht hat Jer sogar mal Recht. Vielleicht mach ich's mir – und dir – viel zu schwer. Aber in einem Punkt liegst du falsch, Ellie."

„Hm?" Ich blicke ihn an und sehe, dass ein Lächeln seine Lippen umspielt.

„Es gibt nichts mehr zu sortieren. Ich weiß, was ich für dich empfinde. Ich hab dir schon mal gesagt, dass ich weiß, was ich will" Er macht einen entschlossenen Eindruck. „Ich muss nur meine alten Gefühle irgendwie ... abhaken. Das ist nur fair. Für uns beide."

„Okay", flüstere ich. Seine Aussage zaubert mir ein Lächeln ins Gesicht, und meine Magengegend fühlt sich an, als hätte ich ein paar Tequila-Shots getrunken.

Ich bin erleichtert und glücklich, weil Dan offen mit mir spricht, aber noch viel mehr, weil er seine Gefühle für mich nicht infrage stellt. Ich mache Anstalten aufzustehen, doch er legt mir seine Hand auf die Schulter und hält mich zurück.

„Hey", flüstert er. „Ich kann dir zwar nicht garantieren, dass ich morgen oder übermorgen meinen alten Ballast über Bord geworfen habe, aber eins verspreche ich dir: Das ändert nichts." Er macht eine Kopfbewegung in Richtung der leeren Seite des Doppelbettes. „Wenn du willst ... kannst du gern über Nacht bleiben. Also hier, bei mir."

Wieder einmal überrascht mich seine Reaktion. Ich blinzele ihn an.

„Also, nur zum Schlafen natürlich!", versichert er und zwinkert mir zu.

Und ob ich das will. Meine Gedanken überschlagen sich. Ich wünsche mir nichts sehnlicher, als bei ihm zu sein, aber mein Verstand ermahnt mich: „Langsam! Mach langsam!".

Mein Herz hämmert so hart gegen meine Rippen, dass ich Angst habe, es könne zerspringen. Trotz allem will ich Dan nicht abweisen. Wie könnte ich? Jede Faser meines Körpers fühlt sich zu ihm hingezogen.

Mein Gesicht muss meine innere Zerrissenheit verraten, denn Dan setzt sich auf und rückt näher an mich heran, bis er halb hinter mir sitzt, seine Hand ruht noch immer auf meiner Schulter.

„Sorry, ich glaube, Jers Benehmen färbt auf mich ab", sagt er, und ich sehe das Lächeln auf seinen Lippen, als ich mich ihm zuwende. Unsere Blicke treffen sich, und für einen Moment vergesse ich zu atmen. Nein, ich will nicht in meinem Zimmer schlafen.

„Ich ... Alles ... gut." In Dans Gegenwart fühle ich mich wie damals bei meinem allerersten Date. Ein Blick in seine braunen Augen reicht aus, um meine Wangen zum Glühen zu bringen und mir die Sprache zu verschlagen.

„Sicher?"

Dans Hand wandert von meiner Schulter zu meinem Haar, um mir eine Haarsträhne hinters Ohr zu streichen. Seine Berührung ist so sanft wie eine Sommerbrise. Er ist noch ein Stück näher an mich herangerückt, sodass sein Körper meinen beinahe berührt. Ich kann seine Wärme spüren, und jeder Zentimeter Abstand zwischen uns fühlt sich an, als gehöre er nicht dorthin.

„Ja, ich …Vielleicht sollte ich jetzt rübergehen, ich …", ich räuspere mich leise. Alles in mir schreit danach, hier zu bleiben, aber die Worte blubbern aus mir heraus wie aus einem übervollen Glas. „Es ist schon spät und ich will morgen nich' verschlafen und …" Wie um meine Worte Lügen zu strafen, rühre ich mich nicht vom Fleck. Gegen Dans Anziehungskraft bin ich machtlos.

„Weißt du eigentlich, dass ich dein Haar liebe?", fragt er und unterbricht meinen unsinnigen Redeschwall.

„Mein … Haar"

„Nicht nur das."

Wieder bin ich sprachlos. Mein Kopf schwirrt und ich bin froh, dass ich bereits sitze. Seine Augen suchen meine, doch meine Verlegenheit bringt mich dazu, den Blick abzuwenden.

„Hey", wispert Dan, während er mit dem Daumen und Zeigefinger die Kontur meines Gesichts entlangfährt. Seine Berührung bereitet mir eine wohlige Gänsehaut. Er hebt mein Kinn sanft an, damit ich ihn ansehe. „Ich würde das nie sagen, wenn's nicht wahr wäre. Ich hoffe, das weißt du."

Ich sehe in seinen Augen, dass er es ernst meint. Noch bevor ich etwas sagen kann, berührt er mit seinen Lippen so sanft die meinen, dass ich den Kuss kaum spüre. Er zieht sich von mir zurück, gerade genug, um etwas zu sagen.

„Ellie." Seine Stimme klingt weich. „Ich … ich kann das nicht."

„Was kannst du nich'?" Mein Magen zieht sich zusammen.

„Das mit dem langsam Angehen", erwidert Dan und haucht einen Kuss auf meine Wange. Ein Kribbeln zieht von meinem Bauch durch meinen ganzen Körper, als seine Lippen meine Haut berühren. „Immer wenn du in meiner Nähe bist, will ich dich nicht mehr gehen lassen."

Seine Stimme klingt rau, und ich kann seinen Atem an meinem Ohr spüren. Es fühlt sich so richtig an, wenn ich in seiner Nähe bin. Und so elektrisierend. „Und ich will keine Zeit verschenken, die ich mit dir verbringen kann. Keine einzige Sekunde."

„Ich auch nich'", ist alles, was ich herausbringe.

Ohne ein weiteres Wort sieht er mich an, und als wir uns küssen, ist von seiner Zurückhaltung nichts mehr zu spüren.
Der Hauch von Pfefferminz in seinen Küssen schmeckt nach mehr und die vielen Schmetterlinge in meinem Bauch tragen meine Zweifel mit ihren Flügelschlägen davon. In diesem Augenblick steht nichts zwischen uns, es gibt nur Dan und mich.

Am nächsten Morgen ist klar, dass ich nicht wieder ins Gästezimmer zurückziehen werde. Es fällt mir schwer zu verstehen, wie ich all die Jahre ohne Dan an meiner Seite einschlafen konnte.
Auch wenn die letzte Nacht atemberaubend war, ist sie nicht das Einzige, was uns so sehr verbindet. Es fühlt sich an, als hätten wir nur komplettiert, was schon immer da war. Zwischen uns hat sich in so kurzer Zeit ein Band entwickelt, das sich kaum in Worte kleiden lässt. Oftmals verstehen wir uns ohne Worte, und Dans Nähe gibt mir alles, was ich seit Lus Tod so schmerzlich vermisst habe: Sicherheit, Wärme, Geborgenheit und das Gefühl, bedingungslos geliebt zu werden. Ich habe keine Angst, Dan mein wahres Ich zu zeigen, das hinter einer Schutzmauer steckt. Bei ihm kann ich mich fallen lassen.
Natürlich kann Dan meine Schwester nicht ersetzen, und unsere Beziehung ist etwas ganz anderes als die Liebe innerhalb der eigenen Familie, aber seitdem wir uns gefunden haben, fühle ich mich zum ersten Mal seit Langem wieder wie ich selbst.
Ein Teil von mir vermisst Lu immer noch genauso wie unmittelbar nach ihrem Tod, aber ein viel größerer Teil hat begriffen, dass ich diesen Zustand akzeptieren muss. Mir ist bewusst geworden, dass mich dieses Gefühl für den Rest meines Lebens begleiten wird und ich mich damit arrangieren muss, wenn ich nach vorn sehen will. Und das will ich.
Ein paar Tage, nachdem ich in Dans Schlafzimmer umgezogen bin, hat sich etwas verändert: Bislang hat mich in Slumbertown jede Nacht ein tiefer, traumloser Schlaf überkommen, der nach den letzten Monaten in New York wie Balsam für meine Seele war.
Doch in den vergangenen Nächten haben mich meine Träume in glückliche Erinnerungen aus Lus und meiner Kindheit geführt. Und auch meine erwachsene Schwester ist in meinem Träumen aufgetaucht. Gesund und fröhlich – die Lu, die in meiner Erinnerung weiterleben wird.

Mein Unterbewusstsein spürt während dieser Träume, dass ein Teil von mir schlafend im Bett liegt. Dennoch fühlt es sich real an, wie Lu und ich oft stundenlang auf der Parkbank am Ententeich sitzen, in der Stadtmitte Slumbertowns, und uns über all die Dinge unterhalten, die seit ihrem Tod passiert sind. Lu quetscht mich über jedes Detail über Dan aus, und jedes Mal sagt sie mir, wie sehr sie sich für mich freut, dass ich endlich den Richtigen gefunden habe. Selbstverständlich ist es für meine Schwester eindeutig, dass es das Schicksal war, das Dan und mich zusammengeführt hat.
Mich begleitet in meinen Träumen ein intensives Gefühl von Realität. Es ist, als hätte es Lus Krankheit nie gegeben, als wäre sie hier, bei mir, in Slumbertown. Nach dem Aufwachen durchfluten mich stets Glücksgefühle, weil ich sicher bin, dass es ihr Tod war, der nur ein Traum war. Doch dann folgt die Ernüchterung, weil mein Verstand mir sagt, dass Lu nicht hier sein kann. Dan bekommt von alledem nichts mit, da ich meist mitten in der Nacht hochschrecke. Er hat einen so tiefen Schlaf, dass ich manchmal glaube, neben dem Bett könnte ein Elefant trompeten, und Dan würde sich maximal auf die andere Seite drehen. Für gewöhnlich bleibe ich nach meinen Träumen eine Weile wach und betrachte den friedlich schlafenden Mann neben mir, bis ich ebenfalls wieder einschlafe.

Ich laufe durch den Park in Slumbertown, um Lu an unserer Bank beim Teich zu treffen. Ich kann die Kieselsteine auf dem fein säuberlich geharkten Weg unter meinen Schuhen knirschen hören, und ich spüre, wie die Sonnenstrahlen mein Gesicht wärmen. Die Vögel in den Bäumen singen ihre Lieder, und die Schmetterlinge tanzen unbeschwert zu den Melodien. Jeder Atemzug duftet nach Sommer. Was ist das für ein vibrierendes Gefühl in mir, das mich irritiert?
Ich halte inne, berühre einen der Bäume am Wegesrand und spüre die raue Rinde unter meinen Fingerspitzen. Für einen Moment schließe ich die Augen und zähle bis fünf. Ich kontrolliere meine Atmung und ordne meine Gedanken. Plötzlich begreife ich, was mir mein Bauchgefühl sagen will: dass ich neben Dan im Bett liege und schlafe.
Ich öffne die Augen wieder und stehe an derselben Stelle im Park, meine Hand berührt noch immer den Baumstamm. Ich gehe weiter, bis ich zu unserem Treffpunkt gelange. Hinter der Parkbank

bleibe ich stehen und stütze die Hände auf die Rückenlehne. Ob ich meinen eigenen Traum verändern kann, wenn ich weiß, dass ich träume? Ich fixiere eine der Enten auf dem Teich mit meinem Blick und stelle mir vor, wie aus ihr ein Schwan wird. Die Ente zeigt sich reichlich unbeeindruckt von meinem Vorhaben und schwimmt weiterhin auf dem Wasser. Ich ziehe die Brauen zusammen und konzentriere mich noch mehr. Als schwarze Punkte vor meinen Augen tanzen, bemerke ich, dass ich die Luft anhalte.

„So funktioniert das nicht."

Auch wenn mir der Klang der Stimme meiner Schwester so vertraut ist wie der meiner eigenen, fahre ich herum. Ich habe sie nicht kommen hören, und dennoch steht sie hinter mir und lächelt. Erleichterung über unser Wiedersehen durchströmt mich, und ich falle ihr um den Hals.

„Hey! Woher weißt du, was ich machen wollte?", frage ich mit einem Grinsen im Gesicht.

„Na hör mal. Du bist meine Schwester!", sagt Lu und kichert.

„Okay, also, wir sind in meinem Traum, und ich weiß, dass ich träume, während ich träume. Das ist ... verdammt cool! Aber wieso kann ich die Ente dann nich' zum Schwan werden lassen?"

„Weil es nicht so einfach ist." Lu seufzt und streicht sich eine Haarsträhne hinters Ohr. „Wir sind wirklich in deinem Traum, Liz. Aber nicht nur. Es ist kompliziert. Und wir haben nicht so viel Zeit."

„Was meinst du damit, dass wir nich' viel Zeit haben?"

Lus braune Augen verraten mir, dass sie traurig ist, doch sie schweigt. Als wir uns auf die Parkbank setzen, beschleicht mich das Gefühl, dass es das letzte Mal sein wird, dass wir gemeinsam hier am Entenzeich sitzen. Es ist etwas in ihrem Blick, das mein Herz sinken lässt.

„Es ist kompliziert, Liz." Sie wendet ihren Blick den Enten zu, die schnatternd ihre Runden auf dem See drehen.

„Das hast du eben schon gesagt." Ich frage mich, wie oft ich diesen Satz wohl noch hören werde. „Was soll das heißen? Was hat das alles zu bedeuten?"

„Ich kann's dir jetzt nicht erklären, jedenfalls nicht alles. Ich ... Es gibt Dinge, die du selbst rausfinden musst. Denk an den Kaninchenbau." Lu schüttelt den Kopf. „Du wirst das alles noch verstehen, aber nicht jetzt. Ich muss bald gehen, und ich glaube, dass ich dich so schnell nicht wieder besuchen kann."

„Den Kaninchenbau?!" Lu ... Ich versteh das alles nich'. Wenn das hier *mein* Traum ist, warum kannst du mir nich' einfach sagen, was los ist?"
Ich fühle, wie eine Woge der Verzweiflung in mir aufsteigt. Ich will meine Schwester nicht schon wieder verlieren, selbst wenn es nur ihr Abbild meiner Erinnerung in meinen Träumen ist.
Lu schüttelt erneut den Kopf und nimmt meine Hände in ihre.
„Weil es nicht nur dein Traum ist", antwortet sie und lächelt dabei. Ihre Geduld habe ich schon immer bewundert. „Hab keine Angst, Liz. Ich werde alles tun, damit es das nicht das letzte Mal ist, dass wir uns wiedersehen. Ich kann nur nicht mehr hierher nach Slumbertown kommen."
„Wieso?" Das Zittern in meiner Stimme verrät meinen Gemütszustand.
Sie blickt sich um, als erwarte sie, dass jeden Augenblick eine Bedrohung auftauchte. „Weil es gefährlich geworden ist", erklärt sie mit gesenkter Stimme. So nervös war sie bei unseren letzten Treffen nie, was mich beunruhigt. Ich nicke, obwohl ich rein gar nichts verstehe.
„Heißt das, dass ich wieder nach New York zurück muss, damit du weiter zu mir kommen kannst?" Ich bemühe mich, meine Enttäuschung zu verbergen.
Wir sitzen im Schatten, doch als Lu den Kopf zur Seite neigt, bringen ein paar Sonnenstrahlen ihr goldblondes Haar zum Strahlen, und mir fällt auf, wie wunderschön sie aussieht. Meine Schwester ist ein nahezu perfektes Abbild unserer Mutter, während ich mehr von unserem Vater habe. Meine Haare sind aschblond und wellig, Lus golden und glatt. Ihre Augen sind haselnussbraun, während es bei meinen nur für ein undefinierbares Graublau gereicht hat.
Für einen Augenblick scheint es, als würde das einfallende Sonnenlicht sogar Lus Augen golden erscheinen lassen, doch als ich blinzele, sehen sie aus wie eh und je. Als sie die Verwirrung in meinem Gesicht bemerkt, wendet sie ihren Blick ab.
„Ich denke, das könnte funktionieren, ja", antwortet sie auf meine Frage. „Aber jetzt ist noch nicht der richtige Zeitpunkt, um hier wegzugehen, Liz. Hörst du? Vorher musst du die Wahrheit rausfinden."
„Die Wahrheit worüber?!" Ihre dubiosen Andeutungen bringen mich zur Weißglut.

„Ich kann dir im Moment wirklich nicht mehr sagen." Sie meidet den Blickkontakt zu mir, obwohl sie spüren muss, dass ich sie anstarre. „Es tut mir so leid. Du musst deinen Weg selbst finden."

„Lu! Das ist doch alles Bullshit! Fang bloß nich' wieder mit Schicksal und dem Scheiß an! Damit will ich nichts zu tun haben! Seit du mich allein gelassen hast, schon gar nich' mehr."

Ich balle meine Hände zu Fäusten. Ich weiß, dass es unfair ist, ihr das vorzuwerfen. Aber meine Hilflosigkeit macht mich rasend, und das Gefühl der Wutkugel im Bauch verfolgt mich sogar bis in meine Träume.

Sie kann nicht ernsthaft glauben, dass sie mich in meinem eigenen Traum davon überzeugen kann, dass das Schicksal einen Weg für mich vorgesehen hat.

„Aber du bist nicht mehr allein, Liz. Du hast Dan endlich gefunden", widerspricht meine Schwester mir, und ich sehe ihrem Lächeln an, dass sie mir meinen Vorwurf nicht übel nimmt.

„Das ist nich' dasselbe." Ich schlage mit einer Faust auf mein Knie. „Willst du oder kannst du mich nich' verstehen? Wäre das hier kein Traum, dann würden wir diese blöde Diskussion gar nich' führen, weil … du gar nich' mehr hier bist! Das kannst du doch nich' okay vom Schicksal finden?! Sag mir, dass du das nicht okay findest!" Die letzten Worte schreie ich ihr fast entgegen, während sich meine Augen mit Tränen füllen. Ich finde kein anderes Ventil für meine Wut und habe Angst, dass sie mich zerreißt.

Lu sieht sich erneut um, als erwarte sie, dass uns jemand überraschen könnte. „Nein, es ist nicht okay, wie alles gelaufen ist", flüstert sie. Auch in ihren Augen sehe ich Tränen schimmern. „Aber es ist, wie's ist. Glaub mir, ich war auch nicht von Anfang an glücklich mit der Situation, aber es ist nicht immer alles so, wie er auf den ersten Blick scheint. Du musst weitermachen, Liz."

„Ich weiß nich', wie." Ich wische die ersten Tränen weg, die mir über die Wangen laufen. Das Gefühl von Verzweiflung ist überwältigend. „Ich vermiss dich so."

„Ich weiß, Süße. Ich weiß. Ich vermiss dich doch auch", flüstert Lu mit tränenerstickter Stimme und nimmt mich in den Arm. „Aber es ist alles genau so, wie es sein soll …", beharrt sie und streichelt mir übers Haar. „Denk dran, was Mom immer gesagt hat: Manchmal kann man meilenweit von dort entfernt sein, wo man hin wollte … Und trotzdem ist man genau da, wo man sein muss."

Sie löst sich sanft von mir und hält mich auf einer Armlänge

Abstand, um mich anzusehen. Ich kann den Sinn in ihren rätselhaften Aussagen nicht finden, und mein Gesichtsausdruck muss mich verraten.

„Vergiss es", sagt sie und lächelt. „Du wirst es verstehen, Liz. Ich versprech's. Und jetzt hör mir zu, okay?"

Ich nicke ohne ein Wort zu verlieren, denn die Dringlichkeit in ihrer Stimme ist nicht zu überhören.

„Du musst anfangen, an das Schicksal zu glauben. An dein Schicksal." Ihr Blick hat etwas Beschwörendes.

Bevor ich meinen Protest zum Ausdruck bringen kann, hebt sie ihre Hände, sodass ich die bissige Bemerkung hinunterschlucke und sie fortfahren lasse.

„Gib deine Liebe zu Dan niemals auf, hörst du? Was ihr beide habt, ist was Besonderes. Etwas, das nur euch gehört." Lu mustert mich, wie um zu prüfen, ob ich sie verstanden habe. „Was auch passiert, du musst daran festhalten, okay?"

„Okay, aber was …" Ich will einhaken, aber meine Schwester lässt mich nicht.

„Das ist wirklich wichtig, Liz. Was. Auch. Passiert." Lu legt ihre Hände auf meine Schultern und schüttelt mich sanft. „Du und Dan, ihr gehört zusammen. Du darfst ihn nicht verlieren, weder hier noch woanders. Vergiss das nie."

„Ich …Woanders? Aber was meins…", versuche ich noch einmal Verständnisfragen zu stellen, bevor Lu mich erneut unterbricht.

„Und nimm dich vor vermeintlichen Freunden in Acht. Vertrauen ist ein kostbares Gut." Warum ist sie so nervös? Ich glaube, aus dem Augenwinkel eine Bewegung am gegenüberliegenden Ufer des Teiches zu sehen, aber als ich hinsehe, kann ich nichts entdecken außer ein paar Enten, die in der Sonne sitzen.

„Hast du das alles verstanden?", fragt Lu.

Ich nicke und kaue auf meiner Unterlippe herum. Die gesamte Situation überfordert mich, aber das will ich auf keinen Fall zugeben. Warum hat sie mir während all unserer Begegnungen nicht schon früher etwas davon gesagt? Dann hätten wir mehr Zeit gehabt, um alles zu besprechen!

Und überhaupt! Wenn das hier *mein* Traum ist, sollte ich das Gefühl von Bedrohung verdammt nochmal abstellen und die Ente in einen Schwan verwandeln können!

„Ich muss los, Liz." Lu drückt mich noch einmal fest an sich. „Mach dir keine Sorgen. Denk einfach dran, was ich dir gesagt habe. Wir sehen uns wieder. Ich versprech's."

„Ich werde dich vermissen, wenn ich aufwache", flüstere ich, doch meine Schwester ist verschwunden.

Ich bin nicht mehr im Park von Slumbertown, sondern finde mich inmitten vollkommener Finsternis wieder und sehe zwei gleißende Lichter auf mich zufliegen.

8

Ich schrecke hoch und wische mir mit einer Hand den Schweiß von der Stirn. Nach einem Augenblick der Orientierungslosigkeit begreife ich, dass ich neben Dan im Bett liege und geträumt habe. Die Vorhänge sind nicht ordentlich zugezogen, und dem fahlen Mondlicht nach zu urteilen, das durch das Schlafzimmerfenster fällt, muss es noch mitten in der Nacht sein.
Mein Atem und Herzschlag beruhigen sich allmählich, und ich lasse den Kopf zurück ins Kissen sinken. Dan schläft friedlich auf seiner Seite des Bettes. Sein gleichmäßiger Atem beruhigt mich zwar, aber ich finde dennoch nicht zurück in den Schlaf. Meine Gedanken kreisen immer wieder um dieselben Fragen. Warum fühlen sich meine Träume in der letzten Zeit so erschreckend real an? Warum taucht Lu in meinen Träumen auf, um mir Ratschläge zu geben, die ich nicht verstehe? Was meint sie damit, dass ich Dan nicht verlieren darf? Und was sollte das mit dem Kaninchenbau? Es gibt keine Tunnel, die Menschen in andere Welten führen, so wie Alice. Was hat das alles zu bedeuten? Hat es überhaupt eine Bedeutung?
Ich habe Dan bislang nichts von den nächtlichen Begegnungen mit meiner Schwester erzählt. Ich weiß, dass ich mit ihm über alles reden kann, aber ich bin nicht sicher, ob er mich ernst nehmen würde. Ich weiß ja nicht einmal, wie ernst ich mich selbst nehme. Anfangs hielt ich es für unnötig, darüber zu sprechen, weil ich der Meinung war, dass Träume nur Träume sind.
Doch vorhin hatte Lu eine solche Dringlichkeit in ihrer Stimme gehabt, und mich beschleicht die Angst, dass wirklich etwas nicht stimmt. Manchmal frage ich mich, ob ich womöglich kurz davor bin, durchzudrehen. Immerhin ziehe ich es tatsächlich in Erwägung, dass in meinen Träumen so etwas wie Realität steckt. Aber ist die Realität nicht das, wo ich mich jetzt gerade befinde? Hier im Bett neben Dan, dem Mann, in den ich mich unsterblich verliebt habe? Es muss so sein, denn in der echten Welt habe ich die Urne meiner Schwester in den Händen gehalten.
Ich drifte immer wieder in einen unruhigen Schlaf und beschließe in einer meiner Wachphasen, nach dem Aufstehen mit Jer zu reden. Ich überlege, ob ich auch Rosie ins Vertrauen ziehen soll, aber mein Bauchgefühl sagt mir, dass Jer meine erste Wahl ist. Er wird sich meine Geschichte anhören und mir seine ehrliche

Meinung sagen. Und wenn er mich für verrückt erklärt, besteht wenigstens die Chance, dass er der ganzen Sache ein Drehbuch widmet.

Als ich mein Gesicht am nächsten Morgen während des Zähneputzens im Spiegel betrachte, kommt es mir so vor, als würde anstelle meines eigenen Spiegelbilds ein Zombie aus einer anderen Welt zurückstarren. Die dunklen Augenringe verleihen mir den Look einer Cracknutte, die seit Monaten nicht mehr richtig schläft, und auch der Rest meines Erscheinungsbilds wirkt nicht viel vorteilhafter. Zum Glück musste Dan heute Morgen schon früh weg, sodass er mich in diesem Zustand nicht gesehen hat.
Nach einer heißen Dusche und ein bisschen Make-up bin ich immerhin so etwas wie alltagstauglich, und nach einer obligatorischen Tasse Milchkaffee fühle ich mich gewappnet genug, um unter Menschen zu gehen.
Als ich an der Boutique eintreffe, wundere ich mich über die abgeschlossene Eingangstür. Ich hole meinen Schlüsselbund aus der Hosentasche und schließe den Laden auf.

„Rosie?" Vielleicht ist sie heute Morgen durch die Hintertür hineingekommen. Aber warum hat sie dann noch nicht aufgeschlossen?
Statt der älteren Dame finde ich neben der Kasse einen Zettel vor, auf dem sie mir einen schönen Tag wünscht und erklärt, sie sei heute mit Terminen verplant. Ich zucke mit den Achseln und fange an, ein paar Belege zu sortieren, bis ich die Türklingel vernehme.

„Guten Morgen!", begrüße ich den Kunden und setze mein strahlendstes Lächeln auf.
Ich schaue auf und sehe Jer, der in einer Hand eine braune Tüte schwenkt und mit der anderen zwei Coffee-to-go-Becher in einer Papphalterung balanciert.

„Guten Morgen, Sonnenschein!" Er schubst die Tür mit einem Fuß hinter sich ins Schloss und grinst. Ganz offensichtlich ist er bester Laune. „Ich hab Frühstück mitgebracht! Du darfst mich also ruhig Held des Tages nennen!"

Lachend schüttele ich den Kopf und klappe die Mappe mit den Belegen zu. Auch wenn Jer und mich nie mehr als Freundschaft verbinden wird, liebe ich seine unbeschwerte und kokette Art. Und mir gefällt, dass er von seinem ehemals inflationären Gebrauch von „Sweetheart" auf den gelegentlichen von „Sonnenschein" gewechselt hat.

„Willst du nich' eher mit deiner neuen Flamme frühstücken?", frage ich und kann mir ein Grinsen nicht verkneifen. Seinen Drang nach möglichst oft wechselnden Romanzen kann ich nicht nachvollziehen, ich weiß nicht mal, wie seine Aktuelle heißt. Es waren zu viele Jessicas, Sabrinas und Melissas, die er während meiner relativ kurzen Zeit in Slumbertown gedatet hat. Aber ich kann akzeptieren, dass Jer so ist, wie er ist.

„Nah." Er winkt ab. „Ich frühstücke lieber mit Leuten, mit denen ich mich unterhalten kann."

„Dann bist du definitiv mein Held des Tages! Ich hab nämlich außer einem Kaffee noch nichts gehabt." Ich deute auf die Tüte in seiner Hand. „Donuts?"

„Donuts!", bestätigt er mit Stolz in seiner Stimme. „Hab den letzten hellen unter Einsatz meines Lebens für dich ergattert."

„Du spinnst." Seine gute Laune ist ansteckend, und der Kaffee duftet wunderbar. „Zum Glück hast du Kaffee mitgebracht. Der aus Rosies Maschine schmeckt einfach nich'."

„Ja, ich weiß. Die Plörre kann man nicht mal mit so viel Milch ertragen, wie du immer reinkippst". Er prostet mir mit seinem Pappbecher zu. „Auf guten Kaffee!"

„Du kannst froh sein, dass Rosie heute nich' da ist, sonst hättest du dir den Frühstücksplausch hier im Laden abschminken können", bemerke ich und schiebe ein paar T-Shirts zur Seite, die auf dem Verkaufstresen liegen.

Jer nickt und rollt die Papiertüte auf und legt sie auf die Theke. Während ich nach meinem Donut angele, nippt er an seinem Kaffee.

„Ich weiß, Essen und Trinken hier vorn streng verboten, blabla. Aber viel interessanter ist, dass ich sogar weiß, wo sie ist. Sie hat heute ein Meeting mit Xander."

„Ich frage jetzt nich', wieso *du* das weißt." Ich muss an Jers Seitenhieb von neulich denken, der in Rosies Richtung gegangen war, weil sie uns belauscht hatte. „Aber dann weißt du ja sicher auch, was die beiden zu besprechen haben." Mir drängt sich die Erinnerung an den Tag auf, an dem ich Xander und Rosie hier im Laden überrascht habe. Ich habe Jer und Dan nur von der Begegnung erzählt, aber nie gesagt, dass ich sicher bin, dass der Schokoladenmogul sauer auf Rosie war.

„Keine Ahnung", antwortet Jer und senkt seine Stimme. Mit

einem Mal wird sein Gesichtsausdruck ernst. „Aber man munkelt, dass die beiden sich nicht so ganz grün sind im Moment."

„Hmmm ... Ich hab auch keinen Plan", murmele ich und nehme einen Schluck Kaffee. „Vielleicht geht's um den Laden, oder so? Aber sie hat mir gar nichts gesagt."

„Wär möglich. Aber irgendwie ... ich bezweifel's." Jers Miene verfinstert sich weiter. Seine gute Laune von eben ist wie weggeblasen.

„Wieso kannst du Xander eigentlich nich' leiden?", frage ich, während ich meinen Donut in seine Einzelteile zerfleddere und Jer seinen Kaffeebecher zwischen den Händen hin und her dreht.

„Ich weiß nicht, ob ,nicht leiden können' der richtige Ausdruck ist. Ich kenn ihn eigentlich gar nicht ... Hab ihn nur ein paarmal kurz getroffen. Aber wenn ich irgendwann mal 'nen ultragruseligen Typen für ein Drehbuch erfinden muss, würde ich den Vogel glatt als Vorlage nehmen." Er beugt sich zu mir herüber, damit er mir besser zuflüstern kann. „Ich weiß, dass das jetzt durchgeknallt klingt, aber mit Xander stimmt was nicht. Würde ich meinen Arsch drauf verwetten. Ich schwör's dir: Als er mir zur Begrüßung die Hand gegeben hat, hatte ich das Gefühl, als würde mein Herz zu 'nem Eisklumpen mutieren." Konspirativ setzt er noch einen drauf. „Und wenn er einen ansieht, mit diesen krass blauen Augen ... Dann kommt's mir vor, als würde er überlegen, wann und wie er einen auffressen will."

Während Jer spricht, hänge ich förmlich an seinen Lippen. Ich dachte, ich hätte mir dieses Gefühl bei dem Aufeinandertreffen mit Xander nur eingebildet, aber er hat es offenbar auch gespürt. Eine ungute Vorahnung macht sich in mir breit. Stimmt hier irgendetwas nicht? Hatte Lu nicht gesagt, ich solle mich vor vermeintlichen Freunden in Acht nehmen? Wen könnte sie damit gemeint haben? Xander? Oder etwa Jer? Ich schüttele den Gedanken schnell ab.

„Ich weiß absolut, was du meinst", bekräftige ich seine Meinung und sehe, wie sich Jers Augen weiten.

„Kein Scheiß?", fragt er und weicht vor mir zurück.

Ich nicke und schiebe ein Paar Donutkrümel vom Tresen auf meine Handinnenfläche, um sie in den Papierkorb zu befördern.

„Erinnerst du dich noch?", frage ich und erhebe einen Zeigefinger. „Ich hab doch erzählt, dass ich Xander hier im Laden getroffen habe. An dem Tag, an dem ich Rosie nach einem Job gefragt hab."

„Ja, ich erinner mich dran." Jer nickt. „Warum hast du da nichts gesagt?"

„Mann, Jer. Was hätte ich denn sagen sollen? Dass ich das Gefühl hatte, Xander bräuchte nur den kleinen Finger zu heben und könnte mir die Luft aus den Lungen drücken?" Ich schüttele den Kopf. „Ich hab gedacht, dass ich mir das nur eingebildet hab, weil ich ihn so … eigenartig fand."

„Also hast du was gespürt. Das ist ja mal … interessant."

„Doch, schon." Ich drücke mit meinem Zeigefinger auf ein paar der bunten Streusel, die auf dem braunen Papier liegen und nicke. „Und sein Händedruck hat sich angefühlt, als wollte er meine Hand zerquetschen. Ich hab beim Immobilienmakeln schon viele Hände geschüttelt, aber das war definitiv anders. Und das mit seinen Augen stimmt total. Er hat mich angestarrt, als könnte er irgendwie mehr sehen als … keine Ahnung." Ich pausiere für einen Augenblick und schüttele dann mit einem Schnauben den Kopf. „Aber so was kann doch gar nich' sein. Röntgenblicke sind was für Superhelden aus Comics."

Auf den letzten Part geht Jer gar nicht weiter ein. „Hast du Dan davon erzählt? Irgendwas davon?"

Ich starre ihn an. „Nee! Ich mein … Ich wollte zuerst, aber …" Noch bevor ich mein Gestammel zu einem richtigen Satz formulieren kann, winkt Jer ab.

„Ich versteh schon. Ich würd's an deiner Stelle auch dabei belassen. Ich hab Dan mal zu erklären versucht, wie sich Xanders Anwesenheit für mich anfühlt, und ich werde das Thema nicht noch mal anschneiden. Dan ist da irgendwie … anders. Aber falls es dich beruhigt: Ich hab mit den Millers und der alten McClary schon mal dadrüber gesprochen und die merken's auch."

„Hast du denn sonst noch jemanden gefragt?"

„Nah. Ist kein Thema, mit dem ich hausieren gehen will." Er trinkt den Rest seines Kaffees aus und stellt den Becher auf dem Tresen ab. Seinen Donut platziert er auf dem Deckel des Pappbechers. „Wie auch immer. Xander scheint 'nen Narren an Dan gefressen zu haben, sonst würde er ihm nicht so oft Souvenirs von seinen Reisen mitbringen und so'n Scheiß. Aber trotzdem … Irgendwas hat der Kerl an sich. Also entweder sind wir verrückt oder …"

„Oder es stimmt wirklich was nich'", bringe ich seinen Satz zu

Ende.
Jer starrt auf den unangetasteten Donut mit der dunklen Glasur, doch ich weiß, dass er mit seinen Gedanken ganz woanders ist.

„Apropos verrückt … ich hab noch was, das ich dir erzählen wollte." Diese Ankündigung reißt Jer aus seinen Gedanken.

„Okay, schieß los", sagt er und lehnt sich lässig an die Theke.

„Okay … Aber versprich mir zuerst, dass du mich nich' auslachst, ja?"

Er nickt und hebt Zeige- und Mittelfinger in die Luft. „Versprochen. Worum geht's? Willst du Dan 'nen Antrag machen?"

„Was? Nein! Ich … habe seit ein paar Nächten … Träume."

Letzte Nacht erschien es mir noch wie ein wahrhaftiger Masterplan, mit Jer darüber zu reden, doch jetzt, wo wir bei helllichtem Tag gemeinsam frühstücken, komme ich mir albern vor. Es nagen Zweifel an mir, ob es sich nicht doch einfach nur um Träume handelt, die mein Unterbewusstsein kreiert. Andererseits hat unsere eben geführte Konversation über Xander gezeigt, dass Jer dubiosen Dingen gegenüber aufgeschlossen ist.

„Ooookay, also wenn du jetzt gerade darüber nachdenkst, wie du mir von irgendwelchen versauten Träumen erzählen willst … nur zu. Ich bin absoluter Fan von … ausgefallenen Sachen …", er wackelt mit den Augenbrauen, „aber ich warne dich! Wenn du mir jetzt davon erzählst, dann muss ich doch noch zu Miley rüber." Sein Grinsen sagt mehr als tausend Worte.

Ich schüttele den Kopf. „Nein, nein. Das isses nich'. Ich hab nur gerade festgestellt, dass das vermutlich alles komplett irre klingt, wenn ich's laut ausspreche."

„Versuch's!"

Ich fasse meinen Mut zusammen, atme tief durch und fange an zu erzählen.

„Ich träume in letzter Zeit dauernd von meiner Schwester. Am Anfang waren es ganz normale Träume … Wir waren in New York, in unserer alten Wohnung. Glückliche Kindheitserinnerungen, was man halt so träumt."

Jer nickt. „Klingt ziemlich normal, wenn du mich fragst. Und weiter?"

„Na ja … Meine letzten Träume waren … irgendwie anders. Keine Erinnerungen mehr, sondern … Es war, als wäre Lu hier in Slumbertown aufgekreuzt, um mich zu besuchen. Wir haben uns

jedes Mal an der Parkbank am Ententeich im Park getroffen und geredet. Über mich, Dan, meine Auszeit, alles Mögliche. Am Anfang hab ich gedacht, dass ich so was träume, weil ich sie so vermisse. Aber es hat sich immer so verdammt real angefühlt."
Jers Augen verengen sich zu Schlitzen, während er mir zuhört, aber er schweigt beharrlich. Also fahre ich fort. „Letzte Nacht war's besonders extrem. Wir saßen auf der Bank und … sie hat sich von mir verabschiedet. Sie meinte, sie könnte nich' mehr nach Slumbertown kommen, weil es zu gefährlich geworden ist. Und dass ich Dan auf keinen Fall verlieren darf, egal was passiert, weil es wichtig ist, dass wir zusammenbleiben." Den Part mit den vermeintlichen Freunden verschweige ich vorerst lieber.

„Das hat sie so gesagt?" Jers Stimme klingt noch rauer als sonst. Er nimmt seinen Donut und beißt hinein.
Ich nicke und starre auf die Tüte, die ich während meiner Erzählung mehrfach zusammengefaltet habe.

„Hör zu, Ellie", sagt Jer mit Nachdruck. „Ich glaub nicht, dass du einen an der Waffel hast. Jedenfalls nicht mehr als sonst. Ich glaub, es ist wichtig, dass du auf deinen Bauch hörst."
Ich bin erleichtert, dass er meine Aussage nicht sofort als Schwachsinn abtut. Plötzlich fällt mir noch etwas ein.

„Sie hat noch gesagt, dass ich sie vielleicht wiedersehe, wenn ich wieder in New York bin. Aber dass ich jetzt noch nich' zurückgehen soll. Erst müsste ich anfangen, an mein Schicksal zu glauben, und meinen Weg finden." Ich zucke mit den Achseln. „Keine Ahnung, was sie damit meint."

„Du solltest dir den Rat deiner Schwester zu Herzen nehmen, Liebes."
Jer und ich fahren beide zusammen, als Rosies Stimme vom anderen Ende des Raumes erklingt. Die verdammte Hintertür war nicht abgeschlossen! Hat sie unsere Unterhaltung etwa belauscht? Schon wieder? Wie viel davon hat sie gehört?

„Was?!", keuche ich. Ich bin immer noch perplex und versuche, meine Überraschung zu überwinden. Jer hat seinen Donut mit der glasierten Seite nach unten genau auf eines der T-Shirts fallen lassen. Rosie wird ausflippen. Ich mache einen Schritt zur Seite, damit sie das Malheur auf dem Tresen nicht sehen kann. Ich höre die Tüte leise rascheln. Jer versucht hoffentlich gerade, die Spuren unseres Frühstücks zu beseitigen.

„Ich bin zur Hintertür reingekommen und habe eure Unterhaltung zufällig mitbekommen", sagt Rosie. „Und ihr braucht euch keine Mühe geben, ich weiß, dass ihr hier vorn gegessen habt."

Aber sie weiß noch nicht, dass Jer das T-Shirt beschmutzt hat. Ich werfe Jer einen Blick zu und sehe, dass er sich den Rest des Donuts komplett in den Mund gestopft hat. Sein eigenes T-Shirt hat an einer Stelle in der Nähe des Hosenbunds eine verdächtige Beule.

„Du hafft gelaufft!", beschwert er sich. „Ffon wieder!"

„Es war nicht meine Absicht zu lauschen. Aber ich denke trotzdem, dass du den Rat beherzigen solltest", sagt Rosie.

„Aber es sind nur Träume, Rosie!", entgegne ich.

„Bist du dir da sicher?", fragt die ältere Dame. Wenn sie mich so ansieht wie jetzt, habe ich das Gefühl, sie wüsste so viel mehr als ich. Womöglich entspricht das sogar der Wahrheit. „Manchmal besuchen unsere Lieben unsere Träume, weil sie uns sehen wollen. Oft haben sie uns etwas Wichtiges zu sagen und finden keinen anderen Weg zu uns. Wusstet ihr das etwa nicht?"

Rosie betrachtet Jer und mich, als stünde sie vor einer Schulklasse, die ihre Erklärung nach der dritten Wiederholung immer noch nicht verstanden hat.

„Ahm ... nein? Gehört so was zum Allgemeinwissen?", frage ich.

Rosie lässt von ihrem Medaillon, das sie an seiner Kette hin und her schiebt, ab, und lässt es wieder unter ihrer Bluse verschwinden. Sie faltet die Hände, als wolle sie beten.

„Ich hätte es mir denken können", sagt sie und seufzt. „Ihr armen Kinder wisst wirklich gar nichts."

Jer wirft mir mit einem Achselzucken einen Blick zu, und ihm ist deutlich anzusehen, dass er ebenfalls keine Ahnung hat, wovon Rosie spricht. Die ältere Dame scheint unsere Verunsicherung zu spüren und wechselt abrupt das Thema.

„Wie dem auch sei. Du kannst für heute Schluss machen, Ellie." Rosies Tonfall macht klar, dass es für sie keinen Diskussionsbedarf gibt.

„Aber ... ich ... was?!"

Rosies Überrumpelungstaktik geht auf, denn ich frage sie nicht weiter nach Menschen, die uns in unseren Träumen besuchen. „Ich bin doch gerade erst gekommen, und du hast geschrieben, dass du

Termine hast." Trotz meines Protests winkt Rosie ungeduldig ab.
„Papperlapapp. Der Laden kann auch für einen Tag mal geschlossen bleiben. Es ist nicht so, als würden uns die Kunden weglaufen. Und ja, ich habe noch … ein paar andere Dinge zu tun, bei denen ich gern ungestört wäre."

Den Laden zumachen? Voller Verwunderung wandert mein Blick von Rosie zu Jer und wieder zurück. Hat sie von unserem Gerede über Xander doch mehr mitbekommen, als sie zugibt? Ich traue mich kaum, die nächste Frage laut auszusprechen, aber kann mich auch nicht zurückhalten.

„Aber … du bist jetzt nich' sauer auf uns, oder?"

Angesichts meiner Frage weicht die Anspannung aus Rosies Gesicht, und vor mir steht die liebenswerte ältere Dame, die ich so sehr ins Herz geschlossen habe. Eine erste Erleichterung macht sich in mir breit, als sie mich bei den Händen nimmt.

„Ach, mein liebes Kind", sagt sie und drückt meine Hände liebevoll. „Natürlich nicht. Was denkst du denn von mir? Ich bin vielleicht eine alte, eigenbrötlerische Frau, die es manchmal zu sehr gewohnt ist, allein zu sein … Aber das hat nichts mit euch zu tun. Aber heute … Heute brauchen meine alten Knochen und mein Kopf einfach ein wenig Ruhe."

„Okay", entgegne ich. Mir drängt sich das Gefühl auf, das etwas nicht in Ordnung ist, aber Rosies Gesichtszüge lassen nichts dergleichen vermuten. Also spiele ich ihr Spiel mit und lächele.

„Und jetzt raus mit euch beiden, husch, husch!" Rosie deutet mit einer Hand in Richtung Eingangstür. „Macht euch einen schönen Tag!" Ihr Tonfall klingt großmütterlich, aber er macht unmissverständlich klar, dass wir nicht länger erwünscht sind.

Als Jer und ich draußen auf dem Gehweg stehen, tauschen wir einen verwirrten Blick aus und setzen uns wie auf ein unhörbares Kommando hin erst einmal in Bewegung. Ich schiebe mein Rad, während Jer neben mir her stapft.

Mir wird mit jedem Schritt, der uns weiter außer Rosies Hörreichweite bringt, etwas wohler. Auf einen zweiten Lauschangriff kann ich gut verzichten. Jer scheint es genauso zu gehen, denn erst nachdem wir einige Hundert Meter zwischen uns und Rosies Laden gebracht haben, räuspert er sich.

„Ich verwette meinen Arsch, dass hier irgendwas gehörig im Busch ist", flüstert er mir zu. „Das Gespräch mit Xander muss echt beschissen gelaufen sein, wenn Rosie so drauf ist."

Ich nicke und spüre, wie eine Gänsehaut meine Arme entlangkriecht. „Möglich. Aber wie sollen wir rauskriegen, was los ist?"

„Mir fällt schon was ein. Aber nicht hier." Jer blickt sich noch einmal verstohlen um, bevor er seine Schritte beschleunigt.

9

Ich schwinge mich auf mein Rad, um mit Jer Schritt zu halten. Er verliert kein Wort, aber ich weiß nach wenigen Minuten, wohin er will. Zum See. Er legt ein Tempo vor, als wolle er eine Medaille bei einem Wettkampf gewinnen.

„Sind wir auf der Flucht, oder was?", frage ich ihn, doch er antwortet nicht. „Wieso gehen wir nich' einfach zu Dan?" Weil er mir darauf ebenfalls keine Antwort gibt, bekomme ich das ungute Gefühl, dass wir tatsächlich vor etwas davonlaufen.

Als wir an der Holztreppe ankommen, die zum Steg hinunterführt, lehne ich mein Rad an einen Baum. Jer scheint meine Anwesenheit völlig vergessen zu haben, denn statt auf mich zu warten, hat er bereits einen guten Stück des Abstiegs hinter sich gelassen, als ich die Treppe betrete. Ich eile ihm nach, doch nach einem guten Drittel der Stufen ringe ich nach Atem, und Schweißperlen stehen mir auf der Stirn. Ich brauche eine kurze Pause. Ich verfluche mich dafür, dass ich mein Lauftraining so lange vernachlässigt habe, während ich eine Hand in die Hüfte stemme und darauf warte, dass das Seitenstechen nachlässt.

Unten angekommen macht Jer sich nicht einmal die Mühe, die Liegestühle aus der kleinen Laube zu holen – er setzt sich einfach auf die blanken Holzbohlen. Die Beine lässt er von der Kante des Steges baumeln, sodass seine Schuhe knapp über dem Wasser hängen. Er würdigt mich keines Blickes, aber ich weiß, dass er es nicht böse meint. Jer ist jemand, der seine Gedanken erst sortieren muss, bevor er darüber reden kann. Man könnte meinen, er sitzt entspannt auf den Holzbohlen, aber ich kenne ihn inzwischen besser. Die angespannten Kiefermuskeln sind ein untrügliches Zeichen dafür, dass ihm etwas missfällt.

Ich setze mich neben ihn und betrachte die Landschaft, die ich so liebe, während ich darauf warte, dass er von sich aus anfängt zu reden. Wenn ich eines in den letzten Wochen gelernt habe, dann dass es nichts bringt, Jer zu drängen, wenn er erst einmal in seinen Gedanken versunken ist.

Ich lege den Kopf in den Nacken und sehe in den bedeckten Himmel. Obwohl es noch früh ist, ist es bereits drückend schwül. Eine sanfte Brise umspielt mein Haar und hilft mir, mich zu akklimatisieren. In der Ferne kann ich irgendwo die spitzen Schreie

eines Adlers hören, doch egal wie angestrengt ich den Himmel absuche, ich kann ihn nicht entdecken. Hier am See hört man die imposanten Vögel häufig, und wenn man Glück hat, bekommt man auch mal eines der Tiere zu Gesicht.
Ich habe Jer schon oft introvertiert erlebt, aber die Art und Weise wie er gerade neben mir sitzt und über etwas brütet, hat eine ganz neue Qualität. Ich kaue auf meiner Unterlippe herum. Was hat ihn so aufgewühlt? Nach gefühlt endlosen Minuten des Schweigens halte ich es nicht mehr aus.

„Also …", beginne ich, obwohl ich noch gar nicht so genau weiß, was ich sagen will, „Hier draußen wird uns bestimmt niemand belauschen. Warum sind wir nich' einfach nach Hause gegangen?"
Jer wendet mir seine Aufmerksamkeit zu und sieht mich an, als hätte ich mich gerade aus dem Nichts neben ihm materialisiert.

Er seufzt und schwingt die Füße über die Wasseroberfläche. „Weil das hier der einzige Ort ist, der wirklich sicher ist."

„Sicher?!", frage ich und suche in seiner Stimme nach einem Anzeichen für einen seiner Scherze. „Was zur Hölle meinst du damit?"

„Na ja …", beginnt er und seine Stimme klingt noch kratziger als sonst. „Versprich mir, dass du nicht ausflippst, okay?"

Mein Magen krampft sich zusammen. Das letzte Mal, als ich das gehört habe, habe ich erfahren, dass ich in Montana gelandet bin statt im Herzen Manhattans.

„Ich flippe eher aus, wenn du mir nich' endlich sagst, was los ist!" Es ärgert mich, dass er nicht mit der Sprache herausrückt.

„Es kann sein … dass es ziemlich verrückt klingt, was ich dir gleich erzähle" Er reibt sich mit einer Hand über sein kurz geschorenes Haar.
Ich nicke und versuche, so gut es geht zu verbergen, dass ich in Wahrheit jetzt schon kurz davor bin, die Fassung zu verlieren.

Jer scheint es nicht zu bemerken, oder er übergeht es einfach. „Ich weiß, dass das jetzt total abgefahren klingt, Ellie. Aber erinnerst du dich daran, wie ich dir mal erzählt hab, dass ich nicht so besonders auf Süßigkeiten stehe?"
Ich nicke, verstehe aber trotzdem nicht, worauf er hinauswill. Was hat seine Abneigung gegen Süßigkeiten damit zu tun, dass Xander und Rosie vermeintlich Krach miteinander haben?

„War schon immer so", fährt er fort. „Ich hatt's noch nie mit

Schokolade und so 'nem Zeug. Aber wie du weißt, sind wir hier in Slumbertown, die Stadt mit den Gratispralinen. Findest du es nicht auch ein bisschen seltsam, dass ausgerechnet jemand wie ich hier landet?"

Ich hebe die Schultern. „Weiß nich'? Eigentlich nich'? Ich mein, was spielt's denn für eine Rolle, ob du Schokolade magst oder nich'? Es mag ja auch nich' jeder, der in New York lebt, Käsekuchen und Hotdogs." Seine Frage lässt mich ein wenig ratlos zurück.

„Das mag schon sein", räumt Jer ein, und ich meine, Anerkennung in seiner Stimme zu hören, „aber fragst du dich nicht, wie einer, der doch eigentlich von L.A. nach New York wollte, am Ende hier in Montana landet?"

„Keine Ahnung! Vielleicht weil du 'ne Auszeit wolltest und die Großstadt da nich' das richtige Pflaster ist?" Was soll diese Fragerei?

Jer schüttelt energisch den Kopf. „Vergiss es. Wenn ich 'nen Plan hab, dann zieh ich den auch durch. Aber hast du dich noch nie gefragt, ob wir wirklich nur rein zufällig hier sind?"

Für einen Moment kann ich ihn nur mit offenem Mund anstarren. Auch wenn ich weiß, dass Jer eine blühende Fantasie hat, weiß ich nicht, wie er auf eine solch wilde Theorie kommt.

„Also, dass ich nich' geplant hier hergekommen bin, weißt du doch! Ich hatte einfach zu viel getrunken, und der Zug, in den ich mich gesetzt hab, war komplett falsch."

„Ehjaa, was das angeht ...", sagt Jer und räuspert sich. „Du weißt, ich bin kein besonders großer Fan von deiner Zufallstheorie. Fahren überhaupt Züge von New York nach Montana, in denen man durchpennen kann und trotzdem ankommt?"

Als ich dazu etwas sagen will, hebt er die Hände, um mir zu bedeuten, dass ich ihn ausreden lassen soll. „Ich mein ja nur. Ich bin halt nur nicht so sicher, ob das hier wirklich alles ... echt ist."

„Also, so langsam machst du mir echt Angst, Jer. Was meinst du mit ‚nich' echt'? Wir sitzen doch hier! Glaubst du, dass das hier so was wie 'ne Truman Show ist, oder was?! Das ist doch Bullshit!" Dass ich mir die Frage nach der Zugverbindung bereits selbst gestellt, sie aber wieder vergessen hatte, will ich vor ihm nicht zugeben.

„Ich hab mir nur meine Gedanken gemacht." Jer schüttelt den Kopf. „Kann ich dich noch was Schräges fragen?"

„Noch schräger? Deine Idee, dass unser Leben eine Reality-Show ist, ist schon *ziemlich* schräg", antworte ich. Jer ignoriert meinen Sarkasmus einfach.

Er sieht mich zum ersten Mal, seit wir hier sitzen, direkt an. „Ich weiß, das klingt, als wär ich total durch. Aber sagt dein Bauchgefühl dir etwa nicht, dass mit dieser beknackten Stadt irgendwas nicht stimmt?"

Ich presse meine Lippen zu einem schmalen Strich zusammen und schweige.

„Hast du schon mal erlebt, dass es nie nennenswerten Stress gibt? Hier sind alle dauerhappy, wenn man mal von ein paar entlaufenen Katzen absieht", merkt Jer an.

Ich habe das nie als Kritikpunkt gesehen, aber es stimmt.

„Was ist falsch daran, wenn die Leute hier glücklich sind?", frage ich und klinge dabei kratzbürstiger, als ich beabsichtigt hatte.

„Ich sage ja nicht, dass am Glücklichsein was falsch ist. Auch wenn du mich jetzt für irre hältst, aber ich glaube, dass die Schokolade so was wie 'ne Happy Pill ist."

Ich blinzele ihn an wie ein Eichhörnchen, wenn es blitzt. „Die Schokolade", echoe ich und muss lachen. „Jer, du spinnst wirklich. Es ist einfach nur Schokolade. Niemand macht sich die Mühe und versetzt Schokolade mit Drogen, um sie in einer Kleinstadt zu verteilen. Warum auch?" Die Worte kommen über meine Lippen, aber ich muss mir eingestehen, dass ich nicht sicher bin, ob so etwas nicht doch möglich ist. Aber welches Motiv sollte jemand haben, so etwas zu tun? Und wie sollte das funktionieren, ohne dass jemals jemand etwas bemerkt? Nicht alle Menschen essen gleich gern und viel Schokolade.

Jer winkt ab. „Egal, das ist eh noch nicht alles. Hand aufs Herz, Ellie. Wann hast du das letzte Mal mit jemandem aus New York telefoniert? Hast du schon mal drüber nachgedacht, dieses Kaff hier im Nirgendwo wieder zu verlassen?"

Ich fühle mich von seinen vielen Fragen überfordert und habe eine vage Ahnung, wie sich meine Gesprächspartner manchmal fühlen müssen, wenn ich sie löchere. Gleichzeitig komme ich mir auch ertappt vor. Seit ich hier bin, habe ich zwar ein paarmal mit dem Gedanken gespielt, zu Hause anzurufen, habe es dann aber doch nie getan. Mein schlechtes Gewissen wetzt bereits die Messer, weil es weiß, dass es mich bald umbringen wird. Jo' und Rick haben es nicht verdient, so behandelt zu werden.

„Das … ist doch Bullshit", erwidere ich trotzdem und weiß selbst, wie kläglich mein Widerspruch klingt. „Außerdem bin ich froh, wenn ich meine eigene Telefonnummer zusammenkriege."

„Touché", gesteht Jer anerkennend. „Aber was ist mit einer Abreise?" Er lässt nicht locker.

„Ahm … Doch, ja. Also, manchmal vermisse ich die Stadt schon. Und meine Freunde. Aber ehrlich gesagt, habe ich erst drüber nachgedacht zurückzugehen, als ich von meiner Schwester geträumt habe." Ich pausiere kurz und schnaube, weil ich nicht glauben kann, worüber wir hier diskutieren. „Ich weiß gerade echt nich', wer von uns beiden bekloppter ist."

Bevor ich mir über die restlichen Fragen seines Katalogs Gedanken machen kann, bombardiert er mich schon mit neuen.

„Außerdem ist dir doch sicher auch schon aufgefallen, dass Leute einfach so abgehauen sind. Julie, Jessi, Miranda …" Jer macht eine Pause, als wolle er meine Reaktion auf seine Aussage testen.

„Sorry, aber ich hab's aufgegeben, bei deinen Affären up to date bleiben zu wollen. Isses denn so ungewöhnlich, dass die sich nich' von dir verabschieden?"

„Nein. Ich weiß, das klingt jetzt so, als wär ich einfach nur pissig. Aber was ist, wenn die gar nicht freiwillig gegangen sind?" Seine irrwitzige Behauptung hängt einen Moment lang in der Luft.

„Ja, genau", sage ich und schnaube. „Die hatten einfach nur keinen Bock, tschüss zu sagen, und sind gegangen, Jer." Er kann einfach nicht richtig liegen mit seiner abstrusen Theorie!

„Apropos gegangen: Warst du schon je am Bahnhof hier?", fragt er.

Ich muss nicht überlegen, bevor ich antworte. „Muss ich ja wohl, als ich angekommen bin. Aber daran erinnere ich mich nich'."

„Schon klar. Und danach?" Jer hat sich festgebissen, und auch wenn ich nicht weiß, woran genau, erinnert er mich an meine Freundin Jo'. Sie gibt auch niemals Ruhe, wenn sie der Ansicht ist, dass noch Klärungsbedarf besteht.

Ich schüttele den Kopf. „Nee. Danach nich' mehr. Bin auch ehrlich gesagt gar nich' auf die Idee gekommen, da hinzugurken. Liegt doch ziemlich außerhalb, und da ist sonst nix." Dan und ich sind zwar ein paarmal mit den Rädern aus der Stadt gefahren, aber in Richtung des Bahnhofs hat es uns nicht gezogen. Warum auch?

Ich erinnere mich an die herrliche Aussicht von einem der Wanderwege in den Bergen und daran, dass das Bahnhofsgebäude aus der Ferne reichlich unspektakulär aussah. „Aber was hast du mit dem Bahnhof?"

„Ich ... Pass auf. Lass uns nur mal für *eine* Minute annehmen, dass es rein hypothetisch möglich ist, dass es gar keinen richtigen Bahnhof gibt, dann ...", erklärt er, doch es klingt in meinen Ohren so abstrus, dass ich ihm ins Wort falle.

„Klar gibt's den! Ich bin doch mit dem Zug hergekommen. Du doch auch! Und außerdem steht der Bahnhof auf jedem beschissenen Wegweiser in der Stadt, und wenn du in die Berge fährst, kannst du ihn sogar sehen." Ich verstehe nicht, wie er auf all diese Ideen kommt. Für mich klingt das so verworren wie ein Wollknäuel, das dem Spieltrieb einer Katze zum Opfer gefallen ist.

„Ja, schon. Aber was ist, wenn da gar keine Züge fahren?", spinnt Jer seine Hypothese weiter.

Ich schüttele den Kopf. Ich hebe die Hände, um ihm meine Resignation zu signalisieren. „Ich kann dir echt nich' folgen. Wie sollen denn die ganzen Lebensmittel und Klamotten und alles herkommen, wenn keine Züge am Bahnhof fahren? Davon hast du mir selbst erzählt, als ich hier angekommen bin."

„Okay, noch mal anders", versucht Jer erneut mich von seiner Theorie zu überzeugen. „Stell dir vor, der Zug ist so was wie der Hogwarts-Express."

Auch wenn unser Gespräch tief in mir Zweifel weckt, von deren Existenz ich nicht einmal etwas geahnt hatte, muss ich angesichts dieses Vergleichs lachen.

„Der Hogwarts-Express, ja? Du meinst, wir sind am Gleis 9 ¾ eingestiegen, als wir hergefahren sind?"

„Ellie!", ruft Jer aus und reckt die Hände gen Himmel. „Das *Wie* an der ganzen Sache ist echt Nebensache. Vergiss das doch mal, und frag dich lieber nach dem *Warum*."

Plötzlich ist es, als hätte jemand in meinem Kopf die Pausetaste gedrückt und die Hintergrundmusik angehalten. Wo eben noch meine Gedanken durcheinandergepurzelt sind, ist jetzt Stille. Mit einem Mal dämmert mir, was er sagen will. „Aber ... Das ... Ich ..." Ich atme tief durch, um mich zu sammeln. „Okay. Du glaubst also, dass wir aus einem bestimmten Grund hier sind. Schicksal, Verschwörungen, was auch immer."

Jer blickt auf den See hinaus. „Wovon red ich denn die ganze

Zeit?" Auch wenn seine Antwort mürrisch klingt, scheint er erleichtert zu sein, dass ich endlich verstanden habe, worum es ihm geht.

„Ahm ... Kann ich dich mal was fragen, Jer?" Ich zupfe am Saum meines T-Shirts herum.

„Ich dachte schon, du bist krank", antwortet er mit einem Lächeln auf den Lippen. „Frag!"

„Kannst du dich an die Zugfahrt so richtig erinnern?" Die Frage klingt seltsam in meinen Ohren, aber ich habe das Gefühl, dass sie wichtig ist.

„Warum fragst du?" Er sieht mich mit großen Augen an.

„Na, wir saßen doch im selben Zug!", erkläre ich. „Dass ich mich nich' lückenlos erinnern kann, ist ja nun kein Geheimnis. Aber du warst doch schon vor mir hier in Slumbertown! Also musst du doch irgendwo in diesen verdammten Zug eingestiegen sein – dann macht es doch keinen Sinn, wenn du behauptest, es würden keine Züge fahren!" Mein Herzschlag passt sich meinen rasenden Gedanken an. „Du musst Slumbertown verlassen haben und mit dem Zug wieder zurückgekommen sein! Und Dan auch!" Ich kann mir nicht erklären warum, aber Jer sieht beinahe zufrieden aus.

„Kannst *du* dich denn erinnern, dass du in 'nen Zug gestiegen bist?", fragt er. „Oder hast du eher das Gefühl, dass dich jemand in diesen beschissenen Zug gebeamt hat?"

Für einen Moment hängt eine angespannte Stille zwischen uns.

„Eher Letzteres", nuschele ich.

Mein Verstand brüllt mir förmlich entgegen, dass diese ganzen Theorien vielleicht in eines von Jers Drehbüchern gehören, aber nicht in die Realität. Doch mein Bauchgefühl ergreift Partei für meinen Freund.

Aber kann das überhaupt möglich sein? Was ist, wenn er sich irrt? Wenn alles nur unglückliche Zufälle waren, die überhaupt erst zu dieser Diskussion geführt haben? Ich versuche, mich zu beruhigen, indem ich mir immer wieder sage, dass es für alles eine plausible Erklärung geben muss. Doch die Frage, die an mir nagt, beunruhigt mich mehr als alles andere: Was ist, wenn er Recht hat?

„Okay, gut." Ich seufze und gebe es auf, meine Gedanken im Alleingang in geordnete Bahnen bringen zu wollen. „Nur mal angenommen, du hättest Recht. Und ich sage nich', dass ich das

glaube! Ich mein, komm schon. Hogwarts-Express? Wirklich?"
Ich wickele eine Haarsträhne um den linken Zeigefinger. „Na ja, egal. Zusammengefasst ist uns aufgefallen, dass …", ich lasse von meinem Haar ab und hebe den Finger, „… Xander ein extrem schräger Typ ist, der weder bei dir noch bei mir den Sympathiepreis des Jahres gewinnen wird. Erster Punkt. Zweiter Punkt: Die Leute in Slumbertown sind deiner Meinung nach zu glücklich, was mir nich' unbedingt aufgefallen ist, aber okay. Drittens: meine viel zu realen Träume. Und viertens: Wir haben beide einen Filmriss, wenn's um die Zugfahrt hierher geht."

„Im Großen und Ganzen – ja." Er nickt.

„Was ist, wenn es für all diese Sachen eine plausible Erklärung gibt?"

Jers hochgezogener Augenbraue entnehme ich, dass er der Ansicht ist, dass es da nicht besonders viel zu bedenken gibt. Ich versuche trotzdem, diesen Gedanken in die Diskussion einfließen zu lassen.

„Wir könnten auch einfach zu den Leuten gehören, die mit Xander nich' auf einer Wellenlänge sind. Hast du selbst mal gesagt. Und heute Morgen im Laden hast du auch gesagt, dass Dan kein Problem mit ihm hat. Vielleicht ist es einfach nur … extreme Antipathie! Und dass alle viel zu glücklich sind … Rosie hat vorhin keinen besonders glücklichen Eindruck gemacht, wenn du mich fragst."

Jer sieht mich an, als würde er meine Argumente zwar kurz abwägen, bleibt aber bei seiner Meinung. Ich habe nichts anderes erwartet.

„Ich weiß ja nicht, wie's dir so geht, aber extreme Antipathie hat sich bei mir noch nie so angefühlt, als würde ich der Eiskönigin persönlich die Hand schütteln. Und das mit Rosie … Der Punkt geht an dich." Er schürzt die Lippen. „Aber was ist mit deinen Träumen? Meinst du nicht, deine Schwester will dir was sagen?"

„Meine Schwester ist tot, Jer."

„Und ahm, nichts für ungut, Ellie. Aber … Selbst wenn *du* so 'nen Eins-a-Filmriss gewohnt bist … Du steigst in die U-Bahn in New York, und das Nächste ist, dass du hier in Slumbertown aufwachst? Ich mein, hallo? Verarschen? Du kannst mir nicht erzählen, dass du das unter ‚kann ja mal passieren' einordnest." Jer erinnert mich in diesem Moment an Lu. Mit ihr konnte ich auch stundenlang über etwas diskutieren, und sie hat mit ihren Fragen immer wieder neue Fragen aufgeworfen.

Ich fahre mit den Fingerkuppen an der Naht meiner Jeans entlang. „Ich gebe ja zu, dass es ein paar ... Ungereimtheiten gibt. Aber es muss eine vernünftige Erklärung geben, wie das alles zusammenpasst. Und ich weiß nich', ob es Sinn ergibt, so einen Aufriss zu starten. Ich mein ... Wir sind doch eigentlich ganz glücklich hier, oder?"

„Du vielleicht", antwortet Jer und seufzt. „Und Dan bestimmt auch. Aber ihr beiden seid irgendwie ... Ihr seid zwei Menschen, die sich gefunden haben, obwohl ihr euch nicht mal gesucht habt. Für mich ist's hier anders."

„Verstehe." Mich überkommt ein schlechtes Gewissen, weil mir noch nie so deutlich bewusst war wie jetzt, dass Jer offenbar etwas fehlt.

„Mir ist schon klar, dass du jetzt denkst, ich hätte nicht mehr alle Latten am Zaun", sagt er. „Würde ich an deiner Stelle auch." Er verzieht keine Miene. Schweigen breitet sich zwischen uns aus, das einzige Geräusch ist das sanfte Plätschern des Wassers gegen die Pfähle des Steges.

„Vielleicht sollten wir rausfinden, ob irgendwas an deinen Vermutungen dran ist", sage ich schließlich.

„Und wie willst du das anstellen?"

Ich befürchte, dass es nicht lange dauern würde, bis mich die Bewohner Slumbertowns schief ansähen, wenn ich durch die Stadt liefe und sie an Jers haarsträubenden Vermutungen teilhaben ließe.

„Muss ich mir noch überlegen", gebe ich zu und mache keinen Hehl daraus, dass ich noch keinen Plan habe.

„Also, ich werde jetzt erst recht keine scheiß Schokolade mehr essen, das steht schon mal fest." Jer reckt sein Kinn nach vorn.

„Vielleicht sollte ich auch damit aufhören? Einfach nur, um zu beweisen, dass du spinnst."

„Mann, Ellie! Bist du irre?! Auf gar keinen Fall!"

Die plötzliche Vehemenz in seiner Stimme verwirrt mich. „Aber du hast doch eben gesagt, dass du denkst, dass ..."

„Ich weiß, was ich gesagt hab. Ist ja keine zwei Minuten her." Er macht seiner Empörung Luft. „Aber wir wissen doch noch gar nicht, was hier läuft. Ich hab dir auch nur davon erzählt, weil du Xander auch komisch findest. Aber solange wir nichts Näheres wissen, sollten wir keine Welle machen, verstehste?" Eindringlich sieht er mich an. „Es wär ein bisschen auffällig, wenn du jetzt plötzlich aufhörst, Schokolade zu futtern. Jeder weiß, dass du der

totale Schokoholic bist, Mann. Also lass uns erst mal den Ball flachen halten. Alles klar?"
Ich nicke und erkläre mich im Stillen endgültig für verrückt, weil ich mich mit seiner Verschwörungstheorie anzufreunden scheine.

„Warum hast du Dan nichts erzählt? Ich dachte, er ist dein Freund?", frage ich. Ich hoffe, dass ich mit dieser Provokation nicht zu weit vorpresche.

Jer seufzt und blickt in die Ferne. „Ist er auch. Aber Dan ist anders als ich. Er hat eben 'nen guten Eindruck von allem hier und geht davon nicht ab. Vielleicht lebt er mit weniger Zweifeln auch glücklicher als ich, aber ich kann da nicht aus meiner Haut, weißte?" Er schüttelt den Kopf. „Ich will ihn da erst mal nicht mit reinziehen. Ich hab eh schon ein schlechtes Gewissen, weil ich dir das alles erzählt hab. Hätte vielleicht besser meine Klappe halten sollen." Er wirft mir einen kurzen Blick zu. „Also sag Dan bitte nichts. Und auch sonst niemandem. Ich will nicht, dass einer von euch in Verruf gerät, wenn sich hier Gerüchte verbreiten. Das würde ich mir nie verzeihen."

Dass sich Gerüchte in Slumbertown verbreiten wie ein Lauffeuer, habe sogar ich in meiner kurzen Zeit hier bereits verstanden.

„Du kannst dich auf mich verlassen, Jer", versichere ich ihm und lege eine Hand auf seine Schulter. „Ich halte dicht. Aber du machst auch nichts Unüberlegtes, okay? Du bist kein Superheld aus einem Comic ... auch wenn du vielleicht so gut aussiehst wie einer."

Auch wenn es mir gelingt, mir wegen meines lahmen Scherzes ein Lächeln abzuringen, ist mir überhaupt nicht nach Späßen zumute.

„Ein wahres Wort", antwortet Jer, doch er lächelt nicht.
Plötzlich zerrt eine steife Brise an mir, und ich kann dabei zusehen, wie sich Gewitterwolken am Horizont auftürmen.

„Gewitter am Morgen?" Ich stelle die Frage mit einer hochgezogenen Augenbraue.

Jer starrt die Wolken an, als könne er sie mit dem bloßen Willen vertreiben.

„Wir sollten uns auf den Rückweg machen, wenn wir keine Dusche abkriegen wollen", schlage ich vor.

Jer steht wortlos auf und reicht mir die Hand. Ich lasse mir von ihm aufhelfen, und das einzige Geräusch, das uns auf unserem Heimweg begleitet, ist das Donnergrollen in der Ferne.

10

Als Jer und ich die Stadt erreichen, haben sich dunkle Wolken am Himmel aufgetürmt. Noch haben sie Slumbertown nicht erreicht, aber uns pfeift bereits ein heftiger Wind um die Ohren, der das heranrollende Unwetter ankündigt. Nachdem ich die Haustür aufgeschlossen habe, muss ich das Licht im Flur einschalten, weil es stockfinster geworden ist.

„Dan?", rufe ich durchs Treppenhaus. Keine Antwort. Ich zucke mit den Achseln. „Wohl noch nich' daheim. Komm rein, bevor da draußen die Welt untergeht."

Wir machen es uns im Wohnzimmer bequem, und die einzigen Geräusche im Raum sind das Ticken der Wanduhr und Jers Bleistift, der beim Sudokulösen über das Papier kratzt. Regentropfen trommeln inzwischen gegen die Fensterscheiben, in ständiger Begleitung von Blitz und Donner. Ich versuche, mich auf ein Buch zu konzentrieren, das ich wahllos aus dem Regal gezogen habe, jedoch ohne Erfolg. Seit unserem Gespräch am Steg gleicht meine innere Anspannung einem Gummiband, das jede Sekunde zu zerreißen droht.

„Ich kann nich' lesen", durchbricht meine Stimme die Stille. Jer blickt von seinem Sudokuheft auf und blinzelt mich an.

„Was? Warst du nie in der Schule, oder was?", fragt er und grinst.

„Was?!", entfährt es mir, doch dann schüttle ich den Kopf. „Nein, doch! Natürlich kann ich lesen! Du weißt genau, was ich mein."

„Ehjaa, nicht so richtig. Ich sehe nur, dass du das Buch verkehrt rum hältst. So könnte ich auch nicht lesen."

Ich blicke auf das Buch in meinen Händen und sehe, dass er recht hat. Ich klappe es zu und werfe es achtlos auf den freien Platz auf der Couch neben mir.

„Ich kann mich einfach nich' konzentrieren. Wegen vorhin: Ich weiß einfach nich', was ich tun könnte!"

„Gar nichts, Ellie. Hatten wir uns nicht auf ‚Ball flach halten' geeinigt?", entgegnet Jer und füllt ein weiteres Kästchen seines Zahlengitters aus.

„*Du* hast dich darauf geeinigt." Wie kann er bloß so gelassen bleiben?

Jer seufzt und legt den Bleistift beiseite. „Okay. Pass auf. Du gibst ja doch keine Ruhe. Ich werde versuchen, irgendwas rauszufinden, und du machst erst mal gar nichts. Und erzählst auch keinem was davon. Ich hab dir das nicht erzählt, damit du hier den ganzen Laden aufmischst."

Ich schüttele den Kopf. Warum hat er mir überhaupt davon erzählt, wenn er nicht will, dass ich mich an der Suche nach Antworten beteilige?

„Ich weiß nich', Jer. Seit wir uns dieses ganze verrückte Zeug zusammengereimt haben, fühle ich mich, als hätte man mich an 'ner Leitung für Starkstrom angeschlossen! Ich mein, allein die Vorstellung, dass ein Fitzelchen Wahrheit da dran sein könnte, macht mir eine Höllenangst." Ich wippe mit dem linken Fuß auf und ab.

Jer rollt sein Sudokuheft zusammen und wendet mir seine ganze Aufmerksamkeit zu. „Zurecht. Aber es gibt im Moment doch gar keinen Grund zur Panik, Ellie. Was soll schon passieren? Nur du und ich haben darüber geredet. Ich sag nix, und du sagst nix. Niemand wird davon Wind bekommen." Sein Versuch, mir gut zuzureden, ist rührend, aber warum besteht er so stur auf die Geheimhaltung unseres Gesprächs? „Du machst einfach weiter wie bisher. Du gehst zur Arbeit, wohnst hier mit Dan, und den Rest sehen wir dann schon."

„Warum ist es dir sooo wichtig, dass ich niemandem was davon stecke, hm? Wir könnten …"

„Alle verrückt machen, bevor wir wissen, was abgeht?", unterbricht er mich. „Klar. Das hilft bestimmt. Nur zu!"

Ich versuche, mir vorzustellen, was Dan zu alledem sagen würde. Vielleicht hat Jer Recht. Dan würde lachen und uns für verrückt erklären. Mit wem könnte ich noch darüber reden? Mrs. Miller und Mrs. McClary fallen aus – sonst weiß innerhalb von wenigen Stunden die ganze Stadt darüber Bescheid, dass ich wilde Gerüchte über Xander und seine Schokolade verbreite.

„Ich will aber helfen!", sage ich.

„Du hilfst am meisten, wenn du mich erst mal machen lässt. Ich kenn mich hier viel besser aus als du. Vertrau mir einfach!"

Da ist sie wieder, die Frage nach dem Vertrauen. Ich horche in mich hinein, aber mein Bauchgefühl sagt nach wie vor, dass ich Jer vertrauen kann.

„Und was ist mit dir? Hast du keinen Schiss, dass du in Schwierigkeiten kommst, wenn du rumschnüffeln gehst?" Allein die Tatsache, dass ich diesen Gedanken ausspreche, macht mir deutlich bewusst, dass mein Gefühl von Bedrohung mehr als nur Einbildung ist. Könnte es tatsächlich gefährlich werden, sollte er etwas herausfinden?

„Nah. Rosie schimpft nicht umsonst über meine Lauschangriffe", antwortet Jer und grinst. „Lass das mal meine Sorge sein."

„Rosie", nuschele ich. „Was machen wir mit Rosie? Die hat einen Riecher für Geheimnisse." Ich trommele mit den Fingern auf der Armlehne des Sofas herum.

„Ich glaube, Rosie hat im Moment ihre eigenen Probleme. Wir sollten ihr erst mal nichts sagen. Können wir später immer noch."

„Okay." Auch wenn mich das nur geringfügig beruhigt, nicke ich.

Mein Unbehagen scheint mir ins Gesicht geschrieben zu stehen, denn Jer hält mir die Schale *Seamy's* hin, die er vom Couchtisch nimmt.

„Willst du mich verarschen?", ranze ich ihn an.

„Ich weiß, dass das alles ein bisschen viel Crazytalk ist. Aber ich finde, wenn hier was vor unseren Augen schiefläuft, sollten wir's rausfinden."

„Das mein ich nich'", sage ich und nicke in Richtung der Schokolade.

Da ich noch immer nicht zugegriffen habe, schwenkt er die Schale mit den Pralinen ein wenig, sodass das Papier raschelt.

„Komm schon. Nimm eine. Sieh es als eine Art Selbstversuch an", ermuntert er mich. „Wir dürfen jetzt nicht die Nerven verlieren, und solange du die Teile nicht weiter in dich reinstopfst wie bisher, geht das schon klar."

„Reinstopfen, als ob!"

Trotz meiner Beschwerde nehme ich eine Praline aus der Schale und fühle mich sofort besser, als die Schokolade in meinem Mund schmilzt. Es ist, als würde mir jemand über den Kopf streicheln und mir sagen, dass alles gut wird. Die negativen Gefühle fühlen sich plötzlich wie in Watte gepackt an. Ich fühle mich nicht mehr ganz so nah am Rande des Wahnsinns, aber weiß trotzdem: Jer hatte recht, zumindest was die Schokolade in dieser Stadt betrifft, denn Endorphine hin oder her – normal ist dieser Effekt nicht.

„Ich hab's dir gesagt." Jer beobachtet mich und ist, im

Gegensatz zu mir, nicht überrascht.

„Schon", antworte ich und nicke. „Vielleicht hast du recht, dass mit der Schokolade was nich' stimmt. Was ist das für ein Zeug?" Seine Antwort beschränkt sich auf ein Achselzucken.

„Wenn die Pralinen wie Drogen funktionieren …", beginne ich einen Gedanken zu formulieren, der mir gerade durch den Kopf schießt, „glaubst du, dass die Teile uns generell weich im Kopf machen?"

„Geht's auch noch allgemeiner?" Jer hat den Bleistift wieder aufgenommen und tippt damit auf seinem Knie herum.

„Na ja, bevor ich die Schokolade gerade gegessen habe, war ich total gestresst. Das ist jetzt wie blockiert. Ich weiß zwar, dass die Anspannung noch da ist, aber … Kennst du diese Leck-mich-am-Arsch-Pillen, die man vor einer ambulanten OP nimmt?"

„Hmm", macht Jer und nickt.

„So fühlt sich das an! Nur nich' so krass!" Ich zeige mit einem Finger auf die Schale Pralinen. „Egal! Was ich eigentlich sagen wollte: Glaubst du, dass die Schokolade auch die positiven Sachen beeinflusst?"

„Wie sich zu verlieben, meinst du?", schlussfolgert er sofort richtig. Ich nicke und bin froh, dass er so schnell verstanden hat, worauf ich hinaus will.

Er schürzt die Lippen und schüttelt dann den Kopf. „Ich glaub's nicht. Du hast selbst gesagt, dass die negativen Gefühle quasi ausgeblendet werden. Wenn die Schokolade auch sowas wie Liebe beeinflussen würde, dann würde sich da ja auch immer was tun, verstehste?"

„Nee", antworte ich und schüttele den Kopf.

„Also. Ich würde sagen, dass die guten Gefühle einfach so bleiben, wie sie sind. Oder erinnerst du dich an irgendeinen Moment, in dem du Dan mehr mochtest, nachdem du Schokolade gegessen hast?"

Ich überlege fieberhaft, finde aber keine zufriedenstellende Antwort auf diese Frage.

„Keine Ahnung", erwidere ich und lasse die Hände auf die Oberschenkel fallen, „ich hab ehrlich gesagt nie drauf geachtet. Ich … wenn das so wäre …" Die Wahrheit ist, dass ich diese Vorstellung nur schwer ertragen kann.

„Jetzt komm erst mal wieder runter und schalt deinen hübschen Kopf ein." Jer tippt mit der ungespitzten Seite des Bleistifts gegen seine Schläfe. „Ich glaube eher, dass die Dinger die negativen Sachen puffern. Die schlechten Gefühle werden ja auch nicht von deiner Festplatte gelöscht. Ich bin sicher, wenn du jetzt tief genug danach graben würdest, könntest du sie auch wieder an die Oberfläche zerren. Aber das hat nix mit dem zu tun, was du sonst so empfindest." Er macht eine kurze Pause und grinst. „Außerdem hast du Dan schon angesabbert, bevor du überhaupt eine Praline gegessen hast."

„Angesabbert, ist klar", maule ich, kann mir aber ein Grinsen nicht verkneifen.

Ich bin dankbar dafür, dass Jer mit seiner ganz speziellen Art selbst solch absurden Situationen für einen Moment den Schrecken nehmen kann.

„Aber du bist schon ein ganz schöner Arsch, weißt du das?"

„Und wieso jetzt wieder?", fragt er und seufzt. Seine Schultern sinken, und die Anspannung weicht aus seinem Körper.

„Weil wir wissen, dass die Schokolade high macht und *du* überredest mich trotzdem, davon zu essen!", sage ich und deute mit dem Zeigefinger auf ihn.

„Na, zum Glück biste eh noch nicht auf Entzug."

Er hat so etwas Liebenswertes an sich, dass ich ihm einfach nicht böse sein kann.

„Also hör zu ...", sage ich, um das Thema zu wechseln. „Ich halte mich an deinen Vorschlag und sag niemandem was. Aber dafür musst du mir versprechen, dass du mir sofort Bescheid gibst, wenn du was rausfindest."

„Deal! Ich ...", setzt er an, wird aber vom Geräusch des Schlüssels im Schloss der Haustür unterbrochen.

„Was für ein beschissenes Wetter!", ertönt Dans lauthalses Fluchen aus dem Flur. „Ich bin nass bis auf die Unterhose!"

„Zieh dich bloß nicht im Flur nackt aus, Alter!", ruft Jer ihm zu und wirft mir noch schnell einen letzten verschwörerischen Blick zu. Ich weiß, dass wir in dieser Sache ab heute Komplizen sind.

Nachdem Dan sich trockene Klamotten angezogen hat und weil ich keine Lust habe zu kochen, beschließen wir, dass unser Mittagessen aus dem Ofen kommen soll – in Form von Tiefkühlpizza. Wir sind uns einig, dass man bei diesem Wetter keinen Hund vor die Tür jagen würde und wollen dem Pizzajungen eine unfreiwillige Dusche an der frischen Luft ersparen.

Ich bewundere heimlich, wie Jer es schafft, einen Schalter in seinem Kopf umzulegen und sich zu benehmen wie immer, während mir unser Vorhaben noch immer im Kopf herumspukt. Dan berichtet, dass Xander in den kommenden Tagen eine Reise antreten wird und deswegen eine ganze Reihe von Vorbereitungen in der Fabrik zu treffen ist, was mehr Arbeit für Dan bedeutet. Er erwähnt auch, dass Rosie heute Morgen in der Fabrik und dass sein Chef nach dem Meeting mit der älteren Dame ziemlich genervt war.
Für Rosie und Xander scheint die „Stressfrei-Regel" Slumbertowns also keine Gültigkeit zu haben. Während ich Dan nach weiteren Details zu Xanders Stimmung ausquetsche, wirft mir Jer einen warnenden Blick zu, als würde er ahnen, dass ich gern noch weiter nachbohren würde. Ich reiße mich zusammen und verkneife mir weitere Fragen zu diesem Thema.
Als Dan fragt, wie unser Tag so war, berichte ich davon, dass Rosie ebenfalls genervt von dem Treffen mit seinem Chef war und mir den Rest des Tages freigegeben hat. Dass Jer und ich am See waren und dass Jer davor zum Frühstücken in die Boutique gekommen war, erzähle ich auch. Ich bin froh, dass Dan sich mit dieser Antwort mehr als zufrieden gibt und nicht weiter nachfragt.
Er kommentiert meine Aussage mit einem Lachen. „Ich bin manchmal echt neidisch auf euch! Ich bin hier wohl der Einzige, der sich den Arsch abarbeiten muss."
„Wieso, du hast doch auch schon Feierabend?", merkt Jer an und grinst.
„Touché", antwortet Dan und grinst ebenfalls.
Damit ist das Thema für ihn erledigt, und das Gespräch wendet sich dem Unwetter zu. Es regnet immer noch Bindfäden, auch wenn das Gewitter bereits weitergezogen ist.
Meine Unruhe mag ich noch fein säuberlich in einer imaginären Box in meinem Inneren verstaut haben, doch drückt sie bereits gegen den Deckel ihres Gefängnisses. Mich lässt der Gedanke nicht los, dass das Gewitter etwas mit Jer und mir zu tun haben könnte. Als würde uns die Natur selbst daran erinnern wollen, dass man seine Nase nicht in die Angelegenheiten anderer Leute steckt.
Was für ein hausgemachter Blödsinn! Ich bremse mich beim Ausmalen von Horrorszenarien, trotzdem gruselt es mich bei diesen Gedanken so sehr, dass ich eine Gänsehaut bekomme und sich meine Nackenhaare aufrichten.

Am nächsten Morgen überhöre ich meinen Wecker und komme zu spät zur Arbeit. Meine Nachtruhe war das Gegenteil von erholsam. Statt durch Schlaf meinen Akku aufzuladen, hat mich die Angst verfolgt, dass es womöglich gar nicht die Stadt ist, die eigenartig ist, sondern wir.
Jedenfalls hätte ich komplett verschlafen, hätte Dan mich nicht ein zweites Mal geweckt, bevor er zur Fabrik aufgebrochen ist. Für Make-up und Kaffee blieb keine Zeit mehr.
Ich stürme mit zerzaustem Haar in Rosies Laden und finde sie inmitten von Belegen in einer der Sitzecken vor.

„Tut mir leid! Ich bin spät, ich weiß." Meine nicht vorhandene Fitness zwingt mich dazu, nach Atem zu ringen.
Rosie sieht mich streng über den Rand ihrer Lesebrille hinweg an, und ich bereite mich innerlich schon einmal auf eine Standpauke vor. Es gibt nicht viele Dinge, die Rosie nicht ausstehen kann, aber Unpünktlichkeit gehört dazu. Doch entgegen meiner Erwartung lächelt sie nur und winkt ab. Sie wirkt gar nicht sauer.

„Außer langweiligem Papierkram hast du nichts verpasst", sagt sie und sortiert weiter ihre Belege. „Aber es ist gut, dass du jetzt da bist. Es würde mir sehr helfen, wenn du den Lagerbestand durchgehst."
Mit diesen Worten steht sie auf und drückt mir ein Klemmbrett mit einer mehrseitigen Liste in die Hand. Ich werfe einen kurzen Blick darauf und freunde mich schon einmal mit dem Gedanken an, dass ich heute wohl den ganzen Tag mit dieser Aufgabe beschäftigt sein werde.

„Alles klar." Weil ich zu spät bin, zeige ich besonderen Arbeitseifer und verziehe mich mit den endlos langen Listen sofort in den Lagerraum unter der Treppe.
Noch vor ein paar Tagen hätte mich diese Art von Arbeit zu Tode genervt: Listen checken, Bestellnummern prüfen, Waren zählen, Bestände eintragen. Doch heute bin ich für diese Aufgabe sehr dankbar, weil mich das akribische Arbeiten davon abhält, wieder in Grübelei zu versinken. Genauigkeit ist bei solchen Arbeiten Pflicht, denn gleich nach Unpünktlichkeit steht auf Rosies Liste der unbeliebtesten Eigenschaften anderer Menschen Ungenauigkeit. Ich bin so in die Arbeit vertieft, dass ich gar nicht bemerke wie die Zeit verfliegt.

„Kind, du verbarrikadierst dich hier drin schon seit Stunden! Meinst du nicht, du solltest mal eine Pause machen?"

Rosies Stimme lässt mich zusammenzucken. Mein Herz pumpt so viel Adrenalin durch meinen Körper, dass es bis in meine Fingerspitzen kribbelt.

„Entschuldige bitte, ich wollte dich nicht erschrecken." Die ältere Dame stellt mir eine Tasse auf ein leeres Regalbrett neben der Tür. Ich hoffe, es ist kein Kaffee.

„Alles gut!", antworte ich, während sich mein Herzschlag wieder beruhigt. „Ich hab dich nur nich' kommen gehört, das ist alles. Danke."

„Du bist heute außergewöhnlich … vertieft", bemerkt Rosie in fast beiläufigem Tonfall.

Ich schlendere zu dem Regal, nehme die Tasse und überlege, wie ich einer Antwort ausweichen kann. Rosie beobachtet jeden meiner Schritte ganz genau.

„Also erstens habe ich mich nich' verbarrikadiert." Es ist Kaffee. Immerhin hat Rosie das Gebräu für mich mit viel Milch gestreckt. Ich nehme einen Schluck, um Zeit zu gewinnen. „Die Tür ist weder abgeschlossen noch mit Brettern vernagelt, wie du siehst. Und zweitens muss ich mich konzentrieren, wenn ich deine Lagerlisten korrekt aktualisieren soll."

Gedanklich lobe ich mich für meine plausibel klingende Ausrede. Aber ich habe unterschätzt, dass Rosie immer ganz genau weiß, wenn etwas nicht stimmt. Es ist, als hätte sie einen siebten Sinn für solche Dinge. Als die ältere Dame eine Augenbraue hebt, ist mir klar, dass sie meine vorgeschobene Begründung nicht akzeptiert.

„Elizabeth!", tadelt sie mich und verschränkt die Arme vor ihrer Brust. „Das meine ich nicht, und das weißt du."

Oft erinnert Rosie mich an eine liebevolle, aber strenge Großmutter. Zumindest in meiner Vorstellung wäre eine Oma genau so. Ich seufze und sacke innerlich zusammen.

„Okay, leg los." Ich weiß, dass ich verloren habe.

„Ich kann dir an der Nasenspitze ansehen, dass du Probleme mit dir herumträgst. Also? Was ist los? Du kannst es mir erzählen, egal, was es ist." Rosies wasserblauen Augen verraten nichts darüber, was in ihr vorgeht.

Ich nippe weiter an meinem Kaffee, um nicht sofort antworten zu müssen.

Ich weiß, dass sie es gut meint, aber unsere Spekulationen über Xander und die Stadt will ich ihr dennoch nicht anvertrauen. Ich habe fest vor, mich an das Versprechen zu halten, das ich Jer gegeben habe, und außerdem ist Rosie mit Xander geschäftlich verbunden. Ich will die Landung in einem Fettnapf vermeiden. Dennoch sehe ich eine kleine Chance, dieses Gespräch zu nutzen, um herauszufinden, wie es zwischen Rosie und dem Schokoladenmogul steht.

„Ach, ich weiß auch nich'", beginne ich betont zögerlich. „Ich hab in den letzten Tagen nur drüber nachgedacht, dass ich mich hier so wohl fühle, obwohl ich fremd war, als ich hergekommen bin."

Rosie nickt und wartet darauf, dass ich fortfahre.

Meine nächsten Worte wähle ich mit Bedacht, um sie aus der Reserve zu locken. „Und dabei ist mir aufgefallen, dass ich mich gar nich' mehr so gut dran erinnern kann, wie ich hergekommen bin."

Für einen winzigen Moment hat es den Anschein, als husche ein Schatten über Rosies Gesicht. Ist es Überraschung? Missbilligung? Ich habe keine Chance, es herauszufinden. Fast augenblicklich hat sie ihre Gesichtszüge wieder unter Kontrolle.

„Und?" Ihre Nachfrage wirkt schroff. Zu schroff.

„Nichts, ‚und'." Ich versuche, möglichst indifferent mit den Achseln zu zucken, obwohl meine Fingerspitzen wieder zu kribbeln beginnen. Das Thema scheint ihr nicht zu gefallen. „Ich kann mich nur noch dran erinnern, dass ich mit dem Zug hergefahren bin. Aber von der Fahrt selbst weiß ich so gut wie nichts mehr. Das Nächste ist dann, dass ich bei Dan zu Hause aufgewacht bin."

Trotz ihrer ruppigen Reaktion lenke ich das Gespräch weiter in die Richtung unserer Nachforschungen. „Es ist schon ... außergewöhnlich nett, dass er mich einfach so aufgenommen hat, oder?"

Rosie lächelt und nickt. Ihre Körperhaltung entspannt sich wieder ein wenig. „Ja, er ist ein feiner Kerl, dein Dan. Er hatte sich in dieser Angelegenheit sogar gegen Alexander durchgesetzt."

„Wieso durchgesetzt?" Ich wollte Rosie ausfragen, und nun bin ich plötzlich diejenige, die auf dem falschen Fuß erwischt wird.

„Alexander wollte dich zuerst bei sich unterbringen, Liebes. Hat dir das niemand erzählt?" Rosie sieht mich erstaunt an, doch sie wirkt immer noch so, als sei sie auf der Hut.

Ich schüttele den Kopf und spare mir damit eine Antwort. Geheimniskrämerei scheint trotz der ausgeprägten Klatsch-und-

Tratsch-Kultur in dieser Stadt ein angesagtes Hobby zu sein. Vielleicht lieben manche die Herausforderung, das scheinbar Unmögliche miteinander zu kombinieren.

„Warum wollte Xander mich aufnehmen?"

„Er war nach dem … Zwischenfall im Zug um deine Sicherheit besorgt." Rosie beäugt mich, als erwarte sie eine bestimmte Reaktion von mir. Mit dem Zwischenfall im Zug kann sie nur meinen Streit mit dem Muskelprotz meinen, den ich nie wieder gesehen habe. „Es spielt ja auch gar keine Rolle. So wie es war, war es genau richtig. Oder etwa nicht?"

„Mh", mache ich und bin froh, dass ich in Dans Gästezimmer aufgewacht bin und nicht bei Xander. Ich nutze die Gelegenheit, um das Gespräch zurück auf das Thema Xander zu lenken. „Apropos, wie lange kennt ihr euch eigentlich schon? Also, Xander und du, mein ich? Ihr müsst doch auch irgendwann mal hierher gekommen sein. Du hast mir noch nie davon erzählt."

Wieder zuckt Rosie bei meiner Frage zusammen, und langsam frage ich mich, ob sie es inzwischen bereut, mir diese Konversation aufgedrängt zu haben.

„Oh", macht sie nur und winkt ab. Es sieht für mich fast so aus, als würde sie nach der richtigen Antwort suchen – oder nach einer Ausrede? „Das ist alles so lange her, Liebes. Ich komme aus einem kleinen Ort auf dem Land. Nichts Besonderes. Fast so wie hier." Sie lacht, als habe sie etwas Lustiges gesagt. „Alexander und ich … Wir kennen uns schon … eine lange Zeit."

„Aber ihr habt nur rein geschäftlich miteinander zu tun." Ich versuche, meinen Argwohn wie Neugierde wirken zu lassen.

„Ja, das kann man so sagen", erwidert Rosie knapp und macht für einen kurzen Augenblick ein Gesicht, als hätte sie in eine Zitrone gebissen.

„Und? Wie ist er so? Ich hatte neulich den Eindruck, dass er vielleicht … ganz nett ist." Auch wenn das nicht ganz der Wahrheit entspricht, entlockt es der Älteren hoffentlich ein paar Informationen.

„Elizabeth!", tadelt Rosie mich, und mir ist sofort klar, dass diese Unterhaltung damit ihr jähes Ende gefunden hat. „Wenn Jeremy dich auf mich angesetzt hat, kannst du ihm gern ausrichten, dass er sich mit seiner Abneigung … Ach, was rede ich! Alexander und ich sind weiß Gott nicht immer einer Meinung, aber wenn man beruflich miteinander auskommen muss, spielen persönliche

Befindlichkeiten keine Rolle." Sie bedenkt mich noch einmal mit einem strengen Blick.

Das klingt, als führten Rosie und Xander eine rein geschäftliche Beziehung. Warum bringen sie meine Fragen nach dem Schokoladenmogul dann so aus dem Konzept?

„Und jetzt solltest du weitermachen, wenn du heute noch fertig werden willst. Husch! An die Arbeit!" Mit diesen Worten verlässt sie den Lagerraum, und ich lächele zufrieden in mich hinein, weil ich ganz offensichtlich in ein Wespennest gestochen habe.

Als ich am frühen Abend nach Hause komme, finde ich Jer in unserer Küche vor, der am Küchentisch sitzt und etwas in sein Sudokuheft kritzelt.

„Hey", sage ich.

„Hey", antwortet er, ohne von seinem Gekritzel aufzusehen.

Ich spähe über seine Schulter und sehe, dass er auf einem Blatt Papier zeichnet, das er in sein Heft gelegt hat. Seine Zeichnung zeigt eine Gestalt, die einen langen Mantel trägt und sich die Kapuze so tief ins Gesicht gezogen hat, dass man es nicht erkennen kann. Die Robe erinnert mich an Kleidung, die Mönche tragen. Um die Gestalt herum tobt ein Schneesturm.

„Sieht echt cool aus." Ich bewundere die Skizze und setze mich zu ihm an den Tisch.

„Danke. Wird vielleicht mein nächstes Tattoo." Jer legt den Bleistift nieder, während er sein Werk betrachtet.

„Dein anderes Tattoo hab ich noch nie gesehen", bemerke ich und tippe mit dem Zeigefinger gegen meinen Oberarm. Unter dem Ärmel seiner T-Shirts lugt immer nur ein kleiner Teil der schwarzen Farbe hervor, die seine Haut ziert.

„Dir ist schon klar, dass ich jetzt fragen muss, ob ich dir dann auch meine anderen Tattoos zeigen soll?" Seine Augen funkeln und er grinst.

„Du hast noch andere?"

„Nein." Sein Grinsen wird noch breiter.

„Ugh", mache ich, als ich verstehe, worauf er hinaus will. „Sag bloß, mit *der* Nummer kannst du bei Frauen landen?"

„Was soll ich sagen?", antwortet er, und wir müssen beide lachen.

„Aber für dich mache ich 'ne Ausnahme", fährt er fort und zieht den Ärmel nach oben. Zum Vorschein kommen zwei Drachen, einer hell, einer dunkel. Die beiden Echsen sehen aus, als würden sie miteinander kämpfen, so verschlungen sind ihre Körper. Was unter dem Ärmel hervorschaute, sind die verworrenen Schwänze der beiden Kreaturen.

„Ahm ... Wow. Das ist ... unglaublich. Was hat es für eine Bedeutung? Warum kämpfen die beiden?"

Jer spannt seine Armmuskulatur an, den Blick auf das Tattoo gerichtet. Wenn der Rest seines Körpers auch so gut in Form ist, dann ahne ich, warum die meisten Frauen seinem Charme nicht widerstehen können. „Oh, ich mag die Vorstellung, dass die beiden was ganz anderes tun", antwortet er mit einem breiten Grinsen. „Sie kämpfen nicht. Sie ergänzen sich. Die beiden sind wie Licht und Schatten, wie Yin und Yang. Der eine kann nicht ohne den anderen existieren."

„Es ist wunderschön", sage ich, als mir etwas auffällt. „Deine Drachen haben Gefieder an den Flügeln und am Kopf. Und einen Püschel am Schwanz."

„Und?"

„Ich dachte immer, Drachen hätten ledrige Flügel und überall Schuppen. Deine sind anders."

„Anders ist super. Und außerdem ... Hast du schon mal 'nen Drachen gesehen?"

„Was?" Ich lache kurz auf. „Natürlich nich'."

„Also kannst du gar nicht wissen, wie sie aussehen", antwortet Jer und lächelt. Bevor ich mich mit ihm darüber streiten kann, ob Drachen Fabelwesen sind, fragt er mich, was es Neues gibt. Da Dan noch nicht aus der Schokoladenfabrik zurück ist, nutze ich die Gelegenheit, um Jer brühwarm von der Unterredung mit Rosie zu berichten.

Als ich fertig bin, ist auch er überzeugt davon, dass die ältere Dame mehr weiß, als sie vorgibt, aber trotzdem ist er sauer, weil ich mich, entgegen seiner Bitte, an den „Ermittlungsarbeiten" beteilige.

In den folgenden Tagen versuche ich, Rosie immer wieder in Unterhaltungen zu verwickeln, mit dem einzigen Ziel, mehr über Xander und sie zu erfahren.

Doch je öfter ich sie mit meinen Fragen konfrontiere, desto umfangreichere Arbeitsbeschaffungsmaßnahmen lässt sie sich einfallen, um unseren Konversationen aus dem Weg zu gehen. Schon bald steigt mein Frustrationslevel rapide an, und ich verbuche meine Interrogationen als erfolglos. Jer wirft mir zwar mit einem Augenzwinkern mangelndes Durchhaltevermögen vor, aber ich glaube, insgeheim ist er ganz froh, dass ich aufgegeben habe.

Je mehr Zeit vergeht, ohne dass ich etwas Stichhaltiges herausfinde, desto mehr vergesse ich, dass es unsere Verschwörungstheorien je gegeben hat.

In Rosies Laden gibt es viel zu tun, vor allem seit sie es sich in den Kopf gesetzt hat, zu renovieren. An einem Morgen habe ich nicht nur lauter Kartons vor Rosies Boutique vorgefunden, sondern auch einen verschwitzten Stan, der mir nur das Wort „Regale" entgegen gekeucht hat. Der arme Kerl muss ihr entweder seine Hilfe angeboten haben oder zufällig vorbeigekommen sein. Rosie kennt da keine Gnade.

Frischen Wind möchte sie in ihre alten vier Wände bringen, hat sie gesagt. Aber Handwerker will sie dafür nicht bestellen, weil Jer und ich bestimmt auch streichen und ein paar Regale aufbauen können. Dass sie gefühlt den halben Laden abreißen will, hat sie allerdings verschwiegen.

Auch Jers Versuche, sich Rosies Renovierungsprogramm zu entziehen, sind erfolglos geblieben, sodass wir beide jeden Abend ausgepowert in Dans Küche sitzen. Natürlich lässt der es sich nicht nehmen, uns mit Neckereien über Rosies Regiment aufzuziehen, aus dem es für Jer und mich kein Entkommen gibt.

Den Schokoladenmogul habe ich seit unserer Begegnung in der Boutique nicht mehr getroffen und bin sehr froh darüber.

Generell meiden Jer und ich das Thema Xander konsequent, seit mir der Elan für unsere Aufklärungsmission abhanden gekommen ist. Mittlerweile ist Jer aber wenigstens nicht mehr sauer auf mich.

So arbeiten wir Hand in Hand in Rosies Laden, und nach gefühlt endlosen Stunden des Muskelkaters bestaunen wir unser Werk.

Wir haben die Wände gestrichen und den Räumlichkeiten mit einem satten Petrol einen ganz neuen Look verpasst. Der Holzfußboden und die Geländer sind abgeschliffen, poliert und gebohnert, die alten Bilder an den Wänden mussten neuen Kunstwerken weichen, und sogar die Sitzmöbel haben wir mit petrolfarbenem Stoff neu aufgepolstert. Zu guter Letzt haben wir es mit neuer Beleuchtung und neuen Regalen geschafft, alle Wünsche Rosies zu verwirklichen. Nur der große Kronleuchter im Eingangsbereich durfte bleiben.

„Ich finde, das ist echt gut geworden", sage ich voller Stolz, während ich die letzten Pullover in Regalfächer setze. Jer rollt die Abdeckplanen zusammen.

„Ja, Mann. Ich hätte gar nicht gedacht, dass du handwerklich zu was zu gebrauchen bist", foppt er mich.

„Hey! Das Gleiche könnte ich von dir auch sagen! Man munkelt, dass Schreiberlinge zwei linke Hände haben."

„Du hast ja keine Ahnung, was meine Hände alles können", kontert er und grinst sein typisches Jer-Grinsen.

„Es ist nicht nur gut geworden, meine Lieben", schaltet sich Rosie aus dem Hintergrund ein. „Es ist wirklich toll, was ihr für mich auf die Beine gestellt habt! Ich weiß gar nicht, wie ich euch danken soll." Die ältere Dame sieht sich in ihrem eigenen Laden um, als sähe sie die Neuerungen zum ersten Mal, obwohl sie während der Renovierungsarbeiten mit eiserner Hand regiert hat.

„Ach. Das musst du nicht …", beginne ich, aber werde jäh von Jer unterbrochen.

„Och! Ich wüsste da schon was!", posaunt er, und ich halte die Luft an, weil ich befürchte, dass er Rosie im Gegenzug für unsere Hilfe ein paar Informationen abringen will.

„Da du es vorgezogen hast, uns zu versklaven statt zu bezahlen, könntest du uns zum Beispiel ab morgen jeden Tag zum Frühstück einladen. Und mittags zu 'ner Pizza! Und vielleicht könntest du …"

„Jetzt hör schon auf, du Spinner!", unterbreche ich Jers Ideenfluss und puste mir eine Haarsträhne aus dem Gesicht.

„Mir hat's irgendwie Spaß gemacht", sage ich zu Rosie gewandt. „Außerdem arbeite ich eh für dich. Mir musst du gar nichts geben."

„Ich danke euch", sagt die ältere Dame und umarmt mich so fest, dass mir die Luft wegbleibt. Danach umarmt sie Jer, und anhand des „umph"-Geräuschs, das er von sich gibt, vermute ich, dass sie ihn mindestens genauso fest drückt.

„Nun sieht mein Laden wieder aus wie neu. Jedenfalls für die nächsten 20 Jahre." Vielleicht täusche ich mich, aber ich habe den Eindruck, dass ihre Augen glasig werden, als sie sich noch einmal umsieht.

„Als ob der Laden vorher ranzig gewesen wäre!", murmelt Jer, lächelt aber sofort wieder, als Rosie ihm einen mahnenden Blick zuwirft.

„Und jetzt … meine liebe Ellie", sagt sie und nimmt meine Hand, „habe ich eine kleine Überraschung für dich."

Ich blinzele sie an. „Für mich? Was für eine Überraschung?" Ich werfe Jer einen fragenden Blick zu, doch der hebt bloß die Schultern.

Rosie nickt mir zu. Ein Lächeln umspielt ihre Mundwinkel. „Ich will, dass du dir sofort ein paar hübsche Klamotten aussuchst und dich dann auf den Weg zum See machst."

„Aber Rosie, ich ... ahm ... verstehe nich' ganz?"

„Oh, es wäre keine Überraschung, wenn ich dir jetzt schon alles verraten würde, oder?" Sie zwinkert mir zu, als sei sie Teil einer Verschwörung. Vielleicht ist sie es. „Sie wird dir gefallen, vertrau mir."

Warum fordert mich eigentlich gefühlt jeder zweite Mensch in dieser Stadt auf, ihm zu vertrauen? Als ich protestieren will, hebt Rosie sofort die Hände und dirigiert mich in Richtung einiger frisch eingeräumter Regale.

Ich gebe mich geschlagen. Rosie eilt voraus und drückt mir im Handumdrehen ein paar Outfits in die Arme. Als ich die aufeinander abgestimmten Teile sehe, ist mir klar, dass das alles vorbereitet ist, und als ich einen Blick in Jers Richtung werfe, sehe ich, wie er an den Tresen gelehnt steht und das Geschehen mit einem Grinsen beobachtet. Ich vermute, dass er ganz genau weiß, von welcher Überraschung hier die Rede ist.

„Und du, junger Mann", ruft Rosie ihm zu, als ich hinter dem Vorhang der Umkleidekabine verschwunden bin, „du bleibst gleich noch einen Moment. Wir beide haben noch ein Hühnchen zu rupfen."

Ich hebe zwar eine Augenbraue und bin versucht, hinter dem Vorhang hervorzurufen, dass ich wissen will, was Jer ausgefressen hat, beschließe aber, dass mir gerade ohnehin keiner der beiden eine Auskunft darüber geben würde. Ich werde ich es noch früh genug erfahren, wenn ich Jer bei der nächsten Gelegenheit lange genug löchere.

Da Rosie mir bereits verraten hat, dass die Überraschung etwas mit dem See zu tun hat, und der Sommer sich heute von seiner schönsten Seite zeigt, fällt meine Wahl auf ein dunkelblaues Sommerkleid mit weißen Punkten. Rosie reicht mir dazu passende flache Sandaletten. Ich drehe mich einmal vor dem Spiegel vor der Umkleidekabine um die eigene Achse und betrachte, wie das Kleid meine Figur umschmeichelt und wie die kleinen, glitzernden

Applikationen meiner Schuhe funkeln. Rosie hat wirklich ein Händchen für Klamotten. Zum Glück waren heute nur noch wenige Waren zu verräumen, sodass ich weder verschwitzt bin noch voll mit dem Baustaub der letzten Tage.

„Das steht dir ausgezeichnet", frohlockt Rosie, „aber etwas fehlt noch."

Neugierig blicke ich ihr nach, als sie zwischen einigen Kleiderständern und halbhohen Regalen verschwindet. Einige Augenblicke später kommt sie mit meiner Sonnenbrille und einem weißen Sonnenhut zurück, den ein dunkelblaues Band ziert. Als ich mein Spiegelbild ansehe, passieren die letzten Monate vor meinem inneren Auge Revue. Ich muss lächeln, weil mir bewusst wird, dass ich mit nichts als nur den Klamotten, die ich am Leibe trug, in diese Stadt gekommen bin. Inzwischen habe ich hier alles, was man sich nur wünschen kann. Ich habe nicht nur Freunde gefunden, sondern lebe mit meinem Traummann in einem wundervollen Haus in einer pittoresken Stadt. Ich habe einen Job, der mich zufrieden stimmt, und Rosie drängt mir mehr als nur ein Outfit im Monat auf – jeder Widerstand ist zwecklos. Als Dankeschön, weil ich mich so sehr engagiere, sagt sie immer, obwohl ich einfach nur bestrebt bin, meinen Job gut zu machen.

Dan und ich haben inzwischen gelernt, unsere Vergangenheit loszulassen. Wir sind an einem Punkt angelangt, an dem wir beide begriffen haben, dass es nicht die Last selbst ist, die einen zusammenbrechen lässt – es kommt vielmehr darauf an, wie man sie trägt.

Ich setze den Sonnenhut und die Sonnenbrille auf und fühle mich für einen Augenblick wie ein Filmstar der 1950er-Jahre.

„Jetzt ist es perfekt", flüstert Rosie und legt mir eine Hand auf den Unterarm. Ihre Berührung ist so leicht, als ließe sich ein Schmetterling auf meinem Arm nieder.

Ich bedanke mich bei ihr und verabschiede mich von den beiden. Als ich vor der Ladentür stehe, nehme ich einen tiefen Atemzug der Bergluft, schnappe mein Rad und mache mich auf den Weg zum See. Ich entscheide mich, mein Fahrrad zu schieben, zu groß ist meine Angst, dass sich mein Kleid in den Speichen verfängt oder beim Hochflattern ungewollte Einblicke gewährt.

Auf meinem Weg frage ich mich, was für eine Überraschung wohl auf mich warten mag. Insgeheim hoffe ich, dass Dan etwas damit

zu tun hat, auch wenn ich weiß, dass er heute eigentlich arbeiten muss.
Als ich an der Schokoladenfabrik vorbeikomme, stellt sich das gewohnt mulmige Gefühl in meiner Magengegend ein, und obwohl die Sonnenstrahlen auf meiner Haut brennen, fröstele ich. Ich werfe einen kurzen Blick auf das Fabrikgebäude und entdecke hinter einem der Fenster im oberen Stock Xanders Erscheinung. Mit verschränkten Armen und versteinertem Gesichtsausdruck sieht er genau in meine Richtung. Jede Faser meines Körpers verlangt danach, so schnell wie möglich das Weite zu suchen, doch ich zwinge mich dazu, im gleichen Tempo weiterzugehen und so zu tun, als hätte ich ihn nicht gesehen. Die Abzweigung in den Wald scheint plötzlich kilometerweit entfernt zu sein, und ich muss mich zusammenreißen, mich nicht umzudrehen und sicherzustellen, dass Xander nicht plötzlich hinter mir auftaucht. Es fühlt sich an, als würden sich seine Blicke in meinen Rücken bohren, obwohl ich weiß, dass er mich vom Fenster aus unmöglich so lange beobachten kann. Das kann er doch nicht, oder?
Ich atme auf, als die Abzweigung endlich vor mir liegt. Jeder Schritt, der mehr Distanz zwischen mich und die Fabrik bringt, beschwingt mich geradezu. Als ich über den Waldweg spaziere, siegt die Vorfreude über das flaue Gefühl in meinem Magen.
Als ich Dans an einen Baum gelehntes Fahrrad entdecke, stiehlt sich ein breites Grinsen auf mein Gesicht. Voller Ungeduld lehne ich mein Rad ebenfalls an und steige die Holzstufen hinab. Als ich den Steg sehen kann, macht mein Herz einen Freudensprung.
Dort steht Dan, der mir zuwinkt und dessen bloßer Anblick die Schmetterlinge in meinem Bauch losflattern lässt. Er hat ein Picknick unter dem roten Sonnenschirm auf einer Decke ausgebreitet. Ich beeile mich, die letzten Stufen hinabzusteigen, und je näher ich komme, desto mehr fallen mir die hübschen Details auf, auf die er geachtet hat.
Auf dem Boden liegt nicht nur eine Decke, sondern da befinden sich auch bunte Kissen, die mit orientalischen Mustern bestickt sind. Im Schutz des Schirms stehen die Kühlbox und ein kleiner Sektkühler, der mit Eiswürfeln und einer noch ungeöffneten Flasche bestückt ist. Ich bin von seiner Überraschung beeindruckt.
„Wow!", hauche ich und falle ihm um den Hals. Er küsst mich zärtlich, und ich könnte durchdrehen vor Glück wie jedes Mal, wenn wir uns so nah sind.

„Hey, Baby!", sagt er und grinst. „Na? Überraschung gelungen? Oder hat sich jemand von den Tratschtanten verplappert?"

Ich schüttele den Kopf. „Nee. Die haben ausnahmsweise dicht gehalten. Aber ich habe natürlich gehofft, dass du dahintersteckst, als ich gehört habe, dass ich zum See soll. Aber das hier ist ... wow! So schön! Aber wie ... warum? Wie hast du das alles hierher bekommen? Und Rosie und Jer wussten davon?"

„Klar! Um ehrlich zu sein, war's sogar ihre Idee. Was nicht heißt, dass ich nicht auch auf so was gekommen wäre!" Er lacht und zwinkert mir zu. „Aber die Sachen besorgt und aufgebaut habe ich schon allein! War gar nicht so einfach, alles herzukarren. Und warum musst du immer nach dem Warum fragen? Es muss nicht immer für alles einen Anlass geben, oder?"

Ich grinse bis über beide Ohren. „Ich dachte, du musst arbeiten!"

„Ich hab extra ein bisschen Gas gegeben, um gestern fertig zu werden. Für Xanders Abwesenheit ist alles vorbereitet, er kann morgen also mit ruhigem Gewissen abzischen."

Für den Bruchteil einer Sekunde drängt sich mir bei der Erwähnung seines Namens die Erinnerung an Xander auf, wie er mich vom Fenster aus beobachtet hat. Doch der Gedanke verschwindet ob des romantischen Ambientes so schnell wieder, wie er gekommen ist. Stattdessen freue ich mich, dass Dan und ich den schönen Tag zusammen genießen können.

„Jetzt setz dich doch endlich mal", drängelt Dan. Wir machen es uns mit den Kissen auf der Decke bequem, und er präsentiert mir den Proviant. Neben frischem Obst hat er auch eine ganze Menge anderer leckerer Dinge eingepackt: Sandwiches und natürlich unsere Lieblingsdonuts, Käse und auch ein paar *Seamy's* haben ihren Weg in die gekühlte Box gefunden. Die Schokolade schmachte ich kurz an, gebe dem Impuls, eine Praline zu essen, aber nicht nach.

Während wir uns über einige der Köstlichkeiten hermachen, unterhalten wir uns über belanglose Dinge, lachen unbeschwert, und ich fühle mich wie im Urlaub. Mit einem Lächeln lasse ich mich rücklings in die Kissen sinken und seufze.

„Kann ich dich mal was fragen, Ellie?"

Dan sitzt im Schneidersitz neben mir und rollt eine einzelne Weintraube auf der Decke hin und her.

„Klar. Schieß los."

„Hast du mal dran gedacht … wieder zurückzugehen?"

„Zurück? Nach New York oder was meinst du?" Ich stütze mich auf meine Ellbogen und blinzele ihn an. Seine Frage trifft mich unvorbereitet.

Er nickt. „Ja."

„Hmmm. Weiß nich'. Ich hab schon mal drüber nachgedacht … aber irgendwie … Ich mag's hier. Ich mag meinen Job bei Rosie. Und du und Jer – ihr seid beide hier. Ich fühle mich nich' so … unter Druck wie in der Großstadt, weißt du, was ich meine?"

Wieder nickt er. „Ja, ich glaube, ich weiß, was du meinst. Als ich herkam, war ich todunglücklich. Nachdem Nora … weg war, war ich so einsam und orientierungslos. In New York kam es mir so vor, als gäbe es dort keinen Platz mehr für mich." Er seufzt schwer bei der Erinnerung an diese Zeit. „Ich hatte keinen Plan mehr für mein Leben, hab keinen Sinn mehr in allem gesehen."

„Aber jetzt denkst du drüber nach zurückzugehen?"

„Weiß nicht." Er fährt sich mit einer Hand übers Haar. „Ich weiß es wirklich nicht, Ellie. In den letzten Tagen frage ich mich oft, ob das hier das Richtige ist, oder ob wir nur vor unserem Leben weglaufen. Ich mein … Klar, um zur Ruhe zu kommen, ist das hier super. Aber ist das wirklich was für länger?" Er lächelt, aber ich kann die Unsicherheit in seinen Augen sehen.

„So schlecht kann's nich' sein. Wenn ich nich' in Slumbertown gelandet wäre, hätten wir uns vielleicht nie gefunden", merke ich an und erwidere sein Lächeln, um ihn zu beruhigen.

„Und das war auch das Beste, was mir seit Langem passiert ist. Ich kann dir nur einfach nicht sagen, ob das hier wirklich der Ort ist, an dem ich bleiben will. Es fühlt sich irgendwie so an, als wäre es Zeit für was Neues." Er schüttelt den Kopf. „Oh Mann. Ich komme mir total bescheuert vor. Wir haben hier alles, und ich? Ich mecker undankbar rum."

„So wie du das sagst, klingt das, als käme noch ein dicker Klops", sage ich und spüre, wie Beunruhigung in mir hochkriecht.

„Nein, nein. Keine Hiobsbotschaften. Versprochen. Ich hab nur … also nicht, dass du das jetzt in den falschen Hals kriegst, ja? Aber … ich habe letzte Nacht von Nora geträumt." Dan wendet den Blick von mir ab, als könne er es kaum über sich bringen, darüber zu sprechen.

Seine Aussage trifft mich wie ein Vorschlaghammer. Ich habe das Gefühl, dass sich der Boden unter mir zu bewegen beginnt und sich der gerade gegessene Donut den Weg aus meinem Magen zurück in die Freiheit erkämpfen will.

Was hat das zu bedeuten? Zuerst träume ich von Lu, und nun kommt Dans tote Ex-Freundin nachts zu Besuch? Jer hatte recht. Er hatte die ganze Zeit recht, und ich blöde Kuh habe mich dazu hinreißen lassen, mich einem Alltag anzupassen, dessen Idylle mich eingelullt hat. Irgendetwas ist mit dieser Stadt nicht in Ordnung, und ich habe es verdrängt. Ich versuche, die in mir aufsteigende Panik niederzuringen, und setze mich auf.

„Du ... was?!"

„Ja, ich weiß, wie das klingt", sagt Dan und räuspert sich. „Aber es ist nicht so, wie du vielleicht denkst. Es hat nichts damit zu tun, dass ich sie nicht loslassen will oder so. Wir haben uns ... Das klingt echt total lächerlich, wenn ich es laut ausspreche." Während er spricht, zupft er immer wieder neue Weintrauben von ihrer Rispe, die bei den anderen Trauben auf der Picknickdecke landen. So verunsichert habe ich ihn noch nie gesehen. „Wir haben uns unterhalten", fährt er leise fort, während ich mich weiterhin in Schweigen hülle. „Sie hat mir gesagt, dass es okay ist, wenn ich sie gehen lasse. Und dass manche Dinge kaputt gehen müssen, damit bessere Dinge zusammenfinden können." Er lässt den Blick über den See schweifen, der glatt wie ein Spiegel vor uns liegt. „Sie meinte, dass alles schon seinen Sinn hat. Und dass es gut ist, wenn ich endlich wieder nach vorn sehe." Er presst die Lippen zusammen.

Ich sehe ihm an, wie schwer es ihm fällt, weiterzusprechen.

„Sie war schwanger, weißt du." Er nimmt eine der Weintrauben, die er eben auf die Decke gelegt hat, und schleudert sie ins Wasser. „Wir waren glücklich, und von einem auf den anderen Tag war alles vorbei. Einfach so. Weg." Seine Stimme klingt gefasst, aber auch unendlich traurig.

Ich lege eine Hand auf seinen Rücken. Er hat recht: Manchmal kann alles schnell vorbei sein, ich weiß es aus eigener Erfahrung nur zu gut.

Eben noch fühlte sich alles nach einem unbeschwerten Sommertag an, doch jetzt drohen mich meine Emotionen zu erdrücken. Ich hatte keine Ahnung, was er durchlebt hat, weil ich ihn nic dazu gedrängt habe, seine Geschichte zu erzählen.

„Wir wollten uns im Central Park treffen", fährt er fort und blickt in die Ferne. „An der Romeo-und-Julia-Statue. Das war immer unser Treffpunkt. Wir haben auf Staten Island gewohnt und sind fast jeden Abend nach Feierabend zusammen mit der Fähre rübergefahren. Aber an dem Tag stand ich da, und irgendwann war mir klar, dass was passiert sein musste. Nora kam nie zu spät, nicht ohne Bescheid zu sagen. Nie." Er macht eine kurze Pause. Als er mir das erste Mal von Nora erzählt hat, konnte er seine Tränen nicht zurückhalten, doch jetzt wirkt er gefasst. Ein Moment des Schweigens breitet sich zwischen uns aus.

„Es war ein Mädchen", sagt er und befördert die restlichen Weintrauben mit einem Wurf in den See.

„Es tut mir so leid, Dan." Ich flüstere die gleichen Worte, die ich nach dem Tod meiner Schwester immer nur als leere Hülle empfunden habe. Ich weiß, dass es nichts Tröstliches gibt, das man sagen kann, wenn jemandem das Leben so übel mitgespielt hat. Aber ich fühle mich hilflos und habe keine anderen Worte.

Dass er durch diesen Unfall nicht nur seine Frau, sondern auch sein ungeborenes Kind verloren hat, trifft mich besonders hart. Ich kann mir kaum vorstellen, was für ein großes Loch dieser Verlust in Dans Leben gerissen haben muss.

Wie oft fragt er sich wohl, wie alles gekommen wäre, wäre Nora nicht gestorben? Auf jeden Fall wäre er jetzt ein Dad. Obwohl ich nicht weiß, wie seine Freundin aussah, stelle ich mir vor, wie er mit einer hübschen Frau durch den Central Park läuft und ein kleines Mädchen auf den Schultern trägt. Der Gedanke daran bricht mir das Herz. Ich kann mir nur ansatzweise vorstellen, wie sehr ihn diese Vorstellung quälen muss, wenn es mir dabei schon so mies geht.

„Schon okay", flüstert er und atmet tief durch. „Wirklich. Es wird Zeit, dass ich damit endlich abschließe, Ellie. Jedes Mal, wenn die Vergangenheit an die Tür klopft, hat sie nichts Neues zu sagen. Also mache ich die Tür ab heute nicht mehr auf."

Ich nicke, kann aber meine Neugier nicht im Zaum halten. „Hat sie ... noch was gesagt? In deinem Traum, mein ich?"

Mir ist bewusst, dass jetzt durchaus die Chance besteht, dass Dan sich wieder in sein Schneckenhaus zurückzieht und abblockt. Doch er sieht mich mit hochgezogenen Augenbrauen an.

„Ja ... Komisch, dass du fragst. Sie hat gesagt, dass eine Komfortzone zwar ein netter Ort ist, aber dass dort niemals was wachsen kann. Sie war der Meinung, ich soll mit dir zurück nach New York. Und nicht in diesem Provinznest hier versauern. Ihre

Worte. Nicht meine." Er lächelt in sich hinein. „Jedenfalls hat sie betont, dass sie will, dass ich glücklich bin. Und auch wenn's nur ein Traum war, … es hat sich verdammt real angefühlt. Und ich habe so richtig das Gefühl, dass das … ein Schubser war, den ich gebraucht habe." Er seufzt und wirkt irgendwie erleichtert. Täusche ich mich, oder schimmern nun doch Tränen in seinen Augen?

Ich kann ihn so gut verstehen. Ob es einen Zusammenhang zwischen Noras Auftauchen und dem von Lu gibt?

Es ist nun schon eine ganze Weile her, dass ich meine Schwester das letzte Mal im Traum gesprochen habe, aber da hatte sie zu mir gesagt, dass der richtige Zeitpunkt noch nicht gekommen sei, um nach New York zurückzugehen. Warum rät Nora Dan in seinen Träumen dazu, Slumbertown zu verlassen? Ist der richtige Moment vielleicht jetzt da? Ich wünschte, ich könnte Lu fragen, ob alles zusammenhängt, aber ich weiß nicht, wie ich sie in meine Träume zurückholen kann.

„Tja …", sage ich und schiebe die Fragen beiseite. „Das erinnert mich an was, das meine Mutter immer gesagt hat: Manchmal glaubt man, meilenweit von dort entfernt zu sein, wo man hin wollte … Und trotzdem ist man genau da, wo man sein muss."

„Irgendwie schon, ja", bestätigt Dan. „Vielleicht braucht man auch gar nicht immer einen Plan. Was haben uns unsere Pläne denn bis jetzt gebracht?! Vielleicht müssen wir mal loslassen und einfach schauen, was dann passiert. Ich mein … ich für meinen Teil brauche keinen neuen Lebenstraum oder so. Solange du da bist, bin ich glücklich."

Während er den letzten Satz ausspricht, legt er seinen Arm um meine Schultern. Ich lehne den Kopf an seine Schulter, und auch wenn so viele besorgniserregende Gedanken durch mein Hirn jagen, wirkt seine Nähe beruhigend auf mich. Dan bedeutet für mich Geborgenheit, sein Arm ist wie ein Schutzschild.

„Vielleicht lebt es sich ohne große Pläne ja auch ganz gut", räume ich ein. „Ich bin eh nich' sicher, wo ich mich in ein paar Jahren sehe. Ich weiß nur, dass ich glücklich sein will. Mit dir. Egal wo." Ich mache eine kurze Pause. „Wenn du zurück nach New York willst, dann bin ich dabei."

„Ich habe gehofft, dass du das sagst." Er lächelt und streicht mir zärtlich eine Haarsträhne hinters Ohr. „Vielleicht kommt Jer auch mit. Der hält's ohne uns hier doch gar nicht aus."

„Jede Wette!", antworte ich und weiß, dass ich unserem Freund unbedingt noch heute berichten muss, dass die seltsamen Träume nun auch bei Dan angekommen sind. Oder wenigstens einer.

„Aber was ist mit deinem Job hier, Dan? Und mit Xander? Willst du echt einfach so hinschmeißen?" Ich hoffe, dass ihn meine Nachfrage nicht in seiner Entscheidung verunsichert, aber ich fühle mich dazu verpflichtet, sie wenigstens zu stellen – auch wenn ich gestehen muss, dass mir die Idee einer baldigen Abreise gefällt, nachdem sich hier so seltsame Dinge zutragen.

„Einfach so? Es ist ja nicht einfach so. Hier geht's darum, dass wir wieder nach Hause wollen. Xander wird das schon verstehen. Und er wird schon einen anderen Computernerd finden, der meinen Job übernimmt. Da mache ich mir keine Sorgen."

Ich nicke, aber allein die Vorstellung, dass Dan bei Xander kündigen will, erfüllt mich mit Unbehagen. Es ist nicht so, dass ich die Aussicht nicht verlockend finde, so viel Distanz wie möglich zwischen uns und den Schokoladenmogul zu bringen, aber ich befürchte, dass Dans Chef das alles nicht so gelassen auffassen wird. Auch wenn kurze Kündigungsfristen üblich sind, glaube ich kaum, dass Xander es kommentarlos hinnimmt, wenn ihm einer seiner Mitarbeiter abspringt. Aber er scheint Dan zu mögen. Vielleicht ist das von Vorteil? Ich weiß es nicht. Von all diesen Gedanken spreche keinen einzigen aus.

„Ja. Ich glaube, nach New York zurückzugehen, ist eine gute Idee. Ich denke auch, es wird Zeit", höre ich mich stattdessen mit einer Zuversicht sagen, von der ich selbst nicht weiß, woher sie kommt.

Unweigerlich muss ich daran denken, dass meine Freundin Jo' mittlerweile bestimmt mehr als nur sauer auf mich ist. Und auch Rick hat womöglich inzwischen aufgegeben, mich erreichen zu wollen. Mein schlechtes Gewissen meldet sich, denn dass ich mein Handy verloren habe, dürften meine Freunde schon seit Ewigkeiten wissen. Sie werden vielleicht denken, dass ich in der New Yorker Künstlerszene abgetaucht bin. Oder sie sind krank vor Sorge um mich, weil sie keine Möglichkeit haben, mich zu erreichen. Es wird mehr brauchen, als nur eine Entschuldigung, um das wiedergutzumachen. Ja, es ist an der Zeit, einige Dinge endlich in Ordnung zu bringen. Vielleicht rufe ich nachher einfach zu Hause an.

„Der Vorschlag ist ja auch von mir", sagt Dan und grinst, und mein Herz schlägt bei diesem Anblick höher.

„Blödmann", necke ich ihn und hoffe insgeheim, dass es wirklich so einfach wird, diese Stadt zu verlassen.

11

Als wir am frühen Abend nach Hause kommen, wartet Jer auf den Stufen von Dans Veranda auf uns. Als er uns Händchen haltend heranschlendern sieht, springt er auf und grinst.

„Na? Alles gut, ihr Turteltauben?"

„Klar, Mann!", antwortet Dan, und die beiden Männer begrüßen sich, indem sie freundschaftlich ihre rechten Fäuste aneinander stoßen wie Boxer vor einem Kampf. „Komm rein, Jer! Es gibt Neuigkeiten!"

Jer wirft mir einen vielsagenden Blick zu, woraufhin ich ein Kopfschütteln andeute. Was denkt er von mir? Dass ich meine Klappe nicht halten konnte?

Wir setzen uns gemeinsam an den Küchentisch, und Jer verschlingt eines der übrig gebliebenen Sandwiches des Picknicks, die Dan aus der Kühlbox auspackt.

„Bist du am verhungern oder was?", frage ich.

„Alfo? Waf gibf?", fragt er mit vollem Mund und übergeht mich.

„Wir wollen zurück nach New York." Dan setzt auf seine altbewährte Strategie, mit der Tür ins Haus zu fallen.

„*Waff?!*" Jers Augen weiten sich und er verschluckt sich an dem Bissen Brot in seinem Mund. Nachdem er seinen Hustenanfall überwunden hat, strahlt er über das ganze Gesicht. „Was?!", sagt er nochmal, „aber das ist ja ... die beste Idee *ever*, Alter!"

Er springt von seinem Stuhl auf, umarmt Dan, klopft ihm auf den Rücken und lacht, als hätte er gerade von einem Lottogewinn erfahren.

Verwirrt beobachte ich diese Szene. Ich hatte damit gerechnet, dass Jer den Vorschlag begrüßen wird, aber seine Reaktion ist selbst für ihn überschwänglich.

„Und ich dachte schon, dass du bis zur Rente in dem Kaff hier versauern willst!", feixt er, doch Dan zuckt nur mit den Achseln.

„Nein, keine Ahnung", druckst er. „Irgendwie ... passt der Zeitpunkt einfach, weißt du?"

Jer nickt, während ich zur Kenntnis nehme, dass Dan seinem Freund gegenüber den Traum von Nora vorerst verschweigt.

„Und du?", wendet Jer sich an mich. Sein Enthusiasmus ist ungebremst. „Was sagst du dazu, Sonnenschein?"

Die Frage habe ich erwartet, trotzdem fühle ich mich überfordert, als ich die Tragweite der Situation begreife: Wir werden

Slumbertown verlassen.

„Ich ... ahm ... Ich find's gut. Doch. Ich freue mich, wieder nach Hause zu gehen." Ich unterstreiche meine Aussage mit einem entschlossenen Nicken. „Ich mein, mir gefällt's hier schon, aber ... Ich glaube, es wird Zeit ein paar Dinge in Ordnung zu bringen."
Jer nickt und sieht aus, als sei er mit meiner Antwort zufrieden.

„Ihr glaubt gar nicht, wie cool das ist. Und wisst ihr was? Wenn ihr nichts dagegen habt, mich noch weiter an der Backe zu haben, komm ich einfach mit." Er verkündet das mit einer Selbstsicherheit, die ihresgleichen sucht. „Ohne euch wollte ich nicht aus dem Puff hier verschwinden, aber wenn ihr abhaut, dann wüsste ich eh nicht, was mich hier noch hält."

„Vielleicht dein Harem?" Dan grinst wie ein Honigkuchenpferd, und ich bin erleichtert, dass es nun beschlossene Sache ist, dass wir unseren Neustart in New York gemeinsam wagen. In den vergangenen Monaten sind wir drei so eng zusammengewachsen, dass ich mir nicht vorstellen kann, einen der beiden irgendwo zurückzulassen.

„Ehjaa ...Was soll ich mit den Weibern, wenn dafür meine besten Freunde weg wären?" Jer winkt ab.

„Alter, das ist der erste vernünftige Satz, den ich von dir höre, seit wir uns kennen." Dan grinst und steht von seinem Stuhl auf, bevor sein Freund Protest einlegen kann. „Ladies! Ich werde mich jetzt erst mal unter die Dusche schwingen. Und gleich morgen früh erzähle ich Xander von unserem Plan. Ich will's ihm auf jeden Fall noch sagen, bevor er abreist."
Mit diesen Worten macht er sich auf den Weg nach oben ins Bad.

Erst als das Rauschen des Wassers im oberen Stockwerk zu hören ist, bricht Jer das Schweigen zwischen uns.

„Was soll der Scheiß, Ellie?! Wir hatten doch abgemacht, dass du ihm nichts sagst!" Er spricht mit gedämpfter Stimme, obwohl Dan im Bad unmöglich etwas von unserer Unterhaltung hören kann.

„Ich hab ihm überhaupt nichts gesagt!", zische ich und verfalle selbst in einen leisen Tonfall. „Ich schwör's! Er kam heute auf einmal mit dieser Umzugsidee um die Ecke. Ich war selbst überrascht."
Eigentlich wollte ich nicht weitertratschen, was Dan mir anvertraut hat, aber ich ringe mein schlechtes Gewissen in diesem Fall nieder.

„Ein Detail an der ganzen Sache hat er dir geschmeidig

verschwiegen", sage ich und schneide eine Grimasse.

Jer hebt eine Augenbraue. „Und das wäre?"

„Der Anstoß kam von Nora."

Jers Augen werden zu schmalen Schlitzen, und er beugt sich über den Tisch hinweg weiter zu mir herüber. „Was zur Hölle?!"

„Ja. Er hat von ihr geträumt", offenbare ich Dans Geheimnis und fühle mich dabei gleichzeitig schlecht und erleichtert.

„Na und?!"

„Jer", sage ich mit Nachdruck. „Er hat von ihr geträumt wie ich von meiner Schwester. Das beunruhigt mich ehrlich gesagt mehr als sein plötzlicher Sinneswandel mit New York."

„Scheiße, Mann." Jer grunzt und verschränkt die Arme vor seiner Brust. „Was hat er genau gesagt?"

„Nich' viel. So genau hat er sich nich' ausgekotzt. Er hält's einfach nur für einen ziemlich realen Traum."

Jer überlegt einen Moment, bevor er einen Tonfall anschlägt, als würden wir eine Verschwörung planen. „Dann sollten wir uns so schnell wie möglich ausm Staub machen, wenn du mich fragst. Ich glaub nämlich nicht, dass es ein gutes Zeichen ist, wenn das bei Dan jetzt auch losgeht."

„Wieso? Hast du irgendwas rausgefunden?" Mein Mund fühlt sich mit einem Mal schrecklich trocken an. „Wollte Rosie dich deswegen heute Morgen sprechen?"

„Möglicherweise hat sie mich beim Lauschen erwischt."

„Mann, Jer!", fluche ich, aber er unterbricht mich, bevor ich weiterschimpfen kann.

„Hör zu, Ellie. Ich weiß noch nicht, was los ist, aber ich habe das Gefühl, ich bin nah dran. Xander hat sich ein paar Bücher liefern lassen. Alte Bücher. Der hat die Teile vom Lieferanten angenommen, als wären sie vergammeltes Dynamit, das jede Sekunde hochgehen kann."

Ich lege die Stirn in Falten. „Ich weiß nich', was an Büchern so ungewöhnlich sein soll, wenn ich ehrlich bin."

Jer zuckt mit den Achseln. „Wenn's eine normale Lieferung gewesen wäre ..." Er schüttelt den Kopf. „Du hättest den mal sehen soll. Der war richtig nervös. Der hat auf jeden Fall was am Laufen, und Rosie ... Keine Ahnung. Sie weiß irgendwas. Ich ..."

Als er weitersprechen will, sind Dans Schritte im Treppenhaus zu hören. Ich habe während unserer Unterredung noch nicht einmal bemerkt, dass das Rauschen des Wassers verstummt ist. In karierter

Schlafanzughose und T-Shirt schlurft Dan in die Küche und sieht selbst in diesem Aufzug noch unverschämt gut aus.

„Na? Was machen wir heute Abend noch?", fragt er gut gelaunt, während er sich ein Bier aus dem Kühlschrank nimmt.

„Sorry, Alter", erwidert Jer und mustert Dan von Kopf bis Fuß. „So wie du angezogen bist, unternehm ich mit dir heute gar nichts mehr."

Dan verdreht die Augen. „Ich meinte damit auch mehr, ob wir unseren Umzug planen sollen, du Blitzbirne."

„Nah, macht das mal ohne mich. Ich werde mich jetzt auf die Socken machen. Wenn wir hier echt die Biege machen wollen, dann muss ich noch ein, zwei Sachen erledigen."

Dan sieht mich mit hochgezogenen Augenbrauen an, was ich mit einem Schulterzucken quittiere.

„Wir sehen uns morgen, Leute", verabschiedet sich Jer, und nur wenige Sekunden später höre ich die Haustür hinter ihm ins Schloss fallen.

„Wieso hatte der's jetzt so eilig?", murmelt Dan und legt die Stirn in Falten.

„Keine Ahnung. Bestimmt irgendwelche Frauengeschichten, wie immer", antworte ich schnell und hoffe, dass Dan es dabei belassen wird und nicht weiter nachbohrt.

Meine Sorge stellt sich als völlig unbegründet heraus, denn nach einem kurzen Kopfschütteln redet er den ganzen Abend nur noch über New York und von der vor uns liegenden Zukunft. Wie im Rausch plant er bereits, welche Orte wir unbedingt gemeinsam besuchen müssen, welche Restaurants er mir zeigen will, und sinniert darüber, ob wir nach Wohnungen suchen sollten oder in mein Appartement ziehen – seine To-do-Liste kommt gefühlt mit tausend Punkten gerade so aus.

Auch wenn mir seine Planungswut fast zu viel wird, bringe ich mich konstruktiv ein und lasse mich von seiner Begeisterung sogar ein Stück weit anstecken. Obwohl es Dan war, der die Sache ins Rollen gebracht hat, ergreift die Vorfreude langsam, aber sicher auch von mir Besitz. New York! Wir sind bald wieder zu Hause!

Erst jetzt wird mir bewusst, wie sehr ich die Stadt, ihr hektisches Treiben und vor allem mein Umfeld vermisse. Ich sollte Jo' anrufen, bevor wir abreisen. Ich habe das schon viel zu lange aufgeschoben. Und sie soll Rick am besten Bescheid sagen, dass es mir gut geht. Ich traue mich nicht, meinen besten Freund selbst

anzurufen – mein schlechtes Gewissen wiegt zu schwer.
Doch neben all der Vorfreude beschleicht mich das ungute Gefühl, dass New York für uns weiter als nur eine Zugfahrt entfernt ist.

Nachdem wir so viele Pläne geschmiedet haben, dass man für deren Umsetzung mindestens sieben Leben brauchte, ziehen wir vom Küchentisch um ins Bett. Ich muss trotz allem über Dans plötzlichen Tatendrang lächeln – noch vor ein paar Stunden wollte er „nicht so viele Pläne machen".
„Weißt du was?", fragt Dan, als wir unter die Bettdecken schlüpfen.
„Hm?", mache ich und kuschele mich in die Kissen.
„Ich freue mich schon auf New York." Er hält eine Hand vor den Mund und gähnt. „Das wird super."
„Ja. Das wird es ganz bestimmt", antworte ich, doch ich bin nicht sicher, ob er mich überhaupt noch gehört hat. Als ich zu ihm hinüberschaue, sehe ich, wie er gleichmäßig atmend daliegt. Mit einem Lächeln auf den Lippen ist er eingeschlafen. Ich beneide ihn um seinen Schlaf. Egal wie aufregend ein Tag war, schlafen kann Dan immer. Ganz im Gegensatz zu mir.
Nachdem ich das Licht gelöscht habe, liege ich wach und starre die Zimmerdecke an. In meinem Kopfkino spiele ich den Start in unsere Zukunft immer wieder durch. Dans Enthusiasmus hat mich vergessen lassen, Jo' anzurufen. Die Angst, dass meine Freunde vielleicht nichts mehr von mir wissen wollen, nagt in meinen Eingeweiden und hindert mich daran, in den Schlaf zu finden.
Ich schleiche mich aus dem Bett und tapse zum Fenster. Ich ziehe den Vorhang ein Stück beiseite und betrachte den Ausblick, den ich in den letzten Monaten so sehr genossen habe. Ich liebe die gigantischen Berge, die im Schein des Mondes heute Nacht aussehen wie ein verblasstes Foto.
Die Natur hier in den Bergen ist einzigartig, und ich muss an das malerische Ambiente der Stadt mit dem charmanten Kopfsteinpflaster und den gepflegten Holzhäusern denken.
Vor meinem inneren Auge ziehen die schönen Stunden, die wir an „unserem" See verbracht haben, vorbei. Es sind glückliche Erinnerungen und dennoch ... Heute Nacht erscheinen mir die Schatten der Berge zu dunkel, bedrohlich. Mich fröstelt es, obwohl es im Schlafzimmer nicht kalt ist. Es tut weh, dass dieser Ort, der mir die meiste Zeit so idyllisch und sorgenfrei erschien, plötzlich

auf diese seltsame Art und Weise beängstigend wirkt.
Je mehr ich darüber nachdenke, desto weniger komme ich zu einem Ergebnis. Es ist bislang nur mein Bauchgefühl, das mir Unwohlsein bereitet, denn stichhaltige Beweise, dass etwas nicht stimmt, konnten weder Jer noch ich finden. Als ich den Vorhang zuziehen und zurück ins Bett gehen will, fühlt es sich an, als stünde jemand hinter mir. Wie elektrisiert fahre ich herum.

„Du kannst deinem Bauchgefühl vertrauen, Liz. Das konntest du schon immer." Ich schlage eine Hand vor den Mund, während mein Herz im Bruchteil einer Sekunde Adrenalin durch meinen Körper jagt. Ich will schreien, aber aus meiner Kehle dringt kein Laut. Vor mir steht meine Schwester, die mir ihre Hand auf die Schulter legt. Ihre braunen Augen schimmern im fahlen Mondlicht silbern. Ein Keuchen entweicht meiner Kehle, doch als ich blinzele, bin ich allein.

Dan liegt noch immer im Bett und schläft tief und fest. Mein Herz schlägt mir bis zum Hals, und ich muss nach Atem ringen, als hätte ich gerade einen Marathon hinter mich gebracht. Was zur Hölle war das?

Ich habe Lus Stimme so glasklar gehört, als stünde sie unmittelbar hinter mir. Auch ihre Berührung habe ich so deutlich gespürt, als sei sie hier gewesen. Liege ich in Wirklichkeit vielleicht im Bett und habe wieder einen meiner seltsamen Träume?

Ich kneife mich so fest in den Unterarm, bis mir der Schmerz Tränen in die Augen treibt. Ich bin tatsächlich wach. Mit Gänsehaut gehe ich zurück ins Bett und kuschele mich an Dan. Auch wenn ich nie an übernatürliche Dinge geglaubt habe, beschleicht mich das Gefühl, dass mich hier etwas verfolgt, für das logische Erklärungen nicht ausreichen.

Ohne jegliches Zeitgefühl liege ich wach und befürchte, meine Schwester in Geistergestalt neben dem Bett stehen zu sehen. Doch nichts dergleichen passiert.

Ich muss irgendwann eingeschlafen sein, denn als ich die Augen erneut öffne, scheint die Sonne bereits durch das Schlafzimmerfenster, die Vorhänge sind zurückgezogen. Mit einem Schlag bin ich hellwach.

„Dan?", frage ich, obwohl das Zimmer leer ist, sehe aber, dass die Tür einen Spalt offen steht. Panik steigt in mir auf. „Dan?", frage ich erneut, dieses Mal etwas lauter. Keine Antwort. Ich springe aus dem Bett und stolpere in den Flur.

„Dan?", rufe ich und reiße die Tür zum Badezimmer auf. Das Bad ist leer, aber sein benutztes Badehandtuch liegt auf dem Fußboden vor der Dusche. Ich stürme die Treppen hinunter. Das Blut rauscht mir in den Ohren, und mein Herz hämmert gegen meine Rippen, während ich versuche, den Horror in mir unter Kontrolle zu bekommen.

„Dan?! Wo bist du?!" Inzwischen überschlägt sich meine Stimme hysterisch.

Aus der Küche dringen Geräusche. Ich renne schnurstracks in ihre Richtung. Was ich sehe, als ich in der Tür stehe, lässt mich erleichtert aufatmen. Dan steht, mit einer Pfanne hantierend, am Herd – mit Kopfhörern auf den Ohren. Er kann mich nicht gehört haben. Wie auf Kommando dreht er sich um und ist sichtlich überrascht, mich in der Küche zu sehen.

„Hey, Baby", sagt er und nimmt die Kopfhörer ab. „Ich hab dich gar nicht gehört." Grinsend deutet er auf die Pfanne mit Bacon auf dem Herd. „Ich konnte einfach nicht mehr pennen, also dachte ich, ich mach uns Frühstück."

Ohne ein weiteres Wort stürme ich auf ihn zu und falle ihm um den Hals.

„Ein Glück bist du da", schluchze ich, als ein Teil der Anspannung von mir abfällt.

Dan runzelt die Stirn und schließt mich in seine Arme. „Klar bin ich da", sagt er und streichelt mir sanft über den Kopf. „Wo soll ich denn sein? Hattest du gedacht, ich wäre ohne dich nach New York abgedampft?"

„Ich ... Was, nein, ich ..." Ich gerade ins Stottern, weil ich selbst nicht weiß was ich gedacht habe.

Ich komme mir albern und total durchgeknallt vor, weil mir meine Panik jetzt völlig irrational erscheint und weil sie meinen Verstand kurzzeitig ausgeschaltet hat. Dabei steht der Mann meiner Träume hier in der Küche, um Frühstück zu machen.

„Weißt du was? Nich' so wichtig. Ich geh erst mal duschen, ja?"

„Mach das. Aber nicht so lange, sonst ess ich alles allein auf." Dan grinst, ich drücke ihm schnell einen flüchtigen Kuss auf und eile peinlich berührt nach oben ins Badezimmer.

Ich kann nicht fassen, dass ich mich von einer Sekunde auf die andere in eine hysterische Kuh verwandelt habe. Ich drehe das warme Wasser in der Dusche auf und schiebe meine emotionale Entgleisung auf den wenigen Schlaf der vergangenen Nacht. Nach einer heißen Dusche fühle ich mich hoffentlich wieder wie ein normaler Mensch.

Als die Glastüren der Duschkabine vom Wasserdampf beschlagen, husche ich hinein und lasse die Tropfen auf mich einprasseln. Ich spüre, wie sich meine Anspannung löst, und ich beruhige mich mit dem Gedanken, dass wir ohnehin abreisen, sobald Rosie und Xander Bescheid wissen. In New York wird alles anders. Ich habe mir schon überlegt, Rick darum zu bitten, mich wieder in seinem Immobilienbüro anzustellen. Wir sind seit Ewigkeiten eng befreundet, und im Immobilienmakeln war ich schon immer gut. Auch wenn mir die Arbeit bei Rosie Spaß macht, ist mir klar, dass ich es in keiner New Yorker Boutique auch nur eine Woche lang aushalten würde. Mein alter Job bei *Mr. Hang's* ist ebenfalls keine Option.

Mir gefällt die Vorstellung, wieder im Immobilienbereich zu arbeiten, und wenn ich Rick davon überzeugen kann, dass ich wieder auf dem Damm bin, gibt es mir hoffentlich eine zweite Chance. Ich hoffe, dass ich mein Verhältnis zu Jo' und Rick wieder kitten kann, sobald wir wieder zu Hause sind. Seit unserem Entschluss zurückzugehen, plagen mich meine Gewissensbisse mehr denn je, weil ich mich seit meiner Ankunft in Slumbertown weder bei meiner Mutter noch bei meinen Freunden gemeldet habe. Immer, wenn ich zu Hause anrufen wollte, habe ich mich von meinem Alltag hier ablenken lassen. Ich werde einiges zu erklären haben, wenn ich zurück bin.

Von einer Sekunde auf die nächste wechselt die Wassertemperatur von heiß zu eiskalt. Ein Schrei dringt aus meiner Kehle und ich drehe hastig den Hahn zu.

„Was zur Hölle?", fluche ich und verlasse die Duschkabine. Meine nassen Haare wickele ich in ein Handtuch, das ich wie einen Turban um meinen Kopf schlinge, und hülle mich in ein großes Badetuch. So stapfe ich immer noch grummelnd nach unten.

„Wenn das so weitergeht, werden dieser Tag und ich keine Freunde mehr", maule ich im Flur des Erdgeschosses. „Das scheiß Wasser ist auf einmal eisk…", motze ich weiter, als ich die Küche betrete und erstarre, weil Dan nicht mehr allein ist. Xander sitzt an unserem Küchentisch und schenkt mir sein aufgesetztes Lächeln, das nie seine Augen erreicht.

„Guten Morgen, Ellie.", begrüßt er mich überfreundlich.

„Ich ... Ahm ... Hab nich' gewusst, dass du nich' allein ... dass du ... ich ... ich sollte mir was anziehen", stammele ich und mache Anstalten, den Raum sofort wieder zu verlassen. Was macht er hier?

Doch Xander steht auf und hebt die Hände, als wolle er sich ergeben. Er trägt einen dunkelgrauen Anzug, der das Blau seiner Augen perfekt unterstreicht. Neben ihm auf dem Fußboden steht ein schwarzer Aktenkoffer.

„Nein, nein. Keine Umstände! Ich bin schon wieder weg. Ich wollte vor meiner Abreise nur noch einmal kurz bei Dan vorbeischauen. Nur um sicher zu gehen, dass alles ... seine Ordnung hat. Geschäftliches. Du weißt schon."

Ich zwinge mich zu einem Lächeln und nicke. Hat Dan schon etwas von unserer geplanten Abreise gesagt?

Als könne er meine Gedanken lesen, fährt Xander fort. „Dan hat mir von euren New-York-Plänen erzählt."

Während er mit mir spricht, habe ich das Gefühl, er will mich mit seinem Blick durchbohren. Was glaubt er, in meinem Gesicht lesen zu können? Ich schlinge die Arme eng um meinen Oberkörper, aber ich fühle mich trotz des Badehandtuchs, das meinen Körper fast vollständig bedeckt, nackt.

„Ich denke, das ist eine gute Entscheidung. Aber ... ihr bleibt doch sicher noch, bis ich wieder zurück bin, nicht wahr? Dann können wir ganz in Ruhe alles zu Dans Nachfolge in der Fabrik klären. Nicht dass ihr mir Hals über Kopf durchbrennt!" Er lacht, als hätte er einen Witz gemacht, aber ihm ist deutlich anzusehen, dass er nicht scherzt.

„Klar regeln wir alles ganz in Ruhe. Ich lass dich doch nicht hängen", antwortet Dan, während ich den Schokoladenmogul wortlos anstarre. Xander wendet seine Aufmerksamkeit von mir ab. Ich atme auf.

Xander geht zu Dan und klopft ihm auf die Schulter. Ich registriere, wie mein Freund unter der Berührung seines Chefs zusammenzuckt.

„Danke, Dan." Falls Xander die Ablehnung seines Mitarbeiters bemerkt hat, ignoriert er sie gekonnt. „Also dann. Ich muss meinen Zug erwischen." Er greift nach dem Aktenkoffer und macht sich auf den Weg in den Flur. „Ich bin in vier Tagen zurück."

Ich höre, wie die Haustür hinter ihm ins Schloss fällt und fühle mich wie ein Kaninchen, das der Schlange gerade noch einmal entkommen ist.

„Wow, das war ... schräg", sagt Dan und kratzt sich am Hinterkopf.

Mit einer hochgezogenen Augenbraue blicke ich ihn an. „Was jetzt genau?"

„Das klingt jetzt vielleicht komisch, aber als Xander mir eben auf die Schulter geklopft hat ..." Er bricht mitten im Satz ab und schüttelt den Kopf.

„Ja?"

„Es war anders als sonst. Egal." Mit starrem Blick mustert Dan die Pfanne mit Bacon, die er vom Herd genommen hat.

Ich verenge die Augen zu schmalen Schlitzen. Ich scheine mit meiner Beobachtung also recht zu haben. „Anders? Reden wir von anders ,anders' oder von ,Was-zur-Hölle-war-das-denn-anders'?"

Dan sieht mich mit zusammengezogenen Brauen an. „Würdest du mir endlich mal sagen, was hier los ist? Du hast doch schon länger irgendwas, womit du nicht rausrückst."

Seine Frage bringt mich in Verlegenheit, und ich starre auf die Küchenuhr, um seinem Blick nicht standhalten zu müssen. Wie lange er ahnt er schon, dass ich ihm etwas verschweige? Ich fühle mich mies, weil ich Dan nichts von Jers und meinen Vermutungen erzählt habe, aber ich weiß auch, dass ich mich genauso schlecht gefühlt hätte, hätte ich mein Versprechen gebrochen.

„Tja ... Also, ich ... Wo soll ich anfangen?", frage ich, doch Dan unterbricht mich sofort.

„Vielleicht erst mal damit, dass du dir was anziehst", schlägt er vor und kommt auf mich zu. Er beugt sich zu mir, bis sich unsere Lippen fast berühren, doch statt mich zu küssen, flüstert er mir ins Ohr. „Sonst kann ich nicht klar denken."

Er verharrt noch einen Moment in dieser Position, sein Atem an meinem Hals. Die Luft ist wie elektrisiert, mein Körper ebenfalls.

„Und beim Frühstück erzählst du mir gleich alles in Ruhe, okay?" Er macht einen Schritt zurück.

Ich nicke und will die Küche verlassen, als er mich nochmal anspricht. „Und Ellie ..."

„Ja?"

„Solltest du öfter tragen", sagt er mit einem Grinsen im Gesicht.

„Ich denk drüber nach." Ich erwidere sein Grinsen und verziehe mich nach oben.

Nachdem ich mich angezogen und meine Haare getrocknet habe, gehe ich zurück in die Küche und sehe, dass Dan bereits am gedeckten Frühstückstisch sitzt und auf mich wartet. In der Mitte des Tisches steht die Pfanne, in der sich Rührei zum Bacon gesellt hat, und der Duft von Toast und Kaffee steigt mir in die Nase. Die Schale mit *Seamy's* beäuge ich mit wachsendem Unbehagen. Bei all den verlockenden Gerüchen meldet sich mein Magen mit einem Knurren, und ich bemerke erst jetzt, wie hungrig ich bin.
Ich räuspere mich und setze mich, während Dan den Kaffee in seiner Tasse schwindelig rührt.
„Also", setzt er an und legt den Teelöffel klimpernd auf den Rand seines Tellers, „keine Geheimnisse mehr!"
Um Zeit zu schinden, kaue ich ausgiebig auf dem Bissen Toast herum, den ich gerade genommen habe, und beschließe, dass Jers und meine Vereinbarung hier und jetzt ein Ende finden muss. Dan muss wissen, was wir glauben, herausgefunden zu haben.
„Okay, aber versprich mir, dass du mich bis zu Ende ausreden lässt."
„Ich hätte wissen müssen, dass Jer und du was ausgefressen habt", sagt Dan und stöhnt. Er kennt uns gut.
„Versprich's einfach!"
Er gibt sich geschlagen. „Okay, okay. Ich versprech's", erwidert er und schaufelt dabei Rührei auf seine Scheibe Toastbrot.
Ich erzähle ihm von Jers und meinem Verdacht, dass in Slumbertown etwas nicht stimmt. Dass ich mich an meine Anreise nicht gut erinnern kann, ist nicht neu, aber mein Bericht von der seltsamen Ausstrahlung, die von Xander ausgeht, schon. Ich erzähle Dan ebenfalls von meinen Träumen, in denen Lu die Hauptrolle spielt. Auch als ich fertig bin, schweigt Dan weiterhin, während er mich einfach nur ansieht. Eine kleine, senkrechte Falte ist zwischen seinen Augenbrauen zu sehen.
„Und?", frage ich, als er keine Anstalten macht, etwas zu sagen.
„Hm …", macht er und schüttelt den Kopf. „„Ich dachte ja die ganze Zeit, dass Jer und du … na ja, dass ihr übertreibt. Weil ihr Xander einfach nicht mögt. Aber eben … das war wirklich komisch. Ich hab vorher nie irgendwas gemerkt." Er starrt auf den halben Toast in seiner Hand, während sich seine Miene verfinstert. Dann legt er den Rest auf seinem Teller ab, offensichtlich ist ihm

der Appetit vergangen.

„Ich hab keine Ahnung", antworte ich wahrheitsgemäß.

Als Dan geistig abwesend nach einem *Seamy's* greift, fällt mir ein, dass ich dieses Detail unserer Verschwörungstheorie ausgelassen habe.

„Warte!" Ich greife nach seiner Hand, in der er die noch verpackte Praline hält. „Iss die mal lieber nich'. Da ist noch was."

„Was denn noch? Xanders potenzielle Mitgliedschaft im geheimen Club der Superschurken?" Dans Stimme trieft vor Sarkasmus. „Wenn wir gerade schon dabei sind, ‚bizarr' neu zu definieren."

Angesichts seines unverwüstlichen Humors stiehlt sich ein Lächeln auf meine Lippen. Ich zucke mit den Achseln und lasse seine Hand wieder los.

„Ich hoffe, dass der Club der Superschurken nich' ausgerechnet hier sein Hauptquartier hat. Egal, jedenfalls ... haben wir den Verdacht, dass mit der Schokolade was nich' stimmt."

Dan legt die Stirn in Falten und betrachtet die Praline in seiner Hand. „Nicht wirklich, oder? Nicht auch noch die Schokolade?! Könnt ihr von meinem Weltbild nicht wenigstens das übrig lassen? Die Pfefferminzteile sind so lecker!" Die Praline wirft er trotzdem zurück zu den anderen in die Schale.

„Ich befürchte nich'. Jer glaubt, dass die Schokolade wie eine Droge ist."

Dan sieht mich mit einer Mischung aus Skepsis und Neugier an. „Und was glaubst *du*?"

„Ich glaube, er könnte ausnahmsweise mal recht haben, Dan", räume ich nach einem Moment des Schweigens ein. „Ich hab's an mir selbst gemerkt. Immer wenn's mir hier beschissen ging, habe ich zur Schokolade gegriffen. Und plötzlich war alles gleich viel besser. Ist dir das noch nie aufgefallen?" Ich warte seine Antwort gar nicht ab. „Ich glaube kaum, dass das Glückshormone vom Kakao sind. Es ist, als würden einen die Pralinen high machen. Nur dass sie dich nich' *so* high machen, dass du nichts mehr checkst." Ich seufze. Es frustriert mich, dass ich das alles nicht in bessere Worte fassen kann. „Schwierig zu erklären. Wir denken, dass die Schokolade einfach nur die negativen Gefühle filtert. Verstehst du?"

Dan sieht aus, als würde er mental ein Puzzle zusammenfügen. Langsam nickt er, so als hätten ihn meine Worte mit einer zeitlichen Verzögerung erreicht.

„Ja, ich versteh's, Ellie. Und ... ich trau mich das kaum zu sagen, aber das ergibt wirklich Sinn!" Seine Augen funkeln, und meine Angst, dass diese ganze Informationsflut wie ein Tsunami über ihm zusammengebrochen ist, scheint unbegründet zu sein. Er fährt unbeirrt fort. „Ich weiß, dass jeder solche wilden Theorien als völlig irre abstempeln würde, aber ... überleg doch mal! Wenn Xander mit seiner Schokolade tatsächlich die ganze Stadt vollpumpt ... das würde auf jeden Fall erklären, warum es nie Stress gibt. Die Frage ist nur: Warum zum Teufel macht er das? Was hat er davon so 'ne irre Scheiße durchzuziehen? Ich mein, wir sind hier mitten im Nirgendwo in Montana. Zieh dir mal allein den ganzen Aufwand rein, den man betreiben muss, um so einen abgefuckten Film hier zu fahren! Wahnsinn!"

Ich bin überrascht, wie schnell sich Dan von unseren Vermutungen hat anstecken lassen. Er ist kaum zu bremsen.

„Das ist doch Wahnsinn", wettert er weiter. „Was ist dabei für ihn drin? Und vor allem: Der kann da doch unmöglich allein drinstecken! Meinst du, er schafft seine Drogen auch woanders hin? Am Ende sitzen wir hier mitten in einem Drogendealerring oder so was." Er rutscht mit seinem Stuhl ein Stück vom Tisch weg und verschränkt die Arme vor seiner Brust.

Ich habe keine Antwort darauf. „Ich weiß es doch auch nich', Dan. Jer hat bis jetzt nichts rausgefunden."

„Vielleicht könnten wir unbemerkt in Xanders Büro, wenn er jetzt auf Reisen ist", schlägt Dan vor. „Mich würde niemand in der Fabrik verdächtigen, immerhin arbeite ich da. Und ich habe Schlüssel."

„Ich weiß nich'." Schlüssel hin oder her: Bei dem Gedanken, in Xanders Büro einzubrechen, ist mir unbehaglich. „Aber weißt du was?"

„Nein, was?" Dan klingt, als sei er mit seinen Gedanken ganz weit weg.

„Ich bin ehrlich gesagt ein bisschen überrascht, dass du das alles so ...ahm ...gelassen nimmst. Ich mein, wir reden hier ja nich' davon, dass Xander nur so'n bisschen komisch ist, sondern über wirklich megaabgefahrenen Scheiß."

„Und *ich* bin mehr als nur ein bisschen überrascht, dass ihr mich nicht eingeweiht habt." Er klingt ruhig, aber seine angespannte Kiefermuskulatur verrät, dass er sauer ist. Vielleicht sogar beleidigt.

Oder beides.

Schamesröte steigt mir ins Gesicht, und ich breche den Blickkontakt ab. „Wir wollten dich nich' in irgendwas reinziehen", murmele ich.

„In irgendwas reinziehen!" Dan schnaubt. „Ich wohne auch hier, schon vergessen? Wenn wir in der Stadt eines Drogenbarons wohnen, geht mich das genauso was an wie euch." Er stützt die Ellbogen auf die Knie und lehnt sich weiter nach vorn. „Außerdem ist Jer mein Freund. Und du bist ..." Er schüttelt den Kopf und sieht mich an. „Ich hab einfach Angst, dass dir was passiert."

„Bullshit!", sage ich, aber er hat recht. Wir hätten ihn von Anfang an einweihen sollen. „Es ist ja süß, dass du dir Sorgen um mich machst. Jer hat übrigens ähnlich reagiert wie du. Ich soll ihm nich' beim Schnüffeln helfen. Und er war ziemlich sauer, als ich's doch getan hab'."

„Wenigstens ein bisschen Verstand hat er noch."

„Ich bin in Brooklyn aufgewachsen. Ihr müsst mich nich' beschützen."

„Bestimmt hast du recht", sagt Dan mit einem Lächeln. Sein Ärger scheint plötzlich verraucht zu sein, und er zuckt mit den Achseln. „Wie auch immer. Sieht wohl ganz so aus, als wärt ihr nicht die Einzigen, die Nachforschungen angestellt haben."

12

„Was?!" Er erwischt mich mit seiner Aussage auf dem völlig falschen Fuß. „Wovon redest du?" Wie es aussieht, hat Dan seine eigenen Geheimnisse. Was soll das Ganze?

„Na ja ...", sagt er betont langsam.

„Jetzt sag schon! Wir haben die Grenze nach Absurdistan sowieso schon längst überquert." Die Wutkugel in meinem Bauch meldet sich zurück.

„Also gut. Mir ist neulich auch was aufgefallen. Dieses Erinnerungsloch, von dem du erzählst, das hab ich auch. Ist mir nie so aufgefallen, aber als wir über New York geredet haben, ... also die Zeit, bevor wir hier hergekommen sind, ... da hab ich's bewusst bemerkt."

Ich nicke und warte darauf, dass er fortfährt.

„Mein Filmriss fängt irgendwann in den letzten Stunden vor meiner Anreise an. Genau wie bei dir." Er lehnt die Hände mit den Fingerkuppen aneinander. „Komischerweise habe ich mir da trotzdem nie Gedanken drüber gemacht. Aber da ist noch was anderes, das mich stutzig gemacht hat." Er macht eine Pause. „Sag mal: Hast du Erinnerungslücken, die in den Zeitraum fallen, den du hier bist?"

Langsam schüttele ich den Kopf und frage mich, worauf er hinaus will. „Nee. Mein persönlicher schwarzer Balken im Kalender beschränkt sich nur auf meine Anreise. Wieso?"

„Weil ich bei mir noch eine andere Lücke gefunden habe."

Er sieht mich ernst an, woraufhin ich bloß eine Augenbraue hebe.

„Ich war ja schon eine ganze Weile hier, als du kamst", sagt Dan.

„Ja. Ich weiß, aber ...", will ich einhaken, doch er hebt die Hände und bedeutet mir, ihn zu Ende anzuhören.

„Du sagst, dein Blackout ist deine Anreise. Bei mir ist es genauso. Aber mein zweiter Blackout ... ist *deine* Anreise, Ellie. Ich saß im gleichen Zug, aber ich habe keine Ahnung wieso. Ich erinnere mich dran, dass ich an dem Tag bei Xander in der Fabrik war, und dann bäm – Erinnerung weg! Und ich weiß, das klingt jetzt komisch, aber ..."

„Ja?"

Dan sieht mich eindringlich an, und ich vermute, er hat sich schon ausführliche Gedanken zu diesem Thema gemacht. „Was ist, wenn das alles vielleicht zusammenhängt?"

„Du ... was?!" Ich stutze, und meine Innereien fühlen sich so an, als drehe ich gerade ein paar Runden in einer Achterbahn. „Du glaubst also ... die Erinnerungslücken haben was mit dem Zug zu tun?"

„Genau das", sagt Dan sichtlich zufrieden, weil ich seinem Gedankengang folgen kann.

„Aber wieso ...?"

„Genau das habe ich mich natürlich auch schon gefragt ... Ich kann einfach keinen logischen Zusammenhang erkennen, und verdammte Axt, ich bin von Beruf Nerd! Logisch zu denken, ist normalerweise mein Job." Er reibt sich mit einer Hand übers Gesicht.

„Hm, vielleicht hab ich ja was", werfe ich ein und ernte einen überraschten Blick. „Jer hat mal so was gesagt, was ich aber als Schwachsinn abgestempelt hab. Er meinte, dass der Zug, der hier fährt, so was wie der Hogwarts-Express ist. Vielleicht ..."

„Hogwarts-Express. Ist nicht euer Ernst!", wirft Dan ein und grunzt.

„Ja. Doch. Keine Ahnung! Natürlich nich' genau *so*. Aber überleg doch mal! Es gibt kein anderes Verkehrsmittel hier, richtig? Ich mein, ist das nich' komisch für eine Stadt, die immerhin eine Fabrik hat?!"

„Na ja ... ist wegen des Naturschutzgebiets", erklärt Dan mit einem Achselzucken. „Außerdem gibt's noch den Lieferanten mit dem Elektrowagen, der die Sachen vom Bahnhof in die Stadt karrt."

„Ja, aber den hab ich noch nie gesehen, geschweige denn gesprochen. Immer wenn ich morgens in den Laden kam, waren die Sachen schon da. Im Nachhinein finde ich das dann doch komisch. Was ist, wenn in Wirklichkeit was anderes hinter allem steckt? Wenn es hier einfach keine Autos gibt, damit ..."

„... niemand mal eben die Stadt verlässt", beendet Dan meinen Satz. „Ich wüsste nicht mal, wo die nächste Stadt liegt. Wäre mit dem Rad ganz schön gewagt, einfach mal loszufahren."

Ich nicke und finde den Gedanken beklemmend. „Das hab ich auch gerade gedacht. Was meinst du? Sollen wir den Bahnhof mal abchecken? Da kommt man mit dem Fahrrad auf jeden Fall hin."

„Klingt nach 'nem Plan." Dan blickt die Pralinen auf dem Tisch an, als könnten sie ihn jeden Augenblick anspringen.

„Dan?", frage ich, was er nur mit einem fragenden „Hm?"

quittiert.

„Warum hast du nichts gesagt? Du kannst mich schlecht anpflaumen, weil ich Geheimnisse habe, wo du selbst nich' besser bist." Ich versuche, den Vorwurf nicht zu hart klingen zu lassen.

„Ich hab doch gar nichts gesagt."

„Gesagt nich'. Aber es hat dir nich' gepasst. Ich hab's genau gesehen."

Zu meiner Überraschung nickt er. „Du hast recht."

„Was?", gebe ich zurück. „Einfach so?"

„Schwer zu glauben, aber ja", antwortet Dan mit diesem Lächeln, das mich von innen wärmt. „Ich weiß, du willst das nicht, aber ich mache mir eben Sorgen um mein Brooklyn-Mädchen, wenn ich höre, dass ihr im Alleingang einen auf Privatdetektive macht."

„Hab ich ja nich'", murmele ich. Wieder schafft er es, mich mit seinem Verhalten zu überraschen.

„Zum Glück!"

Entweder ist Dan ein Mann der extrem einsichtigen Sorte, oder er möchte in dieser Situation vermeiden, dass wir uns streiten, und lenkt deshalb so widerstandslos ein. Es spielt keine Rolle. Ich beschließe, es dabei zu belassen.

Weil noch so viele Fragen ungeklärt im Raum stehen, beschließen Dan und ich, dass wir Xanders Abwesenheit nutzen werden, um nach Antworten suchen. Falls die Dinge unerwartet außer Kontrolle geraten sollten, lautet unser Plan B, noch vor dessen Rückkehr die Stadt zu verlassen. Ich hoffe, dass sich Dans Theorie nicht bewahrheitet, dass wir in eine Geschichte geschlittert sind, die mit einem Drogenring zu tun hat. Meiner Fantasie wachsen Flügel, wenn ich nur daran denke, wie ungemütlich diese Menschen vermutlich werden, wenn sie merken, dass ihnen jemand auf die Schliche gekommen ist.

Wir vereinbaren, uns aufzuteilen, um möglichst wenig Zeit zu verlieren. Dan will Jer suchen, um unseren Freund auf den neuesten Stand zu bringen, und ich schlage vor, währenddessen den Bahnhof zu inspizieren. Während meiner Zeit in Slumbertown hat es mich noch nie an diesen Ort so weit außerhalb gezogen, aber ich hoffe, dort wenigstens irgendeinen brauchbaren Hinweis finden zu können. König Aufregung regiert meine Gefühlswelt, denn trotz der skurrilen Umstände bin ich gespannt, was mein Ausflug zum Bahnhof wohl bringen mag.

Wenig später schwinge ich mich aufs Rad und folge dem Weg, der an der Wiese neben Dans Haus vorbeiführt und durch den angrenzenden Wald, Richtung Tal. Der Bahnhof muss irgendwo auf halber Strecke liegen. Der Weg ist etwas abschüssiger, als ich dachte, aber als sich die Bäume lichten, geht der Waldweg in Kopfsteinpflaster über. Ich beneide den Lieferanten nicht darum, dass er mit seinem Wagen über Stock und Stein holpern muss, wenn er Waren anliefert. Möglicherweise gibt es aber auch noch einen anderen Weg.

Als ich vor dem Gebäude stehe, fühle ich mich winzig. Ich befinde mich allein auf einem gepflasterten Platz, und vor mir ragt eine bogenförmige Fassade aus Sandstein gen Himmel, durch die nur zwei riesige Flügeltüren in das Innere des Bahnhofgebäudes führen. Der obere Teil der Fassade wurde modern aus Glas und Edelstahl gestaltet, während der untere Teil im antiken Stil gehalten ist. Aufmerksam lasse ich den Blick weiter über das Gebäude schweifen. Kleine Türmchen zieren den kolossalen Bau rechts und links und erinnern mich an Bilder, die ich einmal von Schloss Neuschwanstein in Deutschland gesehen habe. Der ganze Bau wurde mit Sockeln und Vorsprüngen versehen, die dazu dienen, verschiedene Marmorskulpturen in Szene zu setzen.

Für einen Moment frage ich mich, ob ich hier überhaupt richtig bin. Der Bahnhof, den ich von den höher gelegenen Wanderwegen aus gesehen habe, sah aus der Ferne anders aus. Ich erinnere mich an ein flaches, unspektakuläres Gebäude. Aber was ich hier sehe, erstaunt mich. Wenn ich damals dieses imposante Bauwerk entdeckt hätte, wäre ich schon längst einmal hergekommen.

In der Mitte der Fassade über den Türen ist eine runde Scheibe aus grauem Stein eingelassen, die auf den ersten Blick wie eine Uhr aussieht, aber keine ist. Ich schirme die Augen mit einer Hand von der Sonne ab, um die Details besser erkennen zu können. Anstelle von Ziffern zieren Symbole in symmetrischen Abständen den äußeren Ring der Steinscheibe. Dieser äußere Ring grenzt sich von einem symmetrischen Innenteil ab, in welchem vier schnurgerade Linien, die in die vier Himmelsrichtungen zeigen, weitere Symbole miteinander verbinden. In der Mitte, wo normalerweise die Zeiger einer Uhr befestigt sind, befindet sich ein nochmals kleinerer Kreis, in dem sich die Linien treffen. Durch den Treffpunkt der Linien kreuzt ein weiteres großes X, sodass der kleinste Innenkreis in acht

gleiche Teile geteilt ist.
Ich überlege fieberhaft, wo mir diese Symbole schon einmal begegnet sind, aber meine Erinnerung lässt mich im Stich. Es ist, als würde ich nach einem Gedanken greifen wollen, der mir immer wieder durch die Finger gleitet.
Meine Aufmerksamkeit richtet sich auf die Skulpturen.
Es sind vier Figuren, die eine prominente Position vom Architekten zugedacht bekommen haben: Über der Steinscheibe sitzt ein Engel mit ausladenden Flügeln. Er hält ein aufgeschlagenes Buch auf seinem Schoß. Links von ihm sitzt ein Greifvogel, der ein Buch mit seinen Klauen gepackt hat. Unter der Scheibe teilen sich zwei weitere Figuren ein Podest, ein Stier und ein Löwe, beide ebenfalls mit Flügeln. Beide sind in ein Buch vertieft.
Alle vier Figuren sind aus strahlend weißem Marmor gehauen, und sie haben neben ihrem Interesse an Büchern noch etwas anderes gemeinsam: Ihre Gesichter sehen sorgenvoll aus.
Die weniger stark in Szene gesetzten Skulpturen stehen in fensterähnlichen Aussparungen in den Wänden. Sie wurden aus dunkelgrünem Marmor gearbeitet und wirken unheilvoller auf mich als ihre weißen Gefährten. Eine der Skulpturen stellt eine züngelnde Schlange dar, der zwei rote Edelsteine als Augen dienen. Ihre lauernde Position beschert mir eine Gänsehaut. Rasch wende ich meinen Blick ab. Die andere Figur sieht aus wie ein menschlicher Körper mit Hundekopf. Auch diese Skulptur hat Edelsteine als Augen, allerdings sind diese nicht rot, sondern grün. Ganz oben, zurückgesetzt hinter dem Engel und dem Adler, sitzt eine Figur mit Löwenkörper. Sie hat den Kopf eines Menschen und hält ein Schwert im Arm.
Mir fällt auf, dass der Menschenlöwe die einzige Skulptur ist, die aus blauem Marmor gehauen wurde; die blauen Edelsteine, die seine Augen darstellen, funkeln im Sonnenlicht. Während ich immer mehr Details entdecke, fühle ich mich, als würden mich die Statuen beobachten – fast als seien sie lebendig und nicht aus Stein.
„So ein Bullshit", murmele ich.
Das ungute Gefühl von heute Morgen erkämpft sich seinen Weg in mein Bewusstsein zurück. Erst jetzt bemerke ich, dass meine Hände schmerzen. Sie halten den Fahrradlenker so fest umschlossen, dass die Fingerknöchel weiß hervortreten. Irgendetwas ist hier nicht so, wie es sein sollte, auch wenn alles auf den ersten Blick völlig normal erscheint. Mein Bauchgefühl hat

mich bis jetzt noch nie im Stich gelassen.
Ich versuche, mein Unwohlsein abzuschütteln, und reiße mich endlich vom Anblick des Eingangsbereichs des Bahnhofs los. Zielstrebig marschiere ich auf die geschlossenen Flügeltüren zu. Sie erinnern mich mehr an die Türen einer Kirche als an die eines Bahnhofs, was vor allem daran liegt, dass sie aus dunklem Holz bestehen, das mit wuchtigen Eisenelementen beschlagen wurde. Auf meinem Weg zur Tür fühle ich mich weiterhin auf Schritt und Tritt beobachtet. Nervös blicke ich um mich, aber keine Menschenseele außer mir scheint heute den Bahnhof zum Ziel zu haben. Meine Schritte und das leise Klackern meines Fahrrads sind die einzigen Geräusche, die über das Kopfsteinpflaster hallen. Ich schüttele den Kopf, lehne das Rad gegen die Fassade und ziehe am Eisenring der linken Tür. Auch wenn das Öffnen von einem Knarren begleitet wird, lässt sich die linke Hälfte der Flügeltür mühelos öffnen. Zögerlich betrete ich die Bahnhofshalle.

Hoch über mir erstreckt sich eine gigantische Kuppelkonstruktion aus Stahl. Wieder lege ich die Stirn in Falten und den Kopf in den Nacken, um mehr von dem Anblick aufzunehmen. Eine so große Kuppel hätte vom Wanderweg aus definitiv zu sehen sein müssen! Andererseits bin ich ohnehin nicht mehr sicher, was ich gesehen habe. Ich komme mir vor, als sei ich zu Gast bei der Show eines Illusionisten: Man weiß, dass das, was man sieht, nicht wahr sein kann, und dennoch glaubt man, es mit eigenen Augen zu sehen.
Obwohl es hier drinnen warm ist, habe ich Gänsehaut auf den Armen, die ich wegzurubbeln versuche. Es bleibt bei dem Versuch, und irgendetwas sagt mir, dass Jer und Dan mit der Vermutung, dass der Bahnhof Teil der Lösung des Rätsels sein könnte, richtig liegen. Das Geräusch der Holztür, die mit einem lauten Krachen hinter mir ins Schloss fällt, reißt mich aus meinen Gedanken.
Durch die gigantische Kuppel und die Glasfassade der Front dringt das Sonnenlicht in den Bahnhof und macht die Staubpartikel sichtbar, die in der Luft hängen. Die Einmündung des Kopfbahnhofs liegt vor mir. Außer ein paar Getränkeautomaten, Mülleimern und Sitzbänken entdecke ich nichts. In der Halle gibt es keine Geschäfte, keine Restaurants. Es reihen sich bestimmt zehn Bahnsteige oder mehr nebeneinander auf, doch weit und breit ist kein einziger Zug zu sehen. Warum hat eine so kleine Stadt in den Bergen einen so großen Bahnhof?

Ich wage mich weiter in das Innere der Bahnhofshalle vor, und als ich meine Schritte unnatürlich laut von den Wänden wiederhallen höre, weiß plötzlich, warum mir dieses Fleckchen Slumbertowns Unbehagen bereitet. Die Menschen! Das ist es! Wo sind die vielen Reisenden, die normalerweise an einem Ort wie diesem herumlaufen müssten? Der Bahnhof ist völlig verwaist. Diese Erkenntnis bringt meine Haut zum Kribbeln.
Ich versuche, nicht in Panik zu verfallen. Ich werde nicht weglaufen, bevor ich nicht etwas Nützliches herausgefunden habe. Meine Füße tragen mich – entgegen meines Instinkts – tiefer in den Bahnhof hinein, bis ich wahllos auf einen der Bahnsteige abbiege in der Hoffnung, einen Fahrplanaushang zu finden. Vielleicht ist bloß niemand hier, weil keine Züge da sind? Das wäre eine logische Erklärung, wenn man außen vor lässt, dass ein Bahnhof ohne Züge und ohne Geschäfte schon unheimlich genug ist.
Der Bahnsteig sieht aus wie jeder normale Bahnsteig. Es gibt einige Sitzbänke, und die Automaten, die ich für Getränkespender hielt, sind in Wirklichkeit Snackautomaten, die nur mit *Seamy's* befüllt sind.
In der Mitte des Bahnsteigs entdecke ich einen Aushangkasten. Auch wenn die Innenbeleuchtung des Glaskastens flackert, hoffe ich, dass dort ein paar Fahrpläne aushängen.
Davor angekommen, verstört mich der Inhalt noch mehr als die Tatsache, dass ich immer noch völlig allein an diesem Ort zu sein scheine. Unter dem flackernden Licht hängt kein Fahrplan, sondern eine Nachricht, die fein säuberlich von Hand auf einen weißen Zettel geschrieben wurde. Ich erkenne die Schrift nicht, aber sie sieht aus, als hätte sich jemand viel Mühe gegeben, seine Sauklaue leserlich zu machen.

Liebe Ellie, ich fordere dich höflichst auf, dieses Gebäude umgehend zu verlassen. Dies ist kein Ort, an dem du dich aufhalten solltest.
X.

Der Schreck sitzt. Ich bedecke den Mund mit einer Hand, doch kein Schrei dringt aus meiner Kehle. Mein Herz setzt für ein paar Schläge aus, bevor es wild in meinem Brustkorb hämmert. Das Rauschen meines Blutes klingt in meinen Ohren so laut, dass ich sie mir am liebsten zuhalten würde.

Das ist nicht möglich! Es gibt keine Fahrplankästen, in denen persönliche Nachrichten hängen! Schon gar nicht an einem so gottverlassenen Bahnhof wie hier. Dass die Nachricht von Xander ist, steht für mich außer Frage. Die Signatur jedenfalls passt. Aber wie kann er wissen, dass ich hier bin? Und was zur Hölle meint er damit, dass dies kein Ort ist, an dem ich mich aufhalten sollte?
Wider besseres Wissen strecke ich den Arm aus, bis meine Finger die Scheibe berühren. Sie fühlt sich unter meinen Fingerspitzen an wie Eis. Die Kälte kriecht sofort in meinen Arm, als habe das Glas nur darauf gewartet, dass ich es berühre. Ein Keuchen entweicht mir und ich ziehe die Hand schnell zurück. Plötzlich materialisiert sich aus dem Nichts ein zweiter Zettel im Aushangkasten, und wie von Zauberhand schreibt sich eine weitere Nachricht. Ich kann dabei zusehen, wie Buchstabe für Buchstabe auf dem Papier erscheint.

Ich habe nicht vor, meine Bitte zu wiederholen, Ellie. Geh. Und komm nicht hierher zurück.
X.

Das reicht, um mich aus meiner Schockstarre zu befreien und mich wie von Sinnen losrennen zu lassen. Schwer atmend erreiche ich die Flügeltür, durch die ich hereingekommen bin. Die Tür, die sich vorhin noch so mühelos öffnen ließ, scheint sich spontan dazu entschlossen zu haben, mehrere Zentner zu wiegen.
„Komm schon!", schnaufe ich. Meine Angst setzt ungeahnte Kräfte in mir frei, und so stemme ich mich mit meinem ganzen Gewicht dagegen. Mein einziger Gedanke gilt dem Vorhaben, so schnell wie möglich aus diesem verfluchten Bahnhof herauszukommen. Xander ist mit Sicherheit vieles, aber er ist bestimmt kein Mann, der leere Drohungen ausspricht.
Als die Holztür unter meinen Flüchen endlich aufgeht und ich nach draußen stolpere, regnet es in Strömen. Wie zur Hölle konnte das Wetter so schnell umschlagen? Mir bleibt keine Zeit, einen zweiten Gedanken daran zu verschwenden, denn ein gleißender Blitz zuckt über den mittlerweile dunkelgrauen Himmel, dicht gefolgt von einem Donnerschlag. Ein heftiger Wind kommt auf und peitscht mir Regentropfen ins Gesicht, die so kalt sind, dass sie sich wie Nadelstiche auf meiner Haut anfühlen. Die Temperatur fällt noch weiter ab, sodass ich meinen Atem sehen kann und sich

die Wassertropfen in winzige Hagelkörner verwandeln, die auf mich einprasseln. Was zum Teufel geht hier vor? Ich packe mein Fahrrad beim Lenker und beeile mich, den Platz in Richtung Wald zu verlassen. Ich kann mir Entspannenderes vorstellen, als während eines Gewitters durch den Wald zu radeln, aber der Drang, den starrenden Augen der Skulpturen und dem Bahnhof zu entfliehen, ist größer als meine Angst, von einem Baum oder Blitz getroffen zu werden.

Als ich durchnässt und außer Atem zu Hause ankomme, ist es wieder deutlich wärmer geworden und der Hagel in Regen übergegangen. Dan öffnet mir bereits dir Tür, als ich das Fahrrad unsanft gegen die Veranda lehne. Meine Beine brennen wie Feuer. Ich vermute, Dan hat am Fenster gestanden und nach mir Ausschau gehalten.

„Da bist du ja endlich!", sagt er mit Sorge in der Stimme, als ich an ihm vorbei in den Flur husche. „Was ist passiert, Ellie? Ich mein, es regnet zwar, aber du kommst hier an, als sei der Teufel höchstpersönlich hinter dir her."

„Vielleicht ... ist ... er ... das ... sogar."

Für meine Antwort ernte nur einen verständnislosen Blick.

„Du solltest auf jeden Fall aus den nassen Klamotten raus", sagt Dan mit dem Grinsen, das ihn so sexy macht.

In jedem anderen Moment würden die Schmetterlinge in meinem Bauch herumtollen, aber gerade bleiben sie regungslos. Zu dominant ist meine Panik, zu sehr krampft sich mein Magen bei der frischen Erinnerung daran zusammen, was ich eben erlebt habe.

„Später", japse ich und verfluche mich einmal mehr dafür, dass ich mein Lauftraining aufgegeben habe. „Hast du Jer gefunden?"

„Ja, sitzt in der Küche", entgegnet Dan mit hochgezogenen Brauen. „Wirklich alles okay mit dir?"

Ich nicke und winke ab. Zwischen Tür und Angel will ich ihm nicht berichten, was ich gesehen habe. Er mustert mich mit einem letzten argwöhnischen Blick und geht in den Waschraum statt in die Küche. Ich bleibe noch einen Moment im Flur stehen, die Hände auf die Oberschenkel gestützt. Meine Atmung wird allmählich ruhiger, und auch mein Puls jagt nicht mehr, als stünde ich kurz vor einem Infarkt. Ich ziehe die nassen Turnschuhe aus, als Dan wieder zu mir kommt. Er trägt ein Badehandtuch über dem Arm und hält ein paar Klamotten an die Brust gedrückt.

„Trockne dich erst mal ab", sagt er und hält mir das Handtuch hin.

„Ich bin okay", sage ich, doch er schüttelt den Kopf und wirft mir das Badetuch einfach zu. Reflexartig fange ich es auf.

„Aber du tropfst alles voll" Er grinst, während ich mir die Haare trocken reibe. „Von deinen Shirts liegt kein frisch gewaschenes hier unten rum, aber eins von meinen tut's hoffentlich auch." Er legt das Bündel Klamotten auf die Kommode neben sich und geht in die Küche.

Im Waschraum entledige ich mich schnell meiner tropfnassen Kleidungsstücke und werfe sie achtlos in einen der Wäschekörbe. Ich schlüpfe in die Jogginghose und Dans T-Shirt und werfe einen Blick in den kleinen Spiegel über der Waschmaschine. Er ist gerade groß genug, dass ich mein Gesicht sehen kann, aber das reicht. Obwohl ich den ganzen Weg zurück gefahren bin, als wolle ich ein Radrennen gewinnen, bin ich kreidebleich. Mein verstörter Gesichtsausdruck tut auch nichts dafür, den Gesamteindruck zu verbessern.

Ich entdecke ein *Seamy's*, das auf dem Fußboden neben der Waschmaschine liegt. Wie kommt es hier hin? Ist es Dan beim Wäschesortieren aus einer Tasche gefallen? Ich bin fast versucht, die Praline zu essen, um die Furcht einflößende Wirkung der Eindrücke der vergangenen Stunden zu mildern. Als wäre ich nicht mehr Herr über meinen eigenen Körper, gehe ich in die Hocke, und meine Hand bewegt sich in die Richtung der Schokolade.

„Ellie?!", höre ich Dan rufen und zucke zusammen.

„Ja! Ich bin gleich bei euch!", rufe ich zurück.

Meine Hand schnellt zurück, und ich fühle mich ertappt, als sei ich ein Abhängiger, der gerade fast wieder zu seiner Droge gegriffen hätte.

Dan und Jer sitzen am Küchentisch, ihr Gespräch verstummt, als ich den Raum betrete.

„Da ist er ja, unser begossener Pudel", witzelt Jer.

Dan stellt eine Tasse an meinem Platz auf den Tisch und bedeutet mir, mich zu ihnen zu setzen.

„Sehr witzig!", brumme ich, kann mir aber kein Lächeln abringen. Jers Kommentare sind manchmal so unpassend wie Schnee im Juni.

„Was ist das?", frage ich skeptisch und deute auf die Tasse.

„Milch mit Honig", antwortet Dan und hebt die Schultern. „Weil wir der Schokolade nicht mehr trauen, dachte ich, ich kann dich vielleicht mit einem Old-school-Heißgetränk glücklich machen."

„Leute, könnt ihr vielleicht mal die scheiß Milch vergessen? Ernsthaft!", poltert Jer. „Habt ihr mal aus dem Fenster geschaut? Ist das noch Gewitter oder schon Apokalypse?" Er sieht uns mit zusammengezogenen Brauen an, während er aus dem Küchenfenster deutet.

„Ich muss nich' rausgucken, ich war eben gerade da draußen", grummele ich. „Ich hab keine Ahnung, was da los ist. Als ich am Bahnhof war, schien noch die Sonne. Erst als ich da weg bin, fing es an, wie aus Kübeln zu schütten, zu hageln und zu gewittern. Und ob ihr es glaubt oder nicht ..." Ich senke meine Stimme, weil ich mir fast ein wenig albern vorkomme. „Es war so kalt, dass ich meinen Atem sehen konnte."

„Ihr habt aber schon mal was von Sommergewittern gehört, oder?", fragt Dan, der sich das Lachen verkneifen muss. „Gerade in den Bergen ist es nicht ungewöhnlich, dass das Wetter so schnell kippt."

„Das mag ja sein, aber es war nich' einfach nur kalt, es war ... kalt." Ich blicke in zwei ratlose Gesichter. „Also normal ist das jedenfalls nich'", schließe ich meinen Einstieg in diese Unterhaltung und setze mich endlich auf meinen Stuhl. Wie um meine Worte zu untermalen, erhellt ein Blitz den inzwischen apokalyptisch dunklen Himmel, dicht gefolgt von einem ohrenbetäubenden Donner, der das Geschirr in den Küchenschränken vibrieren lässt.

„Heilige Scheiße!", murmelt Dan und sieht den Küchenschrank an, als erwarte er, dass der ihm gleich vor die Füße falle. „Hast du wenigstens was rausgefunden?"

„Kann man so sagen", sage ich und nippe an meiner Tasse Milch. „Also der Bahnhof ... ist das Unheimlichste, was ich je gesehen habe."

Ich beschreibe den beiden alles, was ich gesehen und erlebt habe: die imposante Fassade mit den lebendig wirkenden Marmorfiguren, den verlassenen Bahnhof mit viel zu vielen Bahnsteigen für diese kleine Stadt. Und ich berichte von dem Aushangkasten ohne Fahrpläne, der mir dafür mit magischen Zetteln Hausverbot erteilt

hat, und auch den plötzlichen Temperaturabfall erwähne ich erneut. Ich hatte erwartet, dass die beiden Männer mich womöglich nicht ganz für voll nehmen würden, aber als ich aufhöre zu erzählen, sind für eine ganze Weile die einzigen Geräusche der Regen, der gegen die Fensterscheibe trommelt, und das Donnergrollen.
Die Belustigung ist aus Dans Gesicht gewichen. Jer ist der erste, der seine Sprache wiederfindet.
„Du hast was von Symbolen gesagt. Hast du was davon erkannt? Kannst du's vielleicht aufmalen?"
Seine Frage irritiert mich. „Sehe ich vielleicht aus wie ein verdammter Künstler?"
„Nah, aber ich ...", holt er aus, aber ich falle ihm direkt ins Wort.
„Jer!", schreie ich, unfähig meine Hysterie im Zaum zu halten. „Da war ein Glaskasten, der mir Nachrichten schickt! Und du interessierst dich für die beschissenen Symbole? Willst du mich verarschen?!"
„Hey, hey, Leute", unterbricht Dan unseren aufkeimenden Streit. „Kommt mal wieder runter. Es bringt doch nichts, wenn ihr euch jetzt die Köpfe einschlagt. Beruhig dich, Ellie."
Jer und ich sehen einander an und nicken dann beide betreten.
„Tut mir leid", murmele ich.
„Mir auch", erwidert Jer. Er klingt beleidigt, und mir tut es auf einmal leid, dass ich ihn so angefahren habe.
„Ich kann sie nich' aufmalen. Irgendwas mit Kreisen und Linien und ... keine Ahnung. Sah kompliziert aus."
„Dann wäre das ja geklärt. Und wir können über die wichtigen Sachen reden", brummt Dan. „Du bist sicher, dass die Zettel nicht schon vorher in dem Kasten hingen?"
„Ganz sicher", antworte ich. „Du glaubst mir nich'."
„Du musst zugeben, dass das ziemlich ... wild klingt." Dan sieht mich mit hochgezogenen Augenbrauen an und reibt sich mit einer Hand den Nacken. Seinem Argument habe ich nichts entgegenzusetzen. Wäre ich nicht selbst dort gewesen, würde ich mir vermutlich auch nicht glauben.
„Was habt ihr eigentlich gemacht, während ich damit beschäftigt war, auf dem Rad nich' vom Blitz getroffen zu werden?", frage ich, um abzulenken.
„Na ja ...", druckst Dan, „nicht besonders viel. Ich war bei Jer

zu Hause, aber der war nicht da. Stattdessen bin ich dann in die Fabrik." Er trommelt mit den Fingern auf seinem Oberschenkel. „Ich hab Patrick, den Produktionsleiter angequatscht, aber als ich ihn ein bisschen über Xander ausfragen wollte, hat er mich regelrecht rausgeworfen." Er verzieht das Gesicht, als hätte er Artischocken auf seiner Pizza entdeckt. „Das war kurz bevor das Gewitter losging. Natürlich bin ich auf dem Rückweg klatschnass geworden." Nach einem Schnauben fährt er fort. „Und dann stand Jer vor der Tür."

Jer verdreht die Augen. „Ich konnte ja nicht wissen, dass du zu mir wolltest, Alter. Ich war mit Naomi, weil ... Vergiss es."

„Nur für's Protokoll: Wir haben also gar nichts rausgekriegt, außer dass es magische Aushänge am Bahnhof gibt?", fasse ich zusammen. „Nich', dass das nich' reicht, um mich völlig fertig zu machen, aber ... Keine Drogenmafia? Kein gar nichts?"
Ich ziehe die Knie an und umschließe meine Beine mit den Armen, während meine Fersen auf dem Rand des Stuhles ruhen.

„Tja. Sieht wohl ganz danach aus, dass das die traurige Bilanz für heute ist", antwortet Dan seufzend.

„Nicht unbedingt", wirft Jer ein.
Dan und ich tauschen einen verwirrten Blick.

„Wir wissen jetzt auf jeden Fall, dass wir recht hatten. Irgendwas stinkt hier gewaltig, das ist ja wohl klar", rekapituliert Jer. „Und weil ich das von vornherein gesagt hab, habe ich mich letzte Nacht mal ... sagen wir ... informiert."

„Ich hoffe, es hat nichts mit deinen Sexgeschichten zu tun." Dan sieht seinen Freund skeptisch an.

„Nah. Ein Gentleman genießt und schweigt. Aber ich habe was rausgefunden." In Jers Augen blitzt etwas auf, das ich nicht richtig deuten kann.

Unser Gespräch wird von der Türklingel unterbrochen.
Dan zuckt mit den Achseln und steht wortlos auf. Im Flur höre ich gedämpfte Stimmen, kurz darauf fällt die Haustür wieder ins Schloss, und Dan kommt zurück in die Küche.

„War nur Jimmy, der Pizzajunge", verkündet er auf unsere fragenden Blicke hin und setzt sich wieder hin.

„Wann hast du denn heimlich Pizza bestellt?", fragt Jer und verschränkt die Arme vor seiner Brust.

„Wie wär's mit „gar nicht'? Oder siehst du irgendwo Pizzakartons?", erwidert Dan und grinst. „Oh, warte. Vielleicht hab ich sie auf der Veranda abgestellt, damit du nicht alles allein aufisst."

„Bei dem Wetter? Das wär wirklich selten dämlich. Sogar für dich", stichelt Jer.

„Hey, Jungs!" Die beiden gehen mir mit ihrer Kabbelei auf die Nerven. „Können wir uns mal fokussieren? Was wollte Jimmy überhaupt, Dan?"

„Hm", macht Dan. „Hat nur gefragt, ob ich morgen früh im Restaurant vorbeikommen kann, weil bei denen die Technik wieder mal spinnt. Perfektes Timing, was? Kaum ist mein Chef nicht da, muss es woanders brennen."

„Dafür kommt der arme Junge bei diesem Pisswetter hierher?", fragt Jer. „Warum ruft er dich nicht einfach an?"

Dan hebt die Schultern, begleitet von einem leisen Schnauben.

„Und was machen wir jetzt wegen des Zettelscheiß'?", frage ich.

„Festhalten, dass das verdammt unheimlich ist? Was willst du denn machen?", sagt Jer und wendet sich Dan zu. „Wie lange ist Xander noch verreist?"

Ich gebe ein Brummen von mir, um zu signalisieren, dass ich mit Jers Antwort alles andere als zufrieden bin.

„Er hat gesagt, er ist vier Tage weg. Wieso?" Dans Antwort entlockt Jer ein Lächeln.

„Was du nicht sagst. Dann zeige ich euch, was ich rausgefunden habe. Morgen Abend. So lange verhaltet ihr beiden euch ganz unauffällig, alles klar?"

„Unauffällig verhalten?", platzt es aus mir heraus. „Was soll das bringen, wenn Xander sowieso über alles Bescheid weiß, was hier läuft?!"

„Ich weiß, ich weiß", verteidigt Jer seinen Vorschlag und hebt die Hände, „das klingt nicht logisch. Aber glaubt mir: Unauffällig ist genau das, was wir gerade brauchen. Vertraut mir einfach."

Dan und ich sehen einander an und nicken beide gleichzeitig.

„Klar vertrauen wir dir, Mann", sagt Dan und legt seinem Freund eine Hand auf die Schulter. „Aber willst du uns nicht schon mal sagen, worum es geht?"

„Glaubt mir, es ist besser, wenn ihr es selbst seht", antwortet Jer.

Dan sieht nicht überzeugt aus, und auch ich habe gemischte Gefühle.

„Seit wann bist du unter die Geheimniskrämer gegangen, Jer? Sag doch einfach, was los ist!", fordere ich ihn auf.

„Also gut. Morgen kommt eine Lieferung für die Fabrik. Gegen Mitternacht. Und ich weiß, dass es nicht die Fabrik ist, die etwas bestellt hat. Sollte was für Xander sein", erklärt Jer.

„Aber der kommt doch erst übermorgen zurück", werfe ich ein.

„Mich interessiert außerdem, woher du das weißt", sagt Dan mit einer hochgezogenen Augenbraue. „Die Bestelllisten und Anlieferungspläne liegen ja nicht zur Einsicht aus, sondern sind ..." Er stockt und lacht, als ihm offenbar alles klar wird. „Naomi. Die arbeitet im Einkauf der Fabrik. Dann hat *sie* dir die Liste gegeben?"

„Nur gezeigt", räumt Jer ein. „Sie hatte zu viel Schiss, dass das sonst auffliegt." Ein Grinsen breitet sich auf seinem Gesicht aus. „Mich wundert, dass sie danach *keinen* Schiss mehr hatte, dass man uns erwischt."

„Ugh", mache ich, doch die beiden Männer ignorieren mich einfach.

„Ist dein Harem also doch zu was zu gebrauchen", feixt Dan.

„Und ob", antwortet Jer und grinst.

13

Auch wenn es uns schwer fällt, gehen Dan und ich am nächsten Tag unseren alltäglichen Verpflichtungen nach. Wir verlassen morgens gemeinsam das Haus, und Dan begleitet mich wie so oft bis vor Rosies Laden, bevor er sich auf den Weg zum italienischen Restaurant macht, um dort die Technik in Ordnung zu bringen.

Den ganzen Tag über plagt mich eine innere Unruhe, und bin dankbar, dass Rosie ausnahmsweise nicht danach fragt, was mit mir los ist.

Mich beschäftigt die Frage, ob Xander ein persönliches Paket nicht auch selbst entgegennehmen will. Wenn er ein Drogenbaron ist, wird er wohl kaum einen seiner Mitarbeiter damit beauftragen, seine Lieferung in Empfang zu nehmen. Es sei denn, er vertraut jemandem blind.

Ich habe noch nie illegale Geschäfte gemacht, aber würde ich es tun, würde ich niemandem trauen außer mir selbst. Allerdings muss ich mir eingestehen, dass auch immer noch die Möglichkeit besteht, dass diese Lieferung überhaupt nichts mit Drogenhandel oder anderen Verbrechen zu tun hat. Bislang ist Xander schließlich nur in meiner Fantasie ein Krimineller.

Das heutige Top-Thema von Rosies Kundschaft sind die gestrigen Wetterkapriolen. Jeder, der in den Laden kommt, spricht von dem Gewittersturm und davon, dass die Heftigkeit bemerkenswert war. Rosie stimmt den Leuten zwar zu, beruhigt aber jeden damit, dass es in den Bergen nicht ungewöhnlich ist, dass das Wetter schnell umschlägt. Wenn ich es nicht besser wüsste, würde ich denken, dass die Gespräche die ältere Dame nervös machen.

Der Tag zieht sich wie Kaugummi, und als Dan am Nachmittag endlich vorbeikommt, um mich abzuholen, kann ich nicht schnell genug aus dem Laden kommen. Wir schieben unsere Räder eine Weile schweigend nebeneinander her.

„Hast du noch mal was von Jer gehört?", frage ich, als wir einige Schritte gegangen und hoffentlich ohne unerwünschte Mithörer sind.

Dan schüttelt den Kopf. „Nein, nichts. Ich war bis eben im Restaurant und bin gleich zu dir gekommen."

„Dann bleibt's bei heute Abend?", murmele ich mit Sorgenfalten auf der Stirn.

„Ich geh davon aus. Lass uns nach Hause fahren."

„Ich will den Weg noch mal hochfahren, von dem aus man den Bahnhof sieht."

„Okay, ich komm mit."

Insgeheim habe ich gehofft, dass Dan das sagt. „Dann los!" Ich schwinge mich aufs Rad, ohne auf ihn zu warten. „Ich will wieder unten sein, bevor's dunkel wird", rufe ich ihm zu.

Wir fahren den Wanderweg genauso ab wie bei unserem letzten Ausflug. An dem höher gelegenen Punkt angekommen, bremse ich mein Rad und blicke ins Tal hinunter. Der Bahnhof sieht genauso aus, wie ich ihn in Erinnerung habe: ein flaches Gebäude. Unscheinbar. Kein Vergleich zu dem imposanten Bauwerk, das ich gestern besucht habe.

„Und?", fragt Dan, der hinter mir hält und in die gleiche Richtung schaut.

„Sieht genauso aus wie das letzte Mal." Ich bin außer Puste und wische mir mit der Rückseite einer Hand den Schweißfilm von der Stirn.

„Also ich sehe da unten einen Flachbau. Ziemlich hässliches Ding", verkündet Dan.

Verstohlen beobachte ich ihn. Er ist so viel fitter als ich. Sein Atem geht etwas schneller als normalerweise, aber besonders angestrengt sieht er nicht aus. Ich werde in jedem Fall mein Lauftraining wieder aufnehmen müssen, denn meine momentan nicht vorhandene Fitness geht mir auf die Nerven. Ganz zu schweigen davon, dass ich mir neben Dan vorkomme wie die unsportlichste Frau dieses Planeten. Es fällt mir schwer, den Blick von ihm loszureißen.

Ich nicke. „Ich auch."

„Aber du hast gehofft, was anderes zu sehen." Er legt die Stirn in Falten und sieht mich an.

„Ich habe mir das gestern nich' eingebildet!" Die Wutkugel in meinem Inneren beginnt zu pulsieren, aber ich ignoriere sie.

„Das sagt ja auch niemand."

„Ihr tut aber so! Du und Jer!"

„Ich sehe nun mal nur das, was ich sehe, und nicht das, was du gesehen hast."

Als ich nicht antworte, sondern wieder den Bahnhof anstarre, bringt Dan sein Rad genau neben meinem zum Stehen und versperrt mir damit die Sicht. „Hör zu, Baby. Ich will nicht streiten."

„Ich doch auch nich'", sage ich mit einem Seufzen, und meine Wutkugel löst sich auf. „Es ist nur so verdammt gruselig, findest du nich'? Ein Bahnhof, der von Weitem anders aussieht als aus der Nähe? Zettel, die sich von allein mit Buchstaben füllen?" Ich lege eine Hand auf seine Brust. „Es fühlt sich einfach ... nich' sicher an, weißt du?"

Dan legt seine Hand auf meine und sieht mir in die Augen. „Es wird alles gut. Du wirst schon sehen. Egal was kommt, ich beschütze dich."

Ein Lächeln stiehlt sich auf meine Lippen. „Und wie willst du das machen, Mr. Superheld?"

„Ganz ehrlich?", fragt er und erwidert mein Lächeln. „Ich weiß es nicht. Aber ich würde alles dafür tun."

Ich halte den Blickkontakt und spüre seinen Herzschlag unter meiner Hand. „Wir sollten dann jetzt wieder fahren, wenn wir unten ankommen wollen, bevor es dunkel wird." Meine Stimme habe ich zu einem Flüstern gesenkt, obwohl niemand außer uns beiden hier oben ist.

„Ja, das sollten wir. Eins noch", raunt Dan mir zu. Er beugt sich zu mir rüber und küsst mich, während er mit einer Hand durch mein Haar fährt. Sein Kuss ist zärtlich und entschlossen zugleich, als wolle er seinem Beschützerversprechen Nachdruck verleihen. Als wir uns voneinander lösen, lächelt er. „Jetzt können wir los."

Gegen zehn schlägt Jer bei uns auf.

„Du bist ein bisschen früh dran", sage ich, als er den Flur betritt.

„Wieso? Ist Dan noch nackt?" Ein Grinsen breitet sich auf Jers Gesicht aus.

„Ist er nicht", antwortet Dan, der gerade die Treppe herunterkommt. Er trägt Jeans, T-Shirt und Sweaterjacke.

Ich rolle mit den Augen und verschränke die Arme vor meiner Brust. „Hattest du nich' gesagt, das Ding steigt gegen Mitternacht?"

„Ja, aber da wir hinlaufen, brauchen wir 'nen Moment." Jer zuckt mit den Achseln. „Und verstecken ist auch angemessen, bevor der Lieferant da antanzt. Oder wolltest du einfach hingehen und fragen, ob du mal in seine Kisten sehen darfst?"

„Wahrscheinlich würde das sogar noch klappen", sagt Dan, während er seine Schuhe anzieht. „Du solltest ihren Blick mal sehen, wenn sie was will!"

„Glaub mir, Alter. Wenn ich einen Blick von Frauen kenne,

dann den", erwidert Jer und lehnt sich mit der Schulter gegen die Wand.

„Ihr seid beide ...", beginne ich.

„Unglaublich liebenswert?", fällt Jer mir ins Wort und grinst.

„Ja. Genau das wollte ich sagen", schnaube ich. „Wir laufen?"

„Du solltest mehr Krimis lesen", sagt er. „Schon mal 'nen Einbrecher auf einem Fahrrad gesehen? Und außerdem ..."

„Haben wir eine neugierige Nachbarin, wie du weißt", ergänzt Dan. „Am Ende sieht die noch, dass unsere Räder nicht an der Veranda stehen, und fragt sich, wo wir uns nachts rumtreiben."

„Die Alte sieht alles", sagt Jer und stöhnt. „Und dann erzählt sie es *jedem*."

„Ihr seid ganz schöne Klugscheißer", maule ich, während ich in meine Turnschuhe schlüpfe. „Als ob es Mrs. McClary interessiert, wo wir abends hingehen."

„Hast du 'ne Ahnung!", brummt Jer.

Um Jers Geheimagentenambitionen zu befriedigen, verlassen wir das Haus durch Dans Garten statt über die Veranda. Ich frage mich, ob er nur aus Prinzip eine solche Show abzieht oder ob tatsächlich mehr dahintersteckt. Aber egal wie oft ich ihn mit der Frage löchere, was er rausgefunden hat – seine Antwort lautet immer, dass ich es gleich sehen werde.

Das Fabrikgelände liegt still vor uns. Der Schriftzug am Eingangstor leuchtet blau, und auch die Lampen an den Gebäuden erhellen einen Teil des Geländes. Es herrscht zwar keine Flutlichtatmosphäre, aber ich kann mir nicht vorstellen, wie man sich, ohne sich unsichtbar zu machen, ungesehen auf dem Gelände bewegen soll.

„Wieso gehen wir nich' einfach rein und sagen, Dan hat was vergessen?", flüstere ich.

„Dein Ernst?", zischt Jer. „Also: Der Wagen muss zwar durchs Haupttor, aber beim letzten Mal hat der Fahrer das Zeug hinter dem Bürogebäude abgeladen."

„Okay", raunt Dan. „Da hinten gibt's Hecken, direkt am Zaun. Da können wir uns verstecken und außerhalb des Geländes bleiben."

„Ich hätte dich das letzte Mal schon mitnehmen sollen", sagt Jer und grinst. „Der Müllcontainer war nicht so 'n geiles Versteck."

Wir huschen am Haupttor vorbei und folgen dem Zaun in

Richtung Rückseite des Bürogebäudes. Wie Dan gesagt hat, säumen hier Hecken den Rand des Geländes. Ich sehe kaum, wo ich auf dem Trampelpfad hintrete und bin froh, dass Dan mich an einer Hand hinter sich her zieht. Links von uns beginnt der Nadelwald, rechts von uns sind der Zaun und die Hecke, Letztere so hoch, dass auch Dan und Jer von der anderen Seite aus nicht zu sehen sein können. An einer Stelle, an der die Bepflanzung nicht ganz so dicht ist, macht Dan Halt.

„Hier müsste es gehen", flüstert er.

„Hier ist es gut", bestätigt Jer.

Die Rückseite des Geländes ist nicht beleuchtet, und ich habe Mühe, die Umrisse des Gebäudes auszumachen. Ausgerechnet heute ist es bewölkt, sodass uns auch der Mond keine Hilfe ist. Andererseits bin ich auch froh darüber, denn wenn *wir* nicht viel sehen, gilt das hoffentlich auch für alle, die uns entdecken könnten. Dan steht hinter mir und hat die Arme um mich gelegt, Jer harrt neben uns aus. Keiner von uns verliert ein Wort, nur gelegentlich ist ein leises Rascheln oder Knacksen aus dem Wald hinter uns zu hören. Es ist nicht gerade beruhigend, im Dunkeln am Stadtrand herumzustehen, aber in Dans Armen fühle ich mich sicher.

Wir stehen gefühlte Ewigkeiten so da und warten darauf, dass etwas passiert. Gerade als ich vorschlagen will, wieder zu gehen, rollt ein Lieferwagen über das Fabrikgelände. Das Scheinwerferlicht wirkt grell, nachdem ich so lange auf die dunkle Rückseite des Gebäudes gestarrt habe. Wegen des Elektroantriebs bewegt sich das Fahrzeug beinahe geräuschlos. Der Wagen hält genau vor dem Hintereingang des Bürogebäudes. Ein Mann steigt aus. Er ist nicht besonders groß, ein bisschen untersetzt, und irgendwie kommt mir seine Silhouette vage bekannt vor. Er macht sich nicht die Mühe, die Scheinwerfer auszuschalten, die immer noch die Hauswand anstrahlen. Er geht zum Kofferraum, öffnet die Hecktür und holt einen Pappkarton heraus. Er ächzt, als er die Lieferung anhebt.

Die Tür des Bürogebäudes geht auf, und Xander tritt heraus. Wegen des Scheinwerferlichts kann ich ihn eindeutig erkennen. Ich schnappe nach Luft. Er ist tatsächlich in der Stadt! Dabei hat er Dan gesagt, dass er erst morgen zurück sein wird. Warum will er nicht, dass jemand weiß, dass er hier ist? Oder hat er bloß Dan und mich mit einer falschen Information abgespeist? Aber wozu?

„Hey", begrüßt Xander den Mann. Zum Glück liegt unser

Versteck nicht allzu weit entfernt vom Haus, sodass ich ihn hören kann. „Warte, ich nehm dir das ab." Er eilt dem Mann entgegen und nimmt ihm den Karton aus den Armen.

„Danke, Junge", brummt der Mann. „Schweres Zeug da."
Er spricht im Gegensatz zu Xander sehr gedämpft, und ich habe Mühe, ihn zu verstehen.

„Läuft alles bei dir?", fragt Xander den Mann, doch der grunzt bloß.

„Du weißt ja, wie's ist: mal so, mal so", antwortet der Fahrer und bleibt an seine Fahrertür gelehnt stehen. Sein Rücken ist uns zugewandt.

Xander nickt und stellt seine Lieferung auf einer der Stufen der Eingangstreppe ab. Er öffnet den Deckel und greift in den Karton.

Ich halte den Atem an und spüre auch Dans Anspannung. Doch Xander holt weder einen Sack Drogen noch etwas anderes aus dem Paket, das gefährlich aussieht. Er hält ein Buch in der Hand. Hat Jer nicht schon einmal erzählt, dass Xander sich Bücher liefern lässt?

Der Schokoladenmogul blättert das Schriftstück durch, bis etwas herausfällt, das zwischen den Seiten gesteckt haben muss. Er geht in die Hocke, um es aufzuheben.

„Ist das der Einzige?", fragt er den Mann und wedelt mit dem Briefumschlag in seiner Hand herum.

„Fürs Erste. Ich muss wieder zurück, Xander."

„In Ordnung", antwortet Xander und holt etwas aus seiner Hosentasche, das zu klein ist, als dass ich es erkennen könnte. „Ich melde mich, wenn's soweit ist."

Der Fahrer steigt kommentarlos in seinen Wagen, legt den Rückwärtsgang ein und wendet. Xander steht noch immer auf der Treppe und sieht dem davonfahrenden Lieferwagen hinterher. Als nichts mehr von dem Transporter zu sehen ist, setzt er sich neben den Karton und öffnet den Briefumschlag. Was auch immer er aus seiner Tasche genommen hat, hat er neben sich gelegt.

Ich ziehe die Augenbrauen zusammen. Ohne die Scheinwerfer des Lieferwagens kann ich nur Xanders Umrisse erkennen, die sich vor der noch immer offen stehenden Tür abzeichnen. Das Licht im Flur des Bürogebäudes geht aus, und für einen Augenblick verschmilzt der Schokoladenmogul mit der Dunkelheit. Frustriert knirsche ich mit den Zähnen.

Zuerst glaube ich, dass sich meine Augen an die Dunkelheit

gewöhnen, doch dann erkenne ich, dass neben Xander eine Lichtquelle blau zu leuchten beginnt, schwach zunächst, doch dann hell genug, dass ich sein Gesicht trotz der Dunkelheit erkennen kann. Das Licht erinnert mich an das eines der Knickstäbe, die man auf Partys an sein Cocktailglas gehängt bekommt, nur ist es heller. Was zur Hölle ist das? Das Objekt ist kaum größer als ein Kieselstein.

Xanders Unterarme ruhen auf seinen Knien, den Brief hält er mit beiden Händen. Während er liest, verfinstert sich seine Miene.

„Das darf doch nicht wahr sein!", flucht er und zerknüllt das Blatt Papier zu einer Kugel, die er mit einer Faust umschließt. Begleitet von einem „Orrr!" macht Xander mit seiner freien Hand eine Bewegung, die aussieht, als wolle er jemanden wegschicken.

Mit einem lauten Rumpeln fliegt der Karton von der Treppe und landet ein paar Armlängen vor den Stufen auf dem gepflasterten Boden. Das Geräusch lässt mich zusammenzucken. Hätte Xander den Karton getreten oder geworfen, wäre plausibel, was ich gerade gesehen habe, aber der Fabrikbesitzer sitzt immer noch auf den Stufen. Er hat den Karton nicht einmal angefasst, ich bin mir sicher, dass er außer seiner Hand nichts bewegt hat.

Auf dem Kopfsteinpflaster liegen etliche Bücher verstreut. Um diesen Karton mit einer Hand von der Treppe zu schubsen, müsste man schon starke Arme haben. Mein Mund fühlt sich an, als klebe meine Zunge gleich am Gaumen fest.

„Okay, wir kriegen das schon irgendwie hin. Wie immer", sagt Xander zu sich selbst und reibt sich mit Zeigefinger und Daumen seiner freien Hand die Augen. Er seufzt und öffnet die Faust, in der er immer noch das Papierknäuel hält. Sein Gesicht sieht im blauen Schein der Lichtquelle müde aus. Aber nicht nur müde – auch beunruhigt. Wäre es nicht Xander, der da ein paar Meter von uns entfernt sitzt, würde ich mich um ihn sorgen. Mich interessiert brennend, was für eine Nachricht dem sonst so coolen Typen so nahegeht.

Er balanciert die Papierkugel auf seiner Handfläche und sieht sie einen Moment lang an. Plötzlich züngelt eine Flamme aus dem Knäuel, doch Xander lässt das Papier nicht fallen, sondern wartet, bis der Brief nur noch ein Häufchen Asche ist. Er pustet die Asche weg, reibt mit der Hand über seine Hose und macht sich daran, die auf dem Boden verteilten Bücher wieder in den Karton zu packen. Ich balle die linke Hand zur Faust und beiße auf meinen Daumen,

um keinen Laut von mir zu geben. Was ich gerade gesehen habe, kann nicht sein! Mit einem leuchtenden Kieselstein könnte ich noch fertig werden, aber mit herumfliegenden Kisten und Typen, die Briefe in ihrer Hand anzünden und abbrennen lassen nicht!
Als Xander das letzte Buch aufliest und in den Karton zurücklegt, blickt er in unsere Richtung. Ich weiß, dass er uns im Dunkeln unmöglich sehen kann, dennoch stockt mir der Atem. Er ist so weit weg von seinem Lichtspender, dass ich sein Gesicht nicht mehr erkennen kann, aber ich bin mir sicher, dass er mich ansieht. Ich spüre es, wie ich seinen Blick gespürt habe, als ich ihn zum ersten Mal in Rosies Laden getroffen habe. Obwohl alles in mir danach verlangt, hier wegzukommen, rühren sich meine Muskeln nicht.
Der Moment vergeht, Xander nimmt seine Lieferung und geht zurück ins Haus. Die Tür fällt mit einem Klacken hinter ihm ins Schloss, und endlich traue ich mich, aufzuatmen.

„Lasst uns abhauen", zische ich und winde mich aus Dans Umarmung. Ich stapfe los, obwohl ich den Trampelpfad unter meinen Füßen kaum sehen kann und ein paarmal stolpere.
Erst als wir die Schokoladenfabrik so weit hinter uns gelassen haben, dass mein Puls nicht mehr rast wie der eines verschreckten Kaninchens, verlangsame ich meine Schritte.
Obwohl es nicht normal ist, dass Kartons mit einer Handbewegung durch die Gegend geschleudert werden und Briefe spontan in Flammen aufgehen, erschüttert mich das Gesehene nicht so sehr, wie es vielleicht sollte. Ein Teil meines Verstands weigert sich zwar, zu akzeptieren, dass so etwas möglich ist, aber mein Bauchgefühl hat längst anerkannt, dass hier mehr im Gange ist, als sich mit Logik erklären lässt. Ich fühle mich mit dieser Erkenntnis nicht besonders wohl, aber zu meiner Überraschung auch nicht panisch.

„Bitte sagt mir, dass ihr das auch gesehen habt", sage ich und stopfe die Hände in die Hosentaschen.

„Wenn du fliegende Kartons und sich selbst entzündende Briefe meinst, dann ja", antwortet Jer, der links von mir geht.

„Vielleicht hat Xander ein Feuerzeug gehabt oder so", murmelt Dan. „Er muss ein Feuerzeug gehabt haben."

„Ich bin mir sicher, er hatte keins", erwidere ich und schnaube. „Aber wir sind hier doch nich' beim Zauberer von Oz. Es gibt keine Magie."

„Ich sag's ja nur ungern, aber ..." Dan räuspert sich. „Das

würde auf jeden Fall mit dem zusammenpassen, was du über den Bahnhof gesagt hast."

„Scheiße. Was machen wir jetzt? Ich würde am liebsten noch heute Nacht los nach New York. Ich mein, habt ihr gehört, was Xander gesagt hat? Was will er hinbekommen? Und überhaupt. Keine Ahnung. Am Ende schlittern wir da in irgendwas rein."
Der Gedanke, dass es tatsächlich Dinge wie Zauberei im echten Leben gibt, schüchtert mich nicht so sehr ein wie die Vorstellung, mit Xander aneinanderzugeraten. Und das werden wir, wenn wir unsere Nasen weiterhin in Angelegenheiten stecken, die offensichtlich nicht für uns bestimmt sind. Ich muss an Xanders besorgten Gesichtsausdruck denken, als er den Brief gelesen hat. Er sah plötzlich aus wie jemand, der alles andere als emotional abgeklärt ist.

„Wenn wir jetzt Hals über Kopf abhauen, wirft das sicher Fragen auf", räumt Jer ein und reißt mich aus meinen Gedanken. „Was hattet ihr denn mit Xander ausgemacht? Dass wir gehen, wenn er zurück ist?"

„Ja", bestätigt Dan. „So in der Art. Wir wollten alles besprechen, wenn er zurück ist. Offiziell also morgen, aber wie du eben gesehen hast, ist er ja hier."

„Eindeutig", sagt Jer. „Trotzdem. Ich sage, wir machen keine Welle und reisen ab wie geplant. Auch wenn wir was gesehen haben … Es ist ja nichts passiert, oder? Und wer weiß, wen wir sonst an den Hacken haben."

„Nichts passiert?!" Jers Gelassenheit ärgert mich. „Du hättest uns ruhig mal vorwarnen können!"

„Hättet ihr mir denn geglaubt, wenn ich euch so was erzählt hätte?"

„Vermutlich nich'", gebe ich zu. Ich hasse es, wenn er recht hat. „Aber ich verstehe trotzdem nich', wie du so ruhig bleiben kannst!"

„Weil ich zu den coolen Typen gehöre, Sonnenschein. Die machen sich nicht so schnell ins Hemd." Nicht einmal jetzt kann Jer es lassen, seine Sprüche zu klopfen.

„Ich mein's ernst!"

„Okay", sagt Jer legt und seinen Arm um mich, um mich zu drücken. „Lass es mich einfach so sagen: Wenn du mit einer Mom aufwächst wie meiner, dann glaubst du an so was einfach."
Bevor sich Jers und unser Heimweg trennt, verabreden wir, dass wir den nächsten Tag und Xanders offizielle Rückkehr abwarten,

um dann zu entscheiden, wie schnell wir abreisen können, ohne Aufsehen zu erregen. Dan legt seinen Arm um meine Hüfte, aber jeder hängt seinen Gedanken nach, während wir nach Hause gehen.

Nach einer kurzen Nacht fahren Dan und ich zur Arbeit und bemühen uns, uns so zu verhalten wie immer. Ich winke Mrs. McClary im Vorbeifahren zu, die auf ihrer Veranda sitzt.
Die Stunden vergehen heute im Schneckentempo, aber ich bin dankbar dafür, dass sich nichts Ungewöhnliches ereignet.
Als Dan mich am Nachmittag bei Rosie abholt, interessiert mich brennend, ob sich Xander bereits zurückgemeldet hat. Allerdings verneint Dan, sodass uns nichts anderes übrig bleibt, als weiter abzuwarten.
Zu Hause angekommen, ziehe ich meine Turnschuhe im Flur aus und lasse mich auf die Couch im Wohnzimmer fallen. Die Anspannung, die mich schon den ganzen Tag über begleitet, laugt mich gnadenlos aus. Dan küsst mich auf die Stirn und begibt sich dann schnurstracks in die Küche. Dem Geklapper nach zu urteilen, räumt er die Spülmaschine aus. Ich weiß, dass ihn die Vorkommnisse beschäftigen, aber auch, dass es das Beste ist, ihn für einen Moment allein zu lassen. Sobald er darüber reden will, wird er es tun. Erschöpft lege ich die Füße aufs Sofa.
Ich muss eingenickt sein, denn als ich hochschrecke, steht plötzlich Jer neben der Couch, eines seiner Sudokuhefte in der Hand. Ich will ihn anpampen, ob er vor hatte, mich zu Tode zu erschrecken, aber er legt nur stumm einen Zeigefinger an die Lippen. Ich verstehe nicht, was er will, und blinzele ein paarmal, um richtig wach zu werden. Bevor ich ihn fragen kann, was das soll, legt er das Sudokuheft auf den Couchtisch und tippt mit einem Finger darauf. Er wirft mir einen beschwörenden Blick zu, und ich höre, wie in der Küche ein Teller zu Bruch geht, dicht gefolgt von Dans lautem Fluchen.

Ich schrecke auf und fühle mich noch verwirrter als gerade eben. Ich bin allein im Wohnzimmer, der Platz, an dem Jer eben stand, ist leer. Wo ist er hin? Hektisch schaue ich mich um, doch er ist nirgends zu sehen.
„Dan?"
„Bist du eingeschlafen? Tut mir leid, Baby", sagt Dan, der aus

der Küche zu mir ins Wohnzimmer kommt. „Ich wollte dich nicht wecken. Aber der Teller und ich waren uns uneinig." Er lächelt schief. „Das Scheißteil musste aber auch in tausend Teile zerspringen."

„Ich … Ahm … Nich' schlimm" Ich setze mich auf, reibe mir mit einer Hand zuerst übers Gesicht und danach den Nacken. „War Jer eben hier?"

Dan mustert mich mit einer hochgezogenen Augenbraue und schüttelt dann den Kopf. Er setzt sich neben mich aufs Sofa und nimmt meine Hand.

„Es war niemand hier, Ellie. Du hast bestimmt geträumt. Ist ja auch kein Wunder nach gestern Nacht", sagt er sanft.

Ich schüttele den Kopf, und mein Blick schweift zum Couchtisch. Dort liegt es. Das Sudokuheft, das Jer vor wenigen Augenblicken dort abgelegt hat.

„Wenn ich geträumt hab, …", murmele ich, „dann musst du mir erklären, wie das Sudokuheft auf den Tisch gekommen ist."

Mit gerunzelter Stirn greift Dan nach dem Heft und wedelt damit durch die Luft. „Als ob die Teile nicht eh immer und überall bei uns rumfliegen würden."

„Dan, er war hier. Ich hab ihn gesehen! Und er hat das Ding da hingelegt! Ich weiß doch, was ich gesehen habe." Ich halte an meiner Aussage fest.

„Wenn Jer wirklich hier gewesen wäre, wieso sollte er dann eins seiner scheiß Hefte auf den Tisch legen und wieder abhauen, ohne was zu sagen?" Dans Blick macht mir klar, dass er mich für verwirrt hält. „Du hast bestimmt nur schlecht geträumt. Ich wette, der hat 'nen schmutzigen Nachmittag mit einer seiner Miezen."

Ich nehme ihm das Sudokuheft aus der Hand und blättere wahllos darin herum, doch ich kann zunächst nichts Ungewöhnliches entdecken. Es sieht aus wie jedes von Jers Heften: übersät mit Bleistiftgekritzel – auf manchen Seiten hat er kleine Skizzen gemacht, die mich an seinen Tattoo-Entwurf mit dem Kapuzenmann erinnern. Auf der vorletzten Seite halte ich plötzlich inne. Irgendetwas ist anders, auch wenn mir auf den ersten Blick nicht gleich auffällt, was es ist – bis es mir wie Schuppen von den Augen fällt: Jer hat in das Gitter nicht nur Zahlen eingetragen, sondern auch kleine Buchstaben in die obere rechte Ecke gekritzelt.

„Scheiße!", fluche ich, als ich die versteckte Nachricht gelesen habe.

„Was ist?!" Dans Stimme klingt alarmiert.

„Da. Schau selbst", antworte ich und halte ihm die aufgeschlagene Seite hin. Ich fühle mich, als habe mir jemand einen Blecheimer aufgesetzt und einmal mit einem Hammer dagegen geschlagen. Zum Glück sitze ich auf dem Sofa, denn ich bin mir ziemlich sicher, dass meine Beine gerade so instabil wie Kartoffelbrei sind. Einer anderen Sache bin ich mir ebenfalls sicher: Jer wird nicht zurückkommen.

Dan sieht mich mit zusammengezogenen Brauen an. „Ich weiß nicht, was du meinst?"

Ungehalten tippe ich auf das Gitter. Ich habe nicht die Geduld zu warten, bis er es von selbst sieht. „Oben rechts in den Ecken der Kästchen."

Dans Kiefermuskeln sind angespannt, während er die Nachricht liest.

„Seid schlau, nicht süß?!", liest er laut vor, was Jer aufgeschrieben hat. „Was soll das denn heißen?! Hatter das Teil rotzevoll ausgefüllt, oder ..."

„... oder er hat gedacht, das ist ein unauffälliger Weg, uns eine Nachricht zukommen zu lassen", beende ich seinen Satz.

„Also hat er noch was gefunden", schlussfolgert Dan und springt auf.

„Was hast du vor?"

„Wir müssen ihn sofort suchen!" Er wirft das Heft zurück auf den Tisch.

Ich starre auf die Stelle, an der Jer eben noch in unserem Wohnzimmer stand, unfähig mich zu rühren. Als Dan an meiner Hand zieht, um mich zum Aufstehen zu bewegen, schüttele ich den Kopf.

„Dan!" Ich muss ihn von seinem blinden Aktionismus abbringen. „Verstehst du's nich'? Er war in meinem Traum hier, weil er nich' mehr wirklich hier ist!"

Auch wenn meine Erklärung wirr klingt, versteht Dan sofort, was ich damit sagen will.

„Was?! Du glaubst doch nicht etwa, dass er ... dass ihm was passiert ist?" Seine Stimme überschlägt sich inzwischen fast vor Hysterie. Ich habe Dan noch nie so aufgelöst gesehen, aber die Sorge um seinen besten Freund treibt ihn um.

„Ich weiß nich'. Ich hoffe nich'", flüstere ich und versuche das

beklemmende Gefühl in meiner Brust zu ignorieren. Die letzten Ereignisse waren für mich zwar grenzwertig, aber ich konnte mit der Anspannung fertig werden. Aber dass es jetzt auch noch danach aussieht, als sei Jer in Schwierigkeiten – das beunruhigt mich zutiefst. An Dans zusammengekniffenem Mund kann ich ablesen, dass er genauso verunsichert ist wie ich.
Zwischen uns entsteht ein gefühlt endlos langer Moment der Stille.
„Und was machen wir jetzt?", frage ich, während Dan vor dem Wohnzimmerfenster auf und ab tigert. Auf seine zuerst überstürzte Reaktion folgt ein eisiges Schweigen. Als ich bereits befürchte, dass er Furchen in den Holzfußboden laufen wird, stoppt er und sieht mich an.
„Ich bleibe dabei", verkündet er mit fester Stimme. „Wir müssen ihn suchen."
Mit offenem Mund starre ich ihn an, aber ich sehe in seinen Augen nichts außer Entschlossenheit. Ich weiß, dass es sinnlos wäre, weiter mit ihm zu diskutieren, denn wenn er diesen Blick aufsetzt, steht seine Entscheidung unumstößlich fest. Ich kaue auf meiner Unterlippe herum und nicke.
„Er ist unser Freund, Ellie. Wir können ihn jetzt nicht hängen lassen. Ich glaube zwar nicht, dass ihm was zugestoßen ist ... Aber sicher ist sicher."
„Okay." Ich seufze und gebe mich geschlagen. „Und jetzt?"
Dan deutet ein Schulternzucken an. „Wie ich Jer kenne, wird er wieder schnüffeln gegangen sein." Er streicht über sein Kinn. „Mein Tipp ist, dass er wieder an der Fabrik rumlungert." Er seufzt und verschränkt die Arme vor seiner Brust. „Seid schlau, nicht süß – wenn das wirklich was damit zu tun hat, würde ich sagen, dass er im Büro ist und nicht dort, wo die Schokolade verarbeitet wird. Einen besseren Vorschlag hab ich auch gerade nicht. Oder hast du noch eine Idee, was er uns mit seiner komischen Nachricht sagen will?"
Langsam schüttele ich den Kopf. Mich schaudert es allein bei dem Gedanken daran, die Schokoladenfabrik betreten zu müssen, aber Dan hat recht. Jer ist unser Freund, und wenn er ohne ein Wort einfach so verschwindet, dann sind wir es ihm schuldig, ihn zu suchen. Er würde das Gleiche für uns tun, ohne mit der Wimper zu zucken.
Doch ein Gedanke drängt sich mir auf, der mich an unserer geplanten Suchaktion zweifeln lässt.

„Dan."

„Hm?"

„Was ist, wenn er genau das Gegenteil gemeint hat?"

„Was meinst du?" Dan zieht die Augenbrauen zusammen. „Das Gegenteil wovon?"

„Na, was ist, wenn er sagen wollte, dass wir gerade nich' in die Fabrik gehen sollen? Vielleicht hat er geahnt, dass wir ihn suchen kommen", erläutere ich meinen Gedankengang, doch Dan sieht nicht so aus, als könne er mir folgen. „Pass auf", erkläre ich noch einmal, „er schreibt, wir sollen klug sein, nich' süß. Vielleicht heißt das, wir sollen nich' dorthin gehen, wo ausgerechnet die Süßigkeiten herkommen."

Dan scheint meinen Einwand einen Moment lang zu überdenken, doch dann schüttelt er den Kopf.

„Vielleicht heißt es aber auch nur, dass wir aufhören sollen, diese verdammte Schokolade in uns reinzustopfen, und die Nachricht ist uralt." Er seufzt und fährt sich mit einer Hand durchs Haar. „Ergibt aber auch keinen Sinn. Ich weiß es auch nicht. Fragen können wir ihn ja schlecht. Baby, mir ist auch nicht wohl bei der Sache, glaub mir." Er kommt auf mich zu und sinkt vor mir auf ein Knie. „Du musst nicht mit", sagt er und nimmt meine Hand. „Ist schon okay. Wer weiß, was dort wartet. Außerdem wird sich niemand wundern, wenn ich da aufschlage. Immerhin arbeite ich da."

„Aber Xander ist in der Stadt. Und er hat dich angelogen." Ich will ihm sagen, dass ich Angst um ihn habe, aber die Worte kommen nicht über meine Lippen. Auch wenn er recht hat und er sich ohne Aufsehen auf dem Gelände bewegen kann, schnürt mir meine Verlustangst die Kehle zu.

Dan nickt. „Ja, ich weiß." Seine kalten Hände verraten seine Nervosität. „Also willst du mitkommen."

Es klingt mehr nach einer Aussage, als nach einer Frage. Er kennt mich gut genug, um zu wissen, dass ich ihn nicht allein gehen lasse. Ich fasse mir ein Herz und nicke.

„Klar", verkünde ich und versuche selbstsicher zu klingen, was mir gründlich misslingt. „Nich', dass du auch noch verloren gehst." Meine Stimme zittert bei meinen letzten Worten, und ich versuche, mir ein Lächeln abzuringen.

Dan nimmt mein Gesicht in seine Hände und küsst mich sanft auf die Stirn.

„Ich pass auf dich auf, okay?", flüstert er.

„Ich weiß", antworte ich ebenso leise.

„Es wird alles gut, du wirst sehen", raunt er und sieht mich eindringlich mit seinen braunen Augen an. „Wir finden ihn schon." Ich nicke, aber frage mich unweigerlich, ob er nicht vor allem sich selbst mit seinen Worten überzeugen will.

Da ich ihn begleiten will, schlägt Dan vor, noch eine Weile zu warten, um sicherzugehen, dass nur noch die Nachtschicht bei der Arbeit sein wird, wenn wir dort ankommen. Nachts sind nur wenige Mitarbeiter im Fabrikgebäude, um die Maschinen zu reinigen und die Produktion für den nächsten Tag vorzubereiten. Sie überprüfen die Maschinen, die Förderbänder und stellen sicher, dass die richtigen Zutaten für den Morgen bereitstehen.

Meinen Vorschlag, einfach mithilfe von Dans Schlüssel in die Fabrik zu spazieren, hat er abgelehnt. Falls tatsächlich jemand Jer beim Schnüffeln erwischt haben sollte, läge es nahe, dass sein bester Freund ihm aus der Patsche helfen oder selbst spionieren will.

Der Abend neigt sich der Nacht entgegen, und als wir das Haus verlassen, nutzen wir wieder den Hinterausgang. Dan hat eine Taschenlampe aus der Kommode im Flur gekramt und sich in ein komplett schwarzes Outfit geworfen.

„Festbeleuchtung wäre unklug, wenn wir da einsteigen wollen", brummt er und wedelt mit der tragbaren Lampe. „Nachts ist normalerweise keiner im Büro. Die sind alle in der Fabrikhalle. Licht anmachen ist also nicht."

Während Dan unerschrocken wirkt, fühle ich mich wie in einem schlechten Ganovenfilm. Ich habe es ihm gleichgetan und trage einen dünnen, schwarzen Pullover mit schwarzer Hose und habe sogar zugunsten schwarzer Turnschuhe auf meine pinkfarbenen Sneakers verzichtet. Während Dan in seinem Geheimagenten-Look in meinen Augen ziemlich sexy aussieht, würde ich meinen Aufzug eher in die Kategorie „albern verkleidet" einsortieren.

„Man könnte fast meinen, du machst so was öfter", bemerke ich, während wir uns durch die Seitenstraßen Slumbertowns bewegen.

„Zum Glück nicht", erwidert er, nicht zu Späßen aufgelegt. „Wäre mir echt zu stressig. Meine Nerven sind ja jetzt schon am Arsch. Und wir sind noch nicht mal da."

„Wie bekommst du's dann hin, nich' auszuflippen?"

Dan schweigt einen Moment und zuckt dann die Achseln.
„Keine Ahnung. Ich versuche einfach nur, dran zu denken, dass Jer das Gleiche für mich tun würde."
Ich nicke stumm, obwohl ich ihm am liebsten sagen würde, dass wir die ganze Aktion vielleicht abblasen und wenigstens Rosie einweihen sollten. Doch dann denke ich an Jer, den liebenswerten Kerl, der mir in den vergangenen Monaten ans Herz gewachsen ist. Tief in meinem Inneren beginne ich, zu akzeptieren, dass wir nicht irre sind, sondern dass die unheimlichen Dinge in dieser Stadt wirklich passieren. Es quält mich zwar, dass ich keine logische Erklärung für alles habe, aber inzwischen geht es nicht nur noch um Antworten. Ich vermute, dass es Dan ähnlich geht, denn bei seinem Arbeitgeber herumzuschnüffeln, sieht ihm gar nicht ähnlich.
Schweigend legen wir den restlichen Weg bis zur Fabrik zurück. Mir gehen zwar unendlich viele Dinge durch den Kopf, die ich ihm gern sagen würde, doch ich behalte sie für mich.

Wie Dan es vorausgesagt hat, liegt das Fabrikgelände still und verlassen vor uns. Nur die Außenbeleuchtung ist eingeschaltet, aber es ist niemand zu sehen. Ein unangenehmer Wind zieht auf, aber wenigstens regnet es nicht. Ich stapfe Dan, der den Schlüssel zum Gelände hat, hinterher. Am Eingangstor geht er zielstrebig vorbei.
„Wo willst du hin?", zische ich.
„Dachtest du, wir spazieren durch den Haupteingang da rein?", Seine Stimme klingt so angespannt, wie ich mich fühle. „Es gibt ein altes Tor im Zaun. Xander will schon seit Ewigkeiten, dass das weg kommt, aber bislang hatte noch niemand Zeit dazu." Er deutet in die Dunkelheit. „Wenn wir da durchgehen, kommen wir in der Nähe vom Bürogebäude aufs Gelände." Ohne meine Antwort abzuwarten, setzt er sich in Bewegung, und ich folge ihm auf dem Weg, der uns am Zaun der Fabrik entlangführt. Ich bin froh, dass uns die Hecken vor neugierigen Blicken schützen, sollte doch jemand auf dem Gelände unterwegs sein, auch wenn uns in der Dunkelheit wohl kaum jemand sehen könnte. Während wir laufen, lässt Dan seine rechte Hand über den Zaun gleiten, mit der linken hält er meine Hand fest.
Ein paar hundert Meter hinter unserem Versteck von letzter Nacht stoppt er tatsächlich vor einem Tor. Es ist fast vollständig von der

Hecke verdeckt. Er lässt meine Hand los und bringt einen Schlüssel aus seiner Hosentasche zum Vorschein.

„Ich hoffe, es geht überhaupt noch auf", raunt er.

Ich möchte ihn fragen, woher er den Schlüssel hat, wenn das Tor nicht benutzt werden soll, aber Dan reicht mir die Taschenlampe.

„Leuchte mal. Aber halt die Lampe mit deiner Hand zu. Ich muss nur das Schlüsselloch erwischen."

Das Schloss gibt beim Herumdrehen des Schlüssels ein Klacken von sich, aber unser Eingang zum Fabrikgelände erweist sich als verrostet und sperrig. Unter Dans Ziehen lässt sich das Tor schließlich öffnen, aber nicht ohne ein Quietschen von sich zu geben, das über das Gelände hallt.

Dan hält für einen Moment inne. Meine Nerven sind zum Zerreißen gespannt. Ich schalte die Taschenlampe wieder aus, und so verharren wir noch einen Augenblick und lauschen in die Nacht. Doch außer dem gelegentlichen Rauschen des Waldes, wenn der Wind weht, ist nichts zu hören. Dan nimmt mich wieder an die Hand und macht eine Kopfbewegung in Richtung der Hecke. Mit der Schulter voraus drückt er sich durch das Gebüsch, und obwohl ich dicht hinter ihm bin, zerren ein paar Zweige an meinen Haaren und meinem Pullover.

Dan hatte recht: Wir sind auf der Rückseite des Geländes, wenige hundert Meter vom Bürogebäude entfernt. Hier hinten ist die Beleuchtung ausgeschaltet, genau wie vergangene Nacht. Hand in Hand schleichen wir über das Kopfsteinpflaster. Der Mond spendet uns auch heute nur wenig Licht – immer wieder schieben sich dunkle Wolken vor die schmale Sichel, sodass ich zwischenzeitlich kaum sehe, wo ich hintrete.

Der Wind rauscht immer heftiger durch den dichten Nadelwald und verwandelt ihn in ein Meer aus Tausenden flüsternden Stimmen. Ich spüre, wie eine Gänsehaut meine Arme entlangkriecht und versuche, mich auf unser Vorhaben zu konzentrieren.

Neben einem großen Müllcontainer, der unter einem Fenster im Erdgeschoss steht, macht Dan Halt.

„Pass auf", flüstert er mir zu, „ich gehe da jetzt rein, und du wartest hier auf mich."

Was faselt er da? Auf ihn warten? Will er mich etwa hier draußen im Dunkeln stehen lassen? Die Taschenlampe in meiner Hand zittert, weshalb ich sie noch fester umklammere.

„Spinnst du? Ich bleib doch nich' allein hier stehen!"
„Wir haben keine Zeit, das jetzt zu diskutieren. Hör mir zu." Ich kann sein Gesicht im Dunkeln kaum erkennen, aber der Nachdruck in seiner Stimme ist unüberhörbar. „Ich kenne mich da drinnen aus. Ich arbeite hier, schon vergessen? Ich gehe nur schnell rein und checke die Lage. Und dann komm ich dich holen. Okay?"
Ich schüttele den Kopf, was Dan wahrscheinlich nicht sehen kann.
„Nein", flüstere ich. „Du kannst da nich' allein rein."
Allein der Gedanke daran, gleich mutterseelenallein im Finsteren zu stehen, schnürt mir die Luft ab. „Ich dachte, wir stecken da zusammen drin!" Ich kann die Wutkugel in mir aufflammen spüren – und dass ich die Kontrolle über meine Emotionen verliere. Er hatte nie vor, mich in seinen Plan mit einzubeziehen! Er wollte mich von Anfang an nicht mitnehmen, und jetzt will er mich hier draußen parken wie ein kleines Kind!
Dan schnaubt, packt mich an den Schultern und schüttelt mich sanft.
„Ellie. Baby. Klar stecken wir zusammen da drin! Deswegen sollst du hier auch Schmiere stehen, während ich mich da drinnen mal umsehe. Vertrau mir." Er streicht mir mit einer zärtlichen Handbewegung übers Haar. „Wenn ich da reingehe, muss ich wissen, dass du genau hier auf mich wartest, verstehst du? Weil ich dich liebe."
Noch bevor ich etwas auf sein Liebesbekenntnis erwidern kann, spüre ich seine Lippen auf meinen. Sie fühlen sich so warm und weich an, und obwohl er keine Pfefferminzpralinen mehr isst, schmeckt sein Kuss danach. Auch wenn es ein denkbar ungünstiger Moment ist, fühle ich, wie in meinem Bauch die Schmetterlinge umherflattern, die ich schon vom ersten Augenblick an gespürt habe, als ich Dan gesehen habe.
Meine Wangen glühen, und ich bin in diesem Augenblick dankbar für die Dunkelheit, die meine Verlegenheit verbirgt.
„Okay", flüstere ich und ringe nach Atem, „aber lass mich nich' so lange hier warten, ja?"
„Versprochen", antwortet er und küsst meinen Handrücken. „Hier ist der Plan: Wenn irgendwas ist oder du irgendwas hörst oder siehst, das dir komisch vorkommt, dann hau mit der Taschenlampe einmal volle Kanne auf den Müllcontainer. Das höre ich auf jeden Fall bis nach drinnen, und ich weiß, dass was nicht stimmt. Danach haust du sofort ab und versteckst dich. Am besten

hinter der Hecke, wo wir reingekommen sind." Er flüstert die Worte schnell und hält dabei meine Hände an seine Brust gedrückt. „Und komm mir ja nicht hinterher. Du kennst dich da drinnen nicht aus. Und ich will nicht auch noch nach dir suchen müssen, weil du verloren gehst. Alles klar?"

Ich nicke, auch wenn mir mulmig zumute ist. „Kapiert. Aber wie willst du da reinkommen?"

„Codys Büro", antwortet er und nickt mit dem Kopf in Richtung des Fensters über dem Container. „Er beschwert sich schon seit Tagen, weil die Verriegelung hin ist und es deswegen zieht."

„Oh."

„Okay" Dan lässt meine Hände los und dreht sich um, um auf den Container zu klettern.

„Dan?"

Er dreht sich noch einmal zu mir um. Die Wolken geben den Mond kurz frei, sodass ich ihn gut sehen kann. „Ich liebe dich auch."

Er grinst mir zu, und mein Herz schlägt, wie immer wenn er mich so ansieht, einen Purzelbaum.

Mit einem eleganten Satz klettert er auf den Container und schiebt das Fenster nach oben. Ohne einen Laut zu verursachen, verschwindet er im Inneren des Gebäudes und schließt das Fenster hinter sich.

In mir kriecht die Angst hoch, dass ich meinen Liebsten eben vielleicht zum letzten Mal gesehen habe. Die Wutkugel in meinem Bauch meldet sich zurück, doch ich schüttele den Kopf und verdränge den Gedanken. Er hat versprochen, nur schnell die Lage zu peilen und dann wiederzukommen. Außerdem scheint niemand außer mir hier draußen zu sein. Es besteht also kein Grund zur Sorge. Aber im Malen war ich schon immer gut – jedenfalls im Ausmalen von Horrorszenarien.

Ich atme tief durch und versuche, mich zu beruhigen. Immerhin sind wir in Slumbertown, der Stadt, in der wir uns in den letzten Monaten zu Hause gefühlt haben. Jeder hat uns hier mit offenen Armen empfangen. Mein Bauchgefühl sagt mir dennoch, dass etwas nicht stimmt. Mein Kopfkino spielt die Bilder von letzter Nacht ab. Ist es möglich, dass niemandem aufgefallen ist, dass Xander anders ist? Schließlich haben wir ihn heimlich beobachtet, als er die Kiste ohne einen Handschlag von der Treppe gestoßen hat. Und vermutlich geht er auch nicht damit hausieren, dass er Papier in seiner Hand entzünden kann.

Ich umklammere die ausgeschaltete Taschenlampe so fest, dass meine Hand schmerzt. Ich trete von einem Fuß auf den anderen und lausche angestrengt in die Dunkelheit. Außer dem Rauschen des Waldes und dem Ruf einer Eule höre ich nichts. Auch aus dem Inneren des Bürogebäudes der Fabrik dringt kein Laut zu mir nach draußen.

Was macht Dan bloß so lange da drinnen? Ob er Jer gefunden hat? Mein Instinkt sagt mir immer noch, dass unser Freund nicht mehr in der Stadt ist. Ich weiß nicht, woher diese Erkenntnis kommt, aber seit ich vom Sofa hochgeschreckt bin, weil Jer mich aufgesucht hat, habe ich dieses Gefühl. Aber warum hat er uns nur eine kryptische Nachricht hinterlassen, statt uns zu sagen, wo er hinwollte?

Insgeheim hofft ein kleiner Teil von mir immer noch, dass Jer bloß eine Nacht mit einer seiner Affären verbringt und die Sudokunachricht ein Missverständnis ist. Alle anderen, schlimmeren Optionen versuche ich, aus meinem Kopf zu verbannen. Ich hoffe, dass wir schon bald diese mir so fremd gewordene Stadt verlassen und in New York unser neues altes Leben aufnehmen können.

Als der Mond am Nachthimmel ein Stückchen gewandert ist, mache ich mir langsam, aber sicher Sorgen um Dan.

Ich beobachte das Fenster über dem Müllcontainer, durch das er in das Büro eingestiegen ist. Obwohl ich nicht viel erkennen kann, wage ich es nicht, die Taschenlampe einzuschalten.

Was nun? Ich kann doch nicht einfach hier herumstehen und hoffen, dass mein Freund nicht in Schwierigkeiten steckt! In meinem Kopf höre ich seine Worte, dass ich genau hier auf ihn warten soll, aber es ist mir egal.

Ich mache zwei Schritte auf den Müllcontainer zu und halte für einen Augenblick inne. Er wollte nicht lange drin bleiben, hat er gesagt. Ich werfe einen letzten prüfenden Blick in den nächtlichen Himmel. Gleich werden sich wieder Wolken vor den Mond schieben, und mir ist klar, dass ich jetzt durch das Fenster einsteigen muss, wenn ich noch eine Chance haben will, bei meiner Kletteraktion wenigstens die Umrisse meiner Umgebung zu erkennen.

Ich kann Dan nicht im Stich lassen. Wenn alles in Ordnung ist, werde ich damit leben können, dass er sauer auf mich sein wird, weil ich ihm entgegen seiner Bitte gefolgt bin.

Kurzerhand stopfe ich mir die Taschenlampe hinten in den Hosenbund und klettere an dem Container hoch. Nicht so elegant und schon gar nicht so leise wie Dan, aber ich schaffe es immerhin ohne Zwischenfälle nach oben. Ich lausche für einen Moment, ob sich irgendetwas auf dem Gelände rührt. Doch ich höre nichts außer meinem eigenen Herzschlag. 13Der Wind weht mir ein paar Haarsträhnen ins Gesicht. Ich nehme all meinen Mut zusammen, schiebe das Fenster nach oben und klettere ins Innere des Gebäudes.

Es ist ein kleines Büro, das hinter dem Fenster liegt. Links von mir steht ein Schreibtisch an der Wand, rechts von mir ein Aktenschrank. Ich durchquere den Raum mit wenigen Schritten. Die Tür ist bloß angelehnt und lässt sich lautlos öffnen. Vor dem Zimmer liegt ein schmaler Flur, direkt gegenüber ist eine weitere Tür. Ich strecke den Kopf in den Gang und sehe, dass er links von mir mit einem Fenster endet, sodass ich mich nach rechts wende. So leise wie möglich schleiche ich mich Schritt für Schritt voran. Im fahlen Mondschein kann ich erkennen, dass der Fußboden mit Holzdielen ausgelegt ist. In der Mitte liegt ein Streifen Teppichboden, der das Geräusch meiner Schritte dämpft. Mit jedem Meter, den ich mich weiter vom Fenster entferne, wird es schwieriger, etwas zu erkennen. Meine Augen sind zwar inzwischen an die Dunkelheit gewöhnt, doch der Flur hat nur an den Stirnseiten Fenster, von denen das gegenüberliegende auch noch mit einer großen Topfpflanze verstellt ist. Als sich die Wolken vor den Mond schieben, wird es noch ein wenig finsterer.

Langsam schreite ich voran und taste mich dabei mit der linken Hand an der Wand entlang. Unter meinen Fingern spüre ich die rauen, unverputzten Backsteine, aus denen das ganze Gebäude besteht, und in gleichmäßigen Abständen ertaste ich Türen, die von dem Korridor abgehen. Ich habe Angst, dass jede Sekunde jemand eine dieser Türen aufreißen und mich erwischen könnte. Ich bin fast versucht, die Taschenlampe einzuschalten, weil das Bedürfnis in mir wächst, die Dunkelheit zurückzudrängen. Es kostet mich Überwindung, aber ich widerstehe der Versuchung und lasse meine tragbare Lichtquelle im Hosenbund stecken. Ich atme tief durch und schleiche weiter.

Etwa in der Mitte des Korridors angekommen, halte ich einen Moment inne und versuche mich zu orientieren. Rechts von mir führt eine Treppe nach unten, linkerhand eine weitere nach oben. Vor mir erstreckt sich der Flur. Gerade als ich mich dazu durchgerungen habe, die Taschenlampe doch zu Hilfe zu nehmen, fällt mir ein schwach leuchtendes Schild im Wandbereich der Treppe auf, die nach oben führt. Die Art des Leuchtens erinnert mich an die fluoreszierenden Sticker, die Lu und ich während unserer Kindheit gesammelt haben. Es handelt sich um ein grünes Fluchtwegschild, das auf die Treppe nach unten verweist. Darunter kann ich ein weiteres Schild erkennen.

Die Aufschrift *Kein Zutritt für Unbefugte* leuchtet zwar nicht, aber allein die Großbuchstaben sorgen dafür, dass man es nicht so leicht übersieht. Ich horche noch einmal angestrengt, doch weil ich weiterhin keinen Laut vernehme, mache ich mich auf den Weg nach oben. Ich bin froh, dass ich die Taschenlampe doch nicht zu Hilfe genommen habe, denn inzwischen wächst meine Angst, ertappt zu werden, exponentiell an. Wenn das Gebäude so leer ist, wie es den Anschein hat, wieso ist Dan dann noch nicht zurückgekommen? Was hat er gefunden, das ihn so lange beschäftigt? Oder hat er womöglich gar nichts entdeckt und ist noch immer auf der Suche?

Ich unterdrücke das Verlangen, seinen Namen rufen, damit er weiß, dass ich hier bin. Ich beiße die Zähne zusammen. Kein guter Zeitpunkt, um die Nerven zu verlieren! Ich entscheide mich, nach oben zu gehen, und erklimme Stufe um Stufe die Treppe. Ist das überhaupt der richtige Weg? Was, wenn Dan nach unten gegangen ist? Ich fühle mich an die Szene aus *Alice im Wunderland* erinnert, in der Alice nach dem Weg fragt und der Hund mit Besenkopf ihr die Wegmarkierungen vor der Nase wegfegt.

Ich schüttele diesen Gedanken ab. Ich hoffe, dass die Beschilderung ein Hinweis ist, dass dieser Treppenaufgang zu Xanders Büro führt. Wenn die Antworten auf unsere Fragen tatsächlich dort liegen, ist das der Ort, an dem ich Dan hoffentlich finden werde.

Obwohl das Gebäude ausgekühlt ist, stehen mir Schweißperlen auf der Stirn. Als ich den oberen Treppenabsatz erreicht habe, stelle ich fest, dass dieses Stockwerk genauso aussieht wie das, aus dem ich komme. Langsam begreife ich, was Dan damit gemeint hat, dass man sich hier auskennen muss, um sich nicht zu verlaufen. Schon bei Tageslicht käme ich nur mithilfe der Schilder zurecht, aber im Dunkeln sieht alles gleich aus.

Verzweiflung kriecht in mir hoch, und ich schaue mich um. Mit einer fahrigen Bewegung streiche mir eine widerspenstige Haarsträhne aus dem Gesicht. Wie soll ich Dan finden, ohne mich bemerkbar zu machen? Ich kämpfe die Frustration nieder, blicke noch einmal nach links und nach rechts und entdecke einen schmalen Streifen Licht am Ende des Korridors. In einem der Büros muss jemand sein. Dass in dem Zimmer Licht brennt, konnte ich von meinem Wachposten draußen nicht sehen. Aber allein die Tatsache, dass es dort jemand eingeschaltet hat, lässt in meinem Kopf sämtliche Alarmglocken schrillen. Oder bin ich einfach nur hysterisch, und es hat bloß jemand vergessen, das Licht zu löschen, als er Feierabend gemacht hat?

Ich hadere einen kurzen Moment damit, was ich tun soll, aber es gibt nur einen Weg, herauszufinden, was hinter dieser Tür ist. Meine Neugier treibt mich an, und wie im Rausch husche ich den Gang entlang und ziehe die Taschenlampe aus dem Hosenbund, bereit, sie als Waffe zu missbrauchen, falls nötig.

Je näher ich der Tür komme, desto mehr Adrenalin pumpt mein Herz durch meine Blutlaufbahn. Ich bleibe für einen Moment unmittelbar neben der Tür stehen und presse mich gegen die Wand. Angestrengt lausche ich und kann tatsächlich ein Geräusch hören. Es klingt, als würde jemand fieberhaft auf einer Tastatur schreiben. Höre ich das wirklich, oder spielen mir meine überreizten Sinne einen Streich? Wer zur Hölle ist um diese Zeit hier in einem der Büros und arbeitet? Oder ist es Dan, der auf einem Computer nach Informationen sucht?

Ich halte den Atem an und versuche, durch den Spalt zu spähen. Er ist sehr schmal, und zu meiner Enttäuschung kann ich nicht besonders viel ausmachen. Allerdings ist das Tippgeräusch verstummt, und ich beschließe, dass ich mich getäuscht haben muss. Ich denke gar nicht weiter darüber nach und wage es, die Tür so weit aufzustoßen, dass ich mich durch die Öffnung zwängen kann. Ich bin erleichtert, als sie sich geräuschlos öffnet und lehne sie hinter mir sofort wieder an. Was ich sehe, irritiert mich: ein hell erleuchtetes und verwüstetes Büro.

Meine Augen schmerzen von dem Licht, das mir nach der langen Zeit in der Dunkelheit viel zu grell vorkommt. Da dies das letzte

Zimmer auf dem Korridor ist, befindet sich nur rechts von mir ein Fenster in Richtung Fabrikhalle. Sollte jemand einen Blick nach hier oben werfen, sollte ich an meinem Standpunkt hier von draußen nicht zu sehen sein. Ich sehe mich in dem Raum um, der mindestens dreimal so groß ist wie Codys Büro.

Es sieht aus, als hätte ein mittelschwerer Bombenanschlag stattgefunden: Der dunkelrote Teppichboden ist über und über mit Papieren übersäht, jede Schublade im ganzen Raum ist aufgerissen und durchwühlt worden. Sämtliche Bücher sind aus den Regalen gerissen worden und liegen, teilweise aufgeschlagen, überall verteilt herum. Die Utensilien auf dem edlen Mahagonischreibtisch, der mit einer der schmalen Seiten zum Fenster hin ausgerichtet ist, wurden durcheinandergewirbelt. Der Computer steht mit der Rückseite zu mir, aber ich kann die Reflexion des Bildschirms im Fenster sehen. Der Bildschirm zeigt einen Log-in-Screen, auf dem der Cursor geduldig blinkend auf die Eingabe eines Passworts wartet. Wer auch immer hier war – derjenige hat nach etwas Bestimmtem gesucht.

Dem Chaos nach zu urteilen, ist also außer uns noch jemand auf der Suche nach etwas in dieser Stadt.

Das Herz schlägt mir bis zum Hals, während ich versuche meine durcheinanderpurzelnden Gedanken zu ordnen. Erst jetzt wird mir bewusst, wie unvorsichtig es war, den Raum einfach zu betreten. Was, wenn der Einbrecher noch hier gewesen wäre? Was hätte ich dann gemacht? Die Vorstellung hat etwas Skurriles, denn schließlich bin ich gerade ebenfalls ein Einbrecher.

Mein Verstand sagt mir, dass ich mich schnellstmöglich aus dem Staub machen sollte, bevor mich jemand entdeckt. Meine Neugier und mein Instinkt sind sich allerdings einig, dass ich herausfinden muss, was hier vorgefallen ist.

Mein umherschweifender Blick bleibt an dem leeren Bücherregal hinter dem Schreibtisch hängen. Ich ziehe die Stirn kraus. Mit raschen Schritten husche ich am Fenster vorbei und auf das Regal zu. Selbst auf diesem kurzen Weg muss ich mir Mühe geben, nicht über herumliegende Gegenstände zu stolpern und Lärm zu verursachen.

Es ist genauso leer gefegt, wie die anderen Regalbretter im Raum – bis auf ein einziges Buch, das, einsam und verlassen, im zweiten Fach von oben steht. Es ist ein ziemlich dicker Wälzer in einem dunkelroten Ledereinband, und der Rücken sieht abgegriffen aus.

Ich stelle mich auf die Zehenspitzen, um es genauer betrachten zu können, und erkenne auf dem Einband ein paar der Symbole wieder, die ich auf der Steinscheibe am Bahnhof gesehen habe. Mein Herz kommt kurz aus dem Takt. Könnte das Buch womöglich Antworten auf das Bahnhofsrätsel geben? Die Symbole sind in Gold auf das Leder geprägt, und als hätte ich die Kontrolle über mein Handeln verloren, strecke ich den Arm aus. Es ist, als würde mich dieses Buch magisch anziehen.

Als ich den Schinken aus dem Regal nehmen will, kommt er mir unglaublich schwer vor, selbst für ein Buch dieses Umfangs. Mich animiert das allerdings bloß dazu, noch entschlossener danach zu greifen. Plötzlich gibt das alte Schriftstück nach und kippt im 90-Grad-Winkel nach vorn. Ich bereite mich darauf vor, den Wälzer aufzufangen, bevor er laut polternd zu Boden fällt, doch das Buch fällt nicht. Stattdessen vernehme ich ein leises, aber deutliches Klicken, bevor mir das ganze Bücherregal ein paar Zentimeter entgegenkommt.

Als hätte ich einen Schlag bekommen, lasse ich von dem dicken Buch ab, das sich sofort wieder in seine Ausgangsposition zurückbegibt. Ich trete einen Schritt beiseite und ziehe das Regal gerade so weit zu mir, dass ich durch den entstandenen Spalt spähen kann. Was sich dahinter verbirgt, lässt meinen Atem stocken: Das Bücherregal verdeckt einen winzigen Flur, der in ein weiteres Zimmer führt, in dem Licht brennt.

Da die Tür zum Hinterzimmer nicht verschlossen ist, kann ich einen Blick in den dahinterliegenden Raum werfen, und mir bietet sich ein Bild, das mich an ein abgefahrenes Kontrollzentrum erinnert.

Die Wand, die ich von hier aus sehen kann, ist mit flachen Monitoren förmlich zugepflastert, die aber momentan alle schwarz sind. Wem gehört dieses Hinterzimmer? Und wer oder was wird von hier aus beobachtet?

Das miese Gefühl in meinem Bauch sagt mir, dass an diesen Bildschirmen weder Börsenkurse noch Sportsendungen verfolgt werden.

Ein beklemmender Gedanke schießt mir durch den Kopf. Dan hatte mal von Überwachungsmonitoren erzählt, die sich in einem der kleinen Büros in der Fabrikhalle drüben befinden. Ist das Gelände womöglich noch mit weiteren Kameras ausstaffiert, die von hier aus überwacht werden? Die Vorstellung, dass man uns womöglich auf Schritt und Tritt bei unserem Einbruch beobachtet hat, lässt meine Handflächen feucht werden. Wie hypnotisiert von meiner Entdeckung mache ich einen weiteren Schritt in den schmalen Durchgang – und höre das Klicken der Geheimtür, die hinter mir ins Schloss fällt.

Meine Adrenalinproduktion erreicht eine neue Spitze, und ich fahre herum, um eine eventuelle Türklinke hinter mir an der Wand zu suchen, muss aber schnell feststellen, dass dort nichts ist. Die Wand hinter mir sieht aus wie all die anderen Backsteinwände der Fabrik. Von der Tür, durch die ich vor wenigen Sekunden diesem Raum betreten habe, fehlt jede Spur.

„Verdammte Scheiße!", fluche ich leise und taste mit den Händen an der Wand entlang in der Hoffnung, die Ritzen des Türrahmens zu finden. Vielleicht steckt eine simple Druckmechanik dahinter? Meine Gedanken und mein Puls rasen. Wie soll ich hier je wieder rauskommen? Noch stehe ich in dem Flur – vielleicht gibt es ein Fenster im Hinterzimmer, aus dem ich zur Not klettern kann? Meine Hoffnung auf diesen Fluchtweg stirbt sofort, als mir klar wird, dass ein verstecktes Zimmer wie dieses bestimmt keine Fenster hat. Wie soll mich hier drinnen jemals jemand finden?

„Gib dir keine Mühe, Ellie", höre ich eine vertraute Stimme aus dem Raum und fahre herum. „Du wirst keine Klinke finden, die die Tür von dieser Seite aus öffnet."

Woher weiß er, dass ich es bin? Wie in Trance mache ich zwei Schritte in den Raum hinein und sehe Xander, der lächelnd hinter einem opulenten Schreibtisch sitzt, der eine exakte Kopie des Arbeitsplatzes aus dem Vorzimmer ist. Nur ist der hier hinten aufgeräumt. Der Tisch steht am rechten Ende des Raumes und war von meiner vorherigen Position aus nicht zu sehen.

Der Schokoladenmogul sitzt in einem Ledersessel, der aussieht wie die Stühle der Superschurken in jedem Comic. Er trägt einen blauen Anzug und wirkt entspannt.

Ich kann nicht fassen, was hier gerade geschieht. Wie konnte ich so dumm sein und durch die Geheimtür gehen? Ich starre in seine eisblauen Augen und zwinge mich mit großer Mühe, ruhig zu atmen. Mir wird schlagartig klar, woher die Tippgeräusche kamen und wer hier am späten Abend – woran auch immer – arbeitet.

Mir fehlen die Worte. Einer meiner Alpträume ist soeben wahr geworden: Xander und ich, auf engstem Raum zusammen eingesperrt.

„Ich ... Ahm ...", stottere ich, doch der Schokoladenmogul winkt ab und deutet mit einer Hand auf einen der beiden weinroten Ohrensessel, die vor seinem Tisch stehen.

„Aber bitte, setz dich doch, Ellie", säuselt er, immer noch lächelnd. „Du bist spät dran. Ich hatte deutlich früher mit dir gerechnet. Ich denke, es wird Zeit, dass wir uns unterhalten, findest du nicht?"

Ich bleibe wie angewurzelt stehen. Spät dran? Erwartet? Ich habe keine Ahnung, wovon er spricht, bis mir ein Gedanke durch den Kopf schießt, der die Panik in mir befeuert.

„Du hast auf mich ... gewartet? Dann war das hier alles geplant!?" Ich balle die Hände zu Fäusten und funkele ihn an. Wie konnte ich bloß so dämlich sein! „Dann warst du dir ja ziemlich sicher, dass ich dein beschissenes Hinterzimmer finde! Oder beobachtest du uns mit deinen Monitoren die ganze Zeit und wusstest deshalb, dass wir kommen?" So langsam komme ich richtig in Fahrt. Auch wenn die Situation alles andere als günstig für mich aussieht, bin ich im Moment einfach nur wütend.

„Was sind das für Spielchen, die du spielst, Xander? Was soll das hier alles? Deine geheime Kommandozentrale? Fehlt nur noch, dass du eine Perserkatze hast, die du beim Pläneschmieden streichelst." Meine Stimme überschlägt sich fast, und ich kann die in mir tobende Wut kaum noch kontrollieren.

Xanders entspannte Haltung verändert sich. Er setzt sich aufrecht und mit zusammengefalteten Händen an den Tisch. Er sieht aus wie der Manager eines Großkonzerns, der einen Angestellten in sein Büro zitiert hat.

„Ich dachte, wir wären schon einen Schritt weiter", sagt er und deutet erneut auf den Stuhl vor seinem Tisch.

Er lächelt und wirkt beinahe aufrichtig getroffen über meine Bissigkeit.

„Willst du nicht so langsam die Antworten auf all deine Fragen wissen, Ellie? Und dann bist du immer so unglaublich wütend. Das ist gut. Aber du solltest lernen, deine Gefühle zu kontrollieren."

Auch wenn er damit womöglich recht hat, schweige ich zu seiner Aussage und verschränke demonstrativ die Arme vor meiner Brust. Ich will ihm nicht die Genugtuung geben, dass ich ihm zustimme. Eigentlich will ich überhaupt nicht mit ihm reden.

„Dachtest du wirklich, dass ich die Schokolade aus reiner Wohltätigkeit in der ganzen Stadt verteile?", fährt er fort. Sein belehrender Tonfall missfällt mir. „Du und deine Freunde hatten ganz recht mit der Vermutung, dass die Schokolade eine gewisse Wirkung auf eure Emotionen hat." Er mustert mich aufmerksam. „Aber glaub nicht, dass es in meinem Interesse ist, jemandem damit zu schaden – ganz im Gegenteil!"

„Ist klar!", schnaube ich. „Als ob Drogen schon jemals was Gutes gebracht hätten. Woher weißt du überhaupt davon?"

Xander schüttelt den Kopf. Ich kann seinen Gesichtsausdruck nicht deuten. Hat er Mitleid mit mir? „Drogen. Ein hartes Wort, findest du nicht? Wenn man von seinen negativen Gefühlen nicht zu sehr beeinflusst wird, hat man eine bessere Chance, zu seinem wahren Ich zu finden."

„Also ist Slumbertown eine Sekte, oder wie darf ich das verstehen? Mit dir als herzensgutem Guru, der seine Schäfchen zurück auf den rechten Pfad bringt und sie dafür unter Drogen setzt?"

„Ellie,", sagt Xander und seufzt, „willst du deine Feindseligkeit nicht für einen Moment vergessen und dich endlich hinsetzen, damit wir uns in Ruhe unterhalten können?"

Für einen Augenblick sieht er so aus, als verletzten ihn meine Anfeindungen tatsächlich. Doch dann hat er seine Gesichtszüge wieder unter Kontrolle und deutet mit der Hand auf den Sessel. Ich muss an den Xander denken, der nachts auf den Stufen vor dem Büro saß. Ich komme seiner Aufforderung nach und lasse mich auf dem Ohrensessel nieder, der erstaunlich bequem ist.

„Na, dann erzähl mal. Du kannst zum Beispiel damit anfangen, was du mit meinen Freunden gemacht hast! Wenn das Treffen hier geplant ist, dann ... Wie auch immer. Wo sind sie?" Ich verschränke die Arme wieder vor meiner Brust. Entgegen seiner Bitte erkenne ich keinen Anlass, meine Ablehnung ihm gegenüber beiseite zu lassen. Aber ich will Antworten, und wenn Xander mir Erklärungen für alles liefern möchte, dann bin ich bereit, ihm zuzuhören.

Er nickt. „Eins nach dem anderen. Zuallererst: Slumbertown hat weder mit einer Sekte zu tun, noch bin ich ein Guru. Die Wahrheit sieht anders aus. Nichtsdestotrotz helfe ich denen, die zu uns kommen, sich selbst zu finden. Als du und deine Freunde beschlossen haben, nicht mehr an unserem *Teòclaid*-Programm

teilzunehmen, hatte ich keine Wahl, außer nach einer gewissen Zeit darauf zu reagieren. Weißt du … Es kann das Gleichgewicht dieser Stadt empfindlich stören, wenn die negativen Emotionen nicht … unter Kontrolle bleiben. So sind die Regeln."
Teòclaid? Wovon zum Teufel redet er da? Als ich ihn unterbrechen will, fährt er unbeirrt fort. „Du hast recht, dass ich an einigen Dingen nicht ganz unbeteiligt bin. Meine Nachricht an dich im Bahnhof …" Er lächelt, als seien aus dem Nichts auftauchende Zettel vollkommen normal. Vielleicht sind sie es für ihn sogar. „Und was das Wetter angeht …" Er senkt seinen Blick für einen Moment. Ist er etwa verunsichert? Nein, Verlegenheit passt nicht zu dem Bild, das ich von diesem Mann habe.

„Ich gebe zu, dass sogar ich manchmal ein … – nennen wir es Ventil – brauche. Mein Fehler. Ich hoffe, es hat dich nicht zu sehr erschreckt. Wie dem auch sei. Womit ich nicht wirklich etwas zu tun habe, sind deine Träume, Ellie. Und diese Monitore dienen keineswegs zur Überwachung des Fabrikgeländes."
Ich könnte genauso gut auf einem Nagelbrett sitzen statt in dem komfortablen Sessel. Ich hatte noch nie so sehr das Gefühl, im falschen Film zu sein, wie jetzt. Und das will nach den Vorkommnissen der letzten Tage was heißen.

„Woher willst *du* denn wissen, was ich träume? Hast du auch echte Antworten, oder willst du mich einfach nur für dumm verkaufen?", zische ich. „Du kannst nich' ernsthaft behaupten, dass du das Wetter hier in Montana machst." Ich spüre, wie eine Welle von Panik in mir aufsteigt, die sich zu einem Tsunami zu entwickeln droht.

„Ich sagte nicht, dass ich weiß, *was* du träumst. Nur dass ich nichts damit zu tun habe." Xander studiert mich mit seinen stechend blauen Augen, und ich bin sicher, dass er mir meine Angst ansieht. Sein Blick wandert zu einer Schüssel *Seamy's*, die auf dem Schreibtisch steht.

„Zuerst einmal schlage ich vor, dass du dich beruhigst", sagt er und hält mir die üppig gefüllte Schale entgegen. „Schokolade?"

„Ich scheiß auf deine Schokolade! Ich will jetzt endlich die Wahrheit wissen! Und ich will, dass du mir sagst, wo meine Freunde sind! Und was das *Teo*-Dingsda-Programm sein soll! Und überhaupt!"
Ich weiß nicht, woher ich den Mut nehme, so mit diesem Mann zu sprechen, dessen bloße Anwesenheit mir Unbehagen bereitet.

Xander scheint einen kurzen Moment zu überlegen, stellt aber die Schüssel mit Pralinen wieder weg und nickt.

„Also schön", sagt er, „hier ist er, der Rest der Wahrheit, Ellie. Sag hinterher aber nicht, ich hätte dich nicht davor gewarnt, deine hübsche Nase in fremder Leute Angelegenheiten zu stecken."

Auch wenn ich keinen Schimmer habe, was er damit meint, versuche ich, seinem Blick standzuhalten.

„*Teòclaid* ist, dort wo ich herkomme, das Wort für Schokolade. Nichts weiter. Und du hast natürlich völlig Recht damit, dass ich nicht das Wetter in Montana kontrolliere. Was allerdings nicht bedeutet, dass ich es nicht doch beeinflusse." Er schmunzelt, als er meinen verwirrten Blick auffängt. „Ich denke, es ist an der Zeit, dass du erfährst, dass wir uns nicht in Montana befinden. Jedenfalls nicht, wenn man es ganz genau nimmt. Wir sind hier in Slumbertown, einer Stadt, von der du noch niemals zuvor etwas gehört hast, richtig? Und das obwohl sie in den USA liegt und wir hier solch köstliche Pralinen herstellen. Ein ausgesprochen merkwürdiger Umstand, findest du nicht?" Er macht eine Pause.

Erwartet er, dass ich darauf etwas sage? Ich antworte nicht und breche den Blickkontakt ab.

„Nun, Ellie", fährt er fort, „das liegt daran, dass du Slumbertown auf keiner Landkarte finden wirst, die du kennst. In deiner Welt existiert dieses wunderbare Fleckchen Erde gar nicht."

„In ... meiner Welt? Übertreibst du jetzt nich' ein bisschen? New York mag weit weg sein, aber gleich von einer anderen Welt zu sprechen ist ..."

„Die Wahrheit", unterbricht er mich und lächelt. „Und die wolltest du doch. Oder nicht?"

Ich habe das Gefühl, dass mein Kopf zu explodieren droht. Meint er tatsächlich, dass wir hier nicht mehr in den USA sind, sondern ... wo? Einer anderen Welt? So etwas ist nicht möglich! Und auch, wenn ich ihn nicht mag, wirkt sein Lächeln dieses Mal echt.

„Okay, Xander. Wo sind wir dann? Spuck's aus! Bist du in Wirklichkeit ein Alien und verschleppst Menschen auf deinen Heimatplaneten, um sie wie Haustiere zu halten oder so was?"

Ich weiß, dass die Spekulationen, die ich ihm an den Kopf geworfen habe, stark über ihr Ziel hinausschießen, aber auf eine skurrile Art und Weise erleichtert es mich, sie auszusprechen. Endlich habe ich gesagt, was ich schon so lange denke: Mit diesem

Mann stimmt etwas nicht.

Der Schokoladenmogul schüttelt den Kopf.

„Ellie, du enttäuschst mich", sagt er, und wüsste ich es nicht besser, würde ich ihm diese Gefühlsregung sogar abkaufen. „In deiner Welt ist man so unbedarft." Von einem Moment auf den anderen wirkt er wieder wie der unnahbare Xander, den ich kennengelernt habe. „Die Menschen schauen Fantasy-Filme, lesen Science-Fiction-Bücher und hoffen, dass in all diesen Geschichten ein Fünkchen Wahrheit steckt. Aber ihre bemitleidenswert limitierte Denkweise verhindert, dass sie das sehen, was manchmal direkt vor ihren Augen passiert. Wir sind in keinem anderen Universum. Wir befinden uns einfach nur auf einer anderen Ebene der Realität."

„Also sind wir in der Zukunft? Und Slumbertown gibt es noch gar nicht?", frage ich und ernte für meine Verwirrung ein Seufzen von meinem Gegenüber.

„Um Himmels willen, nein! Wie kommst du bloß auf solche Gedanken?" Er rauft sich angesichts meines fehlenden Verständnisses die Haare. „Das hier ist weder die Zukunft noch die Vergangenheit. Ich spreche von keinem Zeitstrahl, auf dem wir uns bewegen. Slumbertown liegt einfach nur ... neben deiner Welt. Gleicher Ort, gleiche Zeit, aber eine andere Ebene."

Plötzlich grinst er, und ich bin neugierig, was ihn amüsiert.

Was will er nun anbringen, um mich als minderbemittelten Gesprächspartner vorzuführen?

„Was meinst du, woher die ganzen Lebensmittel, Kleider und anderen Waren in Slumbertown kommen? Aus der Zukunft? Das hättest du bemerkt. Ich muss dich leider enttäuschen – Zeitreisen sind selbst mir nicht gestattet. Es tut mir leid, dass ich offenbar keine adäquaten Worte zur Erklärung finde."

„Aber wenn wir auf einer anderen Ebene sind ... Wie kann das möglich sein?", murmele ich. „Ich kapier das nicht. Hier ist doch alles wie zu Hause. Fast jedenfalls."

„Nun ... Je mehr Parallelen zur eigenen Ebene, desto weniger Skepsis bei den Menschen, die hierher kommen. Ich habe im Laufe der Zeit festgestellt, dass sie am besten zu sich selbst finden, wenn sie sich wohlfühlen. Eine gewohnte Umgebung beschleunigt den Prozess ungemein. Und außerdem ... Ich mag diese ganzen Dinge aus deiner Ebene. Fahrräder zum Beispiel."

Ich starre ihn mit offenem Mund an und ringe um Fassung. Ich horche in mich hinein, doch meine Panik scheint spontan verebbt zu sein. In meinem Inneren verspüre ich die gleiche Akzeptanz wie in der Nacht, als ich Xander die Kiste umherschleudern gesehen habe.

Nachdem ich meine Überraschung überwunden habe, frage ich endlich, was mir nun schon eine ganze Weile im Kopf herumspukt.

„Warum passieren hier auf deiner Ebene Dinge, für die es keine rationale Erklärung gibt?"

Xander wiegt den Kopf hin und her und nickt schließlich. „Für dich muss es so wirken, als gäbe es keine rationale Erklärung, das gebe ich zu. Aber hier sind diese Dinge nichts weiter als gewöhnlich. Jedenfalls für mich und ... einige andere hier."

Er trommelt rhythmisch mit dem Füllfederhalter auf seinem Tisch herum. Das Getrommel nervt mich. Mein Blick fällt auf das Schreibgerät. Es sieht sehr edel aus: dunkelblau, der Clip silbern, schlicht. Unweigerlich muss ich an den Füllfederhalter meines Dads denken, der in der Schublade meines Sekretärs in New York liegt.

„Ich muss dich jedoch korrigieren." Xanders Stimme holt mich zurück in die Gegenwart. „Ich gehöre vielleicht hierher, aber es ist nicht *meine* Ebene, wie du sagst."

Seine oberlehrerhafte Art geht mir schon seit dem Beginn unserer Unterhaltung gegen den Strich. Ich mag vielleicht nicht über diese Ebene Bescheid wissen, aber das ist noch lange kein Grund, mich zu behandeln, als sei ich ein kleines Kind.

„Nich'? Mich würde es nich' mal mehr wundern, wenn das hier meine persönliche Hölle wäre, und dich gab's gratis dazu."

Für einen Augenblick glaube ich, aufrichtige Belustigung von seinem Gesicht ablesen zu können. Doch als er fortfährt, sitzt vor mir wieder Xander mit dem Pokerface, dessen Lächeln gezwungen wirkt.

„Womit wir wieder bei deiner bedauernswert eingeschränkten Denkweise wären, Ellie. Nimm's nicht zu persönlich. Ich mache dir gar keinen Vorwurf. Es ist einfach die Art und Weise, wie du aufgewachsen bist. Himmel und Hölle, Gott und Teufel ... Das ist alles ein wenig ... zu schwarz-weiß, findest du nicht?"

Ich neige den Kopf zur Seite und sehe ihn mit schmalen Augen an. „Vielleicht findest du das zu simpel. Meine bescheidenen geistigen Möglichkeiten finden die Vorstellung von Himmel, Hölle und so was schon komplex genug. Und ich hoffe, dass jemand wie du weder oben noch unten was zu sagen hat." Ich versuche, so bissig wie möglich zu klingen, aber selbst in meinen eigenen Ohren höre ich mich wie ein bockiger Teenager an.

Xander sieht mich mit hochgezogenen Brauen an und bricht dann in schallendes Gelächter aus. Zum ersten Mal entdecke ich eine fast sympathische Seite an ihm. Fast. „Ellie, ich muss zugeben, dass ich dich mag. Deine liebenswerte Art und deine Unwissenheit amüsieren mich."

Er atmet tief durch und wird wieder ernst. Es ärgert mich, dass er sich auf meine Kosten so königlich amüsiert.

„Ich bin weder Gott noch der Teufel. Ich bin nicht mal sicher, ob es so was überhaupt gibt. Ich bin ein Wächter. Es ist mein Job, Menschen wie dich wieder auf den rechten Weg zurückzuführen. Damit du erkennst, was in dir steckt. Nicht mehr, aber auch nicht weniger."

„Wächter? Das hast du dir doch gerade ausgedacht! Was soll denn hier in der Pampa bitte zu bewachen sein?"

Xander, der eben noch entspannt in seinem Sessel saß, funkelt mich plötzlich an und baut sich bedrohlich hinter seinem Tisch auf. Plötzlich wirkt er viel größer als sonst, und der Raum scheint zu schrumpfen.

„Überleg dir gut, was du da sagst, Ellie. Du redest von Dingen, die du nicht verstehst. Von *meinem* Zuhause. Wir Wächter sind Auserwählte." Er schlägt mit der flachen Hand auf den Tisch. „Dank deines Vaters fehlen uns einige dieser Auserwählten. Und selbst wenn wir es schaffen, sie zu finden …" Er schüttelt den Kopf und ballt die Hand zu einer Faust. „Es ist kompliziert. Es erfordert vor allem Disziplin, Übung und Durchhaltevermögen, um sein Talent zu meistern. Leider sind das nicht gerade die Tugenden, die in der heutigen Zeit besonders großgeschrieben werden."

„Mein Vater?!" Xanders Aussage fühlt sich an wie eine kalte Dusche. „Was hat mein Vater damit zu tun? Aber … ich verstehe nich' … Was hüten Wächter? Und wer wird auserwählt? Von wem?" Ich kann ihm nicht folgen. Kennt er meinen Dad?

„Das Schicksal selbst wählt sie aus", antwortet Xander und lässt sich, nun wieder in seiner gewohnt stoischen Manier, zurück in seinen Sessel sinken.

14

Ich kann nicht fassen, was ich gerade gehört habe.
„*Was*?!", frage ich.
Xander kichert, und seine Stimme klingt dabei, als würden Eiswürfel klirrend in ein Glas fallen. Auch wenn ich nun schon eine Weile hier sitze und fast glauben könnte, mit einem halbwegs normalen Menschen zu reden, sorgt seine Lache dafür, dass sich meine Nackenhärchen aufrichten.
„Du hast wirklich keine Ahnung, oder?", fragt er. Das Schmunzeln, das auf seinen Lippen liegt, sieht aufrichtiger aus als sein Lachen eben klang.
„Ich habe vor allem keine Ahnung, was du dir da zusammenfantasierst", antworte ich und schürze die Lippen. „Parallele Realitätsebenen? Wächter? Schicksal? Auserwählte? Du glaubst ja wohl nich' im Ernst, dass ich dir so einen Mist abnehme? Ich gebe zu, dass hier einiges komisch ist, aber deine Erklärung ist ... einfach absurd."
Xander mustert mich, und ich glaube, etwas wie Zufriedenheit in seinen Augen entdecken zu können. Doch dieser Moment vergeht so schnell, wie er gekommen ist, und ich sitze wieder dem unnahbaren Schokoladenmogul gegenüber.
„Dein Vater hat wirklich erstaunlich gute Arbeit geleistet", bemerkt er fast beiläufig und blickt betont desinteressiert auf den Füllfederhalter, den er auf dem Tisch hin- und herrollt. Doch ich glaube an seiner angespannten Körperhaltung zu erkennen, dass ihn meine Reaktion auf seine Aussage brennend interessiert.
„Du weißt gar nichts über meinen Vater." Die Wutkugel in mir beginnt zu züngeln wie ein frisch angezündetes Kaminfeuer. Wieso tut er so, als wüsste er etwas über mein Leben?
Xander nimmt den Stift vom Tisch auf und deutet damit in meine Richtung.
„Und wieder liegst du damit völlig falsch, Ellie. Ich hätte deine Intuition für besser gehalten. Du enttäuschst mich."
Seine Worte hallen in meinem Kopf nach. Du enttäuschst mich. Wo habe ich diesen Satz schon einmal gehört?
Fieberhaft durchsuche ich all meine Gehirnwindungen nach der passenden Erinnerung, doch es fühlt sich so an, als sei meine Kommandobrücke gerade nicht in der Lage, die richtigen Synapsen miteinander zu verbinden. Xanders Stimme unterbricht die

Suchmission in meinem Kopf.

„Es ist erstaunlich, wie bemüht du bist, deine Instinkte zu unterdrücken. Ich bin fast versucht, unsere Unterhaltung weiter in die Länge zu ziehen, aber ich fürchte, uns läuft die Zeit davon. Ich habe noch so einige … Termine wahrzunehmen, du verstehst." Herausfordernd sieht er mich an.

„Tja. Da vorn wäre ein Aufräumkommando angebracht."

„Auch das", antwortet Xander und streicht sich mit Daumen und Zeigefinger übers Kinn. „Du behauptest also, dass ich nichts über deinen Vater weiß. Lass mich dir eine Frage stellen, Ellie. Nur eine. Wie viel weißt *du* über Mitchell Stray?"

Ich presse die Zähne aufeinander. Tatsächlich hat Xander mit seiner Frage einen wunden Punkt getroffen, denn ich kann mich an nicht besonders viel erinnern, was meinen Vater betrifft. Ich war gerade fünf Jahre alt, als er meine Mutter verlassen hat. Ich erinnere mich daran, wie Dad mir immer wieder aus *Alice im Wunderland* vorgelesen hat und wir zusammen Zeit im Central Park verbracht haben. Ich habe ihn jedes Mal gefragt, ob Kaninchenbauten wirklich ins Wunderland führten. Daraufhin hat er warmherzig gelächelt, mir einen Kuss auf die Stirn gegeben und gesagt: *Es gibt genug Wundersames, Ellie. Du musst nur genau hinschauen, dann kannst du es sehen.*

Es ist eine der guten Erinnerungen an meinen Vater, die sich in mein Gedächtnis gebrannt hat.

Aber was hat er uns alles verheimlicht? Warum hat er meine Mutter damals aus heiterem Himmel verlassen?

Ich schweige Xander weiterhin an. Meine Familie und meine Zweifel gehen ihn nichts an.

„Ja, das dachte ich mir." Er schnalzt mit der Zunge. „Dein Vater ist auch ein Wächter, Ellie, und ein ziemlich begabter noch dazu. Aber er ist mindestens genauso stur wie begnadet. Deinen Dickkopf hast du wohl von ihm." Xander schüttelt den Kopf. „Mitchell ist außerordentlich talentiert, aber seine gesellschaftliche Position wollte er nie annehmen. Er wollte reisen und unbedingt andere Kulturen kennenlernen. Dass er auf deiner Ebene hängen geblieben ist und dort mit deiner Mutter …" Er verzieht das Gesicht, als hätte man ihm Lebertran eingeflößt.

Mit zusammengezogenen Brauen starre ich ihn an. Was stört ihn daran, dass mein Vater auf meiner Ebene geblieben ist?

„Wie dem auch sei", wiegelt er ab, als ich auf seine Provokation

nicht eingehe. „In deinen Adern fließt das Blut einer uralten Wächterdynastie. Du wirst niemals leugnen können, was du bist. Auch dein Vater musste das schlussendlich einsehen. Umso unverständlicher, dass er nie dafür Sorge getragen hat, dass du und deine Schwester ausgebildet werden, auch wenn er gegangen ist."
Ich höre Xanders Worte, aber ich kann das alles nicht begreifen. Mein Vater hat uns das Wächtersein vererbt? Meine Mutter hat nach seinem Fortgang kaum von ihm gesprochen, und für uns Kinder war das Thema Dad von diesem Tag an tabu. Ist es möglich, dass Xander die Wahrheit sagt?

„Also hast *du* ihn von uns weggeholt?", frage ich. „Also ... die Wächter?"

„Ellie, bist du sicher, dass du mir nicht vielleicht Unrecht tust? Für wen hältst du mich? Für einen Unmenschen?" Xander schürzt die Lippen. „Ich würde niemals Wächterkindern ihren Vater vorenthalten. Und außerdem bin ich kaum älter als du."

Die Bezeichnung Unmensch beginnt nicht annähernd zu beschreiben, wie ich ihn sehe. Doch das behalte ich lieber für mich. Widerwillig muss ich anerkennen, dass sein Alter tatsächlich dagegen spricht, dass er etwas mit der Sache zu tun hat – sofern er die Wahrheit sagt. Ich bin froh, dass er weiterspricht, bevor mir versehentlich doch noch ein Kommentar herausrutscht.

„Niemand hätte Mitchell *wegholen* können, wie du es formulierst. Aber wir reden hier nicht von irgendeinem Job, den man mal eben macht. Es geht um Berufung. Man bekommt das Wächtersein in die Wiege gelegt – das ist keine Frage der Wahl. Jeder ist ein wichtiger Baustein, der dafür sorgt, dass die Welt nicht aus den Fugen gerät. Das ist eine große Verantwortung, die man nicht so einfach ignorieren sollte. Dein Vater hat erkannt, dass man vor seinem Schicksal nicht davonlaufen kann und ist gegangen. Freiwillig." Er macht eine bedeutungsschwangere Pause. „Und weißt du was? Mir tut das leid für dich. Wäre Mitchell nicht ein so verbohrter Dickkopf und nicht allein gegangen ... Du und deine Schwester hätten so viel lernen können! Schade um das vergeudete Talent! Aber ich habe ein Herz für Menschen wie dich, Ellie. Und deswegen möchte ich dir ein Angebot machen."

„Ein Angebot", echoe ich und kann mir nicht vorstellen, worauf er hinaus will. „Und was soll das sein? Und du hast mir immer noch nich' gesagt, wo Dan und Jer sind."

„Keine Sorge. Die beiden sind gesund und munter dort, wo sie hingehören. Und da du deine eigenen Entscheidungen treffen solltest, schlage ich dir etwas vor: Entweder du bleibst allein hier, oder ich schicke dich zurück, und du siehst dafür davon ab, die Pflichten, die das Wächtererbe deines Vaters mit sich bringt, wahrzunehmen."

Ich hebe eine Augenbraue. „Wieso soll ich auf etwas verzichten, von dem ich gar nich' wissen kann, ob ich es will? Mein Vater war ja nich' da, um mir was darüber beizubringen, wie wir festgestellt haben. Wo ist der Haken?"

„Kein Haken. Nur diese eine Bedingung, sonst nichts." Xander zuckt die Achseln, als sprächen wir über etwas Belangloses. „Ich dachte, ich tue dir damit einen Gefallen."

Woher will er wissen, dass ich das Erbe meines Vaters nicht antreten will? Ich weiß nicht einmal, was dieser Nachlass sein soll – ganz zu schweigen von den Pflichten, die angeblich daran geknüpft sind. Auch wenn mich Xanders gelassene Art wütend macht, überlege ich, auf das Angebot einzugehen. „Wenn du mich zurückschickst, wo lande ich dann? Und wie finde ich dann Dan und Jer?" Ich kann und will mein Misstrauen nicht verbergen.

„In New York." Xander bedenkt mich mit einem eindringlichen Blick und hebt dann erneut die Schultern. „Ich denke, du wirst möglicherweise einen Weg finden. Das liegt ganz bei dir. Was du aus deinem Leben machst, wenn du zurück bist, liegt nicht in meiner Hand, Ellie."

„Okay", sage ich und wäge meine Chancen ab, die beiden Männer in einer Stadt wie New York zu finden, „dann haben wir wohl einen Deal: Ich will zurück."

Das Lächeln auf Xanders Lippen wirkt triumphierend. Er nickt, und ich versuche, nicht daran zu denken, dass ich womöglich einen Fehler begehe.

„Ich nehme an, dass du mich nich' noch mal in Dans Haus lässt, damit ich ein paar Sachen holen kann?"
In Wirklichkeit würde ich die Gelegenheit nutzen, um Rosie aufzusuchen und sie um Hilfe zu bitten. „Wie soll das überhaupt vonstattengehen? Setzt du mich persönlich in den nächstbesten Zug?"

„Nein und nein", antwortet Xander knapp.

„Dann schick mich nach Hause. Wie auch immer das gehen soll", sage ich bestimmt und will mich erheben.

„Warte. Ich will, dass du eine Sache noch erfährst."

Ich lasse mich zurück in den Sessel sinken, und ohne ein weiteres Wort öffnet Xander eine der Schreibtischschubladen und bringt eine Fernbedienung zum Vorschein. Stirnrunzelnd beobachte ich, wie er den Powerknopf betätigt und sich alle Flatscreens an den Wänden nach und nach einschalten. Ich blicke auf die Bildschirme, begreife aber nicht, was meine Augen sehen. Auf jedem Monitor sehe ich ein Krankenbett, in dem ein verkabelter Mensch liegt und ruhig schläft. Es sind Männer und Frauen jedes Alters – und einige von ihnen kommen mir bekannt vor.

„Ich ... verstehe nich'", murmele ich. „Was soll das?"
Statt zu antworten, deutet Xander auf einen der Monitore neben ihm. Mein Blick folgt seiner Geste, und ich fühle mich, als müsse ich zur Salzsäule erstarren. Auf dem Bildschirm sehe ich eine junge Frau mit aschblonden gewellten Haaren. Ihre Haut wirkt viel zu blass; sie liegt in einem Krankenbett und sieht aus, als würde sie schlafen. Unzählige Kabel verbinden sie mit medizinischen Geräten, beatmet wird sie nicht. Neben ihrem Bett sitzt eine rothaarige Frau, die vornübergebeugt mit dem Oberkörper auf dem Bett im Sitzen eingeschlafen sein muss. Mein Hirn fühlt sich an, als sei es ein Bällebad. Ich schlage eine Hand vor den Mund.

„Das ist nich' möglich", keuche ich und springe von meinem Sessel auf.

„Was? Dass du hier bist und trotzdem dort?" Der spöttische Unterton in Xanders Stimme entgeht mir trotz des Schocks nicht. „Ich bitte dich, Ellie. Hast du mir die ganze Zeit nicht zugehört? Hältst du wirklich noch so vieles für unmöglich?"

„Aber ... wenn ich ... ich hier bin ... Und ist das neben meinem Bett ..." Ich bin mit der Situation überfordert.

„Oh. Ja, der Rotschopf mit den süßen Sommersprossen. Deine Freundin ist eine überaus bemerkenswert treue Seele." Xander lächelt wissend, als kenne er Jo' persönlich. „Lass es mich so formulieren, Ellie: Du machst gerade einen kleinen Ausflug. Auf deiner Ebene schläfst du, während du hier bei mir bist."

„Schlafen! Ich weiß ja nich', wie du das siehst, aber ich schlafe normalerweise nich' mit Hunderten Kabeln an mir."

„Du hast recht. Es ist mehr als nur schlafen. Dein Geist muss sich von deinem Körper lösen, wenn du nach Slumbertown gelangen willst."
Langsam begreife ich den Sinn seiner Worte, und mir bleibt vor Erstaunen der Mund offen stehen.

„Also liege ich … im Koma?! Aber … Was ist mit den anderen Bewohnern der Stadt? Und mit dir, Xander?!"

Der blonde Mann schüttelt den Kopf. „Einige Bewohner: ja. Sie liegen auf Ihrer Ebene im Koma, und ich überwache alles von hier aus genau. Den Zeitpunkt des Eintritts, den Zeitpunkt des Wiedererwachens – alles verläuft nach einem strengen Zeitplan. Während Ihres Aufenthalts in Slumbertown entscheidet sich das weitere Vorgehen. Viele beginnen ihre Ausbildung als Wächter, manche gehen zurück. Aber um deine Frage zu meiner Wenigkeit zu beantworten: Ich bin an keine Ebene gebunden. Meine Ausbildungszeit liegt schon lange zurück."

„Die Geschäftsreisen …"

„Du erkennst ja doch ein paar Zusammenhänge." Xander nickt und lächelt. „Ich habe das Gefühl, dass wir uns wiedersehen werden. Wobei ich fast befürchte, dass du dich nicht an mich erinnern wirst, wenn wir uns über den Weg laufen."

Voller Unverständnis sehe ich ihn an. Er muss doch wissen, dass ich ihn überall und jederzeit wiedererkennen würde! Ganz abgesehen davon klingt sein „Gefühl" eher nach einer Drohung.

Doch ehe ich fragen kann, was er damit meint, steht Xander auf und macht ein paar rasche Schritte um den Tisch herum, bis er dicht vor mir steht. Er legt seine Hände auf meine Schultern, und diese unnatürliche Kälte, die von ihm ausgeht, lähmt mich von innen heraus. Es fühlt sich an, als würden Tausende kleiner Nadelstiche auf mich einprasseln, und ich höre Xanders Stimme wie durch Watte. „Gute Reise, Ellie."

Danach wird die Welt um mich herum gleißend hell, und ich spüre, wie meine Knie weich werden. Das Hinterzimmer verschwindet in dem grellen Licht. Kurz bevor ich das Bewusstsein verliere, spüre ich zwei starke Arme, die mich auffangen, bevor ich auf dem Fußboden aufschlage.

15

Als ich allmählich wieder zu mir komme, werden meine Gedanken von einem dumpfen Dröhnen begleitet, und ich fühle mich so verkatert, als hätte ich eine Woche lang mit Tequila durchgefeiert. Ich liege angenehm weich. Mir ist flau in der Magengegend, und sicherheitshalber halte ich die Augen geschlossen, weil ich befürchte, dass mir andernfalls sofort richtig schlecht werden würde. Was ist passiert?
Ich versuche, die verschwimmenden Erinnerungen in meinem Kopf zu sortieren. Ich habe im Hinterhof der Schokoladenfabrik auf Dan gewartet. Als er nicht zurückkam, bin ich reingegangen, um ihn zu suchen.
Ich öffne die Augen einen Spalt. Der Untergrund, auf dem ich liege, fühlt sich an wie Moos, und um mich herum ist nichts außer dichtem, weißem Nebel. Ich ziehe die Augenbrauen zusammen und will um Hilfe rufen, doch meine Stimmbänder erzeugen keinen Laut. Auch um mich herum ist es totenstill. Das inzwischen vertraute Gefühl von Panik droht in mir aufzusteigen, doch ich reiße mich zusammen. Ich muss einfach nur nachdenken. Was zur Hölle ist passiert?
Ein paar Erinnerungsfetzen drohen durch die wabernden Nebelschwaden aus meinem Kopf zu entschwinden. Es kostet mich große Anstrengung, um in dem Dunst nicht von meinem gedanklichen Pfad abzukommen. Ich bin mir nicht sicher, ob meine Beine mein Gewicht tragen, aber ich stehe trotzdem auf – und bin erstaunt, dass mir weder schwindelig wird noch schlecht. Ich versuche, mich zu orientieren, scheitere aber kläglich. Was ist mit meiner Stimme passiert? Unsicher setze ich einen Fuß vor den anderen und ringe mit einem erneuten Anflug von Panik. Wo soll ich hin? Es sieht alles gleich aus.
Ich erinnere mich an Xanders Büro. Und an den Raum mit den vielen Flatscreens. Das Geheimzimmer hinter dem Bücherregal!
Je mehr ich mich den letzten Erinnerungen nähere, desto schwerer fällt es mir, durch den immer dichter werdenden Nebel zu dringen. Meine Frustration droht mich zu lähmen, und ich habe keine Ahnung, ob ich nur im Kreis laufe. Gerade als ich aufgeben und mich wieder hinlegen will, dringt eine leise, aber vertraute Stimme zu mir durch. Sie gehört einer Frau. Für einen kurzen Moment lenkt mich dieser Klang von der Suche nach Erinnerungen ab.

Mein Herz macht einen kleinen Satz, und ich drehe den Kopf nach rechts und nach links, um auszumachen, woher die Stimme kommt. Kann das wirklich sein? Ist noch jemand außer mir hier? Erneut versuche ich ein „Hallo?" zu rufen, bekomme aber keinen Ton heraus. Kalter Schweiß steht mir auf der Stirn, und ich muss mich immer wieder bemühen, mich auf die Stimme zu konzentrieren statt auf meine Angst.
Angestrengt versuche ich, etwas zu verstehen, doch es klingt alles so, als befände ich mich unter Wasser, und jemand über der Wasseroberfläche spräche zu mir. Ich konzentriere mich darauf, den Klang der warmen Stimme zu Worten werden zu lassen und die Worte zu Sätzen. Ich schließe die Augen, um den beängstigenden Nebel um mich herum nicht sehen zu müssen, und endlich verstehe ich, was die Frauenstimme sagt.

> *Die Raupe und Alice sahen sich eine Zeit lang schweigend an; endlich nahm die Raupe die Huhka aus dem Munde und redete sie mit schmachtender, langsamer Stimme an. „Wer bist du?" fragte die Raupe.*
>
> *Das war kein sehr ermuthigender Anfang einer Unterhaltung. Alice antwortete, etwas befangen: „Ich – ich weiß nicht recht, diesen Augenblick – vielmehr ich weiß, wer ich heut früh war, als ich aufstand; aber ich glaube, ich muß seitdem ein paar Mal verwechselt worden sein."*

Jetzt, wo ich sie deutlicher verstehen kann, erkenne ich die Stimme zweifelsfrei. Es ist Jo! Aber was macht meine Freundin hier? Und wovon spricht sie? Alice? Ist das vielleicht wieder einer meiner seltsamen Träume?

> *„Was meinst du damit?" sagte die Raupe strenge. „Erkläre dich deutlicher!"*
>
> *„Ich kann mich nicht deutlicher erklären, fürchte ich, Raupe," sagte Alice, „weil ich nicht ich bin, sehen Sie wohl?"*
>
> *„Ich sehe nicht wohl," sagte die Raupe.*
>
> *„Ich kann es wirklich nicht besser ausdrücken," erwiederte Alice sehr höflich, „denn ich kann es selbst nicht begreifen; und wenn man an einem Tage so oft klein und groß wird, wird man ganz verwirrt."*
>
> *„Nein, das wird man nicht," sagte die Raupe.*

Ich erkenne die Textpassage aus *Alice im Wunderland*. Jo' redet nicht etwa wirr, sondern sie scheint aus dem Roman vorzulesen. Aber warum? Und wem?
Ich habe genug gehört. Ich öffne die Augen wieder und sehe nach wie vor nichts außer der weißen Wand. Ich muss sofort den Weg aus diesem verdammten Nebel finden und zu ihr. Voller Verzweiflung irre ich durch das undurchdringliche Weiß, bis mir die rettende Idee kommt. Ich folge einfach dem Klang der mir wohlbekannten Stimme! Unbeholfen, aber fest entschlossen setze ich mich in Bewegung und hoffe, dass Jo' nicht aufhört zu lesen.

> *„Vielleicht haben Sie es noch nicht versucht," sagte Alice, „aber wenn Sie sich in eine Puppe verwandeln werden, das müssen Sie über kurz oder lang wie Sie wissen – und dann in einen Schmetterling, das wird sich doch komisch anfühlen, nicht wahr?"*
> *„Durchaus nicht," sagte die Raupe.*

Mein Zeitgefühl versagt an diesem unwirklichen Ort, und ich kann nicht sagen, ob ich nur wenige Minuten durch den Nebel gestakst bin oder Stunden, aber die Stimme meiner besten Freundin klingt nun ganz klar und deutlich. Habe ich sie gefunden? Oder spielt mir bloß jemand übel mit und hält mich an diesem befremdlichen Ort gefangen? Ich spüre das vertraute Gefühl der Wutkugel im Bauch und balle die Hände zu Fäusten. Es muss doch einen Weg geben, zu Jo' zu gelangen!
Plötzlich fühlt es sich an, als stürze ich unaufhaltsam in ein Loch. Vor Schreck entweicht ein Keuchen meiner Lunge, und eine Fahrt an einem Freefall Tower scheint gegen meinen Fall eine Veranstaltung für einen Kindergeburtstag zu sein. Mir wird erneut schwarz vor Augen.

Meine Augenlider sind schwer, aber ich zwinge mich trotzdem dazu, sie einen Spalt zu öffnen. Was sich in meinem Blickfeld befindet, ist ... weiß. Ich liege wieder auf dem weichen Untergrund. Mein Herz sinkt. Was ist das hier? Eine Endlosschleife? Wird meine Verirrung im Nebel nie ein Ende nehmen?
Während ich mit meiner Frustration ringe, realisiere ich, dass es sich bei der weißen Fläche über mir nicht um wabernde Schwaden handelt. Sie ist solide.

Ich richte den Blick in Richtung meiner Füße und erkenne, dass der Raum, in dem ich liege, von Sonnenlicht durchflutet wird. An meinem rechten Zeigefinger klemmt ein Pulsmessgerät, ein paar Kabel führen von mir zu Geräten zu meiner Rechten. Ich höre ein regelmäßiges Piepsen, und wie etwas mit einem Poltern zu Boden fällt. Ich drehe den Kopf nach links und sehe, wie Jo' von ihrem Stuhl aufspringt. Sofort ergreift sie meine linke Hand.

„Verdammte Scheiße, Ellie! Du bist wach! Bleib einfach ganz ruhig, ich hol jemanden. Entspann dich", sagt sie, und es fühlt sich an, als wolle sie meine Hand zerquetschen. Mit dem Daumen ihrer anderen Hand drückt sie ununterbrochen auf irgendeiner Fernbedienung herum. Ihre Hand zittert, obwohl sie das elektronische Gerät fest umklammert.

„Na klar", antworte ich und bin überrascht, wie rau meine Stimme ist. Ich blinzele noch einmal und ihr Gesicht über mir wird schärfer. In ihren dunkelblauen Augen schimmern Tränen.

„Du hast mir vorgelesen, Jo'", flüstere ich mit einem Lächeln auf den Lippen. Ich fühle mich unglaublich erschöpft.

Sie nickt; ihr laufen die Tränen über die Wangen und tropfen auf meinen Arm. Warum weint sie? Auf jeden Fall scheint sie nicht sauer auf mich zu sein, obwohl ich mich so lange nicht bei ihr gemeldet habe. Noch immer passt alles nicht so recht zusammen. Ich streiche mir mit der rechten Hand übers Gesicht, darauf bedacht, mir den Pulsmesser nicht ins Auge zu rammen, denn mein Arm fühlt sich an, als wiege er mindestens eine Tonne.

„Ich hab dir aus *Alice im Wunderland* vorgelesen", bestätigt Jo' schluchzend. „Ich dachte … wenn du schon hier liegst, dann sollst du dich nich' langweilen. Das Buch hast du immer so geliebt, erinnerst du dich?"

Ich nicke kaum merklich. Ihre Fürsorge rührt mich, auch wenn sie nicht wissen kann, dass mein Bedarf an Kaninchenbauten, die in andere Welten führen, im Moment mehr als gedeckt ist.

Auch wenn meine Gedanken noch immer zäh wie Kaugummi sind, bin ich fest entschlossen, Jo' zu warnen. Sie muss auch den obligatorischen Filmriss haben, wenn sie hier in Slumbertown ist.

Aber zuerst muss ich diesen klebrigen Sirup in meinem Hirn loswerden. Und ich muss einen geeigneten Zeitpunkt abwarten, in dem sie mich nicht für völlig verpeilt hält. Die ganze Story wird für meine rational denkende Freundin ohnehin mehr als nur verrückt klingen.

Wie lange lag ich hier? Und wo bin ich überhaupt? Wir sind auf keinen Fall in Dans Haus, so viel steht fest. Ich ärgere mich, weil es mir immer noch schwerfällt, geradeaus zu denken.

„Ich bin so froh, dass du den Weg zurück gefunden hast", fährt Jo' fort und wischt sich ein paar der hinunterkullernden Tränen von den Wangen. Dafür lässt sie endlich meine Hand los, die mir durch ein schmerzhaftes Pochen signalisiert, dass sie trotz des schraubstockartigen Griffs meiner Freundin noch nicht abgestorben ist.

„Ja, aber nur dank dir, Jo'. Ich ... das klingt jetzt vielleicht verrückt, aber ich hab dich gehört. Und ich bin deiner Stimme gefolgt."

„Ich wusste, dass es was bringt. Ich wusste es!" Sie lacht und weint gleichzeitig. So aufgelöst habe ich sie noch nie gesehen. Ich habe keine Ahnung, wovon sie redet. Aber mit jedem wachen Moment werden meine Gedanken ein wenig klarer.

„Jo', jetzt hör endlich auf zu heulen. Wo sind wir hier? Was ist passiert? Und wo sind Dan und Jer? Und Xander?"
Ich kenne Jo' zu lange, um nicht sofort zu wissen, dass ihr Blick bedeutet, dass etwas nicht stimmt. Ein ungutes Gefühl macht sich in mir breit.

„Du bist gerade erst aufgewacht, Ellie. Vielleicht bist du noch ein bisschen verwirrt, aber es ist alles in Ordnung, Süße." Sie nimmt wieder meine Hand, dieses Mal behutsamer, und lächelt mir zu. Wenn das ein Versuch sein soll, mir Mut zu machen, misslingt er ihr gründlich. „Ich hab schon nach der Schwester geklingelt."

„Schwester? Was ist los, Jo'?" Sie blickt sich um und weiß offenbar nicht, ob sie meiner Aufforderung, mehr zu erzählen, Folge leisten soll. Warum ist sie so nervös?

„Was ist das Letzte, woran du dich erinnern kannst, Ellie?" Vielleicht sollten wir lieber warten, bis ein Arzt ..."

„Jo'. Bitte!", flehe ich sie an, und ich erkenne an ihrem Gesichtsausdruck, dass sie einknickt. Schon als Kind hat sie immer so geschaut, wenn ich sie zu irgendetwas überredet habe, das sie eigentlich gar nicht wollte.

„Okay ... Ich bin zwar nich' sicher, ob die mir hier den Kopf abreißen, aber du gibst ja doch keine Ruhe. Ich frag mich eh, warum noch keiner hier ist. Ich hab jetzt schon mindestens zehntausend Mal geklingelt ..." Sie schüttelt den Kopf, sodass ihr eine ihrer roten Haarsträhnen ins Gesicht fällt. Ihre Locken waren schon immer widerspenstig gewesen.

„Egal", sagt sie schließlich und streicht sich die Locke hinter ihr Ohr. „Du warst wohl mit diesem komischen Harry unterwegs. Ihr müsst auf so 'ner Party in 'nem abgeranzten Warehouse gewesen sein … Da wurdest du jedenfalls gefunden. Irgend so ein Arsch hat dich über den Haufen gefahren und ist abgehauen." Sie ballt ihre freie Hand zur Faust, während ich mich anstrengen muss, um ihr zu folgen.

Von was für einer Party redet sie? Und wer soll mich angefahren haben? Und wie? Es gibt doch gar keine Autos in Slumbertown. Meine Gedanken stolpern immer wieder über die Ungereimtheiten in meinen Hirnwindungen.

„Passanten haben 'nen Krankenwagen gerufen, der dich dann hergebracht hat. Seitdem liegst du hier. Also von der Notaufnahme kamst du erst auf die Intensiv, aber relativ schnell hierher, weil du keine künstliche Beatmung und so was gebraucht hast. Zum Glück. Deine Mom hat mich sofort angerufen. Und dieser Harry …" Jo' zieht die Brauen zusammen. „Ich verwette meinen Arsch, dass der dir die ganze Scheiße eingebrockt hat. Aber der Penner ist seit dieser Nacht wie vom Erdboden verschluckt … Der soll sich besser nie mehr blicken lassen, sonst reiß ich ihm seine Eier ab."

Ich erwidere nichts, weil ich noch damit beschäftigt bin, meine Erinnerungsfragmente zu sortieren. Künstliche Beatmung? Eine Party in einem Warehouse? Allmählich fügen sich die Puzzleteile zu einem Bild zusammen. Jo' redet zweifellos von der Nacht, in der ich in den verkehrten Zug gestiegen bin und …

Mich überrollen jäh die letzten Bilder von Xanders Büro und die Menschen, die ich auf den Monitoren gesehen habe. Mit einem Mal löst sich die Blockade in meinem Kopf, und ich weiß, was geschehen ist. Meine Zugfahrt nach Slumbertown. Die gleißenden Lichter, die ich in meinen Träumen immer wieder auf mich habe zurasen sehen. Mein bleiches Gesicht in einem Krankenbett auf dem Monitor im geheimen Hinterzimmer. Auf einmal ist mir alles klar.

„Scheißkerl", murmele ich, als die Erkenntnis mich trifft. „Wir sind in New York?!" Xander hat mich nach Hause gebracht. Oder zumindest auf den Weg geschickt.

„Ja, natürlich sind wir in New York!" Jo' blinzelt wie ein Uhu. „Du lagst im Koma." Wie sie mich ansieht, macht mir klar, dass sie von einem schlechten Gewissen geplagt wird. „Es tut mir so leid,

Ellie. Wär ich mehr für dich da gewesen, wär das alles nich' passiert. Ich bin die mieseste Freundin der Welt. Echt. Du glaubst nich', wie leid mir das tut."

„Ach, Jo'. Du bist doch keine miese Freundin! Ohne deine private Lesestunde hätte ich den Weg zurück vielleicht nie gefunden. Und ich weiß, wie sehr du Vorlesen hasst."
Was ich zuerst als tröstende Aussage anbringen wollte, entpuppt sich als die Wahrheit. Nachdem ich es ausgesprochen habe, weiß ich, dass es stimmt. Ich habe es wirklich nur ihr zu verdanken, dass meine Seele den letzten Rest ihrer Rückreise zu meinem Körper geschafft hat. Bei dem Gedanken daran, dass ich mich beinahe in einer Art Niemandsland verirrt hätte, fröstelt es mich. Jo' lächelt, und ihr stehen schon wieder Tränen in den Augen. Sie bemüht sich, tapfer zu sein und sie dieses Mal zurückzuhalten.

„Danke", flüstert sie, „ich lass dich nie wieder im Stich. Versprochen!"
Ich nicke und weiß, dass sie das todernst meint.

„Wie lange war ich ... weg?"
Ich muss mehr darüber rausfinden, was hier los war, während ich in Slumbertown war.

„Drei Monate und zwölf Tage", antwortet Jo' wie aus der Pistole geschossen. Das kommt hin.

„Und ahm ... wie ... war das so?"
Jo' sieht mich zuerst verständnislos an, doch dann versteht sie. „Du warst einfach komplett weg. Als würdest du schlafen." Sie zuckt die Achseln. „Was die offensichtlichen Verletzungen angeht, hast du echt Schwein gehabt. Etliche Prellungen, zwei gebrochene Rippen, das war's. Und das Koma ... Die Ärzte haben gesagt, solange du von allein atmest und sie Hirnaktivität messen können und so was, ist alles unter Kontrolle."

Unter Kontrolle. Hatte Xander nicht auch so etwas in der Richtung gesagt? „Und ... wie geht's Mom?", frage ich und spüre, wie das schlechte Gewissen mein Herz beinahe zerquetscht. Nach allem, was meine Mutter durchgemacht hat, beschleicht mich die Sorge, dass sie das hier nicht verkraftet hat.

„Alles okay, mach dir keine Sorgen", erwidert Jo' für meinen Geschmack ein wenig zu schnell. Ich beschließe, später auf dieses Thema zurückzukommen.

„Aber erklär mir mal bitte, wer zum Teufel ... Xander und Ben sind?" Mit ihrer Frage lenkt Jo' meine Aufmerksamkeit von der

Sorge um meine Mutter ab.

„Ahm … Dan. Ich sagte Dan. Nich' Ben."

Wie soll ich ihr bloß beichten, dass ich einer anderen Ebene der Realität einen Besuch abgestattet habe, während sie krank vor Sorge an meinem Bett saß und mir aus *Alice im Wunderland* vorgelesen hat?

Auch wenn sie meine beste Freundin ist, bin ich nicht sicher, ob sie mir diesen Irrsinn abkaufen wird. Fieberhaft suche ich nach Ausflüchten, denn ich möchte den Bogen im Moment nicht überspannen. Glücklicherweise nimmt sie mir die Denkarbeit ab.

„Sag bloß, du hattest wilde Sexträume, in denen gleich zwei heiße Typen vorkamen!", sagt Jo' mit einem schelmischen Grinsen im Gesicht. „Und das auch noch drei Monate lang!"

Auch wenn ihr Scherz mir die Verlegenheitsröte ins Gesicht treibt, bin ich erleichtert über die vorgegebene Antwort und ringe mir ein Lächeln ab.

„Ja, nein. Weiß nich'." Ich habe vor Jo' zwar nie Geheimnisse gehabt, aber dieses Gespräch ist mir trotzdem peinlich.

Bevor ich das zweifelhafte Vergnügen habe, noch weitere ihrer Fantasien zu kommentieren, rettet mich eine Krankenschwester, die das Zimmer betritt und unsere Unterhaltung unterbricht.

„Na endlich! Ich dachte schon, Sie kommen gar nich' mehr", meckert Jo' in ihre Richtung.

„Wir sind im Moment extrem unterbesetzt. Und wie ich sehe, ist hier alles in bester Ordnung", erwidert die Schwester und stemmt die Hände in ihre üppigen Hüften. Sie stapft neben mein Bett und wendet sich mit geschultem Blick den Geräten zu.

„In bester Ordnung?!" Jo' ist entrüstet. „Wollen Sie mich verarschen?!"

„Sehe ich aus, als würde ich scherzen, Ms. Smith?" Der Tonfall der Schwester macht unmissverständlich klar, dass sie und Jo' in diesem Leben keine Freundinnen mehr werden.

„Nein. Ich vergaß. Sie scherzen nie."

Die Krankenschwester bedenkt Jo' mit einem vernichtenden Blick, der sogar meine sonst so vorlaute Freundin verstummen lässt.

„Willkommen zurück, Ms. Stray. Ich bin Oberschwester Mary. Wie fühlen Sie sich? Schwindel? Kopfschmerzen?" Sie hat tatsächlich den Charme eines Feldwebels.

Mary, Königin der Drachen, denke ich mir und nicke. „Beides.

Und hungrig bin ich."

„Hungrig!" Mary blinzelt ein paarmal. „Sonst noch was?"

„Nee."

„Gut. Dann schicke ich einen Arzt vorbei, der Sie noch mal gründlich durchcheckt. Ihr behandelnder Arzt, Dr. Magno, ist im Moment für zwei Wochen auf einem Kongress in Schweden, aber machen Sie sich keine Sorgen, Ms. Stray. Sie sind bei uns in den besten Händen." Während unserer kurzen Unterhaltung hat sie alle Kabel entfernt, meinen Blutdruck gemessen und Notizen auf einem Klemmbrett gemacht, dessen Deckel sie nun zuklappt. Ohne ein weiteres Wort verlässt sie schnellen Schrittes das Zimmer. Erst nachdem die Tür hinter ihr ins Schloss gefallen ist, traue ich mich wieder zu sprechen.

„Wow. Was für ein Drachen. War die die ganze Zeit hier?"

Jo' nickt und verdreht die Augen. „Ein wahrer Sonnenschein, diese Mary. Hast du gesehen, wie verstrahlt die gelächelt hat, als sie von Dr. Magno gesprochen hat?" Ich kann mich nicht daran erinnern, dass der Feldwebel gelächelt hätte, sage aber nichts. Jo' betont das „Doktor" ganz besonders affektiert, um Mary nachzuäffen. „Die Alte ist total scharf auf ihn, ich sag's dir. Du müsstest mal sehen, wie die ihn anhimmelt, wenn er da ist."

Ich grinse, denn trotz all der Fragen, die sich unheilvoll wie Gewitterwolken auftürmen, amüsiert mich diese Vorstellung. Ich spüre erst jetzt, wie sehr Jo' mir in den letzten Monaten gefehlt hat.

„Der Typ ist also Dr. Sexy?", foppe ich sie. „Bist du sicher, dass er kein Schauspieler ist? Ich dachte immer, außerhalb von Fernsehserien gibt es solche Ärzte gar nich'."

„Ich schwör dir, unterbesetzt oder nich' – jede Serie stinkt gnadenlos gegen die Beziehungsdramen hier ab."

„Ich seh schon. Du hast mindestens genauso viel Zeit damit verbracht, den Krankenhausflur abzuhören wie an meinem Bett zu sitzen."

„Klar, was denkst du denn!" Jo' ist sichtlich stolz darauf, über den Krankenhaustratsch informiert zu sein. „Was hier abgeht …", sagt sie, winkt aber ab. „Wenn du aus dem Scheiß ein Drehbuch machst, reicht das locker für fünf Staffeln."

„Mindestens!", necke ich sie und ernte ein erneutes Augenrollen, von dem ich weiß, dass es nicht mir gilt.

„Aber Ellie", fügt Jo' verschwörerisch hinzu, „der ist nich' nur superheiß, sondern hat auch echt was aufm Kasten. Jedenfalls auf diesem Beschleunigungstraumagebiet ist der 'ne Koryphäe." Beim Wort Beschleunigungstrauma imitiert sie Marys Tonfall. „Der tingelt nich' umsonst in Europa auf irgendwelchen Kongressen rum und ist suuuperwichtig. Und ich wette mit dir, dass der den schwedischen Röckchen nich' nur hinterhergafft." Wie sie ihre Lippen schürzt, zeigt mir, dass ihr das missfällt, und ich frage mich, ob meine Freundin dem Fanclub dieses Arztes ebenfalls angehört.

„Weißt du was, Jo'? Ich hab dich echt vermisst."

Im ersten Moment sieht sie mich verdattert an, und mir wird bewusst, wie komisch das für sie klingen muss. In ihrer – und vermutlich auch meiner – Wirklichkeit lag ich die ganze Zeit im Koma und war wohl kaum in der Lage, währenddessen jemanden zu vermissen.

„Also ... so generell, mein ich. In der letzten Zeit", füge ich hastig hinzu. Das ist angesichts der letzten Monate vor meinem Unfall eine Aussage, die ich vertreten kann.

„Versteh schon", erwidert Jo' und streicht mir übers Haar. „Ich hab dich auch vermisst, Süße. Und sobald du hier rauskommst, kommt alles schon wieder in Ordnung. Rick und ich kümmern uns um dich."

„Okay", flüstere ich, auch wenn ich mir sicher bin, dass wir ziemlich weit von ‚in Ordnung' entfernt sind. Aber es ist wohl nicht sinnvoll, Jo' jetzt schon damit zu beunruhigen.

Die Erwähnung unseres gemeinsamen Freundes lässt meine Gewissensbisse wieder an meinen Eingeweiden nagen.

„Wie geht's Rick?", frage ich vorsichtig.

Jo' sieht mich eine gefühlte Ewigkeit lang schweigend an. „Er ist okay."

Ich räuspere mich, um das Thema zu wechseln. „Mir geht's eigentlich auch ganz gut. Aber kannst du mir irgendwas zu essen organisieren? Und wenn's nur irgendein Scheiß aus einem verdammten Snackautomaten ist. Ich geh ein vor Kohldampf!"

„Darfst du denn überhaupt was Richtiges essen?", fragt Jo' mit hochgezogenen Brauen. „Der Drache hat doch eben erst die Kabel abgeklemmt."

„Ahm, keine Ahnung." Wie soll ich ihr erklären, dass ich zwar hier lag, aber gleichzeitig auch woanders war, wo ich Pizza und Schokolade gegessen habe? „Ich fühl mich super, ehrlich. Bitte, Jo'."

„Okay, okay." Sie hebt resignierend die Hände. „Ich kann ja

noch mal nachfragen."

Zum ersten Mal, seitdem ich in meiner Ebene wieder aufgewacht bin, bin ich allein. Und ich spüre nur allzu deutlich, dass nichts mehr so sein wird wie zuvor. Mein Vater ist ein Wächter, was auch immer das bedeutet. Wieso hat er dafür Sorge getragen, dass meine Schwester und ich nichts davon erfahren, wenn er uns etwas davon vererbt hat? Es fühlt sich so an, als hätte er uns nicht nur verlassen, sondern auch einen Teil meiner Identität mitgenommen.
In meinem Kopf pocht es noch gewaltig, aber ich bin froh, dass ich es offensichtlich unbeschadet zurück geschafft habe. Ich brauche dringend einen Plan.
Klar ist auf jeden Fall, dass ich hier so schnell wie möglich raus will. Bei meiner Suche nach Dan und Jer bin ich wohl oder übel vorerst auf mich allein gestellt. Auf dieser Ebene der Realität wird man mir den Besuch bei einem Psychiater nahelegen, wenn ich von Parallelwelten fasele, aber keine Hilfe bei der Suche nach den beiden Männern anbieten.
Ich betrachte meine Umgebung, und dabei fällt mir auf, dass der Raum für ein Krankenhauszimmer sehr liebevoll eingerichtet wurde. Die Wände wurden in einem warmen Gelbton gestrichen, was das Ambiente in Kombination mit der Nachmittagssonne noch wohliger macht. An der Wand zu meiner Rechten hängt ein großes, modernes Gemälde. An der gegenüberliegenden Wand befindet sich eine Sitzecke, bestehend aus zwei gemütlich aussehenden Sesseln. Zwischen den beiden Sitzgelegenheiten steht ein runder Tisch aus edlem Mahagoniholz. Die gelbe Vase mit einer einzelnen weißen Margerite darauf rundet das Gesamtbild ab. Das großzügig dimensionierte Fenster zu meiner Linken ist gute zwei Meter vom Bett entfernt und lässt viel Sonnenlicht hinein. Das Krankenbett steht mittig im Raum, mit dem Kopfende an der Wand. Wenn ich aus dem Fenster schaue, sehe ich keine Berge, sondern habe einen unverbauten Blick auf den Central Park. Dem Ausblick nach zu urteilen, liegt mein Zimmer auf einer der höheren Etagen. Sonnengelbe Vorhänge umrahmen das Fenster, zusammengebunden auf beiden Seiten, und ich frage mich unwillkürlich, ob sich ein Raum mit gelben Vorhängen wirklich abdunkeln lässt. Links hinter mir ist die Tür, durch die Jo' gegangen ist, und mir fällt auf, dass rechter Hand neben dem Kopfende des Bettes eine weitere Tür ist. Vermutlich liegt dahinter

ein eigenes Badezimmer.

Auch wenn das Ambiente feudal wirkt, hat sich nichts an meiner tiefen Abneigung gegenüber Krankenhäusern geändert. Auch die teuersten Einrichtungen konnten meiner Schwester nicht helfen. Ich schüttele den Gedanken ab und bin dankbar, als Jo' zur Tür hereinkommt. Sie hat die Arme voller Süßigkeiten aus einem Snackautomaten und eine Flasche Wasser unter ihre Achsel geklemmt. So wankt sie auf mich zu und breitet ihre Beute am Fußende des Bettes aus.

„So. Den Automaten hab ich schon mal geplündert."
Ich inspiziere den Berg Süßigkeiten und entscheide mich für einen Müsliriegel ohne Schokolade.

„Danke", sage ich, setze mich auf und reiße die Verpackung auf, um großzügig abzubeißen. „Du bift die Befte."

„Wann kommt denn der Arzt endlich?", frage ich, nachdem ich den ersten Bissen hinuntergeschluckt habe.

„Hoffentlich gleich. Immerhin ist das hier nich' irgendein Puff, sondern *das* Krankenhaus für Neurokram", sagt Jo' und sieht mich mit großen Augen an. „Ups. Scheiße!"
Ihre Worte schaffen es zwischen zwei Happen Müsliriegel, in mein Bewusstsein zu sickern.

„Oh Gott", sage ich und verschlucke mich.

„Nich' aufregen. Wir haben finanziell alles unter Kontrolle!"
Natürlich! Der Blick auf den Central Park. Ich bin im Mount-Sinai-Hospital. Mir wird schwindelig, obwohl ich sitze, und ich möchte den Müsliriegel am liebsten wieder einpacken.

„Was zur Hölle, Jo'?!", fluche ich, während mein Puls in die Höhe schnellt. „Ich glaube, ich hab so 'n paar Beiträge meiner privaten Krankenversicherung nich' gezahlt. Ich bin total am Arsch, wenn ich hier rauskomme! Ach, was red ich! Ich kann mir vermutlich nich' mal den scheiß Müsliriegel leisten!"

„Ein *paar* Beiträge?" Jo' schüttelt den Kopf und setzt sich auf den Stuhl neben meinem Bett. „Die waren ehrlich gesagt ziemlich angepisst, als ich da angerufen hab, weil du seit Monaten nix gezahlt hast." Meine schlimmsten Befürchtungen bestätigen sich.
„Ich musste denen ganz schön einen vom Pferd erzählen. Normalerweise sagen die einem nämlich gar nix, da kann ja jeder anrufen, blabla. Aber ich hab 'ne Lösung gefunden!"

„Das glaub ich sofort", brumme ich. Ich kenne die unkonventionelle Art, mit der Jo' Probleme löst.

„Sagen wir, ich hatte Hilfe. Und konnte die Versicherung davon überzeugen, dass du schon länger hier bist", sagt sie und grinst.

„Ich frag lieber nich'. Wie kommst du überhaupt dazu, mich in so einem Krankenhaus einzuquartieren?"

Jo' hebt sofort beschwichtigend die Hände.

„Entspann dich. Erstens hab ich dich nich' hier herbringen lassen, und wie schon gesagt: Alles unter Kontrolle. Alles cool!"

Ich verenge die Augen zu schmalen Schlitzen. „Wer ist überhaupt ‚wir'? Meine Mutter hat keine Kohle für den Laden hier."

Jo' hört den Argwohn in meiner Stimme und fühlt sich sichtlich von Minute zu Minute unwohler.

„Ich sag's dir, aber raste nich' aus, okay?", lenkt sie ein, doch statt zu antworten, starre ich sie nur mit verschränkten Armen an.

„Ich hab Rick natürlich von deinem Unfall erzählt, und er hat sich bereit erklärt, den größten Teil der Kosten zu übernehmen. Also eigentlich alles, was das Krankenhaus angeht."

Ich fühle mich, als hätte man mich in Luftpolsterfolie eingewickelt. Rick. Mein bester Freund und ehemaliger Chef hat mir aus der Patsche geholfen, obwohl ich ihn so habe hängen lassen. Während sich die Bedeutung dieser Aussage den Weg in mein Bewusstsein bahnt, weicht meine Panik großer Erleichterung. Und plötzlich schäme ich mich, weil ich alles Wichtige nach Lus Tod habe schleifen lassen und zugelassen habe, dass mein Leben aus den Fugen gerät.

Wäre meine Wohnung nicht mein Eigentum, hätte ich mich mit Sack und Pack auf der Straße wiedergefunden. Ich begreife, welch großes Glück ich mit meinen Freunden habe, auf die ich mich verlassen kann, obwohl ich sie enttäuscht habe. Mir wird klar, dass Jo' sich um all meine Angelegenheiten gekümmert haben muss, während ich weg war. Woher sonst soll sie wissen, dass ich meine Versicherungsbeiträge nicht bezahlt habe? Ich räuspere mich und nestele an einem noch verpackten Schokoriegel herum.

„Dann hast du dich um meinen ganzen Kram gekümmert?"

Jo' nickt und umschließt meine Hand mit ihrer. „Hab ich. Um alles. Aber jetzt hab bloß kein schlechtes Gewissen deswegen, hörst du?"

Ich wende den Blick ab und kaue auf der Innenseite meiner Wange herum. Sie kennt mich und meine Gedanken, ohne dass ich mich erklären muss.

„Ich gehe davon aus, du hast auch für alles andere deine Art von Lösung gefunden?", frage ich, aber ich kann ihr nicht böse sein. „Schon mal was von Postgeheimnis gehört?"

„Das hab ich in deinem Fall großzügig aufgehoben", antwortet Jo' mit einem Grinsen, wird aber gleich wieder ernst. „Ich hätte mich schon viel früher einmischen sollen. Wenn jemand ein schlechtes Gewissen haben muss, dann ja wohl ich."

Ich blicke sie verstohlen an und sehe, wie sehr ihre Selbstvorwürfe sie quälen. Es zerreißt mir das Herz, sie so zu sehen.

„Hör jetzt endlich mit dieser Selbstzerfleischung auf! Du tust gerade so, als wäre es deine Schuld, dass ich so abgekackt bin."

Jo' schüttelt so heftig den Kopf, dass ihre Locken hin und her wippen. „Ich hätte dir helfen müssen."

„Jo', es reicht! Was hättest du denn machen wollen?! Mir war nich' zu helfen. Und jetzt bist du hier, obwohl ich so scheiße zu dir war." Ich will das richtig stellen. „Und wenn ich hier raus bin, bringe ich ein paar Sachen wieder in Ordnung. Wenn's dein Gewissen beruhigt, kannst du mir gern dabei helfen. Deal?"

„Deal", antwortet Jo', und ich sehe ihr an der Nasenspitze an, dass diese Diskussion unter normalen Umständen an dieser Stelle noch nicht beendet wäre. Aber sie hält sich zurück und schweigt.

Mein Diskussionsbedarf ist fürs Erste gedeckt. Ich werfe den noch immer verpackten Schokoriegel auf die Bettdecke.

„Was meinst du, wann die den Arzt endlich mal herschicken? Ich will so schnell wie möglich aus diesem Puff raus."

„Für jemanden, der gerade drei Monate schachmatt war, hast du's ziemlich eilig", bemerkt Jo'. Die Sorge in ihrer Stimme bleibt mir nicht verborgen.

„Dann entlasse ich mich halt selbst! Mir geht's echt gut! Hab mich nie besser gefühlt."

Meine Freundin mustert mich für einen gefühlt endlos langen Moment, sodass ich mich schon auf eine Standpauke gefasst mache. Aber sie verzichtet überraschenderweise darauf und nickt lediglich, bevor sie sich von ihrem Stuhl erhebt.

„Was hast du vor?"

„Was wohl? Ich such jetzt den verdammten Vertretungsarzt und mach ihm Feuer unterm Arsch", antwortet sie, und noch bevor ich Gelegenheit habe, meine Überraschung über ihre Reaktion zu artikulieren, ist sie bereits aus dem Zimmer gestürmt.

„Okay?", murmele ich für mich und frage mich, wie sie es

anstellen will, dass der Arzt gleich hier antanzt. Aber Jo' kann sehr überzeugend sein, wenn sie etwas will.

Ich bin unschlüssig, ob meine Muskeln nach so langer Zeit im Liegen überhaupt funktionsfähig sind. Aber was ich zu Jo' gesagt habe, stimmt: Mir geht es nicht schlechter als mit einem mördermäßigen Kater.
Ich schwinge die Beine über die Kante des Krankenbetts und lasse meine nackten Füße auf den Linoleumboden gleiten, der sich kalt anfühlt. Immer noch misstrauisch, ob meine Beine mein Körpergewicht überhaupt tragen konnen, teste Ich, ob die Muskulatur einen Teil meines Gewichts aushält. Erstaunlicherweise fühlt sich alles ziemlich normal an, auch wenn mir mein Verstand sagt, dass das nicht sein dürfte.
Ermutigt durch das kleine Erfolgserlebnis, beschließe ich aufzustehen. Im ersten Augenblick frohlocke ich noch, weil meine Beinmuskulatur nicht zu Pudding mutiert ist, aber mein Körper quittiert meinen Übermut postwendend auf anderem Weg. Heftige Übelkeit überkommt mich, begleitet von einem Schwindelgefühl, das sich gewaschen hat, und schwarzen Punkten, die vor meinen Augen auf und ab hüpfen.
Stöhnend lasse ich mich zurück auf das Bett sinken und hieve die Beine, die sich auf einmal schwer wie Blei anfühlen, zurück auf die Matratze. Den Kopf lasse ich zurück ins Kissen sinken und horche tief in mich hinein, doch ich glaube nicht, dass ich ernsthaft verletzt bin. Von den gebrochenen Rippen, von denen Jo' erzählt hat, spüre ich jedenfalls nichts. Allerdings dürfte das nach drei Monaten normal sein.
Ich vermute, dass die Symptome Nachwehen meiner Rückreise sind. Schließlich separiert man seinen Geist nicht alle Tage von seinem Körper, wenn es stimmt, was Xander gesagt hat. Mir drängt sich die Frage auf, wie das alles möglich ist. Kann man wirklich an zwei Orten gleichzeitig sein?
Während ich darauf warte, dass der Schwindel nachlässt, versuche ich krampfhaft, einen Punkt an der Decke zu fixieren und an etwas anderes zu denken als an meinen reisefähigen Geist und die Übelkeit. Meine Gedanken schweifen zu Dan.
Mein Herz wird schwer, weil ich nicht einmal weiß, ob es ihm gut geht. Hätte ich mich an unsere Abmachung halten und im Hinterhof der Fabrik auf ihn warten sollen? Hätte das etwas an der

jetzigen Situation geändert? Vermutlich nicht, wenn ich bedenke, dass Xander unsere Abreise bereits geplant hatte. Womöglich war es sogar seine Absicht, uns getrennt zurückzuschicken.

Abgesehen davon kann ich eine weitere Frage nicht verdrängen: Wenn ich Xanders letzte Ausführungen richtig interpretiere, dann kommen ausschließlich Leute nach Slumbertown, die zu sich selbst finden müssen. Was hat er damit gemeint? Und was genau hat *er* damit zu tun?

Und dann die ganze Sache mit den Wächtern. Ich habe keinen Schimmer, was ein Wächter überhaupt sein soll. Gehören Dan und Jer ebenfalls zu diesen Auserwählten, wie Xander sie nannte?

Die Bedingung für meine Rückreise war, dass ich auf mein Wächtererbe verzichte. Heißt das, dass ich nun kein Wächter mehr bin? Diesen Gedanken verwerfe ich, denn ich erinnere mich an Xanders Worte: *Du wirst niemals leugnen können, was du bist.* Ich höre seine Stimme noch ganz klar in meinem Kopf.

Obwohl mir immer noch schwummerig ist, kriecht Wut in mir hoch, vor allem auf meine Eltern.

Ich seufze. Es ist frustrierend! All meine Vermutungen ergeben einfach keinen Sinn!

Um den Kopfschmerz zu vertreiben, massiere ich mir mit Zeige- und Mittelfinger die Schläfen. Ich muss wohl oder übel mit meiner Mutter sprechen, wenn ich etwas über meine Herkunft herausfinden will.

Aber momentan will ich vor allen Dingen Dan und Jer finden. Ich sollte mir lieber darüber den Kopf zerbrechen, statt mir über Fragen Gedanken zu machen, auf die es im Augenblick keine Antwort gibt.

Ich brauche eine Strategie, wenn ich die beiden Männer in dieser Millionenstadt finden will. Wir haben zwar viel gemeinsame Zeit in Slumbertown verbracht, aber wir haben nun nicht gerade unsere New Yorker Adressen ausgetauscht. Nach allem, was ich weiß, könnte Jer genauso gut in L.A. sein, wenn Xander uns dorthin geschickt hat, wo wir vor unserem Aufenthalt in Fake-Montana waren. Ich weiß, dass Dan mit Nora auf Staten Island gewohnt hat und dass beide in Manhattan gearbeitet haben. Aber der Name der Firma, bei der Dan beschäftigt war, ist nie gefallen. Ich balle die Hände zu Fäusten.

Ich hätte mir nie träumen lassen, dass wir die Kleinstadt in den

Bergen nicht gemeinsam verlassen. Sonst hätten wir mögliche Treffpunkte ausmachen können. Egal, es hilft alles nichts. Ich muss mich auf das konzentrieren, was ich weiß, nicht auf das, was hätte sein können.

Ein paar Anhaltspunkte sind unsere Lieblingsecken der Stadt, über die Dan und ich uns unterhalten haben. Aber was brächte es, wenn ich diese Stellen abgrase? Wann und wie oft? Immer in der Hoffnung, ihn dort zufällig zu treffen? Ich begreife, dass ich mit einem solchen Plan womöglich mein ganzes Leben lang nie zur richtigen Zeit am richtigen Ort sein werde.

Ich gestehe mir ein, dass ich momentan keinen zundenden Einfall habe, um eine Suche sinnvoll zu gestalten. Erschwerend kommt hinzu, dass mein Kopf inzwischen pocht, als würde eine ganze Armee Zwerge unaufhörlich mit winzigen Hämmern gegen meine Schädeldecke schlagen – von innen.

Ich klingele nach Drachen-Mary und hoffe, dass sie sich dieses Mal nicht ganz so viel Zeit lässt. Hoffentlich hat sie etwas gegen die Kopfschmerzen parat.

Wenige Sekunden später öffnet sich die Tür zu meinem Zimmer, doch als ich mich für die schnelle Reaktion bedanken will, sehe ich Jo', die mit einer braunen Papiertüte in der Hand und wehenden Haaren hereinstürmt.

Ihr Gesichtsausdruck verrät unmissverständlich, dass sie sauer ist.

„Na? Hast du dem Arzt so viel Feuer unterm Hintern gemacht, dass er zu Asche zerbröselt ist?", foppe ich sie und versuche, das Pochen in meinem Kopf, so gut es geht, zu ignorieren. Sie fuchtelt mit der Tüte in der Gegend herum.

„Pah! Verdient hätte er's! Ich weiß gar nich', wofür die hier so viel Kohle kassieren! Weißt du, was die gesagt haben?!"

Ich deute ein Kopfschütteln an. Wenn Jo' so in Rage ist, kann das nur bedeuten, dass selbst sie mit ihren Überzeugungskünsten keinen Erfolg hatte.

„Dieser Schnösel hat sich dazu herabgelassen, einmal kurz in deine Krankenakte zu sehen, zwei Notizen reinzuschmieren, und statt meiner überaus höflichen Bitte nachzukommen, mal nach dir zu sehen, hat er was von ‚unterbesetzt' gefaselt, blabla, Dr. Magno in Schweden, blabla und *mich* gefragt, wie *du* dich fühlst!" Mit zusammengezogenen Brauen starrt sie mich an.

„Ziemlich viel blabla. Bist du sicher, dass du mit einem Arzt gesprochen hast und nich' mit dem Hausmeister?"

„Ja, verdammt!"

„Und? Was hast du gesagt?", erkundige ich mich.

„Ich hab ihm gesagt, dass er seinen Arsch lieber hierher schwingen sollte! Aber auch, dass du gesagt hast, dass es dir ganz gut geht. Dann ging sein Piepser los, und er meinte, dass ich dich dann mit nach Hause nehmen kann, wenn du dich selbst entlassen willst."

„Was?", frage ich und kann nicht glauben, was sie gerade gesagt hat. „Keine Untersuchungen?"

„Nö. Nur Papierkram am Empfang", bestätigt Jo' und pustet sich eine Haarsträhne aus dem Gesicht. „Das ist ein Skandal! Ich hab ihn gefragt, was er sich dabei denkt, jemanden nach Hause zu lassen, ohne mal vorbeizuschauen! Und ob das Krankenhaus es sich leisten kann, wenn wir sie verklagen! Aber der hat mir gar nich' zugehört! Nur abgewinkt und gemeint, er muss in den OP. Orrrr!"

Ich muss ihr Recht geben. Mir kommt es ebenfalls äußerst unkonventionell vor, dass man gewillt ist, mich einfach so gehen zu lassen. Allerdings ändert das eigenartige Verhalten des Arztes nichts daran, dass ich so schnell wie möglich hier raus will.

„Dann schließen wir uns seiner kompetenten Einschätzung der Lage doch einfach an und hauen hier ab", schlage ich vor.

„Dein letztes Wort?"

„Ja. Ist in deiner komischen Tüte zufällig irgendwas gegen Kopfschmerzen?" Ich sehe Jo' an der Nasenspitze an, dass sie liebend gern mit mir über diese Entscheidung diskutieren würde. Stattdessen wirft sie wortlos die unbeschriftete Tüte aufs Bett und wendet sich dem Kleiderschrank in meinem Krankenzimmer zu. Sie zieht eine Reisetasche heraus und stopft meine Ballerinas zusammen mit meinen Jeans und meinem mit Pailletten besetzten Top achtlos hinein. Es ist das Partyoutfit aus der letzten Nacht meines alten Lebens.

Ich unterdrücke ein Stöhnen, weil mir dieser Anblick schmerzlich vor Augen führt, dass zwischen diesem alten Leben und jetzt gefühlt mehr als nur drei Monate Koma liegen. Slumbertown hat mich verändert. Ich habe mich verändert.

Wie ich das Jo' erklären soll, weiß ich beim besten Willen nicht. Meine alles überdröhnenden Kopfschmerzen holen mich unsanft zurück in die Realität. Ich leere die Tüte über meinem Schoß aus und werde in dem von Jo' beschafften Medikamentendepot schnell fündig. Eine der Schmerztabletten nehme ich sofort.

„Wo hast du die ganzen Medikamente eigentlich her? Du warst doch gar nich' so lange weg."

Jo' blinzelt mich an und setzt ihren unschuldigsten Blick auf.

„Och. Ich hab noch 'nen kurzen Abstecher ins Schwesternzimmer gemacht. Bisschen Smalltalk machen. Du weißt schon."

„Oh Mann, Jo'. Du hast die Dinger geklaut?"

„Ach. Was du wieder denkst!" Sie wirft mir ein Bündel Kleidung aufs Bett. „Ich hab dir übrigens ein paar normale Klamotten mitgebracht. Sag ‚danke, liebe Jo'!"

„Danke", nuschele ich. Dankbar bin ich ihr wirklich, denn in meinem Partyoutfit hätte ich mich ohnehin nicht mehr wie ich selbst gefühlt.

Ich schlüpfe wie in Zeitlupe in die Jeans, den kuscheligen Pullover und die Sneakers, die Jo' für mich ausgesucht hat.

Die Schmerztablette beginnt zu wirken, und ich spüre, wie zumindest einige der Zwerge ihre Hammer niederlegen und das Klopfen in meinem Kopf nachlässt.

Mithilfe meiner Freundin stehe ich noch etwas wackelig neben dem Krankenbett und werfe einen letzten Blick aus dem Fenster. Ich erhasche den Anblick der letzten Sonnenstrahlen, die den Central Park in ein goldenes Licht tauchen. Auch wenn dieser Ausblick nicht so imposant ist wie der auf die Berge in Slumbertown, ist er dennoch atemberaubend.

Unzählige Formulare und zwei weitere Tabletten später, stehen wir endlich vor dem Klinikgebäude. Jo' winkt ein Taxi heran, und ich bin froh, dass sie das Regiment übernommen hat – mein Kopf pocht zwar nicht mehr allzu sehr, aber wegen der Schmerzmittel fühlt es sich an, als sei ich in Watte gepackt worden.

Jo' hilft mir, auf der Rückbank des Taxis Platz zu nehmen, bevor sie meine Reisetasche in den Kofferraum des Wagens wirft. Wenige Augenblicke später sitzt sie neben mir und sieht mich aufmerksam an, als müsse sie sich vor unserer Abfahrt noch einmal versichern, dass ich keine ärztliche Hilfe benötige.

„Nach Hause?", fragt sie liebevoll.

„Nach Hause", antworte ich und lehne meinen Kopf an den Sitz.

Als sie dem Taxifahrer die Adresse meiner Wohnung nennt, klingt ihre Stimme in meinen Ohren bereits weit entfernt, und noch bevor sich der Wagen in Bewegung setzt, hüllt mich ein traumloser

Schlaf in einen schwarzen Mantel. Das letzte Bild vor meinem inneren Auge ist der unglaublich attraktive, lachende Dan, der mein Herz im Sturm erobert hat.

16

Der verlockende Duft von Rührei mit Bacon steigt mir in die Nase. Mein Magen meldet sich mit einem lautstarken Grummeln.
Noch mit geschlossenen Augen strecke ich mich und bin sicher, dass es Dan ist, der uns Frühstück zubereitet. Als ich jedoch die Augen aufschlage, stelle ich fest, dass ich nicht in unserem Bett geschlafen habe. Mein Verstand benötigt ein paar Sekunden, bis er begreift, dass ich im Schlafzimmer meines New Yorker Apartments bin. Ich bin zu Hause. Mit dem Gewinn dieser Erkenntnis bricht eine Woge von Sehnsucht über mich herein. Ohne Dan in meiner Nähe fühle ich mich mit einem Mal schrecklich allein.
Doch auch wenn sich mein Herz verwundet anfühlt, scheint sich mein Körper erholt zu haben.
Ich gähne und schwinge die Beine über die Bettkante. Für einen Moment erwarte ich, dass mir schlecht oder schwindelig wird, aber es passiert nichts dergleichen. Auch meine bestialischen Kopfschmerzen sind verschwunden, und so beschließe ich, dem Duft des Frühstücks zu folgen. In meiner Küche müssen entweder meine Mutter oder Jo' zugange sein. Niemand sonst hat einen Schlüssel zu meiner Wohnung.
Noch im Schlafanzug tapse ich über den Parkettboden meiner Wohnung. In mir tobt ein Konflikt: Einerseits fühlt es sich gut an, wieder zu Hause zu sein, aber andererseits weiß ich noch nicht, wie es weitergehen soll.
Jo' wirbelt mit einer Kochschürze bekleidet voller Elan durch meine Küche. Neben Rühreiern und kross gebratenen Baconstreifen türmen sich Berge von Essen in meiner Küche. Jo' hat an alles gedacht. Ich staune nicht schlecht über Toast, Pancakes, Cornflakes, Bagels, Donuts, Brötchen und frisches Obst.
„Kommt noch jemand?", frage ich mit einem Schmunzeln.
Ich habe Jo' überrascht, denn sie fährt herum und wedelt mit dem Pfannenwender in ihrer Hand.
„Du bist ja schon wach! Ich hab dich gar nich' gehört. Setz dich! Ich bin so gut wie fertig!" Sie kommt auf mich zugestürmt und schiebt mich liebevoll in Richtung des Esstischs, der in meiner offenen Küche steht.
„Wer soll das denn alles essen?", frage ich, während Jo' die Speisen aufträgt. Ich setze mich an den bereits gedeckten Tisch.
„Soll ich dir noch bei irgendwas helfen?", biete ich an.

„Bloß nich'! Du bleibst schön sitzen und ich mach den Rest. Wer gut in den Tag starten will, braucht ein gutes Frühstück." Sie zwinkert mir zu, holt die Pfanne vom Herd und stellt sie auf einem Topflappen auf den Tisch.

„Du musst mich echt nich' so bemuttern. Das ist ja wie im Hotel." Ich angele nach einem der Donuts, aber der Anblick des Krapfens auf meinem Teller stimmt mich traurig, weil er mich an die vergangenen Monate erinnert.

Mein Gesichtsausdruck muss einiges über meinen Gemütszustand preisgeben, denn ich bemerke, wie Jo' mich stirnrunzelnd ansieht.

„Wie fühlst du dich so?", fragt sie und setzt sich mir gegenüber an den Tisch. „Ich hab extra die mit weißer Glasur und bunten Streuseln geholt. Die magst du doch so." Die Sorge in ihrer Stimme bereitet mir ein schlechtes Gewissen.

Systematisch zerpflücke ich den Donut über meinem Teller und denke über die Antwort auf diese Frage nach. Wie fühle ich mich eigentlich? Ich zucke die Achseln.

„Weiß nich'", antworte ich wahrheitsgemäß.

Ich kann ihr unmöglich beichten, dass mir Dans Abwesenheit fast körperliche Schmerzen bereitet. Sie würde nicht verstehen, dass mein Herz der einzige Teil meines Körpers ist, der sich nicht in Ordnung anfühlt.

„Das Zeug, das du im Krankenhaus ... organisiert hast, hat mir echt übel die Lichter ausgeschossen. Wie hast du mich eigentlich in mein Bett bekommen?"

Jo' war gerade im Begriff, sich eine Gabel voll Rührei in den Mund zu schieben, doch meine Aussage hält sie davon ab.

„Och", macht sie, und ich registriere, wie das Rührei von ihrer Gabel zurück auf den Teller purzelt. „Du hast geschlafen wie ein Baby. Mit Wachmachen war da nix. Zum Glück hat uns der Taxifahrer direkt am Krankenhaus abgeholt, sonst hätte der noch gedacht, du bist auf 'nem Hardcore-Trip. Aber der nette Mann hatte so viel Mitleid mit dir, dass er dich nach oben getragen hat." Sie macht eine kurze Pause. „Vielleicht hatte er in Wirklichkeit aber auch Mitleid mit mir, wer weiß?"

Etwas peinlich berührt hauche ich nur ein „Oh."

„Ach", winkt Jo' ab, „glaub mir, der war total happy, überhaupt mal was Junges, Knackiges in irgendein Bett zu tragen." Erneut piekt sie Rührei auf ihre Gabel. „Außerdem hab ich ihm zwanzig Mäuse extra gegeben."

„Wie großzügig!"

„Aber keine Sorge, den Schlafanzug hab ich dir angezogen. Als er weg war." Sie gackert und wendet sich ihrem Essen zu.

Ich bin mit meinen Gedanken schon wieder woanders. „Ich fühl mich, als hätte ich 'nen Jetlag weggeschlafen." Erneut hebe ich die Schultern und werfe meiner Freundin einen fragenden Blick zu. „Sag mal ... Was machst du eigentlich hier?"

„Ich war die ganze Zeit hier, seit wir aus dem Krankenhaus gekommen sind", gesteht sie zwischen ein paar Gabeln Rührei und einem Bissen Toast. „Hm, ich dachte, es ist vielleicht besser, wenn jemand da ist, wenn du aufwachst. Ich hab im Gästezimmer gepennt."

Ich nicke und realisiere, wie erleichtert ich darüber bin, dass sie da ist. Der Gedanke daran, allein in meiner leeren Wohnung aufzuwachen, löst Unbehagen in mir aus.

„Du bist mein Lebensretter", sage ich und meine damit so viel mehr als nur ihre momentane Anwesenheit. „Ich ... wäre jetzt auch nich' so gern allein ... glaub ich."

„Wenn du magst, bleib ich noch ein paar Tage. Ein Hoch auf die Selbstständigkeit. Ich kann auch von hier aus arbeiten", schlägt Jo' vor und rührt währenddessen so langsam in ihrer Tasse als sei der Inhalt explosiv.

„Das wäre großartig." Ihr Angebot bringt mich zum Lächeln.

„Was auch immer du brauchst. Ich lass dich nich' hängen, Ellie. Egal was passiert."

„Ich weiß." Ich bin unglaublich froh, dass ich eine solche Freundin habe, und schäme mich dafür, dass ich sie in meiner Trauerphase so weit von mir weggestoßen habe. Umso dankbarer bin ich dafür, dass Jo' trotz dieser Zeit immer noch zu mir steht. Bleibt nur noch die Aussprache, die ich Rick schulde.

„Ich mein's ernst, Jo'. Du bist die Beste!", flöte ich mit meinem schönsten Augenaufschlag über den Frühstückstisch.

Jo' riecht sofort Lunte und sieht mich aus schmalen Augen an.

„Ist klar. Was willst du?"

„Oh, ich hab da nur so 'ne Idee ...", säusele ich, „du hast doch in letzter Zeit mit Rick gesprochen, oder?"

Für diese Frage ernte ich einen Blick, der mich tot vom Stuhl kippen ließe, wäre es möglich. Rick und Jo' sind mindestens genauso gut miteinander befreundet wie Rick und ich, allerdings mit dem feinen Unterschied, dass die beiden eine gefühlt nie endende On-off-Beziehung miteinander verbindet.

„Klar. Wieso?"

„Wie oft seht ihr euch im Moment so?"

„Manchmal. Allein schon wegen der Abrechnungen", antwortet Jo'. Sie kennt mich. „Jetzt sag schon, was du aussheckst, Ellie."

„Super! Wenn du ihn das nächste Mal siehst, kannst du ihn ja mal so ganz beiläufig fragen, ob er meine Stelle im Büro schon neu besetzt hat. Also … Hat er bestimmt, aber … Du weißt schon. Außerdem will ich mich bei ihm bedanken, wegen der Krankenhauskohle und so. Und ich muss mich bei ihm entschuldigen."

Unabhängig davon, dass es mir ein Anliegen ist, das Verhältnis zu Rick wieder zu verbessern, bin ich zu dem Schluss gekommen, dass ich schnell einen Job brauche. Und zwar einen, mit dem ich genug Geld verdienen kann, um meine offenen Rechnungen und vor allem meine Schulden bei Rick zu begleichen. Ich will ihn auf keinen Fall auf den Kosten für meinen Krankenhausaufenthalt sitzen lassen.

Mir schießt sogar die Idee durch den Kopf, danach einen Privatdetektiv auf Dan anzusetzen, falls meine Suche bis dahin nicht erfolgreich war. Aber ich weiß, dass ich zuerst meinen viel zu lange aufgeschobenen Verpflichtungen nachkommen muss.

„Ellie. Süße", sagt Jo' und nimmt meine Hand. Sie schlägt verständnisvolle Töne an. „Du hast 'ne echt miese Zeit hinter dir, seit Lu … weg ist. Und du willst jetzt so richtig neu anfangen. Ich versteh das. Aber du erwartest ja wohl nich' ernsthaft, dass ich dir dabei helfe, sofort nach deiner Entlassung wieder zu arbeiten."

Angesichts der Sorgenfalte auf ihrer Stirn lasse ich mich zu einem Kopfschütteln hinreißen, um Besonnenheit zu demonstrieren.

„Nee, natürlich nich' sofort", lenke ich ein, auch wenn ich mein Leben lieber heute als morgen neu ordnen will. „Aber ich hab lange genug den Arsch nich' hochgekriegt, verstehst du? Ich will mein Leben endlich wieder auf die Kette kriegen."

„Aber du …"

„Du machst dir Sorgen", unterbreche ich sie. „Ich weiß das wirklich zu schätzen, Jo'. Du sollst ihn ja nur mal fragen."

„Nur mal fragen? Willst du mich verarschen? Ich kenn dich! Du stehst dann sofort da auf der Matte!"

„Aber was soll ich denn machen?"

„Dich ausruhen und gesund werden!" Jo' verschränkt die Arme

vor ihrer Brust.

„Aber ich *bin* gesund! Und ich kann doch nich' die ganze Zeit faul hier rumsitzen. Bitte, Jo'!" Ich schiebe meine Unterlippe nach vorn und sehe ich sie mit großen Augen an.

„Okay", brummt Jo'. „Ich kann echt nich' glauben, dass ich mich da drauf einlasse, aber okay. Ich frag ihn. Aber nur unter einer Bedingung!"

„Ja, klar! Egal was!", stimme ich zu und bemühe mich, nicht zu euphorisch zu klingen, damit sie es sich nicht noch einmal anders überlegt.

„Falls Rick dich wieder einstellen will, – und ich sage *falls*! – dann fängst du auf gar keinen Fall mit 'ner vollen Stelle an!", beginnt Jo' die Verhandlung ihrer Bedingungen. „Und du bleibst mindestens noch vier Wochen zu Hause und ruhst dich aus. Babyschritte. Du kannst nich' so tun, als wär' nix passiert. Auch wenn du dich fit fühlst ..." Sie mustert mich, als wolle sie an meinem Gesicht ablesen, ob ich die Wahrheit über meinen Zustand sage. „Gestern sahst du ganz und gar nich' so aus. Du solltest langsam machen."

„Das sind aber zwei Bedingungen." Am liebsten würde ich ihr noch sagen, dass sie heute mit gestern gar nicht vergleichen kann, doch als sie mahnend den Zeigefinger erhebt, nicke ich. „Okay, okay. Ich bin dabei."

Meine Freundin lächelt zufrieden. „Okay."

„Dann erzähl mal."

„Was meinst du?", fragt sie, während sie ihre Serviette akribisch zusammenfaltet.

„Na, ich war drei Monate lang weg! Was hab ich verpasst? Was geht da zwischen dir und Dr. Sexy?"

„Wie kommstn jetzt darauf. Gar nix." Jo' stochert in den Resten ihres Rühreis herum, und ich sehe, wie sich ihre Wangen röten.

„Komm schon, Jo'. Ich hab doch gesehen, wie du guckst, wenn du von ihm redest!"

„Ach ja? Wie denn?", provoziert sie mich, und ich äffe ihren verträumten Blick nach, um sie aus der Reserve zu locken.

„Es ist nich' so, wie du denkst. Nix Festes", verrät sie endlich und klingt dabei fast enttäuscht. „Wir sind nur ein paarmal ausgegangen und so."

„Und so. Aha." Ich kann mir ein breites Grinsen nicht länger verkneifen. „Kein Wunder, dass Drachen-Mary nich' gut auf dich zu sprechen ist. Vielleicht solltest du dann mit Rick essen gehen, so lange Dr. Sexy noch in Europa ist. Nich', dass er es sich nach seiner Rückkehr anders überlegt und eifersüchtig wird."

Jo' macht ein grunzendes Geräusch und wirft kichernd mit einer Scheibe Toast nach mir. „Dumme Kuh!"

Es tut so gut, sie um mich zu haben, dass ich mich schäbig fühle, weil ich nicht ganz ehrlich zu ihr bin. Am liebsten würde ich ihr sofort erzählen, dass ich mehr vorhabe, als nur in den Alltag zurückzufinden. Dass sich in den letzten Monaten so vieles für mich verändert hat und dass ich gar nicht weiß, wo ich anfangen soll, zu erzählen. Ich will ihr sagen, dass ich nicht mehr dieselbe Person bin wie vorher.

Ich verdränge die bedrückenden Gefühle und tröste mich damit, dass ich ihr alles erklären werde, sobald der richtige Zeitpunkt gekommen ist. Aber jetzt benötige ich ihre volle Unterstützung, und die wird sie mir nur gewähren, wenn ich mich an ihre Spielregeln halte.

„Aber eine Sache will ich sofort erledigen", verkünde ich.

„Und die wäre?" Entschlossen, mir alles Unvernünftige auszureden, verschränkt sie die Arme vor ihrer Brust.

„Ich will Mr. Hang anrufen." Ich schiebe meine Frühstücksgabel auf dem Tisch hin und her. „Ich hab echt ein schlechtes Gewissen. Auch wenn es keine Absicht war, hab ich ihn ziemlich hängen lassen."

Jo' verdreht die Augen. „Aber er weiß doch Bescheid."

„Trotzdem. Du hast versprochen, mich zu unterstützen! Und damit will ich anfangen. Es ist nur ein Anruf."

Mein Telefonat mit Mr. Hang verläuft ganz und gar nicht so, wie ich mir das vorgestellt hatte. Ich hatte mich mental darauf eingestellt, dass er sauer sein würde, aber dass er mir meine Erklärung für mein Fehlen nicht glauben würde, damit hatte ich nicht gerechnet. Schweigend lasse ich über mich ergehen, wie er mich als undankbar beschimpft und darauf besteht, dass die Geschichte mit dem Unfall und dem darauffolgenden Koma die dämlichste Ausrede sei, die er je gehört habe.

Ich schätze, das Kapitel mit Mr. Hang ist damit für immer beendet. Dafür erreicht mich wenige Tage später der erlösende Anruf von Rick. Jo' muss mit ihm telefoniert haben, denn essen waren die beiden nicht. Sie arbeitet von meiner Wohnung aus, und ich bin froh, dass sie mich wenigstens allein ins Badezimmer lässt. Meine

Freundin kennt mich wie keine Zweite und weiß, dass ich mich bei der erstbesten Gelegenheit nicht an unsere Abmachung halten würde. Also habe ich meine Zeit größtenteils am Laptop verbracht. Bislang blieben meine Recherchen nach Dan und Jer allerdings erfolglos.
Rick bietet mir nach einem kurzen Smalltalk an, in meinen alten Job zurückzukehren. Jo' muss ihn im Vorfeld geimpft haben, denn sein Angebot gilt für eine Halbtagsstelle, zu der ich erst in vier Wochen antreten soll. Nach einigen Diskussionen habe ich Rick außerdem breitgeschlagen, dass ich ihm die Kosten für meinen Krankenhausaufenthalt nach und nach zurückzahlen werde.
Nach zwei Wochen gesteht Jo' mir endlich zu, dass ich mich sehr wohl allein durch die Stadt bewegen kann, ohne dass mir etwas passiert. Ich nutze die Zeit, um jeden Tag die Lieblingsplätze abzuklappern, über die Dan und ich gesprochen haben. Doch in keinem Coffeehouse, keinem Restaurant treffe ich ihn an. Jeden Tag sitze ich auf der Bank neben der Romeo-und-Julia-Statue im Central Park und habe vergebens Herzstolpern, wenn ein Mann vorbeiläuft, der Dan von Weitem ähnlich sieht.
Nach Ablauf der vier Wochen bin ich mit der Suche nach den beiden Männern immer noch nicht weitergekommen. Online konnte ich keinen der beiden ausfindig machen, weder in sozialen Netzwerken noch woanders. Entweder hat Jer bei seinen Erzählungen über seine Drehbücher zu dick aufgetragen, oder er schreibt unter einem Pseudonym.

Als ich wieder an meinem alten Schreibtisch, aber in einem neuen Büro sitze, genieße ich den Ausblick auf Manhattan.
Rick konnte die begehrten Räumlichkeiten von einem befreundeten Makler übernehmen, der sich aus dem New Yorker Immobiliengeschäft zurückgezogen hat. Und die jetzige Adresse bringt für mich einen ganz besonderen Vorteil mit sich: Ich kann meinen neuen alten Arbeitsplatz nun zu Fuß erreichen.
Ich genieße die zehn Minuten Fußmarsch jeden Tag, um den Kopf freizubekommen. Meine momentane Arbeitssituation ist ohnehin entspannt, da ich wegen der Halbtagsvereinbarung erst mittags anfange.
Gedankenverloren blättere ich durch ein paar Exposés sündhaft teurer Wohnungen, die einen neuen Besitzer suchen. Jo' muss Rick mehr als nur die Zustimmung ihrer Bedingungen abgerungen

haben, denn anders kann ich mir nicht erklären, dass er mich mehr an einen Babysitter als an meinen Chef erinnert.

Regelmäßig kommt er in mein Büro, nur um sich zu erkundigen, ob ich etwas brauche oder ob alles in Ordnung ist. Manchmal bringt er mir auch einfach nur einen Donut oder einen Kaffee. Zudem begleitet er mich jeden Abend überpünktlich nach Hause, damit ich auch ja keine Überstunden mache.

Auch wenn Rick und ich schon seit Ewigkeiten befreundet sind, hatte es für uns immer eine klare Trennung zwischen Privatem und Beruflichem gegeben. Im Büro war Rick schon immer mein Chef, nach Feierabend mein bester Freund. Ich frage ich mich insgeheim, was Jo' ihm erzählt hat, damit er sich so rührend um mich kümmert und dafür sogar diese Grenze verschwimmen lässt. Aber was auch immer sie zu ihm gesagt hat – ich gehe davon aus, dass ein großer Teil seiner Fürsorge Eigeninitiative ist, weil ihn wegen meiner Kündigung das schlechte Gewissen plagt. Er hat das gleiche Problem wie Jo' und kämpft mit Schuldgefühlen, die ich für unnötig halte. Ich weiß, dass seine Entscheidung eine professionelle war und keine persönliche. Bei Gelegenheit muss ich das noch einmal klarstellen.

Ich stehe auf und gehe zum Fenster, um in der Abenddämmerung zu beobachten, wie die Lichter Manhattans nach und nach angehen. In der Fensterscheibe kann ich mein eigenes Spiegelbild erkennen. Für alle anderen scheine ich mich kaum verändert zu haben, und was mein Äußeres angeht, trifft das wohl zu. Trotz des Komas habe ich nur wenig Gewicht verloren – ich musste nicht einmal das Internet bemühen, um zu wissen, dass das nicht normal ist. Aber eine Reise auf eine andere Ebene der Realität ist auch nicht gerade konventionell.

Ich selbst sehe nach meinem Aufenthalt in Slumbertown die Welt und mich mit anderen Augen.

Mein Job, der Erfolg, New York, alles, was früher mein ganzes Leben ausgemacht hat, erscheint mir plötzlich so unwichtig.

Dass es da draußen mehr als nur eine Realität und unerklärliche Dinge gibt, hat etwas in mir ausgelöst, das ich schwer in Worte fassen kann. Diese Erkenntnis hat mir bewusst gemacht, wie wenig ich eigentlich weiß. Auch wenn ich schon früher gelegentlich darüber nachgedacht habe, ob es außer unserem Leben auf der Erde noch etwas anderes gibt – andere Planeten mit Lebensformen, die fremdartig für uns Menschen sind ... Es ist etwas anderes, tatsächlich zu wissen, dass es da noch etwas gibt. Dort gewesen zu sein.

Mich bedrückt, dass ich meine Gedanken und Erlebnisse der letzten Monate mit niemandem teilen kann. Wie gern würde ich mit Jo' oder auch Rick über die Parallelebene sprechen! Aber die Chance, dass sie mir glauben würden, stufe ich als verschwindend gering ein. Und wie könnte ich es ihnen verübeln? Ich an ihrer Stelle würde glauben, dass ich einem Traum aufgesessen bin, der mich durch mein Koma begleitet hat. Ich verschränke die Arme vor meiner Brust. Ob alles bloß ein Hirngespinst war, habe ich mich selbst schon gefragt. Aber in mir schlummert etwas, das mir sagt, dass es real war, was ich erlebt habe.

Seit ich zurück bin, beschäftigt mich die Frage nach meiner Herkunft mehr als je zuvor. Kam mein Vater aus Slumbertown? Ich habe einige Male versucht, mit meiner Mutter über ihn zu sprechen, aber auch wenn sie überglücklich ist, dass es mir wieder besser geht – über Mitchell verliert sie weiterhin kein Sterbenswort. Jo' ist mein plötzliches Interesse an meinem Vater zwar nicht entgangen, aber bislang hat sie es nur stumm zur Kenntnis genommen. Wenn doch wenigstens Dan hier wäre, mit dem ich über alles sprechen könnte!

Ich schätze meine Freundschaft zu Rick und Jo' sehr, aber es schmerzt mich, an die glücklichen Tage in Fake-Montana zurückzudenken. Ich war für eine kurze Zeit so unbeschwert wie lange nicht mehr. Seit ich in mein altes Leben zurückgeschleudert wurde, fühlt es sich an, als hätte man mir einen Teil von mir entrissen. Ich vermisse die Gespräche mit Jer und Rosie. Und ich vermisse Dan mehr als alles andere.

Das kleine Radio auf meinem Schreibtisch dudelt schon den ganzen Tag vor sich hin, ohne dass ich ihm besondere Beachtung geschenkt habe. Doch gerade läuft ein Song, dessen Textzeilen mich aufhorchen lassen. Der Sänger beweint herzerweichend, wie sehr er seine Geliebte vermisst, die nicht bei ihm sein kann. Wie schön, dass der Radiosender meine momentane Situation mit einem Soundtrack unterlegt.

Ich seufze. Seit ich Lu zum letzten Mal in meinem Traum gesprochen habe, warte ich jede Nacht vergeblich darauf, dass sie ihren Weg zu mir findet. Hatte sie nicht gesagt, dass wir uns wiedersehen werden, wenn ich zurück in New York bin? Wo steckt sie dann jetzt, wo ich so viele Fragen habe? Ich habe mich nicht getraut, Jo' oder Rick von meinen Träumen zu erzählen. Die beiden sind nicht wie Jer, der immer dazu bereit ist, das Verrückte als möglich anzunehmen. Für jeden normalen Menschen würde es sich bloß danach anhören, als hätte ich den Tod meiner Schwester noch nicht verwunden. Ich könnte es ihnen bei meiner Vorgeschichte nicht verdenken, und außerdem entspricht es der Wahrheit. Ich werde es nie ganz verwinden. Deshalb mache ich erst gar nicht den Versuch, meinen Freunden meine Träume zu erklären.

Während ich mich meinen Grübeleien hingegeben habe, ist es dunkel geworden. Ich sehe den Autos zu, wie sie die erleuchteten Straßen entlangrollen, langsam, aber beständig. Alle mit einem bestimmten Ziel.

Wehmütig denke ich an die Menschen, die mir in den letzten Monaten ans Herz gewachsenen sind und die ich so schmerzlich vermisse. Was sie wohl im Moment machen? Steht Dan womöglich an einem anderen New Yorker Fenster und denkt an mich? Oder ist er sogar auf der Suche nach mir? Ob Mrs. McClary sich Sorgen um uns macht? Absurderweise vermisse ich sogar Murphy, den dicken Kater der Millers, der in unserem Vorgarten immer die Blumen platt gelegen hat. Und Rosie ... Sie muss denken, dass wir einfach abgehauen sind, ohne uns von ihr zu verabschieden.

Meine Augen füllen sich mit Tränen der Verzweiflung, und ich versuche mit aller Gewalt, die in mir aufkeimende Hoffnungslosigkeit zu ersticken. Ich fahre herum, als ich höre, wie die Tür zu meinem Büro geöffnet wird. Hastig wische ich mir eine hinunterkullernde Träne von der Wange. Als ich mich umdrehe, sehe ich einen gut gelaunten Rick, der an der Türschwelle steht. Ich hoffe, dass er nichts bemerkt hat.

„Zeit für Feierabend, Ellie!", ruft er mir zu, doch als der blonde Mann mit dem gewinnenden Lächeln meinen traurigen Gesichtsausdruck bemerkt, ist sein Blick sofort voller Sorge. „Hey, alles okay bei dir? Geht's dir nicht gut? Brauchst du einen Arzt?"

„Nein." Ich schüttele den Kopf. „Nein, alles gut. Danke, Rick!"

„Bist du sicher?" Er bleibt hartnäckig und kommt ein paar Schritte auf mich zu.

Ich wende mich ab, verschränke die Arme vor meiner Brust und schaue erneut auf das geschäftige Treiben Manhattans hinunter.

„Nee", flüstere ich und bemerke zu spät, dass ich den Gedanken ausgesprochen habe.

Ich spüre Ricks Hand, die er auf meine Schulter legt. Er steht so dicht neben mir, dass ich seine Körperwärme spüre. Ich weiß, dass er es gut mit mir meint und nur seine Anteilnahme zum Ausdruck bringen möchte, aber es fällt mir schwer, seine körperliche Nähe zu ertragen. Ich unterdrücke das Bedürfnis, einen Schritt zur Seite zu machen, um wieder mehr Distanz zwischen uns zu bringen. Ich will ihn nicht vor den Kopf stoßen. Er gibt sich so viel Mühe, um mir den Einstieg in den Alltag so leicht wie möglich zu machen. Außerdem ist Rick mein bester Freund, der immer für mich da ist, und schon deswegen möchte ihn nicht kränken. Das habe ich vor meiner „Auszeit" schon zu oft.
Nach einem gefühlt endlos langen Moment bricht er das Schweigen zwischen uns.

„Ellie, hör mal. Ich wollte dir das eigentlich schon lange sagen, aber irgendwie ... war der Zeitpunkt nie richtig." Der sonst so selbstsichere Rick wirkt unruhig.

„Du musst dich nich' entschuldigen, weil du mich rausgeschmissen hast", schneide ich ihm das Wort ab. „Ich versteh das. Ich habe deine Geschäfte gefährdet. Ich war ... einfach nich' ich selbst."

Aus dem Augenwinkel sehe ich, wie er die Hände in den Hosentaschen seines Maßanzuges vergräbt. Erleichtert atme ich auf, weil er dazu seine Hand von meiner Schulter nehmen musste.

„Und jetzt? Fühlst du dich jetzt wieder mehr wie du selbst?" Er tut so, als würde er ebenfalls aus dem Fenster sehen, doch sein Spiegelbild in der Scheibe verrät, dass er mich immer wieder verstohlen ansieht. Ich tue so, als bemerke ich es nicht und schüttele den Kopf.

„Ganz im Gegenteil." Diese Einsicht auszusprechen, fühlt sich niederschmetternd an. Ich bin unsicher, ob ich nicht lieber so tun sollte, als sei alles in bester Ordnung. Aber es ist wie so oft in meinem Leben: Ich denke, dass ich besser den Mund halten sollte, und dann höre ich mich reden.

„Manchmal glaube ich, dass ich gar nich' mehr so genau weiß, wer ich selbst eigentlich bin", flüstere ich.

Wir schweigen einen Moment. Es gibt ohnehin nicht mehr dazu zu sagen – jedenfalls nichts, was für Ricks Ohren bestimmt ist. Ich sehe sein Spiegelbild nicken, als würde er verstehen, was in mir vorgeht. Er räuspert sich.

„Das war eigentlich gar nicht, was ich sagen wollte", gesteht er.

„Also, klar tut's mir leid, dass ich dich gefeuert hab. Aber ... das ist es nicht."
Seit wir nebeneinander stehen, ist es das erste Mal, dass ich ihn direkt ansehe. Er hält meinem Blick nur kurz stand und sieht dann wieder aus dem Fenster.
„Was dann?"
„Du hast wirklich keine Ahnung, oder?", entgegnet er mit einem verschmitzten Lächeln auf den Lippen.
„Ahm ... Nee, ich glaube ... ich steh auf der Leitung, sorry!"
Er schüttelt den Kopf und schnaubt leise. „Ist schon okay. Komm, ich bring dich nach Hause."

Während des gesamten Heimwegs versuche ich, aus Rick herauszubekommen, was er mir sagen wollte. Als wir vor meiner Haustür angekommen sind, starte ich einen letzten Versuch.
„Komm schon, Rick. Du weißt, dass die Neugier mich umbringt, wenn du es mir nich' verrätst!"
Im Schein der Straßenlaterne kann ich sehen, dass er lächelt. Das Grün seiner Augen wirkt in diesem Licht viel dunkler als sonst.
„Ich mag dich, Ellie", sagt er schließlich.
Seine Aussage ergibt keinen Sinn. „Rick." Sein Lächeln erwidere ich, wenn auch verwirrt. „Wovon redest du? Wir sind Freunde! Es wäre echt schräg, wenn du mich nich' mögen würdest. Außerdem arbeiten wir jeden Tag zusammen."
Rick schüttelt entschieden den Kopf. „Das mein ich nicht. Ich mag dich mehr als ... als nur eine Freundin, Ellie. Mir ist klar geworden, dass ich dir das endlich sagen muss, als ... während du weg warst."
Seine Worte brauchen einen Moment, um bis in mein Bewusstsein vorzudringen, aber sie verfehlen ihre Wirkung nicht.
„Du, ahm ... Was?!" Die Überraschung ist ihm gelungen.
„Ich weiß, dass das jetzt vielleicht überraschend ist, und ich weiß auch, dass du ... Ich ... werd's überleben, wenn du nicht das Gleiche empfindest." Rick blickt kurz zur Straßenlaterne hinauf, bevor er wieder mich ansieht. „Aber ich kann's einfach nicht länger für mich behalten, verstehst du? Die ganzen Jahre über war ich zu feige, es dir zu sagen. Als du im Krankenhaus lagst ... hatte ich eine Scheißangst, dass sich alles ändert. Es kann ... sich alles so schnell ändern."
„Seit ... Jahren? Und Jo' wusste davon?", frage ich, auch wenn

das sicher nicht die Reaktion ist, die sich Rick von mir erhofft hat.

„Ja. Sei nicht sauer, sie musste mir versprechen, dicht zu halten."

„Aber ihr habt doch …ihr seid doch …"

„Glaub mir, sie wusste es von Anfang an. Das zwischen Jo' und mir … sie war mir nie egal." Geknickt blickt er zu Boden. „Ich … ich wollte einfach nicht, dass du weißt, was ich für dich empfinde. Ich weiß auch nicht. Ich hatte Angst, dass du mich abblitzen lässt und … keine Ahnung."

Er steht da wie ein begossener Pudel, und meine anfängliche Verwirrung wandelt sich in Mitgefühl.

„Oh Mann, Rick", sage ich und fühle mich von der Situation völlig überfordert. „Ich … wow. Ich komme mir gerade vor wie der letzte Idiot."

Es ist die Wahrheit. Wie konnte ich in all den Jahren nicht bemerken, dass er Gefühle für mich hat, die über unsere Freundschaft hinausgehen? In meinen Augen war Rick immer mein Chef und auch mein bester Freund, aber nie mehr. Ein unangenehmes Schweigen entsteht zwischen uns, sodass ich die nächstbeste Frage stelle, die mir in den Sinn kommt.

„Warte mal … Hast du deswegen niemanden für meinen Posten eingestellt?"

Er überlegt einen langen Moment, bevor er antwortet.

„Nein. Ich hab gefühlt mehr Vorstellungsgespräche geführt als Kundentermine wahrgenommen. Ich habe niemanden eingestellt, weil ich keinen adäquaten Ersatz finden konnte. Du bist gut in deinem Job, Ellie. Wirklich gut. Da findet man nicht mal eben jemanden, der eine solche Lücke schließen kann. Du weißt, dass ich Geschäftliches von Privatem trennen kann." Seine Stimme klingt gefasst.

Ich nicke. Trotz seiner neuen Babysitterqualitäten ist Rick der professionellste Mensch, den ich kenne, wenn es um die Arbeit geht – eine von vielen Eigenschaften, die ich schon immer an ihm geschätzt habe.

„Und der Rauswurf …", fährt er fort und klingt bedrückt. „Ich hatte Jo' erzählt, was ich vorhabe. Sie hat sogar gehofft, dass dich das wachrütteln würde."

„Hat ja super geklappt." Ich weiß, dass es nicht fair von mir ist, ihn für meine Verfehlungen verantwortlich zu machen. „Sorry."

„Ich weiß." Rick seufzt und lockert den Knoten seiner Krawatte etwas. „Dass der Schuss total nach hinten losgegangen ist, haben

wir auch schnell kapiert. War ein Scheißgefühl. Wir hätten mehr für dich da sein sollen. Jo' und ich."
Dieses Mal bin ich es, die die Hand auf seine Schulter legt. Ich lächele ihn schief an und hoffe, die richtigen Worte zu finden.
„Ist schon okay. Ihr habt wirklich genug für mich getan."
Ich muss an seine unzähligen Anrufe denken, die ich fast immer ignoriert habe.
„Es ist ja nich' so, dass du es nich' versucht hast. Ich weiß, dass du dich um mich kümmern wolltest. Aber ich … ich hab dich nich' gelassen. Das tut mir leid. Und hey – jetzt bin ich ja zurück."
Seine Gesichtszüge entspannen sich, und er atmet tief durch. Wäre mein Herz nicht voller Liebe für einen anderen Mann, hätte dieser Moment das Potenzial, etwas Romantisches zwischen uns beginnen zu lassen. Mir ist noch nie so bewusst aufgefallen wie jetzt, wie gutaussehend Rick ist. Haben seine grünen Augen schon immer so gefunkelt? Warum ist mir im Büro nie aufgefallen, wie unverschämt attraktiv ihn seine Anzüge wirken lassen? Was wäre gewesen, hätte ich ihn in all den Jahren nur ein einziges Mal mit anderen Augen gesehen? Schuldgefühle versetzen mir einen Stich ins Herz, als mir bewusst wird, dass mein Unfall nicht nur mein, sondern auch Ricks Leben verändert hat. Ich trete einen kleinen Schritt zurück.
„Rick …", beginne ich, unfähig mit der Situation umzugehen. „Ich weiß gar nich', was ich sagen soll. Das kommt ein bisschen … überraschend. Und du … Du hast in den letzten Wochen und Monaten so viel für mich getan. Du hast das Krankenhaus bezahlt, mir meinen Job wiedergegeben … Und ich bin dir sehr dankbar dafür. Nur ich …" Die Suche nach den richtigen Worten will mir einfach nicht gelingen. „Es ist nur … ich fühle mich im Moment einfach nich' in der Lage, um …"
Ich kaue auf meiner Unterlippe herum, weil ich ihn nicht verletzen will. Aber ich kann ihn auch nicht in dem Glauben lassen, dass ich seine Gefühle erwidern kann.
Zu meiner Überraschung nickt er bereits, bevor ich weitere Worte finde. „Ich versteh schon", sagt er und lächelt geknickt. „Ich wollte einfach nur, dass du's weißt. Aber es ändert sich nichts, keine Sorge. Weder im Büro noch sonst. Und wenn du irgendwann mal … was trinken gehen oder reden willst, dann bin ich da. Okay?"
Ich fühle mich schrecklich. Ich bin mir nicht sicher, ob es wirklich so ist, aber ich höre mich mit einem leisen „Okay" antworten. Mein

Mund fühlt sich plötzlich so trocken an, als hätte ich eine ganze Wagenladung Staub aus der Sahara inhaliert. Ich bringe es nicht übers Herz, ihm zu sagen, dass ... Was eigentlich? Dass er ein attraktiver Mann ist, aber ich hoffnungslos in einen anderen verliebt bin? Einen Mann, dessen momentane Adresse ich nicht einmal kenne?
Ich beschließe, dass die Situation bereits verquer genug ist, auch ohne dass ich meine wahren Gründe für meinen Korb vor Rick offenbare. Außerdem würde ihn das nur unnötig verletzen. Er sieht mich noch einmal forschend mit seinen grünen Augen an, als warte er darauf, dass ich noch mehr zu diesem Thema sage.
Ich kann seinem Blick nicht standhalten und weiche ihm aus. Es fühlt sich so an, als hinge noch etwas Unausgesprochenes zwischen uns. Doch der Moment vergeht, und Rick schreitet elegant die wenigen Eingangsstufen hinunter. Auf dem Gehweg angekommen, dreht er sich noch einmal um und verzieht das Gesicht wie bei meinem Einzug damals, als er sich beim Heben einer Bücherkiste einen Nerv eingeklemmt hat.
„Tu uns beiden einen Gefallen und tu morgen einfach so, als wäre das hier nie passiert, okay? Und geh hoch jetzt. Ich hab keine Lust, dass Jo' mir den Kopf abreißt, wenn du nicht pünktlich zu Hause bist." Er ringt sich ein Lächeln ab.
„Alles klar", antworte ich. Das Lächeln auf meinen Lippen fühlt sich unbeholfen an.
Ohne ein weiteres Wort dreht er sich um, steckt die Hände in die Manteltaschen, und statt sich ein Taxi heranzuwinken, geht er zu Fuß los. Ich schaue ihm noch so lange nach, bis er hinter der nächsten Straßenecke verschwunden ist, doch er sieht sich nicht mehr zu mir um. Es zerreißt es mir das Herz, ihn so gehen zu lassen.

Als ich die Tür zu meiner Wohnung aufschließe, höre ich Musik aus der Küche.
Nachdem ich das Angebot meiner Freundin, dass sie nach meinem Krankenhausaufenthalt noch ein paar Tage bleibt, angenommen hatte, haben wir uns so sehr an unsere Wohngemeinschaft gewöhnt, dass sie nicht wieder ausgezogen ist. Hin und wieder sieht sie in ihrer Wohnung über ihrem Büro nach dem Rechten, aber unser Leben spielt sich hauptsächlich in unserer Mädels-WG ab. Jo' hat einen regelrechten Fürsorgefimmel entwickelt, zu dem unter

anderem gehört, dass sie jeden Abend für uns kocht.
Auf dem Weg nach oben habe ich gefühlte einhundert Gespräche im Kopf simuliert, um ihr mitzuteilen, was ich davon halte, dass sie mir nichts von Ricks Gefühlen gesagt hat. Doch als ich meinen Dufflecoat an die Garderobe hänge und meinen Schlüsselbund auf das Sideboard werfe, bin ich schon wieder wütend. Ich befürchte, dass meine sorgsam erdachten Formulierungen nie zum Einsatz kommen werden.
Ich stapfe ich in die Küche, aus der es verdammt lecker nach Mac and Cheese duftet. Jo' nimmt gerade die Auflaufform aus dem Ofen und stellt sie auf einen Untersetzer auf dem Esstisch ab. Als sie mich sieht, weiß sie sofort, dass etwas nicht stimmt.

„Hey." Die Neugierde steht ihr ins Gesicht geschrieben. „Was issn mit dir los? Stress im Büro? Du siehst stinkig aus."

Ich schüttele den Kopf. „Nee. Im Büro nich'."

„Okay? Was dann? Kümmert sich Rick nich' gut um dich? Soll ich ihn hauen?" Ihre letzte Frage war scherzhaft gemeint, aber sie ahnt nicht, wie sehr sie mit diesem Thema ins Schwarze getroffen hat.

„Doch, doch", erwidere ich und verschränkte die Arme vor meiner Brust. „Ich würde sogar sagen, dass da mehr als nur Fürsorge im Spiel ist."

„Ach was!", nuschelt Jo' und kramt in der Besteckschublade herum.
Dann nimmt sie die Kochschürze ab, macht die Musik aus und nimmt auf ihrem Stuhl Platz. Sie dreht eine ihrer Locken immer wieder um den Zeigefinger.

„Er hat's mir gesagt, Jo'. Ich frage mich nur, warum *du* mir nichts gesagt hast! Du bist meine beste Freundin! Ich stand eben da wie ein Vollidiot." Ich mache eine kurze Pause. „Und der arme Rick erst."

„Was kann ich denn dazu?!" Jo' rammt energisch den Schöpflöffel in den Makkaroniauflauf. „Es ist ja wohl nich' meine Schuld, wenn Rick seit Jahrhunderten in dich verknallt ist!"

„Nee, das nich'", gestehe ich und setze mich auf meinen Platz ihr gegenüber. „Aber wir haben immer über so was geredet! Du hättest mir ruhig mal was sagen können."

„Ich hab versprochen dicht zu halten, Ellie", sagt sie schnippisch und belädt ihren Teller mit einem Berg Nudeln, den sie vermutlich nicht einmal zu essen plant.

„Orrrr!", mache ich und lasse meine flache Hand auf den Tisch knallen. „Mann, Jo'! Meinst du nich', dass trotzdem mal ein Wink mit dem Zaunpfahl drin gewesen wäre?"

„Ich breche keine Versprechen", mault Jo' und stochert in ihren Nudeln herum. „Außerdem hätte es eh nix geändert, oder?"

„Keine Ahnung. Aber eben das war …" Ich muss an Ricks verletzten Gesichtsausdruck denken und wünsche mir, es gäbe ein Erdloch, in dem ich mich eingraben kann, bis ich mich weniger schrecklich fühle. „Ich wusste gar nich', was ich sagen soll. Du hättest ihn mal sehen sollen, ich … Das fühlt sich so beschissen an."

Meine Freundin rutscht auf ihrem Stuhl hin und her.

„Tut mir leid", sagt sie schließlich. „Aber ich dachte wirklich, es wär besser, wenn ich mich ausnahmsweise mal raushalte. Immerhin warst du mit Josh zusammen, ihr wolltet heiraten und so … Und Rick hat mich angefleht, dass ich nix sage." Sie schüttelt den Kopf. „Und weißt du was? Ich hab's nie kapiert." Sie fuchtelt mit ihrer Gabel in der Luft herum, als wolle sie mich damit aufpieksen. „Ich hab ihm tausendmal gesagt, dass er einfach die Eier in der Hose haben soll, es dir zu sagen. Also, bevor Josh und du heiraten wolltet. Aber Rick wollte sich nirgends dazwischendrängen. Sehr nobel, wenn du mich fragst, aber wenn man jemanden wirklich liebt, sollte man kämpfen, solange man kann."

Mit dieser Aussage trifft Jo' einen wunden Punkt, ohne es zu wissen. Ich greife zu dem Löffel, der noch immer in der Auflaufschale liegt und befördere eine Alibiportion Nudeln auf meinen Teller.

„Ich verstehe, dass du sauer bist, Ellie. Wir hatten nie Geheimnisse – schon gar nich', wenn's um Typen ging. Ich hätt's dir sagen sollen."

„Hm", brumme ich. „Du hattest es versprochen."

Das Gespräch entwickelt sich auf einmal in eine Richtung, die mir zusätzliche Gewissensbisse bereitet, obwohl ich eben gerade noch wütend auf meine Freundin war. Ohne ein Wort starre ich auf meinen Teller und muss an Dan denken, von dem sie immer noch nichts weiß.

„Frieden?", fragt Jo' in versöhnlichem Tonfall.

„Von mir aus." Ich stoße einen leisen Seufzer aus.

„Ich kann noch gar nich' glauben, dass er's dir gesagt hat", gesteht Jo' mit einem Grinsen.

„Ich auch nich'."

„Jetzt lass dir doch nich' alles aus der Nase ziehen! Wann hat er's dir gesagt? Und wo? Und überhaupt? War's romantisch?"

Ich verdrehe die Augen. „Eben gerade. Er hat mich nach Hause gebracht, wir standen kurz unten, und da hat er's mir gesagt. Und nein. Es war nich' romantisch."

„Und weiter?"

„Sag du's mir! Was soll ich denn jetzt machen?", sage ich und ernte dafür einen ihrer analytischen Blicke.

„Auch auf die Gefahr hin, dass du mich erschlägst – geh doch einfach mit ihm aus?"

„Und dann? Wir waren doch schon oft zusam…", beginne ich, bis mir klar wird, dass Jo' von einem Date spricht. „Ja klar. Bist du irre? Rick ist immer noch mein Chef."

„Ja, und dein Chef ist in dich verknallt. Na und? Was ist schon dabei? Du verabredest dich einfach mal mit ihm, und dann wirst du schon sehen, was passiert. Oder ob überhaupt was geht. Du bist doch keinem Rechenschaft schuldig. Ist ja nich' so, als gäb's gerade noch 'nen anderen Mann."

Bei ihrer Bemerkung krampft sich mein Magen schmerzhaft zusammen, doch ich versuche, mir nichts anmerken zu lassen. Hastig zucke ich die Achseln.

„Das gibt sicher nur Stress im Büro."

„Aber er ist doch nich' nur dein Chef", redet Jo' auf mich ein. „Manchmal wird aus Freundschaft schon mal mehr. Und Rick würde alles für dich tun. Und glaub mir, er hat auch noch andere … Qualitäten." Sie grinst.

„Boah."

„Ich mein ja nur. Vielleicht solltest du ihm einfach 'ne Chance geben."

Ich schüttele heftig den Kopf, und meine Augen füllen sich mit Tränen.

„Ich …" Ich gebe ein Schluchzen von mir, während mir die ersten Tränen die Wangen hinunterlaufen. „Ich kann einfach nich'!" Verzweifelt bemühe ich mich, die Kontrolle über meine Gefühle zurückzugewinnen, aber es ist aussichtslos. All die in mir aufgestauten Emotionen bahnen sich mit einem Mal ihren Weg an die Oberfläche. Ehe ich mich versehe, ist Jo' von ihrem Stuhl aufgesprungen und an meiner Seite. Sie nimmt mich in den Arm, und so weine ich erst einmal hemmungslos. Sie hält mich und streicht so lange über mein Haar, bis keine Tränen mehr übrig sind. Sie reicht mir eine unbenutzte Serviette und geht vor meinem Stuhl in die Hocke.

„Rick kommt schon klar", sagt sie und lächelt mir aufmunternd zu. „Wenn du nich' mit ihm ausgehen willst, gehst du nich' mit ihm aus. Es ist alles gut so, wie's ist, okay?"

„Okay." Ich schniefe und nicke. „Ich bin so eine blöde Kuh."

„Quatsch, bist du nich'. Im Moment ist vielleicht nur alles ein bisschen viel. Es war blöd von mir, dich zu drängen. Aber du wirst sehen, das wird wieder. Vielleicht nich' morgen oder übermorgen, ... aber egal, wie lange es dauert, wir kriegen das schon hin. Versprochen."

„Was würde ich ohne dich machen?", flüstere ich und zwinge mich zu einem Lächeln.

„Ja. Das frag ich mich auch." Jo' drückt mich noch einmal fest an sich.

17

Auch wenn ich nach Ricks Liebesgeständnis das Bedürfnis habe, noch einmal mit ihm über alles zu reden, komme ich seiner Bitte nach und spreche ihn nicht mehr auf seine Gefühle für mich an. Ich kann ihm nicht geben, was er sich wünscht, und ich weiß, dass es keine Worte gibt, die seinen Liebeskummer lindern können.

Aber Rick ist Profi durch und durch. Wenn wir zusammen arbeiten, verhält er sich mir gegenüber so korrekt wie eh und je. Das Einzige, was sich geändert hat, ist, dass er mich nicht mehr nach Hause begleitet oder mir Essen mit ins Büro bringt. Aber alles in allem schafft er es erstaunlich gut, seine Gefühle zu verbergen.

Mein Leben hat sich in den letzten Wochen im Vergleich zu der Zeit vor Slumbertown verändert. Es ist nicht nur, dass ich wieder Vollzeit arbeite. Jo' hat ihre kleine Wohnung über ihrem Büro gekündigt und ist dauerhaft bei mir eingezogen. Ihr Einraum-Büro hat sie behalten, um ihre Kundentermine nicht zu Hause abhalten zu müssen. Den Kontakt zu Harrys Bekanntenkreis habe ich endgültig abgebrochen. Ich mache verhältnismäßig wenige Überstunden, was aber nicht nur damit zusammenhängt, dass ich versuche zu vermeiden, im Büro allein auf Rick zu treffen.

Ich habe gelernt, dass ich Freiräume brauche, in denen ich nur für mich sein kann. Darum habe ich mein Lauftraining wieder aufgenommen, dem ich nach dem Tod meiner Schwester keine Zeit mehr gewidmet habe. Jeden Morgen vor der Arbeit führt mich meine Laufrunde in den Central Park.

Und natürlich verbringe ich nach wie vor den Rest meiner Zeit damit, nach Dan und Jer zu suchen. Auch wenn ich bislang keinen Erfolg zu verzeichnen habe, gebe ich nicht auf.

Die gravierendste Veränderung aber ist, dass meine Mutter nicht mehr da ist. Ich werde den Moment nie vergessen, in dem Rick zusammen mit zwei Polizisten in mein Büro gekommen ist und mir einer der Beamten mitgeteilt hat, dass sie vor ein Auto gelaufen und dabei ums Leben gekommen ist.

Die Stunden danach verschwimmen in meiner Erinnerung. Es war, als hätte man mir den Boden unter den Füßen zum zweiten Mal nach Lus Tod weggezogen. Ich erinnere mich daran, wie Rick mich in seine Arme geschlossen hat, und mich so lange hielt, bis mein hysterisches Schluchzen aufgehört hat.

Es war wie eine schreckliche Neuauflage von Lus Trauerfeier.

Doch trotz seines Liebeskummers ist Rick für mich dagewesen, als ich ihn gebraucht habe. Er muss mich nach Hause gebracht haben, denn ich weiß noch, wie wir gemeinsam in meinem Wohnzimmer gesessen und auf Jo' gewartet haben. Der Rest meiner Erinnerung besteht aus Gefühlen.
Die ersten Tage nach der Nachricht habe ich mich wie betäubt gefühlt, als sei etwas in mir erfroren. Doch dann kamen der Schmerz, die Wut und die Verzweiflung, von denen ich wusste, dass ich sie zulassen muss. Wenn ich meine Augen schloss und mich nur darauf konzentrierte, was ich fühlte, konnte ich die Wutkugel in meinem Bauch vor meinem inneren Auge sehen. Ein gleißend heller Ball aus Energie, der darauf wartete, meine Eingeweide zu zerfetzen. Das einzige, was mich davor bewahrt hat, zu implodieren, war mein Sport. Anders als zur Zeit nach Lus Tod hat es mich nach dem Unfall meiner Mutter nach wenigen Tagen nach draußen gezogen. Mir ist zu Hause die Decke auf den Kopf gefallen, und das Laufen absorbierte wenigstens einen Teil der Wut in mir – nicht jedoch den Schmerz und das Gefühl des Verlusts.

Ich hatte mich gegen eine Trauerfeier entschieden.
Bei der Beisetzung sind nur Jo', ihr Vater Tom und ich anwesend gewesen – außer den Smiths hatte meine Mutter kaum Freunde in der Stadt, und ich wollte alles so schnell wie möglich hinter mich bringen.
Anfangs hatten Jo' und Rick trotz vieler Gespräche Angst, dass mich dieser Schicksalsschlag wieder so sehr aus der Bahn werfen würde, dass ich erneut abrutschen könnte.
Aber so traurig mich der Tod meiner Mutter auch stimmt – auf eine groteske Art empfinde ich es als Erlösung für sie, dass sie nun ihre Ruhe gefunden hat. Seit ich denken kann, war meine Mutter überfordert gewesen, und nach dem Verlust einer ihrer Töchter hatte sich ihr mentaler Zustand deutlich verschlechtert.
Ich weiß, dass sie immer ihr Bestes gegeben hat, und ich habe sie stets dafür bewundert, wie sie es all die Jahre geschafft hat, zu funktionieren. Ich hatte nie den Eindruck, dass sie ihr Leben wirklich lebte, aber wie sollte sie das als alleinerziehende Mutter mit zwei Kindern und mehreren Jobs auch?
Wir hatten trotz allem eine schöne Kindheit, doch bei meiner Mutter war immer das Gefühl geblieben, nicht genug für uns zu sein. Die andauernde Überforderung und die finanziellen Sorgen

haben sie krank gemacht.

Als Lu und ich älter wurden und verstanden haben, was mit ihr passierte, haben wir unsere Mutter nach Kräften unterstützt, aber wir konnten nicht verhindern, dass sie immer tiefer in einem Sumpf aus Depressionen versank. Meine Schwester hat ganz besonders darunter gelitten, dass sich unsere Mutter von Tag zu Tag mehr von uns entfernte. Es gab gute Tage, an denen wir schöne Stunden mit ihr verbracht haben, aber die meiste Zeit war sie apathisch, traurig und kaum ansprechbar. Ich habe ihr Termine bei Spezialisten besorgt und mich um ihre Medikamente gekümmert, aber ihr war immer anzumerken, wie die Krankheit unter der Oberfläche der vermeintlichen Normalität lauerte.

Ich habe meine Mutter geliebt, aber ich habe mich im Stillen schon als Teenager von der Frau verabschiedet, die sie einmal war. Oft bin ich wütend gewesen, weil sie sich nie von ihrer Krankheit befreien konnte, aber ich habe meinen Frieden damit bereits vor langer Zeit gemacht. Das hat die Wucht des Verlusts zwar nicht verringert, aber es hilft mir, sie jetzt loszulassen.

Auch wenn Jo' wie eine Schwester für mich ist, hat mir die Beisetzung meiner Mutter vor Augen geführt, dass nun auch der letzte Teil meiner Familie verschwunden ist. Die Urne steht neben Lus auf dem Green-Wood Cemetery. Ich finde es nur richtig, dass die beiden ihre letzte Ruhe wieder vereint finden sollen.

Ich hingegen fühle mich wie ein abgerissenes Teil eines Schiffswracks, das nach einem Sturm allein auf dem Meer treibt. Ich bin alles, was von den Strays noch übrig ist. Bis auf meinen Vater. Aber der Tod hat mir dieses Mal nicht nur meine Mutter genommen, sondern mit ihr auch meine letzte Chance, etwas über meinen Dad herauszufinden.

Als ich nach einer Woche wieder im Büro sitze, fühle ich mich zwar weit entfernt von okay, aber ich halte es nicht aus, länger zu Hause zu bleiben. Und ich spüre, dass ich den gleichen Fehler wie nach dem Tod meiner Schwester nicht noch einmal machen darf. Wenn ich mich jetzt in meiner Trauer vergrabe, werde ich dieses Mal womöglich daran zerbrechen. Endgültig.

Ich fahre meinen Computer hoch, um mich durch den Terminkalender der Firma zu klicken. Da das Programm in unser internes Netzwerk eingeklinkt ist, kann ich auch die Termine der anderen Makler sehen. Es war Ricks Idee, jedem Mitarbeiter

Einblick in die Terminplanung zu geben, damit sich jeder jederzeit einen Überblick verschaffen kann. So kann leichter umgeplant werden, wenn jemand ausfällt. Seit *R.A. Immobilien* in die neuen Büroräume gezogen ist, laufen die Geschäfte so gut, dass Rick neben mir noch vier weitere Makler beschäftigt. Unsere Sekretärin Molly, die schon lange die gute Seele des Unternehmens ist, kümmert sich um die Pflege des Kalenders. Meine Spalte hat sie für diese Woche noch leer gelassen.

Es klopft an meiner Tür.

„Ja?"

Die Tür öffnet sich, und Rick kommt mit einer braunen Tüte und zwei Coffee-to-go-Bechern herein.

„Da du unbedingt schon wieder arbeiten willst, dachte ich, ich bringe das Frühstück", sagt er und stellt alles auf meinem Tisch ab. Nachdem ich Rick einen Korb gegeben habe, hatte er solche Aufmerksamkeiten eingestellt, doch seit dem Tod meiner Mutter scheint er aufgegeben zu haben, Abstand zu mir zu halten. Er setzt sich auf einen der beiden Stühle, die für Kundentermine vor meinem Schreibtisch stehen, und sieht mich an.

„Danke", sage ich und räuspere mich. „Aber ich hab keinen Hunger."

„Tja, ich hab mir schon gedacht, dass du das sagen wirst."

Er reißt die braune Tüte an einer Seite auf und präsentiert mir meine Lieblingsdonuts. Einen der beiden Kaffeebecher nimmt er aus der Papphalterung und stellt ihn genau vor mich.

„Deswegen war ich auch extra im Coffeehouse, um das Zeug zu holen. Das hier …", er macht eine Handbewegung in Richtung des Frühstücks, „ist nicht nur ein normales Frühstück." Er lächelt, und ich kann nicht anders, als sein Lächeln zu erwidern.

„Ach nein?"

„Nein! Ich hab über eine halbe Stunde dafür angestanden, und in deinem Milchkaffee ist außerdem weiße Schokolade."

„Dann kann ich ja gar nich' nein sagen."

„Das war der Plan. Aber wenn du lieber normalen Kaffee willst, kann ich auch einen aus unserer Maschine holen."

„Nein, der mit weißer Schokolade ist perfekt. Danke!", antworte ich und nippe an meinem Kaffee.

Rick tut es mir gleich, seine grünen Augen nimmt er keinen Moment von mir. „Also …", beginnt er und stellt seinen Becher beiseite. „Ich weiß, das ist eine bescheuerte Frage, aber … wie geht's dir?"

„Fragst du als mein Chef oder als mein Freund?"

„Beides."

Mir war klar, dass er diese Frage stellen würde, was es mir aber nicht einfacher macht, sie zu beantworten. Ich starre auf den Kaffeebecher, den ich immer noch in der Hand halte.

„Ich … Es wäre gelogen, wenn ich sagen würde, ich sei okay. Im Gegenteil. Ich fühle mich … ich weiß nich'. Zerbrochen."

Rick stützt seine Ellbogen auf den Tisch. Ich kann die Sorge von seinem Gesicht ablesen.

„Ellie. Ich weiß, dass alles … gerade schwierig ist. Es ist in Ordnung, wenn du nicht drüber reden willst. Ich will nur wissen, ob du okay genug bist, um schon wieder hier zu sein."

„Doch. Eigentlich würde ich ganz gern drüber reden. Mit dir." Die Worte verlassen meine Lippen, bevor ich darüber nachdenken kann. Ich breche den Blickkontakt zwischen uns ab, weil sich sofort mein schlechtes Gewissen meldet. Es ist egoistisch von mir, dass ich mein Bedürfnis nicht zurückstelle. Ich weiß, dass er in mich verliebt ist, und ich will nicht, dass er sich ausgenutzt fühlt, wenn ich mich bei ihm ausweine. „Aber ich … will mich nich' bei dir ausheulen. Das wäre nich' fair."

„Lass das mal meine Sorge sein", sagt Rick. „Wenn du reden willst …", er nimmt einen Schluck von seinem Kaffee, „ich hab Zeit."

„Du weißt, dass ich schon in den Kalender geschaut habe?" Ich habe gesehen, dass Molly meine Kundentermine auf ihn umgelegt hat.

„Für dich hab ich immer Zeit. Was wäre ich für ein Idiot, wenn ich den gleichen Fehler noch mal machen würde?" Ricks Stimme klingt sanft, und ich weiß, dass er auf die Zeit nach Lus Tod anspielt.

„Dann sind wir schon zwei. Mir geht's beschissen, Rick. Aber ich will mich nich' wieder einigeln wie das letzte Mal. Was danach passiert ist, wissen wir ja und das … pack ich nich' nochmal."

„Und das kannst du einfach so?", fragt Rick, der seine Stimme zu einem Flüstern gesenkt hat.

„Ich muss." Ich zucke die Achseln und blinzele ein paarmal, um die aufsteigenden Tränen zu unterdrücken. „Ich hab Angst, dass ich kaputtgehe, wenn ich es zulasse, verstehst du?" Rick antwortet bloß mit einem Nicken. „Es klingt bestimmt komisch, aber ich bin

sogar ein bisschen froh, dass alles so rum gekommen ist."
„Was meinst du damit?"
„Dass meine Mom nach meiner Schwester gestorben ist. Die beiden standen sich viel näher als ich und meine Mutter und ..." Ich schüttele den Kopf und versuche, den Kloß in meinem Hals hinunterzuschlucken. „Ich bin froh, dass es Lu erspart geblieben ist, mit Moms Tod fertigzuwerden. Das klingt bizarr, oder?"
„Vielleicht." Rick lehnt sich in seinem Stuhl zurück und tippt mit dem Zeigefinger gegen sein Kinn. „Aber was du in der letzten Zeit durchgemacht hast, ist ja auch nicht gerade ... Standard." Er lächelt.
„Nich' wirklich." Ich fahre mit dem Zeigefinger über den Rand des Plastikdeckels meines Kaffees. „Ich ... ich hatte vielleicht nie das beste Verhältnis zu meiner Mutter, aber dass sie jetzt weg ist ... Ich fühle mich auf einmal so allein, weißt du? Meine Familie existiert quasi nich' mehr. Einfach so. Ohne dass ich was dagegen hätte tun können." Ich wische eine Träne weg, die meine Wange hinunterkullert.
„Du bist nicht allein, Ellie", antwortet Rick und sieht mir in die Augen. „Nie. Egal, was ist. Ich hoffe, das weißt du. Aber du musst auch zulassen, dass man sich um dich kümmert."
„Ja, ich weiß", flüstere ich. Das Gleiche hat er auch schon auf Lus Beerdigung zu mir gesagt. „Danke." Stille breitet sich zwischen uns aus. Dann räuspere ich mich. „Kannst du mir erzählen, was die Cops gesagt haben?"
Rick räuspert sich ebenfalls. „Willst du das nicht lieber die Polizei selbst fragen?"
„Ich kann mich nich' mehr so wirklich dran erinnern und ich ... mir ist's lieber, es von dir zu hören und nich' von der Polizei."
„Okay ..." Obwohl Rick einlenkt, sehe ich ihm an, dass ihm das Thema unangenehm ist. „Besonders viel weiß ich auch nicht. Die meinten nur, dass Augenzeugen berichtet haben, dass sie verwirrt über die Straße gelaufen ist. Sie soll wohl ziemlich panisch gewesen sein. Ein Auto hat sie erfasst und ... ja."
„Ich verstehe einfach nich', wie das passieren konnte."
Mein Blick ist starr auf Rick gerichtet, aber ich sehe vor meinem geistigen Auge nur meine Mutter, die vor ein Auto läuft.
„Keine Ahnung." Ricks Stimme holt mich zurück in die Realität. Er hat seine Stirn in Falten gelegt. „Aber sie war doch immer noch krank, oder?"

„Ja. Aber sie war in Behandlung. Mein Gott, Rick. Ich hab in der letzten Zeit so wenig mit ihr gesprochen. Wir haben zuletzt fast immer gestritten, weil ich mehr über meinen Vater wissen wollte … Ich hätte nich' immer streiten sollen. Wenn ich ihr doch nur gesagt hätte, dass …"

„Du solltest dir keine Vorwürfe machen, Ellie." Rick rutscht auf seinem Stuhl nach vorn und legt seine Hand auf meine. Die Berührung fühlt sich warm und vertraut an. „Was passiert ist, ist passiert. Und ich bin mir sicher, dass sie wusste, dass du sie liebst. Mütter wissen so was immer."

„Ich hätte ihr mehr helfen müssen." Meine Stimme bricht.

„Noch mehr?" Rick lächelt mich an, und seine grünen Augen suchen nach meinen, bis sich unsere Blicke treffen. „Du hast alles getan, was du konntest. Aber du bist keine Ärztin. Du konntest sie nicht heilen."

Ich nicke, obwohl ich mich miserabel fühle. Rick drückt meine Hand, bevor er seine zurückzieht und bloß auf den Tisch legt. Wieder schweigen wir einen Moment, bevor ich mich räuspere.

„Warum machst du das?"

„Warum mache ich was?"

„Mir helfen." Mehr als ein Flüstern bringe ich nicht heraus.

„Du bist lustig." Entgegen seiner Aussage klingt er kein bisschen amüsiert. „Das ist es, was Freunde machen, Ellie!"

Dieser Satz trifft mich mitten ins Herz und sorgt dafür, dass mich die Vergangenheit schneller einholt, als ich ihr die Tür vor der Nase zuschlagen kann.

„Ich war 'ne miese Freundin, Rick. Ich … hab das gar nich' verdient, dass du so zu mir bist." Meine Augen brennen, aber ich blinzele die Tränen weg.

Rick lehnt sich so weit nach vorn, dass ich nur den Arm ausstrecken brauchte, um seine Wange zu berühren.

„Du warst nie eine miese Freundin, okay? Nie. Du hast nur eine beschissene Zeit durchgemacht."

„Aber ich …" Meine Schuldgefühle drängen mich, ihn um Verzeihung zu bitten, aber Rick lässt mich nicht.

„Es gibt kein Aber. Nicht in dieser Sache. Wenn *ich* darüber hinwegkommen kann, solltest du es erst recht. Erinnerst du dich noch dran, wie ich mir vor ein paar Jahren das Bein gebrochen hatte?" Seine Frage bringt mich aus dem Konzept, aber ich nicke.

„Beim Eislaufen mit Jo'."

„Genau." Die Erinnerung daran entlockt Rick ein Lächeln. „Damals hast du alles für mich gemacht. Du warst für mich einkaufen, hast für mich gekocht, geputzt, meine Wäsche gemacht ..."
„Das war doch selbstverständlich."
„Niemals. Du hasst Wäschemachen." Ich will etwas sagen, doch Rick hebt eine Hand. „Und nicht nur das. Immer wenn ich krank war, hast du mir aus dem Drugstore was mitgebracht. Oder hast Hühnersuppe gekocht. Ich musste nicht mal was sagen, du hast es einfach so gemacht. Weil du immer weißt, wenn es mir schlecht geht. Und du warst es, die mit mir zusammen das Büro erfolgreich gemacht hat. Du hast dich nicht einmal beklagt, wenn wir uns die Nächte um die Ohren geschlagen haben, weil du die Exposés noch mal mit mir zusammen durchgegangen bist. Und du warst es auch, die ich mehr als einmal mitten in der Nacht angerufen habe, wenn ich wieder mal Stress mit Jo' hatte. Du warst immer für mich und auch für Jo' da. Es ist an der Zeit, etwas davon zurückzugeben."
Er sieht mich an, als erwarte er, dass ich zu alledem etwas sage, doch ich bleibe stumm.
„Jetzt hörst du mir mal genau zu, Elizabeth Stray."
Er kommt noch ein Stück näher und legt die Hände auf meine Schultern. Ich spiele kurz mit dem Gedanken, mich zurückzuziehen, weil ich weiß, was er für mich empfindet, aber seine Nähe fühlt sich so gut an, dass ich ihn gewähren lasse.
„Du bist die hilfsbereiteste, klügste, treueste und beste Freundin, die man sich wünschen kann." Er sieht mir in die Augen und schenkt mir ein Lächeln, bei dem mir ganz warm wird. „Und die hübscheste."
Jedes seiner Worte setzt den zerbrochenen Spiegel in mir weiter zusammen, bis ich mich selbst wieder erkennen kann. Das ist Rick. Ich überwinde meine Starre und schenke ihm ein Lächeln.
„Danke, Rick."
„Nicht dafür", erwidert er, haucht mir einen Kuss auf die Stirn und zieht sich zurück. „Kann ich dich jetzt ein bisschen allein lassen?"
„Klar", sage ich und nicke.
Es fühlt sich an, als wäre jetzt der perfekte Moment, um Rick zu sagen, wie dankbar ich dafür bin, dass er Teil meines Lebens ist. Wie gut er mir tut. Ich weiß, dass es nicht selbstverständlich ist, dass er seine eigenen Gefühle und Bedürfnisse hintanstellt, um mir

ein guter Freund zu sein.
Ich hole Luft, um genau das in Worte zu fassen, aber als sich unsere Blicke treffen, hält mich der Ausdruck in seinen Augen davon ab. Wir kennen uns schon so lange, aber ich kann es ihm nicht sagen. Nicht jetzt. Nicht nach seiner Liebeserklärung. Der Moment verstreicht, und ich behalte für mich, wie viel Rick mir bedeutet.

Jo' ist überzeugt davon, dass ich schon wieder versuche meiner Trauer zu entfliehen und ich musste ihr hoch und heilig versprechen, dass ich diesmal keine Dummheiten mache. Nachdem ich ihr mehrfach versichert habe, dass ich keine Ambitionen habe, meine alten Partykontakte aufleben zu lassen, und Rick ein gutes Wort bei ihr für mich eingelegt hat, hat sie anscheinend akzeptiert, dass ich tatsächlich klarkomme.
Was ich ihr allerdings nicht gesagt habe, ist, dass mich der Weg meiner Joggingrunde immer noch jeden Morgen vor der Arbeit zur Romeo-und-Julia-Statue im Central Park führt.
Mir ist klar, dass es albern ist, aber ich fühle mich Dan dort näher als irgendwo anders in der Stadt. Ich verweile dort jedes Mal aufs Neue für einige Minuten und beobachte mit Musik auf den Ohren die vorbeilaufenden Menschen. Meistens sind um diese frühe Uhrzeit nur andere Jogger unterwegs, die genau wie ich vor der Arbeit etwas für ihre Fitness tun wollen.
Für gewöhnlich setze ich mich einfach nur auf die Bank neben der Statue und stelle mir vor, wie Dan jeden Moment in Sportklamotten den Weg entlanggelaufen kommt. Mir ist bewusst, dass die Wahrscheinlichkeit, dass wir uns hier begegnen, fast gleich null ist. Das schmerzt, aber entgegen jeder Vernunft hofft ein kleiner Teil tief in mir, dass es doch eines Tages geschieht.
Immer wieder gehen mir Xanders letzte Worte durch den Kopf. *Ich denke, du wirst möglicherweise einen Weg finden. Das liegt ganz bei dir*, hat er gesagt.
Doch egal, wie sehr ich mir das Hirn zermartere, ich komme einfach nicht dahinter, wie er das gemeint hat. Wie soll es an mir liegen, dass wir uns wiederfinden? Was soll ich tun, um Dan und Jer in einer Stadt mit über acht Millionen Einwohnern aufzuspüren? Obwohl ich inzwischen schon, als Fangirl getarnt, einige Produktionsfirmen in Hollywood angemailt und nach Jeremy White gefragt habe, konnte ich Jer nicht ausfindig machen. Und

den richtigen Daniel Buckler in New York aufzuspüren, ist schier unmöglich. Ich habe aufgehört zu zählen, wie viele Bucklers aus dem Telefonbuch ich angerufen habe in der Hoffnung, Dans Stimme zu hören. „Hi Mr. Buckler, mein Name ist Ellie Stray von R.A. *Immobilien*. Sie hatten um Rückruf gebeten, wegen einer Terminvereinbarung?"
Jedes Mal lauschte ich mit irrem Herzklopfen, nur um festzustellen, dass es nicht Dan am anderen Ende der Leitung ist.
Ich bin überzeugt davon, dass wir alle drei unser Bestes geben, um Anhaltspunkte zu finden, wo sich die anderen aufhalten. In dem Rollcontainer neben mir im Büro habe ich eine Liste mit allen Punkten, an die ich mich erinnern kann und die potenziell weiterhelfen könnten. Mittlerweile habe ich es aufgegeben, mich darüber zu ärgern, dass wir nie einen Notfallplan geschmiedet haben, falls wir uns mal verlieren sollten. Ich kann es mir nicht leisten, meine Energie damit zu verschwenden.
Der Central Park scheint mir die beste Möglichkeit zu sein, mein Lauftraining mit einem zufälligen Treffen mit den beiden Jungs zu verbinden.
Mir spukt aber noch eine weitere Sache im Kopf herum, der ich bislang gar keine größere Bedeutung beigemessen hatte. Wie kam Xander dazu, zu behaupten, ich würde mich nicht an ihn erinnern, falls wir uns in New York begegneten? Dass so viele Dinge keinen Sinn zu ergeben scheinen, macht mich wahnsinnig.
Jeden Tag endet mein Aufenthalt im Park ohne neue Erkenntnisse und ohne ein unverhofftes Wiedersehen. Ich klappere jeden Abend nach Feierabend aufs Neue mit meinem Laptop die sozialen Netzwerke ab, und fast automatisch gebe ich „Daniel Buckler" in die Suchmaschine ein, sobald ich die Seite aufrufe.
Jo' denkt, ich pflege Kontakte für das Immobilienbüro, und ich ziehe es vor, sie in diesem Glauben zu lassen. Ich habe Glück, dass Rick momentan ihr größeres Sorgenkind ist, denn der arbeitet mittlerweile gefühlt rund um die Uhr. Jo' hat zwar keine Andeutungen gemacht, aber ich vermute, dass Rick sich von seinem Liebeskummer abzulenken versucht. Mein schlechtes Gewissen ihm gegenüber plagt mich, aber aus Angst, er könne sich falsche Hoffnungen machen, kann ich mich nicht dazu durchringen, einen Schritt auf ihn zuzugehen.
Auch wenn Jo' immer noch versucht, mich dazu zu bewegen, ihm eine Chance zu geben, habe ich noch nicht den Mut gefunden, ihr

meine Gefühle für Dan zu beichten. Da ich ihr noch immer keine Beweise für dessen Existenz liefern kann, gebe ich vor, nach meiner geplatzten Hochzeit noch nicht offen für etwas Neues zu sein. Jo' besteht darauf, dass sie an meiner Stelle schon längst über die Trennung von Josh hinweg wäre und untermalt ihren Standpunkt stets mit unflätigen Beschimpfungen, die sie für meinen Ex-Verlobten übrig hat. Aber sie nimmt hin, dass ich anders ticke als sie – wenn auch widerwillig.
Ich kann mir einfach nicht vorstellen, mit einem anderen Mann außer Dan zusammen zu sein, und ich möchte Rick nicht noch mehr verletzen. Aus den falschen Gründen mit ihm auszugehen, wäre nicht fair.

Die Erinnerungen an die Zeit in Slumbertown verblassen mit jedem Tag ein wenig mehr. An manchen Morgen wache ich auf und frage mich, ob vielleicht nicht doch alles bloß ein Traum war, den mir mein Hirn vorgegaukelt hat, während ich im Koma lag. In diesen Momenten zwinge ich mich, mir Dans Gesicht und sein Lächeln ins Gedächtnis zu rufen, und spüre sofort wieder die Schmetterlinge in meinem Bauch umhertanzen, die mir zeigen, dass meine Gefühle echt sind. Je mehr mir die Erinnerungen zu entgleiten drohen, desto krampfhafter versuche ich, an ihnen festzuhalten.
Ich hoffe weiterhin jeden Abend vor dem Einschlafen darauf, dass Lu mich in meinen Träumen aufsucht, doch ich warte vergeblich. Dafür verfolgt mich Nacht für Nacht der gleiche Alptraum, in dem ich durch den Nebel irre, durch den ich mich hindurchkämpfen musste, um aus dem Koma aufzuwachen. Ich rufe nach Lu, nach Dan und Jo', aber niemand antwortet mir.
Jedes Mal fühle ich mich unendlich allein und verloren und spüre, wie die Hoffnung in mir zerbricht wie eine heruntergefallene Christbaumkugel. Wenn mir die ersten Tränen der Verzweiflung über die Wangen rinnen, wache ich schweißgebadet in meinem New Yorker Schlafzimmer auf und habe ein geflüstertes „Ich finde meinen Weg nich'" auf den Lippen.
Dieser Traum verfolgt mich auch während meiner wachen Stunden. Irgendetwas wühlt er in mir auf, von dem ich nicht weiß, wo ich es einsortieren soll. Was hat das alles zu bedeuten? Mich beschleicht langsam, aber sicher, die Angst, dass es eine Nachricht ist, die ich einfach nicht entschlüsseln kann. Aber von wem? Oder

ist mein Traum einfach nur ein Traum und Sinnbild dafür, dass ich in meiner jetzigen Situation völlig festgefahren bin?
Wären Lu oder Rosie jetzt hier, fänden sie mit Sicherheit aufbauende Worte. Dass das Schicksal immer seinen Weg findet, zum Beispiel – auch wenn es mich ärgern würde, so etwas zu hören, aber immerhin könnte ich dann mit ihnen darüber streiten. Weil sie da wären. Ich glaube inzwischen viel eher, dass sich mein Schicksal, sollte es tatsächlich existieren, verlaufen hat.

„Sie wurden mir empfohlen, weil Sie angeblich der Beste sind! Davon merke ich nich' besonders viel. Vielleicht sollten Sie endlich mal anfangen, Ihren verdammten Job zu machen!", brülle ich in den Hörer und drücke die Auflegen-Taste. In meinem Frust werfe ich das Telefon auf den Schreibtisch, das durch den Schwung fast über die Tischkante rutscht.
Ich trete gegen den Papierkorb, der durch mein Büro rumpelt, und stapfe zum Fenster. Mit verschränkten Armen blicke ich auf das rege Treiben in Manhattan an diesem verregneten Nachmittag hinunter. Der letzte Schnee ist geschmolzen, und der Frühling kündigt sich an.
Obwohl Geld für mich nach über einem halben Jahr zurück im Job eine untergeordnete Rolle spielt, ärgere ich mich darüber, dass der sündhaft teure Privatdetektiv noch immer keine Spur von Dan aufgetan hat. Er erzählt mir immer wieder das Gleiche. Es sei sehr schwierig, in einer Millionenmetropole jemanden zu finden, der womöglich gar nicht gefunden werden will, blabla. Bei einem so gewöhnlichen Namen müssen viele Daten abgeglichen werden, blabla.
Wenn man in die Verlegenheit kommt, sich den angeblich besten Privatdetektiv New Yorks leisten zu können, genießt man wenigstens das Privileg der Diskretion. Ein anderer Dienstleister hätte mich sicher längst als obsessive Stalkerin abgestempelt und den Auftrag abgebrochen. Vielleicht hält man mich in der Detektei tatsächlich für eine Verrückte, aber selbst wenn, ist man dort professionell genug, diese Vermutung für sich zu behalten.
Ich höre Lus Stimme in meinem Kopf: *Du und Dan, ihr gehört zusammen. Du darfst ihn nicht verlieren, weder hier noch woanders.*
Ich habe ihr versprochen, das nicht zu vergessen, doch dass ich ihn verloren habe, ist eingetreten, ohne dass ich es verhindern konnte.
„Ärger?", ertönt Ricks Stimme hinter mir und lässt mich

zusammenzucken.

„Wie lange stehst du schon da?", frage ich und drehe mich um. Mein viel zu scharfer Tonfall verrät, wie ertappt ich mich fühle. Ich habe nichts Unerlaubtes getan, und trotzdem wünsche ich mir, dass sich der Boden unter mir auftut und ich von der Bildfläche verschwinde. Auch wenn sich die Situation zwischen Rick und mir entspannt hat, möchte ich ihm nicht unter die Nase reiben, dass ich einen Privatdetektiv angeheuert habe, um nach einem anderen Mann suchen zu lassen. Ich möchte kein Salz in eine Wunde streuen, die gerade dabei ist, zu verheilen.

Rick steht einfach nur da, an den Türrahmen gelehnt – selbst mit dieser lässigen Körperhaltung wirkt er noch elegant.

„Nicht lange", antwortet er schließlich und deutet ein Achselzucken an. „Ich hab nur gehört, wie du jemanden ganz schön rund gemacht hast. Aber dein Telefon und dein armer Mülleimer können nichts dafür." Er hebt eine Hand, als wolle er abwinken, doch er behält sie oben. „Deine Tür war angelehnt, und dein Gespräch nicht zu überhören. Ich wollte nur nachsehen, ob alles in Ordnung ist. Sorry."

Sofort meldet sich mein schlechtes Gewissen, weil ich ihn so angepampt habe.

„Nee, mir tut's leid. Du kannst ja nichts dafür. Ärger mit einer Renovierungsfirma. Nervt mich."

Er nickt, aber seine Augen verraten, dass er mir meine Notlüge nicht abnimmt. Aber er ist diplomatisch genug, um nicht weiter nachzufragen.

„Ja, was auch immer", sagt er und schenkt mir ein entwaffnendes Lächeln. „Ich bin sicher, du findest eine gute Lösung. Wie immer. Wenn ich dir was abnehmen soll, sag einfach Bescheid."

„Klar."

Er stößt sich vom Türrahmen ab und will den Raum verlassen, als ich erneut das Wort ergreife.

„Ahm ... Rick?", höre ich mich sagen, als kämen die Worte nicht aus meinem eigenen Mund.

Er hält inne und sieht mich mit hochgezogenen Augenbrauen an. „Ja?"

„Ich ... ahm. Es tut mir leid. Also nich' nur das eben, sondern ... alles. Ich vermisse den alten Rick, weißt du."

Ich weiß nicht, woher dieses Geständnis plötzlich kommt, aber es

ist die Wahrheit. Mir fehlt unsere Freundschaft. Unsere Gespräche bei einem Glas Wein in meiner Küche – Gespräche, die sich nicht nur um die Arbeit drehen. Rick und ich kennen uns nun schon so lange, und wir waren vom ersten Tag an eng befreundet. Daran konnte nicht einmal die On-off-Beziehung zwischen ihm und Jo' etwas ändern. Ja, ich vermisse meinen Freund.
Die Verwirrung steht ihm ins Gesicht geschrieben, und seine grünen Augen suchen nach einem Fixpunkt im Raum.

„Vielleicht können wir ja einfach mal was essen gehen und … reden?" Meine Frage muss ihn mindestens genauso sehr überraschen wie mich selbst.
Rick antwortet lediglich mit einem Nicken und einem gemurmelten „Klar. Sag mir einfach Bescheid." Danach verlässt er mit einem debilen Grinsen im Gesicht den Raum.
Perplex bleibe ich zurück und starre noch für einen langen Moment meine Bürotür an, die er hinter sich zugezogen hat. Habe ich das wirklich gesagt?

„Toll gemacht, Ellie", sage ich zu mir selbst, als ich mich wieder auf meinen Bürosessel sinken lasse. „Was machst du nur?"
Ich balle die Hände zu Fäusten und frage mich einmal mehr, warum ich mein loses Mundwerk so selten unter Kontrolle habe.

Als ich Jo' am Abend von meiner verbalen Entgleisung erzähle, löst die bei ihr wahre Begeisterungsstürme aus.

„Ich weiß gar nich', was du hast!", frohlockt sie. „Das sind doch endlich mal gute Neuigkeiten! Ist ja nich' so, dass ich mir schon seit 'nem halben Jahr den Mund fusselig rede, damit du mit ihm ausgehst."

„Was daran so gut sein soll, musst du mir erst noch erklären." Ich seufze und lasse mich aufs Sofa plumpsen wie ein nasser Sack. „Ich fühle mich wie ein egoistisches Miststück. Ich kann doch nich' nur mit ihm ausgehen, weil ich ihn als Freund vermisse."

„Ich weiß, dass du mich gleich 'nen Kopf kürzer machst …", beginnt Jo', und ich ahne schon, was sie sagen will. „Aber hab ich schon mal erwähnt, dass ich finde, dass ihr total gut zusammenpasst?"

„Ja. In den letzten Monaten sparsame tausend Mal. Seid ihr denn im Moment überhaupt … off?"

Meine Anspielung auf ihre On-off-Beziehung mit Rick sieht Jo' gelassen und winkt ab. „Wir sind schon dauer-off, seit ich Dr. Sexy kennengelernt hab. Alles cool."

Wäre ich nicht diejenige gewesen, die Rick zum Essengehen aufgefordert hat, würde ich einen ihrer Kuppelversuche wittern.

„Hat er zu dir noch mal was gesagt?" Voller Skepsis mustere ich meine Freundin.

„Wer? Dr. Sexy?"

„Nein", antworte ich mit einem Augenrollen. „Rick."

„Nö. Zu mir nich'. Seit er bei dir abgeblitzt ist, hat er gar nix mehr zu dem Thema gesagt. Also abgesehen vom ‚Ich-komm-schon-klar'-Gelaber. Er zeigt das nich' so, aber ihn hat das schon hart getroffen." Jo' setzt sich auf die Armlehne des Sofas und legt die Stirn in Falten.

„Siehst du! Und genau deswegen kann ich unmöglich mit ihm was essen gehen", erkläre ich und raufe mir die Haare.

„Aha. Und das ist, weil …?", fragt Jo', was ich mit einem erneuten Augenrollen quittiere.

„Sag mal, willst du mich eigentlich nich' verstehen?!" Ihre Fragerei ärgert mich. „Weil er sich dann nur falsche Hoffnungen macht!"

Jo' sieht mich mit einer hochgezogenen Augenbraue an. „Aber *du* hast ihn doch gefragt, hast du gesagt."

„Ja, hab ich auch."

„Vielleicht willst du ja, dass er sich Hoffnungen macht?"

„Spinnst du?", empöre ich mich und schürze die Lippen.

„Komm schon. Ich mein … Du magst ihn."

„Wieso *du* unbedingt willst, dass ich mit ihm ausgehe, verstehe ich sowieso nich'." Meine Augen verengen sich zu schmalen Schlitzen, während ich Jo' anfunkele. „Stört dich die Vorstellung gar nich'? Immerhin wart ihr mal zusammen. Also … gefühlte hundert Mal."

„Nö. Mir macht das nix. Das zwischen Rick und mir … ist eh nie was Ernstes gewesen. Weder beim ersten noch beim hundertsten Mal." Ihr Grinsen wirkt fast provokant.

„Das tut doch gar nichts zur Sache." Grummelnd tippe ich mit dem Zeigefinger auf der Lehne vom Sofa herum. Ich weiß, dass ich auf verlorenem Posten kämpfe.

„A-ha!", macht Jo'.

„Was aha?"

„Na ja. Dann versteh ich das ganze Drama nich', das du hier machst, Ellie. Du magst ihn, er mag dich, ihr geht zusammen was essen, Ende der Geschichte. Es ist nur ein Essen. Keine Hochzeit." Ich kann von ihrem Gesicht ablesen, dass sie das vollkommen ernst meint.

„Schau mal. Ich mag Rick. Wirklich. Schon immer. Aber als Freund und nich' irgendwie ... romantisch, weißt du?"

„Freundschaft ist manchmal die beste Basis für 'ne Beziehung. Romantik kann ja noch kommen." Wenn Jo' sich erst einmal eine Meinung gebildet hat, bringt sie nichts und niemand mehr davon ab. „Außerdem ist Rick ein erwachsener Kerl und kein Teenager. Du hast ihm doch klar gemacht, dass da nix zwischen euch laufen wird. Ihm wird schon bewusst sein, dass 'ne Einladung zum Essen nich' heißt, dass du auf einmal mit ihm durchbrennen willst. Um Himmels willen, Ellie! Es. Ist. Nur. Ein. Beschissenes. Essen!"

Vielleicht hat sie sogar recht, und das Ganze ist wirklich viel unproblematischer, als ich es mir ausmale. Zeit einzulenken.

„Okay, vielleicht du hast recht. Ich warte einfach mal ab, ob er auf meine Idee überhaupt reagiert."

Meine Hoffnung, dass Rick meine Aufforderung zum Essen vielleicht doch noch ablehnt, zerschlägt sich, als er zwei Tage später in meinem Büro aufkreuzt. Es ist Freitagabend, alle anstehenden Aufträge für die kommende Woche sind bereits besprochen. Ich weiß sofort, dass er nicht hier ist, um mir ein schönes Wochenende zu wünschen.

„Hey", sagt er und klopft pro forma mit den Fingerknöcheln gegen den Türrahmen.

Mir fällt auf, wie unverschämt gut er in seinem dunkelblauen Anzug aussieht. Seine Krawatte hat er bereits abgenommen, was seinem adretten Erscheinungsbild keinen Abbruch tut. Sein Anblick bringt mich zum Schmunzeln, denn während ich den Arbeitstag heute in Jeans und karierter Bluse verbracht habe, ist es für ihn schon zwanglos, wenn er ohne Krawatte herumläuft. Aber so war Rick schon immer. Seine Anzüge gehören zu ihm wie Ketchup zu Pommes. Er ist so anders als Dan, der immer in Jeans und T-Shirt durch die Gegend läuft.

Dass ich die beiden miteinander vergleiche, lässt mein Herz protestieren. Schnell schiebe ich diesen Gedanken beiseite.

„Hey", gebe ich zurück und zwinge mich zu einem Lächeln, was Rick einen skeptischen Blick entlockt.

„Was ist los? Hab ich was im Gesicht oder so?"

Ich schüttele den Kopf und stelle fest, dass ich wirklich froh darüber bin, dass er hier ist.

„Nee, ich freue mich nur, dass du da bist", verkünde ich wahrheitsgemäß und klappe das Exposé zu, das ich bis eben gerade studiert habe. Rick wirkt, als zerstreuten meine Worte seine Skepsis, denn mit einem Mal atmet er auf und strahlt.

„Dann ... ist es okay, wenn ich heute Abend gern was mit dir essen gehen würde?" Er legt den Kopf schief und sieht aus, als erwarte er, dass ich einen Rückzieher mache. „Also, wenn dein Angebot noch steht, heißt das."

„Na klar!"

„Cool." Er grinst. „Ich hatte nämlich echt Schiss, dass du's dir doch noch mal anders überlegst. Also? Lust auf Italienisch?"

Ich nicke, während sich meine Wangen vor Verlegenheit röten. „Italienisch klingt perfekt."

„Super! Ich muss nur noch ein Telefonat erledigen, dann können wir los. Sollen wir dann direkt von hier ins Restaurant? Ich sterbe nämlich jetzt schon vor Hunger! Oder willst du dich noch umziehen oder so was?"

Kritisch blicke ich an mir hinunter und überlege, ob ich so mit ihm ins Restaurant gehen möchte. *Es ist nur ein Essen!*, höre ich Jo' in meinem Kopf sagen und befinde, dass mein Outfit dafür absolut angemessen ist. Ich möchte einen zwanglosen Abend mit Rick verbringen, nicht mehr, aber auch nicht weniger.

„Nee. Wenn ich die Gelegenheit bekomme, mich nochmal umzuziehen, bist du verhungert, bis ich fertig bin."

„Frauen. Wir sind ja nur zwei erwachsene Menschen mit 'ner Menge Hunger, oder? Es ist ja nicht so, als hätten wir ein Date", sagt Rick mit einem Augenzwinkern. „Außerdem siehst du sowieso immer toll aus."

Seitdem wir geklärt haben, dass ich unsere Verabredung nicht canceln werde, hat Rick sein Selbstvertrauen wiedergefunden und ich stelle zu meiner Überraschung fest, dass es mir gefällt. Gekonnt überspiele ich meine emotionale Verwirrung mit einem Lachen.

„Heb dir dein Süßholzgeraspel lieber für später auf." Seine gute Laune ist ansteckend. „Dann so in einer Stunde? Ich hab gehört, mein Chef erlaubt mir keine Überstunden."

„Klingt nach 'nem super Typen! Dann bis später!", sagt er grinsend, und seine grünen Augen leuchten. Er tänzelt geradezu aus meinem Büro.

„Bis dann", antworte ich und erwische mich dabei, wie ich ihm hinterherlächele.
Als er die Tür mit einem leisen Klicken hinter sich ins Schloss zieht, finde ich mich schlagartig auf dem Boden der Tatsachen wieder. Was um alles in der Welt ist plötzlich in mich gefahren? Hoffentlich glaubt er nicht, ich wollte eben mit ihm flirten. In meinem Übermut habe ich mich dazu hinreißen lassen, mich auf ein Geplänkel einzulassen, über das ich früher niemals weiter nachgedacht hätte.
Mich überrollt eine Woge von Gewissensbissen. Seit Dan und ich uns das letzte Mal gesehen haben, ist inzwischen mehr als ein halbes Jahr verstrichen. Gibt es überhaupt eine realistische Chance, dass wir uns jemals wiederfinden?
Ich fühle mich schlecht, weil ich mir vorkomme, als sei ich drauf und dran, Dans und meine Liebe zu verraten. Die an mir zerrenden Zweifel machen es nicht besser. Warum hat er mich noch nicht aufgespürt? Er wusste doch wenigstens, dass ich in meiner Zeit vor Slumbertown Luxusimmobilien gemakelt habe! Er hätte in sechs Monaten mühelos die hochklassigen Maklerbüros nach mir absuchen können. Das wäre immerhin Erfolg versprechender als meine Anrufe bei allen möglichen Bucklers in New York.
Ich spüre, wie sich die Wutkugel in meiner Magengegend zusammenballt. Ich bin wütend, weil ich Angst davor habe, dass Dan mich vielleicht nicht so sehr finden will wie ich ihn. Ich bin wütend auf Lu, die mir versprochen hat, sie würde wieder zu mir finden, wenn ich zurück in New York bin. Ich verpacke die glühende Kugel in eine imaginäre Box. Inzwischen habe ich gelernt, meine Wut als einen Teil von mir zu akzeptieren, aber ich weiß auch, dass sie oftmals nicht das richtige Ziel fokussiert.
Ich weiß, dass ich Lu und Dan gegenüber unfair bin. Ganz sicher gibt es plausible Erklärungen dafür, warum ich von beiden nichts gehört habe. Womöglich gibt es sogar Gründe, die verhindern, dass sie Kontakt zu mir aufnehmen. Was meine Schwester anbelangt, frage ich mich inzwischen ohnehin, ob ich einem manipulativen Trick Xanders aufgesessen bin. Was, wenn er gelogen und meine Träume doch beeinflusst hat? Ich hatte damals im Geheimzimmer das Gefühl, dass er die Wahrheit sagt, aber was heißt das schon? Und Dan …
Ich seufze und starre auf das oberste Exposé, das auf dem Schreibtisch liegt. Was ist, wenn Dan ebenfalls einen Deal mit

Xander aushandeln musste, um zurückzukommen? Der Schokoladenmogul war sehr zufrieden, dass er mir eine Zusage zu seinen Konditionen abringen konnte.

Ich hätte Xander einfach fragen sollen, was für ihn drin ist, wenn ich auf das Erbe meines Vaters verzichte. Inzwischen habe ich mir mehr als einmal die Frage gestellt, ob ich damals einen fatalen Fehler begangen habe.

Meine Gedanken kehren zurück zu Dan. Was, wenn Teil der Abmachung war, dass Dan mich nicht wiedersehen darf? Oder versuche ich bloß, eine logische Erklärung dafür zu finden, dass es keinen Kontakt zwischen uns gibt?

Die vielen Fragen und spärlichen Antworten tragen nicht dazu bei, meine Emotionen zu zügeln. Die Wutkugel sprengt den Deckel ihrer imaginären Box und erkämpft sich den Weg in die Freiheit. Der Bleistift, den ich in der Hand halte, zerbricht. Ich spüre es kaum.

Als würde jemand meinen Gedanken lauschen, spielt das Radio auf dem Tisch ausgerechnet jetzt einen Herzschmerzsong. Die Boyband trällert, dass man weitermachen kann, auch wenn man die Liebe seines Lebens verloren hat – und dass man sich nach dem Verlust niemals mehr vollständig fühlen wird.

Seufzend schüttele ich den Kopf und schalte das Gerät aus. Ein Blick auf meine Uhr verrät mir, dass ich noch genügend Zeit bis zum Essen mit Rick habe, um noch einmal die sozialen Netzwerke zu checken.

Es gibt eine Vielzahl von Gründen, derentwegen ich mich schlecht fühlen kann, aber dieses Verabredung heute Abend ist keiner davon.

Zwischen Rick und mir ist nichts, und das harmlose Geplänkel von eben hat keinerlei Bedeutung. Außerdem kann ich schlecht mit permanenten Schuldgefühlen leben und mich zu Hause vergraben, bis ich Dan gefunden habe.

Nein, es ist völlig legitim, wenn ich mit einem Freund etwas essen gehe. Erneut schüttele ich den Kopf und ärgere mich darüber, dass ich mich vor mir selbst rechtfertige.

Meine Online-Suche hat mich inzwischen sogar schon in diverse Fanforen von Fernsehserien geführt, die Jer mal erwähnte, aber auch in den Fanszenen weiß niemand, ob er möglicherweise unter einem anderen Namen schreibt. Einen Jeremy White scheint man

auf jeden Fall nicht zu kennen. Ich bin inzwischen fast sicher, dass Jer gar kein erfolgreicher Drehbuchautor ist. Womöglich hat er uns das nur erzählt, um anzugeben. Würden meine Chancen ihn zu finden auf einem Thermometer angezeigt – es wäre tiefster Winter. Als Rick mich wie vereinbart in meinem Büro abholt, habe ich wie immer nichts Neues herausfinden können.
Während wir mit dem Lift nach unten fahren, unterhalten wir uns zwanglos über die Arbeit, und ich bin guter Dinge, dass es ein entspannter Freitagabend wird.
Vor dem Gebäude winkt Rick uns ein Taxi heran und teilt dem Fahrer die Adresse des italienischen Restaurants mit, bevor er sein Smartphone aus der Innentasche seines Jackets zieht.
Nur wenige hundert Meter vom Büro entfernt stecken wir im New Yorker Feierabendverkehr fest. Ich rutsche auf meinem Platz auf der Rückbank hin und her, zum einen, weil ich hungrig bin und ungeduldig werde, zum anderen aber auch, weil mir mit einem Mal deutlich bewusst wird, dass Rick und ich im hinteren Teil des Taxis zum ersten Mal seit Langem zu zweit auf engem Raum zusammen sind.
Plötzlich fühle ich mich doch nicht mehr so locker, wie ich dachte. Aber Rick sitzt entspannt neben mir und ist in irgendeine Mail vertieft, die er tippt. Verstohlen beobachte ich ihn dabei. Er scheint vollkommen vergessen zu haben, dass wir zusammen im Taxi sitzen. Vielleicht mache ich mir unnötige Gedanken, denn so würde Rick sich niemals verhalten, wenn unsere Verabredung mehr für ihn wäre als bloß ein Essen.
Ich atme trotzdem insgeheim auf, als der Straßenverkehr wieder ins Rollen kommt. Noch vor einem Jahr hätte ich keinen einzigen Gedanken an so etwas verschwendet, und ich komme nicht umhin, für mich zu bemerken, wie viel sich seither verändert hat. Meine Schwester und meine Mutter sind tot, meine Hochzeit ist geplatzt und meine Beziehung zu Josh zerbrochen, ich habe meine große Liebe gefunden, die nun unauffindbar zu sein scheint, ich war pleite, hatte einen Unfall, lag im Koma, und mein bester Freund hat mir gestanden, in mich verliebt zu sein. Es fällt mir schwer, zu glauben, dass es mein Leben ist, über das ich gerade nachdenke. Wie schnell sich alles verändern kann, war mir früher nie so bewusst gewesen.

„Sorry", reißt Rick mich aus meiner Grübelei, „ich weiß, dass ich ein ungehobelter Klotz bin, aber das hier ist echt … wow."

„Hm? Was?", frage ich und blinzele ihn an.

„Ach … es ist eigentlich noch nicht spruchreif, aber …" Er überlegt einen Moment und entscheidet sich, mir dann doch mehr zu verraten. „Ich glaube, da bahnt sich was echt Großes an, Ellie." Als er meinen verwirrten Gesichtsausdruck sieht, realisiert er, was er gerade gesagt hat. „Also, beruflich, mein ich", fügt er hastig hinzu. Wird er etwa ein bisschen rot?

„Aha? Lass mich raten: Es ist so was von nich' spruchreif, dass du mir gleich davon erzählst", provoziere ich ihn mit einem Grinsen im Gesicht.

„Bingo", antwortet er und erwidert mein Grinsen. „Aber lass uns das gleich in Ruhe bequatschen. Ich hab echt Kohldampf ohne Ende, und wenn mir der Magen in den Kniekehlen hängt, bin ich unausstehlich."

„Ich weiß", gebe ich zurück und rolle, begleitet von einem Seufzer, ganz besonders theatralisch die Augen.
Wir lachen beide, und langsam beginne ich, mich in Ricks Gegenwart zu entspannen.

Ich verschlinge das erste Stück meiner Pizza und ertappe mich bei dem Gedanken daran, wie sehr mir die gemeinsamen Pizzaabende mit Dan und Jer fehlen. Ich verdränge die Erinnerung, so schnell ich kann, doch dem aufmerksamen Rick entgeht nicht einmal eine Kleinigkeit. Seit wir das Restaurant betreten haben, schenkt er mir seine volle Aufmerksamkeit. Sein Telefon hat er ausgeschaltet und in die Innentasche seines Jackets gesteckt.

„Alles klar bei dir?", fragt er, während er in seiner Pasta herumstochert. Ich frage mich, ob er seine ständige Sorge um mich je wieder ablegen wird.

„Klar. Wieso?", antworte ich und bemühe mich, ahnungslos zu klingen.
Rick deutet ein Schulternzucken an und nippt an seinem Rotwein.

„Weiß nicht." Er schwenkt den Wein in seinem Glas. „Ab und zu siehst du einfach … traurig aus. Also, wenn du über irgendwas reden willst … Man munkelt, dass ich gut zuhören kann."

„Munkelt man das, ja?"
Aufrichtig gerührt von seiner Fürsorge lächele ich ihn an. Es entgeht ihm wirklich nichts – und das, obwohl ich mich inzwischen für eine passable Lügnerin halte.
Seine Beobachtungsgabe beeindruckt mich insgeheim ein bisschen.

„Das ist echt lieb gemeint, aber es ist nichts. Wirklich."
Rick hebt eine Augenbraue, erwidert aber nichts.
Entgegen meinen Worten bin ich drauf und dran, ihm die Wahrheit zu beichten. Aber dann müsste ich ihm auch gestehen, dass ich einen anderen Mann liebe, dessen Existenz er, zu Recht, stark anzweifeln würde. Er würde vielleicht glauben, dass ich wegen eines Hirngespinsts nicht mit ihm zusammen sein will. Nein, Rick ist nicht der richtige Gesprächspartner dafür. Das Letzte, was unser frisch gekittetes Verhältnis jetzt braucht, ist ein Geständnis meiner Gefühle für jemand anderes. Aber weil ich ihm ansehe, dass er mir mein Ausweichmanöver nicht abnimmt, ergänze ich meine Antwort wenigstens um die halbe Wahrheit.

„Manchmal ... muss ich einfach dran denken, wie sehr mir jemand fehlt, weißt du." Ich nehme einen großen Schluck Wein, um mein schlechtes Gewissen zu ertränken – mit dem Ergebnis, dass ich mich verschlucke. Diese Antwort scheint Rick zu akzeptieren.

„Klar. Ich bin so ein Idiot, dass ich das auch noch anspreche."
„Quatsch, bist du nich'. Ich will kein Tabuthema draus machen. Was passiert ist, ist passiert."
Ich räuspere mich zwischen zwei weiteren Happen Pizza und will schnellstmöglich das Thema wechseln. „Apropos: Du wolltest mir noch von der Hammersache erzählen, die noch nich' spruchreif ist."
Ricks Gesichtsausdruck nach zu urteilen, ist auch er über den Themenwechsel froh, obwohl er mir nicht besonders galant gelungen ist.

„Ja. Pass auf." Die plötzliche Aufregung in seiner Stimme schürt mein Interesse noch mehr. „Du erinnerst dich doch bestimmt noch an den alten McKinsey?"
„Der, bei dem du damals als Makler angefangen hast?"
Ich erinnere mich dunkel an Mr. McKinsey, den alle nur „Hippo" nannten. Nicht weil er besonders korpulent war, sondern weil er ausgesprochen aggressiv wurde, wenn es darum ging, sein Revier zu verteidigen. Rick hatte bei ihm seinen ersten Job nach unserer Maklerausbildung. Wenn ich mich recht entsinne, ist McKinsey mit seiner Firma nach Kalifornien gegangen, bevor Rick sich selbstständig machte.

„Genau der", bestätigt Rick grinsend und macht eine bedeutungsschwangere Pause.

„Ja und? Was hast du mit dem zu schaffen?"

„Hm, eigentlich nichts", erklärt er zwischen zwei Gabeln Pasta. „Ich hab neulich nur 'nen Kontakt für ihn hergestellt. Mit einem meiner Kunden, der in Kalifornien was gesucht hat. Vor Kurzem hat McKinsey mich aber noch mal angerufen und mir erzählt, dass er keinen Bock mehr aufs Arbeiten hat. Will lieber Kitesurfen oder so 'n Quatsch. Der wird sich noch den Hals brechen, bevor er seinen Ruhestand überhaupt genießen kann. Auf jeden Fall will sein Sohn nicht in die Firma einsteigen."

„Warte mal." Ich blinzele Rick an wie eine Eule, während der es sichtlich genießt, mich bis zum Letzten auf die Folter zu spannen. „Ruhestand? Heißt das …" Ich hole Luft, um ihn mit weiteren Fragen zu bombardieren, doch er kommt mir zuvor.

„Genau das", sagt Rick und strahlt über das ganze Gesicht. „Der Alte sucht einen Nachfolger für sein Maklerimperium in Kalifornien."

Mit großen Augen starre ich ihn an und vergesse sogar, das Stück Pizza zum Mund zu führen. „Wow", sage ich. „Und … du bist sein Mann?"

„Yeah, Baby!" Er zwinkert mir übertrieben playboymäßig zu, während er mit einer Hand eine imaginäre Pistole abfeuert. „Ist schon verrückt, oder? Wenn man bedenkt, dass ich seit Jahren nichts mehr von dem Alten gehört habe. Aber was soll ich sagen? Mein gutes Networking hat ihn beeindruckt, sagt er."

„Oh mein Gott, das ist ja der Hammer! Aber das heißt ja … dass du umziehen müsstest!" Diese Erkenntnis erwischt mich wie eine kalte Dusche, auch wenn ich mich für meinen Freund freue. „Du willst das Angebot doch annehmen, oder?"

„Ich denke jedenfalls ernsthaft darüber nach. Das ist eine Riesenchance. Das würde unseren Kundenstamm erweitern, und der Markt in Kalifornien brummt. Und ich würde nicht für ihn arbeiten, so wie früher. Es wären dann meine Kunden."

„Mag sein", stimme ich ihm zu und lasse mein Stück Pizza auf den Teller sinken, „aber willst du New York wirklich verlassen?"

Rick schwenkt sein Weinglas, und wo er früher offen seine Gedanken mit mir teilte, verraten mir seine grünen Augen heute Abend im schummrigen Kerzenschein nichts darüber, was in ihm vorgeht.

„Ich weiß es noch nicht", antwortet er nach einer längeren Pause.

„Aber du musst doch wissen, ob dich das Angebot genug reizt, um dafür umzuziehen! Oder ob dich in New York was hält."
Er legt die Stirn in Falten und betrachtet mich eingehend, aber er macht keine Anstalten, dazu Stellung zu beziehen. Um das langsam, aber sicher unangenehm werdende Schweigen zwischen uns zu brechen, lenke ich ein.
„Aber du hast ja bestimmt noch ein paar Tage Zeit, bis du dich entscheiden musst. Dann kannst du dir das Angebot ja nochmal in Ruhe durch den Kopf gehen lassen."
„Ja. Das sollte ich wohl tun. Sag mal, was ist jetzt eigentlich mit Jo' und diesem Doktor, den sie sich angelacht hat?"
„Ahm …", mache ich, von dem plötzlichen Themenwechsel überrumpelt. „Sie sehen sich ab und zu. Aber sie weigert sich, ihn mal mit nach Hause zu bringen." Ich verdrehe die Augen. „Du weißt ja, wie sie ist. Es ist nichts Ernstes, blabla. Aber wenn du mich fragst: So oft, wie sie das sagt, klingt das nach dem kompletten Gegenteil."
„Genau das denke ich auch", antwortet Rick mit einem Lächeln. „Ich hoffe, wir bekommen den Kerl bald mal zu Gesicht."
„Wenn er ein Arsch ist, könnten wir ihm die Nase brechen", schlage ich mit einem Augenzwinkern vor.
„Wie ich Jo' kenne, erledigt sie das schon selbst", sagt Rick, und wir lachen beide.
Für den Rest des Abends gelingt es uns, heikle Gesprächsthemen zu umschiffen, und ich bin zuversichtlich, dass wir es schaffen können, wieder normal miteinander umzugehen, wobei ich mich insgeheim frage, wie unsere Freundschaft aussehen wird, sollte er das Jobangebot in Kalifornien annehmen.
Zwei Gläser Wein und ein Dessert später beschließen wir, satt und zufrieden, den Heimweg anzutreten. Da es bis zu meiner Wohnung nicht allzu weit ist, lehne ich es ab, ein Taxi zu rufen.
„Die paar Meter kann ich auch laufen", verkünde ich. „Frische Luft ist genau das, was ich jetzt brauche."
„Okay, aber dann begleite ich dich noch."
„Ich schätze, dass ein ‚Nein' keine Option ist?", antworte ich und kichere albern.
„Auf gar keinen Fall." Rick grinst und bietet mir seinen Arm an. Er ist eben ein Gentleman.
Ich hake mich ein und nehme seine Antwort mit einem Nicken zur Kenntnis.

„Na dann los!"

Die Nacht ist sternenklar. Dank der kühlen Luft und der Bewegung fühle ich mich schnell deutlich nüchterner und muss daran denken, wie schade ich es fände, wenn Rick nicht mehr in New York wäre. Aber wie könnte ich es ihm verübeln, wenn er diese große Chance wahrnimmt?
Auch wenn wir in der letzten Zeit unsere Schwierigkeiten miteinander hatten, ist er trotzdem mein Freund, dem ich es gönne, zu noch größerem Erfolg zu kommen. Das bedeutet aber nicht, dass ich ihn hier nicht vermissen würde. Ich habe noch nie Wert auf einen großen Freundeskreis gelegt, und sollte Rick wirklich nach Kalifornien gehen, wäre Jo' meine letzte Vertraute in der Stadt.
Schweigend gehen wir nebeneinander her, jeder in seiner Gedankenwelt versunken. Vor meinem Hauseingang angekommen, fische ich in meiner Tasche nach meinem Schlüssel. Als ich ihn endlich gefunden habe, stehen Rick und ich ein wenig unbeholfen vor den Stufen meiner Haustür. Er hat die Hände tief in seinen Manteltaschen vergraben und wirkt, als habe er etwas auf dem Herzen. Normalerweise würde ich ihn fragen, ob er noch mit nach oben kommen möchte, aber ich will die Situation an diesem ersten Abend nach unserer Annäherung nicht überstrapazieren. Auch wenn Jo' wahrscheinlich zu Hause ist und wir nicht allein in der Wohnung wären, will ich ihm kein missverständliches Zeichen geben.

„So", sage ich, „da wären wir." Nicht besonders geistreich, aber mehr bekomme ich nicht heraus.

„Ja. Da sind wir." Er sieht zu meinem dunklen Küchenfenster hinauf, bevor sein Blick zurück zu mir wandert und an mir haften bleibt. Er lächelt, als wolle er noch etwas loswerden.

„Was?", frage ich, woraufhin er den Kopf schüttelt.

„Ach. Ich musste nur gerade an was denken. Erinnerst du dich noch an die Zeit, in der wir uns kennengelernt haben?"

„Na klar erinnere ich mich." Mit einem Lächeln auf den Lippen nicke ich. „Unser erster Workshop für Immobilienmakler. Wir waren so jung und so …"

„Ehrgeizig?", sagt er und scheint gedanklich in diesen Erinnerungen abgetaucht zu sein.

„Pleite wollte ich sagen. Aber ehrgeizig auch, das auf jeden Fall.

War eine gute Zeit."

„Überleg mal, wie weit wir es gebracht haben. Ich weiß noch, wie wir in der ersten Pause unsere letzten fünf Dollar für 'nen Kaffee ausgegeben haben."

„Dass du das noch weißt", sage ich und glucke bei der Erinnerung daran. Diese fünf Dollar waren damals tatsächlich mein allerletztes Geld. „Ich hab meine letzte Kohle für das Seminar rausgehauen. Und für den Kaffee. Ich hab echt alles auf eine Karte gesetzt. Meine Mom war so sauer damals. Ich soll was Anständiges lernen, hat sie gesagt."

„Aber du hast nicht auf sie gehört. Und du hast alles richtig gemacht", versichert er mir mit einem Lächeln. „Als ich dich das erste Mal da gesehen habe, war ich total beeindruckt. Du warst so entschlossen, das durchzuziehen …"

„Ja. Ganz klar aus Mangel an Alternativen." Ich war damals gerade mit der Schule fertig und auf der Suche nach einer Möglichkeit, um schneller Geld zu verdienen als mit Zeitungenaustragen, Hundeausführen oder Kellnern.

„Aber du hast es gepackt", sagt Rick anerkennend. „Ich wusste sofort, dass du's drauf hast, Ellie. Und … nachdem Jo' mich gefragt hat, ob ich bei der Krankenhaussache helfen kann, weil sonst auch noch deine Wohnung unter den Hammer kommt …" Er schüttelt den Kopf und atmet tief durch. „Da war mir schon klar, dass du es auch noch mal schaffst, aus dem Nichts was zu machen, wenn du wieder aufwachst. Du gibst nie auf. Das ist wirklich bewundernswert."

Ich starre auf meine Füße. Sein Kompliment macht mich verlegen. „Du doch auch nich'. Ich … ahm … Ich glaube, ich sollte dann mal."

Als er nicht reagiert, versuche ich, das Ganze abzukürzen, damit dieses Abschiedsszenario nicht ins Sonderbare abdriftet.

„Also dann", verabschiede ich mich und will mich den Treppen zuwenden, doch Rick hält mich zurück, indem er nach meiner Hand greift. Er packt nicht fest zu, aber trotzdem halte ich inne und sehe ihn überrascht an.

„Warte kurz", nuschelt er, und mich überkommt ein ungutes Gefühl. „Wegen des Jobangebots … Du hast doch vorhin gesagt, dass es drauf ankommt, ob mich hier in New York noch was hält."

Ich nicke und frage mich, worauf er hinaus will.

„Sag du's mir", flüstert er. Sein Blick hat etwas Flehendes.

Wir stehen im Licht der Laterne vor meinem Hauseingang, und ich komme nicht umhin, zu bemerken, dass das Ambiente geradezu romantisch wäre, wäre die Situation zwischen uns nicht so verdammt kompliziert. Meine Gedanken und mein Puls rasen um die Wette. Wie soll ich ihm nun ein zweites Mal sagen, dass es keine Zukunft gibt, in der er und ich mehr als Freunde sein können? Und dann auch noch meine flapsigen Bemerkungen im Büro heute Nachmittag! Bestimmt hat er sie als Flirt aufgefasst, obwohl ich mal wieder bloß geredet habe, ohne darüber nachzudenken. Am liebsten würde ich mich jetzt dafür ohrfeigen.

„Rick, ich …", setze ich an und suche nach Worten.
Ich mache einen Schritt auf ihn zu, doch das und meine Sprachlosigkeit scheint er gründlich falsch zu interpretieren, denn ehe ich mich versehe, überwindet er den noch bestehenden Raum zwischen uns, und ich spüre seine Lippen auf meinen. Sein Kuss ist zärtlich, gleichzeitig aber auch voller Sehnsucht. Für einen Augenblick bin ich so überrascht, dass ich mich nicht dagegen wehre, doch als mir bewusst wird, was hier gerade geschieht, löse ich mich von ihm.

„Rick. Halt. Warte mal! Ich … du verstehst da was falsch."
„Aber … Heute Abend, ich dachte …", entgegnet er, und ich falle ihm lieber ins Wort, bevor er alles noch schlimmer macht.
„Der Abend war wundervoll, Rick. Und ich bin wirklich so froh, dass wir uns wieder verstehen. Aber … ich kann einfach nich' mit dir zusammen sein."
Angespannt warte ich auf seine Reaktion und fühle mich unerträglich mies. Ich hätte einfach nicht mit ihm essen gehen sollen. Seine Hand hält meine immer noch mit sanftem, aber bestimmtem Griff fest.
„Es tut mir so leid", flüstere ich und spüre, wie sich Tränen in meinen Augen sammeln. „Wenn alles anders gelaufen wäre, dann …"
Ich breche den Satz ab, weil ich selbst nicht weiß, was unter anderen Umständen womöglich aus uns geworden wäre.
Rick lässt meine Hand aus seiner gleiten, als wäre jegliche Kraft aus ihm gewichen. Am liebsten würde ich ihn anflehen, dass er doch endlich etwas sagen soll, aber ich beiße mir stattdessen auf die Zunge. Weil ich diejenige bin, die ihm gerade zum zweiten Mal das Herz herausgerissen hat, habe ich kein Recht dazu, ihn um irgendetwas zu bitten.

Nach einer gefühlten Ewigkeit nickt er. „Okay," Seine Stimme klingt heiser.
Ich will etwas sagen, ihn trösten oder wenigstens irgendetwas tun, um die Situation weniger herzzerreißend zu machen. Aber als ich Luft hole, hebt Rick abwehrend die Hände und tritt einen Schritt zurück.
„Ich hab's so gewollt. Ich habe meine Antwort jetzt", flüstert er. Die Verbitterung in seiner Stimme schmerzt mich, als hätte er mir eine Ohrfeige verpasst. Mir gehen unzählige Dinge durch den Kopf, die ich ihm sagen möchte, die ich aber alle sofort wieder verwerfe, weil ich weiß, dass ich ohnehin nichts tun kann, um seinen Herzschmerz zu lindern.
„Bis Montag", sagt er kurz angebunden, dreht sich um und geht. Obwohl ich seine Ablehnung verstehen kann, zerspringt mein Herz in tausend Teile. Ich schaue ihm nach, bis er an der nächsten Straßenecke abbiegt. Als Rick aus meinem Blickfeld verschwunden ist, breche ich in Tränen aus und sinke trotz der Kälte erst einmal auf den Stufen vor dem Hauseingang zusammen.

Ich sitze schniefend an das schmiedeeiserne Geländer des Treppenaufgangs gelehnt. Meine Lippen zittern bereits vor Kälte, aber ich bin unfähig, aufzustehen und reinzugehen.
Vor meinem inneren Auge ziehen die letzten Monate an mir vorbei. Wie ich mich in den Alltag zurückgekämpft habe, aber auch wie unvollständig ich mich ohne Dan fühle. Und wie dankbar ich Jo' dafür bin, dass sie nicht mehr von meiner Seite weicht. Aber ich bin auch betrübt über die Zeit, in der Rick und ich kaum ein Wort miteinander gewechselt haben, nachdem er mir zum ersten Mal gestanden hatte, dass er mehr für mich empfindet als nur Freundschaft. Erst der Tod meiner Mutter hat uns wieder näher zusammengebracht. Wenn ich bedenke, wie der heutige Abend geendet hat, dann wird mir klar, dass die Situation für ihn unerträglich sein muss. Ich hätte wissen müssen, dass er noch nicht über seinen Liebeskummer hinweg ist.
Womöglich wollte ich es nicht wahrhaben, weil ich mir meinen Freund Rick so sehr zurückgewünscht habe. Wie dem auch sei: Ich muss mir eingestehen, dass es so nicht weitergehen kann.
Die Verzweiflung, die ich in den vergangenen Monaten so sorgsam an einem Ort tief in mir drinnen eingesperrt habe, übermannt mich plötzlich. Schluchzend lasse ich meinem Schmerz zum ersten Mal

seit Langem freien Lauf. Mein Leben kommt mir vor wie eine Vase, deren Scherben ich nach dem ersten Zerbrechen mühsam zusammengesammelt und geklebt habe. Sie hatte ein paar Makel, aber sie hielt und sah beinahe so aus wie vor ihrem Sturz. Jetzt gerade aber fühlt es sich an, als sei diese Vase ein zweites Mal zu Bruch gegangen. Und ich weiß nicht, ob ich den Scherbenhaufen ein zweites Mal zusammensetzen kann.

Ich fühle mich furchtbar allein auf dieser Welt, und die Angst, dass ich Dan womöglich niemals wiedersehen werde, droht mich aufzufressen. Ich will nicht mit einem gebrochenen Herzen für immer allein bleiben.

Mein Handy vibriert in der Hosentasche. Umständlich nestele ich das Gerät hervor und wische mir mit dem Ärmel meines Mantels die Tränen aus dem Gesicht. Der Name auf dem Display erinnert mich in meinem Weltschmerz daran, dass es immer noch einen Menschen gibt, der für mich da ist.

Joanna 10:33:
Ihr könnt gern noch länger knutschend in der Kälte rumstehen oder einfach hochkommen :) J.

Da ich inzwischen durchgefroren bin und es keinen Sinn ergibt, weiter hier draußen zu sitzen, raffe ich mich auf und öffne wenige Minuten später die Tür zu meiner Wohnung. Jo' steht im Flur und greift gerade nach ihrem Mantel, der an der Garderobe hängt.

„Ich bin sofort weg", säuselt sie. „Dann habt ihr sturmfreie Bu... Oh." Verwirrt blinzelt sie mich an und verrenkt sich den Hals, um einen Blick hinter mich zu erhaschen. „Wo hast du Rick gelassen? Wollte er nich' mit raufkommen?"

Ich schüttele den Kopf und schleiche wie ein geprügelter Hund in den Flur. „Eher nich'." Ich lasse die Wohnungstür hinter mir ins Schloss fallen, bevor ich mich kraftlos dagegen lehne.

Wie in Zeitlupe hängt meine Freundin den Mantel wieder zurück an den Haken und sieht mich prüfend an.

„Oooookay. Ich schlage vor, du erzählst mir jetzt erst mal ganz in Ruhe, was passiert ist. Komm. Ich hab vorhin den Kamin angefeuert, und du siehst definitiv so aus, als könntest du ein bisschen Wärme vertragen ... Und vielleicht 'nen Schnaps. Oder auch zwei." Mit einer Kopfbewegung bedeutet sie mir, dass ich ihr ins Wohnzimmer folgen soll.

Betrübt ziehe ich meinen Mantel und meine Schuhe aus und schlurfe hinterher. Als erstes greife ich mir die Wolldecke, die auf dem Sofa liegt, und wickele mich darin ein, bevor ich mich in den Sessel direkt neben dem Kamin setze. Jo' hat eine Flasche Tequila und zwei Gläser aus der Küche geholt, die sie auf den Couchtisch stellt. Sie setzt sich auf das Sofa gegenüber und schweigt, bis ich von selbst anfange zu erzählen. Ihre Geduld rechne ich ihr hoch an, denn ich kenne meine Freundin und weiß, dass sie vor Neugierde fast platzt.

„Ist nich' so gut gelaufen", fasse ich den Abend in einem Satz zusammen.

„Was du nich' sagst. Warum siehst du so verheult aus? So mies küsst er doch gar nich'", fragt sie und scheitert kläglich daran, mir mit ihrem flachen Witz ein Lächeln zu entlocken. Ich schüttele den Kopf.

Jo' füllt die beiden Schnapsgläser und hält mir eines davon hin. „Dann red jetzt mal Klartext!"

Ich stürze den Tequila hinunter und spüre, wie der Alkohol einen warmen Pfad in meinem Inneren hinterlässt. Jo' hat ihr Glas nicht angerührt.

Nachdem ich einmal damit begonnen habe, ihr mein Herz auszuschütten, unterbreite ich ihr kurzerhand die ganze Wahrheit. Untypisch für Jo' ist, dass sie mich während meiner Erzählung nicht einmal unterbricht.

Ich schildere ihr meine Erlebnisse während des Komas, die ich für absolut real halte: Ich erzähle von Slumbertown, Rosie und Jer, Lus Besuchen in meinen Träumen und natürlich von Dan. Die ganze Geschichte sprudelt Wort für Wort aus mir heraus, und ich erzähle alles bis ins kleinste Detail – bis zu dem Moment, an dem Xander mich zurückgeschickt hat.

„Den Rest kennst du ja", sage ich abschließend, „Na ja ... bis auf eins noch ... Weil ich selbst nichts über Dan oder Jer rausfinden konnte, hab ich sogar einen Privatdetektiv engagiert. Für 'nen ganzen Arsch voll Kohle."

Ich verstumme, weil das alles ist, was ich zu berichten habe. Eine unglaubliche Erleichterung ergreift von mir Besitz. Es fühlt sich an, als habe mit dieser Aussprache ein überhitzter Kessel in mir endlich ein Ventil gefunden, über das er einen Teil des Drucks loswerden konnte.

Ich erwarte, dass meine Freundin mich nun endgültig für geistig gestört erklärt und gleich ausflippt, weil ich ihr das alles so lange verheimlicht habe. Ich könnte es ihr nach meiner abenteuerlichen Story nicht einmal verübeln. Doch sie tut nichts dergleichen. Stattdessen blickt sie in das knisternde Kaminfeuer und wickelt eine Haarsträhne immer wieder um den Zeigefinger.

„Du bist also der Meinung, dass du während deines Komas auf 'ner Parallelebene warst? In irgendeiner Stadt, in der du einen Mann kennengelernt hast?"

„Ja", antworte ich kleinlaut. „Ich weiß selbst, wie das klingt."

„Und deswegen willst du nich' mit Rick zusammen sein. Versteh ich das richtig?" Jo' sieht mich mit einer hochgezogenen Augenbraue an. „Wegen deines Komafreunds, was auch immer."

Ein Nicken ist alles, was ich als Antwort zustande bringe.

„Oh Mann!" Jetzt greift auch Jo' nach ihrem Schnapsglas, das noch immer unberührt auf dem Tisch steht. „Darauf brauch ich auch einen." Sie leert das Glas und verzieht das Gesicht beim Schlucken. „Und du bist dir ganz sicher, dass dieser Dan hier irgendwo in New York ist. Und, nix für ungut, aber ... dass er real ist."

Ich nicke und presse die Zähne aufeinander. Bestimmt legt sie sich gerade zurecht, wie sie mir beibringen will, dass ich professionelle Hilfe brauche.

„Okay", antwortet sie stattdessen bloß.

„Okay?" Ich kann weder Sorge noch Ärger in ihrem Gesicht erkennen. Sie wirkt vollkommen gefasst. „Was meinst du mit okay? Glaubst du mir?"

„Ich geb zu, dass das alles ziemlich wild klingt."

„Aber?"

„Aber ich hab dich in den letzten Monaten beobachtet, Ellie. Wir kennen uns schon ewig, und was für 'ne Freundin wär ich, wenn ich nich' merken würde, dass dich was beschäftigt? Ich weiß, dass du gern so tust, als wär alles in Butter, aber dass du was mit dir rumschleppst, war mir trotzdem klar. Ich dachte da an ganz andere Sachen, aber nich' an so was."

Ich spüre, wie sich meine Wangen röten, was nicht von der Wärme des Kaminfeuers kommt. Es stimmt, dass ich Geheimnisse schon früher nie lange vor Jo' verbergen konnte. Ich schäme mich jetzt dafür, dass ich ihr nicht schon früher die Wahrheit gesagt habe.

„Tut mir leid, Jo'. Ich dachte, dass sich das alles so durchgeknallt anhört, dass mir das gar keiner glauben kann." Bedröppelt wende ich den Blick ab und studiere die Tequilaflasche auf dem Tisch.

„Kann ich voll verstehen", antwortet sie, und an ihrem verständnisvollen Tonfall erkenne ich, dass sie es ernst meint. „Ich hätte mich mit so 'ner Story auch nich' getraut, was zu sagen, glaub ich."

Erleichtert blicke ich auf und sehe meine Freundin lächeln.

„Du bist also nich' sauer?" Ich will sichergehen, dass wir nicht aneinander vorbeireden.

„Ach was!", sagt sie und winkt ab. „Obwohl ... Kommt vielleicht drauf an, wie viele schmutzige Details du mir vorenthalten hast. Der Typ ist also heiß, ja?" Sie zwinkert mir zu, was mich zum Schmunzeln bringt.

„Wäre er nich' heiß, wäre er nich' mein Typ", antworte ich mit einem Grinsen. Es ist wie eine Befreiung, endlich mit ihr darüber reden zu können.

„Die Frage, ob du ihn liebst, kann ich mir wohl sparen."

„Von ganzem Herzen. Und du glaubst mir wirklich, dass er echt ist, ja?" Ich kann es immer noch nicht glauben.

Jo' schürzt die Lippen. „Ganz ehrlich?"

Ich nicke ihr zu.

„Ich hab keine Ahnung, ob er echt ist. Oder ob diese ganze Story überhaupt echt sein kann. Ich mein, das ist schon ganz schön starker Tobak, was du hier verzapfst. Aber ich denke, wenn das alles nur so 'ne Fantasie gewesen wär ... Also, manchmal wacht man auf und kann sich dran erinnern, was man geträumt hat, oder? Aber die Erinnerung verschwindet irgendwann. Und man kann trotzdem unterscheiden, ob man sich an 'nen Traum erinnert oder an was, das wirklich passiert ist."

Ich nicke erneut, will sie aber nicht unterbrechen.

„Siehste. Wenn das alles nur ein Traum gewesen wär, wieso würdest du dich dann jetzt immer noch an so viele Details erinnern? Also ... Klar, es wär einfach, jetzt zu sagen ‚Ellie, das ist alles Nonsens, such dir mal lieber 'nen Psychodoc und komm wieder klar.' Sie seufzt und schüttelt den Kopf. „Aber wer weiß, was es so alles gibt, das wir nich' erklären können?"

„Trotzdem wäre es dein gutes Recht, mich für bekloppt zu halten."

„Vielleicht. Aber ich kenn dich lange genug, um zu wissen, dass du keinen Liebeskummer schiebst, wenn's nich' was echt Ernstes ist. So 'ne Story denkt man sich nich' aus. Nich' mal dein krankes

Hirn. Also gehe ich erst mal davon aus, dass was dran ist."

„Von wegen krankes Hirn!", protestiere ich, doch Jo' zuckt nur mit den Achseln. Sie steht auf, um noch einen Holzscheit in den Kamin zu legen.

„Willst du dich eigentlich an deinen Teil der Abmachung mit diesem Xander halten?"

„Wie meinst du das?"

„Na ja, nach allem, was du erzählt hast, und ich sag nur, dass ich glaube, dass vielleicht was dran sein könnte … dann schreit das doch geradezu danach, mehr über diese Wächtersache rauszufinden." Während Jo' spricht, piekt sie mit dem Schürhaken in den Holzscheiten herum, sodass die Funken sprühen.

„Ja, schon", erwidere ich und schnaube. „Aber ich hab keine Ahnung von dem ganzen Wächterscheiß. Ich weiß nich' mal, was Dads Erbe überhaupt sein soll. Ich habe versucht, Mom zu fragen, aber sie hat alle Gespräche abgeblockt, sobald ich von Dad angefangen habe."

„Glaubst du … dass dein Vater noch lebt?", fragt Jo' tonlos.

„Keine Ahnung."

Ich mache eine kurze Pause, um mich zu sammeln. Die Wutkugel in meinem Bauch meldet sich wieder zurück.

„Ich hoff's! Allein schon, damit ich ihm irgendwann mal sagen kann, wie unfassbar sauer ich auf ihn bin! Fast mein ganzes Leben lang hat er nie eine Rolle gespielt, und jetzt? Jetzt ist er alles, was von meiner Familie noch übrig ist! Das ist so …"

„Ironisch?", ergänzt Jo'.

Ich nicke und schlinge die Decke enger um mich, obwohl mir gar nicht mehr kalt ist.

„Also willst du ihn suchen."

„Ich …", beginne ich, als mir klar wird, dass ich darüber in letzter Konsequenz noch gar nicht nachgedacht habe. „Um ehrlich zu sein, habe ich mir zwar schon ein paarmal ausgemalt, was ich ihm gern alles an den Kopf knallen würde, aber … Es war irgendwie nie eine echte Option, verstehst du? Ich weiß nich' … Aber ich glaube, es wäre gut, wenn ich ihn finden könnte."

„Okay. Ich helf dir dabei, wenn du willst."

„Echt?"

„Klar. Vielleicht sollten wir dich in so 'ner Fernsehsendung anmelden, wo sie nach Vermissten suchen?" Jo' steht mit dem Rücken zu mir, und ohne ihren Gesichtsausdruck kann ich unmöglich ausmachen, ob sie ihren Vorschlag ernst meint.

„Willst du mich verarschen?!"

„Okay, okay", wiegelt sie ab und lässt sich wieder auf das Sofa plumpsen, „es ist wahrscheinlich eh klüger, wenn wir den Ball erst mal flach halten. Wer weiß, wie weit der Einfluss von diesem Xander-Typen reicht ... Wenn's ihn überhaupt gibt." In ihren Augen spiegelt sich der Schein der Flammen. Ihr rotes Haar schimmert in diesem Licht wie flüssiges Kupfer. „Wir müssen zuerst mal rauskriegen, was für ein Film hier überhaupt läuft. Dann sehen wir weiter."

Mich überrascht ihre gelassene und analytische Art, mit der ganzen Geschichte umzugehen. Jeder normale Mensch würde meine Behauptung in der Luft zerreißen, dass neben unserer Welt auch noch eine Parallelwelt existiert. Auch wenn Jo' kein normaler Mensch ist, mustere ich sie mit einem letzten Rest Argwohn. Will sie mich nur in Sicherheit wiegen, um nachher einen Arzt zu rufen?

„Jo'? Warum glaubst du mir das alles einfach so?"

„Ach ... Ich mag meine Zahlen zwar, weil die Ergebnisse immer eindeutig sind, aber meine Mom hat an so esoterischen Kram geglaubt. Wir sollten deinen Dan auf jeden Fall so schnell wie möglich finden, wenn du mich fragst. Und deinen anderen Komafreund auch."

Ich merke, dass es keinen Sinn hat, weiter nachzubohren, woher ihre Einstellung zum Thema Esoterik kommt. Über ihre Mutter spricht Jo' nie – nicht seit diese Jo' und ihren Dad vor 20 Jahren verlassen hat.

Während wir reden, merke ich, wie gut es mir tut, meine Eindrücke der letzten Monate endlich mit jemandem teilen zu können.

„Aber wie sollen wir das anstellen, wenn nich' mal der Scheiß-Privatdetektiv was findet?", frage ich mit finsterer Miene.

„Oh, ich hab da schon so 'ne Idee", verkündet Jo' bedeutungsschwanger. „Der Detektiv sucht ja nur nach Dan, oder?"

Ich nicke.

„Da weiß ich auch gerade nich', was wir noch machen können, aber über Mitchell kriegen wir bestimmt was raus."

„Aha. Geht's auch genauer?", löchere ich sie, doch sie schüttelt nur den Kopf.

„Hab mal ein bisschen Geduld. Ich muss erst ein paar Sachen abchecken. Lass mich mal machen."

18

Ein paar Tage später wartet morgens in meinem Büro ein Briefumschlag auf meinem Schreibtisch. Stirnrunzelnd stelle ich meine Tasche beiseite und nehme den Umschlag in die Hand. Die Vorderseite wurde lediglich mit meinem Namen beschriftet, die Rückseite ohne Absender ist zugeklebt. Die Handschrift sieht nach der von Rick aus.
Seit dem Abendessen am vergangenen Freitag habe ich ihn nicht mehr gesehen – nicht einmal im Büro. Sein Terminkalender ist voll, und Molly hat mir verraten, dass er den Papierkram von zu Hause aus erledigen wollte. Sollte sie ahnen, dass zwischen Rick und mir nicht alles rund läuft, ist sie diskret genug, es sich nicht anmerken zu lassen. Weil die Vermutung naheliegt, dass er ein bisschen Abstand braucht, habe ich es mir verkniffen, ihn anzurufen, auch wenn ich ihn gern fragen würde, ob alles in Ordnung ist.
Ich öffne den Umschlag. Voller Neugier falte ich den Zettel auseinander.
„*Liebe Ellie*", beginne ich zu lesen und bin nach einem flüchtigen Blick über die gesamte Seite nun ganz sicher, dass die Nachricht tatsächlich von Rick ist. Verwundert setze ich mich auf meinen Stuhl und lese weiter.

> *bestimmt wunderst du dich, weshalb ich dir einen Brief schreibe, statt persönlich mit dir zu reden.*
> *Die Antwort darauf ist einfach und kompliziert zugleich. Wenn du diese Zeilen liest, bin ich bereits auf dem Weg nach Kalifornien.*
> *Nach unserem letzten Treffen ist mir klar geworden, dass ich einen Schlussstrich ziehen und neu anfangen muss. Wenn wir uns jeden Tag im Büro sehen, kann ich das nicht. Ich dachte, ich könnte damit umgehen, dass wir nur befreundet sind, aber ich habe mir was vorgemacht. Bevor ich dir meine Gefühle gestanden habe, fiel es mir nicht so schwer, weil ich wusste, dass es nie eine Chance geben wird, solange ich schweige. Aber seit meinem Geständnis hat sich alles verändert, und du hast mir klar gemacht, dass es diese Chance für uns auch dann nicht gibt, wenn du weißt, was ich für dich empfinde. Deswegen habe ich das Angebot von Hippo angenommen.*
>
> *Versteh mich nicht falsch, ich möchte dich nicht für immer aus meinem Leben streichen. Das könnte ich nie. Wir sind schon so viele*

Jahre befreundet, und du bist einer der wunderbarsten Menschen, die ich kenne. Aber erst mal brauche ich Abstand, um wieder klarzukommen. Ich hoffe, du verstehst und respektierst das.

Ich habe darüber nachgedacht, mich für den Kuss bei dir zu entschuldigen, aber das wäre nicht ehrlich. Und ich bin durch damit, nicht ehrlich zu sein. Ich bereue es nicht, aber ich habe wohl ein paar Signale falsch gedeutet und mich in die Hoffnung verrannt, dass da mehr zwischen uns ist.
Ellie, es gibt so vieles, das ich dir gern sagen würde, aber ich fürchte, dass nichts davon an dieser Stelle angemessen wäre. Ich möchte dir nur sagen, dass ich hoffe, dass wir irgendwann wieder Freunde sein können.

Ums Geschäftliche brauchst du dir keine Sorgen zu machen. Die Dependance in New York läuft weiter wie bisher, Molly wird mich auf dem Laufenden halten.

Eins noch:
Jo' kam vor ein paar Tagen auf mich zu und bat mich, eine Adresse für dich zu besorgen. Sie sagte, es ginge um deinen Dad. Ich gehe davon aus, dass du weißt, was damit gemeint ist, die Visitenkarte findest du im Umschlag.

Sei mir nicht böse, weil ich einfach abgehauen bin ... weil ich im Moment zu feige bin, dir das alles persönlich zu sagen. Es ist kein Abschied für immer.
Werde glücklich.
Rick

Meine Hände zittern. Er ist einfach nach Kalifornien abgehauen! Ich kann es noch gar nicht fassen. Ob Molly davon gewusst hat? Es trifft mich, dass *sie* Rick auf dem Laufenden halten wird. Auch wenn Molly alle unsere Termine koordiniert, lese ich zwischen den Zeilen, dass ich Rick nicht einmal dann kontaktieren soll, wenn es um die Firma geht.
Ich lese vor allen Dingen den letzten Satz immer und immer wieder. Das Papier bekommt dort, wo ich es krampfhaft festhalte, bereits Druckstellen.
Ich starre die handschriftlichen Zeilen an und fühle mich mies. Wie

gern würde ich glauben, dass er bloß nach Kalifornien abgereist ist, nur um die berufliche Chance zu nutzen, aber nach unserem Kuss und dem unschönen Ende des vergangenen Freitags bezweifle ich es.
Ich angele nach dem Umschlag, den ich zunächst achtlos auf den Tisch geworfen habe. Ich entnehme die Visitenkarte und studiere die Adresse von *R.G's Kostümverleih* hier in New York, in SoHo.
„Seltsam", murmele ich, aber zucke die Achseln.
Seufzend werfe ich einen Blick auf meinen Kalender, aber ich kann meine Termine nicht einfach absagen, auch wenn mir gerade danach wäre. Nicht nur mein Job hängt an *R.A. Immobilien*, sondern auch mein Herz. Ich habe für den guten Ruf dieser Firma zusammen mit Rick viele Jahre hart gearbeitet, und jetzt, wo er in Kalifornien ist, kann ich im Büro nicht mit schlechtem Beispiel vorangehen.

Ich hetze von Termin zu Termin und habe nicht allzu viel Zeit, um trübsinnigen Gedanken nachzuhängen. Ich schaffe es zwischendurch aber, Jo' eine Nachricht zu schicken.

> *Ellie 2:12:*
> *Jo'! Rick ist nach Kalifornien abgehauen und hat mir nur einen Brief dagelassen, wusstest du was davon? Ich kann ihn ja irgendwie verstehen ... Aber ich fühl ich mich trotzdem echt beschissen. Er hat mir 'ne Visitenkarte von irgendeinem Kostümverleih in SoHo gegeben, angeblich wegen Dad. Was soll mein Vater mit einem Kostümverleih zu tun haben? Ich glaub, ich fahre da nach der Arbeit gleich mal da vorbei. xoxo, Ellie*

Kurz nachdem ich auf den Senden-Button getippt habe und meine Nachricht in unserem Chatfenster erscheint, kommt ihre Antwort.

> *Joanna 2:14:*
> *Ich hab mir so was schon gedacht. Ich werd ihn vermissen :(Was deinen Dad angeht: Ich hab keine Ahnung! Ich würde ja mitkommen, aber ich häng hier in meinem Büro fest. Muss 'nem Kunden den Arsch retten, der seine Buchhaltung versaut hat. Kuss, J.*

Ich muss unweigerlich grinsen, während ich ihre Zeilen lese. Ich komme mir vor wie in unserer Teenagerzeit, als Jo' regelmäßig die

Mathehausaufgaben unserer Mitschüler korrigiert oder Spickzettel auf dem Schulhof vertickt hat.

Ich erinnere mich gern an die alten Zeiten zurück und daran, wie unbeschwert wir damals waren. Es gab unzählige schöne Momente, auch wenn mein Vater damals schon lange kein Teil meines Lebens mehr gewesen war und wir es nicht immer leicht hatten.

Ich bin froh, dass Jo' und ihr Dad Tom trotz unserer häufigen Umzüge immer in unserer Nähe geblieben sind und wir uns so nie aus den Augen verloren haben. Es ist erstaunlich, wie ähnlich unsere Lebenswege verlaufen sind, aber genau das hat uns auch zusammengeschweißt. Einige Jahre nachdem Dad uns verlassen hatte, hatte auch Toms Frau beschlossen, dass sie nicht mehr bei ihrer Familie leben wollte. Jo' hat keine Geschwister und ist damals allein mit ihrem Vater zurückgeblieben.

Ein Blick auf meine Uhr verrät mir, dass ich den alten Zeiten schon viel zu lange nachhänge und ich für meine nächste Besichtigung fast zu spät dran bin. Ich muss mich beeilen, wenn ich es noch pünktlich schaffen will. Zum Glück ist das der letzte Termin für heute.

Zwei Stunden später winke ich mir vor dem Büro ein Taxi heran und gebe dem Fahrer die Adresse in SoHo, die auf der Visitenkarte steht. Ich frage mich, was mich dort wohl erwarten wird. Jemand, der mir etwas über meinen Vater erzählen kann? Oder weiß, wo er ist, sollte er noch leben? Oder könnte ich in dem Laden sogar auf ihn treffen? Was würde ich ihm sagen? Im Kopf spiele ich alle möglichen Szenarien durch. Würde er sich freuen, mich zu sehen? Würde er mich überhaupt erkennen? Würde ich ihn erkennen? Wäre ich immer noch sauer, wenn er vor mir stünde? Wäre er mir fremd oder vertraut? Die Vorstellung eines Wiedersehens lässt meine Hände schweißig werden. Ich atme tief durch und trockne die Handinnenflächen an meiner Jeans ab. Bestimmt ist er überhaupt nicht dort, und ich mache mich umsonst verrückt.

Die kratzige Stimme des Taxifahrers reißt mich aus meinen Gedanken.

„Verfluchtes Kopfsteinpflaster in SoHo", meckert er. „Meine Frau sagt immer, man kann sein Geld entweder für dieses Powerplate-Zeug verjubeln oder ein paarmal die Straßen SoHos auf und ab fahren." Er lacht und klingt dabei wie ein Pirat, der jeden Tag ein paar Liter Rum vernichtet.

„Fahren Sie mal mit dem Rad über so eine Straße!"

„Mit dem Rad!", sagt er und lacht noch einmal. „Sie gefallen mir, Ms.. Genau mein Humor."

Er hält in einer kleinen Seitenstraße, die wenig befahren und von Bäumen gesäumt ist. Ich werfe einen Blick aus dem Fenster und kann ein paar Meter neben dem Wagen das weinrote Schild des Kostümverleihs erkennen. Durch die geschwungene, weiße Schrift wirkt es, als sei es ein Werbeplakat aus den 1950er-Jahren.

Ich bedanke mich bei dem Taxifahrer und drücke ihm ein großzügiges Trinkgeld in die Hand. Als ich aussteige, stehe ich etwas verloren auf dem Bürgersteig vor dem Laden. Ich hole tief Luft und bevor mich das letzte bisschen Mut verlässt, gehe ich zur Ladentür, die aus wunderschönem Holz in passender Farbe zum Schild gefertigt ist.

Als ich den Kostümverleih betrete, ertönt das *Ring* der Ladenklingel. Ich finde mich in einem Vorzimmer wieder, das mit einem Tresen, ein paar Kleiderstangen und einer Sitzgruppe mit gemütlich aussehenden Ohrensesseln ausgestattet ist. Auf den Stangen hängen vorsortiert die abholbereiten Kostüme, die auf ihren großen Auftritt warten. Hinter dem Tresen befindet sich eine Tür.

Es duftet nach Stoffen, nach Leder und nach Lavendel, aber dezent genug, um nicht nach Mottenkugeln zu stinken. Ich bin kurz davor, die Eingangstür nochmals zu öffnen, um durch ein erneutes Klingeln auf mich aufmerksam zu machen, als ich Schritte höre, die mich davon abhalten. Die Tür hinter dem Tresen geht auf.

Und dann steht er vor mir, in Fleisch und Blut und genau so, wie ich ihn in Erinnerung habe. Leicht lockige, braune Haare, Dreitagebart und lässig in Jeans und ein Rolling-Stones-T-Shirt gekleidet. Seine Haare sind länger als beim letzten Mal, als ich ihn gesehen habe. Er trägt sie lässig nach hinten gestylt, und der Surfer-Look steht ihm verdammt gut. Seine Frisur ist das Einzige, das sich verändert hat.

„Dan!", flüstere ich und starre ihn mit offenem Mund an. Nach den langen Monaten der vergeblichen Suche bin ich endlich an meinem Ziel angelangt, ohne dass ich wusste, überhaupt auf dem richtigen Weg zu sein. Er ist hier! Er ist tatsächlich hier! Mein Verstand weigert sich zu glauben, was meine Augen sehen.

Nachdem ich den ersten Schockmoment überwunden habe, lasse

ich zu, dass mich Freude und Erleichterung überrollen. Ich registriere in meinem Endorphinrausch nur am Rande, dass Dan mich verwundert ansieht, doch ich bin nicht dazu in der Lage, einen klaren Gedanken zu fassen. Ohne darüber nachzudenken, stürme ich auf ihn zu und falle ihm um den Hals. Mich durchströmen so viele Glücksgefühle, dass die Welt um mich herum leicht ins Wanken gerät.

„Endlich habe ich dich gefunden", murmele ich gegen seinen Brustkorb und stelle fest, dass er genauso riecht, wie ich es in Erinnerung habe. Doch irgendetwas stimmt nicht.

„Ehm", sagt er und räuspert sich, „das ist ... sehr schön, aber ich habe ehrlich gesagt ein bisschen Angst um meine Rippen, wenn du so fest zudrückst."
Der vertraute Klang seiner Stimme lässt mein Herz so heftig gegen meine Rippen hämmern, als wollte es aus seinem Käfig ausbrechen. Doch als ich begreife, was er gesagt hat, lasse ich von ihm ab, als hätte ich einen Stromschlag bekommen. Irritiert trete ich einen Schritt zurück. Was ist hier los?

„Sorry", sagt er, als er meinen verstörten Blick sieht. „Ich wollte nicht unhöflich sein oder so. Welcher Mann hat schon was dagegen, wenn ihm hübsche Frauen um den Hals fallen?" Er grinst, und dieser Anblick wärmt meine Magengegend, als hätte ich gerade einen Schnaps getrunken. Und weil ich kein Wort herausbekomme, zuckt er die Achseln und fährt einfach fort.

„Also, ich bin Dan. Aber irgendwas sagt mir, dass du das schon weißt." Er zwinkert mir zu. „Wie kann ich dir helfen? Ich bin zwar nur die Vertretung, weil die Inhaberin momentan nicht da ist, aber wir bekommen das sicher hin."
Meine Gedanken rasen. Ganz offensichtlich erkennt Dan mich nicht. Wie ist das möglich? Es wirkt noch nicht einmal so, als hätte er nach seiner Rückkehr nach New York neu angefangen – er macht vielmehr den Eindruck, als sei er nie fort gewesen und träfe mich hier und heute zum allerersten Mal.
Lächelnd, aber fragend sieht er mich an. Ich brauche schnell eine halbwegs glaubwürdige Geschichte, um Zeit zu schinden und herauszufinden, was hier los ist.

„Ich ... ahm ... Hi. Ich bin Ellie. Stray." Ich bin mir sicher, dass mein Gesicht inzwischen die Farbe einer Tomate angenommen hat. „Tut mir leid, ich bin ... von der Schauspielschule! Und unser Thema unseres Workshops ist ... ahm ... Improvisation. Sollen

wir einfach an Fremden mal testen, hat unser Kursleiter gesagt."
Ich nicke eifrig, auch wenn ich mich innerlich angesichts dieser fadenscheinigen Lüge winde. Doch Dan scheint sich damit zufriedenzugeben. Er lacht und nickt.

„Gar nicht so übel, Ellie." Die Anerkennung in seiner Stimme klingt echt. „Ihr Künstler seid schon ein verrücktes Volk. Welches Kostüm willst du abholen?"

„Kostüm? Ach so ... ja! Klar! Ich brauche ... Das Kostüm einer Freundin. Joanna Smith ist der Name." Allein seine bloße Anwesenheit bringt mich aus dem Konzept.

Außerdem weiß ich nun wieder, warum ich es bevorzuge, bei der Wahrheit zu bleiben. Im Lügen war ich noch nie besonders gut gewesen. Ein paar Dinge zu verschweigen, ist eine Sache, eine ganz andere jedoch, jemandem irgendwelche Lügenmärchen aufzutischen, in deren Details man sich verheddert.

„Okay. Hast du den Abholschein dabei?"

„Den Abholschein ..." Natürlich habe ich keinen. Lügen haben kurze Beine, vor allem wenn man sich so ungeschickt anstellt wie ich. „Nee", gestehe ich und schenke ihm ein Lächeln.

Dan sieht mich einen Moment lang an, bevor er zu einer der Kleiderstangen geht und die Zettel an den Kostümen prüft.

„War das für heute vorbestellt? Hier hängt nämlich nichts mit dem Namen dran. Vielleicht ist es auch noch nicht rausgehängt, aber ich kann hinten mal nachsehen."

Ich winke betont lässig ab und reiße mich zusammen, um mir nicht anmerken zu lassen, dass ich kurz vor dem Durchdrehen bin.

„Ach, kein Ding", sage ich und wische möglichst unauffällig die pappigen Hände an meiner Jeans ab. „Ich komm einfach noch mal wieder, oder sie soll es selbst abholen."

„Also, ich sehe gern hinten noch mal nach, wenn du 'ne Minute hast", beharrt er und deutet über die Schulter mit dem Daumen auf die Tür hinter sich.

Ich schüttele den Kopf, und es kommt mir vor, als sei der Raum geschrumpft. Ich befürchte zu ersticken, wenn ich nicht sofort hier wegkomme.

„Nee, ist schon okay", beteuere ich und ringe nach Luft. „Mach's gut!"

Ich mache auf dem Absatz kehrt und bin schon halb zur Tür hinaus, als ich Dans „Man sieht sich!" wie durch Watte hindurch höre.

Kaum ist die Tür hinter mir ins Schloss gefallen, schießen mir Tränen in die Augen. Meine Freude und Erleichterung sind verflogen und machen einer niederschmetternden Verzweiflung Platz. Ich habe keine Erklärung für dieses schmerzhafte Wiedersehen.

Auf der Hand liegt, dass Dan sich weder an unsere gemeinsame Zeit noch an seine Gefühle für mich zu erinnern scheint.

Der Schmerz und die Enttäuschung sitzen tief, und ich versuche völlig verheult, ein Taxi heranzuwinken. Ich will einfach nur noch weg von diesem Laden. Weg von dem Dan, in dessen Erinnerung ich nicht existiere.

19

Während der Rückfahrt zu meiner Wohnung sitze ich wie ein schluchzendes Häufchen Elend auf der Rückbank des Taxis. Der Fahrer hat Mitleid mit mir und reicht mir ein Taschentuch nach hinten.

„Danke", sage ich und schniefe.

„Schlechter Tag?" Mit hochgezogenen Augenbrauen sieht er mich über den Rückspiegel an.

„Das ist die Untertreibung des Jahrhunderts."

Der grauhaarige Mann nickt, als wisse er über alles Bescheid. Ich schätze, wenn man in New York Taxifahrer ist, kutschiert man häufiger verheulte Fahrgäste durch die Stadt.

„Es kommen auch wieder bessere Tage, Ms.. Es gibt schlechte Tage. Aber es gibt auch gute Tage. War schon immer so. Wird auch immer so bleiben. Glauben Sie 'nem alten Mann, der schon 'n paar Jahre auf dem Buckel hat."

Da ich nicht vorhabe, diesem Fremden meine Geschichte anzuvertrauen, nicke ich bloß und tröte in das zusammengeknäulte Taschentuch.

Langsam gelingt es mir, mich zusammenzureißen, und ich höre auf zu schluchzen. Als der Wagen vor meiner Haustür anhält, frage ich mich kurz, ob Jo' überhaupt schon zu Hause ist. Außer ihr gibt es niemanden auf der Welt, den ich jetzt gerade sehen will. Also bezahle ich den Taxifahrer, bedanke mich nochmals bei ihm für das Taschentuch und mache mich auf den Weg nach oben.

Schon als ich die Tür aufschließe, höre ich den Fernseher.

Ich hänge meinen Mantel an die Garderobe und gehe ins Wohnzimmer. Als Jo' mich mit verheultem Gesicht in der Tür stehen sieht, schaltet sie den Fernseher sofort aus.

„Was ist denn mit *dir* passiert? Kommst du von dem Kostümverleih? Ist dein Dad …"

Ich schüttele niedergeschlagen den Kopf. „Ja, nee."

„Was jetzt?"

„Ich dachte, du musst heute länger arbeiten?", lenke ich ab, doch Jo' zuckt bloß mit den Achseln.

„Das Zahlenchaos musste doch schneller klein beigeben, als ich dachte. Was war denn jetzt in dem Laden!"

„Ich habe Dan da getroffen!", platzt es aus mir heraus, und ich muss mich zusammenreißen, um nicht sofort wieder zu schluchzen.

Jo' blinzelt mich ein paarmal an. „Ist ja offenbar nich' so gut gelaufen."

„Nein! Und Rick hast du auch alles erzählt!" Meine Stimme überschlägt sich inzwischen fast. „Mann, Jo'!"

„Nich' alles! Nur, dass du deinen Dad finden willst. Sonst nichts, ich schwör's."

„Wie kommst du dazu, ihn dafür einzuspannen? Ich will nich', dass er denkt, ich würde seine Gefühle ausnutzen, damit er mir einen Gefallen tut! Wie scheiße ist das denn für ihn?!"

Jo' zuckt die Achseln. „Genauso scheiße wie die Tatsache, dass du ihn nich' willst." Sie verschränkt die Arme vor ihrer Brust und verzieht das Gesicht. „Außerdem war er mir noch was schuldig. Also reg dich ab. Er hat den Gefallen also *mir* getan und nich' dir."

„Erklär mir mal bitte, wie du und Rick überhaupt auf diesen Kostümverleih gestoßen seid", sage ich und schnaube vor Wut. Ich weiß, dass Jo' nichts für meinen Herzschmerz kann, aber die Wutkugel in meinem Bauch schrumpft nur langsam.

„Ich hab meinen Dad gelöchert. Immerhin haben unsere Familien Tür an Tür gewohnt, und er war mit deinem Dad befreundet. Er hat jetzt nich' besonders viel rausgerückt ... Keine Ahnung, was damals war, aber sein Lieblingsthema war's nich' gerade." Jo' macht eine kurze Pause und seufzt. „Egal. Auf jeden Fall meinte er, der Kontakt sei abgerissen, als dein Dad damals verduftet ist. Aber wenn's nach meinem Dad geht, soll die Inhaberin von dem Kostümverleih Mitchell wohl kennen. Er wusste nur nich', ob es den Laden überhaupt noch gibt. Ich hab im Internet und im Telefonbuch nachgeschaut, konnte aber nichts finden. Und da kam Rick ins Spiel. Sein Netzwerk in der Stadt ist einfach irre." Sie mustert mich und schürzt die Lippen. „Was ist denn überhaupt schief gelaufen?"

„Ich ... Tut mir leid, Jo'. Du kannst überhaupt nichts dazu. Mich hat's nur eiskalt erwischt. Ich muss mich erst mal kurz schütteln, okay? Gib mir zehn Minuten für 'ne heiße Dusche. Danach erzähle ich dir alles."

Meine Freundin sieht mich mit zusammengezogenen Brauen an, stimmt aber zu. „Schnaps?"

„Mir ist mehr nach Kakao."

Jo' sieht mich weiterhin nachdenklich an, sagt aber nichts.

Eine halbe Stunde später sitzen wir in unseren Pyjamas auf dem Sofa, und ich berichte Jo' von dem verstörenden Erlebnis im Kostümverleih.

„Scheiße", sagt sie, als ich fertig bin. „Einerseits ist es ja irre, dass er wirklich in der Stadt ist, aber dass er sich nich' erinnert … Das toppt echt alles."

Ich nicke und rühre gedankenverloren in der Tasse Kakao, die Jo' gemacht hat, während ich im Bad war. Das Feuer im Kamin knistert.

Inzwischen habe ich mich wieder beruhigt, meine Wut ist großer Enttäuschung und Niedergeschlagenheit gewichen. Aber immerhin weiß ich jetzt, wo Dan arbeitet und dass es ihm gut geht.

„Und er kann sich echt an nix erinnern? So an gar nix?", versichert Jo' sich noch einmal.

Ich schüttele den Kopf und starre in meine Tasse. „Ich glaube nich'."

„Okay. Du gehst also davon aus, dass das die Wahrheit ist. Und er wirklich keinen Dunst hat, wer du bist."

„Ja", antworte ich gereizt und ziehe die Brauen zusammen. „Warum sollte er mir das vorspielen?"

Da Jo' auf diese Frage offenbar noch keine diskussionsfähige Antwort hat, quittiert sie sie lediglich mit einem Achselzucken.

„Was ist, wenn er dich wirklich nich' kennt? Und deine Erinnerung doch nur so 'ne Komasache ist, weil du ihn … was auch immer … irgendwo mal gesehen hast und dein Unterbewusstsein ihn heiß findet?", fragt Jo' und ertränkt einen Marshmallow in ihrer Tasse Kakao.

„Wenn unsere Beziehung nur in meinem Kopf stattgefunden hätte, wie erklärst du dann, dass er heute plötzlich live und in Farbe vor mir stand?", gebe ich zurück. „Außerdem hatten wir die Echt-oder-nich'-echt-Diskussion schon."

„Keine Ahnung. Vielleicht hast du ihn schon mal auf 'ner Party gesehen oder so. Ich check ja nur die Möglichkeiten. Also, gehen wir mal davon aus, dass du mit allem recht hast. Und dass er nich' schauspielert." Sie wirft einen zweiten Marshmallow in ihre Tasse und taucht ihn mit einem Teelöffel immer wieder in den Kakao. „Vielleicht um dich zu schützen? Aber dann kapier ich nich', wovor. Was soll da dahinter stecken? Und wieso erinnerst *du* dich an alles?"

„Ich kapier's doch auch nich', Jo'. Ich dachte, wenn ich ihn finde, ist alles gut, weißt du? Und dann stehe ich in diesem Laden endlich vor ihm und mache mich zum Affen."

„Ach, Süße. Das konntest du doch nich' riechen."

„Nee. Aber trotzdem", entgegne ich bockig und stapfe mit meiner Tasse in die Küche, um mir neuen Kakao zu holen.

„Glaubst du, dass diese Wächterleute ihre Finger im Spiel haben?", fragt Jo' so laut, dass ich sie in der Küche hören kann. Während ich einen Marshmallow in meine Tasse purzeln lasse, denke ich über ihre Frage nach.

„Weiß nich'", antworte ich schließlich, als ich wieder auf dem Sofa Platz nehme. „Aber möglich wäre es schon, oder? Ich habe auch schon mal drüber nachgedacht, ob Xander Dan vielleicht auch einen Deal aufgezwungen hat."

Jo' sieht mich mit gerunzelter Stirn an. Plötzlich erhellt sich ihr Gesichtsausdruck, als wäre ihr gerade etwas Wichtiges eingefallen. „Sag mal, du hast doch neulich erzählt, der hätte gesagt, du würdest ihn nich' erkennen, wenn ihr euch nochmal seht, ne? Vielleicht war das ja 'ne Anspielung auf ... keine Ahnung! Genau so was?"

Ich seufze, weil wir mit unseren Theorien ohne weitere Informationen einfach nicht weiterkommen. Es ist frustrierend.

„Das ergibt einfach alles keinen Sinn, Jo'. Ich erinnere mich an alles, Dan an rein gar nichts. Wir sind am gleichen Tag zurück nach New York gekommen, jedenfalls war es der gleiche Abend, an dem wir in Slumbertown auseinandergegangen sind. Entweder ist bei ihm was verkehrt gelaufen oder bei mir."

„Es sei denn ..."

„Es sei denn was?"

„Es sei denn, Xander hat ein Motiv", verkündet meine Freundin. Ich verdrehe die Augen. Manchmal nervt Jo' mit ihren Anspielungen.

„Wir sind hier aber nich' in einem Kriminalroman, Jo'. Und wir sind keine Special Agents. Das hier ist die Realität."

„Realität ist in letzter Zeit ein ziemlich dehnbarer Begriff geworden, wenn du mich fragst", antwortet sie und trinkt ihren Kakao aus.

In diesem Punkt kann ich ihr nicht widersprechen. Jo' war schon immer gut im Ignorieren von Einwänden – vor allem dann, wenn sie sich etwas in den Kopf gesetzt hat. Also sinniert sie weiter.

„Vielleicht ist der Schokoladenfuzzi davon ausgegangen, dass du dich auch nich' mehr erinnerst, sobald du hier angekommen bist.

Entweder weil er das so geplant hat oder weil das in seiner komischen Ebene vielleicht normal ist. Diese anderen Leute, von denen du erzählt hast ... Die, die keine Ausbildung oder was auch immer machen ... die kommen ja wohl auch zurück. Ich kann mir gut vorstellen, dass es im Interesse der Wächter ist, dass man vergisst, dass man in Slumbertown war." Aufgeregt fuchtelt sie mit den Händen, während sie spricht. „Überleg mal! Was meinste, was hier der Punk abginge, wenn alle, die wieder herkommen, von 'ner parallelen Ebene wüssten. Keine Ahnung." Sie starrt in ihre leere Tasse. „Xander konnte womöglich gar nich' ahnen, dass du nich' komplett blank aufwachst."

„Ich hab echt keinen Plan, Jo'", gestehe ich überfordert. „Gefühlt ist alles möglich. Ich hab auch keinen Schimmer, was da drüben normal ist. Eine Sache erklärt diese ominöse Gedächtnislücke aber."

„Und die wäre?"

„Wieso Dan die ganze Zeit in New York ist und mich nich' gefunden hat. Er hat gar nich' gesucht."

Eine einzelne Träne kullert über meine Wange. Ich fühle nicht einmal mehr Trauer, sondern nur eine schreckliche Leere in mir. Hastig wische ich mir mit dem Handrücken über die nasse Stelle.

„Ach Süße", sagt Jo' und nimmt mich in den Arm. „Das tut jetzt verdammt weh, ich weiß. Aber wir helfen seinem kaputten Gedächtnis schon auf die Sprünge, okay? Allein dass Dan hier in New York ist, ist doch schon mal was."

„Na und?", sage ich und schniefe. Ihre Umarmung ist eine einfache Geste, aber sie spendet mir in diesem Augenblick Trost. „Das bringt doch nichts."

„Vielleicht ja doch", insistiert Jo'. „Vielleicht sind seine Erinnerungen nur ... blockiert oder so was."

„Okay." Ich löse mich von ihr und atme tief durch. „Okay. Dann müssen wir das ändern. Ist nur die Frage, wie."

„Ich weiß es auch noch nich', Ellie. Aber lass uns mal eine Nacht drüber schlafen. Oder auch zwei. Und dann fällt uns schon was ein. Uns fällt immer was ein, oder nich'? Du willst ihn doch zurück, oder? Sonst sparen wir uns den Aufriss."

Mehr als ein angedeutetes Nicken kann ich gerade nicht bewerkstelligen. Ich denke an den Moment, in dem ich Dan vorhin zum ersten Mal seit Monaten wiedergesehen habe, und daran, wie mein Herz vor Glück fast zerspringen wollte – nur um kurz darauf in tausend Teile zerschmettert zu werden. Die nächsten Tränen rollen über meine Wangen, ohne dass ich etwas dagegen tun kann.

„Siehste", stellt Jo' fest und wischt mit den Fingern meine Tränen weg. „Dann hör jetzt auf zu heulen, das war der letzte Kakao. Die Milch ist nämlich alle."

„Okay", sage ich und muss trotz meines Kummers kurz lachen. Auch wenn ich mich für heute geschlagen gebe, beruhigt mich die Entschlossenheit, die Jo' an den Tag legt. Ich weiß, dass wir uns nicht unterkriegen lassen und warum Jo' der Mensch ist, den ich an meiner Seite haben möchte.

Am nächsten Morgen finde ich in meinem Terminkalender im Büro einen Besichtigungstermin für ein Loft in SoHo. Es ist ein Termin von Frank, den Molly heute Morgen mit Grippe und Fieber nach Hause geschickt hat, bevor er das ganze Büro ansteckt.

„Ihr wollt mich doch alle verarschen!", brumme ich meinen Monitor an.

Den Weg zur Kaffeemaschine nutze ich, um bei Molly am Empfang vorbeizuschauen. Ich bitte sie, für Franks Termin jemand anderen zu begeistern, und erfinde kurzerhand einen Zahnarzttermin, den ich angeblich vergessen habe. Molly hebt kurz beide Augenbrauen, nickt aber und verspricht, sich darum zu kümmern.

Seit meinem Zusammentreffen mit Dan bin ich auf einen erneuten Ausflug nach SoHo etwa so scharf wie der Teufel auf ein Bad in Weihwasser.

Solange es keinen Plan gibt, wie wir Dans Erinnerungen zurückgewinnen können, oder sich nicht wenigstens eine Erklärung dafür findet, was passiert ist, möchte ich ihm möglichst nicht begegnen.

Ich male mir aus, was Jo' zu meinem Verhalten sagen würde. Ich höre ihre Stimme in meinem Kopf, wie sie sagt, dass wir uns all die Monate zuvor auch nie versehentlich über den Weg gelaufen sind und dass die Wahrscheinlichkeit in einer Millionenmetropole gleich null ist, aber ich möchte den Zufall nicht herausfordern. Oder hat das alles in Wirklichkeit doch etwas mit Schicksal zu tun?

Falls es so ist, dann verstehe ich die Spielregeln nicht, die notwendig wären, um Teil dieses Spiels sein zu können.

Allein der Gedanke daran, dass ich für Dan eine Fremde bin, aber meine Gefühle für ihn noch immer die gleichen sind, schnürt mir die Kehle zu. Die Erinnerungen an unsere gemeinsame Zeit überrollen mich. Unser erster Kuss im dunklen Flur, unsere erste gemeinsame Nacht, unsere Radtouren in den Bergen, das Gefühl von Schmetterlingen und von Leidenschaft, die er in mir geweckt hat … Wie er gesagt hat, dass er mich liebt. Ich schüttele den Kopf und schließe für einen Moment die Augen. Ich kann die Vorstellung nicht ertragen, ihm noch einmal so nah und doch so fern zu sein.

Immerhin schaffe ich es mit meiner bewährten Methode durch die Woche: Ablenkung, indem ich mich in die Arbeit stürze. Wenigstens tagsüber hilft mir mein Job dabei, nicht ständig an Dan zu denken. Sobald ich abends nach Hause komme, tausche ich mein Businessoutfit gegen meine Sportklamotten, schnappe mir meinen Mp3-Player und bin schon wieder aus der Tür und auf dem Weg in den Central Park. Meine morgendliche Trainingsrunde reicht nicht mehr aus, um die Wut in meinem Bauch loszuwerden.

Dass die Tage länger und die Temperaturen angenehmer geworden sind, kommt mir gerade recht. Ich genieße es, mit Musik auf den Ohren durch den Park zu joggen und die Bäume an mir vorbeifliegen zu sehen.

Doch so sehr ich mich auch bemühe, sobald mein Körper beim Laufen auf Autopilot schaltet, kann ich nicht immer verhindern, dass sich Gedanken in mein Hirn schleichen, die um Dan und mich kreisen.

Es schmerzt mich zutiefst, dass es kein Wir mehr gibt, doch das Laufen hilft mir dabei, diese negativen Emotionen zu kompensieren. Vielleicht kann mein Herz einfach nicht so weh tun, wenn sich zeitgleich meine Lunge nach Sauerstoff verzehrt, weil ich laufe, als sei der Teufel hinter mir her. Mir ist klar, dass ich meinen Problemen nicht entkommen kann, ganz egal, wie sehr ich mein Lauftempo noch steigere. Aber im Moment hilft es mir wenigstens, nicht von den schmerzhaften Gefühlen übermannt zu werden. Das ist alles, was für mich gerade zählt.

Es fühlt sich an, als verschwänden in der letzten Zeit die geliebten Menschen aus meinem Umfeld. Zuerst meine Schwester, meine Mutter, Jer, Rick … Und bei Dan fühlt es sich an, als hätte ich ihn zum zweiten Mal seit Slumbertown verloren. Diese verdammte Gedächtnislücke!

Ich werde nicht müde, mir einzureden, dass sich auch dieses Hindernis irgendwie überwinden lässt. Wenn ich doch bloß wüsste, wie! Oft wünschte ich, Lu wäre hier, um mir einen ihrer Denkanstöße zu geben! Wie oft hat es mich früher genervt, wenn sie auf alles eine Antwort parat hatte, die ich nicht hören wollte! Und jetzt? Jetzt würde ich alles dafür geben, sie bei mir zu haben und mir ihre Meinung anzuhören.

Ich vermisse sie immer noch jeden Tag, aber die Wunde fühlt sich inzwischen an wie eine verheilende Narbe. Ich werde mit der Lücke, die sie in meinem Leben hinterlassen hat, leben müssen – seitdem ich diese Tatsache akzeptiert habe, kann ich von Tag zu Tag ein bisschen besser damit umgehen.

Weil mir meine Gedanken heute keine Pause gonnen, habe ich gar nicht bemerkt, dass mich meine Füße aus Gewohnheit zu der Parkbank neben der Romeo-und-Julia-Statue getragen haben. Mir wird klar, wie albern es ist, SoHo zu meiden, aber meine Joggingroute nicht zu ändern. Ich sollte definitiv daran arbeiten konsequent zu sein, aber jetzt bin ich hier und brauche unbedingt eine kurze Verschnaufpause. Ziemlich außer Atem lasse ich mich auf der Sitzgelegenheit nieder und werfe den beiden Liebenden, die in ihrer innigen Pose schon seit den 1960er-Jahren hier im Central Park stehen, einen Blick zu. Ob sie sich auch dann auf ihre Liebe eingelassen hätten, wenn sie gewusst hätten, wie ihre Geschichte endet?

Wie immer, wenn ich die Statue sehe, muss ich daran denken, was Dan mir an jenem Tag, der eine Ewigkeit zurückzuliegen scheint, am Steg in Slumbertown erzählt hat:

dass diese Statue für ihn und seine frühere Freundin eine besondere Bedeutung hatte. Heute Morgen fühle ich mich wie ein Eindringling in Dans Leben.

Die Erinnerung an unser Gespräch ist kristallklar, und nun sitze ich hier an diesem für ihn so persönlichen Ort, obwohl er nicht einmal mehr weiß, dass er mir dieses Detail aus seinem alten Leben anvertraut hat.

Ich bin in den vergangenen Monaten so häufig hier gewesen, weil ich hoffte, dass dies der Ort sei, an dem er vielleicht nach mir suchen würde. Warum fühle ich mich plötzlich so unwohl dabei?

Ich sollte mich am Riemen reißen. Meine Gewissensbisse sind Schwachsinn. Zum einen kann ich eine Pause beim Joggen einlegen, wo immer ich will. Außerdem ändert das nichts daran, dass Dans Leben vermutlich genauso verlaufen ist, wie er es mir in Fake-Montana geschildert hat. Folglich ist Nora nicht mehr am

Leben und dieser Treffpunkt nur noch ein Ort, an dem Erinnerungen hängen.

Wenn ich daran denke, was Dan durchgemacht hat, ergreift eine Mischung aus Trauer und Unruhe von mir Besitz. In Fake-Montana hatte er mit seiner Vergangenheit und seinen Gefühlen für Nora Frieden geschlossen. Doch was fühlt er hier und jetzt in New York, wo er sich an den emotionalen Neuanfang in Slumbertown nicht erinnert?

Möglicherweise befindet er sich noch genau an dem Punkt, an dem er war, als ich ihn kennenlernte: Gefangen in seiner Trauer, dem Gefühl von Verlust und noch nicht bereit, die Liebe zu Nora loszulassen.

Dieser Gedanke schmerzt mich so sehr, dass mein Magen verkrampft und sich anfühlt, als wolle er sich seines Inhalts auf der Stelle entledigen. Ich schließe für einen Moment die Augen und versuche, bewusst und tief in den Bauch zu atmen.

Als ich sie wieder öffne, flattern zwei gelbe Schmetterlinge an mir vorbei. Dass es diese Art auch hier in New York gibt, ist mir noch nie aufgefallen. Ich bin mir sicher, dass ich diese gelben nur in Slumbertown gesehen habe. Wehmütig denke ich an den letzten Sommer, der, trotz des vorangegangenen Verlusts meiner Schwester, der glücklichste meines Lebens war.

Als mir jemand auf die Schulter tippt, fahre ich zusammen und verliere die noch immer umhertanzenden Falter aus den Augen. Während ich damit beschäftigt war, meinen Gedanken nachzuhängen, habe ich gar nicht bemerkt, wie sich jemand neben mich auf die Parkbank gesetzt hat.

„Was?", frage ich barsch und reiße einen meiner Kopfhörer so ungeschickt aus dem Ohr, dass sich das Kabel verheddert und ich den zweiten gleich mit hinunterreiße.

Ich drehe den Kopf in die Richtung des Antippers, und mir stockt der Atem, als ich sehe, wer neben mir sitzt. Auch wenn ich meine Gründe hatte, ihm aus dem Weg zu gehen, kann ich nicht verhindern, dass mein Herz einen Freudensprung macht. Mit klopfendem Herzen sitze ich auf der Bank und versuche, die herumwirbelnden Gedanken in meinem Kopf zu ordnen. Die Schmetterlinge in meinem Bauch wollen mich mit aller Macht davon überzeugen, dass sich nichts geändert hat.

„Hey", sagt Dan und sieht mich mit seinem umwerfenden Lächeln an.

Für einen winzigen Augenblick hängt etwas zwischen uns in der Luft, und es scheint, als wäre alles wieder wie im letzten Jahr. Doch gerade, als ich glaube, dieses Gefühl greifen zu können, spricht er weiter.

„Ellie, richtig? Wir haben uns neulich im Kostümverleih von Rose getroffen. Dan."

Meine Hoffnung zerplatzt wie eine Seifenblase. Ich nicke und zwinge mich zu einem Lächeln.

„Stimmt. Hi!" Ich räuspere mich, während ich um Fassung ringe.

„Ist ja schräg, dass ich dich ausgerechnet hier wiedertreffe. Ist ein schönes Fleckchen hier im Park. War früher oft hier."

„Ja. Ich weiß", flüstere ich und bemerke, was mir da herausgerutscht ist.

Dan legt die Stirn in Falten und beäugt mich. Ich kenne diesen Blick. Es arbeitet in ihm.

Er reibt sich den Dreitagebart. Der Anblick dieser vertrauten Geste bohrt sich wie ein Pfeil in mein Herz.

Warum kann ich bloß nie die Klappe halten? Mit zusammengepressten Lippen starre ich auf die Kopfhörer, die ich zu entwirren versuche. Meine Finger zittern zu sehr, also umschließe ich das Kabelgewirr fest mit der Hand, damit Dan es nicht merkt.

„Ach ja? Und woher das?", fragt er nach einer gefühlt endlos langen Pause. Die Skepsis in seiner Stimme ist nicht zu überhören.

In meinem Kopf schrillen Alarmglocken. Was soll ich dazu sagen? Ich verwerfe gedanklich eine Ausflucht nach der anderen.

„Ahm, ich meinte ... dass das ein schöner Platz ist", sage ich schließlich.

Ich komme mir selten dämlich vor, wie ich hier sitze und versuche, ihm etwas vorzumachen. Krampfhaft bemühe ich mich, mein Unbehagen zu verbergen, und habe das Gefühl, dass ich dabei kläglich scheitere. Verstohlen blicke ich zu Dan hinüber, der fast auf der Parkbank liegt und die Beine entspannt überkreuzt hat. Mit einer Ferse stützt er sich lässig am Boden ab. Seine Anziehungskraft auf mich ist ungebrochen.

Als er nicht weiter auf meine fadenscheinige Ausrede eingeht, wage ich es, aufzuatmen. Jo' hat zwar mit mir über die Möglichkeit diskutiert, Dan mit den vergangenen Ereignissen in Slumbertown zu konfrontieren, aber ich habe diese Vorgehensweise kategorisch abgelehnt.

„Und du machst Pause vom Joggen?", fragt Dan, um den Smalltalk fortzuführen. Das Misstrauen in seiner Stimme ist verschwunden.

„Genau", antworte ich nickend, „ich laufe jeden Tag hier lang. Das ist etwa die Hälfte meiner Strecke, deswegen lege ich hier ganz gern eine kurze Verschnaufpause ein."
Und ich habe diese Joggingroute nur gewählt, weil ich all die Monate gehofft hatte, dich hier zu treffen.

„Jeden Tag? Wow!" Dan pfeift anerkennend durch die Zähne. „Ich hab schon ewig keinen Sport mehr gemacht."
Beinahe hätte ich geantwortet, dass man ihm das nicht ansieht, aber ich halte mich im letzten Moment zurück. Ich will unter den gegebenen Umständen nicht mit ihm flirten.

„Ach ... Das Laufen hilft mir, den Kopf freizukriegen, weißt du."

„Viel Stress auf der Schauspielschule?" Ist das noch Smalltalk oder ist er wirklich neugierig?

„Oh, eigentlich ..."
Da ist sie, die Notlüge von neulich, die jetzt wie ein Bumerang zurückkommt.

„Sollte ich vielleicht auch mal probieren."

„Die Schauspielschule?", frage ich und kann mir ein Schmunzeln nicht verkneifen.

„Quatsch", erwidert Dan. Er lacht, und ich kann nichts dagegen tun, dass mein Herz bei diesem vertrauten Klang aufgeht. „Das mit dem Sport."

„Stress beim Kostümesuchen?", gebe ich seine initiale Frage zurück, doch er schüttelt den Kopf.

„Meine Arbeit ist echt entspannt", erklärt er und sieht dabei zufrieden aus. „Früher war ich in einer großen Firma in der IT-Abteilung, das war stressig. Aber seit ich im Kostümverleih helfe, ist alles cool. Und die Kohle reicht, um davon zu leben ... Mehr will ich momentan gar nicht."

„Klingt doch gut."

„Eigentlich schon."

„Aber?" Ich sollte nicht nachfragen. Es fühlt sich bereits jetzt schon so an, als säße ich am Rand einer Klippe, meine Füße über dem Abgrund baumelnd. Aber es ist Dan, der neben mir sitzt. Ich kann nicht anders.

„Ach. Ich will nicht wie ein Waschlappen klingen", antwortet er

mit einem Lächeln.
„Bullshit."
„Also schön." Als er fortfährt, wirkt sein Tonfall betrübt. „Wenn man niemanden hat, der nach Feierabend auf einen wartet ..., kann man sich sogar in einer so überfüllten Stadt wie New York ziemlich allein fühlen." Er reibt mit den Handflächen über seine Knie. Ich fühle mich mindestens genauso unwohl in meiner Haut, wie er sich zu fühlen scheint. Ich hatte damit gerechnet, dass er etwas von seiner Arbeit erzählen würde, aber nicht das.
„Oh!", presse ich hervor.
Das Thema Nora, von dem ich offiziell nichts wissen kann – es holt mich schneller ein, als mir lieb ist. Diese Tatsache sorgt dafür, dass sich die Schmetterlinge in meinem Bauch in Luft auflösen. Stattdessen mutiert mein Magen abrupt zu einem schmerzenden Klumpen.
„Das ... tut mir leid", nuschele ich.
Dan schüttelt den Kopf. Zu meiner Verwunderung lächelt er.
„Schon okay." Er legt den Kopf in den Nacken und blickt in die Baumkronen über uns. „Vielleicht wird's Zeit für einen Neuanfang, weißt du."
Ich nicke stumm, während sich mein Geist unaufhaltsam auf Wanderschaft begibt – zurück zu dem sonnigen Tag am Steg in Slumbertown, wo genau diese Unterhaltung schon einmal stattgefunden hat ... und dennoch alles so anders war.
„Ich weiß, was du meinst", antworte ich schließlich.
Er lässt sich von meiner verhaltenen Art nicht verunsichern und redet weiter auf mich ein.
„Weißt du, was echt komisch ist? Das hier fühlt sich gerade total wie ein Déjà-vu an."
„Ja! Weil's schon mal passiert ist!"
Das Blut stockt mir in den Adern, weil ich mir selbst nicht erklären kann, warum ich aus meinem ersten Versprecher vorhin nichts gelernt habe.
„Was?" Dan lacht, aber die Verwirrung steht ihm ins Gesicht geschrieben. „Also so wörtlich meinte ich das jetzt nicht. Oder kennen wir uns, und ich bin ein Idiot und erinnere mich nicht?"
Am liebsten würde ich mich dafür ohrfeigen, dass ich diesen Stein ins Rollen gebracht habe. Ich hätte auch einfach gleich zu Beginn sagen können: *Hey Dan, was ich dir übrigens neulich schon sagen wollte:*

Wir waren vor einiger Zeit auf einer anderen Realitätsebene ein Paar, aber du kannst dich nicht mehr dran erinnern!
Still grummele ich in mich hinein. Ich hätte sagen sollen, dass ich in Eile bin. Wir hätten uns gegrüßt, und ich wäre schnell hinter der nächsten Biegung des Weges verschwunden. Doch dafür ist es jetzt zu spät. Das Kind ist in den Brunnen gefallen.
Ich bin wütend auf mich selbst. Weil ich mich auf diese Unterhaltung eingelassen habe, die sich von harmlos zu explosiv entwickelt hat. Wie komme ich aus der Nummer bloß wieder raus? Es fällt mir schon schwer genug, nach außen so gefasst neben Dan zu sitzen, ganz zu schweigen davon, ihn anzulügen. Kurzerhand beschließe ich, ihm doch einfach die Wahrheit um die Ohren zu hauen. Entweder hält er mich für vollkommen durchgeknallt, oder Jo' behält mit ihrer Theorie recht, und die Konfrontation mit unserer gemeinsamen Zeit löst etwas in ihm aus. Auf jeden Fall habe ich keine Kraft mehr, mir wilde Ausreden aus den Fingern zu saugen.
„Nee, du bist kein Idiot. Ganz im Gegenteil." Ich seufze leise und schicke ein Stoßgebet zum Himmel, dass diese Entscheidung kein Fehler sein möge. „Wir kennen uns. Sogar ziemlich gut."
Mit hochgezogenen Augenbrauen sieht er mich an und streicht sich durch sein lockiges Haar. Bevor er etwas sagen kann, ergreife ich erneut das Wort.
„Ahm ... Mir ist schon klar, dass das jetzt total irre klingt, aber ... Es ist kein Déjà-vu, jedenfalls kein echtes. Es ist mehr wie ... eine Erinnerung, an die du dich nicht erinnerst." Kalter Schweiß rinnt mir den Rücken hinab, der nichts mit meinem Trainingslauf zu tun hat. Ich befürchte, einfach nicht die richtigen Worte zu finden, um ihm plausibel zu erklären, was geschehen ist.
„Ich weiß auch nich', wie ich das alles erklären soll", gestehe ich. „Wir haben letztes Jahr mehrere Monate gemeinsam in Montana gelebt. Und wir sind ... waren ein Paar, Dan. Ich habe keine Ahnung, warum ich mich daran erinnern kann und du nich', aber ich schwöre, dass ich mir das nich' ausdenke! Ich kann es auch beweisen!"
Dan starrt mich mit halboffenem Mund an, und er bewegt sich ein kleines Stück auf der Bank von mir weg. Er sitzt inzwischen nicht mehr entspannt zurückgelehnt, sondern ist auf die Kante der Sitzfläche gerutscht, als wolle er jeden Moment aufspringen. Ich spüre, wie ich mich um Kopf und Kragen rede. Im Vergleich

hierzu war es ein Kinderspiel, Jo' alles zu beichten.

„Es ist bestimmt schade, aber du musst dich irren!" Er sieht nun ernsthaft irritiert aus. „Ich war in meinem ganzen Leben noch nie in Montana, Ellie. Also entweder ist das ein echt krasses Missverständnis, oder du bist total durch."

Das Gespräch verläuft ganz und gar nicht so, wie ich es mir erhofft hatte. Panik steigt in mir auf, dass ich mit der Wahrheit alles nur noch schlimmer machen werde, aber es gibt kein Zurück mehr. Ich möchte mir den Mund zuhalten, um zu verhindern, dass die Worte aus mir herauskommen, aber ich muss ihm beweisen, dass ich seine Geschichte kenne. Und das kann ich nur, wenn ich ihn damit konfrontiere, dass ich weiß, was ihn auf dieser Ebene am meisten schmerzt.

„Pass auf.", höre ich mich sagen, als stünde ich neben mir. „Du liebst diesen Ort hier, weil er eine besondere Bedeutung für dich hat. Weil du dich hier immer mit Nora getroffen hast. Aber du ... Kommst nich' mehr so oft hier her, weil ein verdammter Autofahrer sie überfahren hat." Ich hole tief Luft, bevor ich die letzte Karte auch noch auf den Tisch lege. „Und mit ihr hast du ... noch jemanden verloren" Meine Stimme ist nicht mehr als ein Flüstern. Ich wage es nicht, auszusprechen, dass sie seine ungeborene Tochter in sich trug.

Dan starrt mich wie vom Donner gerührt an.

„Ich habe ihren Namen oder den Unfall nie erwähnt", flüstert er.

Zu sehen, wie sehr ihn dieses Thema aufwühlt, bricht mir das Herz. Aber ich muss es jetzt durchziehen, es ist zu spät, um einen Rückzieher zu machen.

„Noch was: Ich weiß zwar nich' wieso, aber ich nehme an, dass du im letzten Jahr für ein paar Monate im Koma lagst? Vermutlich im Mount Sinai?"

Ohne Vorwarnung springt Dan von der Parkbank auf und sieht aus, als wolle er ohne ein Wort die Flucht ergreifen. Doch er entscheidet sich anders.

„Was soll das alles?! Bist du 'ne verdammte Stalkerin oder was?!" Er hebt seine Stimme und ein paar Passanten werfen uns neugierige Blicke zu.

Obwohl ich die Eskalation bereits habe kommen sehen, zucke ich wegen seiner Worte zusammen.

„Ich ... Nein! Dan! Überleg doch mal! Woher soll ich das denn

alles wissen, wenn nich' von dir?!"
An seinem schmerzverzerrten Gesicht erkenne ich, dass er mir schon gar nicht mehr richtig zuhört.

„Was weiß denn ich?! Ich muss hier weg. Ich brauche in meinem Leben weder Stalker noch Irre. Und *du* bist anscheinend beides."
Dan macht auf dem Absatz kehrt und stapft davon. Tief getroffen von seinen Worten starre ich ihm hinterher, bis er zwischen den Spaziergängern und Joggern verschwunden ist. Einige drehen sich zu mir um, aber ich ignoriere ihre vorwitzigen Blicke.

„Großartig!", murmele ich und bin überrascht, dass ich noch nicht in Tränen aufgelöst auf der Parkbank sitze.
Aber weder Tränen noch das Gefühl von Traurigkeit stellen sich ein. In mir finde ich nichts außer unendlicher Leere, und das ist bei Weitem ein schlimmeres Gefühl.
Wie betäubt sitze ich da und zwinge ich mich schließlich dazu, aufzustehen. Ohne die leiseste Ahnung, wie es nun weitergehen soll, trete ich den Heimweg an.

Ich muss unbedingt mit Jo' darüber sprechen, was passiert ist. Normalerweise würde ich ihr vorab eine Textnachricht schicken, aber mein Handy liegt zu Hause. Was soll's – immerhin gibt mir dieser Umstand noch ein bisschen Zeit, den Ausgang dieser unverhofften Begegnung sacken zu lassen. Oder meine Gedanken mit lauter Musik zu übertönen. Ich entscheide mich für Letzteres, stecke die Kopfhörerstöpsel in die Ohren und laufe los.
Als ich vor meiner Haustüre ankomme, muss ich keinen Blick auf meine Stoppuhr werfen, um zu wissen, dass ich persönliche Bestzeit gelaufen bin. Ich setze mich für einen Moment auf die Eingangsstufen, um wieder zu Atem zu kommen. Meine Lungen brennen mit jedem Atemzug, als würde ich ätzende Chemikalien inhalieren. Mein Herz hämmert wie wahnsinnig in meinem Brustkorb, und meine Beine fühlen sich seltsam leicht an, als gehörten sie nicht mehr zu meinem Körper. Aus meinem Mp3-Player dröhnt schon längst keine Musik mehr, weil der Akku leer ist. Mein eigener Akku fühlt sich mindestens genauso leer an.
All die Monate des Weitermachens, des Hoffens und der verzweifelten Suche nach Dan haben an meinen Kräften gezehrt. Ich bin zwar erleichtert darüber, dass es ihm gut geht, aber seit klar ist, dass er sich nicht mehr an mich oder unsere gemeinsame Zeit erinnern kann, fühle ich mich wie ausgebrannt.

Nachdem wir vorhin im Park auseinandergegangen sind, ist es, als hätte jemand einen Schalter in mir umgelegt. Ich kann verstehen, dass er mich für verrückt hält. Mit meinem Wissen über seine Vergangenheit habe ich ihn vor den Kopf gestoßen – ich an seiner Stelle hätte mich auch schnellstmöglich aus dem Staub gemacht. Wenn es eine Chance auf eine Annäherung zwischen uns beiden gegeben hat, dann habe ich sie versaut.

Wo vorher noch die Hoffnung in mir gewohnt hat, dass sich alles finden und doch noch gut ausgehen würde, ist inzwischen ein leerer Platz. Die Hoffnung hat ihre Koffer gepackt und ist ausgezogen.

Mittlerweile bin ich mir nicht mehr sicher, ob es diesen Masterplan des Schicksals wirklich gibt, obwohl ich es zwischenzeitlich für möglich gehalten hatte. Es kommt mir wie ein schlechter Scherz vor. Warum sollte mir das Schicksal Dan zurückbringen, nur um alles noch schlimmer zu machen?

Ich höre, wie die Haustür hinter mir aufgeht, und plötzlich taucht eine kleine Wasserflasche in meinem Sichtfeld auf, die jemand von hinten über meine Schulter hält.

„Danke", murmele ich und nehme die Flasche entgegen.

Jo' setzt sich neben mich auf die Stufe und mustert mich einen Augenblick.

„Ich war gerade in der Küche und hab dich die Straße runterrasen gesehen. Und als du nich' gleich raufgekommen bist, dachte ich mir, du kannst bestimmt was zu trinken gebrauchen, wenn du noch nich' aus den Latschen gekippt bist. Trainierst du jetzt für 'nen Weltrekord oder was?"

Ich nicke, schraube den Plastikdeckel der Flasche ab und trinke in kleinen Schlucken.

Jo' treibt unsere Unterhaltung vorerst nicht weiter voran, und so sitzen wir eine ganze Weile schweigend im Dämmerlicht vor unserem Hauseingang. Wieder einmal bin ich froh, dass sie mich so gut kennt wie sonst niemand. Sie sitzt einfach nur da und wartet, bis ich mir ein Herz fasse und zu erzählen beginne. Manchmal brauche ich einfach einen Moment, in dem mir jemand zwar Gesellschaft leistet, aber nichts sagt. Jo' weiß das.

„Ich hab's ihm gesagt", breche ich schließlich das Schweigen.

„Du hast wem was gesagt?"

„Ich habe Dan erzählt, was zwischen uns ist ... war ... was auch immer." Hilflos zucke ich mit den Schultern. „Oder sagen wir mal:

Ich hab's versucht."

„Oh! Und dann bist du vor ihm weggerannt, so schnell du konntest?"

„Sehr witzig! Er ist total ausgeflippt, Jo'."

Ich werfe meiner Freundin einen kurzen Blick zu und sehe, dass diese Nachricht sie mitnimmt, auch wenn sie gern dumme Sprüche klopft. Ich ziehe es vor, lieber wieder das Etikett der Wasserflasche zu inspizieren.

„Na ja ... was hast du erwartet?", fragt Jo'. „Ich stell mir das nich' gerade spaßig vor, wenn jemand Fremdes ankommt und dir erzählt, dass dein Gedächtnis im Eimer ist."

„Ja", murmele ich.

„Wieso hast du's ihm überhaupt gesteckt? Du warst doch total anti, als wir darüber gesprochen haben. Und wolltest du ihm nich' aus dem Weg gehen?"

„Ich war ja auch dagegen! Aber vorhin ... Ach, ich weiß auch nich'." Ich versuche, die Wutkugel in meinem Bauch unter Kontrolle zu behalten. „Wir haben uns zufällig im Park getroffen, und er hat mich angelabert. Und dann kam die Wortkotze einfach so aus mir raus."

Jo' nickt. „Verstehe."

„Inzwischen habe ich einen Eindruck, wie Rick sich die ganze Zeit gefühlt haben muss", bemerke ich geknickt und reiße dabei das Etikett der Wasserflasche in kleine Fetzen.

„Ach, das kannst du doch gar nich' vergleichen! Zwischen Rick und dir ist nie was gelaufen. Das war 'ne einseitige Geschichte, und er hatte nie 'nen Grund, sich Hoffnungen zu machen. Wenn man zusammen war, ist das ja wohl was ganz anderes." Sanft legt sie eine Hand auf meinen Rücken.

„Vor einem Jahr hätte ich jeden für verrückt erklärt, der mir so eine Geschichte erzählt hätte", sage ich tonlos.

Jo' stutzt kurz, bevor sie antwortet. „Vor 'nem Jahr hattest du auch noch ein relativ normales Leben, Süße."

„Normal!" Ich knalle die Wasserflasche auf die Stufe vor mir. „Was ist, wenn bei meinem Unfall in meinem Kopf einfach nur irgendwas kaputtgegangen ist? Vielleicht habe ich mir wirklich alles nur eingebildet und bin geistig einfach total im Arsch? Ich hab manchmal echt Schiss, dass ich nich' mehr weiß, was real ist, Jo'."

Meine Stimme klingt bitter. Ich habe diesen Gedanken in den letzten Wochen konsequent beiseitegeschoben, doch jetzt habe ich meinen Zweifeln eine Stimme verliehen.

„Orrr, laber keinen Scheiß! Die ganze Zeit liegst du mir damit in den Ohren, dass du diese Diskussion nich' führen willst, und jetzt fängst *du* damit an?" Ohne Vorwarnung zwickt Jo' mich in den Unterarm.

„Aua!", rufe ich überrascht aus und reibe die sich bereits rötende Stelle. „Spinnst du?"

„Die Frage ist, ob *du* spinnst! Tut's weh?"

„Ja, verdammt!", maule ich und verziehe das Gesicht.

„Prima! Dann weißt du ja jetzt, dass das hier echt ist. Sag Bescheid, wenn du mal wieder Probleme damit hast, dann zwicke ich dich gerne wieder."

„Wie lieb von dir", kommentiere ich ihr Angebot ironisch und reibe weiter über die gezwickte Stelle an meinem Arm. „Dass das hier echt ist, habe ich doch gar nich' in Frage gestellt."

„Ich hab schon kapiert, was du gemeint hast", schneidet Jo' mir das Wort rigoros ab und bedeutet mir mit einer Handbewegung, dass ich gar nicht einhaken muss. „Aber überleg doch mal 'ne Sekunde." Ihre Augen verengt sie zu schmalen Schlitzen. Meine Freundin ist sauer. „Wenn das alles nur in deinem Kopf abgegangen wär, ja? Dann musst du mir erklären, wieso Dans Story wahr ist. Mit seiner toten Freundin und so. Woher solltest du das wissen?"

„Keine Ahnung. Vielleicht hattest du von Anfang an recht, und ich habe ihn irgendwo schon mal gesehen, und mein Unterbewusstsein hat ihn während des Komas aus irgendeiner Schublade gekramt?"

Jo' schüttelt den Kopf, sodass ihre Locken fliegen. „Humbug. Das würde vielleicht erklären, wieso du weißt, wie er aussieht. Aber nich', wieso du seine Geschichte kennst, oder? Also komm mal wieder runter von deinem ‚Ich bin vielleicht auf den Kopf gefallen'-Trip."

„Danke, Jo'." Ich hoffe, dass die aufrichtig gemeinte Bewunderung in meiner Stimme sie gnädiger stimmt. „Nich' besonders viele Leute würden sagen: ‚Alles klar, natürlich gibt's noch andere Ebenen neben unserer Realität! Und natürlich hast du ausgerechnet da deinen Traumprinzen gefunden!' Aber du glaubst mir."

Dieses Mal ist es Jo', die mit den Achseln zuckt. „Ist nur so 'n Bauchgefühl. Ich weiß es einfach." Hoffentlich täuscht ihre

Intuition sie nicht.

„Und was machen wir jetzt?", frage ich, als mir siedend heiß etwas einfällt. „Warte mal!"

„Ja?" Mit hochgezogenen Augenbrauen sieht Jo' mich an.

„Dan hat vorhin was gesagt, was mir jetzt erst wieder einfällt. Oh Mann! Ich bin so bescheuert! Der Kostümverleih! Er hat gesagt, dass die Besitzerin Rose heißt."

„Ja, und?", fragt Jo', sichtlich verwirrt.

„Jo'!", rufe ich aus und kann nicht fassen, dass ausgerechnet meine Freundin mit ihrem analytischen Fimmel noch nicht verstanden hat, worauf ich hinaus will. „Rose? Rosie? Klingelt da was?"

„Warte, warte … Du redest von der Rosie, für die du in Slumbertown gearbeitet hast?"

„Genau! Du bist doch sonst nich' so schwer von Begriff! Wenn Rose die gleiche Rosie ist, müssen wir sie unbedingt treffen! Bestimmt weiß sie, was los ist!"

„Bei deinen Gedankensprüngen muss man ja auch erst mal folgen können", meckert Jo', aber ich habe ganz klar ihr Interesse geweckt. „Das wäre aber schon ein extrem freakiger Zufall, meinst du nich'? Was soll denn deine Rosie aus Slumbertown mit deinem Dad zu tun haben? Das war ja der eigentliche Grund, wieso wir auf den komischen Laden da gekommen sind."

„Ich weiß es nich'. Aber es könnte doch sein, oder nich'?" Ich bin so angefixt von meiner Theorie, dass mich im Moment nur sekundär interessiert, was Rosie mit meinem Vater zu tun haben könnte.

„Okay, nur mal angenommen", lenkt Jo' ein. „Aber was ist, wenn sie dich auch nich' erkennt? Hast du daran vielleicht schon mal gedacht, du Genie? Das würde nämlich erklären, wieso du von ihr bisher auch noch nix gehört hast."

„Jetzt mal den Teufel nich' an die Wand."
Meine Schlussfolgerung löst eine solche Euphorie in mir aus, dass mir ein wenig schwindelig wird, obwohl ich sitze.

„Lass uns lieber überlegen, wie wir sie sprechen können, ohne dass ich Dan noch mal über den Weg laufe. Nach dem Fiasko vorhin bin ich da nich' so besonders scharf drauf."

„Na gut." Jo' seufzt schwer. „Es ist auf jeden Fall einen Versuch wert. Wir haben ja nix zu verlieren."

Ich nicke, während in meinem Kopf bereits eine erste Idee

heranreift."

„Du sagst es. Kannst du nich' morgen mal da vorbeifahren und die Lage checken?"

Theatralisch wendet Jo' ihren Blick gen Himmel und seufzt noch einmal ganz besonders gequält. „Wieso war mir klar, dass wieder alles an mir hängen bleibt?"

„Weil du mich kennst", antworte ich und grinse übermütig. „Und weil du die beste, beste, beste, beste, bes…"

„Ja, ja, ja", schneidet sie mir das Wort ab, „hör auf! Ich mach's ja. Aber jetzt gehen wir erst mal hoch, ja? Mir friert nämlich der Arsch auf den Stufen hier ab."

Plötzlich flackert in mir erneut eine zaghafte Flamme der Hoffnung auf, auch wenn ich weiß, dass noch gar nichts gewonnen ist.

Die Angst, dass Jo' recht hat und Rosie sich ebenfalls nicht an mich erinnern kann, droht mich von Innen aufzufressen, doch noch gelingt es mir, das nicht zuzulassen. Dass Dans Chefin Rose womöglich „unsere" Rosie ist, ist eine irrwitzige Hoffnung, aber ich weiß, dass ich es mir nie verzeihen würde, wenn ich diese Möglichkeit nicht wenigstens in Betracht ziehen und überprüfen würde – egal wie unwahrscheinlich es klingen mag. Wer wäre ich, wenn ich nach allem, was ich im letzten Jahr erlebt habe, die unmöglichen Dinge für nicht möglich hielte?

Nach einer ausgedehnten Dusche schlüpfe ich in meinen Pyjama und setze mich an den Schreibtisch. Der kleine Sekretär in meinem Zimmer steht vor dem Fenster, und ich blicke gedankenverloren hinaus. Der Abendhimmel hat sich in der Zwischenzeit in sein samtblaues Nachtgewand gekleidet, und ich kann den Mond sehen. Schon im Bad habe ich den Entschluss gefasst, Rosie einen Brief zu schreiben. Nur für alle Fälle. Ich vertraue Jo' blind, aber ich möchte sie dennoch nicht nur mit ein paar Worten im Gepäck zum Kostümverleih schicken. Ich stütze das Kinn auf meine rechte Faust, während ich mit den Fingern der linken Hand lautlos auf dem Tisch trommele. Mir gehen so viele Dinge durch den Kopf, dass es mir schwerfällt, mich zu sortieren. Ich denke an Dan, der sich seit unserer Rückkehr nach New York an nichts erinnern kann, was in Slumbertown passiert ist. Wie ist er in dem Kostümverleih gelandet? Wenn Rose wirklich Rosie ist – hat sie ihn gefunden, oder war es bloß der Zufall, der die beiden auf dieser Ebene zusammengeführt hat? Meine Gedanken schweifen ab, und ich sehe Dan, wie er aus der Tür hinter dem Tresen des Ladens kam. Wie er lächelte, wie gut sich seine Wärme anfühlte, wie vertraut er roch.

Die guten Erinnerungen an unsere gemeinsame Zeit wollen sich mir aufdrängen, doch ich schiebe sie beiseite. Mein Herz schmerzt genug.

Ich denke stattdessen an Jer, von dem bislang jede Spur fehlt. Wo steckt er bloß? Und was ist mit meinem Vater?

Es ist so viel passiert, und ich habe so viele Fragen, aber ich traue mich nicht, sie offen in einem Brief zu stellen, der womöglich auch von Dritten gelesen werden könnte. Und wenn ich mich in etwas verrannt habe und Dans Chefin Rose gar nicht Rosie aus Slumbertown ist?

Mit einem Seufzer schüttele ich den Kopf. Der Mond am Himmel wird weiterhin nur auf mich herabscheinen, statt mir zu helfen. Wenn ich darauf warte, dass sich in meinem Kopf die perfekten Worte finden, werde ich nie auch nur einen Satz zu Papier bringen.

Ich schalte die Schreibtischlampe ein. Geblendet vom plötzlichen Licht muss ich einige Male blinzeln, bis meine Augen aufgehört haben zu tränen. Ich ziehe ein Blatt Papier aus einer der Schubladen des Tisches hervor. Mein Blick fällt auf die kleine Schatulle, die ich ebenfalls dort aufbewahre. Meine Finger gleiten wie von selbst über den Samtbezug der Schachtel. Ich schließe die Schublade wieder und greife nach dem Füllfederhalter meines Vaters, der mich schon mein ganzes Leben lang begleitet.

Ich drehe das alte Stück zwischen meinen Fingern und betrachte es. Seit ich die Trauerrede für Lus Beerdigung zu schreiben versucht habe, habe ich ihn nicht mehr in der Hand gehalten. Der Stift ist ein Erinnerungsstück, das mir von Dad geblieben ist. Auch wenn ich als Kind nie verstanden habe, warum er unsere Familie verlassen hat und deswegen oft wütend auf ihn war; seinen Füllfederhalter habe ich stets gehütet wie einen Schatz.

In Gedanken versunken, drehe ich den Füller im Lichtkegel der Schreibtischlampe weiter zwischen den Fingern hin und her. Trotz seines Gewichts liegt er angenehm in meiner Hand. Die Verschlusskappe wirkt fast ein wenig zu klobig für ein so stilvolles Schreibgerät, aber das hat mich nie gestört. Ich schnappe nach Luft, als ich die hieroglyphenähnlichen Zeichen auf dem goldenen Clip der Verschlusskappe bemerke. Ich habe diesen Stift unzählige Male in der Hand gehalten, und der Clip war stets schmucklos

gewesen!
Ich lasse den Füller fallen, als sei er unter meiner Berührung plötzlich heiß geworden. Das ist nicht möglich! Ich schlage die Hände vor den Mund und konzentriere mich für ein paar Herzschläge nur darauf, nicht auszuflippen. Ich darf nicht zulassen, dass die Panik die Kontrolle übernimmt. In Slumbertown sind viel merkwürdigere Dinge passiert als das – nur dass mein Bauchgefühl mir sagt, dass diese Art von Ereignissen nicht nach New York gehört.
Der erste Schreck ist überwunden, und meine Neugier gewinnt die Oberhand. Stirnrunzelnd nehme ich den Füller wieder auf und betrachte die Schriftzeichen näher. Zuletzt habe ich sie an der Fassade von Slumbertowns Bahnhof gesehen. Ungläubig fahre ich mit den Fingerkuppen immer wieder über die in den Clip eingravierten Symbole. Was hat es bloß mit diesen Zeichen auf sich?
Auch wenn sich mein Verstand noch immer dagegen sträubt, flüstert mir meine Intuition zu, dass ich mich von meiner Weltanschauung, in der der Zufall regiert, verabschieden muss. Irgendetwas sagt mir, dass ein Zusammenhang zwischen den Ereignissen und diesen Hieroglyphen besteht. Ich muss und werde herausfinden, was für eine Bedeutung sich hinter diesen Symbolen verbirgt. Doch zuerst muss ich den Brief an Rosie schreiben.
Sorgsam befülle ich das Schreibgerät auf einem kleinen Tintenfässchen, das ich in einer anderen Schublade aufbewahre. Es ist fast leer, die dunkelrote Tinte darin erinnert mich an die Farbe von Blut.

Liebe Rosie,
ich schreibe dir diese Zeilen, obwohl mir bewusst ist, dass du dich möglicherweise nicht an mich erinnerst. Sollte dies der Fall sein, wird mein ganzer Brief in deinen Augen keinen Sinn ergeben.
Rosie, sollte es so sein, so bitte ich dich inständig, ihn einfach zu vernichten und zu vergessen, dass ich dir je geschrieben habe.

Ich werde nicht die richtigen Worte für das finden, was in den letzten Monaten über mich hereingebrochen ist, aber du bist meine letzte Hoffnung, einige Dinge zu sortieren.

Ich habe die Stadt nicht geplant verlassen.

Du hast doch nicht ernsthaft geglaubt, dass ich einfach abgehauen bin, ohne mich von dir zu verabschieden, oder?
Aber nachdem Dan und ich unsere Reisepläne gemacht hatten, ist alles außer Kontrolle geraten. Wir haben uns getrennt.

Xander hat mir geholfen, zurück nach New York zu reisen, auch ohne Dan. Rosie, was soll ich sagen? Ich befürchte inzwischen, dass ich zu wenig wusste – und immer noch weiß –, um einschätzen zu können, ob ich nicht eine große Dummheit begangen habe.

Als ich wieder zurück in New York war, habe ich mich auf die Suche nach Dan gemacht. Ich habe nie aufgehört, ihn zu lieben, und ich war einige Male kurz davor, wegen unserer Trennung zu verzweifeln.

In deinem Laden habe ich Dan zufällig wiedergetroffen. Allerdings tut er so, als hätte unsere gemeinsame Zeit für ihn nie stattgefunden. Rosie, du kennst ihn länger als ich: Kann ich irgendetwas tun, um ihn umzustimmen?

Seit diesem Treffen habe ich alles getan, um ihn nicht wiedersehen zu müssen. Ich konnte es nicht ertragen.
Heute bin ich ihm im Central Park über den Weg gelaufen, aber wir haben gestritten. Ich habe ihm die Wahrheit gesagt, aber natürlich hat er mir nicht geglaubt.

Rosie, ich weiß nicht, was ich tun soll. Meine Mutter und Schwester sind fort, von Jer habe ich nichts mehr gehört und Dan ... Nur meine Freundin Jo' kennt die ganze Misere und ist für mich da. Aber ohne deine Hilfe sehe ich keine Chance, dass alles wieder in Ordnung kommt.
Wie ich bereits schrieb, du bist meine letzte Hoffnung.

Ich hoffe, allen Widrigkeiten zum Trotz, bald von dir zu hören,
Ellie S.

Ganz unten schreibe ich meine Adresse und Telefonnummer auf, damit Rosie weiß, wie und wo sie mich erreichen kann.
Zufrieden blicke ich auf die Zeilen in meiner ordentlichen Handschrift. Selbst wenn jemandem meine Nachricht in die Hände

fallen sollte, für dessen Augen sie nicht bestimmt ist, wird niemand etwas Verräterisches herauslesen können. Ich hoffe, es klingt alles danach, als hätte ich Beziehungsstress und bräuchte Rosies Hilfe, um die Wogen zu glätten. Aber sollte sich die ältere Dame an alles erinnern, wird sie sofort verstehen, was ich ihr zwischen den Zeilen mitteilen will. Ich warte, bis die Tinte trocken ist, bevor ich den Brief sorgsam zusammenfalte und in ein Kuvert stecke.

„Rose" schreibe ich in Druckbuchstaben auf die Vorderseite und klebe den Umschlag zu. Hoffnung und Angst liegen heute Abend für mich dicht beieinander.

Mir ist bewusst, dass dieser Brief ein verzweifelter Versuch ist, nach einem letzten Strohhalm zu greifen. Entweder kann Rosie mir helfen oder sie hat keinen blassen Schimmer, wer ich bin, und ich kann froh sein, wenn sie mir keinen Paartherapeuten empfiehlt. Auch wenn Letzteres keine besonders verlockende Aussicht ist, habe ich zum ersten Mal das Gefühl, dass ich wenigstens bald weiß, wie ich meine Zukunft gestalten muss.

Ich will Jo' den Brief gleich übergeben, doch als ich die Schlafzimmertür öffne, schallen mir Krimiphrasen aus dem viel zu lauten Fernseher im Wohnzimmer entgegen. Ein Lächeln stiehlt sich auf meine Lippen, und ich schließe die Tür wieder.

Jo' hat eine andere Art, mit den Dingen umzugehen, als ich, und sie erinnert mich dabei an Jer, der beim Sudokulösen entspannen und nachdenken kann.

Ich lösche das Licht der Schreibtischlampe und krabbele unter die Bettdecke. Mein Blick schweift zum Fenster, und ich betrachte den fast vollen Mond, der neben den Sternen am Himmel prangt.

Bevor ich einschlafe, frage ich mich, ob es in Slumbertown der gleiche Mond war, der durch mein Schlafzimmerfenster schien.

20

Am nächsten Morgen überreiche ich Jo', die schon am Frühstückstisch sitzt, meinen Brief. Sie nimmt den Umschlag entgegen, dreht und wendet ihn, um ihn dann sorgsam außerhalb der Klecker-Reichweite ihrer bis zum Rand gefüllten Cornflakesschale zu platzieren.

„Was ist das?", fragt sie betont ahnungslos.

Ich hole mir ebenfalls eine Schale sowie einen Löffel aus der Küche und setze mich zu ihr an den Tisch.

„Ein Brief", antworte ich trocken und schütte mir Cornflakes ein, um sie in Milch zu ertränken.

„Was du nich' sagst! Ich geh davon aus, dass ich den im Kostümverleih abliefern soll."

„Genau." Ihren Sarkasmus übergehe ich einfach.

„Sonst noch was? Immerhin bleiben ein paar Bilanzen liegen, um deine Botengänge zu erledigen."

„Deine Bilanzen werden es überleben, wenn sie ein paar Stündchen auf dich warten müssen. Du hast echt was gut bei mir." Zwischen zwei Löffeln Cornflakes überlege ich, ob sie Rosie noch etwas ausrichten soll.

„Ich weiß ehrlich gesagt nich', was du ihr sonst noch sagen sollst", gestehe ich schließlich. „Wir wissen ja nich' mal, ob sie sich an mich erinnert."

„Oder ob sie's überhaupt ist."

Ich ignoriere ihre Anmerkung geflissentlich. „Gib ihr einfach nur den Brief und sag, dass Ellie dich gebeten hat, den abzugeben."

„Allef kla", antwortet Jo' mit vollem Mund.

„Und Jo'!" Ich sehe meine Freundin eindringlich an. „Gib ihn auf gar keinen Fall Dan! Wenn Rosie nich' da ist, dann nimm den Scheiß-Brief wieder mit."

„Ja, Mann. Ich bin doch nich' bescheuert."

„Ich weiß. So war's ja auch nich' gemeint", entschuldige ich mich und lächele sie versöhnlich an.

„Na, dann mal los! Du gehst Geld verdienen, und ich geh Postbote spielen. Und gebe dir Bescheid, sobald ich da war, okay?"

„Klingt nach 'nem Plan."

Wenig später sitze ich an meinem Schreibtisch und habe gar keine Zeit, um über Rosie und den Brief nachzudenken. Mein heutiger

Terminplan ist nahezu lückenlos gefüllt und obendrein kommt eine aufgelöste Molly in mein Büro gestürzt und eröffnet mir, dass sie wegen einer dringenden Familienangelegenheit für ein paar Stunden weg muss.

Das heißt, ich muss das Status-Update an ihrer Stelle mit Rick führen. Zum Glück war er schon immer ein Frühaufsteher, und folglich ist er schon wach, als ich ihn anrufe – immerhin ist es in Kalifornien drei Stunden früher als in New York.

Es ist das erste Mal, dass wir uns seit seiner Abreise tatsächlich sprechen und uns nicht nur knapp gehaltene E-Mails schreiben. Nach meiner anfänglichen Nervosität bin ich erleichtert, dass er sich entspannt anhört. Das wiederum entspannt mich, und so besprechen wir unverkrampft die geschäftlichen Anliegen – Rick fragt mit keiner Silbe danach, was mit der Adresse des Kostümverleihs geschehen ist. Ich bin heilfroh, dieses Thema aussparen zu können, und zum ersten Mal seit seiner Abreise ersticke ich die leise Hoffnung, dass wir vielleicht irgendwann wieder normal miteinander umgehen können, nicht im Keim.

Gegen Mittag hat Molly eine Verschnaufpause zwischen meinen Terminen eingeplant.

Ob Jo' bereits zurück ist? Vielleicht hat sie Rosie auch gar nicht angetroffen. Hoffentlich hat sie den Brief dann auch wieder mitgenommen und nicht doch Dan gegeben. Und hoffentlich hat sie sich nicht dazu hinreißen lassen, Dan in die Mangel zu nehmen! Mit meiner Ungeduld gehe ich mir selbst auf die Nerven, starre aber dennoch mein auf dem Tisch liegendes Handy an, als könne ich allein durch meine Willenskraft eine Nachricht von Jo' herbeibeschwören.

Als sei es tatsächlich so, vibriert das Telefon, und ich sehe auf dem Display die Vorschau einer neuen Textnachricht. Mit klopfendem Herzen greife ich nach dem Gerät.

> *Joanna 12:03:*
> *Hey! Hab den Brief abgegeben und bin jetzt aufm Rückweg. Ich komm dann zu dir ins Büro, aber dauert noch ... Der Laden ist ja am Arsch der Welt. Bis später! J.*

Ich werfe einen Blick auf meine Armbanduhr. Bis zu meinem nächsten Termin habe ich noch eine Stunde. Mich ärgert, dass sie nichts Genaueres schreibt. Sonst hält sie es auch für nötig, jeden Unsinn per Textnachricht kommunizieren! Ich antworte schnell, um nachzubohren.

Ellie 12:04:
Und weiter? War sie da? Was hat sie gesagt? War Dan auch da?

Wieder versuche ich, das Telefon durch Anstarren zum Vibrieren zu bewegen, aber diesmal warte ich vergebens.
Eine halbe Stunde und etliche Textnachrichten später taucht Jo' in meinem Büro auf und hält mit einem triumphierenden Grinsen eine weiße Plastiktüte an den Henkeln nach oben.
„Ich hab unterwegs noch Sushi geholt!", flötet sie und fängt sofort an, die beiden Plastikboxen aus der Tragetasche zu nesteln und auf meinen Tisch zu stellen.
„Wo warst du denn so lange?!"
„Auf dem Weg hierher?!", antwortet Jo' und imitiert meinen genervten Tonfall. „Glaubst du, ich kann fliegen, oder was? Ist dir schon mal aufgefallen, wie übervoll diese Stadt ist?" Sie setzt sich auf einen der beiden Stühle vor meinem Tisch und schüttelt den Kopf.
Während sie sich weiter über den entlegen Winkel SoHo's echauffiert, in dem der Kostümverleih liegt, zerrt sie ein Ladekabel aus ihrer Handtasche und schließt ihr Handy damit an eine der freien Steckdosen unter dem Schreibtisch an. Sie schaltet das Gerät ein und wischt mit dem Zeigefinger auf dem Display des Smartphones herum.
„Hast du gedacht, es geht schneller, wenn du mich im Minutentakt mit Nachrichten zuspamst?", fragt sie und schürzt die Lippen.
„Hättest du halt mal geantwortet!", maule ich, obwohl der Grund auf der Hand liegt, warum sie es nicht getan hat. „Du weißt ganz genau, dass ich nich' da war, als der liebe Gott die Geduld verteilt hat."
„Ja. Vermutlich weil dir die Geduld gefehlt hat, dich in der Schlange anzustellen", erwidert Jo' mit einem breiten Grinsen.
Immer noch genervt davon, dass sie mich auf die Folter spannt, verdrehe ich die Augen. Ein kleines Grinsen kann ich mir ob ihrer Bemerkung allerdings nicht verkneifen.
„Ja, was auch immer." Voller Ungeduld winke ich ab. „Kannst

du mir jetzt endlich mal sagen, wie es war? Hat Rosie was gesagt?"
Jo' hebt betont gelassen die Schultern und wirft ihre langen roten Locken zurück.

„Nich' wirklich ... aaaber sie hat mir was für dich mitgegeben. Die alte Frau hat mich so lange in ihrem muffigen Vorraum warten lassen, bis sie fertig war."
Mit diesen Worten zieht sie einen sorgsam zusammengefalteten Umschlag aus ihrer Hosentasche.

„Und das sagst du nich' gleich?!", empöre ich mich und reiße ihr das Schriftstück aus der Hand. „Was steht drin?"
Zu dem flauen Gefühl in meiner Magengegend gesellt sich ein Anflug von Schwindel, was mich eingedenk meines rasenden Pulses nicht überrascht.

„Woher soll ich das wissen?", antwortet Jo' und schiebt ihre Unterlippe nach vorn. „Du tust gerade so, als ob ich deine Post lesen würde."
Ich bin unfähig, mich auf ihre Beschwerde zu konzentrieren, und nehme nur am Rande wahr, wie sie mit dem Plastikdeckel der einen Sushibox kämpft. Meine Hände zittern, als ich den Zettel auseinanderfalte.

Meine liebe Elizabeth,
ich freue mich, von dir zu hören.

Dass du wohlauf bist, ist eine wahrlich gute Nachricht. Alexander sagte mir, dass ihr die Ausbildung bei ihm abgelehnt habt und deshalb abgereist seid. Allerdings habe ich geahnt, dass es Unstimmigkeiten gibt.

Liebes, ich kann mir vorstellen, dass dir unendlich viele Fragen auf der Seele liegen. Ich werde so viele davon beantworten, wie ich kann. Aber bitte gedulde dich noch, denn ich muss mich noch um einige Angelegenheiten kümmern, die keinen Aufschub dulden. Dazu muss ich die Stadt für eine Weile verlassen, aber ich bemühe mich, so schnell wie möglich wieder hier zu sein.

Bis dahin hoffe ich, dass dir das Tagebuch deines Vaters weiterhelfen kann – alles Weitere besprechen wir nach meiner Rückkehr.

Bleib bitte, wo du bist, und verhalte dich unauffällig. Behalte nur

*Joanna an deiner Seite und überlass den Rest mir.
Sei zuversichtlich, Kind. Ich melde mich, sobald ich kann.*

Rosie

„Und?", fragt Jo' zwischen zwei Bissen Sushi. „Kann sie helfen?"

Ich antworte nicht sofort. Ich lese den vorletzten Absatz erneut, doch mein Verstand weigert sich zu akzeptieren, was dort steht.

„Ellie?" Ich höre Jo', aber sie klingt, als säße sie plötzlich weiter als nur eine Armlänge von mir entfernt. „Alles klar? Du bist auf einmal so blass um die Nase."

„Ahm ... ja", sage ich und lege den Zettel verwirrt beiseite. „Sag mal ... Du hast den Brief doch Rosie persönlich gegeben, oder?"

„Ja, wie abgemacht. Und bevor du fragst: Die Antwort hat sie auch höchstselbst geschrieben. Ich hatte das Vergnügen, mir währenddessen die Füße in den Bauch zu stehen. Deshalb hat's ja auch so ewig gedauert, bis ich wieder loskam."

Mit gerunzelter Stirn mustere ich den Brief, den ich auf den Tisch gelegt habe. Das ergibt keinen Sinn. „Auch auf die Gefahr hin, dass die Frage jetzt komisch klingt, aber kam sie dir irgendwie bekannt vor?"

Jo' lässt für einen Moment von ihrem Sushi ab und sieht mich mit einer hochgezogenen Augenbraue an. „Woher soll mir die alte Frau denn bekannt vorkommen, he?"

„Keine Ahnung. Hast du dich mit deinem Namen vorgestellt? Also deinem vollen Namen?"

„*Nein*?! Kannst du mir jetzt bitte mal sagen, was du hast?"

Ich nehme Rosies Zettel auf und reiche ihn zu Jo' rüber. Mit zusammengezogenen Brauen nimmt sie den Brief an sich und beginnt zu lesen. Als sie fertig ist, starrt sie zuerst das beschriftete Stück Papier und dann mich mit offenem Mund an.

„Ich nehme an, dass es in diesem Affenzirkus kein besonders gutes Zeichen ist, dass sie meinen Namen kennt, oder?", fragt sie und deutet mit ihren Essstäbchen auf den Zettel.

Ich verschränke demonstrativ die Arme vor meiner Brust. „Eher nich'."

Jo' ist der Appetit offensichtlich vergangen.

„Wie zur Hölle kann sie das denn wissen? Ich hab die Frau noch nie gesehen!"

„Herzlich willkommen in meiner Welt der tausend Fragen", erwidere ich, ohne meinen Zynismus zu verbergen.

„‚Verhalte dich unauffällig.' und ‚Ich melde mich, sobald ich kann.'", zitiert Jo' aus Rosies Zeilen. „Das klingt wie aus 'nem miesen Krimi."

Sie knallt den Zettel so heftig auf den Tisch, dass ihre Sushibox einen kleinen Hüpfer macht. Mit angewidertem Gesichtsausdruck wirft sie die Essstäbchen zurück in den Plastikbehälter und verschließt ihn mit dem durchsichtigen Deckel.

„Was meint sie überhaupt damit, dass ihr klar war, dass es Unstimmigkeiten gibt?" Jo' ist der Wechsel in ihren analytischen Modus anzusehen. Sie kaut auf ihrer Unterlippe herum.

„Ich hab echt keinen Plan, sorry."

„Hm. Vielleicht ist dieser Xander doch stinkig auf dich?"

Mit finsterer Miene schüttele ich den Kopf. „Warum sollte er? Ich hab mich an meinen Teil der Abmachung gehalten."

„Sicher? Ich mein ... Wir wissen doch gar nich', was das genau heißt. Vielleicht hast du irgendwas gemacht, ohne dass du's weißt."

„Bullshit! Was soll ich denn gemacht haben?"

„Das könnt's sein", überlegt Jo' laut und klingt, als hätte sie einen Geistesblitz.

„Wovon redest du?!"

„Na, vielleicht ist das Wächterding einfach in deiner DNS", erklärt Jo' betont langsam. „Das würde bedeuten, dass du das in dir hast, ob du willst oder nich' ..."

„Aber das wussten wir doch schon.", wende ich ein. „Xander hat doch nur irgendwas von Pflichten gesagt, die ich nich' wahrnehmen soll. Und das hab' ich nich'!"

Jo' schüttelt den Kopf. „Ich will damit nur sagen, dass es für mich danach klingt, als wär's keine aktive Entscheidung, ob man ein Wächter sein will oder nicht. Vielleicht kannst du die Ausbildung verweigern, aber das ändert nix daran, wer du bist."

„Ja und?", frage ich, immer noch begriffsstutzig.

„Vielleicht hat Xander dich gelinkt, Ellie. Vielleicht kann er gar keinen Einfluss darauf nehmen. Egal, ob ihr 'nen Deal habt oder nich'."

Mit offenem Mund starre ich meine Freundin an. „Ich weiß nich', Jo'. Das klingt irgendwie ..."

„Wild? Auf jeden Fall. Aber trotzdem ... Rosie weiß anscheinend, wer ich bin, ohne dass ich weiß, wer sie ist. Nich' besonders beruhigend. Oder hast du ihr irgendwann mal was von mir erzählt? In Slumbertown, mein ich?"

„Nee. Nie."

„Sehr schmeichelhaft", brummt Jo'. „Aber okay. Ich seh's dir nach."

„Du bist so großzügig."

„Ich weiß."

„Sieht also so aus, als würden wir jetzt zu zweit total planlos in der Scheiße sitzen." Ich starre mein unangetastetes Sushi an.

„Mich würde ja eher brennend interessieren, was der ganze Scheiß soll", zieht Jo' ihr ganz eigenes Fazit. „Was ist mit dem Tagebuch, von dem da die Rede ist? Und wieso hast du mir nie gesagt, dass du so was von deinem Dad hast?"

„Weil ich es nich' habe, verdammt. Ich hab bis eben nich' mal gewusst, dass es von Dad überhaupt ein Tagebuch gibt. Und nimm die Frage, woher Rosie das weiß, gleich mit in unseren Katalog auf."

„Scheiße!", flucht Jo' leise und dreht sich eine ihrer Haarsträhnen immer wieder um den Zeigefinger.

„Weißt du, was ich aber auch nich' verstehe?", frage ich sie, aber die Frage ist fast mehr an mich selbst gerichtet.

„Alles?" Jo' schnaubt und lässt von ihrem Haar ab. „Schieß los. So viel Rätselspaß gibt's selten gratis."

„Wenn Rosie die ganze Zeit über hier in New York war und sie Dan in ihrem Laden eingestellt hat ... Dann wusste sie doch von Anfang an, dass er sich nich' mehr erinnert, allein schon weil er sie auch nich' erkannt hat, oder? Warum hat sie nichts dagegen unternommen?" Gedankenverloren nestele ich an der Plastiktragetasche herum, die Jo' auf dem Tisch hat liegen lassen.

„Vielleicht ist so was halt nich' so easy-peasy? Weißt du denn überhaupt, was Wächter so können? Und ob Rosie überhaupt zu diesem Club der Auserwählten oder was auch immer gehört?"

Ich schüttele den Kopf und kaue auf der Innenseite meiner Wange herum. Ich weiß nicht, was mir in diesem Moment mehr Furcht einflößt. Die Tatsache, dass offenbar die Menschen, die mir etwas bedeuten, in dieser Sache mit drin stecken und womöglich zu Schaden kommen werden, oder dass Rosie uns vielleicht nicht so helfen kann, wie ich es mir erhofft hatte.

„Und was machen wir jetzt?" Meine Stimme ist kaum mehr als ein Flüstern.

„Auf jeden Fall die Nerven behalten. Du vertraust Rosie doch, oder?"

„Ja, das tu ich", antworte ich wahrheitsgemäß.

Jo' nickt. Sie wirkt abgeklärt. „Gut. Dann ist das aus Mangel an Alternativen erst mal unser Plan."

„Und wir sollten mal besser nach diesem mysteriösen Tagebuch suchen", füge ich hinzu.

21

Jo' war anfänglich nicht gerade begeistert darüber gewesen, dass sie scheinbar mit einer ganz eigenen Rolle in der Wächtergeschichte bedacht wurde. Trotzdem kann sie nicht verhindern, dass ihre analytische Seite herausfinden will, was los ist. So sitzen wir ein paar Tage später gemeinsam zwischen unzähligen Umzugskartons in unserem Wohnzimmer.
In den Kartons befindet sich der Nachlass meiner Mutter, den ich nach ihrem Tod von einer Firma habe einlagern lassen. Ich habe die Kisten nicht einmal selbst gepackt, sondern auch das dem Dienstleistungsunternehmen überlassen. Ich wollte und konnte mich nicht mit ihren Hinterlassenschaften auseinandersetzen.
Die letzten Abende haben Jo' und ich ausschließlich damit verbracht, die Kisten nach dem Tagebuch meines Vaters zu durchforsten. Wir haben alles Mögliche gefunden, interessante wie seltsame Dinge. Das Wesen meiner Mutter spiegelt sich in dem Chaos ihrer Besitztümer wider: Neben Fotoalben und anderen Erinnerungsstücken hat sie auch Einkaufszettel und uralte Zeitschriften aufgehoben.
„Das gibt's doch nich'", fluche ich und stöhne, als ich am Boden einer weiteren Kiste angelangt bin.
„Hast du was gefunden?", fragt Jo' hoffnungsvoll vom anderen Ende des Raumes, ebenfalls in die Durchsuchung einer Kiste vertieft, in der womöglich Hinweise schlummern.
„Nee, nich' wirklich." Ich puste eine Haarsträhne aus dem Gesicht, die sich aus meinem Pferdeschwanz gelöst hat.
Ich öffne den nächsten Karton und entdecke darin die alte Ausgabe von *Alice im Wunderland*, aus der mein Vater mir immer vorgelesen hat. Seit meinen frühen Teenagerjahren habe ich das Buch nicht mehr gesehen. Ich hatte mich damals in die Idee verliebt, einen Teil meiner Bücher an ein Waisenhaus zu spenden. Meine Schwester war von der Idee ebenfalls sofort begeistert gewesen und so hatten gleich dutzende von Büchern ein neues Zuhause gefunden. Ich war bis eben der festen Überzeugung gewesen, dass *Alice* unter ihnen gewesen ist. Umso mehr entzückt mich dieser unverhoffte Fund.
Der Roman ist in einen Gefrierbeutel verpackt. Das passt zu Mom. Mit einem Seufzer nehme ich diese Erinnerung an meine Kindheit an mich.

Als Kind hat sich mir der tiefere Sinn der Geschichte nicht erschlossen – mich hat einfach nur die Vorstellung fasziniert, dass sich hinter einem Kaninchenbau eine andere Welt verbergen könnte. Erst viel später wurde mir bewusst, dass es eine Geschichte über das Erwachsenwerden ist – eine Geschichte, die vom infrage stellen von gelerntem Wissen handelt, und von der Suche nach der eigenen Identität.

Dieses Buch war mein Zufluchtsort, wenn ich der realen Welt entfliehen wollte. Ich wünschte, es wäre noch immer genauso einfach, allen Sorgen für ein paar Stunden davonzulaufen.

Aber heute ist alles anders. Heute steht meine ganze Welt Kopf, und es gibt kein Refugium, das daran etwas ändern kann. Das muss wohl dieses Erwachsensein sein.

Ich befreie das Buch aus seiner Verpackung und streiche liebevoll über das abgegriffene Cover, das Alice zeigt, wie sie die Grinsekatze nach dem Weg fragt.

„Ich wünschte, wir könnten auch jemanden nach dem Weg fragen", sage ich und versuche, die in mir aufsteigende Frustration niederzuringen.

„Pass auf, was du dir wünschst!", grummelt Jo', nicht ohne mir einen prüfenden Blick zuzuwerfen. „Nich', dass es am Ende wahr wird. Mir reicht der ganze Scheiß so schon. Auf noch mehr hab ich echt keinen Bock. Und auf sprechende Tiere, die einen in die Irre führen, erst recht nich'."

Schweren Herzens lege ich das Buch beiseite und streiche noch einmal mit den Fingerspitzen über das Cover. Der restliche Inhalt des Kartons verströmt den leicht modrigen Geruch von feucht gelagertem Papier.

„Oh Mann!" Wegen des Geruchs verziehe ich angewidert das Gesicht. „Ein Glück war meine Mom ... anders. Ich habe zwar keine Ahnung, was sie geritten hat, das Buch in einen Gefrierbeutel zu stecken, aber es hat Alice den Arsch gerettet."

„Hm."

„Bei der Kohle, die mir diese Aufbewahrungsfirma abgeknöpft hat, sollten die mal dafür sorgen, dass die Lagerplätze nich' feucht werden. Der Karton hier mieft, als hätte er ein Bad im Hudson River genommen. Dabei steht das Zeug noch gar nich' so lange rum."

Jo' ist in die ungewöhnliche Dokumentensammlung meiner Mutter vertieft und würdigt meinen Kommentar mit keiner Reaktion, was mich nicht davon abhält, meinen Monolog fortzusetzen.

„Aber ich verstehe, warum die beiden Typen so mies drauf waren. Immerhin mussten die das Zeug zuerst von Moms Wohnung zum Lagerplatz karren und jetzt hierher. Die dachten sich bestimmt, warum suchen die beiden Weiber nich' gleich in ihrem Lagerraum nach dem, was sie suchen? Wenn ich mir das alles hier so ansehe, hätten wir denen vielleicht doch mehr Trinkgeld geben sollen. Meine Mom hat ja jeden Scheiß aufgehoben."

Das Schlüsselwort Trinkgeld erregt endlich die Aufmerksamkeit meiner Freundin. Als Buchhalterin hat Jo' offenbar so etwas wie ein eingebautes Radar für alles, das mit Finanzen zu tun hat.

„Spinnst du?", fragt sie pikiert und blickt von ihrem Karton auf. „Du hast denen fünfzig Mäuse in den Rachen geschmissen! Dafür können die zwei hübschen Frauen schon mal ein paar Kisten die zwei Stufen hochschleppen."

„Du bist echt mein Lieblingsgeizhals." Ich kann mir ein Grinsen nicht verkneifen. „Ohne dich wären meine Finanzen eine Katastrophe."

„Ich bin kein Geizhals, ich bin nur genau. Ganz im Gegensatz zu anderen Leuten hier im Raum." Jo' bewirft mich mit einem zerknüllten Papier, das als Füllmaterial in einem der Kartons gedient haben muss.

„Hey!", albere ich und hebe das Knäuel auf. Ich bemerke, dass darauf etwas geschrieben steht, entfalte es und versuche, es auf meinem Oberschenkel zu glätten. Bestimmt ein weiterer Einkaufszettel oder so etwas. Selbst den Stapel mit aussortierten Sachen für den Müll hat Jo' fein säuberlich aufgeschichtet.

„Oh mein Gott!", entfährt es mir, als ich erkenne, was ich da in den Händen halte.

„Was ist?! Hast du was?"

„Ja, vielleicht", murmele ich und versuche vorsichtig, die vielen Knicke aus dem Papier zu streichen, um es besser begutachten zu können. Es ist ein Brief, der an meine Mutter gerichtet ist. Die Handschrift ist klein, aber gut lesbar, und jemand hat mit blauer Tinte auf das Papier geschrieben. Die Art zu schreiben ähnelt ganz stark meiner eigenen. Ich schaue auf das Ende der Seite und lese als Unterschrift „dein Mitch" unter den Zeilen. Mein Vater hat diesen Brief geschrieben! Mit klopfendem Herzen beginne ich zu lesen.

Meine geliebte Anne,

ich bin inzwischen an einem Ort angekommen, an dem ich hoffentlich ganz in Ruhe ein paar Dinge organisieren kann.
Es hat sich so viel verändert, seit ich meine Heimat verlassen habe, dass ich sie kaum wiedererkenne. Dass die Wächter in zwei Lager gespalten sind, ist schon so, seit ich denken kann. Aber dass man sich inzwischen offen anfeindet, ist neu.
Die einen wollen einen Neuanfang mit mehr Freiheiten, die anderen wollen an unseren alten Traditionen festhalten. Dass mein Bruder zu denjenigen gehört, die den alten Weg weitergehen wollen, ist keine Überraschung, aber es macht die Sache nicht gerade einfacher. Entweder wir streiten, oder wir reden gar nicht miteinander.

Ich weiß, dass es gefährlich ist, dir weiterhin zu schreiben, aber du fehlst mir so sehr. Ihr alle drei.
Wenn alles klappt, wie ich es mir vorstelle, kann ich bald zurück nach New York kommen. Ich gebe die Hoffnung nicht auf, euch wieder in meine Arme schließen zu können. Aber für den Moment zählt für mich nur, dass ihr in Sicherheit seid.

Verzweifle nicht, Anne. Ich finde einen Weg.
Pass auf die Mädchen auf und gib ihnen einen Kuss von mir.

In Liebe
dein Mitch

Wie vom Donner gerührt sitze ich auf dem Wohnzimmerfußboden und starre den Brief auf meinem Schoß an, als hätte ich einen Geist gesehen.
„Hallo? Erde an Ellie?"
„Das ist ... ein Brief", sage ich langsam. „Von meinem Dad."
„Von deinem Dad?" Ihre Augen verengen sich zu schmalen Schlitzen. „Der Zettel war als Füllmaterial hier reingestopft. Haben die von dieser Firma 'nen Knall?"
„Ja." Ich nicke wie in Trance. „Ich hab immer gedacht ... dass wir ihm egal waren, Jo'. Ich mein ... Es ist nich' gerade so, als hätte er uns jedes Jahr 'ne Geburtstagskarte geschickt."
Jo' hat sich inzwischen einen Weg zwischen den sortierten Dokumentenstapeln bis zu mir gebahnt.

„Darf ich?", fragt sie und ich bekunde meine Zustimmung, indem ich ihr das Fundstück entgegenstrecke. Während sie liest, betrachte ich die vielen Stapel, die sich in unserem Wohnzimmer türmen. Mein Kopf fühlt sich merkwürdig leicht an, als wolle er sich von meinem Hals lösen und davonschweben.

Wir waren ihm nicht gleichgültig, nachdem er gegangen war! Auch wenn Xander es so dargestellt hatte, dass mein Vater freiwillig gegangen ist, hat er sein altes Leben nicht einfach hinter sich gelassen. Dieser Brief an meine Mutter beweist, dass er uns vermisst hat und zurückkommen wollte – auch wenn er nicht geschrieben hat, wann.

Diese Erkenntnis erzeugt in meinem Inneren eine Wärme wie ein heißer Kakao nach einem Spaziergang im Winter – und das, obwohl ich mir immer eingeredet habe, dass ich meinen Vater nicht vermisse. Ich bin aber noch nicht bereit, mir einzugestehen, dass ich damit auf dem Holzweg war.

„Oh Mann." Nachdem Jo' fertig gelesen hat, legt sie mir ihre Hand auf die Schulter.

Ihre Berührung bringt mich zurück ins Hier und Jetzt, aber ich habe ihrer Bemerkung nichts hinzuzufügen.

„Ich frag mich, was da los war", bemerkt sie.

„Hm. Ihm war offenbar wichtig, dass wir in Sicherheit sind. Aber wovor? Vielleicht hat es mit diesen zwei gespaltenen Gruppen zu tun."

Jo' schüttelt den Kopf und dreht eine Haarsträhne um den Zeigefinger.

„Auf jeden Fall klingt's danach, als wäre der Bruder von deinem Dad mittendrin gewesen. Also dein Onkel." Mit sorgenvollem Blick sieht sie mich an. „Bist du okay?"

Mir ist nicht wohl, wenn sie mich so ansieht. Ich bin nicht bereit, jetzt mit ihr darüber zu reden, welche neuen Gefühle der gefundene Brief in mir auslöst.

„Klar", antworte ich und wende den Blick ab. „Schau lieber noch mal in die Kiste, in der du den Wisch gefunden hast. Vielleicht ist das Tagebuch ja auch irgendwo da drin."

Ohne Widerspruch erhebt Jo' sich und leert den Karton, aus dem sie das Papierknäuel gefischt hat, kurzerhand einfach aus. Ein paar Sekunden später wirft sie mir die nächste Papierkugel zu, die ich auseinanderfalte.

Mit wachsender Anspannung lese ich den neuen Brief laut vor.

LAURA MEYER

Liebste Anne,

es brechen unsichere Zeiten an, aber ich habe das Gefühl, dass wir unserem Ziel näher sind als je zuvor.
Endlich scheinen sich meine endlos langen Jahre hier im Exil auszuzahlen. Ich halte dich auf dem Laufenden, sobald alles spruchreif ist.

Ich vermisse euch drei mehr, als ich dir sagen kann.
Pass auf dich und unsere Mädchen auf.

In Liebe
dein Mitch

Noch bevor ich über den Inhalt des Briefes nachdenken kann, wirft Jo' bereits das nächste Papierknäuel in meine Richtung.

Meine geliebte Anne,

in den letzten Wochen ist die Stimmung gefährlich gekippt. Einige Wächter sind die ergebnislosen Diskussionen leid, und es gab einige Anschläge. Ich befürchte, dass mein Bruder damit zu tun hat. Er ist blind vor Hass, obwohl er selbst am wenigsten Grund dazu hat.
Anne, ich befürchte, dass sich ein Krieg nicht mehr abwenden lassen wird, sofern kein Wunder geschieht.

Ich liebe euch so sehr. Seid vorsichtig und bleibt wo ihr seid. Und erhaltet unbedingt die Nähe zu den Nachbarn aufrecht.

Für immer dein
Mitch

Ich ziehe die Brauen zusammen, als ich den in krakeliger Schrift verfassten Brief betrachte. Der letzte Absatz ist verwischt, aber noch lesbar.
Jo' kommt wieder zu mir herüber und setzt sich im Schneidersitz neben mich auf den Fußboden. Sie hält mir erneut eine Papierkugel hin. Ich nehme den Fund entgegen und halte ihn in der Hand, ohne das Knäuel aufzufalten.
„Das ist alles. Jedenfalls aus der Kiste. Vielleicht sind woanders

noch mehr drin."

„Kein Tagebuch?", frage ich, obwohl die frustrierende Antwort bereits klar ist.

„Kein Tagebuch."

Ich widme mich dem nächsten Brief meines Dads.

> *Meine geliebte Anne,*
>
> *die Lage ist mehr als ernst, und ich hoffe inständig, dass du dich an unsere Vereinbarung hältst und ihr nicht länger als ein paar Monate an einem Ort bleibt.*
>
> *Dies wird vorerst meine letzte Nachricht sein – es wird zu gefährlich, die Briefe weiterhin zu schmuggeln. Jeden Tag zweifle ich mehr an meiner Entscheidung, allein zu gehen. Ihr seid das Wertvollste in meinem Leben, und mir wäre wohler, wenn ich euch hier bei mir hätte. Die Mädchen hätten lernen können, wie sie ihre Talente einsetzen … Wären sie hier aufgewachsen, hätten sie ihre Ausbildung bereits beendet, bevor die Unruhen begannen.*
>
> *Aber es ist, wie es ist.*
>
> *Ich hoffe, du kannst mir irgendwann verzeihen, dass alles so gekommen ist. Ich bin nur nicht sicher, ob ich es kann.*
>
> *Ich hätte es besser wissen müssen, Anne. Niemand kann vor seiner wahren Identität davonlaufen. Nicht auf dieser Ebene und auch auf keiner anderen. Ich habe immer daran geglaubt, dass ich ignorieren könnte, woher ich komme. Ich war ein Idiot, das weiß ich jetzt.*
>
> *Egal wohin ich gehe: Wenn ich dem Getuschel lausche, höre ich Gerüchte, die die Runde machen. Man munkelt, dass „die zwei außergewöhnlichen Wächtererben, die ihre Talente nicht kontrollieren können" die Welt verändern werden.*
>
> *Bitte reg dich nicht auf, auch wenn das gewiss keine guten Neuigkeiten sind. Es gibt wahrscheinlich noch andere, die nichts von ihren Talenten wissen. Ich habe damals selbst einigen Wächterfamilien geholfen, die ihre Kinder hinter dem Portal in Sicherheit wissen wollten.*
>
> *Ach Anne, ich wünschte, du wärst hier.*
>
> *Eines Tages werden wir uns wiedersehen, auf die eine oder andere*

LAURA MEYER

Weise. Ich liebe dich. Immer.

dein Mitch

Die letzten Worte kommen nur noch als ein Flüstern über meine Lippen. Ich lasse den Brief in den Schoß sinken und blicke mit Tränen in den Augen zu Jo' hinüber, die ihren konzentrierten Blick auf die leise tickende Wanduhr über dem Kamin geheftet hat. Ich kenne diesen Blick. So sieht sie aus, wenn sie entweder etwasausheckt oder imaginäre Puzzleteile zusammenfügt.
Ich weiß, dass Jo' alle neuen Informationen analytisch in ihrem Kopf sortieren muss, und unterbreche sie nicht bei ihren Überlegungen. Stattdessen hänge ich meinen eigenen Gedanken nach. Zwei außergewöhnliche Wächtererben. Warum schrieb mein Vater meiner Mutter davon? Ist es möglich, dass er geglaubt hat, dass ausgerechnet meine Schwester und ich diese Erben sein könnten? Und von welchen Talenten ist die Rede?
Ich versuche, mir meinen Vater vorzustellen, wie er irgendwo auf einer anderen Ebene der Realität gesessen hat und diese Briefe nach Hause geschrieben hat. Aber war New York wirklich jemals sein echtes Zuhause? Diese Frage beschäftigt mich, aber es drängen sich mir auch noch weitere auf. Wo genau war er, als er die Briefe geschrieben hat? Was hatte er herausgefunden? Von welchem Portal ist die Rede?
Mein ganzes Leben lang hat es mich nie interessiert, wo und wie mein Vater lebt. Ich hatte immer die Vorstellung, dass er woanders ein neues Leben angefangen hat, mit einer neuen Frau, vielleicht mit weiteren Kindern. In meiner Fantasie war er immer ein gefühlskalter Typ gewesen, der seine Familie im Stich gelassen hat. Dieses Bild von ihm begann bereits in dem Moment zu bröckeln, als ich von Xander erfuhr, dass mein Vater nicht einfach gegangen ist, sondern dass seine Verpflichtung als Wächter ihn dazu gezwungen hat. Nachdem ich seine Briefe gelesen habe, bin ich sicher, dass er es nicht einmal um seinetwillen getan hat, sondern für uns. Aus irgendeinem Grund wollte Dad uns durch seinen Weggang schützen. Er schreibt von Anschlägen – hat er befürchtet, dass uns ebenfalls jemand etwas antun könnte?

„Hm", räuspert sich Jo' und reißt mich damit aus meinen Gedanken.

„Ja?"

„Haben die Briefe ein Datum?", erkundigt sie sich, und ich bin erstaunt, dass sie nicht gleich mit ihrer Meinung zu unserem Fund herausrückt. Ich lege die Stirn in Falten und werfe noch einmal einen prüfenden Blick auf alle vier Briefe. Ich schüttele den Kopf.
„Nee. Nichts."
„Hm."
„Kannst du mal irgendwas sagen, Jo'?"
„Na ja", beginnt sie betont langsam. „Fangen wir mal mit dem Offensichtlichen an. Dein Dad hat sich auf jeden Fall nich' einfach so verpisst."
„Sieht ganz so aus", sage ich und seufze, aber behalte für mich, dass ich ein schlechtes Gewissen habe, weil ich ihm womöglich all die Jahre Unrecht getan habe.
Jo' geht auf meine Bemerkung gar nicht weiter ein, sondern fährt umgehend mit ihrer Analyse fort.
„Aber warum hat eure Mom nie erwähnt, dass er ihr geschrieben hat?", fragt sie und klingt, als würde sie mehr mit sich selbst sprechen als mit mir.
Ich bin froh, dass ich den Nachlass meiner Mutter gemeinsam mit Jo' durchgegangen bin. Meine Gedanken und Gefühle gleichen gerade einer Schneekugel, die jemand ordentlich durchgeschüttelt hat, doch Jo' kann klar denken.
„Weiß nich'", gebe ich zu. „Ich dachte immer, dass sie nie über ihn gesprochen hat, weil sie verletzt war."
Jo' schüttelt den Kopf und erhebt einen Zeigefinger. „Wie hätte eure Mom euch denn erklären sollen, woher die Briefe kommen, ohne dass ihr anfangt, ihr Löcher in den Bauch zu fragen? Besonders du!" Sie winkt ab. „Egal. Ich sage, es war einfacher, so zu tun, als sei Mitch einfach aus eurem Leben verschwunden."
„Das ist so typisch", sage ich, gefolgt von einem Grunzen, doch Jo' sieht mich nur entgeistert an.
„Ellie. Mir ist klar, dass du – lass es mich vorsichtig formulieren – stinkig auf deine Eltern bist. Vielleicht auch zu Recht, aber versuch das doch mal einen Moment auszublenden." Jo' macht eine Handbewegung, die aussieht, als wolle sie etwas wegwischen. „Die hatten was vor. Und irgendwas muss da wohl gewaltig im Busch gewesen sein, wenn ich so überlege, was du da vorgelesen hast."
Verständnislos blicke ich meine Freundin an, die sich eine ihrer Haarsträhnen hinters Ohr klemmt.

„Hä?!", krächze ich, unfähig, mich besser zu artikulieren.

Jo' verdreht die Augen. Das letzte Mal hat sie mich so angesehen, als sie versucht hat, mir zu erklären, wie Bruchrechnen funktioniert.

„Liegt das nich' auf der Hand?"

Ich habe zwar keinen Schimmer, was ihrer Meinung nach auf der Hand liegen soll außer einem großen Fragezeichen vielleicht, aber ich bin mir sicher, dass sie es mir gleich erklären wird.

„Wenn irgendjemand seinen Arsch riskiert, um die Briefe hierher zu deiner Mom zu schmuggeln, muss es deinem Dad verdammt wichtig gewesen sein, dass diese Informationen hier ankommen. Und dieser jemand muss entweder verdammt loyal gegenüber Mitchell gewesen sein oder selbst irgendwie involviert." Sie legt eine bedeutungsschwangere Pause ein.

„Diese Wächterfamilien haben ihre Kinder ja nich' ohne Grund hier abgeladen. Irgendwas stinkt da ganz gewaltig, Ellie. Deine Eltern wollten ganz klar nich', dass deine Schwester und du wisst, was Phase ist. Aber die spannenden Fragen sind doch: Wo soll dieses Portal sein, von dem dein Dad schreibt? Wo führt es hin? Und warum hat er geglaubt, dass diese Kinder dort in Sicherheit sind?"

„Keine Ahnung, was mein Vater als sicheren Ort empfunden hat", sage ich, während ich mit dem linken Zeigefinger über den Nasenrücken reibe. „Das kann überall und nirgends sein. Ich würde sagen, ich fände einen abgelegenen Ort sicher. Oder einen Bunker ... Aber ein Portal, das in einen Bunker führt? Ich weiß nich'. Mein Zuhause fände ich auch sicher, weil ich mich da auskenne." Plötzlich bahnt sich eine Erkenntnis ihren Weg in meine Gedanken, und lässt mich nicht mehr los. „Jo'" Zuhause! Das ist es!"

„Was meinst du?" Dieses Mal ist es Jo', die verwirrt aussieht.

„Vielleicht hat Dad die Kinder *hierher* gebracht. Es wäre doch möglich, dass er dachte, der sicherste Platz sei hier. Also diese Ebene."

„Hm. Aber warum? Weil man hier nich' wirklich was über Parallelebenen weiß?"

„Oder über Wächter", ergänze ich und zucke die Achseln. „Auf dieser Ebene hier wissen die Leute ja nich' mal, dass es noch was anderes außer dieser Realität gibt."

„Also würde auch niemand so schnell Verdacht schöpfen, dass

die Kinder irgendwie anders sein könnten", sagt Jo' und nickt. „Wäre schon möglich. Hast du nich' erzählt, Xander hat gesagt, dass die Leute nach Slumbertown kommen, weil sie ‚zu sich selbst finden' sollen?"

Ich nicke und kaue auf meiner Unterlippe herum. „Ja."

„So abwegig ist das gar nich'", findet Jo'. „Mitchell hat geschrieben, dass es ein paar andere gibt, die auch nich' Bescheid wissen, ne? Ich fress 'nen Besen, wenn dein Slumbertown nich' so was wie ein Testgelände ist, um diese Kinder zu finden."

„Weil sie hier aufgewachsen sind und keine Ahnung haben. Wie Lu und ich."

Mir kommt etwas in den Sinn, das Xander zu mir gesagt hat, als er in dem geheimen Zimmer über meinen Vater gesprochen hat. Der Schokoladenmogul hat gesagt, dass wegen meines Vaters Wächter verloren gegangen seien.

Unsere Theorie ergibt in meinem Kopf auf einmal ein stimmiges Bild.

22

In meinem Inneren tobt ein Orkan aus Emotionen, begleitet von dem gleichmäßigen Ticken der Wanduhr. *Tick, tack, tick, tack.*

„Immerhin kann ich mir jetzt zusammenreimen, warum wir so oft umgezogen sind", murmele ich. Mein Kopf fühlt sich an, als hätte man ihn gegen einen Heliumluftballon ausgetauscht.
Tick, tack, tick, tack.

„Also …", sagt Jo' und tippt mit dem Finger auf einen der Briefe, vor denen sie immer noch auf dem Fußboden sitzt, „Wie's aussieht, haben nich' nur deine Eltern versucht, den Aufenthaltsort ihrer Kinder geheim zu halten. Es gibt also sehr wahrscheinlich noch mehr verkappten Wächternachwuchs."

„Aber wer soll denn was von diesen Kindern wollen?"

Jo' quittiert meine Frage mit einem triumphierenden Grinsen, als hätte sie nur auf diese Nachfrage gewartet. „Ist das nich' offensichtlich? Vermutlich haben beide Lager gesteigertes Interesse dran, diese ‚zwei außergewöhnlichen Wächtererben, die die Welt verändern werden' zu finden. Damit sie in *ihrem* Team spielen."

„Die wollen … rekrutieren?"

„Das denke ich doch stark." Wo für Jo' der Fall bereits klar zu sein scheint, bin ich noch nicht ganz überzeugt.

„Aber die berühmte Nadel im Heuhaufen ist dagegen Kinderfasching", wende ich ein. „Glaubst du … dass mein Vater vielleicht dachte, dass Lu und ich diese Erben sind?"

Jo' schürzt die Lippen, bevor sie antwortet. „So direkt schreibt er das ja nich', und wir wissen auch nich', wer die anderen sind. Und ob die überhaupt was damit zu tun haben. Aber ausschließen würde ich es nich'. Ich mein, immerhin bittet er deine Mom drum, sich nich' aufzuregen und so."
Mir kommen die ganzen Informationsbruchstücke vor wie ein zerbrochener Teller, den Jo' und ich Teil für Teil zusammenfügen.

„Hm", brumme ich.

„Aber was haben *meine* Eltern mit der ganzen Sache zu tun?" Mit finsterer Miene fixiert Jo' die auf dem Boden ausgebreiteten Briefe. „Mit den Nachbarn sind ja wohl eindeutig wir gemeint. Als wär's Zufall, dass wir immer zur selben Zeit umgezogen sind." Sie schnaubt und schüttelt den Kopf. „Warum sollte deine Mutter in unserer Nähe bleiben? Ich sag's nur ungern, aber ich glaube, wir stecken beide ganz schön in der Scheiße."

Ich verschränke die Arme vor meiner Brust und demonstriere schon einmal vorsorglich meine Abwehrhaltung. Seelisch und moralisch stelle ich mich wohl besser auf eine Diskussion über Schicksal ein.

„Fang jetzt nich' mit diesem Schicksal-Bullshit an."

Jo' hebt die Hände zur Verteidigung. „Ich sag gar nix. Ich weiß, dass du diese Diskussionen hasst wie die Pest. Aber hältst du's für so unmöglich, dass was dran ist?"

„Ich glaube eher an Menschen, die ihrem Schicksal auf die Sprünge helfen wollen", antworte ich und komme mir vor wie ein trotziger Teenager.

„Ergibt genauso viel Sinn", räumt Jo' jedoch ein und schließt damit ihre Beweisaufnahme. „Allerdings versteh ich eins nich'."

„Was meinst du?"

„Warum lässt Xander dich gehen, obwohl er dich schon in Slumbertown hatte?" Sie reibt sich mit den Fingern die Schläfen.

„Vielleicht war ich ihm nich' vielversprechend genug. Vielleicht ist das mit dem Rekrutieren auch Bullshit, und wir liegen total daneben."

„Rein hypothetisch. Wenn ich er wäre", sagt Jo', als habe sie mich nicht gehört, „und ich hätte dich gefunden – wieso würde ich dich wieder laufen lassen, hä?"

„Wie schon gesagt …" Ich ziehe die Brauen zusammen, als mir dämmert, was noch damit zu tun haben könnte. „Was ist, wenn er rausgekriegt hat, dass wir ihn in der einen Nacht gesehen haben? Vielleicht wollte er uns deswegen loswerden."

„Hm. Kommt drauf an, ob's für ihn überhaupt gefährlich ist, dass ihr ihn beim Kistenrumschubsen gesehen habt." Jo' hört auf, ihre Schläfen zu massieren. „Weiß nich'. Das passt nich' so richtig."

„Ja. Irgendwie nich'. Er hätte uns auch ganz einfach aus dem Weg räumen können. Einfach zack. Lichter aus. Direkt in seinem Büro." Ich schnipse mit den Fingern.

Jo' starrt auf den Nachlass um uns herum, nur um dann schließlich mit den Achseln zu zucken. „Sicher. Aber nur, wenn er euch nich' mehr braucht."

„Hm. Das bringt uns aber alles nich' wirklich weiter, Jo'." Trotz der aufwühlenden Erkenntnisse drohen die Fragezeichen in meinem Kopf wieder die Oberhand zu gewinnen.

„Würde ich so nich' sagen. Wir wissen immerhin mehr als vor ein paar Stunden. Obwohl ich so im Gefühl hab, dass die Briefe gerade mal die Spitze des Eisbergs sind."

„Dann hoffen wir mal, dass wir nich' wie die Titanic absaufen."

„Erzähl keinen Mist!" Meine Freundin missbilligt die Schwarzmalerei. „Komm! Wir gucken jetzt die restlichen Kisten durch. Vielleicht finden wir noch was."

Ich nicke und überwinde mich, die Frage zu stellen, die mir schon seit Beginn unserer Diskussion unter den Nägeln brennt. „Jo'?"

„Ja?"

„Wie machst du das?"

„Wie mach' ich was?", gibt sie zurück und hebt die Augenbrauen.

„Dass du immer so cool bleibst."

Jo' schürzt die Lippen und schenkt mir dann ein schiefes Lächeln. „Buchhalter denken halt logisch", antwortet sie, aber ich sehe ihr an, dass das nicht alles ist.

„Und?"

Sie sieht mich einen langen Moment an. „Nix und. Ich denke rational und du ... mehr so in Gefühlen", antwortet sie schließlich und wendet sich bereits der nächsten Kiste zu.

„Sag mal ..."

Jo' hält beim Auspacken des Umzugskartons inne und blickt kurz auf. „Mal."

Ich rolle mit den Augen ob ihrer Antwort. „Deine Eltern haben nie irgendwas angedeutet, warum sie mit meinen Eltern befreundet sind?"

„Nö. Aber dass es wohl kein Zufall ist, dass wir zusammen aufgewachsen sind, müsstest selbst du anerkennen."

Ich brauche eine Sekunde, um zu realisieren, dass Jo' womöglich auch zu den versteckten Kindern gehört. Einerseits finde ich die Vorstellung beruhigend, mit ihr im selben Boot zu sitzen. Andererseits keimt das Gefühl von Verlustangst in mir auf. Ich würde es nicht verkraften, würde ich meine Freundin auch noch verlieren.

„Scheiße!", fluche ich.

„Ja. Scheiße." Jo' hört auf, in der Kiste zu kramen, und stemmt eine Hand in die Hüfte. „Vielleicht gehör ich auch mit zum Club."

„Mit dir bin ich gern im selben Club", antworte ich mit einem Lächeln. „Trotzdem fühlt sich mein Schädel gerade an, als würde er gleich platzen. Das kann doch alles nich' wahr sein!"

„Ich weiß absolut, was du meinst", murrt Jo'. „Wir

konzentrieren uns jetzt am besten erst mal auf die letzten Kisten hier, damit wir fertig werden."

Ohne ein weiteres Wort machen wir uns daran, die restlichen Kisten zu durchstöbern und deren Inhalte zu sortieren. Jeder hängt seinen Gedanken nach, und meine Befürchtung, dass wir nichts Hilfreiches mehr finden werden, bewahrheitet sich, als wir am Ende unserer Arbeit angelangt sind. Ich bin hundemüde und verabschiede mich ins Bett.

Ein kurzer Blick auf meinen Radiowecker verrät mir, dass es bereits nach vier Uhr früh ist. Mir schwant, wie erledigt ich sein werde, wenn der Wecker in wenigen Stunden klingeln wird. Mit einem Seufzer krieche ich unter die Bettdecke. Mein Kopf hat das Kissen kaum berührt, als mich die Erschöpfung übermannt und ich in einen traumlosen Schlaf sinke.

Entgegen meiner Gewohnheit wache ich noch vor dem Weckerklingeln auf. Als ich die Uhrzeit vom digitalen Display ablese, beschließe ich, dass es sich nicht lohnt, mich noch einmal umzudrehen. Bevor ich wieder eindösen kann, stehe ich auf und tapse ausgiebig gähnend ins Bad. An dem noch immer beschlagenen Spiegel über dem Waschbecken erkenne ich, dass Jo' schon aufgestanden sein muss. Ich bin ganz froh, dass der Wasserdampf mir meinen eigenen Anblick nach dieser kurzen Nacht erspart.

Als ich wenig später zwar angezogen, aber immer noch gähnend in die Küche schlurfe, sitzt Jo' am Esstisch, eine fast randvolle Kaffeetasse in der einen, einen Brief meines Vaters in der anderen Hand. Auf dem Tisch steht eine halbleere Frühstücksschale. Die Pampe darin sieht aus, als wäre sie mal so was wie Cornflakes gewesen.

„Morgen!", murmele ich und steuere auf die Kaffeemaschine zu.

„Morgen, Zombiebraut!"

„Sagt genau die Richtige. Hast du schon mal in den Spiegel geschaut?", brumme ich und setze mich mit einer Tasse Kaffee bewaffnet zu ihr an den Tisch. „Im Ernst. Hast du überhaupt gepennt, Jo'?"

„Klar."

Die Antwort kommt viel zu schnell, und die dunklen Ringe unter ihren Augen strafen ihre Worte Lügen. Wie ich sie kenne, hat sie kein Auge zugetan.

„Ich fühle mich, als hätte mich letzte Nacht ein Laster überrollt." Ich stütze den Kopf auf eine Hand und nippe an meinem Kaffee. „Ich weiß nich', wie ich den Tag überleben soll. So ohne intravenöse Kaffeezufuhr."

„Nu stell dich mal nich' so an!", antwortet Jo' und reibt sich mit einer Hand übers Gesicht. Sie sieht erschöpft aus. „Der Kaffee ist so stark, der weckt Tote auf."

„Hast du noch was rausgekriegt?", frage ich, denn ich weiß, dass ihr Ungereimtheiten keine Ruhe lassen.

„Nich' wirklich." Sie gibt sich keine Mühe, ihren Frust zu verbergen. „Ich frag mich die ganze Zeit, wo wir noch mehr Infos auftreiben können."

„Was ist mit deinem Dad? Vielleicht weiß der ja noch was, das er rausrückt. Mit dem Kostümverleih hat er uns doch auch schon geholfen."

Jo' umfasst ihre Kaffeetasse mit beiden Händen und gähnt so herzhaft, dass in ihren Augen Tränen glitzern. „Hab ich auch schon dran gedacht", sagt sie und streckt sich. „Er hat immer zu mir gesagt, dass wir wegen seiner Arbeit umziehen müssen…" Sie schnaubt. „Schon krass. Ich komm mir im Moment total verarscht vor."

Ich starre in meine Kaffeetasse, die heute Morgen mit dem puren schwarzen Gebräu gefüllt ist. Ich nicke mitfühlend.

„Glaub mir. Ich weiß, wie sich das anfühlt."

„Noch mal wegen Dad", knüpft Jo' wieder an, „ich würde ihn ja fragen, aber der ist mal wieder auf einer seiner Fototouren irgendwo im Nirgendwo. Glaub Kanada, hat er gesagt. Ich hab ihm letzte Nacht schon gefühlt die halbe Mailbox vollgequatscht, dass er mich zurückrufen soll." Sie panscht geräuschvoll mit dem Löffel in der Cornflakespampe herum.

Ein „Hm" ist alles, was mein müdes Hirn bewerkstelligen kann. Tom ist Fotograf und schon immer viel unterwegs gewesen. Als wir jünger waren, ist Jo' immer bei uns eingezogen, wenn er für längere Zeit auf Reisen musste. Meine Mutter pflegte zu sagen, wo Platz für zwei Kinder ist, ist auch ausreichend Platz für drei.

Es ist zwar nicht ungewöhnlich, dass Tom nicht zu erreichen ist, aber ich komme heute Morgen nicht umhin, mich zu fragen, ob er tatsächlich beruflich unterwegs ist.

Als hätte sie meine Gedanken gelesen, wirft Jo' mir einen finsteren Blick zu. „Ich weiß, was du denkst", behauptet sie. „Ich frag mich auch die ganze Zeit, ob er wirklich fotografieren ist. Am Ende ist ... Oh mein Gott!" Sie schlägt sich die Hand vor den Mund.

„Was?"

„Was, wenn mein Dad der Postbote war?"

„Meinste nich', das ist ein bisschen weit hergeholt?", brumme ich in meine Tasse.

„Wieso? Würde doch passen. Die vielen ‚Dienstreisen'. Die Freundschaft zu Mitchell. Das In-der-Nähe-deiner-Mom-Bleiben." Sie schüttelt den Kopf.

Mit leerem Blick starre ich auf die Schüssel mit dem Cornflakesbrei. Falls sie mit ihrer Vermutung wirklich richtig läge, müssten wir uns beide der Frage stellen, wer unsere Eltern wirklich sind.

Angewidert verzieht Jo' das Gesicht, als sie meinem Blick folgt. „Ich war eh fertig", murrt sie und bringt die Schüssel weg, um sie über dem Müllschlucker zu leeren.

„Ich hasse das!", schimpft sie plötzlich und schleudert die Schale ins Spülbecken, sodass ein paar Tropfen Milch durch die Küche spritzen.

„Matschige Cornflakes?" Meinen müden Versuch eines Scherzes quittiert sie mit einem Blick, der zum Glück nicht töten kann. So emotional habe ich meine Freundin selten erlebt.

„Ich fühl mich so unglaublich verarscht! Unsere Eltern haben sich das fein ausgedacht! Wir sagen den Kindern am besten nix, damit sie nich' in Gefahr geraten. Meine Mutter ist weiß-der-Teufel-wo, dein Dad sowieso, und meiner ... Und deine Mom können wir nich' mal mehr um Hilfe bitten. Ein hervorragend durchdachter Plan! Wirklich! Nur dass *wir* es sind, die jetzt allein in der Scheiße sitzen, wenn irgendwas sein sollte. Ich mein, Parallelleben, gelöschte Gedächtnisse, weißt *du*, was noch kommt? Ich könnt so kotzen!"

Mit viel zu viel Nachdruck wischt Jo' die Milchspritzer mit einem Lappen auf und verstaut die Schüssel so unsanft im Geschirrspüler, dass ich Angst habe, sie könne gleich zum Berserker mutieren. Doch den Versuch, sie zu beruhigen, spare ich mir. Wenn Jo' sauer ist, wartet man am besten, bis sie von allein wieder runterkommt.

„Das ergibt alles irgendwie gar keinen Sinn. Und es macht mich sauer, dass mein Dad da vermutlich auch mit drinhängt", schnaubt sie.

„Willkommen in meiner Welt", antworte ich und verkneife mir den Kommentar, dass es bislang eine bloße Vermutung ist, dass ihr Vater ebenfalls mit der Wächtergeschichte zu tun hat. Ich trinke meinen Kaffee in einem Zug leer. „Ich werde jetzt trotzdem erst mal ins Büro gehen. Ich fürchte, ‚unauffällig verhalten' beinhaltet auch, zur Arbeit zu gehen. Außerdem kann ich Rick nich' hängen lassen, wir haben im Moment extrem viel zu tun."

„Ich komm mit. Die Welt braucht schließlich fähige Buchhalter. Ganz besonders kurz vor der Apokalypse."

„Apokalypse!" Ich verdrehe die Augen angesichts von so viel Zynismus. „Die einzige Apokalypse, die ich hier sehe, bist du!"

„Nur wenn ich nich' noch mehr Kaffee bekomm!", grummelt Jo' und verschwindet mit eiligen Schritten in den Flur.
Ich trotte meiner Freundin hinterher und hoffe, dass sich Rosie schon bald zurückmelden wird.

Die nächsten Tage verstreichen ohne ein Lebenszeichen der älteren Dame. Auch wenn das insgesamt alles andere als beruhigend ist, mache ich mir um Rosies Wohlergehen weniger Sorgen als um das von Tom, von dem weiterhin jede Spur fehlt.
Die Sorge um ihn begleitet uns tagtäglich und hat Jo' und mich noch enger zusammengeschweißt, obwohl ich es nicht für möglich gehalten hätte, dass das überhaupt geht.
Trotz unzähliger Nachrichten, die Jo' auf seiner Mailbox hinterlassen hat, hat er sie nicht zurückgerufen.
Eine Vermisstenanzeige bei der Polizei hat nichts gebracht. Die Suche wurde schnell eingestellt, weil sich ein erwachsener Mann laut den Polizisten aufhalten kann, wo er will – auch ohne sich abzumelden. So lange keine Gefahr für sein Leben bestünde, könne man nicht viel für Jo' tun. Dass die Polizei überhaupt aktiv geworden ist, ist nur der Kombination aus Hartnäckigkeit und Charme geschuldet, mit der Jo' fast immer erreicht, was sie will.
Uns bleibt nichts anderes übrig als zu warten, bis Tom sich meldet.
Ihn auf eigene Faust in der Wildnis Kanadas suchen zu gehen, habe ich meiner Freundin bislang ausreden können, weil ich nicht glaube, dass das besonders erfolgsversprechend ist.

Die Tage und Wochen rauschen nur so an mir vorbei, und ehe ich mich versehe, hat der Frühling New York verlassen, und auch der Sommer liegt bereits in den letzten hitzigen Zügen, um das Feld für

den Herbst zu räumen.
Ich erlaube mir sogar ein bisschen Optimismus, weil die von Jo' prophezeite Apokalypse bislang ausgeblieben ist. Außerdem habe ich es geschafft, mir einzureden, dass mein Leben auch ohne Dan weitergehen muss. Ich habe zwar nicht vergessen, welches Versprechen mir meine Schwester in meinem letzten Traum in Slumbertown abgerungen hat, aber ich kann nicht mehr. Ich kann nicht an der Hoffnung festhalten, dass Dan und ich wieder zueinander finden, solange er sich nicht erinnert. Zeitweise quält mich mein schlechtes Gewissen, weil ich das Gefühl habe, aufzugeben und Lu damit zu enttäuschen. Aber ich sehe keine Lösung für mein Dan-Problem.
Seit unserem letzten Zusammentreffen, das in dem unschönen Streit endete, haben wir uns nicht mehr gesehen, und vermutlich ist das auch für uns beide das Beste. Solange unsere gemeinsame Vergangenheit für ihn nicht existiert, wüsste ich ohnehin nicht, wie ich mit ihm umgehen soll. Auch wenn mich die glücklichen Erinnerungen immer noch schmerzen, fühle ich mich inzwischen wenigstens dazu in der Lage, mich mit der Situation zu arrangieren. Trotz allem bin ich keineswegs bereit, mich auf einen anderen Mann einzulassen. Ich liebe Dan nach wie vor und weiß, dass sich das so schnell auch nicht ändern wird. Umso trauriger stimmt es mich in manchen Momenten, wie hoffnungslos es zu sein scheint, dass er meine Gefühle in diesem Leben noch einmal erwidern wird. Aber statt mich meinem Liebeskummer hinzugeben, verausgabe ich mich weiterhin jeden Tag im Central Park beim Lauftraining – allerdings habe ich mir eine neue Route ausgesucht, um nicht mehr an der Romeo-und-Julia-Statue vorbeizukommen. Jo' behauptet, ich müsse mich meinen Gefühlen irgendwann stellen, statt vor ihnen davonzulaufen. Aber ich finde, dass das letzte Gespräch mit Dan Konfrontation genug war, und bevorzuge derzeit meine Art, mit den Dingen fertig zu werden. Meine Freundin akzeptiert das zwar nur widerwillig, aber sie akzeptiert es.

Beruflich geht es für mich steil bergauf, seit Rick vorgeschlagen hat, mir wieder mehr Verantwortung im Maklerbüro zu übertragen. Die Geschäfte laufen so gut, dass Rick noch drei weitere Makler für New Yorker Objekte eingestellt hat.
Die Dependance in Kalifornien lastet Rick voll aus, sodass er jemanden braucht, der sich verstärkt um die Belange in New York

kümmert. Seit meiner Rückkehr aus Slumbertown habe ich zu meiner alten Maklerform zurückgefunden und Ricks Vertrauen wiedergewonnen – unsere persönliche Situation trennt er mittlerweile erneut professionell vom Beruflichen.
Den Posten der Geschäftsführerin habe ich jedoch dankend abgelehnt, weil mir allein die Vorstellung dieser Verantwortung den Angstschweiß auf die Stirn treibt. Aber ich habe mich dazu bereit erklärt, die Leitung des Top-Segments zu übernehmen, was mir neben noch besseren Provisionen auch neue Freiheiten verschafft hat. Meinen Terminkalender kann ich nun deutlich flexibler gestalten lassen, da ich nicht mehr alle Außentermine selbst wahrnehmen muss. Das bedeutet natürlich nicht, dass ich weniger arbeite, aber ich genieße meine neuen Aufgaben.

So normal in New York auch alles seinen mehr oder weniger gewohnten Gang zu gehen scheint, so bewusst ist Jo' und mir, dass wir auf einem Pulverfass sitzen, das jederzeit ohne Vorwarnung in die Luft gehen könnte. Wir wissen nach wie vor nicht, was es mit den Wächtern auf sich hat und ob der Konflikt, von dem mein Vater geschrieben hat, auch uns tangieren könnte. Wir wissen ja nicht einmal, ob sich diese beiden Wächterlager noch immer beharken. Da zumindest ich sicher ein Wächterkind bin, haben wir uns dazu entschlossen, wenigstens *eine* Vorkehrung zu treffen.
Auch wenn wir uns dabei total bescheuert vorkamen, haben wir zwei Rucksäcke in der Abstellkammer deponiert. Sie sind mit dem Nötigsten gefüllt und stehen für den Fall bereit, dass wir fluchtartig die Wohnung oder gar die Stadt verlassen müssen.
Als ich an einem Spätsommerabend auf dem Rückweg von meiner Joggingrunde bin, zieht sich der Himmel innerhalb von wenigen Minuten zu, und ich sehe Wolken, die sich bedrohlich auftürmen. In den letzten Tagen wurde New York häufiger von heftigen Wolkenbrüchen und Gewittern heimgesucht, und laut dem Wetterbericht prallen auch in den kommenden Tagen weiterhin Hoch- und Tiefdruckgebiete immer wieder ungebremst aufeinander, sodass mit weiteren Unwettern zu rechnen ist.
Bei meinem normalen Lauftempo liegt noch eine knappe Viertelstunde zwischen mir und meinem trockenen Apartment. Doch die immer dunkler werdenden Wolkenberge rollen unaufhaltsam heran, und ich ahne, dass ich trotz des kurzen Restwegs gleich nass bis auf die Haut sein werde. Ich will trotzdem

versuchen, trockenen Fußes nach Hause zu kommen, und lege einen Zahn zu. Meine Lunge protestiert zwar nach dem anstrengenden Pensum von heute, als ich Geschwindigkeit aufnehme, aber beim Laufen konnte ich schon immer das letzte bisschen aus mir herausholen.

Ich komme trotz der Anstrengung nur ein paar Hundert Meter weit, bis es anfängt, wie aus Kübeln zu regnen. Innerhalb weniger Augenblicke bilden sich Pfützen, und die Gehwege verwandeln sich in kleine Sturzbäche. Ich gebe schnell auf, nicht in irgendeine Wasserlache treten zu wollen, weil sich sogar Poseidon von diesen plötzlichen Wassermassen von oben beeindruckt zeigen würde.

Bislang zeigen sich wenigstens keine Anzeichen eines Gewitters, was aber keineswegs heißt, dass das nicht noch kommen kann. Die Unwetter der letzten Tage haben unangenehme Erinnerungen in mir geweckt. Den Tag, an dem ich am Bahnhof von Slumbertown mehr als deutlich zu spüren bekommen habe, dass etwas Sonderbares vor sich geht, werde ich nie vergessen.

Der Gewittersturm an jenem Nachmittag war der heftigste, den ich je erlebt habe, und auch wenn die vor Kurzem aufgetretenen Unwetter in New York nicht an diesen Sturm heranreichen ... Sie erinnern mich dennoch daran, wie sehr sich mein Weltbild seit dem letzten Jahr verändert hat.

Ich spüre, wie mir eine Gänsehaut den ganzen Körper entlangkriecht, die weder dem Regen noch meiner nassen Kleidung geschuldet ist. Vor meinem geistigen Auge sehe ich Xander, wie er auf der Treppe des Bürogebäudes sitzt und den Brief in seiner Hand in Flammen aufgehen lässt. Ich darf mich nicht von den Erinnerungen an Xander oder von den anderen Rätseln rund um die Wächter verrückt machen lassen! Das war in Slumbertown, auf einer anderen Ebene der Realität. In New York ist seit meiner Rückkehr nichts Außergewöhnliches passiert. Bis auf die Hieroglyphen auf dem Füllfederhalter meines Dads. Und seine rätselhaften Briefe. Verdammt, ich muss einen kühlen Kopf bewahren!

Mit langen Schritten biege ich in meine Straße ein und bin froh, dass der Treppenaufgang meines Hauses bereits schemenhaft zu erkennen ist. Der Regen ist noch einmal stärker geworden, das Wasser klatscht mir unerbittlich ins Gesicht und läuft in meine Augen. Ich blinzele dagegen an, aber bin machtlos gegen die

Wassermassen aus den sich entleerenden Wolken. Meine Haare, die ich zu einem Pferdeschwanz zusammengenommen habe, wiegen gefühlt eine Tonne, und ein paar einzelne Strähnen kleben mir im Gesicht. Ich bin froh, dass ich vor der Runde im Park heute wenigstens kein weißes Shirt angezogen habe. Mein schwarzes Tanktop klebt zwar wie eine zweite Haut an meinem Körper, aber wenigstens nehme ich nicht ungewollt an einem Wet-T-Shirt-Contest teil, von dem Pubertierende fantasieren.

Als ich endlich vor meiner Haustür stehe, versuche ich mit hektischen Bewegungen, meinen Schlüssel aus der Hosentasche der klatschnassen Sporthose zu bekommen. Für einen kurzen Moment scheint es mir, als würde mich der Nachmittag in Slumbertown wieder einholen … für einen Augenblick glaube ich sogar, Dans Stimme zu hören, die meinen Namen ruft.

Für den Bruchteil einer Sekunde droht eine überwältigende Panik von mir Besitz zu ergreifen, die mir zuflüstert, dass ich die Bodenhaftung in dieser Realität endgültig verliere. Ich ringe dieses Gefühl mit aller Kraft nieder und lege eine Hand schwer atmend auf die grüne Eingangstür aus Holz. Ich starre den Türklopfer in Form eines Löwenkopfs an, der mir seit so vielen Jahren vertraut ist. Ich berühre das Messing vorsichtig mit der zitternden Hand, als würde ich erwarten, das Metall könne mich verbrennen. Aber es fühlt sich kühl an unter meinen Fingern.

„Komm schon, Ellie", ermahne ich mich, „Reiß dich verdammt noch mal zusammen."

„Ellie!", schallt es über die Straße.

Die Stimme löst in mir ein vertrautes Kribbeln aus. Ich schließe die Augen und lehne die Stirn gegen die Eingangstür. Ich hatte damit gerechnet, dass Jo' und ich womöglich Hals über Kopf die Stadt verlassen müssen, aber doch nicht damit, dass ich am helllichten Tag halluzinieren würde. Falls es keine Einbildung ist: Was will er hier?

„Ellie!", höre ich meinen Namen noch einmal.

Ich lasse den Türklopfer los, der mir die Illusion von Halt gegeben hat. Als ich mich umdrehe, gehe ich davon aus, dass ich übergeschnappt bin.

Ich kneife die Augen beinahe ganz zusammen, um im strömenden Regen etwas erkennen zu können. Vergebens. Die Wassermassen bilden einen Vorhang, der höchstens ein paar Meter Sichtweite zulässt. Ein erneutes Rufen, inzwischen rau und heiser, dringt zu mir durch. Durch das Rauschen des Wolkenbruchs hindurch höre ich hastige Schritte durch Pfützen. Wie angewurzelt stehe ich auf dem Treppenabsatz und beobachte den Schemen, der die Straße entlangrennt. Ich erkenne die Statur des Mannes sofort, und meine Augen bestätigen das, was meine Ohren nicht glauben wollen.

Er ist binnen weniger Sekunden da und nimmt die Stufen, die zur Haustür führen, in zwei großen Sätzen.
Und dann steht er endlich vor mir. Nach all den Monaten. Ich weiß nicht, ob ich lachen oder weinen soll, während meine Gefühle Achterbahn fahren. Wenn das meine Art ist, den Verstand zu verlieren, dann kann ich dem Wahnsinn durchaus positive Aspekte abgewinnen.
„Dan?", flüstere ich, unfähig mich auch nur einen Zentimeter zu rühren. So viele Gedanken sausen durch meinen Kopf, so viele Dinge, die ich ihm sagen will, aber ich habe Angst vor einer erneuten Zurückweisung. Mein Verstand versucht mein Herz daran zu erinnern, wie auf die letzten Hoffnungen immer nur herbe Enttäuschungen folgten.
Noch bevor ich mehr herausbekomme, nimmt Dan mein Gesicht in seine Hände, und sein stürmischer Kuss sagt mehr, als es Worte je könnten.
Ich spüre weder den noch immer auf uns niederprasselnden Regen noch die an mir klebenden Klamotten – nur Dans Lippen, seine Wärme und die Schmetterlinge in meinem Bauch. Dieser Augenblick gehört nur Dan und mir. Und es ist mir vollkommen egal, in welcher Realität oder auf welcher Ebene dieser so kostbare Moment gerade stattfindet.
„Es tut mir so leid, Baby", sagt Dan, nur um mich sofort wieder zu küssen. Zwischen seinen Küssen wiederholt er seine Entschuldigung immer wieder.
Endlich gelingt es mir, mich aus meiner Schockstarre zu lösen, und ich schlinge die Arme um ihn. Er erinnert sich! Eine Woge des Glücks und der Erleichterung durchflutet mich. Ich fühle mich, als müssten meine Füße ein paar Zentimeter über dem Boden schweben.
Ich schmiege mich ganz eng an ihn und halte ihn verzweifelt fest, um sicherzugehen, dass er auch wirklich hier ist. Ich spüre seine vertraute Statur und seine völlig durchnässten Klamotten. Seine bloße Anwesenheit und die Vertrautheit zwischen uns verleihen

mir ein Gefühl von Geborgenheit, das ich schmerzlicher vermisst habe, als ich mir eingestehen wollte. Die Wassertropfen, die mein Gesicht hinunterlaufen, schmecken mit einem Mal salzig.

Die emotionale Anspannung, die mich die letzten Monate begleitet hat, fällt mit plötzlich von mir ab. Ich höre ein glückliches Lachen und realisiere, dass es mein eigenes ist. Erst jetzt spüre ich, wie viel Kraft es mich die ganze Zeit über gekostet hat, all diese zermürbenden Gefühle in Schach zu halten, um weitermachen zu können.

Aber hier und jetzt, im strömenden Sommerregen und in Dans Armen, fühle ich mich endlich wieder wie ich selbst. Mein Herz klopft so wild, als wolle es vor Glück zerspringen.

Er drückt mich fest an sich und streicht mit einer Hand sanft über mein nasses Haar.

„Es ist alles okay", flüstert er immer wieder. „Ich bin jetzt da."

So stehen wir eng umschlungen einige Minuten einfach nur vor meiner Haustür und scheren uns nicht darum, dass die dicken Regentropfen weiterhin auf uns eintrommeln. Erst als in der Ferne ein dumpfes Donnergrollen ertönt, lösen wir uns aus unserer Umarmung.

„Wir sollten reingehen", murmele ich.

Dan tritt nicht weiter als einen halben Schritt zurück und lässt meine Hand nicht los. Seinen Blick wendet er keine Sekunde von mir ab, und auch mir fällt es schwer, mich von seinen tiefbraunen Augen loszureißen. Als es erneut donnert, fördere ich umständlich meinen Schlüssel zutage und schließe mit zittriger Hand die Haustür auf.

In meiner Wohnung angekommen, stehen wir beide triefend im Flur. Obwohl sich zwischen uns alles so vertraut anfühlt, ist die ganze Situation immer noch irreal. Ich kaue auf meiner Unterlippe herum.

„Ahm ... Du ... Wir ..." Ich räuspere mich, um mich zu sammeln. „Wir sollten die nassen Klamotten loswerden und uns aufwärmen." Ich deute auf die Badezimmertür rechts von Dan. „Da ist das Bad. Falls du auch duschen willst ... Fühl dich wie zu Hause. Ich schau mal schnell, ob ich was Trockenes für dich auftreiben kann."

Sein Blick folgt meinem Fingerzeig und nickt. „Okay", antwortet er knapp und verschwindet ins Bad.

Eilig schlüpfe ich aus meinen neonfarbenen Laufschuhen und

entledige mich meiner nassen Socken. Barfuß und bibbernd tapse ich in das ehemalige Gästezimmer, in dem Jo' nun wohnt und steuere auf ihre Kommode zu, in der sie ihre Unterwäsche und Schlafanzüge aufbewahrt. Zum Glück hatte meine Freundin schon immer die Angewohnheit, in überdimensionalen T-Shirts und Boxershorts zu schlafen.
Ich öffne eine der Schubladen und ziehe ein pinkfarbenes Shirt heraus. Ich begutachte meinen Fund und stelle fest, dass der Print auf der Vorderseite in weißer Glitzerschrift *Nerdy is the new sexy* sagt. Da alle anderen Shirts, die ich inspiziere, kleiner als dieses sind, schließe ich die Schublade wieder. Wenn Dan etwas Trockenes anziehen will, wird er sich damit begnügen müssen.
Die Kälte kriecht mir immer weiter in die Knochen und sorgt dafür, dass meine Zähne bereits klappern. Ich husche in mein eigenes Schlafzimmer und ziehe wahllos ein paar Klamotten für mich und frische Handtücher aus dem Kleiderschrank.
Als ich das Badezimmer betrete, schlägt mir der Wasserdampf entgegen, den Dan beim Duschen produziert. Ein Lächeln stiehlt sich auf meine Lippen, als ich bemerke, dass Dans nasse Kleidungsstücke achtlos auf dem Fußboden verstreut liegen. Es tut gut, zu sehen, dass sich manche Dinge scheinbar nie ändern.
Ich setze den Stapel trockener Wäsche auf dem Hocker neben der Dusche ab und entledige mich selbst endlich meiner durchgeweichten Kleider. Dans Sachen sammele ich rasch auf, um sie zum Trocknen über die Handtuchheizung zu hängen.
Ich wickele mich in ein großes Duschhandtuch, rubbele mich ab und schlüpfe in trockene Unterwäsche. Während ich die Haare mit einem kleineren Handtuch frottiere, werfe ich einen verstohlenen Blick zur beschlagenen Duschkabine. Einerseits spüre ich das Verlangen, einfach zu Dan rüber zu gehen und mit ihm so zusammen zu sein, wie wir es vor einem Jahr in Slumbertown waren. Andererseits fühlt sich die ganze Szenerie hier in New York so unwirklich an, dass ich nicht weiß, ob es das Richtige ist, ihm ein paar Minuten nach unserem „echten" Wiedersehen so nahe zu kommen. Was ist bloß los mit mir? Es ist immer noch Dan, der gerade unter meiner Dusche steht. Allein dieser Gedanke löst ein Kribbeln in mir aus, als stünde ich unter Strom.
Durch das beschlagene Glas der Duschkabine kann ich nicht mehr als seine Umrisse erahnen. Als wir uns vorhin geküsst haben, hat es sich so angefühlt, als habe sich zwischen uns nichts verändert. Und

das trotz der Tatsache, dass wir so lange voneinander getrennt waren. Aber hat sich wirklich nichts geändert, oder standen sich vorhin zwei Menschen gegenüber, die nicht mehr dieselben sind wie vor einem Jahr?

Ich wische mit einer Hand über den Spiegel, der über dem Waschbecken hängt, und betrachte mein Spiegelbild in dem vom Wasserdampf befreiten Streifen. Äußerlich habe ich mich kaum verändert. Dennoch weiß ich, dass mir aus dem Spiegel nicht die gleiche Frau entgegenblickt wie vor einem Jahr. Von der Unbeschwertheit des letzten Sommers ist nichts geblieben.

Obwohl ich mir die ganze Zeit genau diese Art von Wiedersehen mit Dan gewünscht habe, fühlt es sich plötzlich seltsam an. Es wäre zwecklos zu leugnen, dass das vergangene Jahr seine Spuren hinterlassen hat, aber meine Gefühle für Dan haben sich nicht verändert. Nicht einmal, als ich beschlossen hatte, dass mein Leben auch ohne ihn weitergehen muss. Ich bemerke, dass ich den Saum des Handtuchs so fest umklammere, dass meine Finger schmerzen. Was hat Dan wohl in der Zwischenzeit erlebt? Fühlt sich unser plötzliches Zusammenfinden für ihn genauso verwirrend an? Und wie zum Teufel hat er seine Erinnerung wiedergefunden? Die Nervosität droht mir die Luft abzuschnüren.

Das Geräusch der sich öffnenden Duschkabinentür reißt mich aus meinen Gedanken. Das Wasserplätschern der Regenbrause ist verstummt, ohne dass ich es bemerkt habe. Wenige Sekunden später steigt Dan aus der Dusche.

„Hey!", sagt er mit seinem gewinnenden Lächeln, das mein Herz sofort schneller schlagen lässt. Er greift nach einem der Badetücher, die ich bereitgelegt habe und schlingt es sich um die Hüften.

„Hey", antworte ich und spüre, wie meine Wangen glühen. Hastig wende ich den Blick von den attraktiven und ziemlich nackten Tatsachen ab.

„He! Das ist nichts, was du nicht schon gesehen hast."

Ich quittiere Dans Spruch mit einem schiefen Grinsen, unfähig die richtigen Worte zu finden.

„Ellie. Baby", sagt er und streckt eine Hand nach mir aus. „Komm mal her."

Als ich zögere, winkt er mich zu sich heran. Ich kaue auf meiner Unterlippe und mache einen Schritt auf ihn zu. Täusche ich mich, oder rutscht mein Handtuch ein wenig? Halbherzig halte ich mit einer Hand den Saum gegen die Brust gepresst. Als ich in Dans Reichweite bin, streicht er zärtlich mit einer Hand über meine Wange. Er steht nur eine knappe Armlänge von mir entfernt.

„Es ist alles gut. Ich bin jetzt hier. Bei dir. Wir stecken da zusammen drin, oder hast du das vergessen? Es hat sich nichts geändert zwischen uns, hörst du? Überhaupt nichts." Ich kann die Entschlossenheit in seinem Blick sehen.

Ich antworte bloß mit einem Nicken, weil ich nicht sicher bin, ob ich auch nur einen Ton herausbringe. Er hat Recht: Wenn ich ihm so nah bin, spüre ich all das, was schon immer zwischen uns gewesen ist, und auch die lange Trennung ändert daran nichts.

„Ich bin nicht freiwillig ohne dich von drüben abgehauen. Das weißt du doch, oder?", fragt er und sieht mich ernst an.

Mein Herz rast so unkontrolliert, wenn ich in seine Augen sehe, dass ich Angst habe, es könne jeden Moment seinen Dienst quittieren.

„Ich ... hab's gehofft", flüstere ich und kann nicht verhindern, dass meine Stimme bricht. Ohne Vorwarnung zieht er mich ganz nah an sich heran und küsst mich. Sofort fühlt es sich wieder so an, als seien wir nie voneinander getrennt gewesen. Die Schmetterlinge vollführen einen wilden Tanz in meinem Bauch, und alle Gedanken, die mich vor wenigen Minuten noch quälten, gehen in meinem Endorphinrausch unter. Ich kann und will mich nicht länger zurückhalten. Wer weiß, wie viele schöne Momente uns vergönnt sind, bei all den verrückten Dingen, die in der letzten Zeit geschehen? Dans Duschhandtuch fällt zu Boden und damit auch meine letzten Hemmungen und Zweifel.

„Wir sollten dich unbedingt aufwärmen", schlägt er mit einem Grinsen im Gesicht vor, während er mit den Fingerspitzen über mein Schlüsselbein fährt. Seine Berührung ist sanft, als streiche eine Feder über meine Haut. Die Luft um uns herum fühlt sich so aufgeladen an, dass sie anfangen müsste zu knistern.

Wenige Sekunden später finden wir uns gemeinsam in der Dusche wieder, wo ich das Wasser für eine zweite – diesmal heiße – Dusche aufdrehe.

23

Das erste Mal seit Langem fühle ich mich wirklich vollständig, und ich genieße dieses mir fast fremd gewordene Gefühl in vollen Zügen. Seit unserer gemeinsamen Dusche hat sich auch die letzte Verlegenheit zwischen Dan und mir in Wohlgefallen aufgelöst.
Wir sitzen bei einer Tasse Kaffee am Esstisch, als sei es das Normalste der Welt. Ich habe mir einen bequemen Jogginganzug angezogen, während Dan mit seiner provisorischen Garderobe Vorlieb nehmen muss. Das geliehene T-Shirt passt ihm zwar, aber seine Shorts mussten wir mit dem Föhn trocknen. Seine restlichen Sachen hängen immer noch über der Heizung im Bad, sodass sich sein Outfit auf das pinkfarbene T-Shirt und die Shorts beschränkt. Aber er schwört, dass ihm seit der heißen Dusche gar nicht kalt sein kann.
Der Platzregen hat sich mittlerweile in einen moderaten, aber monotonen Landregen verwandelt, und das Gewitter ist vorübergezogen. Dan hat mich gebeten, ihn auf den aktuellen Stand der Dinge zu bringen, bevor er mir seine Geschichte erzählt. Auch wenn es mir schwerfällt, ihn nicht mit tausend Fragen zu bombardieren, komme ich seiner Bitte nach.
Während ich berichte, hält er die ganze Zeit meine Hand. An manchen Stellen drückt er sie mitfühlend, an anderen verfinstert sich sein Blick, oder er legt die Stirn in Falten, aber er unterbricht mich kein einziges Mal. Als ich fertig bin, blicke ich ihn erwartungsvoll an.
„Das war's", beende ich meinen Bericht. „Jetzt du."
Dan seufzt schwer und zieht die Stirn kraus. „Also schön. Aber mit deinen Storys kann ich echt nicht mithalten."
„Darum geht's ja gar nich'. Ich will trotzdem alles wissen!", sage ich, und schließlich nickt er.
„Wie du bin ich im Mount-Sinai-Hospital aufgewacht. Aber ich hatte nicht so viel Glück, dass jemand an meinem Bett saß und Händchen gehalten hat." Er lächelt schief. Dieses Mal bin ich diejenige, die seine Hand drückt, damit er weiß, dass er ab jetzt nicht mehr allein ist. „Dieser Magno war in meinem Fall auch der behandelnde Arzt, aber getroffen hab ich den Typen nie. Als ich wach wurde, war er auch nicht da, aber seine Vertretung hat eine Abschlussuntersuchung gemacht. Danach wurde ich entlassen. Das Letzte, was ich von davor noch wusste, war, dass ich nach der

Arbeit die U-Bahn genommen hab. Aber ab da ... kompletter Filmriss. Ich weiß bis heute nicht, wer oder was mich ins Koma geballert hat." Er sieht mit leerem Blick zum Fenster, und es scheint, als quäle ihn diese Erinnerungslücke.

„Jedenfalls war ich nach dem Krankenhaus ziemlich planlos. Erst mal musste ich die Krankenhausrechnung bezahlen, dafür hab ich das Haus auf Staten Island verkauft. Danach bin ich bei einem ehemaligen Kollegen untergekommen. Job weg, Haus weg, ich war allein ... Kurz gesagt: Es war so ziemlich alles im Arsch." Dan grinst, obwohl ich nicht nachvollziehen kann, was um alles in der Welt er amüsant daran finden kann.

„Na ja", fährt er fort und reibt sich das Kinn, „und dann hab ich einfach die Zähne zusammengebissen und neu angefangen. Wie immer."

„Hast du im Krankenhaus nich' nachgefragt, warum du eingeliefert wurdest?", unterbreche ich ihn, unfähig meine Ungeduld länger zu zügeln.

„Doch", erklärt er mit einem Nicken, „aber alles, was man mir gesagt hat, war, ich hätte einen Unfall am Bahnsteig gehabt. Keine Details. Keine Ahnung. Ich hab nie eine genauere Auskunft bekommen. Auch von der Polizei nicht, weil offenbar nichts gemeldet wurde." Er räuspert sich. „Jedenfalls ... Die horrende Krankenhausrechnung war eigentlich mein Glück. An dem Haus hingen so viele Erinnerungen, die mich runtergezogen haben ..." Er schüttelt den Kopf und sieht traurig aus. „Ich hatte nur einfach nie die Eier, da auszuziehen. Tja. So musste ich." Er macht eine kurze Pause. „Mein Job war nach der Zeit im Koma auch weg, also habe ich die erste Zeit hier und da gejobbt. Und dann bin ich Rosie über den Weg gelaufen." Er zieht die Augenbrauen nach oben und kratzt sich am Hinterkopf. „Aber ich wusste ja nicht, dass es Rosie ist. Wie dem auch sei ... Wenn ich es inzwischen nicht besser wüsste, würde ich ja sagen, dass es Zufall war, aber ..." Er lächelt verlegen, und ich nicke, weil ich genau weiß, was er meint. „Das ist die Geschichte, wie ich beim Kostümverleih gelandet bin. Rosie hat jemanden gesucht, der den Laden schmeißt, wenn sie unterwegs ist, und ich fand sie so nett, dass ich zugesagt habe. Für mich war sie einfach nur meine Chefin, die viel unterwegs war. Nach dem, was du erzählt hast, würde mich aber brennend interessieren, wo sie wirklich war."

„Wie ging's dann weiter?"

Dan schnaubt und winkt ab. „Nicht besonders spannend. Ich hab eine kleine Bude gemietet, bin bei meinem ehemaligen Kollegen ausgezogen, und das war's eigentlich schon. Ich hab mich das erste Mal so richtig frei gefühlt, weißt du? Ich hatte es endlich geschafft, meine Vergangenheit hinter mir zu lassen und nach vorn zu sehen."

Ich nicke erneut und ziehe es vor, nichts dazu zu sagen.

„Und dann kamst du in den Laden gestapft und bist mir einfach so um den Hals gefallen", ergänzt Dan seine Erzählung und zwinkert mir zu.

„Und hab dein neues Leben ordentlich durcheinandergebracht. Schon wieder." Ich seufze und lächele entschuldigend.

„Ja, aber das geht schon in Ordnung. Manche Dinge ändern sich eben nie."

„Hey!", empöre ich mich und haue ihm scherzhaft auf den Arm. Er grinst, und mein Herz tanzt bei diesem Anblick Samba.

„Tut mir übrigens leid, dass ich neulich im Park so ausgetickt bin." Er wirkt aufrichtig geknickt. „Du bist weder irre noch eine Stalkerin."

„Vergiss es." Ich meine es ernst und winke ab. „Ich hätte wahrscheinlich genauso reagiert. Ich war ja auch nich' gerade diplomatisch. Ich konnte meine Klappe einfach nich' halten, wie immer."

„Und das ist gut so. Hat nur leider nichts gebracht."

„Ich hab vorhin erst gedacht, ich spinne, als ich dich auf der Straße gehört habe. Ich dachte ... Egal. Wie kommt's, dass du dich wieder erinnerst?"

„Du spinnst nicht mehr als sonst auch." Dan lacht, wird aber sofort wieder ernst. Ich liebe seine Neckereien.

„Rosie hat mir was gegeben. Warte!" Mit diesen Worten springt er auf und verschwindet eilig in den Flur. Als er zurückkommt, hält er etwas in seiner geschlossenen Faust. Fragend blicke ich ihn an, doch er legt nur behutsam etwas auf den Esstisch. Es ist das grüne metallisch glänzende Papier einer *Seamy's*-Praline.

„Du willst mich verarschen." Mit einem Schnauben nehme ich die Praline auf und betrachte sie, als sähe ich sie zum ersten Mal. „Sie hat dir Schokolade aus Slumbertown gegeben?! Und dann konntest du dich auf einmal wieder an alles erinnern, oder was?" Dan nickt und mustert die Süßigkeit besorgt.

„Ja, so in etwa war's", erklärt er mit einem Kopfschütteln. „Als ich den Geschmack im Mund hatte, war es, als würde mir einer mit 'nem Gummihammer eins überziehen. Ich wusste sofort, dass du keine heiße Schauspielerin bist, sondern meine noch viel heißere Freundin." Er lächelt schief. „Ich mein's ernst: Es hat sich angefühlt, als hätte jemand eine riesige Mauer in meinem Kopf weggesprengt. Auf einmal waren da lauter Gefühle und Erinnerungen, die so ... ich weiß nicht." Mit einer Hand reibt er sich übers Gesicht. Für einen Moment sieht er aus, als sei er um Jahre gealtert. „Es war, als würde in meinem Kopf ein Film ablaufen. Diese ganzen Bilder in meinem Hirn passten einfach überhaupt nicht in mein Leben ... Als wäre das alles gar nicht mir passiert."

Ich versuche nachzuempfinden, wie er sich gefühlt haben muss, und kann mir vorstellen, dass es hart für ihn war. Dan bemerkt sofort, dass seine Offenheit mich aufwühlt.

„Hey, versteh mich jetzt nicht falsch!" Seine Stimme klingt fast flehend. „Dass ich mich wieder erinnern kann, ist das Beste, was mir passiert ist." Er nimmt meine Hände in seine und drückt sie liebevoll, um seinen Worten mit dieser Geste Nachdruck zu verleihen.

„Aber du warst glücklich", flüstere ich und versuche vergebens, meine Schuldgefühle nicht zuzulassen.

Er schüttelt den Kopf. „Ich war vielleicht zufrieden."

Mich plagt ein schlechtes Gewissen, weil ihn die Erinnerung an Slumbertown so abrupt aus seinem normalen Leben gerissen hat.

„Denk nicht mal dran!", tadelt er mich.

„Woher willst du wissen, was ich denke?"

„Hallo?!" Dan stupst mir mit dem Zeigefinger auf die Nase. „Hast du vergessen, dass ich mich wieder an alles erinnere? Ich kenne dich. So eine Schnute ziehst du nur, wenn du ein schlechtes Gewissen hast."

„Hm." Ich zucke die Achseln und gebe mich geschlagen.

„Ich bin okay", versichert Dan, „mach dir keine Gedanken."

„Aber ... wenn du dich nich' mehr erinnert hättest, dann wärst du jetzt noch zufrieden mit deinem Leben. Und außerdem bringt dich das Wissen vielleicht sogar in Gefahr."

„Oh, Baby ... besser dran? Ist das dein Ernst?" Dans Tonfall ist liebevoll, aber dennoch tadelnd. Mit festem Blick sieht er mich an. „Es gibt kein Leben, in dem ich ohne dich besser dran wäre, verstehst du mich?" Er macht eine kurze Pause und lächelt dann verschmitzt. „Und außerdem: Gefahr esse ich zum Frühstück. Wir stecken da zusammen drin, vergiss das nicht. Ich dachte, *ich* wäre hier für Erinnerungslücken zuständig."

„Blödmann!", sage ich liebevoll und beuge mich zu ihm hinüber, um ihn zu küssen. Es fühlt sich so gut an, ihn bei mir zu haben, mit ihm zu reden und vor allem ihn zu küssen. Er räuspert sich.

„Aber wiederholen muss ich die ganze Nummer mit dem Koma jetzt nicht noch mal", gesteht er. „Du glaubst nicht, wie beschissen es sich anfühlt, wenn man schnallt, dass jemand an deiner Festplatte rumgefummelt hat." Er tippt mit seinem Zeigefinger gegen meine Schläfe.

„Ist Rosie hier?", frage ich hoffnungsvoll und wechsele so das Thema, doch Dan schüttelt den Kopf.

„Nicht mehr. Sie meinte, sie müsse noch ein paar Sachen erledigen. Mehr weiß ich auch nicht. Informationsfluss scheint ja nicht mehr so im Trend zu liegen, wenn ich so höre, was du erzählst."

„Aber was machen wir dann jetzt?" Es gelingt mir nicht, die Frustration in meiner Stimme zu verbergen.

„Keine Ahnung. Warten, bis sie wieder auftaucht? Ich weiß es echt nicht. Was sollen wir ohne Infos schon groß machen?"

„Hm."

Dass wir nie genug zu wissen scheinen, nervt mich.

„Lass mich dir noch was sagen, Ellie. Bevor ich es mir später doch noch anders überlege." Mit großen Augen sieht Dan mich an.

Ich blinzele, als blende mich sein Anblick. „Ja?"

„Ich hatte echt Schiss, herzukommen", offenbart er leise. Als ich dazu etwas sagen will, hebt er abwehrend eine Hand, um mir zu bedeuten, dass ich ihn ausreden lassen soll. „Heb's dir für später auf. Lass mich das zuerst loswerden." Er rutscht auf seinem Stuhl hin und her und scheint nach Worten zu suchen.

„Also ...", beginnt er schließlich. „Nachdem ich mich wieder erinnern konnte, ... da ist mir erst klar geworden, wie überzogen meine Reaktion im Park war. Was ich gesagt habe, ... das muss dich sehr getroffen haben. Das tut mir leid." Er schüttelt den Kopf. „Selbst wenn du jemand Fremdes gewesen wärst, hätte ich mich nicht so aufführen dürfen. Und dass *du* das warst, macht es nur noch schlimmer." Er reibt sich mit einer Hand den Nacken. Dann atmet er tief durch, und ich sehe ihm an, dass es ihn Überwindung kostet, so offen über seine Gefühle zu sprechen.

„Du hast mich die ganze Zeit gesucht, und ich führe mich auf wie der letzte Arsch. Deswegen hatte ich echt Angst, dass du die Schnauze voll von mir hast und mich gleich in die Wüste schickst, wenn ich zu dir komme. Ich mein … Immerhin hab ich dich ein ganzes Jahr lang hängen lassen. Ich verstehe echt nicht, wie ich …"
Seine Augen beginnen, feucht zu glänzen, als er den Satz abbricht, und ich kann nicht länger mit ansehen, wie er sich quält.

„Aber Dan! Das war doch nich' deine Schuld!"

„Doch."

„Bullshit."

„Es war Teil des Deals!" Das Unbehagen in seinem Blick ist Verärgerung gewichen.
Mit offenem Mund starre ich ihn an, während er sich mit einer Hand durchs Haar fährt.

„Wovon redest du?"

„Ich hab den ganzen Scheiß verbrochen, Ellie. Ich ganz allein." Ihn so niedergeschlagen zu sehen, lässt mein Herz schwer werden. „In der Nacht in der Fabrik … In Xanders Büro sah es aus wie nach 'nem Bombenanschlag. Da hab ich mich ein bisschen umgesehen … Und wurde natürlich erwischt. Xander ist total eskaliert. Ich hab ihm gesagt, dass sein Büro schon so ausgesehen hat, als ich reinkam … Da wurde er dann erst richtig unentspannt und kam mit seinem Deal um die Ecke. So ähnlich wie bei dir. Nur dass er mir angeboten hat, dass ich …" Wieder stockt er, unfähig weiterzusprechen.

„Dass du was, Dan?! Sag schon!" Ein ungutes Gefühl macht sich in meiner Magengegend breit.

Er holt tief Luft, bevor er antwortet. „Er wollte von mir, dass ich zurückgehe und dich nicht wiedersehe."
Auch wenn ich so etwas in der Art schon geahnt habe, ringe ich einen Moment lang nach Luft.

„Was?! Aber … warum? Was zum Teufel hat er davon?"

Dan zuckt mit den Schultern. „Ich habe keine Ahnung. Aber er war ziemlich deutlich darin, was passiert, wenn ich mich nicht an seine Bedingungen halte."

Ich hebe eine Augenbraue und verschränke die Arme vor meiner Brust. „Pah! Was hätte er schon machen können?"

Dan sieht mich eindringlich an. „Er hat gesagt, dass ich sicher nicht riskieren will, dass dir was zustößt, während du draußen auf mich wartest."

„Schon klar", schnaube ich, außer mir vor Empörung. „Das war doch nur ein Bluff!"

„Ich weiß nicht, Ellie. Er hat gesagt, ich kann dich beschützen, wenn ich die richtige Entscheidung treffe." Dan wirkt überfordert – ein Gefühl, das ich nur zu gut kenne. „Und das ist alles, was ich will: dich beschützen. Nur deswegen bin ich auf seine Forderung eingegangen."

„Du hast gedacht, du tust das Richtige", antworte ich zähneknirschend.

„Es *war* das Richtige! Es ging mir gar nicht darum, wie und ob ich nach Hause komme. Ich wollte dich aus der Schusslinie nehmen. Dass der Bastard meine Erinnerungen gleich in Slumbertown behält ... Damit habe ich einfach nicht gerechnet."

„Das ist auch nich' unbedingt das, was man so erwartet."

Dan lächelt schief und deutet ein Achselzucken an. „Nicht wirklich. Ich war dumm. Sorry. Xander zu unterschätzen, war ein riesiger Fehler. Und vermutlich ist es sogar scheißgefährlich, dass wir jetzt wieder zusammen sind." Er richtet seinen Blick gen Fußboden. „Als ich dich vorhin gesehen hab ... Da wusste ich zuerst nicht, ob ich wirklich zu dir soll, aber ... Ich konnte nicht anders. Ich hoffe, du verzeihst mir."

„Was genau?", frage ich und muss angesichts seiner Unsicherheit lächeln.

„Ahm ... hauptsächlich, dass ich ein Riesenidiot bin."

Ich schüttele den Kopf und küsse ihn einfach, statt zu antworten. Ich weiß, dass jeder normale Mensch in dieser Situation zu Tode verängstigt wäre. Schließlich erzählt einem der Liebste nicht jeden Tag, dass er einen Deal gemacht hat, um einen zu beschützen, und dass nun womöglich alles umsonst war. Auch wenn mein Verstand diese rationalen Aspekte erfasst, spricht mein Herz eine andere Sprache, die so viel deutlicher ist.

„Weißt du, es spielt eh keine Rolle", sage ich, um das Thema abzuschließen. „Wenn wir wirklich in Gefahr sein sollten, dann bin ich es lieber mit dir gemeinsam. Was wissen wir schon über den Wächterkram?" Voller Liebe sehe ich Dan an und ergreife seine Hand. „Ich habe jeden Tag gehofft, dass wir uns wiederfinden, Dan. Mit dir hat sich zum ersten Mal in meinem Leben alles so angefühlt, als sollte es genau so sein. Ich lasse ganz bestimmt nich' zu, dass das jemand kaputt macht."

Trotzig recke ich das Kinn nach vorn. „Und ich weiß nich', wie es dir geht, aber ich fühle mich sicherer, wenn wir zusammen sind. Auch wenn das heißt, dass wir gegen Xanders Regeln verstoßen. Und Rosie hätte deine Erinnerung bestimmt nich' zurückgebracht, wenn es nich' sicher wäre."

Dan sieht mich nach meiner Ansprache fast verschüchtert an, doch dann schnauft er. Die Erleichterung steht ihm ins Gesicht geschrieben. „Ich bin froh, dass du nicht sauer bist. Das Letzte, was ich will, ist, dich in Gefahr zu bringen. Das ist doch alles nicht normal."

„Von ‚normal' sind wir schon lange meilenwert entfernt, meinste nich'?!" Es macht mich wütend, dass er seine Entscheidung, mich aufzusuchen, offenbar immer noch anzweifelt. „Ich mein, über welchen abgedrehten Scheiß reden wir hier? Gegenden, die aussehen wie Montana, aber in Wirklichkeit auf einer verdammten Parallelebene liegen! Bahnhöfe, die ihr Aussehen verändern, Zettel, die sich wie von Geisterhand schreiben! Mal ganz abgesehen von Xander, der Papier in Flammen aufgehen und Kisten umfliegen lassen kann, ohne einen Finger krumm zu machen! Du willst jetzt nich' ernsthaft mit mir darüber streiten, was ‚normal' ist!"

Ich versuche, meine Wut zu kontrollieren, und funkele ihn an, während ich die Hände zu Fäusten balle. „Scheiß auf Xanders Deal! Wer weiß, ob wir dadurch überhaupt in Gefahr sind. Seit ich zurück bin, ist die ganze Zeit auch nichts Paranormales passiert."

„Okay, okay", hakt Dan ein und zeigt mir seine erhobenen Handflächen. „Ich will gar nicht streiten, weißt du? Dann habe ich hiermit also deine Erlaubnis, dich auch weiterhin zu sehen?" Sein Tonfall klingt versöhnlich.

„Wehe, wenn nicht!", antworte ich und muss unweigerlich grinsen. „Jo' und ich glauben eh, dass die Wächter andere Probleme haben."

„Was meinst du damit?" Die Denkfalte zwischen Dans Brauen verrät, dass es hinter seiner Stirn rattert.
Ich setze an, um ihm von unserer Vermutung zu berichten, doch bevor wir die Unterhaltung fortführen können, werden wir vom Knall der ins Schloss fallenden Wohnungstür unterbrochen.

„Was für ein beschissenes Dreckswetter!", flucht Jo' lauthals im Flur, und ich höre, wie sie ihre Handtasche zu Boden feuert und ihre Schuhe durch die Diele poltern.
Ihr unablässiges Gefluche wird zunächst leiser, woraus ich schließe, dass sie in ihrem Zimmer verschwunden ist. Dan blickt mit

hochgezogenen Brauen in meine Richtung und ich tätschele mit einem Lächeln sein Knie. Ich hatte ihm zwar erzählt, dass Jo' und ich zusammen in meinem Apartment wohnen, aber ihr undamenhaftes Fluchen scheint ihn zu beeindrucken.

„Keine Sorge", raune ich ihm zu, „sie ist eigentlich echt entspannt."

Dan verkneift sich ein Grinsen und zieht es vor, darauf vorerst nicht zu antworten.

Lange müssen wir nicht auf meine Freundin warten, denn nur wenige Minuten später ertönt ihre Stimme aus dem Flur, noch bevor sie die Küche betritt.

„Ellie! Du warst an meinen Klamotten! Leugnen ist zwecklos! Wenn du das nächste Mal nach meinem geheimen Keksvorrat suchst, dann mach wenigstens alles wieder orden…"

Ihr bleibt der Rest des Satzes im Hals stecken, als sie den Raum betritt und feststellt, dass ich nicht allein bin.

„Oh", sagt sie und hält mitten in ihrer Schimpftirade inne. „Ahm … Und du bist … Hi?"

„Dan", hilft dieser ihr aus und hebt zögernd eine Hand zum Gruß, sein freundlichstes Lächeln auf den Lippen. „Hi! Und du hast einen geheimen Keksvorrat?"

Jo' mustert ihn zunächst, als säße ein Außerirdischer in unserer Küche.

„Du etwa nicht?", schnaubt sie und verschränkt die Arme vor ihrer Brust. „Du bist also Dan. Dann kann ich Ellies Profil auf der Dating-Seite wohl löschen."

„Mein *was*?!"

„Vergiss es. Da haben sich eh nur Idioten gemeldet." Jo' winkt ab und wendet sich wieder Dan zu. „Und du kannst dich wieder an alles erinnern, ja?"

„Denke schon. Ellie hat mich außerdem geupdated."

„Geupdated", wiederholt Jo' und grinst plötzlich. „Das macht man neuerdings also nur halb angezogen?"

„Wir wurden vom Regen überrascht", erkläre ich und schiebe die Unterlippe nach vorn.

Auch wenn ich weiß, dass sie Dan mit ihrer Stichelei nur auf die Schippe nehmen will, schäme ich mich ein wenig fremd für meine Freundin. Mit ihrer ironischen und etwas ruppigen Art hat sie schon so manchen Verehrer in die Flucht geschlagen – absichtlich, wie unabsichtlich.

„Halb nackt halte ich jetzt aber für maßlos übertrieben!", setzt Dan sich zur Wehr, und ich bin froh, dass er Wortgefechte schon mit Jer nie gescheut hat.

„Stimmt. Übrigens: Pink mit Glitzer steht dir hervorragend", antwortet Jo' und macht endlich einen Schritt auf ihn zu, um ihm ihre ausgestreckte Hand anzubieten. „Ich bin Jo'."

Dan nickt anerkennend und schüttelt ihre Hand. „Hi Jo'!"

„Ich hoffe, du hast gute Nachrichten im Gepäck, wenn du schon hier auftauchst", sagt Jo' und setzt sich zu uns an den Tisch.

„Da muss ich dich wohl enttäuschen", erwidert Dan. „Rosie war zwar heute im Laden, aber nachdem sie mich mit einem Schwall Erinnerungen überschüttet und hierher geschickt hat, ist sie direkt wieder abgedampft. Sie meinte, sie erklärt alles später, wann auch immer das sein soll."

„Wohin?", fragt Jo' und schaltet in ihren analytischen Modus.

„Als ob sie mir das gesagt hätte! Sie meinte, sie habe noch was zu klären."

Jo' schüttelt mit einem Seufzer den Kopf. „Wie immer wissen wir also absolut nix."

„Ja", klinke ich mich in die Unterhaltung ein, „und wir wissen auch nich', wann sie wiederkommt. Wir müssen das Scheiß-Tagebuch finden." Frustriert puste ich mir eine Haarsträhne aus dem Gesicht.

„Welches Tagebuch?", fragt Dan.

„Du hast ihm nix davon erzählt?!", wendet sich Jo' an mich und grinst. „So viel zum Thema updaten."

„Ähm … so weit waren wir noch nich'!"

Jo' rollt die Augen. „Klar, so wie Dan aussieht, hattet ihr bestimmt andere Sachen zu t…"

„Hallo?", unterbricht Dan meine Freundin und räuspert sich. „Ich kann euch hören. Ich sitze gleich hier." Er deutet auf sich. „Kann mich vielleicht mal jemand aufklären? Und ich meine nicht das Bienchen-und-Blümchen-Zeug. Das kenne ich schon." Dan grinst breit, und ich wende meine Aufmerksamkeit wieder ihm zu, während Jo' in sich hineinkichert.

„Mein Dad muss Tagebuch geführt haben. Rosie geht davon aus, dass ich es gelesen habe, aber ich hab's nich' mal. Die Wahrheit ist, dass ich bis vor Kurzem gar nich' wusste, dass es existiert."

Dan sieht zuerst Jo', dann mich an. „Und wieso ist das Tagebuch so wichtig? Wonach genau suchen wir überhaupt?"

„Keine Ahnung?", antworte ich wahrheitsgetreu. „Wie gesagt: Ich hab's nie gesehen. Warum?"

„Weil Rosie mir vor einiger Zeit ein Buch zum Aufbewahren gegeben hat."

Wie vom Donner gerührt sehe ich ihn an.

„Was?!", fragen Jo' und ich gleichzeitig, was Dan dazu bringt, beschwichtigend die Hände hochzureißen.

„Mädels, ich weiß nicht mal, was das für ein Buch ist. Und ich glaube nicht, dass es euer Tagebuch ist. Ich sag nur, dass Rosie mir einen ziemlich alten Schinken gegeben hat."

„Wir können doch gar nich' wissen, ob es das nich' vielleicht ist?", sage ich, während meine Fingerspitzen vor Adrenalin kribbeln.

„Überleg' doch mal, Ellie", sagt Dan. „Nach allem, was du erzählt hast, klingt es danach, als ginge Rosie davon aus, dass *du* das Buch hast, oder nicht? Wieso sollte sie es dann *mir* gegeben haben?"

„Er hat Recht", murmelt Jo'. Ich sehe ihr an, dass sie ihm nicht gern zustimmt. „Und wo ist das Buch jetzt?"

„In meinem Apartment." Dan klingt, als sei seine Antwort die Logischste der Welt.

„Und das sagst du erst *jetzt*?", schimpft meine Freundin.

„Wann denn sonst? Konnte ich etwa riechen, dass ihr euch ein abgeranztes Buch ansehen wolltet?", meckert Dan zurück.

„Worauf warten wir dann noch?" Jo' ist bereits von ihrem Stuhl aufgesprungen. „Lasst uns checken, ob wir vielleicht endlich ein paar Antworten finden." Sie ist schon auf dem Weg in den Flur, bevor sie noch einmal innehält und sich zu uns umdreht.

„Ms. Marple sollte sich aber vorher besser untenrum was anziehen", sagt sie und deutet in Dans Richtung. Der öffnet den Mund, um direkt zum Gegenangriff überzugehen, aber bevor er etwas erwidern kann, lege ich ihm eine Hand auf den Arm und bedeute ihm mit einem warnenden Blick, das Wortgefecht mit Jo' abzukürzen.

Die ist bereits in den Flur gestürzt und sucht fluchend nach einem Regenschirm.

„Reizend, deine Freundin", raunt Dan mir zu.

Entschuldigend zucke ich mit den Schultern.

„Kommt ihr jetzt, oder was?!", schallt es aus dem Flur.
„Ja doch!", rufe ich zurück und verdrehe die Augen. „Geh doch schon mal runter und ruf' ein Taxi, verdammt!"
Ich höre die Wohnungstür ins Schloss knallen und gehe davon aus, dass die ungeduldige Jo' im Begriff ist, genau das zu tun.

24

Dan und Jo' streiten während der gesamten Taxifahrt zu Dans Wohnung wie die Kesselflicker. Das heißt, eigentlich streitet hauptsächlich Jo'. Sie bombardiert Dan unaufhörlich mit Fragen, die in seinen Ohren wie Vorwürfe klingen müssen: Warum er nicht früher bemerkt hat, dass etwas mit ihm nicht stimmt. Warum er nicht sofort erwähnt hat, dass Rosie ihm ein Buch gegeben hat. Ob er überhaupt eine Ahnung hat, wie sehr ich versucht habe, ihn zu finden. Ihr Fragenkatalog ist endlos und ich habe das zweifelhafte Vergnügen, zwischen den beiden auf der Rückbank zu sitzen.
Nachdem meine anfänglichen Schlichtungsversuche ins Leere gelaufen sind, habe ich aufgehört, der Diskussion zu folgen. Die noch immer vom Himmel fallenden Regentropfen erzeugen beim Einprasseln auf das Taxidach ein monotones Hintergrundgeräusch, und ich ziehe mich in meine Gedankenwelt zurück.
Auch wenn mir die endlose Streiterei der beiden gehörig auf die Nerven geht, überwiegt das gute Gefühl, sie nun beide um mich zu haben.
Ein wenig erinnert mich das Gezanke an die Auseinandersetzungen zwischen Dan und Jer. Wehmütig schiebe ich die Erinnerungen an unsere unbeschwerten Tage beiseite. Wo zum Teufel steckt unser Freund bloß?
Während der Taxifahrer das Fahrzeug quälend langsam durch den dichten Verkehr New Yorks steuert, wünsche ich mir, wir hätten die U-Bahn genommen. Ich blicke an Dan vorbei aus dem Fenster und betrachte die verregneten Straßen. Plötzlich scheint von jedem in unsere Richtung blickenden Passanten eine latente Bedrohung auszugehen, obwohl ich weiß, dass die meisten Menschen wahrscheinlich einfach schlecht drauf sind, weil sie das Pech haben, bei diesem Wetter draußen unterwegs zu sein.
Woher kommt dieses flaue Gefühl in meiner Magengegend? Rational betrachtet gibt es keinerlei Anzeichen dafür, dass sich etwas an unserer Situation geändert hat. Ich atme tief durch und konzentriere mich auf meine positiven Empfindungen. Die Erleichterung, seit Dan mich vor einigen Stunden im Regen geküsst hat. Das unglaubliche Glücksgefühl, das seitdem von mir Besitz ergriffen hat. Ich muss an meine Schwester denken und daran, dass ich das Versprechen nun doch gehalten habe, welches ich ihr in meinem letzten Traum in Slumbertown gegeben hatte.

Während der Fahrt halte ich Dans Hand, als müsse ich befürchten, er könne sich in Luft auflösen, sobald ich sie loslasse. In den kurzen Streitpausen lächelt er mir zu. Seine bloße Anwesenheit beruhigt mich in mehrfacher Hinsicht. Zum einen bin ich froh, dass Jo' und ich mit Dan einen weiteren Verbündeten gefunden haben, und zum Anderen bin ich zuversichtlich, dass wir sicherer sind, solange wir zusammen bleiben.

„Ellie!" Jo' klingt aufgebracht und schafft es, bis in mein Bewusstsein durchzudringen. „Hast du mir überhaupt zugehört?"

„Ahm, nee", gebe ich unumwunden zu. „Was?"

„Ich hab dich gefragt, wo zur Hölle unser Scheiß-Regenschirm hingekommen ist."

„Du willst mir jetzt nich' allen Ernstes sagen, dass du immer noch wegen des Schirms motzen willst." Die Bissigkeit meiner Freundin lässt mich aufseufzen.

„Ich will nich' *motzen*, ich will wissen, wo das Ding ist!"

„Wir sitzen doch im trockenen Taxi, also entspann dich mal und hör endlich auf zu streiten."

„Ich streite nich'!", keift Jo', und ich frage mich, wann ich sie das letzte Mal so aggressiv erlebt habe.

„Na, dann hoffen wir mal, dass sie nicht damit anfängt!", sagt Dan. Er gibt sich keine Mühe, den Sarkasmus in seiner Stimme zu verbergen.

Als die kratzbürstige Jo' zu einer Antwort ansetzen will, rettet uns der Umstand, dass der Taxifahrer abrupt auf die Bremse tritt und den Wagen unsanft zum Stehen bringt. Im ersten Moment befürchte ich, dass er die Nase endgültig voll von seinen zeternden Fahrgästen hat, aber Dan klärt die Situation auf.

„Wir sind da, Mädels. Gleich da vorn ist es", sagt er und lässt meine Hand los, um in seiner Hosentasche nach seinem Portemonnaie zu fischen. Hastig drückt er dem Taxifahrer ein paar Dollarnoten in die Hand und hat es verdammt eilig, aus dem Auto auszusteigen. Ich kann es ihm nicht verübeln. Mit der geladenen Jo' gleicht der Innenraum des Taxis einem atomaren Testgebiet.

„Was ist denn los mit dir?! Reiß dich mal zusammen!", zische ich meiner Freundin zu, als Dan bereits außer Hörweite ist. „Es ist nich' seine Schuld."

Sie wirft mir einen vernichtenden Blick zu und lässt mich darüber im Ungewissen, warum sie so wütend auf meinen Freund ist.

Als Jo' und ich aus dem Taxi aussteigen, folgen wir Dan, der ein paar Meter weiter vor einem roten Backsteinhaus auf uns wartet. Im Erdgeschoss befindet sich ein gemütlich aussehendes Coffeehouse, dessen türkisfarbene Fassade maritimes Flair ausstrahlt.

„Die Damen! Willkommen in Greenwich Village!" Dan lächelt und deutet eine Verbeugung an.

Obwohl ich mein ganzes Leben in New York verbracht habe, war ich bislang immer nur beruflich in dieser Ecke der Stadt gewesen – und das selten. Neugierig sehe ich mich um. Alle Backsteinhäuser der Straße haben bunt gestrichene Erdgeschosse: Ich sehe rote und dunkelgrüne Fassaden und Blau in allen erdenklichen Nuancen. Bäume säumen die Fahrbahn, und fast alle Häuser sind mit Blumenkästen oder Kletterpflanzen begrünt.

„Also, ich mag's", befinde ich und kann mir ein verträumtes Lächeln nicht verkneifen. Sogar Jo' ist angesichts der pittoresken Wohngegend für einen Augenblick verstummt.

„Schön, dass es dir gefällt", sagt Dan und grinst.

„Würde es euch zwei Turteltauben was ausmachen, wenn wir reingehen? Wir stehen nämlich im *Regen*, falls ihr's vor lauter Endorphinen nich' gemerkt habt", jammert Jo' neben mir.

Dan zieht einen Schlüssel aus der Tasche seiner Jeans und steuert damit auf die türkisfarbene Eingangstür zu.

„Na, dann mal rein mit euch", fordert er uns auf und hält die Tür auf.

Ich lasse Jo' vorgehen und gehe dicht an Dan vorbei, um mir einen Kuss abzuholen.

Die Holzdielen in Dans Wohnung knarzen bei fast jedem Schritt unter meinen Füßen. Der Altbau hat hohe Decken, die mit aufwendigen Stuckarbeiten verziert sind; die Wände sind weiß gestrichen, wirken aber durch die vielen aufgehängten Bilder keineswegs steril. Sein Einrichtungsstil hier in New York ähnelt dem in Slumbertown: eine Mischung aus modernen Möbelstücken und Antiquitäten verleiht seinem Apartment die ganz persönliche Dan-Buckler-Note.

Er geleitet uns ins Wohnzimmer, und Jo' macht keinen Hehl aus ihrer Neugierde, während sie die Wohnung beäugt. Aber kein freundliches Wort kommt ihr über die Lippen.

„So, und wo hast du nun das Buch, Ms. Marple?", fragt sie spitz und lässt sich auf Dans Sofa plumpsen, während sie sich aus ihrer

Jeansjacke schält. Ich werfe ihr einen Blick von der Seite zu, aber mir ist nicht entgangen, dass ihre Stimme im Vergleich zu vorhin an Schärfe verloren hat.

Dan hebt den Zeigefinger, als hätte er eine Idee. „Bin sofort wieder da. Fühlt euch wie daheim."

Damit verschwindet er im Nebenzimmer, aus dem kurz darauf lautes Gerumpel zu hören ist.

„Hoffentlich weiß er überhaupt noch, wo er's hingetan hat. Klingt ja nich' gerade danach", grummelt Jo'.

„Jo', es reicht. Was hast du eigentlich gegen ihn?", zische ich und setze mich zu ihr auf die Couch.

Für einen Moment sieht sie mich an, als suche sie noch nach der Antwort. Doch dann hebt sie bloß die Schultern.

„Eigentlich nix. Er scheint nett zu sein." Mit einem Mal klingt sie kleinlaut.

„Und warum bist du dann die ganze Zeit so auf Krawall gebürstet? Erklär's mir, Jo'. Das ist Dan! Der Dan, nach dem ich ewig gesucht habe." Ich spreche halblaut, damit mein Freund uns nicht hört.

„Glaubst du, das weiß ich nich'!?", empört sich Jo' viel zu laut und senkt erst auf meinen mahnenden Blick hin ihre Stimme. „Es ist alles in Butter. Echt!"

„Okay", antworte ich und bemühe mich, diplomatisch zu agieren, „und was ist dann mit dir los?"

Ich höre Dan immer noch im Nebenzimmer herumwerkeln, und inzwischen klingt es fast, als würde er die halbe Wohnung auseinandernehmen. Meine Freundin sitzt wie ein geprügelter Hund auf dem Sofa, und ich sehe, dass sie ihr schlechtes Gewissen plagt.

„Mein Tag war einfach ... mies. Rate mal, wer mich heute Mittag angerufen hat."

„Keine Ahnung."

„Der Arzt", antwortet Jo' und starrt dabei auf ihre Hände, die sie in ihrem Schoß gefaltet hat.

„Der Arzt", echoe ich perplex, bis mir einfällt, wen sie damit meint. „Und? Was wollte er?" Ich hoffe, dass die Nachfrage nicht direkt ein rotes Tuch für Jo' ist.

„Ein Date."

„Aber das ist doch großartig!" Für einen Augenblick freue ich mich, bis ich merke, dass Jo' meine Freude offensichtlich nicht teilt. „Oder ... nich'? Du fandest ihn doch so heiß?"

Jo' legt den Kopf schief und schürzt die Lippen. "Ja. Heiß ist er ja auch. Aber weißte, zuerst macht er mich an. Dann meldet er sich ewig nich', und jetzt will er ein Date?"

Ich zucke die Achseln. „Was ist dein Problem? Geh doch mit ihm aus, wenn du ihn magst. Vielleicht hatte er einfach nur viel zu tun?"

„Sag mal, kapierst du eigentlich nich', was hier abgeht?" Ihre eben noch versöhnliche Stimmung schlägt plötzlich wieder ins Aggressive um. Ihre aufgebrachte Art irritiert mich.

„Offenbar nich'."

„Ich rede davon, dass der Zeitpunkt nich' beschissener sein könnte! Ich weiß nich', ob mir das alles zu viel ist, Ellie. Mein Dad ist wie vom Erdboden verschluckt. Dann komm ich nach der Arbeit heim, und du sitzt mit 'nem halbnackten Kerl am Esstisch, der dann auch noch Dan ist. Ich ... Ich hab einfach Schiss, dass ich bald überflüssig bin ... und allein." Sie blinzelt ein paarmal viel zu schnell hintereinander, und ich sehe ihr an, dass es ihr nur mühsam gelingt, ihre Tränen zurückzuhalten. Mir tut es auf einmal leid, dass ich sie so angefahren habe.

„Oh ... Es tut mir so leid, Jo'", flüstere ich und nehme sie in den Arm, um sie fest zu drücken.

„Alles wird sich ändern, Ellie", sagt Jo', aber sie lässt meine Nähe nur wenige Sekunden lang zu. Mit sanfter Gewalt schiebt sie mich von sich.

„Bullshit. Gar nichts wird sich ändern. Ich versprech's. Wie kommst du bloß auf so was? Du wirst immer einer der wichtigsten Menschen in meinem Leben sein! Daran hat bisher kein Mann was geändert, und Dan wird es auch nich', okay?"

Jo' nickt, aber es wirkt resigniert. „Okay. Trotzdem. Ich glaube nich', dass jetzt ein guter Zeitpunkt ist, so 'ne Romanze wiederaufleben zu lassen. Ich will niemanden in diese Wächtergeschichte mit reinziehen."

„Jetzt warte doch erst mal ab. Vielleicht gibt's ja gar nichts zum Reinziehen. Die ganze Zeit ist doch auch nichts passiert." Insgeheim frage ich mich, ob sie nur von *ihrer* Romanze spricht, oder ob sie damit auch Dan und mich meint.

Ein grinsender Dan kommt zu uns ins Wohnzimmer und unterbricht unsere Unterredung. In einer Hand hält er ein

Brecheisen, in der anderen ein in Leder gebundenes Buch.

Jo' hat ihre Gesichtszüge inzwischen wieder unter Kontrolle und räuspert sich verlegen.

„Dan ... ich ... muss mich wohl bei dir entschuldigen", beginnt sie zaghaft, doch Dan winkt ab.

„Schon in Ordnung. Vergiss es." Sein Lächeln und Tonfall sind versöhnlich, aber Jo' kann die Sache damit noch nicht auf sich beruhen lassen.

„Nein, ich mein's ernst. Ich hatte 'nen komischen Tag, und das ist nich' deine Schuld. Sorry."

„Schon vergessen. Alles cool", sagt Dan mit einem Augenzwinkern. „Verbuchen wir es einfach als schlechten Start, okay?"

„Okay." Jo' atmet sichtlich erleichtert auf.

„Dann zeig das Buch endlich mal her!", drängele ich und klopfe auf den freien Platz neben mir auf dem Sofa. „Was hast du da drüben eigentlich zertrümmert? Und warum läufst du mit einem Brecheisen durch deine Wohnung?"

Dan grinst und knallt die Brechstange auf den Couchtisch, der zum Glück aus Holz ist und nicht aus Glas. Das Buch legt er daneben.

„Ich hatte das Teil unter den Dielen im Schlafzimmer versteckt." Er deutet auf das Buch. „Ich dachte, ich brauche einen besseren Platz als den Kühlschrank oder so. War aber gar nicht so einfach, es unter dem Boden wieder rauszukriegen."

Ich kann mir ein Grinsen und ein Kopfschütteln nicht verkneifen. Das ist der Dan, den ich aus Slumbertown kenne: ein bisschen verpeilt, aber dabei immer außerordentlich liebenswert. Er setzt sich zu uns.

„Tja. Das ist es", verkündet er ehrfürchtig, auch wenn er uns damit nichts Neues erzählt.

„Du hast nich' im Ernst überlegt, *das* Ding im Kühlschrank zu deponieren?!", sagt Jo' fassungslos, als sie das dicke Buch sieht, doch Dan lacht nur.

„Du glaubst gar nicht, an was für Verstecke ich noch gedacht habe", sagt er. „Tiefkühler, Spülkasten vom Klo, in 'ner leeren Cornflakespackung ..."

„Okay, okay, ich wollte deine Kreativität nich' anzweifeln", unterbricht Jo' ihn. „Auch wenn jedes Kind weiß, dass man in New Yorker Spülkästen im Zweifel immer ein Drogenversteck findet,

Ms. Marple."

Dan kichert kurz in sich hinein, bevor sein Gesichtsausdruck wieder ernst wird. „Und? Was meinst du?", richtet er seine Frage an mich. „Ist das das Buch von deinem Dad?"

„Keine Ahnung", murmele ich.

Vorsichtig nehme ich das alt aussehende Buch mit beiden Händen vom Tisch auf, um es näher zu begutachten.

Es ist nur etwa so groß wie ein Taschenbuch, aber ich schätze, dass es mindestens 500 gebundene Seiten sind, die ich da in den Händen halte. Könnte mein Vater allen Ernstes ein so umfangreiches Tagebuch geführt haben?

Der kamelfarbene Buchdeckel sieht abgegriffen aus, aber ich erkenne trotzdem den charakteristischen Duft des Ledereinbands. Der Einband ist schlicht und bis auf ein rundes, silbernes Emblem, das aussieht wie eine übergroße Münze, unbeschriftet. Das Ornament ist mittig und erhaben auf der Vorderseite aufgebracht, während die Rückseite nur aus dem abgewetzten Leder besteht. Ein dunkelgrünes Band ist an der silbernen Münze befestigt, führt einmal um das Buch herum und schließt nahtlos an der anderen Seite der Münze an.

Behutsam lasse ich die Hand über den abgenutzten Buchrücken gleiten. Das Leder fühlt sich unter meinen Fingerkuppen warm und weich an, fast als hielte ich nicht nur ein Buch in den Händen, sondern einen Gegenstand, dem Leben eingehaucht wurde. Dieser Gedanke sorgt dafür, dass sich meine Nackenhaare aufrichten.

Ich verdränge die Vorstellung und inspiziere das fremdartige Ornament. Die Prägung zeigt Linien, die aussehen wie eine schwungvoll geschriebene Drei und ihr gespiegeltes Pendant. Die beiden Ziffern sind ineinander verschlungen, sodass der obere Teil aussieht wie ein Herz. Behutsam versuche ich, das Band von dem münzähnlichen Teil zu lösen, doch es gibt nicht nach.

„Das sieht echt alt aus", äußere ich beeindruckt. Ich schiebe die Finger unter das Band und versuche, es mit mehr Nachdruck von dem Ornament loszureißen. Doch auch mein Herumzerren beeindruckt den Verschluss nicht.

Mit den Fingerspitzen fahre ich über das silberne Material, um nach einer möglichen Verschlussmechanik zu suchen. Es fühlt sich kühl an und …

„Autsch!", entfährt es mir, und ich ziehe die Hand zurück.

„Was ist?", fragt Jo' alarmiert.

„Weiß nich'", murmele ich und berühre das Ornament noch einmal vorsichtig.

Es fühlt sich nun deutlich wärmer an. Mein Finger kribbeln, als würde die Münze unter Strom stehen, und je länger ich das Metall berühre, umso intensiver spüre ich die Energie. Als das Prickeln in Schmerz übergeht, ziehe ich die Finger zurück und lege die Stirn in Falten. Ich inspiziere meine Fingerkuppen, die pochen, als hätte ich auf eine heiße Herdplatte gefasst. Doch es ist nichts zu sehen – meine Finger sehen aus wie immer. Immer noch stirnrunzelnd reibe ich mit dem Daumen über die anderen Fingerkuppen.

„Nennt mich verrückt, aber das Münzding läuft heiß, wenn man es anfasst", sage ich und muss mich beherrschen, um nicht hysterisch zu lachen.

„Gib mal her!", verlangt Jo' und reißt mir das Fundstück aus den Händen. Und sie wirft mir immer vor, ungeduldig zu sein!

Zunächst scheint nichts zu passieren, als sie das Siegel berührt, doch ihr nachfolgendes „Au!" zeigt, dass sie es auch fühlt. Mit spitzen Fingern wirft sie das Buch wieder zurück auf den Tisch.

„Okay, was jetzt?", fragt Dan, der uns aufmerksam beobachtet hat und sich den Selbstversuch erspart. „Hat Rosie mir ein magisches Buch gegeben, oder was?" Er lacht, betrachtet das harmlos aussehende Büchlein aber lieber aus sicherer Entfernung und mit nervösem Blick.

„Sag bloß, du hast es nich' mal angefasst?", fragt Jo'.

„Nein! Also … angefasst schon, aber ich habe nicht versucht, es aufzumachen. Ist ja nicht jeder so neugierig wie ihr."

„Unfassbar. Wenn mir das Scheißding nich' gerade die Finger angekokelt hätte, würde ich knallhart sagen, dass ihr nich' alle Tassen im Schrank habt", murrt Jo', und ich sehe ihr an, dass sie ihren analytischen Modus aktiviert hat. „Ich glaub nich', dass *das* Mitchells Tagebuch ist." Mich überrascht die Sicherheit in ihrer Stimme.

Dan und ich sehen sie fragend an. Sie holt tief Luft, um ihre Schlussfolgerung zu erklären.

„Ich mein, denkt doch mal nach. Wir wissen, dass er die Briefe an Ellies Mom heimlich geschrieben hat. Macht's in eurem Universum irgendeinen Sinn, wenn jemand die Post an seine eigene Frau außer Landes – oder wohin auch immer – schmuggeln lässt und dann sein Tagebuch so aussucht, dass schon allein dieses Silberteil oben drauf ‚Hallo, hier bin ich!' schreit?" Sie hebt einen

Zeigefinger. „Ohne das fette Silberteil vielleicht, aber so? Nö."
Dan ist schon so weit, dass er ihre Aussage mit einem Nicken honoriert, während ich noch versuche, mich durch den Dschungel meiner Gedanken zu schlagen. Doch bevor mir das gelingt, referiert Jo' bereits weiter.

„Außerdem wäre das ein ganz schön fettes Tagebuch … Nix für ungut, aber wie lange soll er daran geschrieben haben? Das da", sagt sie und deutet auf das Buch, „ist ein verdammter Roman. Mal abgesehen davon, dass das Teil echt alt aussieht. Ich glaub kaum, dass Ellies Dad vor ein paar hundert Jahren angefangen hat, Tagebuch zu führen." Sie schüttelt langsam den Kopf. „Auch wenn ich keinen Plan hab, was hier eigentlich abgeht, und mich das ziemlich anpisst … Das Teil hat zwar 'ne Kindersicherung, aber ich sage, dass es nich' das ist, wonach wir suchen."

Als sie fertig ist, nicke ich. „Ich seh's genauso. Ich weiß zwar nich', *was* mein Dad aufgeschrieben hat, aber ich kann mir nich' vorstellen, dass er sein Tagebuch mit so 'nem Siegel, oder was das ist, verschlossen hätte. Das passt irgendwie nich' zu ihm. Und Jo' hat recht: Selbst wenn er über längere Zeit Tagebuch geführt hätte …" Kopfschüttelnd breche ich den Satz ab und mustere das Buch erneut. „Aber was ist es dann?" Aufgeregt wende ich mich Dan zu. „Es muss auf jeden Fall so wichtig sein, dass Rosie meint, dass es hier sicherer ist als irgendwo anders."

„Bei Dan", sagt Jo' und schürzt die Lippen. „Nix für ungut, aber … In der Bude hier? Sicher?"

Ich schüttele den Kopf. „Ich meine damit, dass sie glaubt, dass es auf dieser Ebene hier sicherer ist, als … drüben."

„Möglich." Jo' stimmt meiner Theorie nur zögernd zu. Sie dreht sich eine ihrer Locken immer wieder um den Zeigefinger. „Aber wieso bringt sie's dann nich' an irgendeinen Ort, der mit magischen Wächtertricks versiegelt wird oder so was? Bestimmt gibt's das."

„Egal", verkünde ich. „Dan, hast du mal eine Schere für mich?"

„Was hast du vor?" Dan blinzelt mich verwirrt an und macht keine Anstalten aufzustehen.

„Ich will es aufmachen, ohne dass es uns grillt. Ich will das dämliche Band durchschneiden, was denn sonst!" Ich verdeutliche meine Ungeduld mit einer Handbewegung.

Dan steht widerwillig auf, geht in die Küche und kehrt kurz darauf mit einer Schere zurück. Er hält sie mir mit dem Griff voraus entgegen und sieht mich mit hochgezogenen Brauen an. Als ich nach der Schere greife, zieht er sie aus meiner Reichweite.

„Bist du sicher?"

„Ich pass auf", versuche ich ihn zu beruhigen, als ich das Schneidewerkzeug entgegennehme.

Er schüttelt mit sorgenvollem Blick den Kopf, erspart mir die Standpauke über mein impulsives Handeln aber vorerst.

Ich klemme das Buch zwischen den Knien fest, darauf bedacht, die silberne Münze nicht zu berühren. Ganz behutsam setze ich die Schere an, um das Band an der Stelle zu durchtrennen, wo genügend Luft zwischen dem Buchdeckel und den Seiten ist. Als ich zu schneiden beginne, steigt mir ein beißender Geruch in die Nase, der mich an den einer abgebrannten Wunderkerze erinnert. Erschrocken lasse ich mein Werkzeug fallen und verziehe das Gesicht. Ich begutachte die Stelle des Bandes, an der ich die Schere angesetzt habe und stelle zu meiner Enttäuschung fest, dass Letzteres vollkommen intakt ist. Irritiert lege ich das Buch wieder zurück auf den Tisch.

„Heilige Scheiße!", murmelt Jo'. „Was war das denn?"

„Keine Ahnung", erwidere ich und rümpfe die Nase. „Aber es stinkt wie die Pest."

„Bist du okay?", fragt Dan, sein Gesicht sorgenvoller denn je.

„Ja, ich hab jedenfalls keine gewischt bekommen. Mir geht's prima."

„Was man von der Schere nich' gerade behaupten kann." Jo' hebt die Schere mit spitzen Fingern vom Fußboden auf und betrachtet das ramponierte Objekt.

Mein Versuch, das Band zu durchtrennen, hat die Klinge regelrecht verschmoren lassen, während am Band nicht eine einzige Faser beschädigt zu sein scheint. Meine Freundin legt das ruinierte Werkzeug behutsam neben das Buch auf den Tisch.

Während Jo' und ich über andere Möglichkeiten nachdenken, das Band zu entfernen, sitzt Dan bloß grübelnd auf dem gemütlichen Sofa und trommelt mit den Fingern auf seinen Oberschenkeln. Er sieht inzwischen ganz und gar nicht mehr entspannt aus.

„Ich denke, wir sollten das Ding einfach in Ruhe lassen", sagt er schließlich.

„Was?!", fragen Jo' und ich wie aus einem Mund.

„Aber was ist, wenn was drinsteht, das uns weiterhilft?", ergänze ich.

„Das wissen wir doch gar nicht." Als Dan mich mit einer

hochgezogenen Augenbraue ansieht, versuche ich, meinen Standpunkt noch deutlicher zu machen.

„Dan. Wir suchen nach Antworten, die wir uns nich' selbst zusammenreimen können. Wer weiß, wann Rosie wieder auftaucht! Das Tagebuch von meinem Vater ist sonstwo, und nich' nur Jer ist wie vom Erdboden verschluckt, sondern auch Tom." Als ich auf ihren Vater zu sprechen komme, wendet Jo' ihren Blick ab. Dieses Gespräch wühlt mich immer mehr auf. Ich fuchtele mit den Händen, während ich erkläre. „Er ist ihr Vater, Dan. Und wir machen uns Sorgen. Findest du nich', dass wir die Chance nutzen sollten, um vielleicht rauszufinden, was hier los ist? *Meine* Eltern haben es jedenfalls nich' für nötig gehalten, mir zu sagen, was es mit dem Wächterzeug auf sich hat."

„Ich versteh das schon", antwortet Dan und sieht mich ruhig, aber entschlossen an. Ich weiß sofort, dass die Entscheidung, das Buch nicht weiter zu bearbeiten, für ihn bereits gefallen ist.

„Aber ich glaube nicht, dass uns das hier wirklich weiterbringt. Oder habt ihr schon mal ein Buch gesehen, dass Scheren zerstört? Ist ja nicht so, als bräuchte man dafür normalerweise ein paar Grad."

Ich werfe Jo' einen Blick zu, und wir schweigen beide betreten. Unsere Reaktion ist für Dan Antwort genug.

„Seht ihr. Das dachte ich mir. Habt ihr mal dran gedacht, dass diese Kindersicherung vielleicht einen Sinn hat? Ganz offensichtlich soll nicht jeder in diesem Buch rumlesen."

„Okay, Ms. Marple. Du hast 'nen Punkt. Aber genau das klingt für mich danach, als sei es ein irre wichtiges Teil, meinste nich'? Ein Buch unter Strom ist doch perfekt, wenn's keiner lesen soll."

„Passt mal auf, ich weiß auch nicht mehr als ihr", erklärt Dan. Ich höre ihm an, dass er inzwischen genervt ist von den Sticheleien. „Aber ich gehe davon aus, dass es nicht in Rosies Sinne ist, wenn hier irgendjemand gegrillt wird. Und es ist Fakt, dass das Buch aussieht, als sei es schon viel länger auf der Welt, als Ellies Dad es vermutlich ist. Hast du vorhin selbst gesagt, Jo'. Und ich habe euch das Teil nur gezeigt, weil es drum ging, dieses Tagebuch zu finden. Nicht mehr und nicht weniger. Darüber, dass es das wohl eher nicht ist, waren wir uns vorhin doch schon einig, oder nicht?"

„Es ist doch gar nichts passiert", nuschele ich, womit ich mir einen tadelnden Blick von Dan einhandele.

Der hat seinen Standpunkt deutlich gemacht, und ich weiß aus

Erfahrung, dass es keinen Sinn hat, weiter mit ihm darüber zu diskutieren. Er wird nicht nachgeben, und ich möchte nicht gleich an unserem ersten gemeinsamen Tag nach der langen Trennung mit ihm streiten – zumal ich mir insgeheim eingestehen muss, dass er recht haben könnte. Weder Jo' noch ich sind in den letzten Monaten unkalkulierbare Risiken eingegangen, um an Informationen zu gelangen. Ein Buch, dessen Inhalt womöglich nicht einmal für uns bestimmt ist, ist vielleicht verlockend, könnte uns aber durchaus auch Ärger einbringen. Wer von uns weiß schon, nach welchen Regeln diese andere magische Ebene funktioniert, aus der das Buch ganz offensichtlich stammt?

„Vielleicht hast du ja recht, Ms. Marple", gesteht ihm auch Jo' zu. Überrascht blinzele ich in ihre Richtung. „Auch wenn du echt übertreibst. Gegrillt. Pfff!"

„Wer weiß, was das Ding noch so drauf hat, wenn ihr ihm zu sehr auf den Sack geht. Dann bleibt's vielleicht nicht bei einer kaputten Schere", merkt Dan mürrisch an.

„Okay." Widerwillig lenke ich ein, bevor die beiden wieder anfangen zu streiten. „Wenn Rosie dir das Buch zur Aufbewahrung gegeben hat, stehen unsere Chancen ganz gut, dass sie es irgendwann wiederhaben will, oder? Dann legen wir es einfach wieder zurück und quetschen sie dann aus. Was meint ihr?"

Wir sehen alle drei auf das Buch auf dem Tisch vor uns, als könne es uns jeden Augenblick ins Gesicht springen.

„Bevor sich noch jemand was tut, ist das sicher die beste Lösung", stimmt Dan meinem Vorschlag zu, steht auf und nimmt das Buch so vorsichtig vom Tisch auf, als habe er Angst, es könne ihn beißen.

„Und wann soll das eurer Meinung nach sein?", fragt Jo'. Sie verschränkt die Arme vor der Brust und funkelt zuerst Dan, dann mich an. Diesen trotzigen Blick an ihr kenne ich. Dass sie von meinem Vorschlag nicht begeistert ist, muss sie nicht erwähnen.

Ich kann verstehen, dass es ihr nach unserer langen Suche nach Antworten in den Fingern juckt, dieses mysteriöse Buch zu öffnen. Ich fühle mich auch hin- und hergerissen zwischen meinem ungestillten Hunger nach Wissen und dem unguten Gefühl, das sich in meiner Magengrube immer weiter ausbreitet, seit ich das fremde Symbol auf dem Buchdeckel berührt habe.

„Jo'", sage ich besänftigend, „ich will auch wissen, was drin steht."

„Aber?" Mit geschürzten Lippen sieht sie mich an.

„Aber nich' um jeden Preis", antworte ich und spüre, wie damit eine unsichtbare Last von meinen Schultern abzufallen scheint. „Dan hat Recht. Wir haben keine Ahnung von diesem ganzen Wächterkram. Was, wenn irgendwas total Krasses passiert, wenn wir es aufkriegen? Oder wenn jemandem von uns was passiert? Sollen wir dann den Notruf wählen und denen sagen, dass wir ein magisches Buch aufgebrochen haben?"

Ich gebe mir Mühe, meine Freundin mit den logischen Argumenten, die ich aus meinem imaginären Hut zaubere, versöhnlich zu stimmen. Ich will keine ausschweifende Diskussion mit Dan provozieren, aber ich will auch nicht, dass Jo' das Gefühl hat, ich schlüge mich auf seine Seite und ließe sie im Regen stehen.

„Ich hab nur noch euch." Ich mache eine kurze Pause. „Ich hab schon Schiss, dass was schiefgeht, nur weil wir zu neugierig sind."

Jo' antwortet zunächst nicht. Dafür verengt sie die Augen zu schmalen Schlitzen und mustert mich.

„Du tust gerade so, als würden wir die Pforten zur Hölle aufstoßen, wenn wir den alten Schinken da aufbrechen", mault sie schließlich, und ich atme auf, weil ich weiß, dass sie nachgeben wird, wenn sie es vorzieht, sarkastische Kommentare abzugeben, statt auf ihrem Standpunkt zu beharren.

„Du übertreibst mal wieder maßlos", sage ich und verdrehe die Augen.

„Wer weiß", raunt Dan, der das Buch zwar immer noch in der Hand, aber in vermeintlich sicherem Abstand von seinem Körper entfernt, hält. „Fakt ist, dass wir nichts über dieses Ding und seine Herkunft wissen. Ich weiß nicht, wie's euch geht, Mädels …, aber ich kann auf unschöne Überraschungen ganz gut verzichten. Wir müssen erst mal rauskriegen, was überhaupt los ist. Weil das hier ist entweder eine ziemlich nette Konstruktion mit einer Starkstrombatterie …" Er wedelt vorsichtig mit dem Buch. „Oder es hat nichts mit dem Leben zu tun, das wir kennen. Nach allem, was wir über Slumbertown wissen, würde ich sagen: Letzteres."

Er spricht das Offensichtliche aus, das seit dem Beginn unserer Diskussion wie der berühmte Elefant im Raum steht: Wir haben es mit Dingen zu tun, die nicht von unserer Ebene stammen. Ich frage mich, ob ich mich an diesen Gedanken jemals gewöhnen werde.

Auch wenn mir die Erlebnisse des letzten Jahres mehrfach

bewiesen haben, dass unsere Realität nicht die Einzige ist, sträubt sich immer noch ein Teil meines Verstandes dagegen, diese Erkenntnis als Tatsache anzuerkennen. Ich kann es diesem Teil meines Ichs nicht einmal verübeln – wer nimmt es schon kommentarlos hin, wenn die Werte und Wahrheiten, die man zu kennen glaubt, plötzlich in Frage gestellt werden, weil man feststellt, dass sie nicht alles sind?

„Rosie taucht hoffentlich bald auf, dann wissen wir mehr", lenke ich ab und frage mich im Stillen, ob ich mit meiner Aussage mich selbst beruhigen will oder die anderen. In mir brodelt es, weil ich das Gefühl habe, immer weiter in eine Sache hineinzuschlittern, die womöglich längst eine Eigendynamik entwickelt hat.

„Hat sie denn irgendwas gesagt?", frage ich Dan, doch der schüttelt bloß den Kopf.

„Wie ich schon erzählt habe: nein. Nur dass sie bald zurück sein will." Auch sein Geduldsfaden scheint inzwischen zum Zerreißen gespannt zu sein.

„Dann pack das Scheiß-Buch weg, bevor ich's mir noch mal anders überlege. Wir warten noch ein paar Tage, und wenn die alte Frau nich' auftaucht … gehen wir einfach mit dem Brecheisen auf das garstige Ding los." Jo' nickt in Richtung von Dans Brechstange, die noch immer auf dem Couchtisch liegt.

Dan nickt und sieht mich noch einmal fragend an. Auch ich nicke. Damit verschwindet er samt Werkzeug und Buch wieder im Nebenzimmer und kehrt diesmal nur wenige Minuten später mit leeren Händen zurück. Es ist offensichtlich einfacher, die Dielen wieder an ihren richtigen Platz zu bugsieren als sie herauszuhebeln. Die ruinierte Schere entsorgt er im Mülleimer in der Küche, bevor er sich wieder neben mich auf die Couch fallen lässt und den Arm um mich legt.

„Und was machen wir jetzt?", frage ich.

„Ich schlage vor, dass wir uns erst mal eine Mütze Schlaf genehmigen", sagt Dan und gähnt hinter vorgehaltener Hand.

„Dann sollten wir uns wohl mal auf die Socken machen", befürwortet Jo' seinen Vorschlag und will gerade aufstehen, als Dan uns ein Angebot macht.

„Quatsch. Ihr pennt natürlich hier. Ich bestehe drauf", sagt er und klingt fast ein bisschen beleidigt.

„Du vielleicht. Ich steh nich' so auf Dreiecksgeschichten, weißt du." Jo' grinst breit. „Und du bist auch nich' mein Typ, sorry."

„Wie soll mein Ego *das* nur verkraften?" Dan verdreht die Augen und legt eine Hand auf die Brust, als hätte er Herzschmerzen, aber er lächelt. „Ich hab einfach kein gutes Gefühl dabei, wenn wir uns trennen. Und die Couch hier kann man ausziehen."

Jo' schnaubt kopfschüttelnd, aber zwinkert ihm zu. „Du willst nur nich' ohne deine Freundin ins Bett, gib's zu." Dans Grinsen genügt ihr als Antwort. „Wo ist das Bad, Ms. Marple?"

„Im Flur gleich rechts. Besucherzahnbürste hab ich leider keine. Ich hoffe, das ist für eine Nacht okay."

„Klar. Bin ja schon groß", erwidert Jo' und verlässt das Zimmer. Ich bin erleichtert, dass die beiden ihren holprigen Start anscheinend überwunden haben. Mit Rick in Kalifornien und Jer sonstwo, sind Jo' und Dan die letzten beiden geliebten Menschen, die mir geblieben sind.

Ich helfe Dan dabei, das Sofa auszuziehen und mit Bettwäsche zu versehen. Nachdem wir sein Wohnzimmer in ein Nachtquartier verwandelt haben, verziehen wir uns ins Schlafzimmer. Leise schließe ich die Tür hinter mir und lehne mich an den Holzrahmen.

„Was ist?", fragt Dan und knipst das Licht der Nachttischlampe an, bevor er sich rücklings wie erschlagen auf das Doppelbett fallen lässt. Die kleine Lampe taucht das Schlafzimmer in ein warmes Licht, und ich fühle mich sofort heimisch. Der stark gemusterte Holzfußboden, die hohe Zimmerdecke und die Einrichtung im Kolonialstil versetzen mich sofort zurück in die Zeit in unserem gemeinsamen Schlafzimmer in Slumbertown. Auch wenn dieses Zimmer viel kleiner ist als unser altes, ist sein guter Geschmack bemerkenswert: Die Möbel wirken, als seien sie für ein Shooting für ein Lifestyle-Magazin zusammengestellt worden. Das Doppelbett aus Mahagoni und der Kleiderschrank sehen aus, als seien sie aus einem Holz gefertigt worden, und obwohl die beiden Nachttische einen moderneren Stil aufweisen, passen sie perfekt dazu. Dans Schreibtisch unter dem Fenster ist aus Glas und Metall, rundet die Gesamtkomposition aus modern und klassisch aber perfekt ab. Ein expressionistisches Bild an der Wand hinter dem Bett bricht den Stil der kolonialen Einrichtung zusätzlich und unterstreicht Dans ganz persönlichen Style, den ich bereits vor einem Jahr bewundert habe. Jedes bisschen Platz ist optimal genutzt, ohne dass das Zimmer vollgestopft wirkt.

„Gefällt's dir?", fragt er mich. Er liegt auf die Ellbogen gestützt im Bett und beobachtet mich. Er lächelt, und die Schmetterlinge in meinem Bauch tanzen.

„Total", antworte ich und erwidere sein Lächeln. „Es erinnert mich an unser ... altes Schlafzimmer."

Ich gehe zum Fenster und erwarte fast, den vertrauten Anblick der gigantischen Bergkette im Mondschein wahrzunehmen, doch alles, was ich sehe, sind einzelne Fenster auf der gegenüberliegenden Straßenseite, aus denen noch Licht in die New Yorker Dunkelheit dringt. Mit einem Seufzer schüttele ich den Kopf.

Ich weiß, dass Dan spürt, wie sehr mich etwas beschäftigt, aber er kennt mich gut genug, um mir kein Gespräch darüber aufzudrängen. Ich schaue noch eine ganze Weile stumm in die verregnete Nacht hinaus und schlinge die Arme um meinen Oberkörper. Meine Gedanken bringen mich zum Frösteln.

„Meinst du, dass so was wirklich möglich ist?", flüstere ich.

„Dass was möglich ist?"

„Dass ein einzelnes Buch die Pforten zur Hölle aufstoßen kann."

Ich wende mich vom Fenster ab und setze mich auf die Bettkante. So absurd die Frage laut ausgesprochen auch klingt, so sehr befürchte ich, dass etwas Wahres dran sein könnte.

Mit zusammengezogenen Brauen sieht Dan mich an und nimmt meine Hand.

„Ellie. Baby. Tu mir einen Gefallen und mach dich nicht mit so einem Scheiß verrückt, ja? So was wird schon nicht passieren. Und solange das Ding unter den Dielen liegt, sowieso nicht."

„Woher willst du das wissen?" Die Verunsicherung nagt an mir wie ein Hund an einem Kauknochen.

„Ich weiß es einfach", antwortet er ausweichend und lächelt mir zu. Ich werde das Gefühl nicht los, dass er mir etwas verheimlicht. Ohne ein Wort zu verlieren, starre ich ihn so lange an, bis er den Blickkontakt abbricht und seine Hand zurückzieht. Ich wusste es!

„Komm schon, Dan. Du verheimlichst doch irgendwas. Spuck's aus."

Er räuspert sich und fühlt sich sichtlich unwohl in seiner Haut. „Okay ... aber versprich mir, dass du nicht ausflippst, ja?"

„Versprochen." Ich hebe Zeige- und Mittelfinger und nicke.

„Ich bin mir ziemlich sicher, dass nichts passiert, weil ich in Xanders Büro was über magische Bücher gelesen habe", gibt er kleinlaut zu.

„Was?! Du hast was gefunden?" Dass er nichts gesagt hat, überrascht mich.

Dan hebt beschwichtigend die Hände. „Ich hätte es dir gleich sagen sollen, ich weiß. Aber irgendwie ... Einen Tag, bevor Jer verschwunden ist, ... war ich schon mal in Xanders Büro. Aber nicht, weil ich schnüffeln wollte, sondern weil ich nach der Anlage in der Fabrikhalle schauen sollte, da die Förderbänder gesponnen haben. Als ich fertig war, ... dachte ich, das ist eine gute Gelegenheit, um mich mal ein bisschen umzusehen." Er hebt eine Schulter. „War keine geplante Aktion, hat sich einfach so ergeben."

„Und weiter?"

„Na ja ... wie gesagt: Nachdem ich in der Fabrikhalle fertig war, bin ich rüber in Xanders Büro. Er war nicht da, aber dafür lagen auf seinem Schreibtisch ein paar aufgeschlagene Bücher rum, die verdammt alt aussahen. Da hab ich mal einen Blick riskiert. Eins sah aus wie ein Lexikon oder so was. Was im Buch selbst stand, konnte ich gar nicht lesen ... Was weiß ich ... Irgendeine Sprache, die ich nicht kenne. Hätte auch genauso gut Keilschrift sein können." Er lächelt schief. „Aber Xander muss jemanden an die Übersetzung gesetzt haben, weil überall vollgekritzelte Zettel rumlagen."

„Wieso jemanden drangesetzt?", frage ich und ziehe die Augenbrauen zusammen.

„Ich kenne Xanders Sauklaue." Dan reibt sein Ohrläppchen zwischen Daumen und Zeigefinger. „Aber die Schrift war ganz ordentlich und anders. Mädchenmäßig. Wie auch immer. Auf jeden Fall stand auf ein paar Zetteln was über Bücher, die geschützt sind. Mit Schutzschildern, Selbstentzündung, den Rest bekomme ich gerade nicht mehr zusammen. Ziemlich abgefahrenes Zeug."

„Selbstentzündung? Schutzschilder? Was zur Hölle, Dan?", murmele ich, während die in mir schlummernde Wut nur auf den richtigen Augenblick lauert, um die Kontrolle zu übernehmen.

„Keine Angst", wirft Dan sofort ein, „auf dem einen Wisch stand, fett mit Textmarker markiert, dass diese Vorsichtsmaßnahmen nur dann greifen, wenn sich ein Unbefugter Zugang zu den Informationen verschaffen will."

Plötzlich wird mir einiges klar.

„Deswegen wolltest du vorhin nich', dass wir das Buch öffnen. Aber warum hast du mich dann mit der Schere dran rumfummeln lassen?"

Er sieht mich ernst an. „Hättest du dich davon abhalten lassen?"
„Eher nich'."
Dan reibt sich mit den Fingern die Schläfen. „Hab ich befürchtet. Wir wissen auf jeden Fall nicht, was passieren würde, wenn wir es weiter versuchen. Ich will nicht, dass jemandem was passiert. Ich will vor allem nicht, dass *dir* was passiert, verstehst du?"
Ich nicke betreten, weil ich weiß, dass er mich beschützen möchte, und weil ich ahne, wie schwer sich das mit meinem impulsiven Verhalten vereinbaren lässt. Trotzdem pulsiert die Wutkugel in mir bereits, weil er mir seine erhaschten Informationen verschwiegen hat.
„Was stand noch auf den Zetteln? Und wie weiß man, wer befugt ist, welches Buch zu lesen?"
„Keine Ahnung", gesteht Dan und boxt mit einer Faust in die Bettdecke. „Xander kam reingeplatzt und hätte mich da schon fast erwischt. Ich hab mich rausgeredet und ihm erzählt, dass ich zu ihm wollte, um ihm zu sagen, dass die Förderbänder wieder laufen."
„Scheiße!", fluche ich leise. „Also wenn du mich fragst, ... dann stinkt das alles. Was für ein Interesse hat Xander an diesen Büchern? Als wir ihn nachts beobachtet haben, hat er auch Bücher in diesem Karton gehabt. Und warum ist es Rosie so wichtig, dieses Buch versteckt zu halten?" Gefrustet krieche ich zu Dan unter die Bettdecke.
„Das frage ich mich auch alles."
„Aber warum hast du dann nichts gesagt?", frage ich. Ich bemühe mich um einen ruhigen Tonfall, auch wenn es mir nicht leicht fällt, die Wut in meinem Bauch zu kontrollieren.
„Ich wollte das nicht vor Jo' mit dir ausdiskutieren."
„Nich' vorhin! Du hättest mir schon in Slumbertown davon erzählen können!"
„Ich weiß." Dans Gesichtsausdruck nach zu urteilen, plagt ihn ein schrecklich schlechtes Gewissen. „Baby, es tut mir leid. Ich wollte es dir erzählen, ehrlich. Aber nachdem Jer direkt danach verschwunden ist, ging alles so schnell, und ich hab ... die Gelegenheit einfach verpasst."
Angesäuert presse ich die Lippen zu einem schmalen Strich zusammen. Ich erinnere mich nur zu gut an die letzten hektischen Stunden, bevor wir von Xander aus der anderen Ebene geworfen wurden, bin aber trotzdem sauer, weil Dan mir seine Entdeckung vorenthalten hat.

„Und da hast du nich' mal fünf Minuten gefunden, um mir von so einer wichtigen Sache zu erzählen, oder wie?"

„Ich sag doch, dass es mir leid tut", wiederholt er. Seine Stimme klingt gefasst, aber ich höre ihm an, dass er keine Lust mehr auf diese Diskussion hat. „Aber mal ehrlich: Das sind keine Infos, aus denen man wirklich was rausziehen kann. Und außerdem: Hast *du* mir denn wirklich alles erzählt?" Als er mich mit seinen tiefbraunen Augen so herausfordernd ansieht, verraucht meine Wut auf ihn. Mein schlechtes Gewissen meldet sich, weil er recht hat: Ich habe ihm tatsächlich nicht alles gesagt. Schuldbewusst denke ich an die Geschichte mit Rick, bevor mir noch etwas ganz anderes einfällt. Langsam schüttele ich den Kopf.

„Da ist wirklich noch was", gebe ich kleinlaut zu, woraufhin Dan bloß eine Augenbraue hebt.

„Du erinnerst dich doch an die Sachen, die ich dir über die Briefe von meinem Dad erzählt habe", beginne ich, und Dan nickt schweigend. „Jo' und ich glauben, dass Xander die Wächterkinder sucht, um sie zu rekrutieren."

„Rekrutieren", echot Dan sarkastisch und verschränkt die Arme vor seiner Brust. Er hat sich mit dem Rücken an das Kopfende des Bettes gelehnt und sieht mich an.

„Ja", bestätige ich und bemerke seine athletischen Oberarme, wenn er so dasitzt. Ich schüttele den Kopf und konzentriere mich wieder auf unsere Unterhaltung. „Wenn die Kinder alle so sind wie ich, dann wissen sie gar nichts von dem ganzen Kram. Das heißt, wenn Xander sie findet, hofft er vielleicht, sie auf seine Seite in dem Wächterstreit ziehen zu können."

„Hm. Aber was sollte es ihm bringen, ein paar Wächterkinder zu finden, die überhaupt keine Ahnung von gar nichts haben?"

„Ich weiß es nich'."

„Wie auch immer. Wir werden es wohl oder übel sehen. Aber keine Geheimnisse mehr, okay?" Dan grinst und fügt hinzu: „Außer bei Geburtstagsgeschenken."

„Keine Geheimnisse mehr", antworte ich und begegne seinem Grinsen mit einem Lächeln. Ich bin kurz davor, ihm von Ricks Avancen zu erzählen, aber ich sehe ihm an, wie müde er ist. Die perfekte Rechtfertigung vor mir selbst, um diese Beichte noch aufzuschieben. Dan küsst mich sanft auf die Stirn und lehnt seinen Kopf gegen meinen.

Eine weitere Sache liegt mir immer noch schwer im Magen.

„Meinst du, Xander hat was gemerkt? Und deswegen Jer rausgekickt?", frage ich.

Dan unterdrückt nur mühsam ein Gähnen. „Kann schon sein. Xander ist vieles, aber nicht dumm. Gut möglich, dass er geahnt hat, dass wir ihm auf die Schliche gekommen sind. Vielleicht wollte er auf Nummer sicher gehen und uns erst mal loswerden, bevor wir ihm bei irgendwas dazwischenfunken."

„Also ist es unsere Schuld, dass Jer weg ist", flüstere ich und muss mich beherrschen, nicht zu weinen. Ich kann es drehen und wenden, wie ich will, ich fühle mich schlecht, weil Jer weiterhin verschwunden bleibt.

„Das ist doch Quatsch", erwidert Dan und schließt mich fest in seine Arme. Er streicht mir zärtlich immer wieder übers Haar, als er leise weiterspricht. „Niemand ist *schuld* an irgendwas. Wir wussten, dass es besser ist, wenn wir uns nicht in irgendwas reinhängen – deswegen wollten wir alle zusammen zurück nach New York, erinnerst du dich?"

Ich nicke kaum merklich und konzentriere mich darauf, meine Tränen zurückzuhalten.

„Dass das alles so nach hinten losgeht, konnte ja keiner wissen. Außerdem war es Jer, der mit seiner Schnüffelei die ganze Sache überhaupt erst ins Rollen gebracht hat. Er würde uns nie die Schuld dafür geben, wie alles gelaufen ist." Dan pausiert einen Moment, doch ich weiß nicht, was ich dazu sagen soll. „Wir finden ihn, hörst du? Wenn Rosie zurück ist, fragen wir sie, ob sie uns helfen kann, okay?"

„Okay", flüstere ich gegen seine Brust.

„Dann schlaf jetzt. Ich pass auf dich auf, versprochen", murmelt er und küsst mich zärtlich auf die Schläfe.

Ich nicke, kuschele mich an ihn, nachdem er sich bequem hingelegt hat, und lege den Kopf auf seine Brust. Dan löscht das Licht, und so liegen wir eng aneinandergeschmiegt im Dunkel seines Schlafzimmers.

„Dan?", flüstere ich.

„Hm?"

„Hast du in der ganzen Zeit ... bist du ... hattest du jemanden?" Es ist eine dieser Fragen, die ich stelle, weil sie mich verrückt machen würde, wenn sie in meinem Kopf gefangen bliebe. Ich weiß nicht, ob ich die Vorstellung überhaupt ertragen könnte, sollte Dan tatsächlich jemanden getroffen haben. Aber es würde an meinen Gefühlen nichts ändern und auch nicht daran, dass ich mit ihm zusammen sein will.

„Nein." Mir fällt ein Stein vom Herzen. „Du?"

„Nein", erwidere ich.

Die Erinnerung an den Abend, an dem Rick mich geküsst hat, schießt mir durch den Kopf, aber ich sage nichts. Es war kein Date. Und dieser Kuss hat unsere Freundschaft vielleicht für immer verändert.

Dans gleichmäßiger Herzschlag beruhigt mich auch heute Abend, und nach wenigen Minuten falle ich in einen unruhigen Schlaf. Ich träume, dass mich menschenfressende Bücher verfolgen, brennende Häuser über mir einstürzen und andere beängstigende Kreaturen hinter mir her sind, deren Namen ich nicht einmal kenne.

25

Zwei Wochen vergehen, und von Rosie fehlt nach wie vor jede Spur. Anfangs rechnete ich noch felsenfest damit, dass sie wie verabredet bald wieder auftauchen würde, doch mit jedem Tag, an dem sich die Blätter der Bäume ein bisschen brauner färbten, schwand meine Hoffnung wie der Sommer aus der Stadt.
Wo steckt sie? Ist ihr vielleicht etwas zugestoßen?
Auch Tom ist noch immer nicht von seiner Fototour zurückgekehrt. Die Polizei ist inzwischen wieder aktiv geworden, weil Jo' einem der Beamten klar machen konnte, dass ihrem Vater womöglich etwas zugestoßen ist. Das Vorliegen einer Gefahrenlage macht es möglich, dass die Polizei nach ihm sucht, obwohl er als erwachsener Mann niemandem gegenüber verpflichtet ist, seinen Aufenthaltsort mitzuteilen. Nicht einmal seiner Tochter.
Die Sorgen um die Vermissten werden immer quälender. Jo' besucht die Polizeiwache täglich, kehrt aber jedesmal ohne Neuigkeiten zurück. Sie versucht es zu verbergen, aber sie ist inzwischen krank vor Sorge. Ihre Methode, um mit dem Verschwinden ihres Vaters klarzukommen, ist Recherche.
Um mehr über die Wächter herauszufinden, haben Dan, Jo' und ich alle denkbaren Informationsquellen angezapft, aber weder Bibliotheken noch historische Archive konnten uns nützliche Anhaltspunkte liefern. Jo' hat sogar Rick eingespannt, der ihr mehrere Kontakte aus seinem Netzwerk vermittelt hat, die mit Geschichte, Mythologie und anderen Wissenschaften zu tun haben. Ricks Networking-Skills überraschen mich immer wieder, doch auch die Nachforschungen über diese Kontakte haben bislang keine Treffer geliefert.
Wir hatten gehofft, wenigstens Mythen oder Gerüchte über die Wächter aufspüren zu können, aber es ist, als existiere diese Welt schlicht und ergreifend nicht. Auch wenn uns klar ist, dass wir nach der berühmten Nadel im Heuhaufen suchen, frustriert es uns doch alle drei, dass wir trotz der Hilfe von Experten außer abstrusen Theorien über Aliens, Zeitrisse und untergegangene Hochkulturen nichts finden können.
Genauso erfolglos wie die Recherchen über die Wächter bleibt unsere Suche nach Jer. Dan verbringt manchmal ganze Nächte vor dem Laptop, um nach Anhaltspunkten zu suchen, die mit Jer zu tun haben oder einen Hinweis auf seinen Aufenthaltsort liefern

könnten. Dass wir mit nichts vorankommen, zerrt an unseren Nerven.

Ich höre, wie Jo' die Wohnungstür aufschließt und ihren Schlüssel auf die Kommode im Flur wirft.

„Na? Überstunden?", frage ich, als sie das Wohnzimmer betritt.

„Wie man's nimmt", antwortet sie und lässt sich in den Sessel vor dem Kamin plumpsen. „Ich war noch mit John was essen."

„Mit wem?"

„John. Dem süßen Polizisten." Jo' lehnt den Kopf gegen die Lehne und streicht sich eine ihrer Locken aus dem Gesicht. „Er sieht echt gut aus und ist total schnuckelig, aber …"

„Er ist nich' Dr. Sexy", vervollständige ich ihren Satz.

„Nein."

Sobald ich auf „ihren" Arzt zu sprechen komme, blockt sie mich genauso ab wie dessen Anrufe. Ich seufze und schüttele den Kopf.

„Du könntest auch einfach einen seiner zehn Millionen Anrufe annehmen und dich mit ihm verabreden."

„Nein."

„Ich versteh dich nich', Jo'." Ich verdrehe die Augen. „Du bist in ihn verknallt und er offensichtlich auch in dich. Sonst würde er wohl kaum jeden Tag versuchen, dich anzurufen."

„Genau das ist ja das Problem."

„Dass er dich anruft?"

„Quatsch. Dass er auch in mich verschossen ist."

Ich fühle mich, als ginge mir ein ganzer Kronleuchter auf. „Dir ist das gar nich' alles zu viel, wie du neulich behauptet hast. Du hast Schiss, dass was Ernstes draus wird."

„Und wenn schon!" Jo' schnaubt, als hätte ich etwas despektierliches gesagt.

„Der arme John. Weiß er schon, dass er leer ausgehen wird?"

Jo' schneidet eine Grimasse. „Ich bin erwachsen, und ich bin Single. Und ich verspreche, ich mache nix, was er nich' auch will."

„Ich kann mir schon vorstellen, was er will." Ich kann mir ein Grinsen nicht verkneifen.

„Ach!", wiegelt Jo' ab. „Was dich interessieren dürfte: Ich hab die Gunst der Stunde vorhin genutzt und ihn über euren Freund Jer ausgefragt."

„Du fragst einen Typen bei eurem Date nach einem anderen Mann?" Ich pfeife anerkennend durch die Zähne. „Du hast vielleicht Nerven!"

„Ach, ich hab mir 'ne abenteuerliche Story dazu ausgedacht. Glaub mir, die Details willst du gar nich' wissen."

Ich kann es kaum fassen. Nicht nur, dass Jo' flunkert, sie schwindelt dabei auch noch einen Polizisten an.

„Hat nur leider alles nix gebracht", fährt sie fort. „Laut John ist Jer polizeilich nich' in Erscheinung getreten. Zumindest nich' in den letzten Jahren." Sie zuckt mit den Achseln. „Egal. War 'nen Versuch wert."

„Danke, Jo'."

„Ms. Marple gar nich' da heute?", fragt sie und gähnt hinter vorgehaltener Hand.

„Doch. Sitzt an meinem Schreibtisch vorm Laptop."

„Der lässt auch nich' locker, oder?" Ihre Frage gleicht eher einem Brummen als einem verständlichen Satz.

„Nee", antworte ich. „Wenn ihm was wichtig ist, dann nich'."

Wer so unermüdlich recherchiert, braucht viel Kaffee, den ich im Coffeehouse im Erdgeschoss hole, wenn wir bei Dan sind. Der Barista, der dort die Frühschicht schiebt, kennt mich inzwischen schon. Ein einfaches „Wie immer, bitte!" reicht aus, damit er mir zwei Milchkaffee und einen schwarzen fertig macht. Seit ich das erste Mal dort war, überreicht er mir den Kaffee zum Mitnehmen mit den Worten „Hier, Prinzessin!"

Wäre ich nicht unsterblich in Dan verliebt, fände ich ihn mit seinem dunklen Haar, den vereinzelten Sommersprossen um die Nase herum und seinen bernsteinfarbenen Augen sogar ganz süß. Sein Look hat irgendwie etwas besonderes und ich schätze, dass er in etwa in meinem Alter sein dürfte. Aber in meinem Herzen ist kein Platz für einen anderen Mann.

Die meiste Zeit verbringen Jo', Dan und ich unsere Abende in meinem Apartment. An manchen Tagen aber ziehen Dan und ich uns nach Greenwich Village zurück, um nur für uns zu sein.

Dass wir unserem normalen Alltag nachgehen müssen, als sei alles in bester Ordnung, macht mich ebenso mürbe wie die Tatsache, dass unsere Suche nach Jer weiterhin erfolglos geblieben ist.

Dan hat es Jo' und mir gleichgetan und ebenfalls einen gepackten Notfallrucksack in seiner Wohnung deponiert. Sein Gepäck unterscheidet sich in einem Punkt entscheidend von unserem: Er hat eine Pistole eingepackt.

Ich wusste bislang nicht einmal, dass er eine Waffe besitzt – woher auch? –, und ganz wohl ist mir bei der Vorstellung nicht. Aber Dan findet, da wir nicht wissen, was auf uns zukommt, sollten wir so gut vorbereitet sein wie nur irgend möglich.
Bei meinem abendlichen Lauftraining begleitet er mich täglich. Seine Begründung lautete mit einem Augenzwinkern, dass es sein männliches Ego nicht verkrafte, wenn seine Freundin jetzt fitter sei als er. Aber ich habe zufällig mitbekommen, wie er zu Jo' sagte, sie solle am besten auch etwas für ihre Kondition tun. „Wer weiß, wozu's gut ist", waren seine Worte. Jo' hat jedoch dankend abgelehnt.
Trotz aller dunklen Gedanken gelingt es uns manchmal auch, einfach glücklich zu sein und unbeschwert miteinander zu lachen, aber von längerer Dauer ist es nie. In manchen Momenten, wenn Dan sich unbeobachtet fühlt und auf den Bildschirm seines Laptops starrt, kann ich an seinem Gesichtsausdruck ablesen, wie sehr er Jer vermisst. Auch wenn Dan all meine Gesprächsversuche zu diesem Thema abblockt, kenne ich ihn gut genug, um zu wissen, dass er sich Vorwürfe macht, weil er nicht verhindern konnte, dass sein Freund wie vom Erdboden verschluckt ist.

„Ich wünschte, es würde irgendwas passieren", klagt Jo', während ich die leeren Pizzakartons von unserem Esstisch räume.

Dan sieht meine Freundin mit einer hochgezogenen Augenbraue an. „Was meinst du?"

„Na ja, ich hab einfach das Gefühl, dass wir feststecken, versteht ihr?" Frustriert feuert sie ihre Papierserviette auf den Tisch. „Ich frag mich manchmal, ob Rosie oder Dad überhaupt zurückkommen. Vielleicht sollten wir sie doch suchen."

„Und wie willst du das anstellen?", fragt Dan. „Ein Flugticket nach Kanada buchen, und dann? Willst du durch die Wildnis stapfen und irgendwelche Grizzlybären fragen, ob sie deinen Dad gesehen haben?"

„Sehr witzig!"

„Dan hat Recht, Jo'", stimme ich von hinter der Kücheninsel aus zu, als ein Handyklingelton ertönt.
Jo' fischt ihr Smartphone elegant aus der Hosentasche und sieht auf das Display, während es penetrant weiterklingelt.

„Willst du nich' rangehen?", frage ich.

„Es ist der Arzt", antwortet sie.

„Dann geh endlich ran! Du hast dich nich' bei ihm gemeldet, und trotzdem ruft er dich an!"
Dans Blick schwenkt von Jo' zu mir, während seine Lippen ein lautloses „Wer?" formen.
Jo' nimmt das Gespräch endlich entgegen und erlöst uns von ihrem lästigen Klingelton. Ich winke mit einem lautlosen „Gleich!" auf den Lippen ab, um das Telefonat nicht zu stören.
Die anfängliche Skepsis meiner Freundin ist schnell verflogen, und bereits nach wenigen Sekunden flirtet Jo' so heftig mit „ihrem" Arzt, dass sogar meine Ohren ganz warm werden. Kichernd wie ein Schulmädchen verlässt sie den Raum, um das Gespräch ohne unser Beisein fortsetzen zu können. Ich möchte gar nicht wissen, welche Inhalte nicht für Dans und meine Ohren bestimmt sind.

„Welcher Arzt?", fragt Dan und grinst.

„Ach." Ich winke ab und setze mich wieder zu ihm an den Tisch. „Sie hat diese Koma-Koryphäe aus dem Mount Sinai gedated, als ich dort lag. Danach hatte er kaum Zeit für sie, weil er immer so superbeschäftigt war, dauernd um die Welt gereist ist … wichtige Kongresse, bla bla. Sie haben sich dann eine ganze Weile nich' mehr gesehen, aber als er wieder in der Stadt war, wollte er sie wohl unbedingt treffen. Doch sie hat seine hunderttausend Anrufe ignoriert. Ich hätte nich' gedacht, dass er's doch noch mal versucht." Dass Jo' Angst davor hat, dass sich etwas Ernstes zwischen ihr und Dr. Sexy entwickeln könnte, behalte ich für mich. Dan muss nicht alles wissen.

„Aha", grunzt Dan und rümpft die Nase.

„Du hast gefragt!", necke ich ihn und boxe ihm spielerisch gegen die Schulter. „Sie mag ihn halt!"

„Und ich mag dich", sagt er mit einem Grinsen und beugt sich zu mir hinüber, um mich zu küssen.
Wenige Augenblicke später torpediert Jo' unsere Zweisamkeit, indem sie zurück in den Raum gestürmt kommt.

„Der hat vielleicht Nerven!" Theatralisch? Kein Problem für Jo'.

„Warum? Was ist los?", frage ich und registriere, wie Dan sich eine Hand vor den Mund hält, um sein Grinsen zu verbergen. „Eben gerade hast du doch noch ins Telefon gesäuselt."

„Erst meldet der Arsch sich nich', und dann ruft er einfach so an und fragt, ob wir was essen gehen wollen!", eifert Jo' sich und versucht dabei immer wieder, eine widerspenstige Haarsträhne hinters Ohr zu klemmen.

„Also, wenn ich richtig informiert bin, dann hast *du* dich nich' bei ihm gemeldet." Für diese Feststellung ernte ich einen ihrer – zum Glück nicht tödlichen – Blicke.

„Komm schon, Jo'. Vorhin wolltest du noch unbedingt, dass was passiert", wirft Dan ein, der sein Grinsen inzwischen unverhohlen zeigt.

„Ja! Vielleicht sollte ich das nächste Mal vorsichtiger sein mit dem, was ich mir wünsche", raunzt Jo' und fuchtelt mit ihrem Handy in Dans Richtung.

„Weiber!", sagt Dan von der Seite, wird aber sowohl von mir als auch von meiner Freundin ignoriert.

„Wenn ich jetzt mit ihm ausgehe und zwischen uns wieder was läuft ... Wie soll sich das bitte mit unseren ganzen gestörten Geheimnissen vertragen?" Jo' sieht ernsthaft hin- und hergerissen aus.

„Musst du ihm ja nicht gleich auf die Nase binden. Red mit ihm stattdessen über's Wetter oder so", schlägt Dan mit einem Achselzucken vor.

„So ein Tipp kann auch nur von 'nem Kerl kommen", schimpft Jo' und gibt es auf, die Haarsträhne bändigen zu wollen, die ihr immer wieder ins Gesicht fällt.

„Du willst ihn doch nicht gleich heiraten, oder?", fragt Dan.

„Geh einfach mit ihm aus", unterbreche ich die beiden Streithähne. „Was soll schon passieren? Wir wissen eh nich', wann Rosie zurückkommt ... oder ob überhaupt. Wie's dann weitergeht, steht auch noch in den Sternen. Und auf deinen Dad warten wir auch besser hier. Solange wir also festhängen, spricht doch nichts dagegen, wenn du ein bisschen Spaß hast, oder?"

„Und was, wenn er jetzt doch was Ernstes will?" Jo' hält ihr Telefon an die Lippen, als wolle sie gleich darauf herumkauen.

„Mann, Jo'! Wart's doch erst mal ab!" Ich rolle mit den Augen.

„Genau. Abwarten klingt doch nach 'nem guten Plan", befürwortet Dan meine Empfehlung.

„Okay." Jo' nickt und sieht plötzlich grinsend von mir zu Dan und wieder zurück. „Ihr habt vielleicht ausnahmsweise mal recht. Dann ruf ich ihn jetzt zurück und schlage ihm ein Doppeldate für morgen Abend vor! Ihr seht auch aus, als könntet ihr ein bisschen Spaß vertragen!"

Bevor Dan oder ich etwas dagegen einwenden können, ist sie bereits in ihrem Zimmer verschwunden.

„Sie hat aber nicht gerade Doppeldate gesagt, oder?" Dan sieht mich fassungslos an.

„Doch, ich hab's auch gehört."

Ich weiß zwar noch nicht genau, was ich von einem Doppeldate halten soll, aber meiner Freundin zuliebe würde ich fast alles tun. Außerdem wollte ich ihren Dr. Sexy sowieso von Anfang an mal kennenlernen.

„Es ist ja nur ein Abend", beschwichtige ich. „Und wie ich Jo' kenne, wird sie einen Tisch in einem verdammt guten Restaurant klarmachen. Vielleicht tut uns ein bisschen Ablenkung wirklich ganz gut."

Dan reibt sich den Bart und resigniert schließlich. „Na, was soll's. Vielleicht wird's ja auch ganz lustig." Er lächelt bemüht optimistisch.

„Du bist der Beste." Ich setze mich auf seinen Schoß und hauche ihm einen Kuss auf die Lippen.

„Ich weiß", gibt Dan mit einem Lächeln zurück.

Ich lag mit meiner Vermutung goldrichtig: Jo' hat einen Tisch in einem der angesagtesten Sushirestaurants der Stadt reserviert. Wie sie es geschafft hat, in dem permanent ausgebuchten *Sasabune* an der Upper East Side einen Platz für uns zu ergattern, ist mir ein Rätsel, aber ihre Worte waren, dass wir uns das gönnen sollten. Ich vermute ja eher, dass sie bei ihrem Date mächtig Eindruck schinden will, aber halte mich mit meinen Kommentaren zur Abendplanung zurück. Es ist ihr Date.

Als wir am nächsten Abend vor dem Restaurant aus einem Taxi steigen, stürmt es herbstlich. Die von den Bäumen gefallenen Blätter tanzen mit jeder Windböe über die Straße. Fröstelnd schlage ich den Kragen meines Mantels nach oben, während Jo' ihr Handy aus der Manteltasche nestelt.

„Ah", macht sie spitz. „Er hat mir 'ne Nachricht geschickt, dass er später kommt. Irgendwas mit seiner Arbeit, wir sollen schon mal reingehen."

„Arbeit, na klar!", witzelt Dan. „Der hat einfach nur Schiss vor deinem Doppeldate-Anschlag bekommen."

„Oder er muss noch mal das Medikamentenlager plündern, bevor er hierher kommt", füge ich mit einem Kichern hinzu.

„Oder im Schwesternzimmer vorbeischauen." Dan versucht halbherzig ein Gackern zu unterdrücken.

„Wenn *das* wahr ist, wird er mich kennenlernen, der Herr Doktor", sage ich und deute einen Fausthieb an.

„Wieso hab ich euch gleich noch mal mitgenommen?" Jo' verschränkt die Arme vor der Brust und sieht von mir zu Dan und wieder zurück.

„Damit wir dir das zittrige Händchen halten?" Dan grinst immer noch breit.

„Gehen wir jetzt rein, oder was?", brummt Jo'.

„Na, dann mal los!", sage ich und blicke in den Himmel. Ein paar vereinzelte Regentropfen fallen mir aufs Gesicht. „Sonst werden wir gleich nass."

Wir betreten das Restaurant, und ich werde das Gefühl nicht los, beobachtet zu werden. Meine Nackenhaare richten sich auf, und für einen winzigen Augenblick fühlt es sich so an, als sei die Luft wie statisch aufgeladen. Ich kaue auf der Innenseite meiner Wange herum und blicke ich mich im supermodern eingerichteten Gastraum um, kann aber nichts Ungewöhnliches entdecken. Ich sehe lediglich Menschen, die zu Abend essen und sich mit gedämpften Stimmen unterhalten. Das seltsame Gefühl verschwindet so schnell wieder, wie es gekommen ist, und ich rede mir ein, dass mir meine Nerven bloß einen Streich gespielt haben. Schließlich war ich nun schon länger nicht mehr unter Menschen, wenn man von meinen beruflichen Terminen absieht.

Ein lächelnder Kellner kommt auf uns zu, nimmt uns nach einer höflichen Begrüßung unsere Garderobe ab und geleitet uns zu unserem Tisch.

„Geht ja gut los", sagt Jo'. „Seit hundert Jahren hab ich mal wieder ein Date, und der Typ kommt direkt erst mal zu spät." Sie lässt sich auf ihren Stuhl plumpsen.

„Seit hundert Jahren!", sage ich und kichere in mich hinein. Ich sehe Jo' an der Nasenspitze an, dass sie genau verstanden hat, dass ich auf den Polizisten John anspiele, aber wir lassen meine Neckerei beide unkommentiert im Raum stehen.

„So ein Arzt kann sich das Timing bei Notfällen halt nicht aussuchen", sagt Dan.

„Genau", pflichte ich ihm bei, „jetzt sei nich' schon stinkig, bevor er überhaupt da ist. Bestimmt kommt er gleich, und dann haut es ihn aus den Latschen, wenn er dich sieht." Mit einem Lächeln reiche ich ihr eine der Speisekarten, die auf dem Tisch liegen. Ich meine es ernst. Jo' trägt heute Abend schwarze Lederleggings, eine Lederjacke und ein weißes Shirt, das deutlich länger als ihre Jacke ist. Die Kombination aus lässig und sexy steht ihr hervorragend.

„Ellie hat recht", sagt Dan. „Außerdem sitzen wir an einem Tisch in einem der angesagtesten Sushiläden der Stadt! Also allein deswegen kannst du dich schon mal freuen. Und jetzt lasst uns schon mal was Kleines bestellen, ich hab einen Mordskohldampf."

„Was macht das denn für einen tollen ersten Eindruck?", fragt Jo' und nimmt Dan die Speisekarte weg, in der er blättert.

„Hey!", beschwert der sich.

„*Deinen* ersten Eindruck hast du ja schon gemacht", sage ich mit einem Grinsen, „und uns lernt er dann gleich so kennen, wie wir sind."

„Ja, als unmöglich", sagt Jo', gibt Dan aber die Speisekarte zurück.

„Ist doch super", sage ich. „Dann weiß er gleich, worauf er sich einlässt, wenn er mit dir zusammensein will."

Wir hatten vor unserem Restaurantbesuch abgesprochen, dass alle „gestörten" Themen heute Abend tabu sind. Wir geben unsere Bestellung auf, und während wir uns kurz darauf bei leckeren Appetizern und Drinks über belanglose Themen unterhalten, fühlt es sich fast so an, als sei dies ein ganz normaler Abend. Das Restaurant ist bis auf den letzten Platz gefüllt, die Geräuschkulisse besteht aus dem emsigen Gemurmel der Gäste.

„Ich bin gespannt, wann dein Dr. Sexy endlich aufschlägt", sage ich und stopfe mir etwas köstlich Aussehendes mit Lachs in den Mund. „Iff will ihn endliff kennenlernen."

Noch während ich mit meinen Essstäbchen herumwedele, ertönt eine Stimme hinter mir, die dafür sorgt, dass mir das Essen im Hals stecken bleibt.

„Joanna. Bitte entschuldige meine Verspätung."

Ich fahre herum und nehme nur am Rande wahr, dass ich dabei mein Glas umgerissen habe. Die Eiswürfel verteilen sich auf der Tischdecke, und über Dans Jeans ergießt sich ein kleiner Sturzbach meines Wassers. Doch der scheint es gar nicht zu bemerken, er hat sich ebenfalls umgedreht und starrt den blonden Mann hinter uns an.

Mit eleganten Schritten schreitet Xander um den Tisch herum. Jo' erhebt sich von ihrem Stuhl, um ihr Date zu begrüßen. Xander gibt ihr einen Kuss und bleibt kurz vor ihr stehen, während er ihre Hände hält. Sein Blick klebt an meiner Freundin wie Marmelade an den Fingern. Täusche ich mich, oder sieht er sie sogar verliebt an?

„Wow!", sagt Xander. „Du siehst einfach ... Wow. Ich kann gar nicht glauben, was für ein Glück ich habe." Er lächelt, meine Freundin strahlt, und wäre es nicht Xander, der hier plötzlich vor uns steht, fände ich ihn verdammt sympathisch.

Er ist hier. Er ist tatsächlich hier. In New York. Wenn das ein Alptraum ist, wäre jetzt ein guter Zeitpunkt, um aufzuwachen. Ich lausche meinem viel zu schnellen Pulsschlag für ein paar Sekunden, doch ich wache nicht auf.

Xander und Jo' setzen sich gegenüber von Dan und mir auf die freien Plätze.

Panisch blicke ich zu Dan, dessen Gesicht jegliche Farbe verloren hat.

„Ach du ... Scheiße", flüstere ich, während sich blankes Entsetzen in mir ausbreitet wie Gift, das durch meinen Körper kriecht und mich lähmt.

Wie kann das sein? Hat er etwa die ganze Zeit gewusst, wo wir sind? Mir schwant, dass mein Gefühl, beobachtet zu werden, kein Produkt meiner angespannten Nerven war.

Und hat er meine Freundin gerade tatsächlich *Joanna* genannt? Mir wird schlagartig bewusst, wie viel ihr diese Romanze mit ihrem Dr. Sexy bedeutet. Wenn Jo' zulässt, dass ein Mann sie bei ihrem vollen Namen nennt, ist es etwas Ernstes. Mir wird schlecht.

Jo' strahlt und stellt uns nichtsahnend ihren Begleiter vor. „Ellie, Dan. Das ist Alex. Alex – das sind meine Freundin Ellie und ihr Freund Dan."

Xander setzt sein Lächeln auf, das so unecht aussieht wie Diätmayonnaise schmeckt.

„Hi", sagt er.

Die ganze Situation fühlt sich vollkommen surreal an. Auch wenn ich während des vergangenen Jahres viele Stadien von „verrückt" durchlebt habe, gewinnt die Definition dieses Wortes gerade eine völlig neue Qualität.

Ich habe mich schon lange gefragt, ob und wann wir Xander wohl wieder begegnen, aber ich hatte nicht erwartet, dass sich dieses Treffen so abspielen würde. Ich kann nicht fassen, dass ausgerechnet *er* Dr. Sexy aus dem Mount-Sinai-Hospital ist! Wie er sie eben geküsst hat!

Die Appetizer scheinen sich in meinem Magen mit einem Mal in Steine zu verwandeln. Ich kann nicht glauben, was ich mit eigenen Augen sehe. Und doch ist es wahr.

Mir gegenüber sitzt Xander in einem perfekt geschnittenen Maßanzug – gutaussehend und selbstbewusst wie eh und je. Er scheint mich mit seinen Blicken regelrecht scannen zu wollen. Was versucht er von meinem Gesicht abzulesen? Ob ich mich an ihn erinnern kann?

Mich beschleicht eine diffuse Panik, weil ich nicht den Hauch einer Ahnung habe, ob Xander vielleicht tatsächlich solche Fähigkeiten besitzt. Mir bleibt nichts anderes übrig, als zu hoffen, dass Gedankenlesen nicht zu den Wächterfähigkeiten gehört.

Jo' blickt von mir zu Dan, zu ihrem Dr. Sexy und wieder zurück. Für sie sitzt neben ihr der Mann, den sie als „Dr. Alex Magno" kennengelernt hat – für den sie seit Monaten schwärmt und der ihr langersehntes Date für heute Abend ist.

Für Dan und mich sitzt da nicht die abendliche Begleitung meiner Freundin, sondern der Mann, der uns auseinandergerissen hat und potenziell Gefahr für uns bedeutet.

Als das Schweigen am Tisch unangenehm wird, räuspert Xander sich. „Ich konnte es kaum erwarten, euch zu treffen."

„Was du nicht sagst." Dans Stimme klingt krampfhaft kontrolliert. „Das kann ich mir lebhaft vorstellen. Was machst *du* hier?"

Ich kann den Blick nicht von Xander losreißen, der Dan mit einer hochgezogenen Augenbraue und einem Lächeln im Gesicht mustert.

Aus dem Augenwinkel nehme ich wahr, dass Dans Muskeln zum Zerreißen angespannt sind. Mein Verlangen nach einer solch direkten Konfrontation mit Xander hält sich ebenfalls in Grenzen. Aber was sollen wir tun? Weglaufen?

„Was ist denn bei euch beiden kaputt?" Jo' ist sichtlich irritiert.

„Jo'", sage ich, „das ist Xander."

„Ja, klar. Das ist … Was?!" Die Augen meiner Freundin weiten sich, als sie realisiert, was ich gerade gesagt habe. Ihre anfängliche Verwunderung schlägt in Entsetzen um.

„Du … Das ist jetzt nich' wahr, oder?!", fährt sie Xander an. „Du hast mich angelogen?!"

„Joanna. Lass mich das erklären", raunt Xander ihr zu. Er legt eine Hand auf ihren Arm, und man könnte meinen, es läge ihm

tatsächlich etwas daran, dass sie ihm glaubt. „Ich habe dich nie belogen, hörst du?" Er sieht sie einen langen Augenblick an, bevor er seine Aufmerksamkeit Dan und mir zuwendet. „Wir kommen nämlich ausgesprochen gut miteinander aus, müsst ihr wissen."
Angewidert verziehe ich das Gesicht und sehe, wie sich die Wangen meiner Freundin röten. Das kann er unmöglich ernst meinen!

„Erklären!" Jo' schleudert ihre Serviette auf den Tisch. „Ich bin gespannt, wie du *das* erklären willst."
Es ist, als würde eine zentnerschwere Last auf meine Schultern drücken. Selbst wenn ich von meinem Stuhl aufstehen wollte – ich bin nicht sicher, ob es mir gelingen würde. Auch Jo' und Dan steht das Unbehagen ins Gesicht geschrieben. Spüren sie das auch?

„Ich bitte euch." Xanders Stimme trieft vor Höflichkeit. „Ich bin gerade erst angekommen, da könnt ihr doch nicht darüber nachdenken, schon zu gehen."
Er kann unmöglich wissen, dass ich darüber nachgedacht habe!

„Ich bin mir sicher, deine Mutter hat dich besser erzogen", sagt Xander direkt an mich gewandt.

Ich presse die Zähne aufeinander, fest entschlossen, nicht auf seinen Affront einzugehen.

„Immerhin sind wir zum Essen verabredet, und wie *ich* das sehe, können wir das Kennenlernen überspringen", verkündet Xander und ignoriert meinen ablehnenden Blick. „Das Sushi hier ist wirklich ausgezeichnet. Und wir müssen uns ohnehin unterhalten. Warum also nicht bei einem guten Abendessen? Ich lade euch selbstverständlich ein." Er macht eine Handbewegung, als hätten wir eine Wahl, und lächelt dabei sein aufgesetztes Lächeln.

„Also mir ist der Appetit gerade vergangen", sage ich und klinge so unterkühlt, wie ich mich in Xanders Gegenwart fühle.

„Ellie … Ich muss zugeben, dass ich deine ruppige Art fast ein wenig vermisst habe." Xander winkt eine Bedienung heran. „Wir hätten gern ein bisschen was von allem", sagt er zu der Kellnerin, die auf sein Lächeln hin strahlt wie ein Honigkuchenpferd. „Ich bin mir sicher, Sie können etwas Reizendes für vier Personen zusammenstellen."

Er wartet, bis die Bedienung außer Hörweite ist, bevor er weiterspricht. „Ich muss gestehen, dass mir das vielfältige Speiseangebot von New York in der letzten Zeit doch sehr gefehlt hat. Und diese zauberhafte Frau an meiner Seite natürlich."

Xander lächelt Jo' an, und wenn ich es nicht besser wüsste, fände ich ihn sogar charmant.

Die Bedienung hat zwar gerade erst Xanders Bestellung aufgenommen, aber das *Sasabune* ist unter anderem dafür bekannt, dass man auf sein Essen nicht lange warten muss. Die Kellnerin bringt eine Platte mit unterschiedlichen Sushihappen; Xander nimmt sich in aller Ruhe ein Paar Essstäbchen und kostet. Mit wachsendem Unmut beobachte ich ihn beim Essen. Er scheint sich nicht daran zu stören, dass niemand von uns auch nur ein Wort verliert.

„Ihr enttäuscht mich", sagt er zwischen zwei Bissen, „Ich dachte, ihr seid so scharf auf Antworten."

Meine Freundin wirft ihm einen ihrer vernichtenden Blicke zu. Ich kann sie nur allzu gut verstehen: Noch vor wenigen Minuten haben wir auf ihr Date gewartet, und nun entwickelt sich der Abend in einem rasantem Tempo zu einem Alptraum.

„Das Sushi schmeckt ausgezeichnet." Xander lobt das Essen, als sei es das Normalste der Welt, dass wir gemeinsam mit dem Wächter an einem Tisch sitzen. „Ihr verpasst was."

Ich kann mich nicht länger beherrschen und funkele ihn an. „Was willst du denn erklären, Xander? Dass dein ‚Deal' totaler Bullshit ist? Oder willst du lieber damit anfangen, warum nur Dans Erinnerungen hinüber waren, nachdem du uns nach New York zurückkatapultiert hast?" Ich balle die Hände zu Fäusten und fühle mich schrecklich hilflos.

Xander legt die Essstäbchen beiseite und sieht mich an. Es kommt mir vor, als würde die Welt für einen Moment den Atem anhalten. Ich wünschte, seinen blauen Augen würden mir etwas über seine Gefühlslage verraten. Hat ihn mein Kommentar etwa getroffen? Seine Mundwinkel zucken verräterisch, aber er schafft es, sein Pokerface nicht zu verlieren.

„Ellie, ich fürchte, du missverstehst meine Handlungen", beginnt er, stützt die Ellbogen auf dem Tisch ab und formt mit den Händen eine Raute vor seiner Brust. „Du solltest dankbar sein, weil ich dir geholfen habe. Aber ich muss zugeben, dass ich die Lage falsch eingeschätzt habe. Ich dachte, ich könnte dich hier eine Weile allein lassen, bis du … so weit bist. Ohne Magie ist es hier für dich so viel sicherer. Für euch alle. Findest du nicht?" Er klingt freundlich, doch während seine stechend blauen Augen mein

Gesicht nach einer Reaktion absuchen, fühle ich mich unwohl. Als ich nichts erwidere, fährt er fort.

„Du fragst dich sicher, was das alles soll, und vielleicht sogar, wer du eigentlich bist." Er macht eine Pause. „Glaub mir, ich würde euch nur zu gern alles erklären."

Ich weiß nicht, wie oft Rosie schon genau das Gleiche gesagt hat.

Xander schnaubt und schüttelt den Kopf. „Aber jetzt ist nicht der richtige Zeitpunkt. Meine Vorstellung sah eher so aus, dass du genauso blank im Kopf zurückkehrst wie dein Freund." Er macht eine leichte Kopfbewegung in Dans Richtung. „Das hätte uns allen viel Ärger und Mühe erspart."

„Du meinst wohl eher: dir. Mir kommen gleich die Tränen. Glaubst du nich', dass wir wissen, was du vorhast?", sage ich und bin selbst erstaunt, dass ich in diesem Moment keine Angst verspüre. Das Einzige, was ich fühle, ist die Wutkugel in meinem Bauch, weil dieser Mann mich von meinen Freunden getrennt und Dans Erinnerungen gelöscht hat. Mir ist bewusst, dass es alles andere als klug ist, Xander zu provozieren, aber die Wut in mir hat meine Vernunft bereits gefesselt und geknebelt.

„Ellie. Nicht!", wispert Dan mir zu.
Mit seiner Einmischung in die Konversation lenkt er Xanders Aufmerksamkeit auf sich.

„Dan", sagt der Wächter. Er klingt tatsächlich so, als freue er sich, seinen Freund nach längerer Zeit wiederzutreffen. Doch als er fortfährt, ist sein Tonfall kühl. „Immer noch so treu an der Seite deiner Herzdame. Oder sollte ich lieber sagen: wieder? Ich dachte, wenigstens auf dein Wort sei Verlass." Wieder ist da dieser Anflug von Betroffenheit, den ich Xander fast abkaufen würde, wenn ich es nicht besser wüsste. „Du hattest die Chance, der erste Buckler zu werden, der einen *guten* Beschützer abgibt."

Xanders Lächeln wirkt wie eine Provokation, doch Dan ballt nur stumm eine Hand zur Faust. Offenbar hat er beschlossen, auf keine Provokation einzugehen. Ganz im Gegensatz zu mir.

Ich registriere die flehende Blicke, die Jo' mir zuwirft. Vermutlich will sie mir damit bedeuten, dass ich mich am Riemen reißen soll. Dan tritt unter dem Tisch leicht gegen meinen Knöchel. Die beiden kennen mich gut. Doch beides hält mich nicht davon ab, weiter zu sticheln.

„Dann spuck die Wahrheit doch einfach aus. Ich dachte, du bist so ein großer Fan von Wahrheiten", sage ich. „Jetzt und hier ist doch die Gelegenheit. Oder hast du dafür nich' den nötigen Mumm?"

Xander lächelt mich an, und ich versuche, mir nicht anmerken zu lassen, dass er mich nervös macht.

„Täusch dich nicht in mir, Ellie." Sein Tonfall liegt irgendwo zwischen einer Bitte und einer Belehrung. „Du kennst mich nicht. Ich bin sicher, wenn du über deine Wut hinwegsehen könntest ..." Er schüttelt den Kopf. „Du würdest vieles anders sehen. Auch mich."

„Vielleicht gibst du dir einfach nich' genug Mühe, dass ich dich anders sehe", bemerke ich und imitiere seine Sprachmelodie.

„Bist du dir da so sicher?" Er studiert meine Reaktion ganz genau, während er spricht, und dreht dabei seinen silbernen Siegelring immer wieder um den Finger.

Dass mich seine Aussage verunsichert hat, versuche ich zu überspielen.

Xander nickt. Er sieht zufrieden aus. „Das dachte ich mir. Weißt du, Ellie ... Ich weiß eine ganze Menge über dich und deine Familie. Aber ich weiß noch viel mehr darüber, wie Menschen ticken." Er beugt sich leicht nach vorn, um in einem leiseren, aber in meinen Ohren bedrohlich wirkenden Tonfall fortzufahren. „Du glaubst vielleicht, dass du anders bist als alle anderen. Und damit liegst du sogar goldrichtig. Aber in einem Punkt sind wir alle gleich: Nimmt man uns alles, was uns lieb und teuer ist, sind wir zu Erstaunlichem bereit."

„Ich ... verstehe nich'", murmele ich.

„Du verstehst es *noch* nicht", erwidert Xander.

Im ersten Moment habe ich Mühe, meinen eigenen Gedanken zu folgen, doch dann wird mir schlagartig klar, welche Tragweite Xanders Aussage hat. Die Welt um mich herum scheint mit einem Mal zu schrumpfen und mich in einer engen Box einzusperren.

„Hast du ... was mit dem Tod meiner Schwester zu tun?", hauche ich. Mein Mund ist plötzlich trocken.

„Na, na", beschwichtigt Xander. „So würde ich das nicht sagen. Wirklich nicht. Ihr versteht nicht, was vor sich geht."

Auch Dan hat offenbar eins und eins zusammengezählt, denn er schlägt mit der Faust auf den Tisch, sodass die Gläser klirren.

„Du kranker Bastard! Hast du mit den Unfällen auch was zu tun? Ellies Mom? Nora?"

Trotz Dans Beschimpfung schürzt Xander bloß die Lippen.

„Dein Nachwuchs hätte bestimmt einen passablen Wächter abgegeben, aber dafür ist es ja zum Glück noch nicht zu spät. Nora war … Ich habe sie früher mal gut gekannt, weißt du." Xander macht eine kurze Pause. „Ach. Hab ich dir das gar nicht erzählt?" Er zuckt mit den Schultern. „Sei's drum." Wieder sieht der Wächter sich um, als erwarte er, dass jeden Moment jemand in unsere Unterhaltung platzt.

„Du mieses Schwein! Dafür wirst du bezahlen, das schwör ich dir!" Dans Stimme bebt vor Wut, und ich bin mir sicher, er wäre schon längst auf seinen ehemaligen Chef losgegangen, würde ihn nicht auch eine unsichtbare Bleiweste auf seinem Stuhl halten.

„Bezahlen?", Xander starrt Dan an wie ein geblendetes Reh. „Dan, Dan, Dan. Du wirst mir irgendwann noch dankbar sein für alles. Und dieser Tag kommt schon bald. Glaub mir. Du hast nicht einmal gemerkt, dass Nora nur genau das gemacht hat, womit sie beauftragt wurde. Sie war nur Mittel zum Zweck, um Informationen zu beschaffen und dich am Ende zu rekrutieren." Abschätzig sieht er erst mich und dann Dan an. „Ihr wisst nichts. Und deswegen begreift ihr nicht einmal, wie viel Glück ihr habt."

„Ich lass nicht zu, dass du so über sie redest! Dazu hast du kein Recht!", brüllt Dan. Ich habe ihn noch nie so außer sich gesehen, und wenn jemand etwas vom Wütendsein versteht, dann ich. Trotzdem lege ich beschwichtigend eine Hand auf sein Knie. Auch wenn ich es genauso schockierend finde, wie Xander über Dans verstorbene Freundin spricht, komme ich nicht umhin, zu bemerken, dass der Wächter heute anders ist als sonst. In Slumbertown wirkte er nicht so fahrig, beinahe nervös. Was geht hier bloß vor?

„Dan, lass ihn", raunt Jo' ihm über den Tisch hinweg zu. „Das ist genau, was er will. Er will nur, dass du ausrastest."

„Wenigstens *eine* kluge Frau sitzt hier am Tisch", bemerkt Xander. Für einen kurzen Augenblick sieht er meine Freundin an, als sei er tatsächlich in sie verliebt. Doch dann stellt er wieder seine ausdruckslose Miene zur Schau. Vielleicht bilde ich mir auch nur ein, dass er normale Gefühlsregungen hat.

„Wie dem auch sei." Er wendet seine Aufmerksamkeit wieder mir zu. „Kürzen wir das Ganze ab: Soweit ich weiß, habt ihr etwas, wonach ich suche."

Dan wirft mir einen warnenden Blick von der Seite zu, und Jo' formt ein lautloses „Nein!" mit den Lippen. Mir ist sofort klar, worum es geht, und meine beiden Freunde haben offenbar den gleichen Schluss gezogen wie ich: Xander darf keinesfalls erfahren, dass sich das mysteriöse Buch in Dans Obhut befindet.

„Und was soll das sein?", antworte ich ein wenig zu scharf. „Loyalität vielleicht?"

Der Wächter lacht kurz auf, nur um mich danach abschätzig anzusehen.

„Du weißt nichts über meine Loyalität. Aber in der Tat hätte ich euch gern rekrutiert. Ich nehme an, das kommt jetzt nicht besonders überraschend. Nun ja … Was nicht ist, kann ja noch werden. Aber nicht jetzt. Nimm es nicht persönlich, Ellie, aber mich interessiert heute Abend weder deine noch die Loyalität deiner Freunde." Er winkt ab, als unterhielten wir uns über ein belangloses Thema. „Behalte deine arrogante Haltung, so lange du noch kannst. Ich rede von einem Buch, das aus meinem Besitz gestohlen wurde."

„Dann solltest du mit deinem Anliegen vielleicht zur Polizei gehen", antworte ich und finde meine Provokation ziemlich gelungen.

Ich zucke zusammen, als ein Blitz die New Yorker Nacht für ein paar Sekunden taghell erleuchtet und das Restaurant in ein unheimliches Licht taucht. Den fast zeitgleichen Donner spüre ich, doch kein Geräusch dringt an meine Ohren. Die Gläser auf dem Tisch vibrieren, und ich sehe, wie einige Gäste an anderen Tischen verschreckte Blicke aus den Fenstern werfen. Schlagartig werde ich mir der Lage bewusst, in die ich uns durch meine Stichelei gebracht habe. Das Gewitter ist kein Zufall. Mir wird abwechselnd heiß und kalt, meine Hände schwitzen.

„Ob du es glaubst oder nicht, aber auch meine Geduld hat ihre Grenzen, Ellie!", blafft Xander. „Wenn du nicht kooperieren willst – schön! Aber sag nicht, ich hätte nicht versucht, euch zu helfen! Glaub mir, von deinem Leben ist noch genug übrig, das man dir nehmen kann. Stück für Stück. Und ich bin sicher, dass du dabei zusehen musst, wenn es soweit ist … Spätestens dann wirst du dir noch wünschen, du hättest mit mir zusammengearbeitet."

Xander steht so schwungvoll auf, dass sein Stuhl polternd zu Boden fällt. Jo' versucht, so weit wie möglich von ihm wegzurutschen, und ein paar andere Restaurantbesucher schauen verstohlen zu uns herüber. Er funkelt mich an und stützt sich mit der flachen Hand auf den Tisch. Seine Gesichtszüge sind wutverzerrt, und er sieht aus, als koste es ihn eine enorme Anstrengung, die emotionale Kontrolle zu behalten.

Auf eine verrückte Art und Weise kann ich nachempfinden, wie es in ihm aussehen muss. Die Gläser auf dem Tisch klirren erneut, obwohl es diesmal draußen ruhig bleibt. Mich überkommt nun doch Panik, dass ich den aufbrausenden Wächter unterschätzt habe. Wäre ich doch nur nicht so impulsiv gewesen! Mir wird klar, dass ich nicht nur Dan, Jo' und mich durch mein Verhalten in Gefahr gebracht habe, sondern auch die unbeteiligten Menschen im Restaurant.

Das unnatürlich tosende Gewitter demonstriert eindeutig, dass Xander auch auf dieser Ebene seiner Drohung Taten folgen lassen kann – daran habe ich keinen Zweifel mehr. Noch während meine Gedanken rasen und ich fieberhaft nach einem Ausweg suche, ertönt hinter mir eine vertraute Stimme, die ich noch nie in einem so strengen Tonfall gehört habe.

„Es reicht, Alexander!"

Ich drehe den Kopf und sehe Rosie, die mit einem quietschgelben Regenschirm, Mantel und Gummistiefeln nur einen halben Meter entfernt von uns steht. In diesem Aufzug ist sie ein beinahe skurriler Anblick, ihr verkniffener Mund allerdings verrät, dass sie stinksauer ist. Ich erlaube mir, heimlich aufzuatmen. Langsam schreitet die ältere Dame zu unserem Tisch, und mir fällt auf, dass trotz des räudigen Wetters nicht einmal ihr zusammengefalteter Regenschirm nass zu sein scheint.

„Rosie?!" Dan klingt überrascht, aber gleichzeitig auch erleichtert. „Was machst du denn hier?"

Die ältere Dame hebt kopfschüttelnd eine Hand und erstickt damit alle weiteren Fragen im Keim.

Xander fixiert Rosie mit seinem Blick, und inzwischen scheint das ganze Restaurant gebannt die Auseinandersetzung an unserem Tisch zu verfolgen. Säße ich an einem der anderen Tische, würde ich wohl vermuten, dass es in unserer Runde jeden Moment zu Handgreiflichkeiten kommen könnte.

Für weitere Gedankenspiele bleibt mir keine Zeit, denn auch wenn Xander seinen Zorn wieder im Zaum zu halten scheint, ist die Stimmung immer noch mehr als angespannt.

„Ja, Rosemary. Was machst du hier?" Xanders Stimme klingt zuckersüß, und er bemüht sich um ein Lächeln, doch sein Blick verrät, dass Eiszeit zwischen den beiden herrscht.

„Dich zur Vernunft bringen, mein Lieber." Ihre Antwort klingt so frostig, dass ich damit rechne, jeden Augenblick Eisblumen an den Fensterscheiben emporklettern zu sehen.

Was ist zwischen den beiden vorgefallen? Sie schienen zwar schon in Slumbertown keine Freunde zu sein, aber so habe ich Rosie noch nie erlebt. Xander quittiert ihre Aussage lediglich mit einem Schnauben.

„Mich!" Ich glaube Verachtung in seinem Blick erkennen zu können, bevor er seine Gesichtszüge wieder unter Kontrolle hat. „Die Frage ist doch, *wer* von uns hier Vernunft annehmen sollte. Das Buch der *fàidh* wurde gestohlen, und in den falschen Händen …" Sein Tonfall klingt inzwischen eher beschwörend als wütend.

Das Buch des was? Trotz unserer ausgiebigen Recherchen der letzten Wochen kann ich keine Verbindung zwischen dem Buch unter Dans Schlafzimmerdielen und dieser Bezeichnung herstellen.

Xander und Rosie streiten weiter, doch die Welt um mich herum scheint zu undefinierbaren Schemen zu verschwimmen. Das einzige Geräusch, das ich noch vernehme, ist das Rauschen des Blutes in meinen Ohren. Mein Herz schlägt so schnell, als stünde ich kurz vor einem Fallschirmsprung. An den Rändern meines Sichtfeldes wabert der rote Nebel, den ich bereits aus Slumbertown kenne. Was passiert mit mir?

Ich versuche, in mich hineinzuhorchen, aber das, was ich in meinem Inneren fühle, ist nicht die vertraute Wutkugel, die ich schon so lange mit mir herumtrage. Was ich spüre ist rauer, wilder, und es … gehört irgendwie nicht zu mir, und doch ist es mir vertraut. Das Gefühl reißt abrupt ab, als Dan unter dem Tisch nach meiner Hand greift. Es ist, als hätte er mich durch seine Berührung zurück in die Realität geholt.

„Bist du okay?", raunt Dan mir zu. Jo' und Rosie sehen mich besorgt an.

Ich nicke bloß und streiche mir mit dem Handrücken über die Stirn, die von Schweiß benetzt ist. Mein Puls verlangsamt sich, der rote Nebel löst sich auf. Als ich meine Umwelt wieder klar wahrnehme, bemerke ich, wie Xander mich beäugt. Offenbar steht mir ins Gesicht geschrieben, dass ich nicht in Ordnung bin. Eher weit davon entfernt.

Während Jo' scheinbar noch immer zwischen Entsetzen und Wut

schwankt, verrät Dans Miene inzwischen keinen Deut mehr darüber, was in ihm vorgeht. Äußerlich wirkt er beneidenswert gefasst, auch wenn ich vermute, dass es in ihm ganz anders aussieht.

Erst jetzt fällt mir auf, wie ruhig es um uns herum im Restaurant geworden ist. Waren die anderen Gäste die ganze Zeit schon so leise? Lauschen etwa alle gespannt dem Streitgespräch an unserem Tisch?

Verstohlen blicke ich mich um und stelle fest, dass zwar einige Besucher gelegentlich zu uns hinübersehen, die meisten aber in ihre eigenen Tischgespräche vertieft sind. Aber wo ist die normale Geräuschkulisse eines Bienenstocks, die entsteht, wenn so viele Menschen auf engem Raum zusammentreffen?

Als Rosie spricht, höre ich ihre Stimme glasklar.

„Du bist vieles Alexander, aber du bist kein Narr. Dass die Verwendung deines *lüth* hier gegen die Regeln verstößt, muss ich dir sicher nicht erklären. Also lass sie gehen, und niemand wird davon erfahren." Ihr Tonfall ist herablassend, auf Xanders vorherige Aussage geht sie gar nicht erst ein.

„Das hättest du wohl gern!", beginnt Xander, immer noch stehend, zu widersprechen.

Die ältere Dame schneidet ihm energisch das Wort ab. „Ich wiederhole mein Angebot nicht noch einmal: Zieh dich zurück, Alexander. Das hier ist weder der richtige Ort noch der richtige Zeitpunkt."

Xander starrt Rosie noch einen Moment lang mit einem Blick an, der mehr Missbilligung nicht ausdrücken könnte, sodass ich befürchte, dass er die Diskussion fortsetzen will. Schließlich ballt er die Hände zu Fäusten, bis die Knöchel weiß hervortreten.

„Sie", sagt er und deutet mit einer Handbewegung in meine Richtung, „ist eine tickende Zeitbombe, und du weißt es."

Ich? Eine Zeitbombe? Ich versuche zu begreifen, was er damit meint, werde aber davon abgelenkt, dass ich mir plötzlich vorkomme, als habe mir jemand die unsichtbare Bleiweste abgenommen. Auch Jo' und Dan atmen hörbar auf, und ich bin sicher, dass sie es ebenfalls spüren. Aber noch traue ich der vermeintlichen Bewegungsfreiheit nicht. Misstrauisch bleibe ich sitzen und bin überrascht, dass es den Anschein hat, als würde Xander tatsächlich klein beigeben.

„Wir unterhalten uns irgendwann noch mal darüber, wer von

uns beiden ein Narr ist, Rosie." Auch für uns hat Xander noch ein paar Worte des Abschieds in petto. „Wir sehen uns." Er schnaubt und fixiert mich mit seinem Blick. „Beherrsch dich, Ellie."

„Ich ... was?!", stammele ich, aber Xander stapft bereits aus dem Restaurant und verschwindet in der New Yorker Nacht. Sein letzter Satz hallt in meinem Kopf nach. Ich soll mich beherrschen? Es ist nicht gerade beruhigend, dass er uns mit neuen Rätseln zurücklässt. Nachdem er die Glastür lautstark hinter sich ins Schloss geknallt hat, vernehme ich wieder die Geräuschkulisse, die man von einem gut besuchten New Yorker Restaurant gewohnt ist. Auch das Unwetter beruhigt sich nach Xanders Abgang, und das ungewöhnliche Szenario findet seinen Höhepunkt darin, dass anscheinend niemand im Restaurant einen weiteren Gedanken daran zu verschwenden scheint, was gerade passiert ist.

Haben die Leute denn nicht mitbekommen, was während des Streits gesprochen wurde? Spätestens als sich Xander und Rosie angeblafft haben, müssten doch zumindest die Leute an den Nebentischen etwas bemerkt haben, zumal sich im Eifer des Gefechts niemand von uns bemüht hat, seine Lautstärke zu drosseln.

„Wow", flüstert Jo', „das ist schnell eskaliert."

„Warum haben die alle nichts mitbekommen?", frage ich mit zusammengezogenen Brauen in Rosies Richtung, die Xanders Stuhl wieder aufstellt und sich zu uns setzt. Sie macht sich gar nicht erst die Mühe, ihr Unwetteroutfit abzulegen.

„Weil sie es nicht haben", antwortet sie knapp und sieht sich so nervös um wie Xander zuvor.

„Und wie soll das gehen? Die sitzen doch keinen Meter weit weg!", sagt Dan, der es plötzlich bevorzugt, leise zu sprechen. „Hat er spontan allen das Gehör genommen, oder was?" Seine Stimme klingt zwar gefasst, aber ich kann die Wut in seinen Augen sehen. Ich kann mir vorstellen, wie aufwühlend diese unerwartete Begegnung für ihn gewesen sein muss. All die Monate in Slumbertown war es immer Dan gewesen, der die Fahne seines Chefs hochgehalten hat, während Jer und ich in unserer Antipathie gegenüber dem Schokoladenmogul geradezu schwelgten.

Wie tief die Enttäuschung über Xander bei Dan sitzt, habe ich in den letzten Wochen bereits geahnt. Er hatte nur ein einziges Mal über den Deal gesprochen, den er mit ihm geschlossen hatte, und das war an dem Tag, an dem wir uns im Sommerregen wiedergefunden haben. Danach hat er konsequent jeden meiner Versuche, darüber zu reden, abgeblockt, bis ich schließlich aufgegeben habe. Ich hoffe, dass die Dinge, die Xander über Nora gesagt hat, nicht der Wahrheit entsprechen. Die bloße Vorstellung, dass ausgerechnet die Frau, die Dan geliebt hat, für die Wächter gearbeitet haben soll, erfüllt mich mit Unbehagen. Wie Dan sich dabei fühlt, möchte ich mir gar nicht ausmalen.

„Nein, das nicht", antwortet Rosie.

„Weil er nich' kann oder nich' darf?", frage ich.

„Ich kann machen, was ich will. Ich hab einfach kein Glück mit Männern." Jo' meldet sich zum ersten Mal zu Wort, seit Xander gegangen ist. Sie ist immer noch kreidebleich, und ihre Stimme zittert, aber sie bemüht sich, ihre Gefühle zu überspielen.

„Beides", fährt Rosie fort, ohne auf Jo' einzugehen. „Auch wenn es für euch momentan nicht danach aussieht, es gibt Regeln, an die sich auch Alexander halten muss." Die ältere Dame hat ihre Stimme so weit gesenkt, dass es mir schwerfällt, sie überhaupt zu verstehen. Aber die Dringlichkeit ihrer Aussage ist unüberhörbar. „Er hat einen Schild um den Tisch gelegt, durch den keine Geräusche nach außen dringen und auch keine von außen hinein. Eine Kleinigkeit für einen so ... begabten Wächter wie ihn."

„Deswegen war das Geräusch der anderen Unterhaltungen im Raum verschwunden", murmele ich, und Rosie bestätigt meine Aussage mit einem Nicken.

„Aber ...", beginne ich, doch auch mir schneidet Rosie das Wort ab, wie sie es zuvor schon bei Dan getan hat.

„Hört mir zu!", fordert sie uns auf und spricht dabei so leise, dass Dan und ich uns fast über den Tisch beugen müssen, um ihre Worte zu verstehen. „Ich weiß, dass ihr viele Fragen habt, und ich verspreche euch, dass ich sie alle beantworte. Aber zuerst müssen wir hier weg. Ich weiß nicht, wie viel Zeit uns bleibt, und wir haben viel zu besprechen." Erneut blickt sich die ältere Dame um. Dieser ungewohnte Anblick schürt die Nervosität, die ich empfinde, nur noch mehr. In meiner Vorstellung war Rosie in den letzten Wochen so etwas wie unser Rettungsanker, die einzige Person, die uns vielleicht helfen kann, aus dieser ganzen Geschichte heil herauszukommen. Aber wenn ich die angespannte Frau betrachte, die uns gegenüber sitzt, melden sich Zweifel. Was, wenn meine Hoffnungen zerplatzen wie eine Seifenblase? Meine Fingerspitzen kribbeln vor lauter Adrenalin.

„Wir sollten zu Dans Wohnung fahren", schlägt Rosie vor.
„Wieso ausgerechnet da hin?", fragt Jo', doch die ältere Dame winkt bloß resolut ab.
„Kommt einfach", sagt sie und verlässt das Lokal, ohne sich nach uns umzusehen.

Als wir alle wenig später in Greenwich Village aus einem Taxi steigen, sieht Rosie zuerst mit prüfendem Blick durch die Fenster des Coffeehouses im Erdgeschoss von Dans Haus.
Ich werfe Dan einen fragenden Blick zu, doch der deutet nur ein Achselzucken an und schließt die Haustür auf. Nachdem die ältere Dame offenbar nichts Verdächtiges ausmachen kann, sieht sie nochmals die Straße hinauf und hinunter, bis sie uns schließlich in den Hausflur folgt.
„Langsam machst du mir echt Angst", sage ich auf dem Weg nach oben. „Warum schleichst du hier rum, als seien wir auf der Flucht?"
Rosie macht keine Anstalten, auf meine Frage zu antworten. Erst als Dans Wohnungstür hinter uns ins Schloss fällt, atmet sie ein klein wenig auf.
„Gebt mir zehn Minuten", bittet sie uns.
„Zehn Minuten wofür?" Jo' verschränkt die Arme vor ihrer Brust. Ihr Gesicht hat inzwischen wieder eine gesunde Farbe angenommen, und ich kann meiner Freundin ansehen, dass ihr Geduldsfaden mittlerweile zum Zerreißen gespannt ist. Schon während der gesamten Taxifahrt hat sie brütend neben mir auf der Rückbank gesessen, ohne einen Laut von sich zu geben. Auch Dan und ich haben während der Fahrt nicht geredet. Alle Themen, zu denen Gesprächsbedarf besteht, sind keine, die man zwingend vor einem New Yorker Taxifahrer ausdiskutieren möchte.
„Um Schilde zu platzieren natürlich", antwortet die zierliche Frau, winkt ab und fährt mit ihrer Arbeit fort. Sie geht in die Hocke, legt ihre Handflächen auf die Wohnungstür und hält einen Moment lang inne, als müsse sie verschnaufen. Danach marschiert sie ins Wohnzimmer. Wir folgen ihr, und ich sehe, wie sie am Fenster steht und ihre Handflächen auf dem Fensterrahmen ruhen. Nach ein paar Sekunden nickt sie und geht in die Küche. Ich bemerke einen dunkelblauen Stein auf der Fensterbank, nicht größer als ein Kiesel. Ich ziehe die Stirn kraus, sage aber nichts.
„Natürlich", sagt Dan und schnaubt. „Ganz vergessen, dass wir

jetzt im Team Wächter spielen." Er schüttelt den Kopf und lässt sich aufs Sofa sinken. "Ich kann immer noch nicht fassen, dass Xander dieser Arzt ist, mit dem du ausgegangen bist, Jo'."

"Was *ich* nich' fassen kann ist vielmehr, dass du ... den Typen nackt gesehen hast", sage ich und verziehe das Gesicht, als hätte ich in eine Zitrone gebissen.

Jo' verschränkt die Arme vor der Brust und funkelt mich an. "Jetzt tu mal nich' so, als wäre er hässlich, okay? Vielleicht ist er ein Arsch, aber ein verdammt gutaussehender! Woher hätte ich bitte schön wissen sollen, dass er ausgerechnet euer Psycho Xander ist? Es ist ja nich' so, als hättet ihr mir ein Erinnerungsfoto gezeigt. Mir hat er sich als Alex vorgestellt. Und er sieht nackt ziemlich ..."

"Hey, hört auf zu streiten", unterbricht Dan sie, "ich will gar keine Details über Xanders ... was auch immer wissen. Zu viel Kopfkino." Er schneidet eine Grimasse. "Lasst uns lieber mal drüber nachdenken, warum Xander mit Jo' angebandelt hat." Er reibt über die Bartstoppeln, während Jo' sich in den Ohrensessel neben dem Sofa fallen lässt.

"Weil ich liebenswert und hübsch bin", sagt sie, aber ich meine, danach noch ein leises "Verdammter Scheiß!" von ihr gehört zu haben.

"Das sollte reichen", sagt Rosie, die inzwischen wieder zu uns ins Wohnzimmer gekommen ist.

"Und Sie haben die Bude jetzt ... abgeschirmt? Oder was? Ich finde, Sie schulden uns 'ne Erklärung, Ms. ..." Ihre Stimme verrät zwar ihr Misstrauen, aber Jo' kann ihre Neugier trotzdem nicht verbergen.

"Ja, die Schilde verbergen uns vor Wächtern und ... anderen Zeitgenossen. Wir können also frei reden. Und bitte, Kind. Nenn mich Rosie." Rosie lächelt Jo' so an wie mich damals, als ich ihr zum ersten Mal in Slumbertown begegnet bin. Es fühlt sich an, als läge dieser Tag schon so ewig zurück, dass die Erinnerung genauso gut aus einem anderen Leben stammen könnte. Mit den Schilden in Dans Wohnung scheint die Anspannung vorerst von Rosie abgefallen zu sein, und ich erkenne in ihr – zum ersten Mal heute Abend – die ältere Dame, die ich so ins Herz geschlossen habe.

"Okay ... Rosie." Jo' nickt und erwidert das Lächeln. Ich kenne meine Freundin – das bedeutet nicht, dass sie Rosie dadurch vertrauenswürdiger findet.

"Warum hast du nich' einfach im Restaurant auch so eine

Seifenblase um uns rum gebaut? So wie Xander?", frage ich.

„Weil es unsere Gesetze bricht", erklärt Rosie, während sie aus dem Fenster blickt. „Auf der Ebene der Wächter gibt es Regeln. Genau wie hier."

„Regeln werden hier doch jeden Tag gebrochen." Dan brummt missbilligend. „Und nichts für ungut, aber: Xander scheinen eure Gesetze 'nen Scheiß zu interessieren."

Rosie schüttelt den Kopf. Sie scheint genug gesehen zu haben, denn sie eist ihren Blick von der Straße los, um Dan anzusehen. „Natürlich gibt es auch Wächter, die sich über Regeln hinwegsetzen, genauso wie Menschen Gesetze brechen. Die Nutzung der Wächtertalente ist auf unserer Ebene normal, aber hier ... Die Energie könnte das Gleichgewicht der ganzen Ebene empfindlich schädigen."

Ich will sofort einhaken, um eine Zwischenfrage zu stellen, doch Rosie hebt eine Hand, und ich gedulde mich noch einen Augenblick, auch wenn es mir schwerfällt.

„Um deine Frage zu beantworten: Natürlich hätte ich im Restaurant ein *ùinich*-Schild um unseren Tisch legen können, so wie Alexander. Aber das Risiko ist unkalkulierbar."

„Von was für einem Risiko reden wir denn hier überhaupt? Sprich doch endlich mal Klartext, Rosie", meckere ich, schiebe aber ein „Bitte!" nach, als ich ihren strengen Gesichtsausdruck sehe.

„Wie bereits gesagt: Es geht um Gleichgewicht. Die Nutzung unserer Talente gehört auf die Ebene der Wächter. Diese Ebene hier ist frei von dieser Energie und bildet somit das Gegengewicht zu der Wächterebene", erklärt Rosie. „Wie Yin und Yang. Wenn sich Wächter auf dieser Ebene hier aufhalten, setzen sie ihre Talente nicht ein, um dieses Gleichgewicht nicht durcheinanderzubringen."

„Warum geht Xander dieses Risiko dann ein?", fragt Dan und verengt dabei die Augen zu schmalen Schlitzen. „Und du doch auch. Wieso sollte das Risiko in meiner Wohnung geringer sein?"

„Weil deine Wohnung unmittelbar an der Grenze liegt." Rosie macht eine Handbewegung und deutet auf uns und das Wohnzimmer.

„An der Grenze", echoe ich. Ich fühle mich, als hätte man mir mit einem Knüppel eins übergezogen. „Willst du damit sagen, dass ..."

„Dass hier die Grenze zur Ebene der Wächter verläuft, ganz recht." Rosie faltet die Hände, als wolle sie beten. „Die Schilde hier einzusetzen, ist immer noch ein Risiko, aber ein überschaubares. So unmittelbar hinter der Grenze wird es sehr wahrscheinlich niemand bemerken, und es wird das Gleichgewicht nicht beeinflussen."

„Und warum nich'?", fragt Jo'. „Wie sollen wir uns diese ominöse Grenze denn vorstellen? Wir sind in Greenwich Village. Das letzte Mal, als ich nachgesehen hab, hat das Viertel noch zu New York gehört." Sie rutscht auf dem Sessel nach vorn und stützt die Unterarme auf die Knie.

„Wir *sind* selbstverständlich auch in New York", antwortet Rosie. „Das ändert allerdings nichts daran, dass die Grenze zur anderen Ebene trotzdem hier ist."

„Aber wir sind jetzt nicht gerade auf zwei Ebenen gleichzeitig?", wirft Dan ein, woraufhin Rosie den Kopf schüttelt.

„Nein. Die Ebenen existieren parallel nebeneinander, und genau hier treffen sie zusammen", sagt Rosie.

„Also gibt's so was wie 'ne Schnittmenge." Beim Thema Zahlen ist Jo' voll in ihrem Element.

„So kann man es sich vorstellen, ja." Rosie nickt und mustert Jo' für einen Augenblick.

„Und wie sieht diese Schnittmenge aus?", fragt meine Freundin.

„Eine neutrale Zwischenebene."

Jo' nickt, als unterhielte sie sich mit Rosie über die aktuelle Coupon-Aktion im Supermarkt.

„Schön, dass euch das alles so klar ist", sage ich. „Mir macht das mit ‚parallel' und ‚überschneiden' und ‚doch nich'' einen Knoten ins Hirn."

„Alles schön und gut", klinkt Dan sich in die Unterhaltung ein, „aber ich verstehe immer noch nicht, warum du jetzt hierher wolltest, Rosie. Warum brauchen wir auf einmal deine ... Schilde, oder was auch immer?"

„Vorsicht ist besser als Nachsicht", sagt Rosie. „Nachdem Alexander möglicherweise Aufmerksamkeit auf euch gelenkt hat, will ich bloß sicher gehen, dass euch heute niemand mehr besucht."

„Soll das heißen, uns kann jemand aufgrund von Xanders *uni-*Dingsda-Zauberei aufspüren? Wie mit einem Peilsender?" Ich stelle die Frage, obwohl sie mir absurd erscheint. Aber was ist schon absurd?

„Ja, so in der Art", bestätigt Rosie meinen Verdacht. „Es würde den Rahmen sprengen, wenn ich euch in der Kürze der Zeit genau erklären wollte, wie es funktioniert, aber um es kurz zu machen: Unsere Energie kann Fußabdrücke hinterlassen." Sie sieht uns alle drei nacheinander an und hebt einen Zeigefinger. „Und sagt bloß niemals ‚Zauberei' in der Gegenwart anderer Wächter. Das ist in unserer Welt ein Affront."

„Also müssen wir uns bald auf ungebetenen Besuch gefasst machen, oder wie? Meinst du nicht, dass meine Bude dafür ein bisschen zu klein ist?" Dans Stimme trieft vor Sarkasmus, und ich kann ihn gut verstehen.

Mit einem mulmigen Gefühl wandert mein Blick zum Fenster, als gäbe es dort etwas anderes zu sehen als die Umrisse der Bäume auf der Straße in der Dunkelheit.

Rosie zuckt nicht einmal mit der Wimper. „Mach dir darüber keine Sorgen. Hierher wird niemand kommen", verkündet sie. Wie kann sie bloß so gelassen sein? „Man kann viel dafür tun, um die Fußspuren zu verwischen. Und in kurzer Zeit werden sie von allein verblassen."

„Ahm … Jetzt mal Tacheles: Wer sollte denn überhaupt hierher kommen und warum?! Die ganze letzte Zeit über hat sich auch niemand für uns interessiert!" Ich habe die Nase voll vom vielen Rätselraten. Ich bin es leid, dass meine ganze Welt nur noch aus Fragezeichen zu bestehen scheint.

Rosie lächelt. „Keine Sorge, Liebes. Ihr seid wütend, und das ist mehr als nachvollziehbar." Rosies Ausweichen befeuert die Wutkugel in meinem Inneren, aber die ältere Dame lässt mir keine Gelegenheit, meinen Unmut kundzutun.

„Und es tut mir leid, dass alles so gekommen ist", fährt sie fort. „Ihr werdet schnell lernen, mit euren Talenten umzugehen, da habe ich keine Zweifel. Niemand wird die Schilde hier wahrnehmen, weil wir direkt über dem Portal sind. Die Energie verschmilzt sozusagen mit dem permanenten Energiefluss des Portals, und damit sind die Schilde nahezu unsichtbar."

„Und dieses Portal führt auf die Zwischenebene?", fragt Jo'.

„Okay. Moment mal!", unterbreche ich die beiden und atme tief durch. Alle Blicke sind auf mich gerichtet. „Ich würde gern mal wissen, was es mit diesen Talenten auf sich haben soll. Und was jetzt überhaupt Sache ist. Sind *unsere* Eltern Wächter?" Ich deute mit einer Hand auf Jo' und Dan. „Oder nur meine? Und warum sitzen wir mit dem Arsch auf einem Portal ins Nimmerland und haben potenziell andere Wächter an den Hacken? Warum sollten wir spannend für die sein?!" Ich zwinge mich dazu, den Orkan der Gefühle in mir unter Kontrolle zu halten. „Mich kotzt es an, dass wir genau genommen gar nichts wissen, weil es niemand für nötig hält, uns zu sagen, was zur Hölle hier eigentlich los ist! Seid *ihr* etwa damit einverstanden?" Ich blicke von Jo' zu Dan und erhoffe mir deren Unterstützung. „Im Ernst jetzt?! Das ist doch alles nich' normal!"

Ich bin selbst überrascht, wie laut ich am Ende geworden bin. Die Endgültigkeit der Erkenntnis, dass die Welt da draußen nicht die ist, für die ich sie mein Leben lang gehalten habe, schürt die Wut in mir. Mein Atem geht zu schnell, und ich spüre meinen Puls bis in jeden Winkel meines Körpers. Ich sollte mich vielleicht beruhigen. Verstohlen blicke ich zu Dan und stelle fest, dass er vollkommen in sich gekehrt neben mir sitzt.
Es ist schließlich Jo', die das Schweigen bricht.

„Nö", antwortet sie und räuspert sich. „Normal geht echt anders."

„Danke!", sage ich.

Jo' streicht sich eine ihrer Locken aus dem Gesicht und sieht mich an. „Aber wir sollten uns wohl damit abfinden, dass es ‚normal' für uns nich' mehr geben wird, Ellie."

„Sie hat recht", stimmt Dan ihr zu. „Ellie. Baby. Schau mich mal an."
Ich drehe den Kopf in seine Richtung, und er nimmt meine Hände bestimmt, aber liebevoll in seine.

Mit festem Blick sieht er mich an. „Du musst dich beruhigen." Er klingt gefasst. „Jo' und ich wissen, wie verrückt das alles klingt. Und unter anderen Umständen hätte man diese ganze Slumbertown-Nummer vielleicht als Nahtoderlebnis oder so was abtun können, aber ... Der ganze Scheiß ist scheinbar echt." Er macht eine kurze Pause. „Aber ich glaube nicht, dass sich alles geändert hat. Die Welt um uns herum ist hier immer noch die gleiche, aber wir haben uns verändert, seit wir zurück sind. Verstehst du?"
Ich spüre, wie die Wutkugel in mir auf seine Worte reagiert und schrumpft. Ich weiß nicht, wie Dan es immer wieder schafft, diesen Ort tief in mir zu erreichen, wenn nicht einmal ich selbst es kann, aber er wirkt wie ein Ruhepol auf mich.

Dan streicht mir zärtlich eine Haarsträhne hinters Ohr. Er küsst mich auf die Stirn, seine Lippen verharren einen Moment länger auf meiner Haut, als es seine Geste erfordert. „Ich verstehe, wie du dich fühlst. Sehr gut sogar, aber ich bin auf deiner Seite, hörst du? Wir stecken da zusammen drin."

Ich nicke und spüre, wie die Wut, die von mir Besitz ergriffen hat, den Schraubstock um mein Herz allmählich lockert. Ich bewundere Dan dafür, wie souverän er seine Emotionen unter Kontrolle hat.

„Gut." Der Moment zwischen uns ist so intim, als wären wir allein im Raum. „Wir finden jetzt erst mal raus, was los ist, und dann suchen wir gemeinsam nach einer Lösung. Aber dafür musst du dich zusammenreißen, okay? Es gibt keinen Grund durchzudrehen."

„Genau. Heb dir das für später auf", wirft Jo' von ihrem Sessel aus ein und zerrt Dan und mich damit zurück in die Realität.

„Sehr hilfreich, Jo'." Dan wirft ihr einen Blick zu, der die Hölle zufrieren lassen könnte.

„Schon okay", besänftige ich ihn und räuspere mich. Mir ist mein Kontrollverlust mit einem Mal peinlich. „Tut mir leid. Ist alles ein bisschen viel gerade. Da sind die Pferde wohl mit mir durchgegangen." Ich schüttele den Kopf. „Ich fühle mich nur so überfordert! Wo und was sollen wir wie anpacken?"

„Was haltet ihr davon, wenn wir beim Anfang beginnen?" Rosie hat sich während meines Ausrasters im Hintergrund gehalten, doch jetzt schaltet sie sich wieder in das Geschehen ein. „Daniel, mein Junge. Sei so gut und mach uns eine Kanne Tee. Und dann reden wir ganz in Ruhe."

Wenig später stehen eine Kanne und vier Tassen mit dampfendem Tee auf Dans Wohnzimmertisch, und wir warten gespannt auf Rosies Erklärungen. Geistig abwesend rühre ich mit einem Teelöffel in meiner Tasse herum und blicke aus dem Fenster, ohne wirklich etwas zu sehen. Niemand hat die Vorhänge vorgezogen, der Regen prasselt noch immer ohne Unterlass gegen die Scheibe, und ich frage mich, ob Xander dafür verantwortlich ist, dass der Himmel seine Schleusen scheinbar gar nicht mehr schließen will. Der Gedanke, dass der Wächter zu so etwas fähig ist, wirkt einschüchternd auf mich.

„Na, dann leg mal los!", sagt Dan.

Rosie nimmt einen Schluck Tee und setzt die Tasse behutsam wieder auf der Untertasse ab.

„Also gut", beginnt sie, „ich hatte ja gehofft, dass euch Mitchells Tagebuch bereits erste Erklärungen geliefert hätte. Aber da ihr noch nichts über die Talente wisst, gehe ich davon aus, dass ihr es nicht gelesen habt."
Diese Feststellung klingt aus ihrem Mund wie ein Vorwurf.

„Nee, haben wir nich'", gebe ich zu. „Aber nich', weil wir nich' wollten! Wir konnten es nich' finden."

„Was meinst du damit, Kind? Dein Vater hat es extra für dich und deine Schwester geschrieben und aufbewahrt." Rosies Gesichtsausdruck wirkt enttäuscht.

„Ahm, ich meine das genau so, wie ich es gesagt habe. Ich hab's nich'. Bevor ich deine Nachricht gelesen hatte, wusste ich nich' mal, dass es ein Tagebuch von Dad gibt. Im Nachlass meiner Mutter haben wir nur ein paar Briefe gefunden, die er ihr geschrieben hat, als er schon … ‚drüben' war. Das war's."
Nach einem kurzen Moment des Schweigens scheint Rosie zu einem Schluss gekommen zu sein.

„Mitchell und seine Briefe", sagt sie, und offenbar erinnert sie sich an etwas, das sie zum Lächeln bringt. „Ihr habt bei eurer Suche vermutlich die richtige Stelle übersehen. Wie ich Mitchell kenne, wollte er das Buch an einem sicheren Ort aufbewahren, damit es nicht in falsche Hände gerät."

„Aber wie sollen wir es dann finden? Wir haben jedes beschissene Blatt aus dem Nachlass umgedreht. Und es ist nich' so, dass wir meine Mom noch fragen könnten, was er sich womöglich ausgedacht hat." Was glaubt sie? Dass wir Lust auf eine Schnitzeljagd haben?

„Wahrscheinlich wusste deine liebe Mutter nicht einmal, wo es versteckt ist. Hast du Mitchells Füllfederhalter?" Rosies Frage bringt mich aus dem Konzept.

„Ja. Bei mir zu Hause." Die Wutkugel in meinem Bauch wächst erneut und lässt meinen Tonfall schärfer klingen, als ich beabsichtigt hatte. „Aber was hat das denn damit zu tun? Und nichts für ungut Rosie, aber … Woher weißt du überhaupt all diese Dinge von meinem Dad?"

„Oh, ich kenne deinen Vater schon lange, Ellie. Sehr lange. Schon als Kind hatte er die ausgefallensten Ideen für Verstecke. In seinem Füllfederhalter hat er immer seine Spickzettel deponiert.

Was fühlst du, wenn du an Mitchell denkst, Kind?"

„Ich ... Ahm ..." Ich öffne und schließe den Mund wie ein Fisch, der auf dem Trockenen liegt. Rosie hebt eine Hand auf Brusthöhe und lächelt.

„Du musst nicht antworten. Wenn du den Füllfederhalter das nächste Mal in den Händen hältst, denk einfach an deine schönste Erinnerung, die du an ihn hast."

„Und dann?", frage ich und verschränke die Arme vor meiner Brust. „Was soll das jetzt?"

„Du wirst schon sehen. Ich müsste mich schon schwer täuschen, wenn nichts passiert." Die alte Dame lächelt mir zu, und mir fällt zum ersten Mal auf, dass es die unzähligen Lachfältchen in ihrem Gesicht sind, die sie so sympathisch machen. „Aber ich bitte dich, Liebes: Mach das nur hier in Dans Wohnung." Ihr Tonfall klingt beinahe beschwörend. „Nirgendwo sonst."

„Aber Rosie ... ich hab den Füller schon tausendmal benutzt, ohne dass er was gemacht hat. Außer zu schreiben, mein ich. Das ist doch lächerlich."

„Na, wenn du so überzeugt davon bist, dann kannst du es ja ausprobieren." Rosie lässt mich nicht aus den Augen.

„Sag mir lieber, was es mit dem Deal auf sich hat, den ich mit Xander machen musste, um wieder nach Hause zu kommen", verlange ich. „Was soll mein Wächtererbe sein? Hat es was mit dem Stift zu tun? Und von welchen Pflichten hat Xander gesprochen?"

„Ach! Vergiss diese unsägliche Abmachung!", sagt Rosie. Ihr Tonfall verrät, dass sie immer noch sauer auf Xander ist. „Alexander ist manchmal ein vorlauter Dummkopf. Nur leider haben manche Dummköpfe auch viel Macht. Aber er kann Abmachungen aushandeln, so viele er will – das ändert nichts an der Tatsache, wer du bist. Du trägst dein Talent in dir, seit du zur Welt gekommen bist, Elizabeth. Nichts wird das jemals ändern." In aller Seelenruhe nimmt sie noch einen Schluck Tee. „Das gilt übrigens für euch alle."

„Ja, klar", sagt Jo' und brummt. „Wir sind alle Wächter. Und der Weihnachtsmann ist auch echt." Als Rosie nichts erwidert, wirft meine Freundin mir einen verstörten Blick zu. „Das ist jetzt ein schlechter Scherz, oder? Was sollen wir können? Fliegen oder so?"

„Das nicht gerade", antwortet Rosie ernst und ignoriert den sarkastischen Tonfall geflissentlich. „Es gibt unterschiedliche

Talente auf der Ebene der Wächter. Jedes besitzt seine ganz speziellen Stärken, und üblicherweise werden in bestimmten Familien hauptsächlich bestimmte Talente weitervererbt."

„Üblicherweise?", frage ich stirnrunzelnd.

Rosie nickt. „Ja. Unter anderem gibt es in deiner Familie Ausnahmen."

Ich bin nicht überrascht von der Tatsache, dass meine Familie wohl auch auf der Wächterebene aus dem Rahmen fällt.

„Moment mal! Stop! Stop! Stop!", unterbricht Jo' Rosie. „Noch mal zurück: Dass bei Ellies Familie irgendwas total schiefgelaufen ist, haben wir ja schon gewusst. Aber *meine* Eltern? Keine Chance! Das kann gar nich' sein. Mein Dad ist Fotograf, Rosie. Und meine Mom ist Journalistin. Nur deswegen haben sie sich kennengelernt. Beim Job. Haben sich verliebt, geheiratet. Wie normale Leute das so machen. Da war keine Magie im Spiel oder Portale oder anderer abgefahrener Scheiß." Sie holt tief Luft. „Ellie ist wie Familie für mich, und ich bin bereit, ihr zu helfen, worum auch immer es geht, aber ich bin ganz sicher kein …"

„Wächter?", beendet Rosie den Satz.

„Was auch immer … Ich bin's nich'", widerspricht meine Freundin.

„Doch, das bist du." Ich glaube, in Rosies Blick Stolz erkennen zu können. „Aus deiner Familie stammen die gescheitesten und besten Navigatoren, mein Kind."

Jo' schüttelt so heftig den Kopf, dass ihre Locken fliegen. „Hey, Ms. Marple! Sag doch auch mal was! Immerhin betrifft dich der Scheiß genauso."

„Was soll ich denn sagen?!"

„Vielleicht, dass *deine* Eltern ganz normal sind, oder so was? Was weiß denn ich?" Dieses Mal ist es Jo', die Mühe hat, ihr zum Zerreißen angespanntes Nervenkostüm zu kontrollieren. Doch Dan hebt bloß die Schultern.

„Ich hab keine Eltern", sagt er schließlich.

„Jeder hat Eltern", beharrt Jo'.

„Ich bin in einem Waisenhaus groß geworden", antwortet Dan und verschränkt die Arme vor der Brust.

„Davon hast du nie erzählt", murmele ich. Einmal mehr führt mir diese Information vor Augen, wie verschlossen Dan ist, wenn es um seine Vergangenheit geht.

„Wieso sollte ich?!", fragt er. „Ich hab nie eine Familie gehabt.

Ich weiß noch nicht mal, woher ich komme! Also gibt's da auch nichts zu erzählen! Ich bin trotzdem immer klargekommen!" Sein Blick wird hart. „Und wenn stimmt, was wir vorhin gehört haben ... dann war nicht mal meine eigene angehende Familie echt. Also hau ab mit dem Familienscheiß, Jo'!"

Ich lege die Hand auf seine Schulter. Mir wird klar, dass der Verlust von Nora und seinem ungeborenen Kind ihm mehr genommen hat als zwei geliebte Menschen. Sollte Xander die Wahrheit gesagt haben, ist Dans Vorstellung von einer Familie ein zweites Mal gestorben.

„Bevor ihr euch die Köpfe einschlagt, solltet ihr mir lieber zuhören", sagt Rosie. Als niemand mehr etwas sagt, fasst sie das als stille Zustimmung auf.

„Joannas Familienstammbaum geht zurück bis auf die ersten Navigatoren. Wie ich bereits sagte", referiert sie und wendet sich Jo' zu, „aus deiner Familie stammen die Besten dieser Talentgruppe. Es gab auch niemals Verbindungen zwischen anders talentierten Wächtern in deiner Familie ... Fast nie jedenfalls. Die Gators haben schon immer andere Navigatoren geheiratet."

„Freiwillig?", raunzt Jo'.

„Die meisten", sagt Rosie. „Auf jeden Fall hatte das zur Folge, dass die Kinder aus diesen Verbindungen immer begabter wurden. Sie sind sehr talentiert im Fährtenlesen und im Erkennen von Zusammenhängen. Die Gators waren einst die Namensgeber des Talents. Eine der Gründerfamilien."

Rosies Mundwinkel deuten ein Lächeln an, während sie Jo' beäugt. Meine Freundin drückt ihre Ablehnung aus, indem sie mit verschränkten Armen und zusammengepressten Lippen versucht, Löcher in den Fußboden zu starren.

„Aber ... Dein Nachname ist Smith!?" Mein Blick wandert von der regungslosen Jo' zu Rosie. Mir schwant, dass mein Argument vermutlich nicht stichhaltig ist.

„Hier schon", antwortet Rosie.

Die ältere Dame wendet ihre Aufmerksamkeit nun Dan zu. „Und du, Daniel. Deine Familie gehört auch zu den Ältesten unserer Ebene. In deiner Familie dominiert nicht nur das Beschützertalent, sondern auch ein ausgeprägter Sinn für Loyalität."

„Dann ist es ja ganz toll, wie loyal sich meine Familie mir gegenüber verhalten hat", antwortet Dan. Die Verbitterung in seiner Stimme ist nicht zu überhören.

Rosie streicht ihm mit der Hand über seine stoppelige Wange, und ihr Blick verrät, dass sie diese Anschuldigung verletzt. „Deine Eltern waren wundervolle Menschen. Es bricht mir das Herz, dass du sie nie kennengelernt hast. Ich kann dir irgendwann einmal mehr über sie erzählen, wenn du möchtest. Ich kannte sie gut."

„Und warum … haben sie sich dann einen Dreck um mich geschert? Wenn meine Familie doch aus ach-so-loyalen Leuten bestand?" Dan bringt die Worte kaum über die Lippen. Auch wenn er eben noch beteuerte, dass er klarkäme, strafen ihn seine zitternden Hände Lugen.

„Um dich zu schützen", antwortet Rosie und zieht die Hand zurück. „Es waren unruhige Zeiten damals." Ihr Blick wird starr und sie sieht so aus, als würden sie die Geister der Vergangenheit heimsuchen. Mich erinnert ihre Wortwahl an die meines Vaters in seinen Briefen.

„Deine jüngere Schwester Amelia wurde als Baby von anderen Wächtern entführt", sagt die ältere Dame schließlich.

Diese Aussage trifft mich wie ein Fausthieb in die Magengrube. Dan hat laut Rosie eine Schwester, die seiner Familie entrissen wurde. Wie viel Verlust kann ein Mensch hinnehmen? Wie viel kann Dan verkraften? Äußerlich wirkt er zwar angespannt, aber gefasst.

„Danach warst du alles, was sie noch hatten", fährt Rosie fort, „und sie hatten große Angst, dass dir auch etwas zustößt. Als sich das Gerücht verbreitete, dass Mitchell helfen könnte, dich über die Grenze zu schmuggeln und du unbehelligt von den Konflikten der Wächter aufwachsen könntest, haben sie sich entschlossen, dich fortzubringen. Ihr Plan war es, dich wieder zurückzuholen, sobald sich die Lage entspannt hätte."

„Warum sind sie nicht mit mir hiergeblieben?", fragt Dan. „Andere Eltern waren auch hier." Er glaubt die Geschichte nicht.

„Sie konnten nicht bleiben, Daniel. Es tut mir so leid." Rosie schüttelt den Kopf. „Sie konnten die Suche nach Amelia nicht aufgeben. Sie hatten darüber nachgedacht, dich zu einer anderen Wächterfamilie zu geben, aber dieses Risiko wollten sie nicht eingehen. Sie wollten verhindern, dass du als Druckmittel eingesetzt werden könntest, falls dich doch jemand finden würde. Deine Identität zu verschleiern und dich hier unterzubringen, war das beste Mittel, um dir ein Leben in Sicherheit zu ermöglichen."

Von Rosies Gesicht ist die Betroffenheit ob dieser Familiengeschichte abzulesen. Auch ich habe einen Kloß im Hals, wenn ich daran denke, wie vertrackt die Situation gewesen sein muss, wenn sie Dans Eltern dazu getrieben hat, solch eine Entscheidung zu treffen.

„Ich habe eine Schwester", ist das Einzige, was Dan flüstert. Er reibt sich mit beiden Händen übers Gesicht und sieht plötzlich wahnsinnig müde aus.

„Daniel. Dan. Hör mir zu." Rosie sieht ihn eindringlich an. „Deinen Eltern war nichts wichtiger als ihr beide. Dich hier allein zurückzulassen, hat sie große Überwindung gekostet, aber sie haben keinen anderen Ausweg gesehen. Sie wollten zurückkommen, aber sie … haben es nicht geschafft. Es war ein Attentat."

Dan nickt, um zu zeigen, dass er ihre Worte gehört hat, aber ihm ist anzusehen, dass seine Gedanken dieses Gebäude bereits verlassen haben. Was kein Wunder ist, wenn ich mir überlege, welchen Exkurs Rosie da gerade eröffnet hat. Ich erinnere mich nur zu gut daran, wie schrecklich es sich anfühlt, wenn die ganze Welt um einen herum zusammenstürzt wie ein Kartenhaus, und ich will Dan eine Verschnaufpause verschaffen. Außerdem droht mich meine Neugier zu zerfressen.

„Und … Was ist mit meinen Eltern? Haben die auch wegen der Unruhen hier gelebt?" Meine Frage lenkt Rosies Aufmerksamkeit wie beabsichtigt auf mich und bringt sie dazu, ihren Blick von Dan loszureißen.

„Oh nein", antwortet sie und schüttelt den Kopf. „Dein Vater ist einfach ein …", beginnt sie zu erklären, beendet ihren Satz jedoch nicht. „Mitchell war schon hier, bevor die Konflikte auf der anderen Seite des Portals eskaliert sind. Es war sogar seine Idee, die anderen hier in Sicherheit zu bringen. Er sagte, auf einer Ebene, auf der das Einsetzen der Talente verboten ist, seien sie nahezu unauffindbar. Und er sollte recht behalten."

Ihre Aussage deckt sich mit der aus den Briefen meines Vaters.

„Aber warum?", frage ich verwirrt. „Also, was wollte er schon vorher hier?"

„Seine Neugier hat ihn immer getrieben. Manchmal hat sie ihn auch in Schwierigkeiten gebracht", antwortet Rosie mit einem Seufzen. „Wie schon gesagt. Deine Familie ist … nennen wir es … speziell. In den meisten anderen Blutlinien ist es üblich, dass man sich einen Partner sucht, der das gleiche Wächtertalent besitzt, um die Talente der nachfolgenden Generationen zu festigen. Andere Verbindungen kommen selten ernsthaft infrage. Aber es gab in der Geschichte der Wächter schon immer jene, die nicht viel auf Konventionen gegeben haben. Besonders unter den Strays."

„Aber was passiert, wenn sich Talente vermischen? Und warum heißt Ellies Familie hier und wo-auch-immer-drüben Stray und meine nich'?", meldet sich Jo' das erste Mal seit Längerem wieder zu Wort.

Die ältere Frau wirft meiner Freundin, die im Schneidersitz im Sessel sitzt, einen Blick zu, den ich als Anerkennung deute. „Eine berechtigte Frage"

„Welche jetzt?", fragt Jo'.

Mir fällt auf, dass Rosie Jo' anders ansieht als Dan oder mich. Aber ich kann nicht ergründen, was das zu bedeuten hat.

„Normalerweise sind die Erblinien klar", sagt die ältere Dame, ohne auf die Namensfrage einzugehen.

„So wie du das sagst, klingt das danach, als gäbe es auch unklare Erblinien. Was ist dann?", bohrt Jo' nach.

Rosie nimmt einen Schluck Tee, bevor sie antwortet. „Ja. Wenn zwei Wächter unterschiedlicher Talentgruppen ein Kind bekommen ... Dann entsteht ein *smal*. So etwas wie ein Hybrid."

„Und das ist ... schlecht?", frage ich. Ich kann mir nichts unter einem Wächterhybriden oder einem *smal* vorstellen.

Rosie starrt in ihren Tee, als befände sich die Antwort auf meine Frage auf dem Boden ihrer Tasse. „Nicht zwingend", sagt sie schließlich. „*Smals* fällt es in der Regel schwerer, ihre Fähigkeiten zu kontrollieren, weil diese viel stärker mit ihren Emotionen verknüpft sind. Dadurch sind *smals* prädestiniert dafür, mehr Energie zu nutzen als die anderen Wächter – die Kombination kann gefährlich sein, wenn ein *smal* zu impulsiv ist. Deswegen müssen die Betroffenen eine besondere Ausbildung an einer Wächterakademie durchlaufen. Trotzdem sehen einige Wächter die *smals* als unkalkulierbares Risiko an. Aber in deiner Familie galt schon oft der Spruch ‚Wo die Liebe hinfällt'."

„Aber waren die anderen Familien dann nich' stinkig, wenn sich meine Familie über alles hinweggesetzt hat?" Es würde mich wundern, wenn dieses Verhalten auf Gegenliebe gestoßen wäre.

„Oh doch. Bestimmte Regeln gibt es, weil man glaubt, dass es das Beste für alle ist. Aber die Strays haben eine ... besondere

Stellung auf der Ebene der Wächter. Es blieb den anderen nichts anderes übrig, als diese Verbindungen zu dulden. Die besondere Ausbildung der *smals* war ein Kompromiss, um das Risiko von Unfällen zu minimieren." Rosie füllt ihre Tasse mit frischem Tee.

„Was soll das heißen? Was für eine besondere Stellung?", hake ich nach.

„Dazu kommen wir noch", antwortet Rosie.

„Aber das beantwortet immer noch nich', was Dad hier wollte, Rosie."

„Mitchell war schon immer ein Querkopf gewesen. Schon als Kind hat er nie das gemacht, was man ihm gesagt hat. Er war das jüngste von vier Kindern und immer das wildeste."

„Mein Vater hat ... drei Geschwister?"

„Drei Brüder", bestätigt Rosie. „Er genoss die Narrenfreiheit eines Nesthäkchens, und von Verpflichtungen hielt er nie besonders viel ..." Sie schüttelt den Kopf. Die Erinnerungen an meinen jungen Vater zaubern ein Lächeln auf ihre Lippen. „Er lebte immer in den Tag hinein, und wann immer man ihn suchte, steckte er mit der Nase in irgendwelchen Büchern oder mit dem Kopf in den Wolken. Er meisterte die Wächterakademie mit Bravour, und danach war er nicht von der Idee abzubringen, die Welt zu bereisen. Sehr zum Leidwesen deines Großvaters, aber Quinn wusste, dass sein Sohn niemand war, den man hätte anketten können."

Quinn. Der Name hallt in meinem Kopf nach, als hätte jemand einen Gong geschlagen. Der Vater meines Dads. Mein Großvater. Ein Anflug von Traurigkeit überkommt mich, weil ich nichts über die Familie meines Vaters weiß. Von meiner Familie.

„Mitchell war ein wissbegieriger Schüler", fährt Rosie fort, „aber er wollte immer alles mit eigenen Augen sehen und nicht nur darüber lesen. Also ließ dein Großvater ihn nach seinem Abschluss ziehen."

„Und ist Dad auch so ein ... *smal*? Auch wenn ich immer noch nich' weiß, was ich mir darunter vorzustellen habe", sage ich mit zusammengezogenen Brauen.

„Ja, dein Vater ist einer." Rosie hebt eine Augenbraue und nippt an ihrem Tee. Irre ich mich, oder sagt sie das, als sei es etwas Schlechtes?

„Und meine Onkel? Und mein Großvater?"

Rosie sieht mich über den Rand ihrer Teetasse hinweg an. Ihre

Mundwinkel zucken, und ich werde das Gefühl nicht los, dass sie meine Nachfragen ganz genau analysiert.

„Nein. Der Rest deiner Familie nicht. Dein Vater war ein Nachzügler. Von einer anderen Frau." Rosie schürzt die Lippen. „Wie dem auch sei ... Sich diese Ebene anzusehen, das war ursprünglich Mitchells Plan. Als er Kenobia verließ, führte ihn sein erster Weg hierher. Es hat ihn so fasziniert, dass es eine Ebene gibt, auf der kein *lùth* beheimatet ist, dass er zuallererst hierher wollte."

Kenobia. Die Wächterebene, über die wir seit Monaten etwas zu erfahren versuchen, hat nun endlich einen Namen. Damit wird alles noch realer, als es ohnehin schon war.

„Was soll dieses *lùth* sein?", frage ich. „Und warum gibt es das hier nich'?"

„*Lùth* ist die Energie, auf die Wächter zugreifen können. Und zu deiner zweiten Frage ... Alles braucht eine Balance. Deswegen bildet die Ebene hier den Ausgleich zur Ebene der Wächter." Sie macht eine kurze Pause. „Eigentlich wollte dein Vater nach drei Monaten weiterreisen, aber dann ..."

„Er war hier also nur auf der Durchreise?", unterbreche ich Rosie.

„... traf er deine Mutter." Rosie ignoriert meine Zwischenfrage und lächelt fast ein bisschen verträumt, als sie von dieser Begegnung spricht. „Er verliebte sich Hals über Kopf in dieses Mädchen und beschloss kurzerhand, seinen Aufenthalt für unbestimmte Zeit zu verlängern. Er ist nie weitergereist"

„Also war Mom auch eine Wächterin?"

Rosie schüttelt den Kopf. „Nein, deine Mutter stammt aus keiner Wächterfamilie."

„Aber ... Dad ist trotzdem hiergeblieben. Wegen ihr? Durfte er das denn überhaupt? Das hat den Rest seiner Familie doch sicher nich' gerade gefreut." Die Fragen überschlagen sich in meinem Kopf geradezu.

„Nein, ganz und gar nicht", sagt Rosie. „Dein Großvater war außer sich. So sehr er seinen jüngsten Sohn liebte, damit ging Mitchell zu weit. Eine Verbindung mit einer Frau ohne Talent ... Das gab es *nie*. Es ist schon schwierig genug, wenn Wächter unterschiedlicher Talentgruppen zusammensind. Dass dein Vater ausgerechnet eine Frau von dieser Ebene hier liebte, das war ein handfester Skandal."

Sie runzelt die Stirn. Ihre Hände halten die Teetasse umklammert.

„Aber deinem Vater war das alles egal. Er war sich sicher, dass er hier sein Glück gefunden hatte, und dafür brach er sogar mit seiner Familie. Der Kontakt riss ab, und lange Zeit wusste niemand von euch Mädchen. Mitchell hat nie wieder einen Fuß nach Kenobia gesetzt ... bis zu dem Tag, an dem er von euch fortging."

Ich schweige einen Moment, weil Rosie ein so ganz anderes Bild von meinem Vater zeichnet als das, was ich all die Jahre von ihm hatte.

„Also bin ich genau genommen nur ein halber Wächter?", frage ich schließlich.

Ich wundere mich über mich selbst: Es ist noch nicht lange her, da konnte ich mich nicht mit dem Erbe meines Vaters identifizieren, und jetzt verspüre ich Enttäuschung darüber, dass ich ganz offensichtlich kein vollwertiger Wächter bin.

„Das ist gar nicht so wichtig, Liebes", sagt Rosie.

„Wie meinst du das?", erwidere ich.

„Durch deine Adern fließt das Blut der Strays. Ich gebe zu, dass ich nicht weiß, welche Auswirkungen diese Konstellation auf dein Talent hat, aber ..." Die ältere Dame stellt die Tasse ab und massiert sich beide Schläfen mit den Fingern. „Dein Vater ist ein *smal*, Ellie."

„Das sagtest du bereits." Ich starre Rosie an, weil ich keine Ahnung habe, was sie mir damit sagen will.

„Ich ... Es existieren Prophezeiungen, von denen alle geglaubt hatten, sie seien im Laufe der Jahrtausende verloren gegangen oder zerstört worden. Und möglicherweise ... hängt alles zusammen." Rosie nimmt wieder einen Schluck Tee, der inzwischen kalt geworden sein muss.

Ich seufze und werfe zuerst Jo', dann Dan einen Blick zu. Doch beide sitzen mit versteinerten Mienen auf ihren Plätzen und mühen sich wohl ebenfalls, zu begreifen, was Rosie uns gerade im Schweinsgalopp zu vermitteln versucht.

„Prophezeiungen", echot Jo'. „Mehr so wie Wettervorhersagen oder wie Wahrsagergeschwafel?"

„Es gibt keinen Grund für deinen Spott, Joanna." Rosie sieht meine Freundin an, wie sie es mit Jer immer dann getan hat, wenn sie ihn tadeln wollte. „Diese alten Schriftstücke sind ein Teil unserer Kultur. Es ist allgemein bekannt, dass es Wächter gab, die Teile der Zukunft in Visionen sehen konnten und diese zu Papier gebracht haben. Allerdings sind die meisten dieser Bücher verloren gegangen oder vernichtet worden. Und mit ihnen auch die Wächter mit dem *earalas*-Talent. Die wenigen Schriftstücke, die gefunden wurden, sind sehr alt, nicht einfach zu übersetzen und oft missverständlich. Eine Übersetzung sagt, es kämen zwei Erben, die einer ungewöhnlichen Verbindung entsprungen sind, die den Grundstein für eine neue Generation legen sollen, um eine andere Ära einzuleiten." Rosie deutet ein Achselzucken an. „Womöglich sind damit deine Schwester und du gemeint. Dein Vater war der einzige Wächter, der sich über alle Regeln hinweggesetzt und für seine Liebe zu Anne alles aufgegeben hat. Das spricht für die ungewöhnliche Verbindung."

„Aber das ist doch gar nich' gesagt", wende ich ein. „Was du sagst, kann alles und nichts bedeuten. Wenn ich dich richtig verstanden habe, kann so eine ungewöhnliche Verbindung auch genauso gut eine zwischen zwei Wächtern sein, die nich' das gleiche Talent haben, oder irre ich mich?"

„Denkbar wäre es, aber die meisten Wächter glauben, dass ihr beide der Schlüssel seid, um den Grundstein für eine neue Zukunft zu legen", sagt Rosie.

„Die meisten?" Mein Magen krampft sich zusammen. „Das heißt, die Leute da drüben wissen von Lu und mir."

„Ja. Seit ein paar Jahren. Nach seiner Rückkehr war Mitchell still und in sich gekehrt. Hat an der Wächterakademie gelehrt. Als sich die Gerüchte um die Prophezeiung weiter verbreiteten und bekannt wurde, dass er zwei Töchter auf der anderen Ebene zurückgelassen hat, verschwand er spurlos. Wie ich deinen Vater kenne, geschah das, um euch zu schützen. Außer ihm wusste niemand, wo ihr seid." Rosie macht eine kurze Pause und wendet ihren Blick Jo' zu. „Fast niemand."

„Das heißt also, da haben eine Menge Wächter ein Interesse an meiner Schwester und mir, obwohl nich' mal sicher ist, dass wir mit dem Prophezeiungsscheiß was zu tun haben? Das ist ja irre komisch. Aber wenn Dad uns schützen wollte ... und kaum jemand etwas von uns wusste ... Wer hat dann überhaupt verbreitet, dass es meine Schwester und mich gibt?"

„Du glaubst nicht, wie geschickt einige Wächter sind, wenn sie an Informationen gelangen wollen", sagt Rosie.

„Das ist keine Antwort", erwidere ich, doch Rosie übergeht meinen Einwand.

„Es gibt noch einen anderen Grund, warum du etwas

Besonderes bist, Elizabeth."

Etwas Besonderes? Jers Worte bei unserem ersten Ausflug in Slumbertown kommen mir in den Sinn: *Ich mag dich, Ellie. Du bist wirklich was Besonderes, weil du die richtigen Fragen stellst.*

Ich blinzle die ältere Dame an wie eine Eule. „Was kann denn das alles noch toppen?"

Rosie räuspert sich, fast als wäre es ihr unangenehm, was sie als Nächstes zu sagen hat. „Na ja. Deine Familie ist mit Abstand die einflussreichste. Die, die schon seit Anbeginn der Wächterzeit regiert."

Ich lache kurz auf. „Du verarschst mich jetzt, oder? Dann wäre mein Vater ja …"

„So etwas wie ein Prinz. Ja." Rosie bleibt ernst, und mir wird klar, dass sie nicht scherzt.

„Das war jetzt nich' ganz das, was ich sagen wollte", krächze ich.

„Allerdings einer, der sein eigenes Leben leben und nicht fremdbestimmt sein will", fährt Rosie fort. „Ihm ist weder sein Erbe noch Macht oder Titel wichtig. Das war es noch nie. Er war offenbar glücklich mit seinem Leben hier. Als Viertgeborener konnte er es sich erlauben, sich allem zu entziehen."

„Ahm", räuspert sich Jo', „auch auf die Gefahr hin, dass es gleich zu einem Handgemenge kommt, aber ich muss ja wohl jetzt keinen Knicks machen, wenn sie den Raum betritt, oder?" Meine Freundin mustert Rosie mit einer hochgezogenen Augenbraue und deutet dabei auf mich.

„Doch, unbedingt", sage ich mit einem Kichern. „Du darfst mich ab sofort nur noch mit ‚Eure Herrlichkeit' ansprechen." Ich fange ein Kissen auf, mit dem Jo' nach mir wirft.
Rosie räuspert sich, und wir werden sofort wieder ernst.

„Nein, die Gepflogenheiten in Kenobia sind nicht vergleichbar mit denen, die ihr von hier kennt. Die alten Familien der Wächter sind nicht wie die Königshäuser, die ihr von Europa kennt. Kenobia wird nicht von einem Thron aus regiert. Schon seit Jahrhunderten nicht mehr. Die Strays sind die älteste Wächterfamilie, und in der Gründerzeit gab es noch Strukturen einer Monarchie. Aber das liegt lange zurück, und übrig geblieben sind nur noch die Titel. Heute ist alles nur noch Papierkram, Ältestentreffen … Es wird Politik gemacht, versteht ihr?" Sie sieht jeden von uns an, als wolle sie so überprüfen, ob wir verstanden haben.

Jo' nickt und scheint mit Rosies Antwort zufrieden zu sein. Ich nehme mir vor, sie mit der Knickssache trotzdem bei nächster Gelegenheit noch mal aufzuziehen, auch wenn ich die Vorstellung, Teil einer royalen Familie zu sein, ziemlich befremdlich finde.
Dan neben mir ist so schweigsam, wie ich ihn selten erlebt habe. Ich lege eine Hand auf sein Knie, aber er reagiert nicht auf meine Berührung. Ich frage mich, ob er von der ganzen Konversation überhaupt etwas mitbekommt. Er wirkt völlig abwesend, und ich habe Angst, dass ihn die heutigen Nachrichten aus der Bahn werfen.

„Aber was ich nich' kapier, ist, warum Dad gegangen ist", sage ich, ohne meine Hand von Dans Knie zu nehmen, „es hat ihn doch offenbar nich' besonders interessiert, was auf der anderen Ebene los war?!"
Dan erhebt sich von seinem Platz und verlässt wortlos den Raum. Wir sehen ihm alle hinterher, die Tür zum Badezimmer schlägt so laut hinter ihm zu, dass ich zusammenzucke. Aus dem kleinen Raum dringen rumpelnde Geräusche zu uns ins Wohnzimmer. Als ich aufstehen will, um ihm hinterherzugehen, hält Rosie mich zurück.

„Lass ihn, Liebes. Gib ihm einen Moment, in dem er für sich sein kann."
Alles in mir schreit danach, ihm beizustehen, aber ich weiß, dass Rosie recht hat. Schweren Herzens nicke ich und setze mich wieder. Rosie sieht mich einen Moment lang an, bevor sie auf meine vorherige Frage eingeht.

„Dass es Mitchell nicht interessiert hat, ist sicher nicht ganz richtig. Er hat sehr wohl noch Informationen aus Kenobia erhalten. Aber er mischte sich weder ein, noch verließ er diese Ebene hier. Er hatte seine Entscheidung getroffen. Erst als sich die alte Prophezeiung immer weiter herumsprach, wollte er verhindern, dass die Aufmerksamkeit auf deine Schwester und dich fällt. Er hat von Anfang an befürchtet, dass ihr gemeint sein könntet und dass euch jemand aufspüren könnte."

„Und woher weißt du das alles?", frage ich.

„Ich hatte immer ein gutes Verhältnis zu deinem Vater", antwortet Rosie. „Bis er zu seiner Reise aufbrach jedenfalls."
Jo' und ich werfen uns einen verstohlenen Blick zu. Ich weiß nicht, wieso, aber ich habe ein mulmiges Gefühl bei Rosies Geschichte.

„Aber wie man sieht, sitzt ihr heute hier", sagt die ältere Dame und lächelt. „Er hat erreicht, was er wollte. Dass ihr in Sicherheit aufwachst."

„Und trotzdem sind wir andauernd umgezogen", sage ich. Auch wenn ich meine Kindheit in guter Erinnerung habe, kann ich nicht verhindern, dass Verbitterung in meiner Stimme mitschwingt. Dank Jo' und meiner Schwester habe ich mich nie einsam gefühlt, aber manchmal habe ich mir gewünscht, nicht regelmäßig die Schule wechseln zu müssen, weil wir wieder einmal woanders hingezogen sind. Vielleicht sind wir dadurch unbehelligt von irgendwelchen Wächtern aufgewachsen, aber vor dem Tod konnte mein Vater Lu dennoch nicht beschützen. Dieser Gedanke fühlt sich an, als bohre jemand einen Dolch durch mein Herz.

„Vorsicht ist besser als Nachsicht", mahnt Rosie. „Kurz nachdem dein Vater diese Ebene verlassen hatte, hat Mitchell angefangen an der Akademie zu lehren."

Ich höre, wie sich die Badezimmertür wieder öffnet, und betrachte Dan, als er zurück ins Wohnzimmer kommt. Statt sich wieder neben mich auf das Sofa zu setzen, positioniert er sich am Fenster. Regungslos steht er da, die Hände auf das Fensterbrett gestützt, und blickt nach draußen. Seine angespannte Körperhaltung zeigt, dass er sich noch längst nicht abgeregt hat. Er scheint zu der ganzen Sache aber weiterhin nichts sagen zu wollen, und ich frage mich, was in seinem Kopf wohl vorgehen mag. Sein Blick fällt auf den blauen Kieselstein.

„Daniel.", sagt Rosie sanft.

„Was zur Hölle ist das?" Dan streckt seine Hand nach dem Stein aus, hält aber inne, bevor er das Objekt berührt.

„Das ist ein *lùth-criostal*." Rosie klingt nervös. „Bitte – würde es dir etwas ausmachen, den Kristall nicht zu berühren, Daniel? Der Schild, der das Wohnzimmer umgibt, ist daran gebunden."

Dan dreht den Kopf in Rosies Richtung und beobachtet sie argwöhnisch. „Und ich könnte den Schild brechen, oder was?"

„Ich ... weiß es nicht." Die ältere Dame sieht tatsächlich so aus, als wisse sie die Antwort auf seine Frage nicht. „Lass es uns lieber nicht ausprobieren. Fass ihn einfach nicht an."

„Großartig.", sagt Jo' und schenkt Dan und dem Stein einen letzten skeptischen Blick. „Aber nochmal zurück zu dem Familienkram. Nix für ungut, Rosie, aber du und Mitchell, ihr ...?"

„Nein. Nicht so, wie du vielleicht denkst." Rosie seufzt so tief, als lasteten alle Sorgen der Welt auf ihren Schultern. Sie nimmt die

Kette ab, an der sie das silberne Medaillon um den Hals trägt, das ich schon so oft gesehen habe. Sie öffnet das Schmuckstück und legt es auf ihre Handinnenfläche. Jo' und ich werfen uns einen Blick zu und rücken beide näher, um sehen zu können, was Rosie uns zeigen will. Dan beobachtet die Szene zwar, rührt sich aber nicht vom Fleck.

Im Inneren des Anhängers verbergen sich eine Gravur auf der linken und ein verblichenes Foto auf der rechten Seite. R. G. wurde in filigraner Schreibschrift eingraviert, darunter eines der Symbole, die auch auf der Außenseite ihres Medaillons abgebildet sind. Das Foto auf der rechten Seite zeigt einen jungen Mann und eine junge Frau. Beide lächeln in die Kamera, wirken aber nicht wie ein Liebespaar, obwohl die Frau eine Hand auf die Schulter des Mannes gelegt hat.

Ich erkenne meinen Dad auf dem Bild – er sieht genauso aus, wie auf den frühen Fotos in den Alben aus dem Nachlass meiner Mutter. Die Frau hinter ihm … Ich ziehe meine Brauen zusammen. Die Frau auf dem Foto sieht Jo' fast zum Verwechseln ähnlich. Auch wenn das Bild an Farbe eingebüßt hat, sind die roten Haare und die blauen Augen unverkennbar. Ich werfe einen Blick zu Jo', die beim Anblick des Fotos kreidebleich geworden ist.

„Wow!", keucht sie und weicht zurück, als hätte sie einen Stromschlag bekommen. „Das … Ich … Das Foto … Das kann nich' sein."

Rosie zieht die Hand, die das Medaillon hält, von uns zurück und streicht liebevoll mit dem Daumen über das Bild. Für einen kurzen Moment schließt sie die Augen. Als sie sie wieder öffnet, bemerke ich, dass das Bild aussieht, als sei es eben gerade erst entwickelt worden. Stirnrunzelnd betrachte ich das Schmuckstück, doch sage nichts. Ich bin mir sicher, dass es nicht Jo' ist, die auf dem Foto zu sehen ist, aber nach Rosies Erzählungen ahne ich, was das bedeuten muss.

„Ich weiß, dass das alles kompliziert erscheint, aber ich bin deine Großmutter, Joanna. Und ich war Mitchells Navigator", lässt Rosie die Bombe platzen, und in ihren Augen schimmern Tränen.

Jo' starrt ihr soeben neu gewonnenes Familienmitglied aus aufgerissenen Augen an.

„Nein. Das kann nich' sein", flüstert sie noch einmal und schlägt sich eine Hand vor den Mund. Sie schüttelt den Kopf, ihre Locken wirbeln umher. „Ich muss an die frische Luft." Sie stürmt aus dem

Zimmer, und wenige Augenblicke später fliegt Dans Wohnungstür ins Schloss.

„Ja", seufzt Rosie und schließt das Medaillon, um es sich um den Hals zu hängen. „Genau wie ihre Mutter. So etwas hatte ich befürchtet."

Jo' ist eine der taffsten Frauen, die ich kenne – dass sie sich aus einer Situation so herauszieht, habe ich nur zweimal erlebt. Einmal während unserer Schulzeit, als ein Junge sie verhöhnt hatte, weil ihre Mutter ausgezogen war. Ich weiß nicht mehr, was er genau gesagt hatte, aber ich erinnere mich dafür umso besser daran, wie ich ihn verprügelt habe, statt Jo' hinterherzulaufen. Meine Mutter wurde in die Schule zitiert, und ich musste einen Monat lang jeden Nachmittag nachsitzen. Aber das hatte mir nichts ausgemacht, denn wenn jemand Jo' angeht, würde ich alles dafür tun, um sie zu beschützen.

Das andere Mal habe ich Jo' davonlaufen sehen, als sie sich mit ihrem Vater darüber gestritten hat, dass sie ihre Mutter suchen wollte und er es ihr verboten hat. Rosies Nachricht muss meine Freundin an den Rand der emotionalen Entgleisung gebracht haben, wenn sie so reagiert.

„Hast du vielleicht mal dran gedacht, dass spontane Familienzusammenführungen nicht jedermanns Sache sind?" Dan hat nun offensichtlich doch das Bedürfnis, seinem Unmut Luft zu machen. „Wie würdest du dich denn fühlen, wenn dich jemand so überfährt? Übrigens behaupte ich einfach mal, dass das für uns alle gilt! Findest du es nicht ein bisschen viel verlangt, was wir hier mal eben einfach so schlucken sollen?"

Ich kann seinen Groll angesichts der Gesamtsituation verstehen. Normalerweise würde ich erwarten, dass das altbekannte Gefühl der Wut von mir ebenfalls Besitz ergreift, aber zu meiner eigenen Überraschung finde ich in mir selbst nur Leere und Resignation.

„Und jetzt?", frage ich nach einem gefühlt endlos langen Schweigen zwischen uns.

„Jetzt müssen wir dafür sorgen, dass ihr drei lernt, eure Talente zu kontrollieren", antwortet Rosie. Ihre Vorstellung des weiteren Vorgehens klingt so einfach.

„Ohne Jo' mach ich gar nichts", sage ich und verschränke die Arme vor der Brust.

„Sie kommt schon zurück", erwidert Rosie. Ihr angespannter

Gesichtsausdruck macht klar, dass sie nicht bereit ist, weiter über ihren Plan zu diskutieren.

„Mal ganz abgesehen davon … Wie stellst du dir das alles vor? Und wann?", fragt Dan.

„Je eher, desto besser. Aber nicht hier. Deswegen sollten wir bald aufbrechen." Rosies Worte hängen über unseren Köpfen wie ein Damoklesschwert. Auch wenn wir uns bereits gedanklich darauf vorbereitet haben, New York verlassen zu müssen … Es fühlt sich eindeutig anders an, wenn die Situation tatsächlich eintritt.

„Na super! Das wird ja immer besser!", fährt Dan die ältere Dame an. Es ist ungewohnt, ihn so unbeherrscht zu sehen. „Soll heißen, wir sollen von hier abhauen, ja? Am besten noch durch dein ominöses Portal, oder was? Uns mal früher in diese ganzen Geheimnisse einzuweihen … das hat keiner für nötig gehalten, oder?! Glaubst du eigentlich, dass du hierher kommen und über unser Leben bestimmen kannst?! Was, wenn wir das alles gar nicht wollen!? Hast du daran auch nur *einmal* gedacht?! Was kommt als Nächstes, Rosie?" So außer sich habe ich Dan noch nie erlebt. Er schreit inzwischen regelrecht.

„Daniel." Rosie setzt seiner Aggression Gelassenheit entgegen. „Ich verstehe, dass du wütend bist, und du hast jedes Recht dazu. Aber es war die Entscheidung eurer Eltern, euch nicht zu sagen, wer ihr wirklich seid. Nicht meine. Und sie hatten ihre Gründe dafür."

Rosies Blick wandert zum Fenster, doch sie scheint Dan, der dort noch immer wie angewurzelt und mit verschränkten Armen steht, gar nicht zu sehen.

Ich frage mich, ob sie in ihrer Rolle als Großmutter nicht wenigstens auf den Verbleib ihrer Enkeltochter hätte Einfluss nehmen können, aber ich behalte diesen Gedanken lieber für mich. Wahrscheinlich waren damals alle Beteiligten von der Richtigkeit ihrer Entscheidungen überzeugt. Wenn ich darüber nachdenke, welche Überwindung es die Wächter gekostet haben muss, ihre Ebene zu verlassen, und welche Angst einen Menschen wohl dazu treibt, dann läuft es mir eiskalt den Rücken hinunter. Sie wollten ihre Familien um jeden Preis beschützen.

„Rosie", sage ich, „wir sind so oder so nich' komplett."

Mit einer hochgezogenen Augenbraue sieht mich die ältere Dame an.

„Was ist mit Jer?", frage ich. „Wir haben nichts mehr von ihm gehört, seit wir ihn in Slumbertown verloren haben." Rosie nickt bloß. „Wir müssen ihn auf jeden Fall finden! Er muss auch erfahren, was los ist!" Aufgeregt gestikuliere ich mit den Händen, während ich rede.

„Ich habe es noch nicht geschafft, Jeremy zu finden, Liebes. Ich kann dir nicht sagen, wo er im Moment steckt", gibt Rosie zu. „Aber ich verspreche, dass ich alles tun werde, was in meiner Macht steht. Wir müssen uns trotzdem um *euch* kümmern. Ihr müsst verstehen: Jeder Tag, an dem ihr eure Fähigkeiten nicht nutzen könnt, bedeutet, dass ihr im schlimmsten Fall schutzlos seid, wenn euch andere Wächter finden. Alexander wollte euch hier festsetzen, damit ihr nicht in das Geschehen der Wächterebene eingreifen könnt. Aber inzwischen bereut er euren übereilten Rauswurf aus Slumbertown, so viel ist sicher." Sie greift nach dem Medaillon, das wieder an seinem Platz um ihren Hals hängt. Gedankenverloren streicht sie mit den Fingern darüber.

„Aber wie sollen uns andere Wächter finden, wenn wir hierbleiben?", fragt Dan. Er gibt sich keine Mühe, so zu tun, als sei er Rosie heute Abend wohlgesonnen. „Du hast gesagt, dass hier niemand seine Fähigkeiten einsetzen darf. Uns inmitten von acht Millionen New Yorkern ausfindig zu machen … Das soll erst mal einer hinkriegen. Auch wenn wir mit unserem Arsch auf dem Portal sitzen. Vielleicht schauen sie da sogar als Letztes, weil sie nicht erwarten, dass wir direkt vor ihrer Haustür rumlungern. Außerdem hast du selbst gesagt, dass wir hier in Sicherheit sind. Vorerst." Ich kann Dans Misstrauen gut verstehen. Mir erschließt sich Rosies Argumentationskette auch nicht.

„Vorerst", räumt Rosie ein. „Aber es gibt keine Garantie. Da Alexander euch gefunden hat, ist zu erwarten, dass es nicht mehr lange dauern wird, bis auch andere davon erfahren, wo ihr seid. Sollten euch die falschen Leute finden, wärt ihr ihnen ohne Ausbildung schutzlos ausgeliefert."

„Aber warum sollte jemand ein so großes Interesse an uns haben?", frage ich und wippe mit dem Fuß, als müsse ich überschüssige Energie aufbrauchen. „Sorry, aber das ergibt keinen Sinn, Rosie. Wir haben doch gar keine Ambitionen, uns in den Wächterkram einzumischen. Bis vor Kurzem hatten wir nich' mal den Hauch einer Ahnung, wer unsere Familien überhaupt sind. Wir sind total nutzlos für jeden Wächter."

Rosie schüttelt den Kopf. Ihr Blick wird traurig. „Ich wünschte, es wäre so. Jemand könnte versuchen, euch zu manipulieren, euch als Druckmittel einsetzen. Unabhängig davon sind es immer die Unschuldigen, die unter Kriegen am meisten zu leiden haben. Es wäre unverantwortlich, zu riskieren, dass so viele nichts ahnende Menschen auf dieser Ebene in einen Konflikt verwickelt werden, in dem sie keine Chance haben zu bestehen. *Lùth* gehört nicht hierher, hört ihr? Wächter hierher zu bringen war schon ein Eingriff in die natürliche Ordnung der Dinge, aber die, die hier im Verborgenen gelebt haben, haben ihre Talente wenigstens niemals eingesetzt." Sie lässt ihr Medaillon zurück unter den Pullover gleiten. „Alexander hat vorhin bewiesen, dass ihm das Gleichgewicht egal ist, wenn er etwas erreichen will. Wenn weitere Wächter hierher kommen und ... die Konsequenzen wären unvorhersehbar."

„Das heißt im Klartext was?", unterbricht Dan Rosies Rede. Er sieht aus wie jemand, der am liebsten ein paar Teller an der Wand zerschlagen würde, um seine Wut rauszulassen.

„Dass ihr nicht auf dieser Ebene bleiben könnt."

„So weit waren wir schon", erwidert Dan, aber auch er hat längst begriffen, wie ernst es Rosie damit ist. „Aber du hast uns immer noch nicht gesagt, was überhaupt passieren kann. Solange du mir nicht erklären kannst, was für eine Bedrohung von den anderen Wächtern oder ihren Talenten ausgeht, gehe ich nirgendwohin."

„Dan hat recht", sage ich. „Wir müssen wissen, auf was wir uns einlassen. Das ist nur fair."

Rosies Blick wandert von Dan zu mir und wieder zurück. „Es ist schwierig, es euch zu erklären, weil ihr nicht damit aufgewachsen seid. Extrem vereinfacht gesagt, ist es so: Jeder Wächter trägt Energie in sich, die er einsetzen kann, um sein Talent zu nutzen. Es gibt offensive und defensive Talente. Zu den Defensiven gehören zum Beispiel die Schilde, die ihr heute schon kennengelernt habt."

„Du hast vorhin gesagt, dass in den meisten Familien ein spezielles Talent vererbt wird", sage ich. „Also kannst du nur Schilde machen, oder wie?"

„Nein." Rosie schüttelt den Kopf. „Ich bin ein Navigator. Ich kann selbst keine Schilde weben, wohl aber welche aktivieren, wenn sie an einen *lùth-criostal* gebunden sind." Sie seufzt leise. „Das alles ist nicht in drei Sätzen erklärt. Die *lùth*-Ordnung ist komplex. Jede Talentgruppe beherrscht unterschiedliche Fähigkeiten. Einige können ihr *lùth* nutzen, um bestimmte Elemente zu verändern – andere können zwar nicht auf die Elemente zugreifen, dafür aber mit ihrem *lùth* allein arbeiten."

„Aber was soll das genau bedeuten?", frage ich. „Was für Dinge *tun* Wächter?"

„Oh, welche, die euch faszinieren werden. Glaub mir", antwortet Rosie mit einem Lächeln. „Schilde, Telekinese, Heilen, um nur Beispiele zu nennen."

„Ich ... Wow. Das Wächterleben klingt nach ... Science-Fiction oder sowas", sage ich, unfähig mir vorzustellen, dass auch unser Leben womöglich bald so aussehen soll. „Aber ... Wenn Schilde zu den defensiven Talenten gehören, was sind dann die offensiven? Feuerbälle?"

„Wenn der Wächter mit dem entsprechenden Talent das will ... Ja.", gibt Rosie zurück.

„Großartig."

„Wie lange noch, bis du weg willst?", unterbricht Dan den kleinen Exkurs.

„Eine Woche. Vielleicht weniger", veranschlagt Rosie. „Ihr müsst Mitchells Tagebuch finden und solltet ein paar Dinge zusammenpacken, bevor wir gehen." Sie macht eine kurze Pause, und ich finde die Sorgenfalten auf ihrer Stirn nicht gerade beruhigend. „Ich hoffe, dass wir weg sind, bevor andere hierher kommen."

„Und wohin willst du genau?" Ich spüre ein beklemmendes Gefühl in meiner Brust. „Und was ist mit Jo' und Jer?!"

„Ich habe einen Plan. Ich muss nur noch einmal sichergehen, dass alles in die Wege geleitet ist. Wenn ich zurück bin, müsst ihr bereit sein." Beschwörend sieht sie zuerst mich und dann Dan an. „Und Jeremy zu finden, überlasst ihr mir, habt ihr das verstanden? Ihr dürft euch auf keinen Fall in Schwierigkeiten bringen, während ich weg bin. Sorgt lieber dafür, dass Joanna sich bis zu meiner Rückkehr wieder beruhigt hat."

Die ältere Dame erhebt sich überraschend flink vom Sofa, doch Dan macht einen Schritt auf sie zu und packt sie am Arm.

„Dan!", rufe ich aus, aber er wirft mir nur einen Blick zu, der mich verstummen lässt.

„Ich hoffe für dich, dass wir uns auf dich verlassen können, Rosie." Seine Stimme bebt vor Zorn. Wie er sich vor der viel kleineren Rosie aufbaut, wirkt bedrohlich. „Ich schwöre bei Gott, ich lasse nicht zu, dass Ellie oder Jo' was passiert. Wenn du uns hängen lässt ..."

„Dan!" Ich kann nicht mit ansehen, wie er dabei ist, sich zu vergessen. Ich trete neben ihn und lege eine Hand auf seinen Arm in der Hoffnung, dass er sich beruhigt. „Komm mal wieder runter, ja? Rosie hat uns noch nie hängen lassen. Wir bekommen das schon irgendwie hin. Zusammen."

„Findest du das etwa in Ordnung?", fragt er. Dass ihm kein Schaum vor dem Mund steht, wundert mich fast. „Uns einfach so vor vollendete Tatsachen zu stellen? Damit wir an einen Ort mit ihr gehen, der in unserer Scheißwelt nicht mal existiert?"

„Nein. Ich finde es überhaupt nich' in Ordnung, wie das alles gelaufen ist. Aber das ändert jetzt auch nichts."
Nach einigen Sekunden, die gefühlt wie in Zeitlupe vergehen, lässt er Rosies Arm endlich los.

„Also schön", sagt er, aber Rosie winkt lediglich ab. Sie sieht uns voller Mitgefühl an.

„Es tut mir so leid", richtet sie das Wort an mich und ergreift meine Hände. „Deine Eltern haben nie gewollt, dass du in Gefahr gerätst."

„Schon klar", antworte ich und kann mir einen sarkastischen Unterton nicht verkneifen. „Was hast du jetzt vor?"

„Ich muss zuerst das Buch an einen sicheren Ort bringen. In den falschen Händen wird es nur Schaden anrichten."

„Das Buch." Ich muss daran denken, dass Xander ebenfalls hinter dem Schriftstück her ist. „Was hat es damit auf sich, Rosie? Xander will das Teil auch unbedingt haben. Er hat sogar behauptet, dass es ihm gestohlen wurde."

Die ältere Dame sieht mich einen langen Moment einfach nur an, und ich befürchte, dass sie mir keine Antwort auf meine Frage geben wird.

„Das Buch der *fàidh* ist ein sehr altes und unschätzbar wertvolles Relikt."

„Das beantwortet meine Frage nich'." Rosie ist anzumerken, dass sie keine Informationen über das Buch preisgeben will, aber es ist mir egal. Ich will Antworten. „Du hast im Restaurant versprochen, uns alle Fragen zu beantworten."

„Das habe ich." Rosies Gesicht wirkt, als sei sie in den letzten Augenblicken um Jahre gealtert. „Was Xander sagt ist wahr. Ich habe das Buch aus seinem Besitz gestohlen."

„Du hast *was*?" Dan ist deutlich anzusehen, dass er kaum glauben kann, was er hört.

„Ich habe nur getan, was ich tun musste", sagt Rosie. „Das Buch ist wie eine … Anleitung."

„Eine Anleitung? Für was?", frage ich.

„Für ein spezielles Schild, in dessen Inneren etwas eingeschlossen ist." Rosie macht nicht den Eindruck, als sei sie glücklich darüber, diese Information mit uns zu teilen.

„Also willst du mit Hilfe des Buches ein Schild kaputt machen und etwas eingeschlossenes rausholen?" Die Frage klang in meinem Kopf weniger bizarr.

„Nein." Rosie schüttelt den Kopf. „Ich will dafür sorgen, dass es drinnen bleibt."

Ich öffne und schließe den Mund ein paarmal, bekomme aber keine Worte heraus. Was hat das zu bedeuten? Und warum ist Rosie mit einem Mal so verschlossen?

„Das Buch lässt sich doch nicht mal öffnen", sagt Dan.

„Da wäre ich mir nicht so sicher." Rosie schürzt die Lippen. „Aber das soll nicht eure Sorge sein. Viel wichtiger ist, dass wir das andere Puzzleteil der Prophezeiung finden."

„Welches denn noch?", frage ich.

„Deine Schwester. Und ich habe Grund zur Annahme, dass Alexander sie irgendwo festhält", antwortet Rosie so leise, dass ich sie kaum hören kann, aber ich fühle mich, als hätte mir jemand den Boden unter den Füßen weggezogen.

26

„Das ... Ich ... Rosie ... Nein. Lu ist tot" stammele ich und streiche mir eine Haarsträhne hinters Ohr. Die Bewegung ist in etwa so geschmeidig, als führte Pinocchio sie aus. Mein Kopf fühlt sich so leicht an wie nach einer Fahrt mit dem Freefalltower. Ich bin mir sicher, dass ich mich verhört haben muss.
Rosie kann gerade unmöglich gesagt haben, dass Xander meine Schwester irgendwo festhalten soll. Auch wenn ich Lu während meiner Zeit in Slumbertown in meinen Träumen getroffen habe ... Es kann unmöglich einen real existierenden Ort geben, an dem sie ist. Ich habe unzählige Tage und Nächte an ihrem Krankenbett verbracht, und nachdem sie gestorben war, bin ich durch meine persönliche Hölle gegangen. Die Wirklichkeit fühlt sich plötzlich seltsam entrückt an. Ich bin in Dans Wohnzimmer, aber ich komme mir gleichzeitig vor, als sei ich weit weg. Diesmal ist es Dan, der mir seine Hand auf die Schulter legt.

„Hast du ihren Leichnam je gesehen?", fragt Rosie. Ich kenne den Tonfall, in dem sie mit mir spricht. So haben alle mit mir gesprochen, als sie mich für psychisch labil hielten.

„Nein, ich ... aber ..." Ich fühle mich, als hätte mir jemand einen Schlag in die Magengrube verpasst. Dass meine Welt so plötzlich ins Trudeln geraten ist, zwingt mich dazu, mich in den Sessel zu setzen, in dem vorhin noch Jo' saß.

„Ich glaube, es ist besser, du gehst jetzt, Rosie." Dans Stimme klingt so dumpf in meinen Ohren, als hätte ich Ohrstöpsel in Gebrauch. Ich sehe, wie er Rosie am Oberarm packt und aus dem Raum geleitet, nicht ohne mir einen Blick über die Schulter zuzuwerfen. Er macht sich Sorgen. Mir ist klar, was um mich herum geschieht, und doch ist es, als stünde ich neben mir.
Ich starre Löcher in die Luft und bin weder in der Lage, einen klaren Gedanken zu fassen, noch mich zu rühren. In meinem Kopf hämmern die ganze Zeit „Das kann nicht sein! Das ist unmöglich!" und „Ist das möglich?" um die Wette. Ich höre, wie die Wohnungstür wenige Minuten später ins Schloss fällt, und sehe Dan, der wieder zurück ins Wohnzimmer kommt. Er geht vor mir in die Hocke und nimmt meine Hände in seine. Seine Berührung erinnert mich an das Gefühl, das ich habe, wenn ich im Winter die Hände am Kaminfeuer aufwärme.

„Sie ist weg. Mit dem Buch", sagt er. Jetzt, wo wir allein sind,

klingt seine Stimme wie immer: weich und liebevoll statt hart und grimmig. „Diesmal hab ich die Dielen gleich rausgekriegt."
Ich blicke ihn an und sehe die Sorge in seinen braunen Augen, obwohl er lächelt. Ohne ein weiteres Wort schließt er mich in seine Arme, wo ich zum ersten Mal an diesem Abend meinen Emotionen freien Lauf lasse. Ich schluchze gegen seine Brust, während Dan mich festhält und mir liebevoll übers Haar streicht.

„Ist ja gut", flüstert er mir immer wieder ins Ohr.
Als ich mich beruhigt habe und keine Tränen mehr kommen, schiebt er mich behutsam ein paar Zentimeter von sich weg und sieht mich an.

„Besser?", fragt er und küsst mich auf die Stirn.
Ich nicke und wische die letzten Tränen von den Wangen. Mich plagt ein schlechtes Gewissen, weil Dan heute mindestens genauso aufwühlende Nachrichten erhalten hat und er derjenige ist, der mich trösten muss, während ich keine Stütze für ihn bin.

„Dann bring ich dich jetzt ins Bett. Ich glaube, es reicht für heute." Er klingt ruhig und gefasst. „Morgen früh entscheiden wir dann zusammen, wie es weitergeht, okay?"

„Was ist mit Jo'?", frage ich und muss mich räuspern, weil meine Stimme vom Weinen rau geworden ist.

„Hat dir eben gerade eine Nachricht geschickt." Dan zaubert mein Handy aus der Hosentasche seiner Jeans hervor. Er hält es mir vor die Nase, und die Vorschau auf dem Display bestätigt seine Aussage. Immer noch schniefend lese ich die Nachricht.

> *Joanna 10:27:*
> *Sorry wegen vorhin, aber das war mir einfach zu viel Crazy Talk in zu kurzer Zeit. Mach dir keine Sorgen, ich komm schon irgendwie klar. Musste nur einfach raus. Ich meld mich. Versprochen. J.*

Nachdem ich die Nachricht gelesen habe, berichte ich Dan, was meine Freundin geschrieben hat.

„Meine Begeisterung hält sich ehrlich gesagt in Grenzen, wenn sie jetzt allein irgendwo rumtingelt – gerade nachdem ich vor Rosie so große Töne gespuckt habe, … aber sie kommt bestimmt klar, oder?" Dan gibt sich große Mühe, seine Sorge nicht allzu sehr durchklingen zu lassen.

„Klar kommt sie klar", erwidere ich und hoffe, dass ich damit recht behalte. „Sie taucht schon wieder auf, ich glaube sie braucht einfach erst mal 'nen Moment, um alles zu verdauen. Aber was ganz anderes ... Was macht mein Handy eigentlich in deiner Hosentasche?"

Dan zuckt mit den Achseln. „Du hattest es im Restaurant auf den Tisch gelegt, und als wir so schnell abhauen mussten, hab ich's eingesteckt. Hatte ich ganz vergessen, bis es eben im Flur vibriert hat."

„Ah", mache ich, ohne mich daran erinnern zu können, dass ich es liegen gelassen habe.

„Okay. Dann finde ich, dass wir genug Aufregung für heute hatten, oder was meinst du? Diese Nacht können wir laut Rosie beruhigt schlafen. Wegen der Kristalle, Schilde, was auch immer. Ich hoffe ja nur, dass ... ach, egal." Noch bevor ich irgendetwas darauf antworten kann, liest Dan mich bereits vom Sessel auf und trägt mich ins Schlafzimmer, als sei ich federleicht. Ich fühle mich emotional zu erschöpft, um nachzufragen, was er sagen wollte.

Als wir wenig später im Bett liegen, rasen die Gedanken durch meinen Kopf wie Formel-1-Boliden, aber es bereitet mir immer größere Mühe, ihnen zu folgen. Mein Kopf ruht auf Dans Brust, während er mir übers Haar streicht. Die beiden Geräusche, die mich in einen traumlosen Schlaf begleiten, sind der noch immer plätschernde Regen und Dans gleichmäßiger Herzschlag.

Am nächsten Morgen wecken mich Sonnenstrahlen, die mein Gesicht kitzeln. Ich gähne und blinzele gegen das helle Licht an, bevor ich mich strecke. Dans Seite des Bettes ist leer, die Vorhänge sind zurückgezogen, und ich kann nebenan in der Küche Geschirr klappern hören. In der Luft liegt ein dezenter, aber verführerischer Duft von frisch gebrühtem Kaffee. Ich bleibe noch für einen Moment liegen und hoffe, dass der gestrige Abend nur ein böser Traum war. Mein auf Vibration gestelltes Handy wackelt auf dem Nachttisch neben dem Bett. Ich rolle mich zur Seite und angele nach dem Gerät. Die Vorschau auf dem Display verrät mir, dass es Jo' ist, die mir geschrieben hat. Ich entsperre das Telefon und lese die Nachricht.

> *Joanna 8:25:*
> *Hey Süße, ich hoffe du hast besser geschlafen als ich. Flipp jetzt bitte nicht aus, aber ich hab mich gestern Abend in den nächstbesten Flieger nach Kalifornien gesetzt und bin jetzt bei Rick. Ich bin*

morgen zurück. Sorry, mir sind einfach die Sicherungen durchgebrannt. Ich wollte nur noch weg. Bin wohl nicht so der Familientyp.

Ich seufze. Der gestrige Abend war also definitiv kein Alptraum. Ich schaue zum ersten Mal bewusst auf die Zeitanzeige meines Telefons. Das Display zeigt 8:26 Uhr an. Ich strenge mein noch verschlafenes Hirn an, um nachzurechnen – in Kalifornien ist es gerade mal 5:26 Uhr. Mir drängt sich sofort der Verdacht auf, dass Jo' flunkert und überhaupt nicht geschlafen hat. Ich hoffe, sie hat wenigstens die Flugzeit von fünf Stunden genutzt, um sich ein wenig auszuruhen, aber wie ich meine Freundin kenne, bezweifle ich es. Da ich sehe, dass sie im Chat noch online ist, schreibe ich sofort zurück.

Ellie 8:27:
Kalifornien? Im Ernst?! Wir wollten zusammenbleiben, Jo'! Und du haust einfach ab! Verlang bloß nicht von mir, nicht auszuflippen! Und was hast du Rick erzählt? Glaub mir, der Oma-Teil ist noch harmlos ... Rosie hat uns was über diese Talentsache erzählt, das Buch und sie behauptet, meine Schwester wär noch ... da. Das ist doch alles Bullshit!

Ich beobachte die Statusanzeige, die nach nur wenigen Sekunden von „online" auf „schreibt ..." umspringt.

Joanna 8:29:
Kannste laut sagen. Wie kommt sie denn auf so nen Scheiß? Nix für ungut, aber ... tot ist tot, oder gilt das bei denen nicht? Diese ganzen Lügen und Heimlichkeiten kotzen mich dermaßen an. Und weißte, was das Schlimmste ist? Ich bin gerade nicht besser! Ich hab Rick nur gesagt, dass meine Großmutter plötzlich aus dem Nichts aufgetaucht ist und mein Date ein Fiasko war. Er war total überrumpelt, als ich vor seiner Tür stand, aber ich denk, er hats gefressen.

Ellie 8:30:
Na ja, immerhin hast du nicht gelogen ... nur ausgespart. Ich denke, es ist besser, wenn wir Rick nicht mit reinziehen.

Joanna 8:31:
Ja, sehe ich auch so. Wer weiß, was die alte Frau noch so für Bomben platzen lässt.

Ellie 8:32:
Jetzt mal den Teufel nicht an die Wand. Aber ja. Vielleicht fängt man automatisch an zu lügen, wenn man die, die man liebt, beschützen will?

Joanna 8:33:
Du brauchst gar nicht so anzufangen! Das ist doch was ganz anderes. Rick hat mit dem ganzen Scheiß nix zu tun. Wir schon! Es wäre alles nicht ganz so beschissen, wenn uns mal jemand gesagt hätte, was abgeht!

Ellie 8:35:
Du hast ja recht ... ich finds auch scheiße, wie das alles läuft. Pass auf, ich werd gleich erst mal was frühstücken und mir überlegen, wies weitergehen soll. Auf jeden Fall muss ich Dads Tagebuch finden und ja ... keine Ahnung. Rosie ist wieder weg, weil sie noch was prüfen will oder so. Aber sie hat gesagt, sie ist bis Ende der Woche zurück. Vorher muss ich dir noch erzählen, was sie gesagt hat, aber nicht hier im Chat. Also sieh zu, dass du wirklich morgen wieder hier bist, okay?

Joanna 8:38:
Alles klar. Ich hau mich jetzt erst mal ne Runde aufs Ohr. Rick hat übrigens nen Wahnsinnspool auf seiner Dachterrasse! Die nächste Sonnenliege ist meine! Na ja. Sobald es richtig hell wird jedenfalls. Erst mal fall ich ins fluffig aussehende Gästebett. Ich schick dir nachher Bilder. Und übrigens: Rick sagt Hi!

Ellie 8:39:
Hi zurück. Hab ein bisschen Spaß oder wenigstens so was in der Art. Pass auf dich auf, ja?

Joanna 8:40:
Du auch!

Nach der letzten Nachricht wechselt ihr angezeigter Status auf

„offline". Kopfschüttelnd lege ich das Smartphone zurück auf den Nachttisch. Auch wenn die überstürzte Abreise nach Kalifornien vielleicht unvernünftig war, beneide ich meine Freundin ein bisschen. Ich weiß nicht, ob sie wirklich für ein paar Stunden abschalten kann, aber ich hoffe, dass Rick sie auf andere Gedanken bringt.
Die Vorstellung, dass Rick und Jo' den Tag miteinander verbringen, piekt mich ein wenig. Aber ich weiß, dass ich selbst schuld daran bin, dass mein Verhältnis zu Rick nicht mehr dasselbe ist wie früher – doch ich hätte seine Gefühle niemals aufrichtig erwidern können. Ganz egal, was die beiden tun oder nicht, ich sollte es ihnen gönnen. Warum fällt mir das bloß so schwer?
Wer weiß, wann und ob Jo' Kalifornien und Rick je wiedersehen wird? Ich vertreibe diesen tristen Gedanken und schwinge die Beine aus dem Bett. Als ich barfuß und im Schlafanzug in die Küche tapse, hat Dan den Frühstückstisch bereits gedeckt.

„Ah, da bist du ja", sagt er, „gerade wollte ich dich wecken. Ich hoffe, du hast Hunger? Ich hab da mal was vorbereitet." Sein Grinsen verrät sofort, dass er bester Laune ist. Woher kommt sein Sinneswandel über Nacht?
Ich setze mich an den reich gedeckten Tisch und staune über Donuts, Pancakes, Eier mit Bacon, frische Bagels und einiges mehr.

„Wow." Die Vielfalt auf Dans Küchentisch beeindruckt mich. „Hab ich meinen Geburtstag vergessen? Oder kommen noch Gäste?"

„Nein! Nein! Weder-noch", wiegelt Dan ab und bedeutet mir mit einer Handbewegung, mich zu setzen. „Aber ich dachte mir, wir sollten … na ja … Da heute Samstag ist, sollten wir uns einfach mal einen wächterfreien Tag gönnen … So nach dem Horrorabend gestern. Pancakes?" Er hält mir schnell den Teller mit dem stattlichen Pancaketurm hin, um seine Nervosität zu überspielen. Ich nehme den obersten Pfannkuchen und lege ihn auf meinen Teller.
Hat er über Nacht wieder sein Gedächtnis verloren? Wie kann man nach so vielen beunruhigenden Nachrichten so gut drauf sein? Und warum ist er so nervös? Hat er Angst vor meiner Reaktion auf seinen Vorschlag?

„Ahm … Ja, das wäre schon nett. Aber ich weiß nich', Dan. Es gibt so vieles, was noch unklar ist, und das Tagebuch …"

„Ich weiß. Ich weiß das alles, Baby. Pass auf ... Der Abend gestern hat mir was klar gemacht. Wir haben keine Ahnung, was morgen ist, und ganz ehrlich: Ich möchte wenigstens noch *einen* schönen Tag mit dir hier zusammen haben. Einen, an den wir uns immer erinnern können, egal wohin es uns verschlägt und wie scheiße es vielleicht sein wird." Er sieht mich aus großen Augen an, was es schwer macht, ihm seine Bitte abzuschlagen. „Ich möchte ein paar besondere Erinnerungen auf unsere ... Reise mitnehmen. Und du hast heute keine Termine, oder?"

Auf eine herzerwärmende Art berühren mich seine Worte. Er zeigt, dass er unsere Probleme nicht vergessen hat, aber nach einem besonderen Weg sucht, damit umzugehen. Und irgendwie finde ich seine Idee auch süß.

„Nein, keine Termine heute. Das ist ... eine echt süße Idee, Dan. Aber wegen gestern, ich ... Wie geht's dir mit ... allem?" Ich traue mich nicht, ihn direkt auf Nora und seine Schwester anzusprechen.

„Mir geht's gut", antwortet Dan. Sein Tonfall macht klar, dass er ahnt, worauf ich hinauswill, und dass er nicht darüber reden will.

„Okay. Und woran hast du gedacht? Also, hast du einen Plan für heute, mein ich?", lenke ich noch etwas unsicher ein, aber sogar meine verhaltene Zustimmung lässt seine Augen vor Freude leuchten.

„Ich dachte mir, dass wir vielleicht die Plätze in der Stadt besuchen könnten, die uns was bedeuten." Er macht eine kurze Pause und lächelt. „Immerhin scheint heute auch die Sonne."

„Du willst so eine Art Abschiedstour machen?"

Diese Idee überrascht mich positiv, und ich sehe uns schon Hand in Hand durch den Central Park schlendern.

„Wenn du's so nennen willst ... ja. Und zwar ohne gestörte Themen. Nur du und ich und ein schöner Tag. Wer weiß, wann wir wiederkommen?"

„Und ob überhaupt", nuschele ich so leise, dass er mich hoffentlich nicht gehört hat. „Okay, ich bin dabei", antworte ich laut und deutlich und spüre, wie sich auch meine Stimmung aufhellt.

„Echt?"

„Klar! Was soll schon passieren? Es ist ja nur ein Tag. Und Jo' lässt sich auch erst morgen wieder blicken. Sie hat mir vorhin geschrieben, dass sie nach Kalifornien abgehauen ist und ... egal.

Auf jeden Fall ist sie bei Rick."

„Na, der wird sich gefreut haben, dass sie mitten in der Nacht bei ihm auf der Matte stand." Dan kennt Rick nur aus meinen Erzählungen, aber er quittiert den spontanen Kalifornien-Trip trotzdem mit einer hochgezogenen Augenbraue.

„Ach, ich glaube, Rick ist da ziemlich schmerzfrei. Außerdem sind die beiden ... was auch immer", erwidere ich und entdecke meinen Appetit auf das köstlich aussehende Frühstück. Es ist, als wäre mir durch unseren Plan wenigstens für den Moment eine unsichtbare Last von den Schultern genommen worden.

Dan grinst bis über beide Ohren, als ich anfange zu essen, und überfrachtet seinen eigenen Frühstücksteller mit einer riesigen Portion Rührei.

„Dann passt doch alles. Das wird super! Du wirst sehen!" Auch wenn mich beunruhigt, dass er die aufwühlenden Nachrichten über Nora und seine Familie offenbar von sich schiebt, kann nicht verhindern, dass mich sein Optimismus ansteckt.

Die leise Stimme der Vernunft ermahnt mich, dass es fahrlässig und dumm von uns ist, die Realität zu verdrängen, aber ich beschließe, dass die Vernunft heute einfach mal Sendepause hat. Dan hat recht: Wer weiß, wohin es uns morgen oder übermorgen verschlägt und ob wir New York, unser Zuhause, so schnell wiedersehen werden.

Nach dem Frühstück stehen wir vor dem türkisfarbenen Coffeehouse auf dem Gehweg und überlegen, welches Fleckchen der Stadt wir an unserem wächterfreien Tag nun zuerst besuchen wollen. Verstohlen werfe ich einen Blick durch die bodentiefen Fenster des kleinen Cafés.

An den Holztischen sitzen ein paar Gäste: ein älterer Herr mit Baskenmütze bei der Zeitungslektüre, ein dürrer junger Mann, der durch eine überdimensionierte Hornbrille auf den Monitor seines Laptops starrt, eine aufgebrezelte Frau, die gerade ihren Coffee-to-go an der Theke bezahlt. Nichts deutet darauf hin, dass in diesem Haus etwas anderes vor sich geht als ein ganz normaler New Yorker Morgen.

Ich kann mir nicht helfen, ich muss meinen Gedanken eine Stimme verleihen. „Ich frage mich ja, wo zur Hölle da drin ein Portal sein soll. Es sieht alles so stinknormal aus."

Dan hebt mahnend einen Zeigefinger, um mir dann damit auf die

Nase zu stupsen.

„Keine gestörten Themen heute. Das war der Deal!", erinnert er mich. Die Bezeichnung „gestörte Themen" ist seit dem verpatzten Doppeldate-Abend so etwas wie unser geflügeltes Wort geworden.

Ein Grinsen stiehlt sich auf mein Gesicht. „Mein Fehler. Also, wo gehen wir zuerst hin? Entscheide du! Ich such mir dann die zweite Location aus."

„Klingt fair. Dann lass uns ... zum Times Square gehen. Da war ich als Kind ganz oft und hab stundenlang Leute beobachtet."

„Dann los!", sage ich und schlendere in Richtung Straße, um uns ein Taxi heranzuwinken.

Am Times Square angekommen, suchen wir uns in einem kleinen Bistro an einer Straßenecke ein Plätzchen und beobachten bei einem Karamell-Latte die Menschen, die an uns vorbeihuschen. Eine ganze Weile sitzen wir einfach nur schweigend auf den billigen Plastikstühlen unter einem grünen Sonnenschirm. Wenn ich nicht wüsste, dass der Herbst bereits in der Stadt Einzug gehalten hat, könnte der heutige Tag als später Sommertag durchgehen.

Auch wenn wir vereinbart haben, heute nicht über die Dinge zu sprechen, die mit Wächtern zu tun haben, brennt mir eine Sache unter den Nägeln.

„Dan", beginne ich und nestele am Rand meines Kaffeepappbechers herum, „ich ... Es tut mir leid, dass ich gestern keine große Hilfe war."

„Schon okay."

„Das mit deinen Eltern tut mir so leid ... und das mit deiner Schwester." Ich weiß, dass er mein Mitgefühl nicht will, aber ich muss es trotzdem loswerden.

„Baby, sei nicht sauer, ja? Aber ich will wirklich nicht drüber reden." Seine Stimme klingt gefasst, aber sein Blick macht mir unmissverständlich klar, dass die Unterhaltung über seine Familie an dieser Stelle beendet ist. Er nimmt seine verspiegelte Fliegersonnenbrille aus dem Haar und setzt sie sich auf die Nase. Ich nicke, um ihm zu zeigen, dass ich seinen Wunsch respektiere.

„Und? Sind es schöne Erinnerungen, die du an deine Zeit hier hast?", frage ich schließlich nach weiteren Minuten des Schweigens. Ich kann Dans Augen hinter der Sonnenbrille nicht mehr sehen, aber die kleine Falte zwischen seinen Augenbrauen verrät mir, dass er über seine Antwort nachdenkt.

„Teils, teils", sagt er und nimmt einen Schluck Kaffee.

Schon gestern Abend ist mehr als deutlich geworden, dass die Themen Familie und seine Kindheit ein rotes Tuch für ihn sind. Dennoch kann ich nicht aus meiner Haut: Ich möchte unbedingt mehr über seine Vergangenheit erfahren. Was hat Dan zu dem Mann gemacht, der er heute ist? Ich erwidere nichts, um ihn nicht zu bedrängen.

„Ich war oft hier, als ich ein kleiner Junge war", sagt er schließlich nach ein paar Minuten. „Immer wenn ich mich hier rumgedrückt habe, hab ich die Leute beobachtet und mir vorgestellt, wie es wohl sein wird, wenn ich mal erwachsen bin." Er fährt sich mit einer Hand durchs Haar.

„Das klingt doch nach einer guten Erinnerung." Ich hoffe, dass mein Lächeln aufmunternd wirkt. Dan jedoch hebt bloß die Schultern.

„Schon."

„Aber?" Hoffentlich sperrt er mich nicht sofort wieder aus seiner Vergangenheit aus.

„Hast du schon mal die vorbeilaufenden Leute beobachtet und darüber nachgedacht, dass jeder von ihnen sein ganz eigenes Leben hat, von dem keiner der anderen Passanten etwas weiß?", fragt Dan.

„Ja."

Es ist die Wahrheit. Ein Lächeln stiehlt sich auf mein Gesicht.

„Jo', Lu und ich haben früher oft Lebensgeschichten erfunden. Manchmal für Leute, die einfach nur an uns vorbeigeschlendert sind, aber auch für Menschen, die wir öfter gesehen haben. Die Kellnerin, die in einem Café in Brooklyn gearbeitet hat, zum Beispiel. In unserer Vorstellung war sie eine angehende Künstlerin, die ihren Schauspielunterricht von dem Job bezahlte und von einer Karriere in Hollywood träumte. Wenn es nach uns gegangen wäre, hätte sie in einer winzigen Bude gewohnt, um Geld zu sparen, und wäre hoffnungslos romantisch. Ihr Traummann würde eines Tages in das Café spazieren, und sie würden zusammen nach L.A. durchbrennen."

Dans Lächeln sorgt dafür, dass mein Körper bis in jede Faser kribbelt.

„Ich finde das total faszinierend, auch heute noch.", sagt er. „Ich mein, jeder, der hier gerade vorbeikommt … Jeder hat seine eigene

Geschichte, seine Gefühle, geheimen Wünsche, Sorgen ... Im Grunde unseres Herzens sind wir alle gleich. Und trotzdem rennen alle aneinander vorbei, ohne zu realisieren, dass es so ist. Wir sind alle nur Menschen, die einander kurz begegnen, ohne dass sich unsere Leben überschneiden. Ich habe mir als kleiner Junge auch immer Geschichten zu den Passanten ausgedacht – wer sie sind, wo sie arbeiten, woher sie kommen, wohin sie gehen, wer zu Hause auf sie wartet ... Ich hab unzählige Stunden damit verbracht." Er macht eine kurze Pause, in der ich feststelle, dass ich seine und meine Gemeinsamkeiten genauso sehr liebe wie unsere Unterschiede.

„Aber ich habe auch oft irgendwo gesessen und mich gefragt ... Ich habe die Pärchen in Cafés beobachtet und mir vorgestellt, wie es wäre, wenn sie mich adoptieren würden. Ich habe mir ausgemalt, wie mein Zuhause aussähe und ob ich vielleicht ein eigenes Zimmer und einen Hund bekommen würde." Er reibt sich den Dreitagebart, der ihm so gut steht. Da ist er, der kleine Einblick in seine Vergangenheit. Gespannt warte ich, ob er sich mir gegenüber noch weiter öffnet.

„Ich mag die Erinnerungen an diesen Ort trotzdem", fährt er fort. Er klingt, als sei er mit seinen Gedanken in frühere Zeiten gereist und gar nicht richtig hier bei mir. Aber das ist okay. „Aber ich war auch irgendwie immer auf der Suche. Ich wollte zwar nie wirklich wissen, woher ich komme, aber ich wollte immer wissen, wer ich sein könnte, verstehst du?" Sein Lachen klingt verbittert. „Das sind wohl so die Sachen, die Waisenkinder beschäftigen."

Ich lege meine Hand auf seine und lächele ihm zu. Mich berührt, dass er sich mir anvertraut und sich dazu durchgerungen hat, diese Erinnerung mit mir zu teilen.

Bevor wir die Gelegenheit haben, die Unterhaltung weiter zu vertiefen, werden wir von einem Mann unterbrochen, der, nur mit Cowboyhut, Stiefeln und einer akustischen Gitarre bekleidet, neben unserem Tisch anfängt, zu seinem Gitarrengeschrammel zu singen.

„Gute Arbeit, Mann!", sagt Dan, steht lachend von seinem wackeligen Stuhl auf und klopft dem Mann auf die nackte Schulter. „Zeit für unseren nächsten Stop! Du bist dran", sagt er mir zugewandt. „Wohin nun?"

„Ahm, zur Grand Central Station!" Dan sieht mich mit einer hochgezogenen Augenbraue an.

„Wie schon gesagt: Du warst nich' das einzige Kind, das Spaß

am Leutebeobachten hatte", kommentiere ich seinen fragenden Blick mit einem Augenzwinkern.
Immer noch kichernd wie Teenager machen wir uns auf den Weg zu unserem nächsten Ziel.

Als wir wenig später am Steingeländer des Treppenabgangs der Grand Central Station stehen, fühle ich mich in meine eigene Kindheit zurückversetzt, nur dass Dan neben mir steht anstelle meiner kleinen Schwester und mehr als fünfzehn Jahre zwischen meiner Erinnerung und heute liegen.
Das Sonnenlicht, das durch die großen, halbrunden Fenster in den Innenraum der Kuppel fällt, taucht die Halle in ein warmes, freundliches Licht. Um uns herum wuseln unzählige Menschen. Manche sind in Eile, andere gehen gemütlich, viele haben ihr Handy entweder am Ohr oder in der Hand. Pärchen stehen knutschend vor Anzeigetafeln, die wiederum andere Reisende hektisch nach Informationen absuchen.
„Hier haben Lu und ich oft gestanden und dem ganzen Gewusel zugesehen."
Dan nimmt die stylische Sonnenbrille ab und steckt sie sich an den Kragen seines Pullovers. Er stützt sich mit den Händen auf das Geländer und nickt.
„Während ich also am Times Square rumgelungert habe, warst du hier", stellt er fest und grinst breit.
„Sieht so aus." Wenn ich ihn ansehe, wie er so locker, mit hochgekrempelten Ärmeln und verdammt cool einfach nur dasteht, spüre ich wieder dieses Kribbeln in mir. Ich kann mir keinen anderen Mann mehr an meiner Seite vorstellen – nur ihn. Dieser Gedanke bringt mich zum Grinsen.
„Was?"
„Nichts", sage ich, immer noch grinsend, „ich habe nur gerade wieder mal festgestellt, wie verknallt ich in dich bin."
Die Verwirrung in Dans Gesicht verwandelt sich wieder in ein breites Grinsen, und er strahlt mit den hereinfallenden Sonnenstrahlen um die Wette.
„Das kann ich nur zurückgeben", sagt er, zieht mich zu sich heran, und für einen Augenblick werden wir zu einem der knutschenden Pärchen am Bahnhof. Eng umschlungen stehen wir einfach nur da, bevor wir uns voneinander lösen. Hand in Hand beobachten wir das bunte Treiben noch eine Weile. Auch am

Wochenende sind in einer Stadt wie New York unzählige Menschen unterwegs. Meine Gedanken schweifen ab, und ich muss plötzlich daran denken, was Rosie uns über die Wächter und die Talente erzählt hat. Ich kann nicht verhindern, dass die Grand Central Station in meinem Kopf zum Schauplatz eines flammenden Infernos wird, in dem Wächter Feuerbälle durch die Gegend schleudern und Menschen schreiend durcheinanderlaufen, um zu fliehen.

Mir wird eine Sache immer klarer, und ich kann sie nicht länger für mich behalten will.

„Wir müssen sie davor beschützen", murmele ich und starre einer jungen, schlanken Frau hinterher, die ein kleines Mädchen mit Teddybär im Arm ungeduldig an ihrer Hand hinter sich herzieht.

„Wen? Wovor?"

„Ich weiß, es war abgemacht, dass der Crazy Talk heute ausfällt, aber ... Schau dir nur die ganzen Menschen an!" Mit einer Armbewegung zeige ich auf die gut besuchte Bahnhofshalle.

„Hm."

„Siehst du die Frau da hinten am Ticketautomaten?"

„Die mit dem kleinen Mädchen an der Hand?" Dan hat die Frau, die ich meine, entdeckt.

„Ja", sage ich und nicke. „Was meinst du?"

Dan überlegt einen Augenblick. „Ich sage, sie ist verheiratet. Mit einem der Typen, die die Touristenführungen durch die Stadt machen. Und sie und die Kleine fahren jetzt zum Endpunkt von Daddys Tour, holen ihn von der Arbeit ab und freuen sich auf einen schönen Nachmittag zusammen. Mit Eis und Hotdogs." Er hat sofort verstanden, worauf ich hinauswill.

„Das mag ich", antworte ich mit einem Lächeln.

„Ja, ich auch. Aber das erklärt noch nicht, was *du* eben gemeint hast."

„Ach ..." Ich seufze leise. „Jeder will nur die nächste Bahn erwischen. Aber keiner hat auch nur den Hauch einer Ahnung, dass da draußen Wächter sind, die hier vielleicht alles in Schutt und Asche legen würden, um Leute wie uns zu finden." Die Horrorszenarien aus meiner Fantasie, inklusive Feuerbällen, behalte ich für mich. „Ich weiß, dass wir keine Superhelden sind, aber ich hoffe, wir können wenigstens verhindern, dass sie hier herkommen, Dan." Ich weiß nicht, woher es auf einmal kommt, dass ich mich für diese wildfremden Menschen verantwortlich fühle, aber ich kann nicht dagegen ankämpfen."

„Indem wir mit Rosie mitgehen, meinst du?"

Ich nicke zögernd. „Ja. Ich könnte es nich' ertragen, wenn wegen uns alles im Chaos versinkt, verstehst du? Vielleicht malt Rosie auch zu schwarz, ich weiß es nich'. Ich mein, kannst du dir vorstellen, dass jemand so einen Aufriss macht, nur um uns zu holen?" Ich mache eine Pause und fahre mit den Fingerspitzen das Steingeländer entlang, wie ich es früher schon Tausende Male getan habe. Die Oberfläche fühlt sich abgegriffen an, vertraut.

„Hm." Dan wirkt nachdenklich. „Ganz ehrlich? Der ganze Kram mit Prophezeiungen und so klingt echt wild, aber andererseits ... Vor ein paar Wochen hätte ich auch nicht geglaubt, dass es so was wie Wächter gibt, und hab dich als Stalkerin beschimpft." Er schnaubt leise. „Was mir nur überhaupt nicht gefällt, ist, dass nicht klar ist, was für eine Rolle wir bei dem ganzen Theater spielen."

„Ich muss dauernd dran denken, was Rosie gesagt hat", füge ich hinzu. „Dass das alles hier keinen Platz hat, weißt du? Kein normaler Mensch weiß was davon, dass es irgendwelche Portale auf Parallelebenen gibt. Und das ist sicher auch besser so. Bestimmt hat jeder von denen da unten Fantasybücher gelesen, aber ich glaube nich', dass sie deswegen auch gleich bereit sind, so was in der Realität zu akzeptieren."

Jetzt, wo wir hier stehen und ich die vielen Menschen sehe, spüre ich wie der Druck auf mir lastet, das Richtige zu tun. Mir wird plötzlich bewusst, dass unsere Entscheidungen womöglich nicht nur unser Leben beeinflussen.

„Was, wenn wir hierbleiben und Rosie recht hat?", frage ich. „Was, wenn wirklich Wächter hierher kommen und ... auf diese ganzen Regeln scheißen? Heute sind wir für all die Passanten nur irgendjemand, der an ihnen vorbeiläuft, Dan. Aber was, wenn unsere Entscheidung das Leben dieser Menschen beeinflusst?" Allein diese Vorstellung droht mich zu überfordern.

„Ich weiß", antwortet Dan einfach nur und legt seinen Arm um meine Schultern. „Ich weiß." Seine Berührung fühlt sich gut an, und ich bin erleichtert, dass er mich versteht. Auch wenn es an der Gesamtsituation nichts ändert, beruhigt mich seine Anwesenheit, und ich bin froh, dass wir uns wiedergefunden haben.

Wir verbringen die nächsten Stunden damit, über die Wall Street und die 5th Avenue zu schlendern, das Empire State Building und das Rockefeller Center zu besuchen, Hotdogs zu essen und eine Runde auf den Holzponys des alten Jane's Carousel am East River zu drehen.

Am späten Nachmittag führt uns unser letzter Weg in den Central Park. Dan ist mit der Auswahl der nächsten Location an der Reihe, und seine Wahl fällt wenig überraschend auf die Romeo-und-Julia-Statue. Ich kenne den Weg von meinen Joggingtouren in und auswendig, und so kann ich die Gedanken schweifen lassen und meinen Füßen getrost den Rest überlassen. Wir spazieren Hand in Hand durch den Park wie ein ganz normales Liebespaar. Wir hängen beide unseren Gedanken nach und wechseln kein Wort miteinander. Aber mit Dan an meiner Seite fühlt sich auch gemeinsames Schweigen nicht seltsam an.

Der heutige Tag hält alles, was man sich von einem goldenen Herbstnachmittag verspricht. Die Sonne lacht von einem wolkenlosen Himmel, es ist angenehm warm, und ein sanfter Wind weht mir um die Nase. Auf den Wegen im Park liegen die heruntergefallenen Blätter, und die Baumkronen leuchten im Sonnenlicht traumhaft in unglaublich vielen Rot- und Goldtönen. Ich hatte fast vergessen, wie wunderschön ein Indian Summer in New York sein kann.

An der Statue angekommen legt Dan eine Hand auf das Messing und mustert Romeo und Julia in ihrer innigen Umarmung lange.

„Alles okay?", frage ich verhalten.

Langsam zieht er die Hand zurück und schüttelt den Kopf. Er setzt sich auf die Parkbank neben der Statue, an der wir uns vor nicht allzu langer Zeit unter so komplizierten Umständen über den Weg gelaufen sind. Er stützt die Ellbogen auf die Knie und das Kinn auf seine zusammengefalteten Hände. Die Gläser seiner Sonnenbrille zeigen mir nur mein eigenes Spiegelbild.

Dan verzieht keine Miene. Sein Pokerface kann mich aber nicht darüber hinwegtäuschen, dass ihn die Erinnerungen an diesen Ort besonders bewegen. Ich setze mich neben ihn und lege ihm eine Hand auf den Rücken. Nachdem wir uns eine Weile angeschwiegen haben, seufzt er, setzt sich aufrecht hin und reibt die Handflächen über seine Oberschenkel, als sei ihm kalt.

„Ich weiß auch nicht", beginnt er zögerlich, „dieser Ort war für mich so lange … ein guter Ort, weißt du? Aber die ganzen schönen

Erinnerungen …"

Ich spüre, wie schwer es ihm fällt, über seine Gefühle zu sprechen.

„Es fühlt sich einfach so an, als seien sie nichts mehr wert." Er zuckt die Achseln und spricht nicht weiter.

„Aber warum wolltest du dann herkommen?" Die Worte kommen mir wie selbstverständlich über die Lippen, aber ich erwarte, dass er meine Nachfrage abblocken wird.

„Vielleicht um einen Schlussstrich zu ziehen." Abrupt steht er auf und reicht mir seine Hand. Ich nicke, um ihm zu zeigen, dass ich verstanden habe, und greife nach seiner Hand.

„So", sagt er und räuspert sich. „Das war's von meiner Seite aus. Gibt's noch einen Platz auf deiner Liste? Willst du … vielleicht zum Friedhof?"

„Nein." Ich schüttele den Kopf. Die Idee, den Green-Wood Cemetery noch einmal zu besuchen, kam mir auch schon, aber alles in mir sträubt sich dagegen, diesen Ort noch einmal zu betreten. Es fühlt sich falsch an, vor einer Urne zu stehen, die womöglich nicht einmal die Asche meiner Schwester enthält. Von meiner Mutter habe ich mich bereits verabschiedet. Ich brauche den Friedhof nicht, um ihrer zu gedenken.

„Aber einen anderen Ort hab ich noch", sage ich mit einem Lächeln auf den Lippen. „Ist auch gar nich' so weit weg. Komm!"
Ich ziehe Dan an der Hand hinter mir durch den Park, bis wir vor einer weiteren Messingstatue stehen.
Sie stellt eine Szene dar, die Alice im Wunderland gewidmet ist: Sie zeigt Alice auf einem übergroßen Pilz in der Mitte der Szenerie sitzend. Auf ihrem Schoß hat sie ihr Kätzchen, zu ihrer Rechten steht debil grinsend der verrückte Hutmacher, und zu ihrer Linken starrt das weiße Kaninchen auf seine Taschenuhr. Als wüsste sie nicht, wohin, streckt Alice einen Arm nach links und den anderen nach rechts aus; hinter ihr sitzt die Grinsekatze auf einem Baum.

„Die habe ich noch nie bewusst gesehen." Dan bestaunt das Kunstwerk interessiert. „Warum sind wir hier?"

„Mein Dad ist oft mit mir hergekommen." Zu meiner eigenen Verblüffung mischt sich ein wenig Wehmut in meine Stimme. „Sonntags blieben meine Mutter und meine Schwester zu Hause, damit Dad und ich ein paar Stunden ganz für uns allein hatten."
Der kühler werdende Wind weht mir einige Haarsträhnen ins Gesicht, die ich mit einer Handbewegung hinters Ohr zu streichen versuche. Die Sonne steht bereits tief am Himmel, und die gelben

Blätter, die am Boden herumwirbeln, erwecken in diesem Licht den Anschein, als seien sie aus purem Gold.

„Dein Dad." Die unterschwellige Ablehnung in Dans Stimme ist nicht zu überhören.

„Ja." Liebevoll streiche ich über den Messingkopf des Kaninchens, als könne die Skulptur meine Berührung spüren. „Ich erinnere mich nich' an allzu viel, das mit ihm zu tun hat, weißt du … Ich war gerade mal fünf, als er weggegangen ist. Aber ich weiß noch, wie er mir immer aus *Alice im Wunderland* vorgelesen hat."

Meine Finger gleiten weiter über die Skulptur, bis meine Hand auf dem Köpfchen der Katze ruht. Das Messing fühlt sich kalt und glatt an. „Das Buch hab ich im Nachlass meiner Mom gefunden."

Die Erinnerungen an diese Tage zaubern mir ein Lächeln ins Gesicht.

„Wir haben uns da drüben auf eine Picknickdecke gesetzt", sage ich und deute in Richtung der Wiese, „und Dad hat mir von Alices Abenteuern erzählt. Auf dem Heimweg haben wir immer Eis gegessen, oder er hat mir Zuckerwatte gekauft. Meine Mom hat dann immer tierisch geschimpft, weil sie mir die ganzen Zuckerfäden aus den Haaren bürsten durfte." Kichernd schüttele ich den Kopf. „Ich hab geschrien wie am Spieß, wenn ich die Bürste nur gesehen habe."

„Ich dachte, du bist auf deinen Vater eher nicht so gut zu sprechen." Dan räuspert sich leise, fast als wäre er sich unsicher, ob es angemessen war, diesen Gedanken auszusprechen. Ich nehme die Hand von der Statue und drehe mich zu ihm um.

„War ich auch nie."

Meine Reaktion ist gereizter, als ich beabsichtigt hatte, aber ich kann mir nicht helfen.

„Ich hab aber auch immer geglaubt, dass er uns im Stich gelassen hat. Ich war mein ganzes Leben lang echt wütend auf ihn, aber jetzt …"

Ich hebe die Schultern und fröstele, als erneut eine Windböe durch den Park pfeift. Schützend schlinge ich die Arme um meinen Oberkörper, auch wenn die Kälte, die ich verspüre, nicht vom Wind kommt.

„Ich weiß nich'. Es sind nur Kindheitserinnerungen, Dan. Damals war die Welt für mich noch in Ordnung, weißt du? Diese wenigen, aber schönen Erinnerungen …" Ich schüttele den Kopf.

„Die sind ja nich' schlechter geworden. Ich habe nur schon ewig nich' mehr dran gedacht."

„Und heute?", fragt Dan und steckt die Hände in die Taschen seiner Jeans.

„Was, und heute?"

„Na ja ... Siehst du ihn jetzt mit anderen Augen?" Dan sieht mich abwartend an. Die Sonnenbrille hat er sich aufs Haar zurückgeschoben.

Ich kaue auf meiner Unterlippe herum, während ich kurz überlege. „Denke schon. Ich habe ihn nie so richtig kennengelernt, weißt du ... Als ich klein war, war er für mich immer so was wie ein Superheld. So wie kleine Kinder ihre Väter halt sehen." Als mir bewusst wird, dass ich mit dieser Bemerkung Salz in Dans Wunde in puncto Familie streue, hebe ich ratlos die Schultern. „Tschuldige."

Dan schüttelt den Kopf und winkt ab. „Schon okay."

„Ich denke, als Erwachsener sieht man vieles einfach anders", fahre ich fort, um mein nicht vorhandenes Feingefühl von gerade eben zu kaschieren. „Ob seine Entscheidung, ohne uns zu gehen, wirklich richtig war ... Keine Ahnung." Während meine Gedanken kreisen, beobachte ich, wie die letzten Sonnenstrahlen durch die Baumkronen fallen. „Mir wäre lieber gewesen, er hätte uns von Anfang an gesagt, wer wir sind. Und uns was über die Wächter beigebracht, auch wenn wir unsere Talente hier nich' hätten benutzen dürfen. Aber ich glaube auch, dass er dachte, dass es so das Beste ist."

Gedankenverloren rolle ich eine Eichel mit dem Fuß hin und her.

„Ich glaube ja nicht, dass ihr euch dran gehalten hättet, eure Talente nicht zu benutzen. Kinder sind nicht so." Dan sieht mich mit einem Schmunzeln an.

„Keine Ahnung. Kann schon sein." Ich rolle die Augen, weil mich seine Anmerkung irritiert und ich ihm von der Nasenspitze ablesen kann, dass er genau das erreichen wollte. Meine Schwester und ich waren nie echte Sorgenkinder, aber genügend Fantasie für Unsinn hatten wir immer – sehr zum Leidwesen unserer alleinerziehenden Mutter. Übertrieben schwungvoll kicke ich die Eichel weg, weil mir klar wird, dass Dan recht hat.

„Nee. Wir hätten uns nich' dran gehalten", sage ich, und Dan nickt triumphierend.

„Ich auch nicht", sagt er mit einem Grinsen. „Wenn ich als Kind rausgefunden oder gewusst hätte, dass ich zaubern kann …" Er lacht kurz auf. „Rosie würde schimpfen, dass ich das gesagt habe." Er räuspert sich. „Dass ich Energie für ein Talent oder so was habe … Puh! Ich hätte auf jeden Fall dummes Zeug angestellt. Davon kannst du ausgehen."

„Trotzdem." Ich weiß, dass er mit seiner Theorie richtig liegt, möchte aber an der Vorstellung festhalten, dass es die bessere Lösung gewesen wäre, hätte mein Dad uns nicht unwissend hier zurückgelassen.

„Aber dein Vater muss sehr überzeugt davon gewesen sein, dass er das Richtige tut", gesteht Dan Mitchell zu. Er scheint zu ahnen, wohin mich meine Gedanken tragen.

Die Sonne verschwindet hinter den Hochhäusern, und langsam, aber sicher, beginne ich tatsächlich zu frieren. Ich beschließe, das Thema an dieser Stelle auf sich beruhen zu lassen.

„Lass uns nach Hause gehen. Mir wird kalt."

Dan legt den Arm um mich und nickt. „Ich bin sicher, dein Dad wäre stolz auf dich", sagt er und drückt mich liebevoll an sich. „Gehen wir."

Ich weiß nicht, wie er darauf kommt oder warum gerade er so etwas sagt, aber der Satz verfehlt seine Wirkung nicht. Ich versuche, den Kloß in meinem Hals hinunterzuschlucken, der plötzlich da ist.

Die Dämmerung hat eingesetzt, als uns ein Taxi vor Dans Haustür absetzt. Im Coffeehouse brennt bereits Licht, und ein kurzer Blick durch die Scheiben zeigt die gemütliche Atmosphäre im Innenraum. Kaum dass wir die Tür von Dans Wohnung hinter uns geschlossen haben, sieht dieser mich an, die Stirn in Falten gelegt.

„Was ist los?", frage ich und hänge meinen Mantel an die Garderobe im Flur.

Dan schüttelt langsam den Kopf und reibt sich die Ohrmuschel, nachdem er seine Sonnenbrille auf der Kommode im Flur abgelegt hat. Er starrt sie für einen kurzen Augenblick an, und ich frage mich, ob er darüber nachdenkt, ob er die Brille mitnehmen soll, wenn wir von hier fortgehen.

„Ich hab noch was vergessen", sagt er schließlich, und trotz unseres schönen Tages wirkt sein Gesicht mit einem Mal traurig.

Ich habe keine Ahnung, was er womöglich vergessen haben

könnte. Ich dachte, wir hätten alle Plätze besucht, die uns wichtig sind.

„Vergessen?" Automatisch greife ich wieder nach meinem Mantel, weil ich davon ausgehe, dass wir noch einmal losziehen. Dan schließt rasch die Entfernung zwischen uns und legt sanft die Hände auf meine Schultern.

„Ich erklär's dir später, versprochen. Ich kann dich doch kurz hier allein lassen, oder? Ich brauche nicht lange – gib mir 'ne halbe Stunde." Er sieht mich an, und ich merke ihm deutlich an, wie wichtig es ihm ist. Zögerlich nicke ich.

„Klar. Sofern du wirklich zurückkommst." Ich zwinge mich zu einem schiefen Lächeln. „Das letzte Mal, als du so was gesagt hast, hab ich dich danach fast ein Jahr lang nich' mehr gesehen."

„Ach was. Ich bin schneller wieder hier, als du dir Sorgen machen kannst, okay?"

„Ist gut." Ich versuche meine Bedenken beiseite zu schieben. Was soll schon passieren? Wir waren den ganzen Tag in der Stadt unterwegs, und ich hatte kein einziges Mal den Eindruck, dass irgendetwas anders ist als sonst. New York präsentierte sich genau so, wie ich es schon immer gekannt habe: Die Stadt hat ihre lauten, hektischen Seiten, voll inspirierender Menschen unterschiedlichster Nationalitäten, aber genauso hat sie auch ihre ruhigen Ecken, an denen man seine Energiereserven auftanken kann. In keinem Moment hatte ich ein ungutes Gefühl oder den Eindruck, dass uns jemand beobachtet oder gar beschattet. Aber wo zum Teufel will Dan jetzt noch hin? Noch dazu allein?

„Ich bin gleich zurück, Baby", sagt er und nimmt mein Gesicht in beide Hände, bevor er mich zärtlich küsst. „Ich versprech's", murmelt er gegen meine Lippen und lehnt seine Stirn gegen meine.

„Okay", hauche ich. Ich spüre Dans Atem auf meinem Gesicht, und das Herz schlägt mir bis zum Hals, wenn wir uns so nah sind. Doch bevor sich unsere Lippen erneut finden, löst er sich von mir und ist bereits zur Tür hinaus, ehe ich ein weiteres Wort verlieren kann. Verdutzt starre ich für einen Augenblick die hinter ihm ins Schloss gefallene Tür an.

Ich gehe ins Wohnzimmer und mache es mir mit einem Buch, das ich wahllos aus einem der Regale ziehe, auf dem Sofa gemütlich. Vergeblich versuche ich, mich auf den Inhalt zu konzentrieren, doch aus den einzelnen Buchstaben wollen einfach keine Worte werden, die sich zu ganzen Sätzen zusammenfügen lassen. Nachdem ich die erste Seite gefühlte hundertmal gelesen habe und immer noch nicht weiß, worum es geht, klappe ich das Buch mit einem Seufzer zu und lege es auf den Couchtisch.

Mein Griff geht zur Fernbedienung, und ich zappe durch das vorabendliche TV-Programm, bis ich bei einer Dokumentation über Afrika auf dem Discovery Channel hängenbleibe. Während ich einem jungen Löwenmännchen beim Vertreiben eines alten Rudelführers zusehe, bin ich fasziniert von den Bildern dieses Kontinents, der so anders ist als Nordamerika – und ärgere mich darüber, dass ich in meinem Leben nicht mehr gereist bin.

Ich dachte immer, dass man als New Yorker automatisch weltgewandt sei, weil man in diesem Schmelztiegel genug über andere Nationen lernen kann. Ein paarmal hat mich mein Job nach Europa geführt, wo ich Paris, London und Berlin besucht habe, aber plötzlich überkommt mich ein tiefes Bedauern, dass ich viele Wunder dieser Welt nicht mit eigenen Augen gesehen habe und die Gelegenheit dazu wohl auch nicht mehr kommen wird.

Wie sehr man etwas schätzen sollte, spürt man immer erst, wenn man es nicht mehr hat oder im Begriff ist, es zu verlieren – dieses Sprichwort empfand ich schon immer als ätzend und belehrend, aber es ist wahr. Mir ist klar, dass ich keine Weltreise mehr machen kann.

Jo' würde nun sagen, dass nur wichtig ist, das beste aus der Situation zu machen, und ich verspüre Dankbarkeit für Dans Idee, die Lieblingsplätze unserer Heimatstadt noch einmal zu besuchen.

Meine Gedanken schweifen zu Jo' und Rick, die vermutlich gerade gemeinsame Stunden unter der kalifornischen Sonne genießen. Oder in seinem Bett.

An Rick zu denken, stimmt mich traurig, da mir bewusst wird, dass ich ihn vor unserer Abreise mit Rosie wahrscheinlich nicht mehr wiedersehen werde. Wer weiß, was uns widerfahren wird, wenn wir ins Ungewisse aufbrechen?

Die Angst, nicht mehr zurückzukehren, trage ich schon die ganze Zeit mit mir herum, war aber bislang zu feige, sie auszusprechen. Natürlich schlummert in mir die Hoffnung, dass wir wieder nach Hause kommen werden, aber ich weiß nur zu gut, dass Wünsche wie eine Seifenblase zerplatzen können.

Mir drängt sich die Erinnerung daran auf, wie Rick und ich auseinandergegangen sind. Er hat mir deutlich zu verstehen gegeben, dass er mit seinen unerwiderten Gefühlen allein klarkommen muss. Dass er dazu Abstand von mir, von der gemeinsamen Arbeit, von allem braucht, war die logische Konsequenz für ihn.

Seine Entscheidung, New York zu verlassen, konnte ich damals nachempfinden, aber jetzt scheint es so, als sei dieser Abschied für immer gewesen. An mir nagt das beklemmende Gefühl, dass es anders hätte laufen sollen, auch wenn ich Ricks Entscheidung nicht hätte beeinflussen können. Hätten wir uns doch wenigstens persönlich verabschiedet, so wie es unserer Freundschaft würdig gewesen wäre!

Ich kann verstehen, dass er unter den gegebenen Umständen für diese Geste keine Kraft hatte – die Enttäuschung und der Schmerz saßen bei ihm einfach zu tief. Ich bin untröstlich, weil ich meinem Freund nicht von Angesicht zu Angesicht Lebewohl sagen konnte. Hastig wische ich mit dem Handrücken die Tränen weg, die über meine Wange rollen.

In trübselige Gedanken versunken, fahre ich herum, als ich eine Hand auf meiner Schulter spüre. Mein Herzschlag setzt für einen Moment aus, und Adrenalin schießt durch meinen Körper. Dan steht hinter dem Sofa, und sein Lächeln weicht einem besorgten Blick, als er mein Gesicht sieht.

„Weinst du?" Er kommt um die Couch herum und setzt sich neben mich.

„Ich ... hm." Ich atme tief durch, um mich zu sammeln. „Bullshit. Du hast mich nur zu Tode erschreckt."

„Hey, Baby", raunt er mir zärtlich zu und legt eine Hand an meine Wange, „es ist in Ordnung, traurig zu sein. Man lässt nicht jeden Tag alles hinter sich, hm? Und es ist auch nicht so, als würden wir nur in ein anderes Land auswandern. Weiß der Geier, wo uns unsere Reise hinführen wird." Er streicht mit dem Daumen über über meine Haut.

„Hast du denn gar keine Angst?", flüstere ich.

„Nein. Solange wir zusammen gehen, du und ich, bekommen wir das alles hin."

Ich schniefe leise und atme noch einmal tief durch. Dans Gesichtsausdruck verrät mir, dass er ernst meint, was er sagt.

„Was schaust du da überhaupt?" Er wirft einen Blick zum Fernseher.

„Discovery Channel."

Dan greift nach der Fernbedienung und schaltet das Gerät ab.

„Das hat mir noch mal schön reingedrückt, was ich alles nie sehen werde ... Weil uns unser Leben mit irgendwelchem übernatürlichen Scheiß versaut werden muss." Ich kann nicht verhindern, dass mir ein leises Schluchzen entfährt.

„Okay, das reicht jetzt", sagt Dan liebevoll tadelnd und erhebt sich. Er zieht mich vom Sofa hoch. „Es ist, wie es ist, Ellie. Je eher du das akzeptierst, desto besser. Ich war auch nie in Afrika – scheiß drauf!" Ich wende den Blick ab, doch er legt eine Hand unter mein Kinn, damit ich ihn ansehe. „Hör mir zu. Weißt du, ich hab nie viel gehabt ... mein ganzes Leben lang. Aber ich hab immer das Beste draus gemacht. Sieh es als Chance."

„Als Chance?! Worin siehst du denn eine Chance? Darin, dass uns vielleicht bei der nächstbesten Gelegenheit irgendein Wächter frittieren will? Oder darin, dass wir hier alles zurücklassen müssen?" Ich starre ihn an, aber Dans Blick hält meinem unnachgiebig stand.

„Geh doch nicht gleich vom Schlimmsten aus! Versuch doch wenigstens mal, das Positive zu sehen!", fordert er mich auf. „Wer hat schon die Möglichkeit, durch ein Portal zu gehen und eine komplett neue Welt oder Ebene, was auch immer, kennenzulernen? Ellie, das sind Dinge, von denen die meisten nicht mal zu träumen wagen! Was glaubst du, warum es so viele Science-Fiction- und Fantasyromane gibt? Weil die Menschen sich in eine andere Welt träumen wollen, weil es dort Dinge gibt, die eigentlich unmöglich sind! Die meisten können ihrem Alltag nur mithilfe solcher Geschichten entfliehen! Und wir? Wir bekommen diese Chance auf dem Silbertablett serviert, das alles in echt zu erleben."
Ich glaube, so etwas wie Vorfreude in seinen Augen aufblitzen zu sehen.

„Für dich ist das also alles nur ein großes Abenteuer?", frage ich. Sein plötzlicher Enthusiasmus überrumpelt mich. Nach meiner Frage neigt Dan den Kopf zur Seite.

„Auch", gibt er zögernd zu. „Klar wäre mir wohler, wenn wir nicht irgendwelche Wächter an den Hacken hätten – wobei das bislang nur Rosies Version der Story ist. Und mir wären auch andere Umstände lieber gewesen, um rauszufinden, dass wir ... anders sind. Aber! Willst du die Chance nicht nutzen, rauszufinden wer du wirklich bist?"

„Warst *du* nich' derjenige, der gesagt hat, dass du nich' wissen willst, woher du kommst?"

„Das will ich auch gar nicht", erklärt Dan geduldig. „Weil es mir nicht so wichtig ist. Aber ich will rausfinden, wer ich wirklich *bin*." Er scheint überzeugt davon zu sein, und auch wenn ich seine Ansicht im Moment nicht teilen kann, kann ich nachvollziehen, warum er es so sieht.

„Hast du noch nicht drüber nachgedacht", fährt er fort, „was wir vielleicht alles zu Gesicht bekommen werden? Und was wir mit unserem ... Talent vielleicht alles machen können? Ich mein ... Komm schon, diese *üini*-Dingsbums-Kuppel von Xander war schon ziemlich cool! Hast du dir als Kind nie gewünscht, dass du deinen Kleiderschrank aufmachst und in eine magische Welt abhauen kannst?"

Mit offenem Mund mustere ich Dan, aber es kommen keine Worte heraus, während er mich mit seiner Begeisterung förmlich überrollt. Wann hat er beschlossen, dem ganzen Chaos, das uns widerfährt, so viel Gutes abzugewinnen? Er brabbelt aufgeregt über unsere bevorstehende Flucht, als sei es eine Reise, die wir zu unserem Vergnügen antreten! Er erinnert mich dabei an einen kleinen Jungen, der daran glaubt, dass er am 1. September tatsächlich in den Zug nach Hogwarts einsteigen kann. Nur dass das hier die Realität ist und kein Roman.

„Also, ich weiß nich'. Du tust gerade so, als wäre das hier alles eine Spaßveranstaltung! Dir ist schon klar, dass das alles vielleicht total gefährlich wird, oder?"

„Was noch gar nicht gesagt ist!", wendet Dan ein.

„Woher willst du überhaupt wissen, dass die andere Ebene so toll ist?" Ich verschränke die Arme vor meiner Brust.

Er quittiert meine Frage mit einem einfachen Schulterzucken. „Weiß ich nicht. Und mir ist schon klar, dass das alles kein Spaziergang wird. Aber darum geht's doch auch gar nicht!"

„Worum denn dann?!" Dan wirkt inzwischen gereizt und auch meine Geduld stößt an ihre Grenzen.

„Darum, dass wir eh nicht ändern können, was hier abgeht! Es ist total sinnlos, sich deswegen runterziehen zu lassen! Also hör auf, verpassten Gelegenheiten nachzutrauern, und mach dir lieber mal ein paar Gedanken, wie wir die ganze Sache möglichst heil überstehen!" Er macht eine kurze Pause, vielleicht um nach weiteren Argumenten zu suchen. „Vergiss Afrika und das alles einfach. Du wirst nicht nur andere Länder sehen, sondern eine komplett andere Welt entdecken. Wie Kolumbus damals. Nur noch krasser."

„Hm", mache ich, noch nicht überzeugt, aber insgeheim bewundere ich seine Einstellung. Er kann nicht ahnen, dass mich nicht nur die Tatsache betrübt, dass ich von unserer Welt zu wenig gesehen habe. Aber dass ein Teil meiner Tränen auch der zerrütteten Freundschaft zu Rick galt, verschweige ich lieber.
Ich habe Dan zwar von dem Kuss und von Ricks Gefühlen für mich erzählt und dass mein Freund deswegen nach Kalifornien gegangen ist, aber das Thema möchte in diesem Augenblick lieber nicht aufwarmen. Dans Reaktion auf diese Vorkommnisse ist verständlicherweise reserviert ausgefallen. Auch wenn er nie wieder ein Wort darüber verloren hat, kenne ich ihn zu gut, als dass ich glauben würde, dass es ihm nichts ausmacht.
Dans positive Energie und seine Zuversicht haben zwar eine beruhigende Wirkung – immerhin heule ich nicht mehr –, aber der Funke seiner Begeisterung will dennoch nicht auf mich überspringen. Auch wenn es außer Jo', Dan, Jer und vielleicht Rick niemanden mehr gibt, der mir auf dieser Ebene nahesteht, fällt mir die Vorstellung, meiner Heimat den Rücken zu kehren, nicht leicht. Mein Leben war nie einfach, besonders im vergangenen Jahr nicht, aber ich habe nie ernsthaft mit dem Gedanken gespielt, fortzugehen. Ich mag meinen Job, mein Leben mit Jo' und jetzt mit Dan … und New York! Diese Stadt, die ich schon immer geliebt habe. Ich konnte mir nie vorstellen, dass es auf der Welt einen anderen Ort gäbe, an dem ich leben wollen würde. Auch wenn ich mich in Slumbertown vor den seltsamen Ereignissen wohl gefühlt habe – New York ist und bleibt mein Zuhause.
Es war so mühsam gewesen, mein Leben wieder in den Griff zu bekommen, nachdem meine Schwester fort war. Wie soll mein Leben ohne einen geregelten Alltag aussehen? Strukturen waren in letzter Zeit das gewesen, was mich zusammengehalten hat.

„Und wie sollen wir es deiner Meinung nach schaffen, in einer fremden Welt noch einmal ganz von vorn anzufangen?", frage ich.

„Keine Ahnung. So wie hier auch, schätze ich. Komm schon, Baby. Du hast als Immobilienmaklerin bei null angefangen. In Slumbertown war es auch so was wie ein Neustart. Und danach hast du dir hier auch wieder alles neu aufgebaut."

„Ja, du hast recht", sage ich, auch wenn mich das alles nicht vollends überzeugt.

Was sollen wir in Kenobia überhaupt tun? Wird man uns dort freundlich aufnehmen, oder müssen wir den Rest unseres Lebens damit verbringen, vor Wächtern davonzulaufen, die uns schaden wollen? Ist es möglich, dass Dan recht hat und wir die Chance haben ... was zu tun? Erwartet man von mir, dass ich aufgrund meiner Herkunft in Kenobia eine politische Position einnehme?
Seit Rosie uns mehr über unsere Herkunft offenbart hat, fühle ich mich wie ein Teenager, der die raue See der Identitätsfindung mit einem Ruderboot zu überqueren versucht – mit dem Unterschied, dass ich dachte, diese Phase lange hinter mir gelassen zu haben. Im Erwachsenenalter habe ich nie infrage gestellt, wer ich bin, und auf einen Schlag hinterfrage ich nun nicht nur das, sondern stehe zusätzlich noch vor einem Scherbenhaufen, der einmal mein Weltbild war.
Was bedeutet es für uns, Wächter zu sein? Xander hat uns eine unangenehme Kostprobe gegeben, und auch die Briefe meines Vaters haben ein paar spärliche Hinweise geliefert, aber sind wir wirklich so etwas wie Zauberer, auch wenn Rosie diese Bezeichnung hasst?
Mit einem Schnauben schüttele ich den Kopf, weil ich mich dabei ertappe, wie ich an mir selbst zweifle. Ich habe viele Situationen im Leben gemeistert und bin aus jeder schwierigen Phase gestärkt hervorgegangen. Ich sollte mich nicht unsicher fühlen. Ich weiß, dass ich stark genug bin, mit neuen Herausforderungen umzugehen – mit Dan und Jo' an meiner Seite sowieso.
Dennoch beneide ich Dan darum, dass ihn offenbar keine Zweifel plagen und er bereit dazu ist, sich einfach ins Abenteuer zu stürzen. Aber ich möchte vor ihm auch nicht zugeben, dass ich womöglich ein Kontrollfreak bin, dem die Reise ins Ungewisse Angst macht.
Dan deutet mein Schnauben verkehrt, denn er nimmt es zum Anlass, mir noch einen weiteren Grund dafür zu liefern, warum wir uns dieses Abenteuer seiner Meinung nach nicht entgehen lassen sollten.
„Und immerhin besteht eine kleine Chance, dass wir deine Schwester finden. Und vielleicht auch deinen Dad. *Du* hast wenigstens eine Familie, nach der es sich zu suchen lohnt." Seine Stimme klingt plötzlich bitter.
Sein letzter Satz trifft mich mehr als alle anderen Argumente zuvor, und mir tut es leid, dass ich ihn so angefahren habe. Ich frage mich,

ob er auch an seine Schwester denkt, die vermutlich irgendwo auf der anderen Ebene ist.

„Dan, ich …", beginne ich mit der Absicht, mich zu entschuldigen, doch er winkt nur ab.

„Schon okay", wiegelt er ab, bevor ich dazu komme, mehr zu sagen. „Mir ist schon klar, wie das klingt. Aber wenn Rosie wirklich recht hat, dann ist zumindest deine Schwester irgendwo da draußen."

Als ob ich nicht schon selbst darüber nachgedacht hätte! Ich nicke, auch wenn mich die Angst vor dem Ungewissen innerlich zu zerreißen droht.

„Hätte Rosie mich nich' mit ihrer Nachricht, dass Lu noch lebt, aufgeschreckt, hätte ich bis gestern wahrscheinlich nich' mal drüber nachgedacht wegzugehen. Aber das ist nich' alles …"

Mit einer hochgezogenen Augenbraue sieht Dan mich an, schweigt aber, bis ich von allein fortfahre.

„Als wir heute an der Grand Central Station waren, … war mir auf einmal klar, dass es nich' wirklich eine andere Wahl gibt. Keine Ahnung, das klingt jetzt so, als wollte ich ein Superheld sein oder so, aber das bin ich nich'." Die Erinnerung an das Gefühl der erdrückenden Verantwortung ist noch frisch. Ich breche den Blickkontakt zwischen uns ab. „Klar, will ich meine Schwester finden, aber ich will außerdem auch nich' irgendwelche Leute da mit reinziehen, verstehst du?"

„Ich versteh das", antwortet er, und ich glaube ihm.

Tief in meinem Inneren bin ich dankbar dafür, dass Dan so klare Worte gefunden hat. Er hat recht damit, dass ich meinen Fokus auf das richten sollte, was vor uns liegt, statt mich über verpasste Gelegenheiten zu beschweren.

Seitdem Lu fort ist, fühlt es sich an, als fehle ein Teil von mir, und jetzt stellt mir jemand in Aussicht, diesen Teil wiederzufinden. So absurd diese Geschichte klingen mag, so glaubhaft erscheint sie mir, wenn ich die skurrilen Ereignisse des letzten Jahres Revue passieren lasse. Vielleicht ist die Chance, sie zu finden, das Positive, von dem Dan sprach. Aber noch wage ich es nicht, mein Herz an die vage Hoffnung zu hängen, dass meine Schwester noch lebt. Wer weiß, ob Rosie mit ihrer Vermutung tatsächlich richtig liegt?

„Was meinen Dad angeht …", sage ich und räuspere mich. „Ehrlich gesagt habe ich mich nie gefragt, wie es wäre, wenn er wieder da wäre. Für mich war eigentlich immer klar, dass wir ihn nie wiedersehen. Das war ein Kapitel, das ich früh abgeschlossen hatte."

„Bis jetzt", sagt Dan.

„Ja", antworte ich mit einem Nicken. „Bis jetzt."

Der Gedanke, Mitchell womöglich irgendwann gegenüberzustehen, fühlt sich seltsam an. Ich war immer wütend und enttäuscht, weil er uns verlassen hat, aber was ich in der letzten Zeit über ihn erfahren habe, wirft ein anderes Licht auf ihn. Und es hat meine Neugier geweckt.

Was ist er für ein Mann? Würde ich ihn überhaupt erkennen? Mein eigener Vater wäre ein fremder Mensch für mich. Außerdem wissen wir nicht einmal, wo er sich aufhalten könnte und ob er überhaupt noch am Leben ist. Vielleicht gäbe uns sein Tagebuch Aufschluss darüber, aber ich verbiete mir, Erwartungen zu nähren, die sich am Ende nur als weitere Enttäuschung entpuppen. Ich denke kurz an den Füllfederhalter, der in einer der Seitentaschen meines Notfallrucksacks steckt. Doch der Rucksack steht in meiner Wohnung, und seit unserem letzten Zusammentreffen mit Rosie war ich nicht mehr dort gewesen. Dan und ich sollten am besten gleich noch zu meinem Apartment fahren und das Schreibgerät holen – auch wenn mir Rosies Theorie, dass der Füller eine geheime Nachricht enthalten könnte, noch immer skurril erscheint.

Ich frage mich, ob Dan sich von unserer bevorstehenden Reise verspricht, dass wir auch seine Schwester finden, aber ich weiß, dass er mir keine Antwort gäbe, würde ich ihn danach fragen.

„Wo warst du überhaupt?", frage ich stattdessen.

Dans Gesichtsausdruck wechselt in Sekundenschnelle von enthusiastisch zu betreten, und er wendet den Blick von mir ab.

„Aufm Friedhof", antwortet er mit belegter Stimme und geht zum Fenster, um hinauszusehen. „Ich ... hab das einfach gebraucht. Ein letzter Besuch, weißt du?"

Stumm nicke ich, auch wenn er es nicht sieht. Ich bohre nicht weiter nach – ich weiß auch so, dass er damit meint, dass er Noras Grab besucht hat. Dan ist da anders als ich – und das ist vollkommen in Ordnung.

Meine Gedanken finden ihren Weg zurück zu Dan. Wie würde ich mich an seiner Stelle fühlen, hätte Xander mir offenbart, dass meine große Liebe nur fingiert war? Würde ich erfahren, dass unsere Liebe nicht echt ist, wäre das mein Ende. Ich kaue auf

meiner Unterlippe herum. So oder so ist nur wichtig, dass Dan einen Schlussstrich gezogen hat.
Ich begreife deutlicher denn je, dass es hier nichts gibt, das ihn noch in New York hält, wenn ich mit ihm fortgehe.
Wir schweigen noch einen Moment, bis Dan das Thema wechselt.
„Also, eigentlich wollte ich dich vorhin nur kurz abholen, bevor das hier ausgeartet ist", sagt er und dreht sich zu mir um. Ein Lächeln umspielt seine Lippen.
„Abholen? Wozu?" Er schafft es immer wieder, mich zu verwirren. Ich runzele die Stirn und frage mich, was er nun wieder ausgeheckt hat.
„Ist 'ne Überraschung", verrät er mit einem Grinsen. „Aber ich bin mir ziemlich sicher, dass sie dir gefallen wird. Außerdem hatten wir eigentlich abgemacht, dass wir heute über keine gestörten Sachen reden. Und der Tag ist noch nicht vorbei! Komm!"
Noch bevor ich etwas sagen kann, nimmt er meine Hand und zieht mich hinter sich her. Im Flur drückt er mir meinen Mantel in die Hand.
Es ist inzwischen dunkel geworden, und als wir den Hauseingang passieren, schlage ich den Kragen meines Mantels nach oben, um mich vor dem Wind zu schützen.
Nach gefühlten einhundert Versuchen, etwas aus Dan herauszubekommen, gebe ich schließlich auf. Vor dem Coffeehouse steht ein Taxi, und wir steigen in das beheizte Innere des Wagens. Dan drückt dem Fahrer einen Zettel und ein paar Dollarnoten in die Hand und zwinkert ihm zu: „Wie abgemacht."
„Du hast das heimlich eingefädelt?!" Für die gespielte Empörung werde ich mit Dans charmantestem Lächeln belohnt. Wenn er mich so anlächelt, dann scheint die Welt um uns herum den Atem anzuhalten. Mein Herz klopft wie verrückt, und ich vergesse für einen Augenblick alles um mich herum. Es gibt nur ihn, mich und die vielen Schmetterlinge in meinem Bauch. Alle Zweifel und Sorgen sind wie weggeblasen, als gäbe es nichts Wichtigeres als Dan und mich.
Vielleicht hat er recht. Solange wir zusammen sind, kann uns das Schicksal verschlagen, wohin es will. Ich fühle mich fast ein bisschen wie Bonnie von Bonnie und Clyde und muss ob des schrägen Vergleichs schmunzeln.
„Das ist mein Mädchen", sagt Dan. Der Stolz, der in seiner Stimme mitschwingt, bringt mich noch mehr zum Grinsen.

Nach einigen Minuten glaube ich zu ahnen, wohin uns das Taxi bringen soll.

„Wir fahren zu meiner Wohnung? Das ist super, ich wollte eh noch was holen", sage ich und tippe Dan an die Schulter, der neben mir auf der Rückbank sitzt und scheinbar unbeteiligt aus dem Fenster sieht. Die Neugier bringt mich fast um, aber er grinst lediglich breit, ohne sich einen Hinweis entlocken zu lassen, der seine Überraschung verderben könnte.

Schlussendlich hält das Taxi nicht vor meinem Hauseingang, sondern zwei Blocks entfernt vor dem Bürogebäude, in dem *R.A. Immobilien* sitzt. Als wir aus dem Wagen aussteigen, bläst uns ein eisiger Wind entgegen.

„Mein Büro?!", sage ich und stemme die Hände in meine Hüften. „Im Ernst?"

„Dein Büro", bestätigt Dan, zieht meinen Schlüsselbund aus seiner Jackentasche und marschiert auf die Eingangstür zu.

„Wann hast du denn meinen Schlüssel geklaut?!", beschwere ich mich mit einem Lächeln auf den Lippen und eile ihm hinterher, um dem Wind zu entfliehen.

„Geliehen", sagt er und zwinkert mir zu, während er aufschließt. „Außerdem hast du's ja nicht mal gemerkt." Er greift erneut nach meiner Hand und zieht mich hinter sich her, diesmal in Richtung Aufzug. Dieser öffnet sofort seine Türen, nachdem Dan den Knopf an der Wand betätigt hat.

„Aber was wollen wir hier, Dan? Ich kenne mein Büro!"

„Hab nur noch einen klitzekleinen Moment Geduld." Mit Zeigefinger und Daumen zeigt er, wie wenig Geduld er meint.

Sanft schiebt er mich in den Fahrstuhl und drückt den Knopf für die oberste Etage, in der sich mein Büro befindet. Schmerzlich wird mir bewusst, dass ich hier nicht mehr arbeiten werde. Ich betrachte den Fahrstuhl eingehend, der mich unzählige Male durch das Gebäude befördert hat. Mir ist nie aufgefallen, wie hübsch die hölzernen Wandvertäfelungen mit geschnitzten Ornamenten verziert wurden.

Dan tippt unaufhörlich mit einem Fuß auf den Boden des Lifts. Es ist ungewöhnlich für ihn, seine Nervosität so offen zu zeigen.

Bevor der anrollende Abschiedsschmerz noch intensiver werden kann, ertönt das *Bing*, das verkündet, dass wir das gewünschte Stockwerk erreicht haben. Die Türen öffnen sich fast geräuschlos, und Dan bedeutet mir mit einer galanten Geste, dass ich vor ihm den Fahrstuhl verlassen soll.

„Nach dir", sagt er, huscht aber in dem Moment an mir vorbei, in dem ich die ersten beiden Schritte aus dem Aufzug hinaus gemacht habe. Eilig schreitet er zur Tür meines Büros und hält für einen Moment inne, als er die Hand auf die Türklinke legt.

„Bereit?", fragt er, und ich kann das vorfreudige Funkeln in seinen Augen sehen, obwohl das Licht im Flur nur gedimmt ist. Was um alles in der Welt hat er bloß vor?

„Klar", antworte ich mit einem Nicken.

Er öffnet grinsend die Tür, und was ich in dem Raum dahinter sehe, verschlagt mir den Atem. Wie angewurzelt bleibe ich stehen und schlage die Hand vor den Mund.

Unzählige Kerzen beleuchten das Zimmer nur schummerig, aber ich erkenne auf den ersten Blick, was hier passiert ist. Mein Büro sieht nicht mehr aus wie der Arbeitsplatz, den ich zurückgelassen habe, sondern hat sich in eine Szenerie aus längst vergangenen Tagen in Slumbertown verwandelt. Mein Schreibtisch und der Stuhl sind neben der Tür an die Wand gerückt worden, damit zur Fensterfront hin genügend Platz für zwei Liegestühle und einen Sonnenschirm ist. Zwischen den beiden Liegestühlen steht eine Kühlbox. Mit immer noch offenem Mund betrete ich den Raum, unfähig, den Blick von der aufgebauten Kulisse abzuwenden. Dan schließt leise die Tür hinter uns.

„Wann hast du das denn gemacht? Und wie? Warum?", frage ich entzückt. Als ich mich zu ihm umdrehe, sehe ich ihn so entspannt wie schon seit Tagen nicht mehr an der Tür lehnen.

Er betrachtet mich, während ein Lächeln seine Lippen umspielt. Er stößt sich lässig von der Tür ab und kommt zu mir. Er bleibt so dicht vor mir stehen, als wolle er mich küssen, und nimmt meine Hände in seine.

„Wie immer stellst du gleich einen ganzen Haufen Fragen, statt dich einfach zu freuen", sagt er und sieht mir tief in die Augen.

Ich fühle mich in den Tag zurückversetzt, an dem er mir am Steg in Slumbertown zum ersten Mal seine Gefühle gestanden hat. Seine Nähe löst in mir immer noch das gleiche Gefühlsfeuerwerk aus wie an jenem Sommertag.

„Ich freu mich", flüstere ich ihm zu. Wäre ich nicht bereits unsterblich in Dan verliebt, dann wäre ich es jetzt.

„Ich dachte, das ist ein würdiger Abschluss für einen Tag, an dem wir gute Erinnerungen sammeln wollen." Der Stolz in seiner

Stimme ist unverkennbar. „Gefällt's dir?"

„Ob's mir gefällt? Machst du Witze?", frage ich und kichere leise. „Das ist … wow!"

Ich eise mich von ihm los, knöpfe meinen Mantel auf und werfe ihn auf meinen pedantisch aufgeräumten Schreibtisch. Dan tut es mir gleich, und wir lassen uns in die Liegestühle fallen, die mich so sehr an diesen glücklichen Tag erinnern. Dank der bodentiefen Fenster können wir von unseren Plätzen aus beobachten, wie die Skyline Manhattans Licht für Licht die Dunkelheit erhellt.

Eine ganze Weile sitzen wir schweigend nebeneinander und blicken einfach nur nach draußen. Der einzige nicht originalgetreue Zusatz, der das Gartenmobiliar vom Steg ergänzt, ist der kleine, runde Glastisch, der sonst neben einem Sessel im Flur steht. Dan nimmt den Deckel von der Kühlbox und zaubert zwei Plastikkästchen daraus hervor, die er auf dem Tisch abstellt.

„Hm", macht er zufrieden, „was zu trinken?"

„Oh ja, bitte", antworte ich und beobachte ihn dabei, wie er wieder in die Kühlbox greift. Er hält mir eine Dose Cola hin, die ich lächelnd entgegennehme.

„Genau wie damals."

„Nicht ganz", merkt Dan mit erhobenem Zeigefinger an und zeigt mir eine der schwarzen Plastikkästchen. Es ist Sushi aus dem *Sasabune* an der Upper East Side.

„Das letzte Mal kamen wir ja nicht so wirklich in den Genuss des Essens da", sagt er.

„Ach Dan." Ganz unverhohlen schmachte ich ihn an. „Du hast echt an alles gedacht. Aber wann? Das kannst du doch nich' in einer halben Stunde gemacht haben! Und du warst doch vorhin … woanders unterwegs!" Die Coladose zischt, als ich sie öffne, und ich nehme einen ersten Schluck, während ich auf seine Antwort warte.

„Vorhin war ich wirklich auf dem Friedhof." Ein Schatten huscht über sein Gesicht. „Aber die Liegestühle und den Rest habe ich schon vor ein paar Tagen organisiert. Oder besser gesagt: organisieren lassen." Der Schatten weicht einem Grinsen. Ganz offensichtlich freut er sich darüber, dass sein Plan so hervorragend funktioniert hat. „Molly war so nett, mir ein bisschen zu helfen. Ich hab ihr von meiner Idee erzählt, und sie hat sofort angeboten, die Sachen zu besorgen und vor dir zu verstecken. Die ist wirklich cool." Kichernd öffnet er seine Cola ebenfalls mit dem typischen

Geräusch. „Vorhin hab ich ihr Bescheid gegeben und bin auf dem Rückweg vom Friedhof hier vorbeigesprungen. Zusammen haben wir dann alles aus ihrem Backoffice hier rein geschleppt und sie hat die Kerzen angezündet, als ich dich geholt hab. Dein Büro abzufackeln gehört nämlich nicht zum Plan."

„Ein guter Plan." Ich lächele und nehme mir vor, am Montag vor der Arbeit eine Schachtel von Mollys Lieblingspralinen zu besorgen, um mich bei ihr zu bedanken.

„Warum machst du das?", flüstere ich und starre aus dem Fenster auf die Skyline, in der immer mehr Lichter aufleuchten.

Dan schweigt gefühlt unendlich lange, bevor er seufzt. „Ist das nicht offensichtlich? Weil ich dich liebe, Ellie. Und weil ich geahnt habe, wie schwer dir der Abschied von allem hier fallen würde. Ich wollte dich daran erinnern, dass unser Kennenlernen auch nicht gerade unter ... normalen Umständen stattgefunden hat. Irgendwas hat uns an einem Ort zusammengeführt, den es hier nicht mal gibt. Aber alles, was wirklich zählt, ist doch, dass wir uns gefunden haben. Für mich jedenfalls."

Er stellt seine Cola neben die noch immer unangetasteten Sushikästchen auf den Tisch und beugt sich zu mir herüber. „Pass mal auf ... Ich bin kein großer Held, wenn es darum geht, zu sagen, was in mir vorgeht oder was ich fühle. Aber wenn ich dich ansehe, dann weiß ich, dass ich mit dir zusammen sein will. Es fühlt sich alles so richtig an zwischen uns. Manchmal kommt es mir vor, als würden wir uns schon seit tausend Jahren kennen, und trotzdem verzauberst du mich immer wieder. Mir ist total egal, wo wir morgen aufwachen, solange ich die Augen aufmache und du neben mir liegst."

Seine Worte treffen mich mitten ins Herz, und er verbalisiert das, was ich schon lange spüre. Lächelnd stelle ich mein Getränk beiseite und lege eine Hand auf sein Knie.

„Dafür, dass du kein Held im Über-Gefühle-Reden bist, machst du das ziemlich gut. Ich geh mit dir überall hin, Daniel Buckler. Wenn es sein muss, auch bis ans Ende der Welt." Ohne dass ich darüber nachgedacht hätte, kommt diese Aussage über meine Lippen, und ich spüre mit jedem Wort, wie sie aus meinem tiefsten Inneren kommt. Es ist nicht New York, das ich brauche, um glücklich zu sein. Oder meine Wohnung oder mein Job – sondern Dan.

„Mehr brauche ich nicht", sagt Dan und räuspert sich. „Weißt du, manchmal kommt mir das Leben vor, als wäre ich am Meer. Man läuft bei Ebbe den Strand entlang und sammelt sich von einer hübschen Muschel zur nächsten. Aber vor lauter Suchen vergisst man total, dass die Flut bald kommt. Man läuft dem Wasser immer weiter entgegen, und plötzlich ist es zu spät, und die Wellen schlagen über einem zusammen. Dann kann man nur noch die Luft anhalten, warten, bis man wieder an die Oberfläche gespült wird, und schwimmen. Vielleicht muss man die Muscheln sogar loslassen, aber wenn man es dann bis an den Strand zurückgeschafft hat und durchschnaufen kann … Dann fühlt es sich an, als hätte man das Atmen ganz neu gelernt. Aber man schafft's, wenn man die Nerven behält. Zurück zum Strand, mein ich."

„Das hast du sehr schön gesagt", flüstere ich und blinzele ein paarmal, da sich meine Augen mit Tränen füllen und ich nicht schon wieder heulen will.

„Dann sollte es dich aber nicht zum Weinen bringen."

„Es ist nur …", beginne ich und atme tief durch. „Du sagst genau das, was ich die ganze Zeit schon fühle, aber zu feige bin, mir einzugestehen. Ich weiß, dass wir keine Zeit und keine Wahl mehr haben. Ich bin nur ein riesengroßer Schisser, wenn's darum geht, gewohnte Strukturen zurückzulassen." Hastig wische ich eine Träne weg, die es geschafft hat, meine Wange hinunterzukullern. „Dabei hab ich doch dich. Du hilfst mir dabei, wieder zu atmen, wenn ich absaufe, oder?"

„Versprochen", flüstert Dan und sieht mich mit seinen dunklen Augen entschlossen an. „Aber du wirst nicht absaufen, du wirst sehen. Außerdem hast du's schon mal geschafft."

„Was? Abzusaufen?"

„Nein. Dein altes Leben hinter dir zu lassen", erklärt er und überhört meine Ironie geflissentlich. „Als du in Slumbertown geblieben bist, hast du dich auch auf was Neues eingelassen. Vielleicht war dir klar, dass wir irgendwann nach New York zurückgehen, aber ein neues Leben war es trotzdem. Du hast mehr hinter dir gelassen als nur die Stadt. Dass alles so verrückt laufen würde, konnte ja keiner ahnen."

„Das war was anderes."

„Warum?"

Ich drücke eine Stelle an meiner Coladose immer wieder ein und beobachte, wie das Blech in seine Ausgangsposition zurückspringt.

„Damals gab es nichts, was in New York auf mich gewartet hätte. Meine Schwester war weg, mein Job und meine Kohle auch ... Ich hatte das Gefühl, dass es sowieso niemanden interessiert, ob und wann ich zurückkomme."

„Das ist nicht wahr, und das weißt du. Deine Mutter und Jo' waren hier und haben sich sehr wohl dafür interessiert. So gesehen ist die Situation jetzt sogar fast besser, weil wir ... Was hier noch wichtig ist, nehmen wir mit."

„Bis auf Jer und Tom", erwidere ich.

Dan streicht sich mit einer Hand über sein Kinn und atmet tief durch.

„Ich weiß", sagt er, aber er klingt eher gereizt als betroffen. Doch dann wird seine Stimme wieder sanft. „Ich bin sicher, dass Jer es irgendwie gepackt hat. Der kann auf sich selbst aufpassen, auch wenn er manchmal nicht so rüberkommt." Eindringlich mustert Dan mich. Ich wende den Blick ab. „Aber das ist doch nicht alles, oder?"

Ich presse die Lippen zusammen und bleibe stumm. Verstohlen blicke ich zu ihm und sehe seinen herausfordernden Blick.

„Ich hab's mir gedacht. Ist es wegen ...Rick?" Mit einem Mal schwingt in seiner Stimme eine gehörige Portion Eifersucht mit, die ich so nicht erwartet habe. Wie kommt er jetzt auf einmal auf Rick?

„Was?! Nein!", platzt es viel zu schnell aus mir heraus.

Ich stelle mein Getränk mit etwas zu viel Nachdruck auf dem Tisch ab. Mein schlechtes Gewissen schlägt sofort Alarm, weil ich vorhin tatsächlich an Rick denken musste. Aber es ist nicht so, wie Dan vielleicht denkt, nur weiß ich nicht, wie ich ihm das glaubhaft versichern kann, ohne dass der Erklärungsversuch lächerlich wirkt.

„Wie kommst du jetzt darauf? Wir sind nur Freunde", sage ich, auch wenn dieser Satz dank unzähliger Groschenromane an Abgedroschenheit kaum zu überbieten ist.

„Ich mein ja nur." Dans beleidigter Tonfall steht meinem in nichts nach.

Der Abend ist eine so süße Idee von ihm, und ich möchte die Stimmung nicht vermiesen, nur weil ein Missverständnis zwischen uns steht.

„Ich hab dir das doch schon erklärt. Zwischen Rick und mir ist wirklich nichts. Jedenfalls von meiner Seite aus nich'. Wir sind schon seit Ewigkeiten befreundet, und er weiß ganz genau, dass ich nichts von ihm will. Mir tut's nur leid, dass wir keine Gelegenheit hatten, uns persönlich zu verabschieden. Das ist alles. Aber darum geht's doch gar nich'."

„Worum dann?", fragt Dan und verschränkt die Arme vor seiner Brust.

Ich mache eine kurze Pause, um mich zu sammeln. „Darum, dass du gar keinen Grund hast, eifersüchtig zu sein." Als er nicht reagiert, stehe ich von meinem Stuhl auf und setze mich auf seinen Schoß. „Es gibt nur dich ...", raune ich ihm zu und hauche ihm einen Kuss auf die Lippen. „... und mich."

„So?", brummt Dan und legt die Hände an meine Hüften. „Ich glaube, das musst du mir noch mal näher erklären." Seine Stimme klingt rau und bringt alles in mir zum Vibrieren. Wir küssen uns erneut, und ich vergesse alles um uns herum. Auch wenn Dans Eifersucht unbegründet ist, facht sie die Leidenschaft zwischen uns heute Abend zusätzlich an.

„Ich liebe deine Überraschung", sage ich mit einem breiten Grinsen im Gesicht, während ich wieder in meine Klamotten schlüpfe.

„Das war der Plan." Dan grinst zurück, und lässt sich wieder angezogen in seinen Liegestuhl sinken.

„Ahm ... wegen vorhin ...", sage ich.

„Ja?"

„Es ist ... Ach. Das ist ein blöder Zeitpunkt jetzt", murmele ich.

„Quatsch. Raus damit."

„Mich beschäftigt noch was anderes ... Ich bin kein Anführer, Dan", gebe ich schließlich zu, während ich am Dosenring meiner Cola herumfummele.

Verdutzt sieht er mich an. „Ich habe keine Ahnung, wovon du redest."

Ratlos zucke ich mit den Achseln und versuche, meine Bedenken in Worte zu fassen. „Seit Rosie uns von unseren Familien erzählt hat ... habe ich Schiss, dass andere Wächter vielleicht Erwartungen haben, wenn wir da aufschlagen."

„Wie kommst du bitte drauf, dass die was wollen?", fragt Dan mit einer hochgezogenen Augenbraue.

Ich bleibe ihm die Antwort schuldig. Ich weiß einfach nicht, wie ich das Stammbaumthema ansprechen soll, ohne dass es entweder bescheuert oder eingebildet klingt. Aber Dan wäre nicht Dan, wenn er nicht nach kurzem Überlegen selbst darauf kommen würde.

„Du meinst, wegen der Prinzessinnen-Sache, oder wie?", hakt er weiter nach, was ich mit einem angedeuteten Nicken bestätige.

„Ach. Du hast Rosie doch gehört. Das sind nur noch hohle Titel, sonst nichts. Ich glaube ja nicht, dass du dir da irgendwelche Sorgen machen musst."

„Meinst du?" Ich werfe ihm einen kritischen Blick zu. „Vielleicht erwarten die ja auch von mir, dass ich irgendwas tun soll, wenn ich da schon auftauche. Ich mein, ich kenne meine Familie nich' mal. Vor ein paar Tagen wusste ich noch nich', dass ich drei Onkel habe. Und überhaupt. Am Ende denken die noch, ich will irgendwelche Ansprüche geltend machen oder so."

Ich weiß, dass mein Gebrabbel nicht unbedingt aufschlussreich ist, aber was anderes, als laut zu denken, bekomme ich gerade nicht hin. Der Dosenring meiner Cola hat genug von der Malträtierung und bereitet unserer kurzen Beziehung ein jähes Ende, indem er einfach abbricht. Achtlos werfe ich die losgelöste Aufreißlasche auf den Tisch neben die Sushikästchen.

„Also *ich* denke, dass du dir zu viele Gedanken machst. Vor allem über Zeug, das du weder wissen noch beeinflussen kannst", sagt Dan und nimmt meine Hand. Seine Berührung fühlt sich gut an, fast so als könne er einen Teil seiner eigenen Gelassenheit auf mich übertragen. „Die Leute werden dich gar nicht erkennen." Er sagt das, als wäre diese Erkenntnis so elementar wie das kleine Einmaleins. „Schon vergessen? Als dein Vater sich zu Hause aus dem Staub gemacht hat, warst du noch nicht mal in Planung. Und selbst wenn diese Prophezeiung bei den Wächtern bekannt ist ... Woher soll irgendjemand da drüben wissen, wer ihnen da vor der Nase rumtanzt?"

An seiner letzten Aussage ist zweifellos etwas dran.

„Hoffentlich hast du recht", räume ich kleinlaut ein und bin mit einem Mal verlegen, weil ich darauf nicht schon selbst gekommen bin. Aber Dan ist taktvoll genug, mir das nicht vorzuhalten.

„Baby, wenn du sagst, du willst diesen Wächterscheiß auf gar keinen Fall mitmachen und hier bleiben ... Dann geh ich mit dir auch in die abgelegensten Dörfer Afrikas." Er sieht mich mit einem Funkeln in den Augen und einem angedeuteten Lächeln an, und ich weiß, dass er es ernst meint. Er würde mit mir davonlaufen, wenn ich es wollte – entgegen seiner eigenen Überzeugung.

Ich frage mich unweigerlich, ob das die Loyalität ist, die Rosie als so typisch für die Buckler-Familie erwähnt hat. Es imponiert mir, dass er das für mich tun würde, aber ich schüttele den Kopf.

„Nein", antworte ich entschlossen. „Ich will nich' hierbleiben. Was, wenn Rosie recht hat? Wären wir dann unser ganzes Leben lang auf der Flucht? Mal abgesehen davon, dass es sowieso sinnlos wäre, vor Wächtern weglaufen zu wollen. Ich glaube, die würden uns auch bis in die Antarktis verfolgen, wenn sie sich davon was versprechen."

Ich schürze die Lippen und spüre, wie sich meine innere Unruhe leise zurückmeldet. „Egal. Ich habe außerdem das Gefühl, dass da noch viel mehr auf uns zukommt, weil Rosie uns nich' alles gesagt hat."

„Den Eindruck habe ich leider schon länger", bestätigt Dan mein ungutes Gefühl. „Ich fürchte, wir wissen nicht mal einen Bruchteil der ganzen Story."

„Wenn an der Sache was dran ist und meine Schwester wirklich irgendwo da drüben ist, …" Ich seufze und schüttele den Kopf. „Ich weiß, dass du mit allem recht hast, Dan. Wir müssen hier weg und wenigstens rausfinden, was hinter diesem … Portal auf uns wartet. Aber es ist so verdammt schwer, etwas hinter sich zu lassen, wenn das Herz noch nicht loslassen will."

Ich spüre, wie mir unser Gespräch eine unsichtbare Last von den Schultern nimmt. Das Aussprechen meiner Sorgen hat ihnen den Großteil ihres Schreckens genommen, und ich fühle mich deutlich befreiter. Mit dem scheuen Optimismus kehrt auch mein Appetit zurück. Mein Magen macht mit einem Grummeln lautstark klar, dass er nach dem Hotdog von heute Mittag wieder etwas zu essen vertragen könnte. Ich greife nach einer der Plastikboxen auf dem Tisch, entferne den durchsichtigen Deckel und inhaliere den Duft des Sushis. Es riecht köstlich.

„Wem sagst du das!", raunt Dan und greift nach der zweiten Sushibox.

Schweigend essen wir und betrachten währenddessen die Skyline, die sich inzwischen in ein wunderschönes Meer aus Lichtern verwandelt hat. Ich kann nicht sagen, wie oft ich hier gestanden und die Aussicht genossen habe. Diese Stadt ist wie ein Bienenstock, der Tag und Nacht vor Energie förmlich zu vibrieren scheint. Dan und ich sind beide zufrieden damit, dass während des Essens jeder seinen Gedanken nachhängt.

Als die leeren Plastikschalen ihren Weg in den Mülleimer gefunden haben, brennt mir immer noch eine Frage auf der Seele. „Kann ich dich noch was fragen?"

Dan liegt entspannt in seinem Stuhl, verschränkt die Hände über dem Bauch und dreht den Kopf zu mir. „Klar. Schieß los!"
Obwohl mir unbehaglich zumute ist, versuche ich, in meinem Liegestuhl eine bequemere Position einzunehmen.

„Glaubst du, dass von deiner Familie noch jemand da drüben ist? Willst du nach ihnen suchen, wenn wir da sind?", frage ich, obwohl ich weiß, dass ich mich damit auf dünnes Eis wage.
Eine Weile sieht Dan mich wortlos an. Die kleine Denkfalte zwischen seinen Augenbrauen lässt mich befürchten, dass er das Thema wie fast immer abblocken wird. Aber vielleicht könnte heute Nacht der Moment gekommen zu sein, in dem er sich mehr öffnen kann.

„Keine Ahnung, ob da jemand ist", sagt er schließlich. „Aber wenn es so ist ... Ich weiß ehrlich gesagt gar nicht, ob ich überhaupt eine Familie will. Ich bin es gewohnt, ohne klarzukommen."

„Wenn da jemand wäre ... Willst du sie dann nich' wenigstens kennenlernen? Um zu sehen, wie sie so sind?", bohre ich weiter, fest entschlossen, seine zaghafte Aufgeschlossenheit zu nutzen.

Dan wendet den Blick von mir ab und starrt aus dem Fenster, vermutlich ohne die Skyline wirklich zu sehen.

„Ich glaub nicht." Seine Stimme klingt mit einem Mal distanziert. „Weißt du, ich glaube Rosie sogar, dass meine Eltern mich hier ‚abgesetzt' haben, weil sie vielleicht dachten, dass es richtig ist. Aber du kannst dir nicht vorstellen, wie es war, so aufzuwachsen wie ich. Sich nie zugehörig zu fühlen. Vielleicht haben mir meine Eltern das Leben gerettet, und dafür bin ich auch echt dankbar, keine Frage. Aber ich kann nicht einfach so tun, als wäre alles super. Wie kann man sein Kind irgendwo parken und nicht ein einziges Mal ..." Er ballt die Hände zu Fäusten und bricht mitten im Satz ab.

„Rosie hat gesagt, sie konnten nich'." Meine Stimme verliert sich beinahe im Raum.

Dan hört mich trotzdem und quittiert meinen Einwand mit einem Achselzucken.

„Vielleicht. Nichtsdestotrotz haben sie aber nie jemanden geschickt, der mal nach mir gesehen hätte. Und laut Rosie sind sie nicht mehr am Leben."

„Und was ist mit deiner Schwester?" Mir ist klar, dass mein Vorstoß mehr als gewagt ist.

„Was soll mit ihr sein?" Dan klingt ärgerlich, und ich kann förmlich hören, wie das imaginäre Eis unter meinen Füßen Risse bekommt. „Ich hab keine Ahnung, wer sie ist, Ellie. Und ich weiß auch noch nicht, ob ich es überhaupt wissen will. Du kannst das nicht mit deiner Familie vergleichen … Ich habe keine Beziehung zu diesen Leuten. Keine. Und ich denke, es ist besser, wenn es dabei bleibt." In die Bitterkeit in seiner Stimme mischt sich eine Endgültigkeit, die mir klarmacht, dass das Thema damit für ihn abgeschlossen ist.

„Verstehe", antworte ich kleinlaut und erkenne, dass auch Dan nicht angstfrei ist. Obwohl er unserer bevorstehenden Reise aufgeschlossen, ja sogar positiv gegenübersteht, hat er trotzdem Angst vor Veränderungen – nur auf eine ganz andere Art als ich. Er lässt das Thema Familie nicht an sich heran.

„Außerdem ist die Wahrscheinlichkeit groß, dass wir sie gar nicht finden. Wir wissen doch überhaupt nichts über sie", fügt er abschließend hinzu. „Und jetzt komm endlich her." Er winkt mich mit einer Handbewegung zu sich.

Ich erhebe mich aus meinem Liegestuhl und setze mich wieder auf seinen Schoß. Er zieht mich zu sich, küsst mich liebevoll und streicht mir eine Haarsträhne aus dem Gesicht.

„Wir kriegen das schon alles irgendwie hin", sagt er. „Und jetzt lass uns für den Rest des Abends den ganzen Scheiß vergessen und einfach nur die Aussicht genießen, okay?"

„Okay", gebe ich zurück, schmiege mich an ihn und atme seinen vertrauten Duft ein.

„Dan?", flüstere ich.

„Hm?"

„Danke für diesen wunderbaren Tag."

Dan gibt erneut ein leises „Hm" von sich, das nach Zustimmung klingt. Als ich den Kopf anhebe, sehe ich, dass er schon so gut wie eingeschlafen ist. Ich lächele in mich hinein und muss daran denken, wie oft ich ihn schon darum beneidet habe, dass er immer schlafen kann.

Vorsichtig stehe ich auf und puste die Kerzen aus. Ich kann mir zwar nicht vorstellen, dass ich tatsächlich zur Ruhe kommen werde, aber sicher ist sicher. Ich bin nicht scharf darauf, dass wir aus Versehen mein Büro doch noch in Brand stecken. So ein Feuer würde gerade noch fehlen.

Als die Kerzen erloschen sind, dringt nur noch das spärliche Licht der Stadt durch die Fenster. Auf leisen Sohlen schleiche ich zurück zu Dan und betrachte ihn im Halbdunkel. Mein Herz möchte vor Liebe überlaufen, und manchmal kann ich noch immer kaum glauben, dass dieser wunderbare Mann zu mir gehört.

„Hey", murmelt Dan und räkelt sich im Liegestuhl. „Was machst du da?"

„Nichts. Ich bin nur froh, dass ich dich gefunden hab."

„Das kannst du auch hier sein", sagt Dan mit gedämpfter Stimme und streckt den Arm nach mir aus.
Ich nehme meine vorherige Position wieder ein und lege den Kopf erneut auf seiner Brust ab. Er schlingt die Arme um mich und es fühlt sich an, als gäbe es keinen sichereren Ort auf der Welt.

„So ist es viel besser", flüstert er, bevor sein Atem wieder gleichmäßig und tief wird.

So liegen wir zu zweit in dem viel zu schmalen Liegestuhl, und ich blicke auf das nächtliche New York, das niemals schläft. Ich finde keinen Schlaf, denn meine Gedanken kreisen immer wieder um meine Schwester und die Frage, ob es tatsächlich möglich ist, dass sie noch lebt. Rosie hatte recht damit, dass ich ihren Leichnam nie zu Gesicht bekommen habe.

An dem Tag, als mir die Ärzte gesagt haben, dass sie es nicht geschafft hat, hatte ich ein leeres Krankenzimmer vorgefunden. Mir war sofort klar, dass etwas nicht stimmte und Lu nicht bei irgendeiner Untersuchung war. Ich war in einem solchen Schockzustand gewesen, dass ich den Ärzten keine Fragen gestellt habe. Mom war kurz nach mir im Krankenhaus eingetroffen und gemeinsam hatten wir den nötigen Papierkram erledigt. Als uns zwei Tage später eine zuvorkommende Angestellte des Green-Wood Cemetery die Urne überreicht hat, war für mich klar gewesen, dass Lu nicht mehr zurückkommen würde. Hätte ich damals doch bloß die Stärke gehabt, bei ihrer Einäscherung dabei zu sein! Dann hätte man mir ihren Leichnam zeigen müssen!
Neben meinen Schuldgefühlen beschleichen mich Zweifel, dass das etwas geändert hätte. Wenn Rosie richtig liegt, dann muss ein Wächter dafür gesorgt haben, dass Lu unbemerkt auf die andere Ebene reisen konnte. Das beinhaltet, dass dafür Sorge getragen

wurde, dass meine Schwester von allen für tot gehalten wird. Wessen Asche haben wir beigesetzt? Und warum hat Lu nichts gesagt, als sie in meinen Träumen zu mir gesprochen hat? Es gäbe Dinge, die ich selbst herausfinden müsse, hat sie gesagt. War damit ihr fingiertes Ableben gemeint? Hat sie etwa mitgeholfen, ihren Tod vorzutäuschen? Bullshit. Sie wusste genauso wenig wie ich, dass wir Wächterkinder sind.

Ich verbanne den Argwohn und denke an die Geschichte zwischen meiner Mutter und meinem Vater. Mich berührt, welche Opfer die beiden gebracht haben. Ich versuche mir vorzustellen, wie Mitchell heute wohl aussehen mochte. Ist er überhaupt noch am Leben? Rosie hat nichts Gegenteiliges behauptet, aber laut ihrer Erzählung ist mein Vater seit längerer Zeit abgetaucht. Werden wir ihn trotzdem treffen?

Ich male mir unterschiedlichste Szenarien eines Wiedersehens aus, von glücklich über dramatisch bis wütend, aber ich weiß, dass letztendlich doch immer alles anders kommt, als man denkt.

Ich hoffe, dass Rosie diesmal wirklich mit einem Plan zu uns zurückkehrt. Noch ist so vieles ungeklärt, und vor allen Dingen bereitet es mir Kopfzerbrechen, dass ich Xander nicht durchschaue. Ich muss an den unterkühlten Mann denken, den ich in Slumbertown erlebt habe, aber auch daran, wie er in der Nacht, als wir ihn beobachtet haben, auf den Stufen vor dem Bürogebäude saß. Er hatte so aufgewühlt gewirkt, so verletzlich. Womöglich hat er nur so lange ein gesteigertes Interesse an uns, bis er feststellt, dass wir sein Buch nicht mehr haben. Welche Rolle spielt der falsche Arzt in dem ganzen Wächterzirkus? Ich halte ich es nicht für einen Zufall, dass er Dan und mich voneinander separiert hat. Genauso wenig wie seine Liaison mit Jo'. Aber auch wenn ich ihn gern als Schuft abstempeln würde, hält mich irgendetwas davon ab. Immer wieder gehen mir die kurzen Momente durch den Kopf, in denen ich Xander als sympathisch, ja sogar liebenswert empfunden habe.

Bis zum Morgengrauen beobachte ich schlaflos, wie die unzähligen Lichter der Skyline wieder erlöschen und sich die Stadt für den herannahenden Tag bereit macht. Erst als die Dämmerung einsetzt, falle ich in einen unruhigen Schlaf, der von noch unruhigeren Träumen durchsetzt ist.

27

Ich schrecke aus dem leichten Schlaf hoch, als ich auf dem Flur ein lautes Rumpeln höre. Auch Dan wird von dem Geräusch wach, und wir sind beide sofort auf den Beinen und in Alarmbereitschaft. Wer sollte am Sonntag und um diese frühe Zeit hier im Büro sein? Gefühlt sind mir erst vor wenigen Minuten die Augen zugefallen, und ein kurzer Blick aus dem Fenster verrät mir, dass die Sonne tatsächlich noch nicht aufgegangen ist. Lediglich die Kerzen erinnern noch an die romantische Stimmung von letzter Nacht.
Die Tür zu meinem Büro fliegt auf, und Jo' steht fluchend mit unseren beiden Notfallrucksäcken bepackt im Zimmer. Ihren eigenen trägt sie auf dem Rücken, mein Gepäck hat sie notdürftig geschultert. Ihr Gesicht und ihre Klamotten sind rußverschmiert, ihre roten Locken hat sie zu einem Pferdeschwanz zusammengenommen. Ein paar widerspenstige Strähnen haben sich aus dem Haargummi gelöst, und sie sieht abgekämpft aus. Sie lässt meinen Rucksack zu Boden gleiten, macht aber keine Anstalten, ihren ebenfalls abzusetzen. Sämtliche Alarmglocken in meinem Kopf schrillen los. Mit ein paar großen Schritten bin ich bei meiner Freundin.

„Jo'! Was ist passiert? Und wie siehst du denn aus?! Geht's dir gut? Und wie kommst du hier überhaupt rein?!"

„Durch die Tür, wie du siehst? Unten war nich' abgeschlossen." Mit gerunzelter Stirn sieht Jo' sich in dem umdekorierten Büro um. Sie wischt sich mit dem Ärmel ihres Pullovers übers Gesicht, mit dem Ergebnis, dass sie den Ruß noch mehr verschmiert.

„Und ja, mir geht's gut. Aber was ist das hier?", sagt sie, aber schüttelt sofort den Kopf und hebt beide Hände. „Ich will's gar nich' wissen. *Einmal* passiert was, und ihr pennt hier in aller Seelenruhe! Du weißt gar nich', was für ein Schwein du hast, dass ich den beschissenen Nachtflug genommen habe statt den heute Mittag", sie stemmt ihre Hände in die Hüften, „sonst wären unsere Rucksäcke jetzt futsch."

„Wovon zum Teufel redest du?!", mischt sich Dan in unser Gespräch ein und tritt neben mich. Ich werfe einen kurzen Blick zu ihm rüber und sehe, wie angespannt seine Kiefermuskeln sind.

„Ich spreche davon, dass Ellies Bude fröhlich abfackelt, wovon ihr ganz offensichtlich nix mitgekriegt habt!" Jo' ist außer sich. Meine Ohren haben vernommen, was sie gesagt hat, aber die

Information braucht einen Moment, um sich bis in mein Hirn vorzuarbeiten.

„Abfackelt?" Ich muss mich verhört haben! Was sie sagt, kann nicht sein.

„Ja! Als ich vorhin aus dem Taxi gestiegen bin, kam schon fetter Rauch aus dem Küchenfenster." Sie rattert ihren Bericht runter wie ein Maschinengewehr. „Ich bin wie so 'ne Bekloppte hochgerannt und hab euch gesucht, verdammt noch mal! Da ihr nich' da wart, hab ich unsere Rucksäcke aus der Kammer geschnappt und bin wieder raus. Da hat's dann schon lichterloh gebrannt. Als ich abgehauen bin, kam die Feuerwehr schon um die Ecke gefahren. Weil ihr nich' da wart, hab ich ein Taxi angehalten." Sie macht eine kurze Pause und sieht mich vorwurfsvoll an. „Allerdings habe ich mich zuerst nach Greenwich Village kutschieren lassen, weil ja kein Mensch riechen kann, dass ihr neuerdings bei keinem von uns zu Hause pennt! Wenn ihr jetzt nich' hier gewesen wärt, wo hätte ich dann suchen sollen? Hm?" Sie schnaubt und schüttelt den Kopf. „Ist hier alles in Ordnung? Musstet ihr aus Dans Bude auch abhauen? Oder warum seid ihr hier?" Als ich nicht sofort antworte und meine Freundin nur aus weit aufgerissenen Augen anstarre, packt sie mich an den Schultern und schüttelt mich unsanft. „Ellie! Das ist jetzt nich' der richtige Moment, um taubstumm zu werden!"

„Ja! Hier ist alles in Ordnung! Wir sind nich' abgehauen oder so was. Aber was ist mir dir? Bist du wirklich okay?" Ich bin in Sorge um meine Freundin. Sie war in der brennenden Wohnung und hat uns gesucht. Das Ausmaß ihrer Aktion sickert nur langsam bis in mein Bewusstsein. Nicht auszudenken, wenn ihr etwas passiert wäre.

„Alles gut, bis auf den ganzen Ruß", antwortet Jo' und verzieht angewidert das Gesicht. „Aber ich würde sagen, entweder bin ich paranoid oder es ist kein Zufall, dass deine Bude brennt. Wo ist Rosie?"

„Keine Ahnung", erteilt Dan ihr wahrheitsgemäß Auskunft.

„Umso besser", sagt Jo' und erntet dafür einen fragenden Blick von Dan und mir. Sie verschränkt die Arme vor ihrer Brust. „Ich weiß, ihr wollt das nich' hören, und sie ist vielleicht biologisch betrachtet meine Großmutter, aber wenn ihr mich fragt, dann sollten wir ihr nich' trauen."

„Wie kommst du denn da drauf?", fragt Dan und zieht die

Augenbrauen zusammen.

„Oh, mir fallen gleich mehrere Gründe ein, wieso sie die Bude in Brand gesteckt haben könnte."

„Komm schon, das ist doch lächerlich." Dan ist von ihrer Theorie nicht angetan.

„Ach ja?!" Jo' funkelt ihn an.

„Warum sollte sie uns anbieten, mit uns abzuhauen, wenn sie davon ausgehen muss, dass sie uns im Schlaf abfackelt, wenn sie meine Wohnung anzündet?", frage ich, während ich mit den Fingern auf meinem Schlüsselbein herumklopfe.

„Vielleicht ist es ja gar nich' ihr Ziel, dass jemand draufgeht", verkündet Jo' mit finsterer Miene. „Vielleicht will sie auch einfach nur die Abreise beschleunigen. Mir ist egal, was ihr sagt. Ich trau ihr nich'."

Während ich versuche, diese immense Anschuldigung zu verdauen, fällt mir siedend heiß ein, dass ich etwas herausfinden muss, bevor wir irgendwohin gehen.

„Der Füller", murmele ich und stürze mich auf den Rucksack, der neben Jo' auf dem Fußboden liegt. Hektisch fange ich an, eine der Seitentaschen zu durchwühlen. Ich habe den Füllfederhalter meines Vaters irgendwo hier hineingesteckt!

Mein Herz rast, und ich spüre, wie es Unmengen Adrenalin durch meinen Körper pumpt. Vor meinem geistigen Auge sehe ich meine Wohnung, die in Flammen steht. Die Vorstellung ist noch immer irreal.

Fieberhaft durchsuche ich die andere Seitentasche nach dem alten Schreibgerät und werde endlich fündig.

„Da ist er ja!", keuche ich und umschließe den Stift mit beiden Händen, als hielte ich ein Küken darin, das ich nicht zerdrücken will. Ich starre den Füller mit dem goldenen Clip und den kryptischen Gravuren an und höre Rosies Worte in meinem Kopf:

Denk einfach an deine schönste Erinnerung mit ihm, du wirst schon sehen.

„Orrr, Ellie!", schimpft Jo'. „Was soll der Scheiß jetzt?"

„Lass sie", sagt Dan, doch ich beachte die beiden gar nicht.

„Okay. Komm schon", flüstere ich und schließe die Augen.

Ich komme mir albern dabei vor, wie ich hier stehe; mit meinem Füllfederhalter in der Hand und dem Vorhaben, an eine schöne Erinnerung mit Dad zu denken. Andererseits habe ich schon mit eigenen Augen gesehen, wie Xander sein Talent angewendet hat. Ich erinnere mich an Rosies Warnung, dass ich dieses Experiment nur in Dans Wohnung ausführen soll, doch es ist zu spät.

In meiner Fantasie reise ich zurück zu einem Sommertag, an dem mein Vater und ich im Central Park waren. Es ist der letzte Sommer, den Dad bei uns verbracht hat. Meine Schwester und meine Mutter sind zu Hause geblieben, dieser Nachmittag gehört nur Dad und mir.
Er hat mir aus *Alice im Wunderland* vorgelesen, und nun liegen wir auf einer Picknickdecke auf einer Wiese, starren zum Himmel und versuchen, Tiere in den Wolken zu erkennen. Dad hat uns vorhin Zuckerwatte gekauft, und ich musste ihm versprechen, mir diesmal nicht wieder die Haare damit zu verkleben. Ich kann die Sonnenstrahlen spüren, die meine Haut wärmen, und die sanfte Brise, die mir um die Nase weht. Ich bin glücklich.

„Die Wolke da sieht aus wie ein Hase, Daddy!", quietsche ich, während ich mit der Zuckerwatte herumwedele. „Wie der von Alice!"

„Stimmt", antwortet Mitchell. „Und wer weiß ... vielleicht ist er gerade auf dem Weg ins Wunderland?"

Ich setze mich auf und sehe meinen Vater mit großen Augen an. „Es gibt das Wunderland wirklich, Daddy?"

„Bestimmt", antwortet er mit einem Lächeln auf den Lippen. „Und jetzt komm. Es wird Zeit, dass wir uns auf den Heimweg machen, Prinzessin."

Meine Erinnerung flackert, und plötzlich ist es dunkel. Ich liege bereits im Bett, als Dad das Kinderzimmer betritt. Er ist gekommen, um mir gute Nacht zu sagen.

„Gehen wir bald wieder in den Park, um in die Wolken zu schauen, Daddy?", frage ich und gähne, ohne die Hand vor den Mund zu halten.

„Na klar", erwidert Mitchell und deckt mich zu. „Aber jetzt wird erst mal geschlafen." Er beugt sich zu mir und küsst mich auf die Stirn.

Ich schlinge die Ärmchen um seinen Hals und drücke ihn, so fest ich kann. „Ich hab dich so lieb, Daddy", flüstere ich.

„Ich dich auch, Prinzessin. Ich dich auch."

Die Erinnerung verschwimmt, und ich muss ein paarmal gegen die Tränen anblinzeln, die mir plötzlich in den Augen stehen. Ich weiß nicht, wann ich es das letzte Mal zugelassen habe, an diesen Tag

zurückzudenken.
Für einen scheinbar endlos langen Augenblick passiert gar nichts. Als ich mich abwenden will, vernehme ich ein leises Klicken. Ich habe das Gefühl, dass die Luft für den Bruchteil einer Sekunde um mich herum vibriert, aber ich tue es als Streich ab, den mir meine angespannten Nerven spielen. An dem Stift hat sich eine an der Kappe verborgene Klappe geöffnet, unter die ein sorgsam gefalteter Zettel gesteckt wurde.
Die Notiz ist nicht größer als ein Post-it. Ich falte das vergilbte Papier auseinander. Meine Hände zittern, als ich die Worte lese, die darauf niedergeschrieben wurden. Ich erkenne die Handschrift meines Vaters aus den Briefen, die er meiner Mutter geschrieben hat. Damit Dan und Jo' ebenfalls Bescheid wissen, lese ich laut vor.

> *Meine liebe Elizabeth,*
> *wenn du diese Nachricht liest, hast du erfahren, dass du eine Wächterin bist. Und du hast dich dazu entschlossen, zu lernen, wie du dein Talent kontrollieren kannst. Ich bin so stolz auf dich!*
> *Alles, was du brauchst, findest du in der Wächterakademie in Addison's Plane. Triff Rosie. Sie wird dich dorthin bringen. Aber sei vorsichtig. Es ist einfach, sie zu mögen, aber traue ihr nicht.*
> *In Liebe, Dad*

„Da habt ihr's", triumphiert Jo'.
„Wir sollten uns jetzt erst mal aus dem Staub machen", schlägt Dan vor und angelt bereits nach seinem Mantel. „Ich weiß nicht, wie's euch geht, aber ich hab keinen Bock auf noch so eine Begegnung wie neulich mit Xander."
Mit diesen Worten lässt er seinen Blick noch einmal durch den Raum schweifen, vielleicht um sicherzugehen, dass wir nichts vergessen, vielleicht aber auch, weil er bedauert, dass unser Date so zu Ende geht.
„Wer soll denn in Ellies Büro kommen?"
„Keine Ahnung", gesteht Dan. „Ich will's nicht rausfinden. Lasst uns lieber auf dem Weg zu mir überlegen, was wir jetzt machen."
Er hat recht. Ich lese meinen Mantel auf und schlüpfe hinein. Meinen Rucksack hat Dan bereits geschultert und ist zur Tür vorausgeeilt. Dicht gefolgt von Jo', eile ich ihm hinterher.
„Komm schon", zischt Dan, während wir auf den Aufzug warten. Immer wieder hämmert er auf den Knopf des Fahrstuhls

ein.

„Warum ist das Scheißding denn bis ganz nach unten gefahren, wenn Jo' gerade damit hier hochgekommen bist?", flucht er und schlägt mit der flachen Hand gegen die Aluminiumverkleidung über dem Knopf.

Ich kann den Drang, schnell hier zu verschwinden, verstehen, aber seine ungehaltene Art trägt nicht gerade dazu bei, meinen Puls zu drosseln.

„Jetzt flipp mal nich' aus, Ms. Marple", sagt Jo'.

„Wenn Rosie zurückkommt, dann kommt sie automatisch in Greenwich Village an, weil das Portal dort ist. Und Ellies Dad sagt, sie muss uns zu dieser Akademie bringen." Dan drückt weiterhin so oft auf den Aufzugknopf, dass ich Angst habe, dass dieser gleich den Geist aufgeben könnte. „Außerdem steht mein Rucksack noch da. Glaubt mir, ihr wollt ganz sicher nicht, dass ich ohne Unterwäsche irgendwo hingehe."

Endlich ertönt das erlösende *Bing*. Wir drängen uns eilig mit unserem Gepäck in den Fahrstuhl und fahren nach unten. Ich ergreife Dans Hand und drücke sie sanft. Es fühlt sich seltsam an, dass ausgerechnet ich ihn beruhigen muss, obwohl mir mein eigenes Herz bis zum Hals schlägt. Ich versuche, mir nichts anmerken zu lassen, aber meine eiskalten Hände verraten mich.

„Ach, übrigens", sagt Jo' in einem fast beiläufigen Tonfall, „ich soll euch von Rick grüßen." Sie wirkt inzwischen zumindest äußerlich wieder recht gelassen. Vielleicht hat sie den Panikmodus ausgeschaltet, weil sie uns gefunden hat.

Dan wirft ihr einen vernichtenden Blick zu, und ich bin froh, dass er nicht in der Stimmung ist, zu antworten.

„Tolles Timing, Jo'", murre ich und verdrehe die Augen.

Zum Glück erreicht der Fahrstuhl in diesem Moment das Erdgeschoss und hält mit einem erneuten *Bing*. Die Türen öffnen sich quälend langsam, aber Jo' und Dan verzichten freundlicherweise darauf, diese zusätzlichen Sekunden für ein Streitgespräch zu nutzen.

Als wir endlich draußen vor dem Haupteingang stehen, färbt sich der Himmel über New York bereits zartrosa. Der anbrechende Morgen kündigt den nächsten Herbsttag an, und ich bin dankbar, dass es wenigstens nicht regnet. Ich bringe Jo' in Kurzform auf den neuesten Informationsstand, der wegen ihres überstürzten Abgangs während der Familienzusammenführung Lücken aufweist.

Nach wenigen Augenblicken kommt ein Taxi die Straße entlanggefahren und hält auf Dans Winken hin für uns an. Hastig verstauen Jo' und ich unsere Rucksäcke im Kofferraum des Autos, während Dan bereits in den Wagen steigt.

„Was zur Hölle will Rosie mit Hilfe des Buches in diesem Schild gefangenhalten?", fragt Jo' und schlägt den Kofferraumdeckel zu.

„Ich habe keine Ahnung", antworte ich. „Aber es klingt nach nichts Gutem."

Als Jo' und ich neben Dan auf der Rückbank Platz nehmen, mustert uns der Fahrer mit einem langen Blick über den Rückspiegel. Auch wenn New Yorker Taxifahrer schräge Fahrgäste gewohnt sind, macht dieser keinen Hehl daraus, dass ihm drei junge Menschen, einer davon rußverschmiert und nach Rauch stinkend, um diese Uhrzeit suspekt sind.

Dan bittet ihn nichtsdestotrotz höflich, uns möglichst schnell nach Greenwich Village zu bringen. Der Fahrer wirft mir einen letzten Blick zu, schüttelt den Kopf, ringt sich dann aber doch dazu durch, loszufahren. Ich atme auf und bemerke dabei, dass ich für einen Augenblick vor Anspannung die Luft angehalten hatte.

Da um diese Zeit noch nicht allzu viel Verkehr ist, brausen wir schneller als sonst mit dem Taxi durch die Straßen New Yorks. Wir fahren am Central Park vorbei, und ich kann sehen, wie die ersten Sonnenstrahlen die gelb und rot gefärbten Baumkronen berühren. Herbstliche Nebelschwaden halten sich noch hartnäckig im Zwielicht, doch schon bald werden sie klein beigeben und sich verziehen müssen, um der Sonne das Feld zu überlassen.

Die sich so plötzlich überschlagenden Ereignisse sorgen dafür, dass ich noch gar nicht realisiert habe, dass meine Wohnung abgebrannt sein soll.

„Danke, dass du die Rucksäcke da rausgeholt hast", raune ich Jo' zu, die links von mir sitzt und auch aus dem Fenster sieht.

„Kein Ding."

„Zum Glück waren wir nich' in der brennenden Bude", flüstere ich ihr zu und hoffe, dass der Taxifahrer uns nicht hören kann.

„Was du nich' sagst", zischt Jo' leise zurück. „Ich bin allerdings nich' scharf drauf, meine Qualitäten als Ein-Mann-Suchtrupp noch mal einzusetzen."

Damit wendet sie ihre Aufmerksamkeit wieder den vorbeihuschenden Gebäuden zu.

Insgeheim bewundere ich sie dafür, dass sie ihre ruhige und analytische Art so schnell wiedergefunden hat. Ihre Aufregung von vorhin, als sie in mein Büro gestürzt kam, ist wie weggeblasen. Wenn jemand Führungsqualitäten besitzt, dann ist es meine Freundin Jo'. Ihre Nerven scheinen aus Drahtseilen zu bestehen, wenn man bedenkt, was gerade passiert ist. Mich ergreift ein tiefes Gefühl von Stolz, sie in meinem Team und an meiner Seite zu wissen.

„Entschuldigen Sie, Sir", spreche ich den Taxifahrer an. „Könnten Sie vielleicht noch einen kleinen Umweg fahren, bevor Sie uns nach Greenwich Village bringen?"

„Könnte ich wohl, Ms.." Die Stimme des Fahrers klingt wie ein tiefes Grollen. „Wohin soll's denn gehen?"

Ich bitte den Taxifahrer darum, vor meinem zu Haus halten, bestehe aber darauf, dass Dan und Jo' im Wagen bleiben. Die Feuerwehr ist bereits abgerückt, auf der Straße ist niemand zu sehen.

„Das kostet aber extra, wenn ich hier warte", knurrt der Fahrer, und auch Dan ist von meiner Bitte nicht begeistert.

„Nur ganz kurz", sage ich und bedeute Jo', dass sie mich rauslassen soll. „Ich brauche nich' länger als fünf Minuten, versprochen." Ich muss einfach mit eigenen Augen sehen, was hier passiert ist.

Ich sprinte die Treppen hinauf und hoffe, dass ich keinem besorgten Nachbarn in die Arme laufe, den der Brand aufgeschreckt hat.

Vorsichtig stoße ich die Reste meiner Wohnungstür auf, die die Feuerwehr beim Aufbrechen übrig gelassen hat. Was sich mir dahinter offenbart, ist ein Bild der Verwüstung. Die Räume gleichen einem Kohlebergwerk. Das Parkett und die Wände sind verrußt, und obwohl die Fensterscheiben zu Bruch gegangen sind, raubt mir der beißende Geruch die Luft zum Atmen. Ich halte mir den Ärmel meines Mantels vor Mund und Nase, nur um festzustellen, dass es nicht viel bringt. Jeder Schritt, den ich über einen der verkohlten Teppiche mache, wird von einem schmatzenden Geräusch begleitet. Alles trieft vor Löschwasser.

Ich gehe von Zimmer zu Zimmer, aber es ist nichts mehr übrig, was vermuten ließe, dass Jo' und ich hier gestern noch gewohnt haben. Meine letzte Station ist mein eigenes Schlafzimmer, auch hier hat das Feuer alles zerstört. Als mein Blick durch den Raum gleitet, fällt mir etwas Silbernes auf dem Boden auf, dort wo der Sekretär stand. Von dem Möbelstück ist nichts mehr zu sehen, aber hier vor dem Fenster hatte es gestanden. Mit dem Fuß schiebe ich Asche und Kohle beiseite, bis zum Vorschein kommt, was dort silbern schimmert. Es ist mein Verlobungsring, den ich in einer der Schreibtischschubladen aufbewahrt hatte. Ausgerechnet der sündhaft teure Diamantring hat diesen Brand überlebt.

Ich lache, aber der Klang meiner eigenen Stimme ist mir fremd. Es kommt mir vor, als sei dieser Ring ein Überbleibsel aus einem anderen Leben. Meine Augen tränen, wofür nicht allein die schlechte Luft hier drinnen verantwortlich ist. Mit dem Fuß bedecke ich den Ring wieder mit Asche. Ich muss immer wieder husten und trete den Rückzug an. Wenn ich den Anblick meines zerstörten Zuhauses noch länger ertragen muss, laufe ich Gefahr, durchzudrehen. Es ist kaum vorstellbar, dass das meine Wohnung sein soll.

Als ich wieder in das Taxi einsteige, sieht Dan mich mit hochgezogenen Augenbrauen an.

„Und?", fragt er, doch ich schüttele bloß den Kopf.

Meine Finger ertasten in meiner Manteltasche ein Stück Papier. Ich nestele die Notiz meines Vaters hervor und betrachte die von Hand geschriebenen Zeilen.

„Keine Sorge", flüstert Dan mir zu und drückt mir einen Kuss auf die Schläfe. „Es wird alles gut."

Das Taxi hält vor dem türkisfarbenen Coffeehouse, in dem trotz der frühen Morgenstunde schon Licht brennt. Ich sehe eine griesgrämig dreinblickende Rosie, die im Hauseingang steht und auf uns zu warten scheint.

Dan drückt dem Taxifahrer viel zu viele Dollarnoten in die Hand, und Jo' reißt die Tür auf ihrer Seite auf, noch bevor der Wagen wirklich zum Stehen gekommen ist und stürzt nach draußen. Kaum, dass wir die Klappe des Kofferraums zugeschlagen haben, fährt das Taxi mit heulendem Motor davon. Ich kann es dem armen Mann nicht verübeln, dass er so schnell wie möglich Distanz zwischen sich und unser Trio bringen will.

„Wo kommt ihr denn jetzt her? Wo zum Teufel wart ihr mitten in der Nacht?!" Rosies Empfang fällt nicht gerade freundlich aus. Sie tritt aus dem dunklen Hauseingang heraus und sieht uns alle drei nacheinander mit strengem Blick an. „Und wie siehst du überhaupt aus, Kind?" Ihre letzte Frage ist an Jo' gerichtet. Raschen Schrittes tritt sie an ihre Enkelin heran und legt eine Hand an deren rußverschmierte Wange. Diese fürsorgliche Geste sieht so aufrichtig aus, dass mir mulmig wird, wenn ich daran denke, dass mein Vater mir geraten hat, der älteren Dame nicht zu vertrauen. Welchen Grund hatte er, mir diese Warnung zu hinterlassen?

„Was ist passiert? Bist du verletzt?" Rosies Stimme klingt mit einem Mal nicht mehr streng, sondern bestürzt.

Jo' weicht vor der Berührung ihrer Großmutter zurück und schüttelt den Kopf. Sollte Rosie die offensichtliche Ablehnung ihrer Enkelin getroffen haben, so lässt sie es sich nicht anmerken.

„Nö, mir fehlt nix", antwortet Jo'. Ihre Stimme klingt so reserviert, als spräche sie mit einer Fremden.

Ich muss wieder an die Nachricht meines Vaters denken. Im Grunde genommen *ist* Rosie trotz allem eine Fremde. Was wissen wir schon über sie?

„Ganz im Gegensatz zu Ellies Bude. Die ist vorhin nämlich abgefackelt", fährt Jo' fort.

Diese Neuigkeit veranlasst Rosie, die Brauen zusammenzuziehen und die Lippen zu schürzen. „Lasst uns das im Coffeehouse besprechen. Kommt!" Ihr Tonfall lässt keinen Zweifel daran, dass es sich hierbei um keine Bitte handelt.

„Mein Rucksack ist noch oben", wirft Dan ein und tippt mit dem Zeigefinger gegen meine geballte Faust, in der ich die Notiz umschlossen halte. Geistesgegenwärtig drücke ich das kleine Papierknäuel in seine Hand und hoffe, dass Rosie es nicht bemerkt hat. „Ich hol mein Zeug lieber schnell. Ich hab keine Lust, nachher ohne dazustehen. Ich komme gleich zu euch runter."

Rosie holt Luft, womöglich um ihn zurückzuhalten, aber Dan hat sich bereits an ihr vorbeigemogelt, schließt die Haustür auf und ist in Windeseile im Treppenhaus verschwunden.

Kopfschüttelnd und murmelnd steuert Rosie auf den Eingang des Coffeehouse zu. Ich kann den genauen Wortlaut nicht verstehen, aber der Klang ihrer Stimme verrät, dass sie schimpft. Jo' und ich folgen ihr wortlos. Meine Freundin und ich tauschen einen verschwörerischen Blick aus. Weil ich nicht sicher bin, warum mein Vater Rosie misstraut hat, habe ich beschlossen, vorsichtig zu sein.

„Haben die überhaupt schon auf?", frage ich. „Es wird doch gerade erst hell."

„Nein", antwortet Rosie knapp und legt die Hand auf das Schloss der Eingangstür, die sich mit einem leisen Klicken öffnet, ohne dass sie die Klinke betätigt. Auch wenn sie neulich darüber gesprochen hat, dass sie es wagt, ihre Fähigkeiten in der Nähe des Portals einzusetzen, finde ich es befremdlich, ihr dabei zuzusehen.
Als wir das Coffeehouse betreten, nickt die ältere Dame dem Barista zu, der gerade mit zwei Kanistern Milch aus der Küche kommt. Er erwidert den Gruß und zeigt sich nicht überrascht, dass Rosie sich Zutritt zu seinem Arbeitsplatz verschafft hat, was nur bedeuten kann, dass sich die beiden kennen.
Rosie führt uns zu der Sitzecke, die am weitesten von der Fensterfront entfernt ist. Ich sehe mich im Gastraum um. Wie oft ich in den vergangenen Wochen hier gewesen bin, um Kaffee zu holen! Ich liebe den Charme, den das Café versprüht. Der schwarzweiß gefliste Fußboden und die Sitzecken erinnern mich an einen typischen American Diner. Das untere Viertel der Wände ist mit dunklem Holz getäfelt, darauf folgt bis zur Decke eine sandfarbene Tapete mit maritimem Muster.
An den Wänden hängen schwarzweiße Fotos, deren Motive mir nichts sagen. Vielleicht sind es Bilder, zu denen der Besitzer des Coffeehouse eine persönliche Verbindung hat. Vielleicht sind es auch einfach nur ästhetische Fotografien.
Zusätzlich zu den Sitzecken bieten Holztische mit Stühlen weitere Plätze im Gastraum. Auf jedem der Tische steht eine moderne Vase, bestückt mit einer weißen Rose. Ich habe viele Diner gesehen, die bei der Farbwahl auf rot und weiß setzen – hier jedoch dominieren türkis und weiß.
Neben Kaffeemaschinen, Tassen und Tellern sehe ich hinter der Bar eine Kühlvitrine, in der um diese Uhrzeit noch kein Inhalt für die Gäste bereitsteht. Zumindest aber liegt der Duft von frisch gebrühtem Kaffee bereits in der Luft.
Rosie sieht zuerst Jo' und dann mich mit einem durchdringenden Blick an. Die Sorgenfalten auf ihrer Stirn sprechen Bände. „Ihr erzählt mir jetzt sofort, was hier passiert ist", ermahnt sie uns, als seien wir pubertierende Teenager, die etwas ausgefressen haben.
Ich habe Rosie noch nie so angespannt erlebt, was mein Unruhegefühl noch weiter bestärkt.
„Keine Ahnung." Jo' hat unüberhörbar beschlossen, dass sie einen patzigen Tonfall für angemessen hält. „Als ich heute Morgen

aus Kalifornien zurückgekommen bin, stand unsere Bude in Flammen."

„Ich war auch nich' dort", ergänze ich. „Ich war ... im Büro."

„Kalifornien!" Rosie atmet hörbar ein. „Habe ich mich nicht klar ausgedrückt, als ich sagte, ihr sollt euch möglichst unauffällig verhalten? Und dass ihr dafür sorgen sollt, dass sie sich beruhigt?" Bei ihrem letzten Satz sieht die ältere Dame mich vorwurfsvoll an.

„Lass Ellie da raus. Ich bin erwachsen, und ich kann nix Auffälliges daran erkennen, wenn jemand von New York nach Kalifornien fliegt." Jo' rümpft die Nase. Ich kenne meine Freundin und weiß, wie ihr angriffslustiges Gesicht aussieht.

„Himmel noch mal! Du bist genau so unvernünftig wie deine Mutter", zischt Rosie und ringt um Fassung. Sie funkelt ihre Enkelin an. „Ich hatte gehofft, dass ihr euch vernünftig verhalten würdet, wie man es von erwachsenen Menschen erwarten kann! Ich habe die Schilde nicht umsonst um Dans Wohnung gelegt. Ich wollte, dass ihr einen Ort habt, an dem ihr sicher seid. Aber du ziehst es ja offenbar vor, gleich den Staat zu verlassen!"

„Dann hättest du dich vielleicht klarer ausdrücken sollen! Und wohin ich wann fliege, das ist ja wohl allein meine Sache!" Jo' senkt ihre Stimme, was sie nur noch wütender wirken lässt. „Was denkst du dir eigentlich? Du kannst nich' auf einmal hier auftauchen und dich aufführen wie meine Großmutter!"

„Ich *bin* deine Großmutter, Joanna. Und ich will nur dein Bestes." Rosies Stimme bebt vor Wut.

„Auch wenn ich immer noch nich' weiß, was dich das angeht: Ich musste einfach raus, nachdem du so nett warst, mich über unsere Familienverhältnisse aufzuklären. Da hab ich die Gelegenheit genutzt und einen Freund besucht."

Während sich der Familienstreit der Gator-Frauen weiter hochschaukelt, fühle ich mich zwischen den beiden Kampfhennen schrecklich deplatziert. Meine Gedanken gehen auf Wanderschaft, und ich höre auf, dem Streitgespräch zu folgen.

Die Tatsache, dass meine Wohnung und alles darin den Flammen zum Opfer gefallen sind, lässt ein dumpfes Gefühl der Resignation in mir zurück. Auch wenn ich mich letzte Nacht damit abgefunden habe, dass wir ohnehin alles zurücklassen werden, tut es weh, dass mein Zuhause einfach nicht mehr existiert. Meine Wohnung hat mir viel bedeutet. Ich habe sie mir hart erarbeitet, und diese Immobilie war immer ein Symbol für mich gewesen: dafür, dass ich

es aus dem Nichts zu etwas gebracht habe.
Vielleicht hätte ich sie vor unserer Abreise jemandem überlassen können, der sie in Zukunft besser hätte brauchen können als ich – in ausgebranntem Zustand geht das allerdings wohl kaum.

Der Barista eilt mit einem Tablett heran, auf dem er vier Tassen, Milch und Zucker sowie eine Kaffeekanne balanciert. Woher weiß er, dass wir zu viert sind?
Mit zusammengezogenen Brauen betrachte ich den Mann. Er trägt eine dunkle Jeans und ein schwarzes T-Shirt, die unter seiner weißen Schurze zu sehen sind. Seine athletische Statur lässt sich unter seiner Arbeitskleidung erahnen. Seine ausgelatschten Chucks erinnern mich an die von Jer. Auch wenn ich schon oft Kaffee hier geholt habe, kommt es mir vor, als sähe ich den Barista heute zum ersten Mal bewusst. Mein bislang oberflächlicher Eindruck scheint sich zu bestätigen – ich finde ihn sympathisch.

„Ich glaube, ihr braucht erst mal 'nen starken Kaffee", sagt er mit einer überraschend tiefen Stimme, stellt das Tablett ab und unterbricht das Streitgespräch zwischen Jo' und ihrer Großmutter. Die beiden sitzen einander gegenüber und beschränken sich für den Augenblick darauf, sich wütend anzustarren. Der Barista reicht Jo' außerdem ein kleines Handtuch. „Hab's nass gemacht", erklärt er mit einem Augenzwinkern und deutet mit einer Hand auf sein Gesicht. „Für dein Gesicht."

„Danke", murmelt Jo' und wischt sich mit dem Handtuch den Ruß aus dem Gesicht. Das leuchtend türkisfarbene Textil färbt sich umgehend grau.
Dan kommt in diesem Moment zur Tür herein, seinen Rucksack lässig geschultert. Er sieht sich suchend um, entdeckt uns und stellt sein Gepäck neben meinem ab, nachdem er den Gastraum durchquert hat. Er rutscht neben mir auf die Sitzbank, während der Barista das Porzellan auf dem Tisch verteilt und jedem von uns eine dampfende Tasse des schwarzen Gebräus einschenkt.

„Danke." Ich zwinge mich zu einem Lächeln und umschließe meine Tasse mit beiden Händen.

„Prinzessin", erwidert der dunkelhaarige Mann und nickt mir zu. Heute klingt das Wort aus seinem Mund überhaupt nicht neckend, sondern ernst. Auch wenn er mich schon tausendmal so genannt hat, fühlt sich diese Ansprache heute so an, als habe jemand in meinem Kopf einen Gong geschlagen. Mein Gehirn braucht einen

Moment, um zu begreifen, was das zu bedeuten hat, doch als die Information bis in mein Bewusstsein vorgedrungen ist, ist der Barista bereits wieder durch die beiden Schwingtüren in der Küche verschwunden.
Mit offenem Mund starre ich die nachschwingenden Türen an und sehe dann zu Dan. Doch der zuckt nur mit den Schultern.
Ich habe Dan nichts von den harmlosen Begegnungen zwischen mir und – wie heißt der Barista eigentlich? – erzählt, um ihn nicht grundlos eifersüchtig zu machen.
Jo' sieht mich so verwirrt an, wie ich mich fühle, und Rosie lässt mich keine Sekunde aus den Augen, während sie in ihrem Kaffee rührt, obwohl sie weder Milch noch Zucker hineingegeben hat.
„Also, Mädels! Was habe ich verpasst?", bricht Dan das unangenehme Schweigen der Runde.
„Nur ein bisschen Familienfehde", nuschele ich hinter vorgehaltener Hand.
„Ah", antwortet er bloß.
Jo' sitzt mit vorgeschobener Unterlippe auf ihrem Platz und lässt einen Löffel Zucker nach dem anderen in ihren Kaffee rieseln.
„Hey, Jo'", spricht Dan sie an, und sie blickt kurz auf, „wenn du noch mehr Zucker in deinen Kaffee kippst, bleibt der Löffel drin stecken."
Jo' schneidet eine Grimasse, und ich verdrehe die Augen. Auch Rosie hat offensichtlich genug.
„Es reicht", sagt sie und legt, passend zu ihrem energischen Tonfall, den Teelöffel klirrend auf der Untertasse ab. „Wir haben keine Zeit für diesen Blödsinn. Habt ihr noch andere Katastrophen angestellt, während ich weg war? Falls ja, dann wäre jetzt der richtige Zeitpunkt, um was zu sagen." Sie sieht in die Runde, bis ihr bohrender Blick an mir haften bleibt.
„Na ja ...", beginne ich und ernte einen warnenden Blick von Dan, der mich aber nicht am fortfahren hindert. „Ich weiß nich', ob das als Katastrophe zählt, aber ... Ich hab Dads Stift aufgemacht. Und du hattest recht. Es war eine Nachricht für mich drin." Rosies Mundwinkel zucken verräterisch, als versuche sie, ein Lächeln zu unterdrücken. Jo' wirft mir einen Blick zu, der mich hätte vom Stuhl kippen lassen, wenn Blicke töten könnten. Mir entgeht auch nicht, dass Dan die Stirn gerunzelt hat.
„Wo?", fragt Rosie knapp. Woher weiß sie, dass es nicht in Dans Wohnung war?

„Im Büro", antworte ich und versuche, meine Nervosität zu verbergen.
Rosie quittiert meinen Bericht mit einem lang gezogenem Seufzer, und plötzlich sieht sie nicht mehr angespannt, sondern sehr müde aus.
„Ihr habt mehr Glück als Verstand", verkündet sie, nachdem sie einen Schluck aus ihrer Kaffeetasse genommen hat.
„Ich habe, ehrlich gesagt, gar nich' gedacht, dass es überhaupt funktioniert", gestehe ich, schütte Milch in meine Tasse und nehme ein Schlückchen es nur noch lauwarmen Getränks.
Rosie betrachtet mich, während sie ihr Medaillon immer wieder an seiner Kette entlangschiebt.
„Was für eine Nachricht hat Mitchell dir hinterlassen?", fragt sie schließlich.
Mein Misstrauen ihr gegenüber potenziert sich mit jeder ihrer Nachfragen, aber ich bemühe mich, es zu überspielen.
„Dass wir an einen Ort sollen, der Addison's Plane heißt." Dass ich mit dieser Auskunft bei der Wahrheit bleiben kann, erleichtert es mir, meine wahren Gefühle nicht zu zeigen. „Und dass du uns hinbringen kannst."
Rosie nickt und lässt ihr Medaillon wieder unter dem Pullover verschwinden.
„Wo ist die Nachricht jetzt?", fragt sie, und für einen kurzen Moment glaube ich, Argwohn in ihrer Stimme zu hören.
„Ich ... ahm ...die ist ..."
„In Flammen aufgegangen", keift Jo' und erntet dafür einen strengen Blick ihrer Großmutter. „Wir dachten, es wäre besser, wenn wir sie verbrennen."
„Sehr vernünftig", sagt Rosie.
Die Anerkennung in ihrer Stimme erleichtert mich. Sie hat Jo' die Notlüge abgekauft.
„Glaubst du denn, dass der Brand ...", beginne ich.
„Zufall war?", beendet Rosie meine Frage. Ich nicke stumm. „Mein liebes Kind, du solltest inzwischen wissen, wie ich zu Zufällen stehe."
Als keiner von uns antwortet, nickt Rosie schließlich erneut und erhebt sich von ihrem Platz. „Dann sollten wir jetzt gehen, bevor noch mehr passiert."
„Aber ...", versuche ich einzuhaken, doch Rosie winkt ab.
„Nein", unterbricht sie mich mit einer resoluten Handbewegung.

„Ich erkläre euch alles auf dem Weg."
Dan lässt sich von Rosies Aufbruchsstimmung sofort anstecken und schlängelt sich aus der Sitzecke.
Ich gebe mich geschlagen und trinke den letzten Schluck aus meiner Tasse aus, bevor ich mich mit den Händen auf dem Tisch abstütze, um aufzustehen. Mein Blick schweift ein letztes Mal zur Fensterfront, wo ich die Silhouette eines Mannes sehe. Obwohl er mit dem Rücken zu uns steht, erkenne ich ihn sofort.
„Ach du Scheiße!", murmele ich. Mein Kopf fühlt sich mit einem Mal so leicht an, als hätte ich gerade einen Bungeesprung hinter mich gebracht.
Jo' sieht zuerst zu mir, dann folgt ihr Blick meinem, und ich kann an ihrem Gesicht ablesen, dass auch sie der Anblick der vertrauten Silhouette überrascht.
„Was zum …", sagt sie, klingt aber nicht ernsthaft irritiert, sondern erfreut.
Dan, der gerade neben seinem Rucksack kniet und die Seitentaschen kontrolliert, schaut zu mir hoch.
„Was ist los?" Seine Schultern sind angespannt.
Während ich nach meiner Fassung und nach Worten suche, setzt sich der Mann vor dem Fenster in Bewegung und geht zielgerichtet zur Eingangstür des Coffeehouse.
Dans Blick folgt meinem, als ich mit offenem Mund den attraktiven Mann anstarre, der den Gastraum betritt. Er ist elegant gekleidet wie immer: Er trägt einen dunklen Anzug mit Hemd und Krawatte, darüber einen schwarzen Kurzmantel.
Langsam erhebt Dan sich und baut sich neben mir auf, die Arme demonstrativ vor der Brust verschränkt. Er kennt Rick nicht, aber zweifellos weckt sein Auftauchen Dans Beschützerinstinkt oder seine Eifersucht. Oder beides.
„Ich kann mir schon denken, wer das ist", sagt er, begleitet von einem Schnauben.
„Rick!", ruft Jo' aus und löst sich aus ihrer Starre. Sie macht ein paar Schritte auf Rick zu, der sie fest in die Arme schließt. Sofort laufen in meinem Kopfkino Bilder von ihren gemeinsamen Stunden ab, und ich hasse mich dafür.
Was macht er hier? Haben sie ihren Beziehungsstatus wieder auf „on" geswitcht, und er will bei ihr sein? Aber was führt ihn ausgerechnet hierher, in *dieses* Coffeehouse?
„Ich hasse es, wenn ich Recht habe", brummt Dan und gibt sich

keine Mühe, den Unmut in seiner Stimme zu verbergen.

Ich werfe einen kurzen Blick zu Rosie. Ihr verkniffener Mund verrät, dass sie verärgert darüber ist, dass jemand in unsere Abreise hineinplatzt.

Rick muss den Flieger genommen haben, der unmittelbar nach der Maschine gestartet ist, in der Jo' gesessen hat. Ich bin immer noch verwirrt über sein plötzliches Auftauchen.

Bei Jo' scheint, anders als bei uns anderen, die Freude über das unverhoffte Wiedersehen zu überwiegen. Sie lacht kurz auf, während sie die Umarmung erwidert, während ich noch versuche zu entscheiden, wie ich mich Rick gegenüber verhalten soll.

„Was zur Hölle machst du denn hier?", fragt Jo', als sie Rick loslässt und eine Armlänge von sich wegschiebt.

„Ja, das würde mich allerdings auch interessieren", stichelt Dan.

„Ich kann meine Lieblingsfreundinnen doch nicht einfach so abreisen lassen", erklärt Rick mit einem Lächeln auf den Lippen. Dabei entgeht mir sein provozierender Blick in Dans Richtung nicht. Der muss es genauso wahrgenommen haben, denn er schnaubt ungehalten.

Mein Herz kommt aus dem Rhythmus. Rick weiß von unserer Abreise?! Jo' muss ihm davon und auch von Greenwich Village erzählt haben, wie sonst sollte er davon wissen? Und warum sonst hätte er ausgerechnet *hier* nach uns suchen sollen? Es könnte alles Sinn ergeben, hätte Jo' nicht zu mir gesagt, dass sie Rick aus der Wächtergeschichte raushalten will. Warum sollte sie ihre Meinung geändert haben? Ich fange den Blick meiner Freundin auf und stelle fest, dass sie genauso ratlos dreinblickt wie ich. Nein, sie hat es ihm nicht gesagt.

Während ich noch fieberhaft überlege, wie ich Rick begrüßen soll, macht dieser zwei Schritte auf Dan und mich zu und breitet seine Arme aus.

„Komm schon, Ellie! Ich hab extra den Weg von Kalifornien nach New York gemacht, nur um auf Wiedersehen zu sagen. Lass mich dich drücken." Er lässt Dan keine Sekunde aus den Augen. „Sofern dein Bodyguard mich lässt."

Ich lege die rechte Hand auf Dans Rücken.

„Ist schon okay", flüstere ich Dan zu, der zu meiner Überraschung zustimmend brummt.

„Ich hab dich echt vermisst", sagt Rick und schließt die Lücke zwischen uns. Seine feste Umarmung fühlt sich seltsam an, und das nicht nur, weil Dan unmittelbar neben uns steht und die Szene mit Argusaugen beobachtet.

Der blonde Mann mit den grünen Augen sieht aus wie mein alter Freund Rick, aber irgendetwas an ihm hat sich verändert. Ich kann nicht genau definieren, was es ist, aber mich beschleicht diese bereits vertraute und ungute Vorahnung, die mich in den letzten Wochen selten getrogen hat. Ich löse mich aus der Umarmung, die mir plötzlich die Luft zum Atmen zu nehmen droht.

„Woher hast du überhaupt gewusst, wo wir sind? Und dass wir … auf dem Sprung sind?", erkundige ich mich und weiche einen halben Schritt vor ihm zurück. Dan legt den Arm um meine Schultern, und ich frage mich, ob diese Geste tatsächlich beschützend gemeint ist oder ob es ihm dabei nur darum geht, Rick zu demonstrieren, dass *er* der Mann an meiner Seite ist.

Rick scheint meine Verunsicherung zu spüren und tritt ebenfalls einen Schritt zurück. Er deutet ein Schulternzucken an.

„Du weißt doch, wie das läuft, Ellie", erklärt er und bemüht sich, dabei möglichst belanglos zu klingen, „wenn man die richtigen Leute kennt, erzählen sie einem, was so ansteht." Er macht eine bedeutungsschwangere Pause. „Es ist immer wichtig, zu wissen, was vor sich geht, meinst du nicht auch, Rose?"

Die Erkenntnis, dass Rick Rosie kennt, trifft mich unvorbereitet. Gibt es denn niemanden in meinem Umfeld, der nichts mit diesem Wächterwahnsinn zu tun hat? Es fehlt nur noch, dass Mr. Hang gleich durch die Tür des Coffeehouse spaziert.

Die ältere Dame holt Luft, um zu einer Antwort anzusetzen, doch Rick hebt entschuldigend die Hände. „Wie dem auch sei. Sagen wir einfach, es war mir ein Anliegen, herzukommen."

„Was hat man dir erzählt, Alrick? Und wer?", schaltet Rosie sich nun doch in das Geschehen ein. Sie klingt zwar gefasst, aber in ihrer Stimme klingt die Strenge mit, die immer ankündigt, dass sie jemandem die Leviten lesen will.

„Ich glaube nicht, dass das eine Rolle spielt", erwidert Rick mit einem Lächeln, das nichts mit dem Lächeln zu tun hat, das ich unzählige Male an ihm gesehen habe.

Mir ist unbehaglich zumute. Wer ist dieser Mann, den ich seit über zehn Jahren zu kennen glaubte? Woher kennt er Rosie? Was hat er mit alledem zu tun?

Rosies Mundwinkel zucken verdächtig, doch sie behält die Fassung.

„Wie du meinst", antwortet sie lediglich, und ihre Stimme ist so frostig, dass es mich überrascht, dass der unangetastete Kaffee in Dans Tasse nicht zu einem Eisklumpen mutiert. Ihrer Enkelin wirft sie den Blick zu, den ich immer nur dann gesehen habe, wenn sie Jer den Kopf zurechtgerückt hat.

Jo' muss Rosies Stimmungslage auch ohne diese Vorkenntnis richtig deuten, denn schnell wendet sie den Blick von ihrer Großmutter ab und sieht demonstrativ in die entgegengesetzte Richtung.

„Wie dem auch sei", erklärt Rosie, „wenn du so gut informiert bist, weißt du bestimmt auch, dass wir einen straffen Zeitplan haben. Es gibt einen Zug, den wir noch bekommen wollen."

„Natürlich", entgegnet Rick überfreundlich und deutet eine Verbeugung an. Rosie steuert auf die Schwingtüren zu, die zur Küche führen. Bevor sie hindurchgeht, dreht sie sich noch einmal zu uns um.

„Beeilt euch", sagt sie.

„War nett, dass du vorbeigeschaut hast", grummelt Dan in Ricks Richtung und verzieht das Gesicht, als hätte er den Geruch von faulen Eiern in der Nase. Er wendet sich ab, um seinen Rucksack zu schultern.

Rick nickt ihm mit ausdrucksloser Miene zu, auch wenn Dan diese Geste nicht sehen kann. „Ist eine Herzensangelegenheit."
Ohne Vorwarnung kommt er auf mich zu und umarmt mich, wie er es schon hunderte Male getan hat. Dieses Mal fühlt sich seine Umarmung so an, als sei er wieder der alte Rick.

„Rick ...", sage ich mit gedämpfter Stimme. „Woher kennst du sie? Und was soll das alles?"

„Ich gebe zu, dass das alles ziemlich komisch rüberkommen muss", gesteht er kleinlaut.

„Ziemlich komisch?! Ich sollte dich bei der Gelegenheit wohl fragen, wer du bist, oder?", sage ich, doch der Sarkasmus in meiner Stimme kann nicht darüber hinwegtäuschen, dass ich verletzt bin.

Rick sieht mich ein paar Herzschläge lang verdattert an, doch dann lacht er halblaut. „Ich bin und war immer Rick Amiton. Du kennst mich, Ellie. Daran hat sich nichts geändert." Er lächelt, und ich habe das Gefühl, dass seine grünen Augen dunkler wirken als sonst. „Es tut mir leid. Wirklich. Aber ich konnte nichts sagen."

„Konntest oder wolltest?"

„Beides", gibt Rick zu und legt eine Hand auf meine Schulter. „Aber eines musst du mir glauben, Ellie." Er beugt sich zu mir, und für einen Wimpernschlag bekomme ich Panik, dass er mich wieder küssen will wie an jenem Abend unter der Laterne. Doch er versucht es nicht. Stattdessen bringt er seine Lippen ganz dicht an mein Ohr, während er mich noch einmal umarmt.

„Egal, was passiert … Ich würde nie etwas tun, das dir schadet. Nie. Glaub mir das. Dafür bedeutest du mir zu viel. Vergiss das ja nie. Wir sehen uns bald wieder, okay? In Addison's Plane. Wir haben Freunde dort." Die letzten Sätze flüstert er so leise, dass Jo' und Dan unmöglich etwas gehört haben können. Obwohl Rick nichts mehr sagt, verharrt er noch immer in dieser Position. Ich spüre seinen Atem an meinem Hals und Dans Blick, der sich in meinen Rücken bohrt.

Rick löst sich wie in Zeitlupe von mir, seine Lippen so nah an meiner Wange, dass ich nicht sicher bin, ob er mir einen Kuss aufgehaucht hat oder nicht. Ich empfinde nicht einmal mehr Überraschung darüber, dass er weiß, wohin unsere Reise geht. Von welchen Freunden er spricht, ist mir allerdings ein Rätsel.

Rick geht zu Jo', küsst sie auf die Wange und umarmt sie.

„Danke für letzte Nacht", sagt er halblaut.

„Ich hab also keine Ahnung, mit wem ich da jahrelang geschlafen habe, ja?", meine Freundin grinst und stößt Rick mit dem Ellbogen an, als sie sich voneinander trennen.

„So würde ich das nicht sagen." Rick erwidert ihr Grinsen.

„Aber du bist immer noch … du?", fragt sie und tippt Rick mit dem Zeigefinger auf die Brust.

„Hundert Prozent ich."

„Schwör's."

Als Rick ihren forschenden Blick auffängt, hebt er die rechte Hand zum Schwur. „Ich schwör's."

„Dann komm mit uns." Der Tonfall meiner Freundin ist beinahe flehend. „Wenn du irgendwas weißt, dann kannst du uns vielleicht helfen."

„Das kann ich nicht, Jo'. Aber keine Sorge. Wir sehen uns." Damit wirft Rick mir einen letzten Blick zu und verlässt das Coffeehouse. Wie vom Donner gerührt stehe ich da und versuche, den Sinn des gerade Geschehenen zu erfassen. Dan legt mir eine Hand auf die Schulter, aber sagt kein Wort.

Rosie muss die Abschiedsszene beobachtet haben, denn als Rick die Tür hinter sich ins Schloss zieht, schwingen die beiden

Küchentüren auf, und die ältere Dame stürmt in den Gastraum.

„Na endlich!", sagt sie und stapft zu unserer Sitzecke. „Wir sollten jetzt wirklich gehen." Sie drückt mir meinen Rucksack unsanft vor die Brust.

„Umph", mache ich überrascht, als ich das Gepäckstück auffange, und beschließe, die Gedanken an Rick zunächst zu verdrängen. Wenigstens bis wir ... Wo sind? In welchem Zug?

Jo' schnappt ebenfalls ihren Rucksack, und Rosie verliert keine Zeit, uns alle in Richtung der beiden Küchentüren zu scheuchen.

In der Küche steht der Barista und bereitet verschiedene Kuchenteige für sein Tagesgeschäft vor. Ein wenig bereue ich, dass wir uns zu so einer frühen Stunde hier zusammengefunden haben und nicht in den Genuss kommen werden, von den Kuchen zu kosten. Warum habe ich nie etwas von den Süßwaren mitgenommen, wenn ich hier Kaffee geholt habe? Die Backwaren in der Vitrine haben immer verdammt lecker ausgesehen und jetzt ist die Gelegenheit vielleicht für immer verstrichen. Ein seltsamer Gedanke, wenn ich mir in Erinnerung rufe, was unmittelbar vor uns liegt.

„Bereit?", fragt der Barista, als wir in die Küche stürmen.

Rosie schenkt ihm ein Nicken, welches er erwidert. Er klopft die mehligen Hände an seiner Schürze ab und bedeutet uns, ihm zu folgen. Er geleitet uns durch einen schmalen Gang, der uns zwingt, hintereinander zu gehen. Rosie bildet die Nachhut, während ich als Erste hinter dem Barista herlaufe. Ich muss mich anstrengen, um mit seinen langen Schritten mitzuhalten. Dan ist direkt hinter mir, und Jo' muss wohl oder übel zwischen Dan und ihrer Großmutter laufen. Aber sie beklagt sich ausnahmsweise nicht. Jedenfalls noch nicht. Der Barista hält inne. Rechts von uns ist eine Tür mit der Aufschrift *Vorratsraum*.

Ich verstehe nicht. Ich starre ihn an wie ein erschrockenes Reh.

„Das ist der ... Vorratsraum", sage ich.

Er lächelt und sieht mich warmherzig an. „Für die einen ist es ein Vorratsraum, für die anderen ein Portal."

Ohne eine weitere Erklärung legt er eine Hand auf die Tür, schließt die Augen für einen kurzen Moment und scheint sich auf etwas zu konzentrieren, das mir verborgen bleibt. Als er die Augen wieder öffnet, lächelt er mir erneut zu und legt die Hand auf die Klinke.

„Gute Reise. Seid vorsichtig!", sagt er und unsere Blicke treffen sich für einen Herzschlag, bevor er die Tür öffnet, die nach innen aufschwingt. Dahinter liegt kein Vorratsraum, sondern ein blau waberndes Etwas, das ich in einer Science-Fiction-Serie erwarten würde, aber nicht in einem Coffeehouse in New York City. Ich kann die Energie spüren, die von dem angeblichen Portal ausgeht. Es fühlt sich an, als würde das Energiefeld summen und etwas in mir zum Vibrieren bringen, wie wenn man eine Stimmgabel anschlägt.

Der Durchgang leuchtet mir grell entgegen, das blaue Licht blitzt unaufhörlich und knistert, als sei es elektrisch aufgeladen. Ein leichter Windzug pustet mir entgegen und spielt mit den Enden meiner Haare.

Ich kneife die Augen zusammen, um zu erkennen, was uns hinter dem Portal erwartet, aber ich kann durch das gleißende Licht hindurch nichts sehen. Instinktiv greife ich nach Dans Hand, während ich mit der anderen den Trägergurt meines Rucksacks umklammere. Ich versuche, die aufsteigende Panik in mir niederzukämpfen. Dan verschränkt seine Finger mit meinen, und ich registriere, wie kalt seine Hand ist. Während ich weiterhin wie versteinert vor dem Portal stehe, wird der Wind immer stärker, bis er sich zu einem wahren Orkan aufschaukelt.

„Geh einfach durch, Liebes!", höre ich Rosies Stimme, die das Tosen des Windes nur mühsam übertönen kann. „Es ist sicher!"

„Aber ich kann nich' sehen, wohin ich gehe!", schreie ich zurück und kann meine Füße nicht dazu bewegen, den entscheidenden Schritt zu tun. Mein Mut droht mich kurz vor unserem Aufbruch zu verlassen.

Dan steht ganz nah hinter mir. Ich konzentriere mich auf seine Anwesenheit. Ich atme tief in den Bauch, kann meine Furcht aber nur schwer bändigen. Ich weiß, dass es jetzt kein Zurück mehr gibt. Aber wird uns Rosie wirklich an unser Ziel bringen?

„Ich bin direkt hinter dir!", ruft Dan über die Windgeräusche hinweg in mein Ohr.

Durch den Klang seiner Stimme durchbricht meine Angststarre. Ich presse die Lippen zusammen und nicke. Solange wir zusammen sind, wird uns nichts passieren.

Ich werfe einen letzten Blick zu dem Barista, der darauf wartet, dass wir durch die Tür gehen, hinter der eben noch die Vorratskammer lag. Er nickt mir zu, was wohl wie eine aufmunternde Geste wirken soll.

„Alles easy! Das erste Mal ist immer komisch – mach einfach!

Wir sehen uns!", sagt er und grinst dabei.
Meine Hand umklammert Dans so fest, dass ich ihm womöglich wehtue, aber ich kann nicht anders. Ich atme ein letztes Mal tief durch und hebe meinen freien Arm vors Gesicht. Ich weiß nicht, wovor ich es schützen will, aber das spielt keine Rolle. Der stärker werdende Wind wirbelt meine Haare inzwischen wild umher, und mit geschlossenen Augen wage ich den Schritt nach vorn – und schreite durch das knisternde Portal.
Ich erwarte, dass es sich komisch anfühlt, dass ich einen Abgrund hinunterstürze, dass überhaupt irgendetwas passiert. Aber ich warte vergeblich.
Das gleißende Licht blendet mich trotz der geschlossenen Augenlider. Das Summen des Portals verstärkt sich, als ich hindurchtrete, und zu meinem Erstaunen ist diese Erfahrung sehr angenehm. Die Berührung mit der Energie fühlt sich an, als schließe mich ein geliebter Mensch in die Arme.
Das Summen entwickelt sich zu einem lautlosen Lied, dessen Schwingungen ich spüre und in das jede Faser meines Körpers einstimmt, als kenne ich es schon seit langer Zeit.

ÜBER DIE AUTORIN

Laura Meyer, geboren 1984 in der Nähe von Frankfurt am Main, arbeitet tagsüber in der Werbebranche und wird nachts zur Geschichtenerzählerin. Seit dem 6. Lebensjahr sind Bücher ihre Leidenschaft, die große Liebe zum Fantasy-Genre begann mit 12. DESTINED – Sommerregen ist Meyers erster Roman, getreu Beverly Clearys Motto: „If you don't see the book you want on the shelf, write it."

Printed in Germany
by Amazon Distribution
GmbH, Leipzig